日中戦争

セレクション 戦争と文学 5

胡桃沢耕史 他

集英社文庫

ヘリテージシリーズ

日中戦争　目次

日中戦争

セレクション　戦争と文学　5

I

東干《トンガン》

胡桃沢耕史

一

『天下雄関』

　千二百年前、この地を守備していた、唐代の名将、李巡鵬将軍が書き残したと伝えられる、雄渾《ゆうこん》な文字が、ここ嘉峪関《かよくかん》の城門の上の黒い額に刻みこまれて、かかっている。

　東、渤海湾に面した天険、山海関の城門に『天下第一関』の扁額《へんがく》を掲げて起点とする、万里の長城が、中国大陸の北西を大きく迂回《うかい》して五千キロ、ゴビ砂漠の中央にまで突出した西の末端が、甘粛省の嘉峪関である。

　ここは、古来から、西域に出征する兵士達が再び帰る望みの殆《ほとん》どない運命を悲しみ、故郷への尽きない名残を惜しみながら、通り過ぎて行った、漢土の最後の土地である。

　ゆるやかな勾配を持った丸い天井の城門は、黒い額がそこに掲げられるより何百年も前から、無数の軍隊の出動や、夷狄《いてき》の侵入を見ている。そして又、辺境へ赴《おもむ》く政治使節や、紅毛碧眼《こうもうへきがん》の絹商人や、砂漠旅行の牛車の群も、知っている。

一九三三年（昭和八年）の六月。

太陽が城門の真上に上って、黄色い砂を灼《や》きつける頃、一団の見送り人に囲まれた旅行者の小部隊が、城門をくぐって外に出た。

見送人は何《いず》れも土地の有力者らしく、半数は、立派な軍服、残り半数は、回教徒らしいゆったりした白い外被を、優美に着こなしており、周囲に群る物見高い群衆の、汚れた貧しい服装とは、際立った対比をなしていた。

隊伍を整え、別れの言葉を受けるため、一旦停止した小隊は、精悍《せいかん》な顔の五人の騎馬武装兵に保護された、男女二人と、その男女が各々《おのおの》乗っている二匹の駱駝《らくだ》と、水や食糧を積んだ五台の牛車と、牛車を引く五人の人夫とで、編成されている。彼等の目の前は、涯《はて》しなく広がるゴビの荒野である。その中央に、西欧人の間では絹街道と呼ばれ、彼等は帝王道路と呼ぶ、白っぽく乾いた一筋の道が、地平の果《はて》まで続いていた。

駱駝にまたがった二人の旅行者の中《うち》、女はまだ二十歳前にしか見えない若い娘で、白くそこだけが浮かび出したような顔に、薄化粧さえ施してあった。男の方は、黒いひしゃげたような醜い顔をしており、年は三十から五十までの間、ちょっと見当がつけようもない。その上、絶えず不安に脅《おびや》かされているのか、落着きなく、あたりを見廻していた。

隊が、砂漠に向って、整列を終えると騎馬兵の長らしい男が、見送り人に向って、甲高《かんだか》い声で出発を告げた。

そのとき見送り人の中から甘粛省新編三十六師の将校服をつけた、まだ年若い少尉がついと出てきて、駱駝にまたがった男の傍により、小声で叱りつけるように、

「しっかりせんか。佐藤上等兵」

と言った。まぎれもない日本語である。男は泣きそうな顔で答えた。

「はい。しっかりするであります」

「旅は三月《みつき》で終る。東干《トンガン》の武装兵が附いているのだから、何も心配は要《い》らん。今までより楽なくらいだ。それにこの任務が終ったら除隊して、家へ帰れるのだ。頑張ってこい。成功を祈るぞ」

「はい頑張るであります。吉植少尉殿」

男は機械的にそう答えはしたが、泣きそうな表情は消えない。まだ、一体何のため自分がこんな旅行をしなければならぬのか、良く納得が行かないもののようである。だが出発の時間はきた。

「ツオヤーヤ!」

五人の東干騎兵は動き出し、それに続いて二頭の駱駝が大きく背をゆすりながら歩き出した。五台の牛車が、軋《きし》んだ音をたてながら、後を追って行く。

太陽は、砂漠を行く旅行者の群に、遠慮なく照りつけ、その首や背を灼いた。東干人の兵士達は、平気な顔で馬を走らせているが、ただでさえ汗っかきの佐藤佐藤は、両手でしっかりと手綱を握っているため、眼の玉に流れ入る汗を拭《ふ》けず、一層悲しくなっていた。

今年の二月、通遼から雪の中を逃げる敵を追って、黒水や赤峰に転戦したときには補充の一等兵だった彼は、寒さほど辛いものはないと思ったが、今はその寒さが逆になつかしく思い出されるほどだった。

大体、一等兵の身分で、陸軍大将に呼び出されるなんてことが、そもそも間違いのもとだったのだ。

陸軍上等兵佐藤佐藤は、もう何度、その同じ愚痴を口の中で繰り返したか分らない。兵卒が、近くで顔を見ることが出来るのは、せいぜい中尉ぐらいまでで、大尉となると下士官ででもなければ、話をする機会など絶対にあるものではない。まして大佐となれば将校同士としか顔をつき合さないだろうし、これが大将となると、師団司令部の高級将校でも、面と向って話をした経験がある者は居ないのではないだろうか。それが、急に部隊の中から彼が選ばれて、陸軍大将と直接逢う羽目になった。一等兵の身分で伺候させるのは余りに恐れ多いというので、補充の二年兵としては異例の上等兵に昇進したのは良いが、何が何やら分らぬままに棒鱈《ぼうだら》のように固くなって大将の部屋から出てきた、その後から、どうも彼の運命がすっかり変ってしまったのである。

どうもあの、尖《とが》ったカイゼル髯《ひげ》が、おれに祟《たた》っているらしい。彼は、又、口の中でこぼした。乾いた砂が忽《たちま》ち汗だらけの顔にへばりつき、顔の上に一枚お面をかぶったようになったのが、一層腹立たしさを、助長させた。だが、今から怒ってはならないのだ。気が遠くなるような長い旅は、今日始まったばかりなのだから、彼はそう思い返した。すると、彼の憂鬱は尚《なお》のことひどくなってきた。

今年の、二月二十三日に始まった大作戦は、三月二日にはもう終っていた。激戦が続いたが、敵と、武器の数が圧倒的に違い、進撃は早かった。敵の最後の拠点、承徳を占領し、入城した時、部隊の中に広がった噂がもし本当なら、その熱河作戦で、満州国全体から、一人の敵も居なくなり、事実上満州事変が終ったのだそうである。

だから当然多量の召集解除があるはずだった。少なくとも、現役の初、二年兵を除く、三年兵と補充兵とは、即座に召集が解除されて故郷へ凱旋できるはずであった。もしかすると、一緒に戦った他の戦友はきっと今頃、故郷の家でのうのうとしているかもしれない。それを思うと、よけい耐えられなくなってくる。

振り返ると城門はもう見えなかった。道ばたに、先端が丸い三角形の道標が立っている。一里か二里か分らぬが、或る行程を行くたびに立っているようだ。それに良く気がつくのは、見渡す限り広い一面の荒野に、他には何一つ目立つものがないからだ。石ころが多い道になった。黄色い砂はあまり舞わなくなったが、おかげで駱駝が、左右に大きく揺れながら歩くようになった。とたんに、彼は、船に酔ったときのように胸が苦しくなってきた。田舎者の彼は乗物には元来あまり強くない。胸がむかついてくると、どうにも耐えきれなくなってきて、駱駝の首にしがみついて、地面に、大きな口をあけて吐き出そうとした。するとなおさら地面が近よったり遠のいたりしてなおさら気持が悪くなってきた。しかも喉《のど》の奥からは、どうしても出てこない。

「見っともないわ。車引きの人が笑ってますよ」

女の高慢ちきな声が横から聞こえた。若い娘のくせに、おそろしく威張って生意気なのだ。佐藤佐藤は、今までも厳しい軍の命令による任務中でなかったら、何度この娘を張り倒そうと思ったか分らなかった。

彼は、娘の方を睨《にら》むと、それでも首をしゃんと立て直した。遠い地平に視線を移してみると、いくらか気分がおさまってくる。女の方から、砂漠の風に乗って、かすかに化粧品の匂いがしてきた。

それは、ふと彼に、結婚式の夜を思い出させた。貧しい仕立職人だった彼は、その日まで、女を知らなかった。働くことだけで精一杯の生活だったのである。その日だって、夕方、日が昏《く》れるまでは、頼まれたズボンをどうしても仕上げてしまうため働き続け、灯がつく頃になってやっと膝の上の埃《ほこり》を払って立ち上がったのだ。三間しかない小さな家の中で、五、六人の、それも女の親戚だけを呼んで、盃事《さかずきごと》が行われた。女の母親が昼からきて作っておいた、僅《わず》かばかりの御馳走が平らげられてしまうと、客は、それぞれ引き上げて行った。間もなく女の母親も帰って、その日から妻となる女と二人だけで、彼は部屋に残った。膝の上に両手をおき、うつむいたままで居る女のうなじから、生れて初めて彼は女の甘い化粧品の匂いを身近に知ったのである。

後にも先にも、彼にとって妻はたった一人の女だった。真黒で、ひしゃげて、どう見ても日本人とは思われない容貌の彼に、冗談でもかかわりを持とうという女は外《ほか》に誰一人居なかった。

又、娘の声がした。

「おかしいわ。地平線を、ちょっと見て」

佐藤は、駱駝の背から、前方を見つめた。今まで照りつけていて、雲一つなかったのに、急に丸い黒い塊が地平線から湧き上がってくるようだった。東干人の騎兵は、目敏《めざと》くそれを発見すると、お互いに大声で叫んだ。すぐ彼等は走り出し、二人を乗せた駱駝も、その後に続いて馳《か》け出した。乗り馴れない二人は、首筋に両手を廻してしがみついていないと、振り落されそうなほど背中が揺れた。牛車引きの人夫も、うるさく軋む車を引っ張りながら、息をはずませて馳け出している。道を少し外れたところに、それでも幾らか斜面になっている所があった。騎兵は、馬から飛び下りて、斜面に馬を横倒しにすると、その上に布をかけて、はしを石で止めた。五台の牛車は、馬の廻りを包囲するように置かれた。駱駝も、物馴れた騎兵の手によって、膝を折って、うずくまされた。人夫も兵隊も、車の荷の下に体をひそめた。娘も、佐藤もそれに習って、荷の下にもぐりこんだ。

空はいつのまにか、青灰色の密雲が一杯におおいかぶさっていた。あたりは、急に、夕闇のように真暗になった。娘は無意識の中に、そばに居る、佐藤の手をしっかり握っていた。だが佐藤の方も暫《しばら》く、それに気がつかなかったほど驚いていた。全然山の姿などあたりには見えないのに、突然、山が崩れ落ちるような音がして、小石ぐらいの塊が空から落ちてきたので、二人は本当にどこかの山が崩れたのかと思った。一秒おきに稲妻がひらめき、その小石は激しく砂地にめりこみ、岩に跳ね返った。

「雹《ひょう》だ！」

佐藤は、その大きさにびっくりして叫んだ。そしてそのとき女の柔かい手が、自分の手をしっかりと握っているのを知った。娘の大きな眼は、恐怖のため、一層大きく開かれている。

雷鳴が聞こえ、駱駝は悲しそうに嘶《いなな》き、車夫達は祈りの声を上げている。戦場の砲火の中よりも、もっとすさまじい響きがして、佐藤佐藤は、この世の終りかと、思わず感じたほどであった。一きわ大きい雷鳴がして、あたりが明々と照しだされた。

「怖い！」

女は、彼の体にすがりついてきた。さっきは、あれほど暑かったのに、今は体が小刻みに震えだすほど寒くなってきた。女の小さな歯が音をたてていた。

カイゼル髯め！

佐藤は、このまるで天地が割れたような状況の中で、しきりにいかめしい顔の森将軍を呪っていた。

あたりに轟《とどろ》く雷鳴や、降り落ちる雹は、一瞬、森将軍が指揮して捲《ま》き起《おこ》している戦争のように思えた。砲撃の中ですっくと立った将軍の、両方の頰に張ったいかめしいカイゼル髯。それは満州事変の一時期、日本の勝利の象徴だった。

二十分ぐらい、ただ空の荒れるに任せて、皆、じっとしていた。馬の体の上にかぶせた天幕も、忽ち氷の塊で真白になった。砂や岩の上も、一時、北極へでも行ったように白く変った。

が、その中、急に空が明るくなった。

雷鳴も止んだ。ぷつりと切れたように、雹も落ちてこなくなった。

再び太陽が照りつけてきて、今、地面に撒《ま》いたばかりの固い氷を、砂地の中に溶かして行った。

物馴れた東干人の騎兵達は、安心して立ち上がり天幕の上の氷を払い落し、馬を起した。車夫達も、それぞれ出発の用意を始めた。

娘はその時、無意識の中に、佐藤佐藤にしがみついていた自分を知り、男を突き飛ばすようにして、

「何をするんです」

と叱りつけて離れた。佐藤佐藤は、一体何で女にどなられたのか分らぬように、その黒い醜い顔を、呆然《ぼうぜん》とさせて女を見ていた。

騎兵の隊伍は整った。二人も車夫に手伝って貰って、それぞれの駱駝に乗った。騎兵は既に柔らかくなってきた氷を踏みしだいて、歩き出した。駱駝も牛車も、まるで何事もなかったようにその後を追って、西に向って、進んで行った。その日泊る予定の、疏勒《そろく》河畔の宿舎まで、まだかなりあるらしかった。

二

豪華な鉄道ホテルのロビーへ、白い手袋も一際目立つ、真新しい軍服で、副官も連れずに森鉄十郎大将が入ってくると、行き交う人々は、まるで恐ろしいものでも見るように目を伏せ目礼をして通り過ぎて行く。

勝てば官軍である。

今やカイゼル髯は天下に鳴り響いている。それまで、ロビーのそこここで話をしていた、日本人の客達は、何となく腰が落ちつかなくなり、その中、一人二人と、出て行った。早速、迎えに出たボーイの案内で、彼は、奥の衝立《ついたて》のかげにある特別席の椅子に、膝の間に軍刀を床に突き刺すように立て、深々と腰かけた。

バアにたむろしていた、U・Pやロイターの記者達は、この有名な越境将軍の顔を知っていたから、何事が起ったのだろうかと、一カ所に固まり、密かに噂し合った。

たしかに、おれは勝った。

人々の半ば畏怖を交えた視線を感じながら、森将軍は誇らかな思いにひたった。肩の階級章が何よりも、彼の勝利を証明していた。それは戦場での勝利よりも、陸軍部内での彼の勝利を物語っている。

将軍は去年まで中将であった。今はベタ金に星が三つ輝く大将だ。中将と大将との差は一つだが、この差を越えることは、他のどの階級の間を越えることよりも難しいとされている。

将軍は去年の九月、朝鮮軍司令官として在任中、奉天で満州事変勃発の報を受けた。事変解決には、即座に強大な兵力を戦線に投入することが必要である。陛下の命令を受けることなく、独断で鴨緑江《おうりよっこう》の国境を越えて、兵を満州領内に進めてしまった。

司令官が独断で外国と事を構えるのは、統帥権干犯の条文に該当する。陸軍刑法には、司令官は銃殺刑と明記してある。もし将軍の終生のライバルである、真鍋中将とその一派が、執拗《しつよう》に追及してきていたら、或いは将軍は同じ軍の手で、銃殺刑を執行され、陸軍刑務所の営庭の隅で果てていたかもしれなかったのだ。

だが将軍の大罪も、今は輝かしい勝利の陰に消えてしまっている。越境将軍ともてはやされ、中将から大将になる、軍人としては、一番難しい垣根も、ついでに飛び越してしまったのである。

その上軍の三役と称せられる教育総監に親補《しんぽ》せられ、いよいよ中央の舞台にせり上がってきた。

三役の一人、参謀総長は代々、宮様が任命されるから、これは別格である。もう一人の二役、陸軍大臣は荒井である。年も森将軍より若いし、士官学校でも二期後輩だ。髯だって、同じカイゼル髯ではあるが、荒井の方は細くて少なくて威厳がない。それに比べると、彼の髯は、未《いま》だに黒くふさふさして、我ながら見とれるほど立派であった。出世の早い荒井には、長い勤務の間、何度か追いつかれたり時には抜かれたりしたが、このように、再び、同列同級の場に立つと、卒業年次の古い、森将軍の方に発言権が多くなる。いわば、彼は、越境という大罪を犯したおかげで、地方の軍司令官から、俄《にわ》かに中央の、第一線の脚光きらめく舞台に躍り出た上、そこの最高のスターの地位を獲得してしまったのである。

越境将軍のニックネームと、彼のカイゼル髯は、昭和六、七年の日本に於《お》いては、三歳の童子も知っているほど有名になっていた。

コーヒーを運んできた少女の給仕が、あまりの緊張のためか、皿とカップをぶつけて、テーブル・クロースの上にしみをつけてしまった。彼女は真赤になってそれを拭いた。その少女の細かく震える肩に向って、将軍は泰然とした形を崩さずに言った。

「支配人の中林君は居るかね」

「ハイ、ハッ、あの、今、すぐ」

少女は、跳ね上がるようにして将軍を見ると、辛うじてそれだけ答えて、ロビーの奥へ去って行った。入れ違いに、タキシードを瀟洒《しょうしゃ》に着こなした、初老の紳士が出てきた。

「やあ、森君か。良くいらっしゃいましたな」

彼は気軽にそう言って、反対側に腰かけた。いつまでたっても、この男は、昔と同じでなれなれしすぎる、と将軍は若干不快そうに眉をひそめた。自由平等主義のアメリカの大学など出たからいけないのだ。今の彼の地位を何と思っているのだろうか。

二人は、金沢での中学時代、同級生であった。二人とも学校始まって以来の秀才と言われ、共にライバル意識を燃やして張り合ったものである。

家があまり豊かでなかった森は、家庭の環境もあり、自分も望んで陸軍士官学校に入った。

中林は、父が外交官だったせいか、五年の時転校し、アメリカへ行くとすぐコロンビヤ大学へ入った。卒業しても十年ばかり向うに居たが帰国すると、まだ日本では珍しかった西洋式のホテル業を始めたのである。

中林は今、東京の鉄道ホテルを中心に、札幌・京都・大阪・福岡に、同系のホテルを経営し、同時に東京の支配人を兼ねて勤めていた。

ホテル業は、アメリカでは人に尊敬される大事業だ。中林としては、中学時代の同窓生でもあり、社会的地位でも、陸軍大将に対してひけ目を感じていないつもりだったから、つい気易く語りかけるのだが、陸軍部内での、狂信的とも言える、部下達の尊敬の態度に馴らされている、森将軍にとっては、その彼の気さくな態度だけがどうも、時折心にひっかかり、よほどの忍耐力で我慢しなければ、話を続けて行けなくなることがよくあった。

森将軍は、中林支配人を前に置いて、しばらくじっと黙っていた。係の少女が、支配人のためのコーヒーを持ってきて、今度はこぼさずにうまく置いて行った。

誰も居なくなると、将軍は、初めて、荘重に口を開いた。

「中林君、今日は重大な相談があってきたんだがね」

「森君何だね」

相手は気軽にそう答えた。その君《くん》も、将軍にとっては気にかかってならないことだ。閣下とは言えないまでも、せめて、総監とか、将軍とか言って貰えないだろうか。むかついてきたが、じっと押えた。中林はそんなことには全然気がつかない。

「君が、ぼくに、重大な相談があるなんて、ちょっと考えられないな。近衛や西園寺の息子を、ぼくもゴルフ友達として、知らないわけじゃないが、君の言いたいのはまさかそんなことではないんだろう」

「うん、そんな俗事ではない」

「と言うと、何だね」

「君は、東干人《トンガン》という民族を知ってるか？」

突然、将軍は意外なことを言い出した。

「トンガン？　さあ、聞いたことないね。マレーかスマトラにでも居るのかね」

「いや、シナの奥地に居る民族だ」

「というと、苗族とか、蛮族とかいう、辺境の、蛮族の一種かね」

「そうでもない。れっきとした漢民族だ。甘粛省から、ゴビを越えて、新疆省の廸化《チーホワ》、つまりウルムチあたりまで分布している。漢民族と違うところは唯《ただ》宗教なのだ」

「キリスト教徒か」

「回教徒だ」

「イスラム」

「そうだ。回教を奉じて、常に時の政府に反抗して生きてきたのが東干人だ。何百年も前から、ゴビ砂漠を中心に戦争ばかりして暮してきた強い民族だ」

「成程《なるほど》、俗事とは遠い話だね。しかし、それが、何故、ぼくに関係があるのかね。さっぱり分らんな。森君」

「まあ、ゆっくり聞け。満州もこのまま行けば、一応、日本の保護下に独立は達成されるだろう」

「満州の独立は少しやり過ぎだったのではないかな」

「しかし張学良一族の寿命はもう目に見えている。いずれ、どこかの国が何とかしなければならなかったのだ。旧清朝の王族が治めれば満州は、完全に蔣介石の手から離れる」

「しかし、そいつは国際的にはかなり問題だな。U・PやA・Pもしきりに批難している」

「問題はたしかに起るだろう。しかし、国民も外国も、もうそうなることは暗に認めてしまっているのだから今更どうにもならん。ただ、南京の国民政府が決してこのままでは黙っておらんだろう。いずれ、必ず、シナとはどこかで、大戦争が、ぶっ始まる」

「えらいことを言い出したな。おれにそんなことを言ってかまわんのか」

「軍の大方針だし既に国民衆知の世論だ。かまわん。それにこの方針を説明しなければ、これからのわしの話は筋が通らんのだ」

将軍は、じっと中林を睨みつけた。少しは彼の偉さが相手にも分っただろうか。今、彼は、国民の運命を背負っているのである。

「いずれ必ず大戦争が始まるとすると、あの広大な領土だ。今やっている満州事変のようには手軽には行かん」

「それはそうだろう」

「敵の中にも、できれば国民政府に反抗し、日本に協力する味方があった方が良い。そして、それに最もふさわしいのが、人種的には漢民族でありながら、歴代の本国の政府に虐待を受けて、恨み骨髄に徹している、東干民族の一派だ。しかも、今、その東干民族は、馬長英《マーチャンイン》という、二十二歳の白面の美青年にひきいられ、かつてないほどの団結を示して、国民政府軍に対抗している。その上、我が日本の軍部は、既に数次のゴビ探険隊に託して、彼等に武器を供給し、深くよしみを通じている。軍というより、或いはこれは、森個人の特務工作と言えるかもしれん。先年、わしは、朝鮮軍時代の幕僚の中、最も優秀だった、若い士官を一人、密かに軍籍を離脱させて、馬長英軍に送っている」

中林は、森がなぜ急にこんな重大なことを言い出したのか分らなくなってきた。故郷の金沢中学を出て、今東京で、多少とも名士として人に言われるのは、同級生ではただ二人きりだから、懐かしさのあまり、時々中林の家庭を訪れたりホテルに話しにやってくる気持は分る。それにしても、話が重大過ぎる。第一、職業がら、外国人と接触する機会が多い中林に向って、将軍ともあろう人が、そう軽々しく、軍の大方針を語って良いものだろうか。

「わしが、全シナの人物を見て、日本のために必ず役に立つと睨んだのは、この若い馬長英ただ一人だ。何しろおそろしく戦争が好きな男らしい。十七歳で、全甘粛省の東干人の要望を担い、推されて大佐となったというくらいだ。背は六尺もあり、やせ型で、その上、絵に書いたような美少年だとも言われる。土地では、ジンギスカンの再来と騒いでいるそうだ。十九歳の時には、彼は全甘粛省も統合して、大軍閥になってしまった。あまりに評判が高いので、蔣介石に招かれて、南京軍官学校へ、特別学生として入れられたが、そんな窮屈なところで勤まる男ではない。三月で飛び出し又甘粛省の嘉峪関にある、自分の本部に戻ると、旧部下を集め、省総督を威嚇《いかく》して、自分自身で甘粛省軍長の任に就いた。南京政府には表面従うと見せて使者を送り、正規軍編入を認めさせた上給料と被服を送らせた。そして自分の私兵を勝手に、甘粛省新編第三十六師団と名づけてしまったのだ」

そこまで一人でしゃべると、森将軍は、一人で愉快そうに笑った。ジャズが巷《ちまた》にはやり出したころで、バアにある電気蓄音機がタキシードジャンクションという、当時の流行の曲を、流していた。電車も地下鉄もあり、ツエッペリンもやってくるという時代に、どうも話が一遍に三国志の時代にでも逆戻りしてしまった感じである。それに、将軍がなぜ、彼の所へわざわざそんなことを言いにきたのか彼には真意がますます分らなくなってきた。

「ところが最近わしの所へその馬長英軍の軍事顧問の為《ため》に派遣した吉植少尉から、特務を通じて連絡があったのだ」

そう言って、将軍は姿勢を正した。どうやら話が本題に入ったらしい。中林も少し緊張した。

「彼が嫁を欲しいと言ってきてるのだ」

「彼と言うと吉植少尉とかいう男ですか」

「いや違う。馬長英がだ」

「ハア」

ちょっと拍子抜けをした。また、現実離れがしてきた。

「それも、日本の娘が欲しいと言ってるのだ。強い子を生んで、次のアジアの盟主にしたい。それには、アジアで最も精強なる民族である日本人の美しい娘を貰うのが何よりだと申しこんできている」

「なるほど」

「半ばは吉植が吹きこんだ思想かも知れん。しかし、日本にとっては結構な話だ。いや、東亜百年の大計からも、ぜひとも、これは実現させたい」

「そうですか。しかし、わざわざそんな辺境の土地へ行く娘が居るでしょうか」

中林は、自分の知り合いの、縁遠い二、三の娘を、頭の中で考えてみた。しかし、幾ら縁遠いからと言って、彼女等が、そんな見ず知らずの所へ行くとは到底考えられない。

「中林君」

将軍はまっすぐ支配人を見つめると言った。

「君の末娘の由利さんは幾つになった」

「えっ！」

中林は思わず声を喉の奥で呑みこんだ。そうだったのか。それが目的だったのか。辛うじて彼は答えた。

「まだ十八です。何も世の中のことを知らず女学校へ通っている娘です」

「航空兵は十四から、陸軍の学校へ入る」

「人形と遊び、押し花を入れた詩集に涙を流している娘です。とてもお役に立ちそうにもありません」

「君は召集令状が息子に来た時、お役に立たないからと言って拒否するか」

「男と女は違います」

「共に同じ日本人だ」

「どうして私の娘を」

「わしには、君しか頼める友達は居らんのだ。それに、あの由利さんなら、小さい時からわしは知っている。年に似合わずしっかりしているし、日本人の代表として、新しい中央亜細亜の盟主の妻になるのにふさわしい、気品と美しさを持っている。要は唯、純潔な体を持って相手の所へ行けば良い。一緒になれば、相手は何国人だろうと、夫婦の情愛が通うようになる。一切の話はその後からなのだ」

「ともかく娘に聞いてみます。閣下、私だけの一存では行きませんから」

とうとう閣下と言ったな。将軍は、青ざめて立ち上がる、米国かぶれのタキシードの支

配人を、じっと見つめたまま、

「よろしく頼むぞ。わし個人でなく、軍が、そして、日本の国が頼むのだ」

と言った。

三

「ワーシャーツ」

男達の罵《のの》り騒《し》ぐ声で、由利は目をさました。毛布にくるまって地べたへ寝た体の上を、三角に被っただけの天幕だったから、外の様子は横になったままでも良く見えた。大きなトラックが砂にめりこんで動かなくなっている。安西を過ぎてからは全く砂ばかりの中を歩き続ける旅が続いたから、砂には馴れている。しかし、こんな所までトラックがやって来るとは想像も及ばなかった。

一人の外人が車の前で、しきりに人夫達を指揮して、砂を掘らせている。トラックに乗っていた人夫の一人が、

「ワーシャーツ」

と叫んでいるのだ。東干騎兵は、銃を構え彼等を近づけまいとしている。牛車の人夫達も、そのトラックの様子を眺めながら、手助けしようとはしない。騎兵が許さないからだ。トラックの横には、三人の外人が手を束《つか》ねて立っている。その車輪は殆ど、砂にめりこみ、

ギヤをかけて脱出させようとすればするほど、いよいよ、深みにはまって行きそうだ。

「希戒《シロン》伍長、助けてやったら」

起き上がった由利は、騎兵の隊長に言った。彼女の言葉は兵士や人夫達と全く変らぬ、見事な甘粛省の中国語である。シロンと呼ばれた伍長は、銃を片手に油断なく構えながら、天幕の所へやってきた。少し足をひいて歩いているのは、彼の左側の臀部《でんぶ》の肉が、戦いの最中敵に斬られて、抉《えぐ》りとられてしまい、腿《もも》から尻にかけて骨しかないからだ。

馬希戒《マーシロン》伍長は、自分達の尊敬する司令《ガースリン》の未来の妻となるべき、この日本人の少女にそれまでも充分な敬意を払っていた。

「奥様。哈密《ハミ》まではまだ一千キロもあります。我々は疲れたりしてはいけないのです」

「しかし、助けるぐらいできるでしょう」

「人夫の労力も、水や食糧と同じです。大事にしなければいけません」

伍長は、言葉は丁寧だが譲らなかった。いつのまにか、佐藤佐藤が寝呆《ねぼ》け顔《がお》で起きてきた。そして、いくらエンジンをかけても動かない車を見ると、

「ばかたれが」

そう罵りながら近づいて行った。人夫や騎兵達は、平気で外人のトラックへ近づいて行く、この醜い顔の附添人を呆《あき》れて眺めていた。

どうも、佐藤上等兵のやることは、考え無しのことが多いようだ。後でうんと叱りつけなければとそう考えながら、由利は彼のやることを見ていた。

佐藤は一緒になって押したり、車の下に毛皮を入れてみたり、勝手に人夫を指揮して働き出した。言葉はまるで通じないが、何とかお互いに意味が分ってるらしい。その中、ぶるんと大きく体をゆるがすと、トラックは砂の穴から飛び出した。黙って坐《すわ》ったままそれを眺めていた、牛車引きの人夫達がまず安堵《あんど》の声を洩らした。伍長に止められているから手助けしなかったまでで、人夫達としては、ひとごとながら気にかかっていたのかもしれなかった。

外人の一人が礼のため近づいてきた。しかし東干騎兵が銃の遊底を鳴らしたのでそれ以上進めなかった。十メートルぐらい先で彼は由利に向って、北京語で聞いた。

「どこへ行く」

由利は答えた。

「ウルムチよ」

「それはいけない」

相手は真剣な表情で近づいてきたが、

「止《と》まれ！　近づくな！」

伍長の声でその場に釘付けになった。

彼は叫んだ。

「ウルムチは今、戦争で大騒ぎだ。馬長英の軍が、滅茶滅茶に暴れ、哈密でも、寄台城《ゴツツエン》でも、廸化《ウルムチ》でも、家は焼かれ人は死に、町中戦場になっているそうだ。行ったら殺されてしまう」

「車が動いたらもう行け」

伍長は再び銃を構えた。外人は仕方なく車に戻って乗りこんだ。そして、大きなトラックは、砂を捲き上げて走り去って行った。

思いがけなく早目に眼覚めさせられた彼等はあたりが静まると朝食にかかった。車座になり、火を起し、粉のスープを作り、乾《ほ》した羊肉をその中に入れて雑炊にする。それと、玉ねぎをすりこんだ、纏頭パンとが、毎日、朝晩の決った食事であった。

由利は伍長に聞いた。

「どうして、あんなに外人を警戒するのですか」

すると馬希戒伍長は答えた。

「あの連中のトラックには、大概武器が積んであるのです。だから荷重がかかって、砂の中に輪がめりこむのです。その武器が東干軍に入るのなら良いのですが、定期運輸路の調査や探険隊に名を借りて、奥地で政府や、民団や、軍閥や、武器を欲しがっている連中に相手かまわず高く売りつけられるのです。何も助けてやる必要はないのです」

わらじのような形の乾いたパンをかじりながら、由利は、この広い砂漠も、決して平和な土地でないことを、又、改めて知らされた思いであった。二人の言葉が分らぬ佐藤佐藤上等兵は、暢気《のんき》にアルミの皿から乾肉の煮たのを指でつまんで、うまそうにしゃぶっている。その屈託のない表情が、ぶん殴ってやりたいほど疳《かん》に障《さわ》った。

この人は任務を一体、何と思っているのだろう。事態はそんなに、のんびりしたものではないのだ。哈密や廸化では、今、彼女の夫となる馬長英は死力を尽して戦っているのだ。

「君がこれから引き受けてくれることは、帝国軍人が一個師団かかってもできないような、偉大な仕事なのだ」

ふと彼女は森将軍の荘重な言葉を思い浮べた。

その二、三カ月、ずっといつもより早く帰っては憂鬱そうな表情で部屋にとじこもって、家人を心配させていた、由利の父親は、ある日とうとう、由利に、将軍から言われた条件を持ちだした。それまで、再度、三度、と森大将から催促の連絡があったらしい。去年の、夏休みに入る前の梅雨が毎日続いている日であった。

「わあ、すてき!」

父親から遠慮がちに、その打ち明け話を聞いたとき、由利の口から出たのは、梅雨のうっとうしさをはねとばすような明るい叫びであった。

「私、王女様になれるのね。アラビヤンナイトのお話みたいよ」

父親は悲しそうな表情で言った。

「そんな、暢気な話ではないんだよ。事柄はもっと重大なんだ。うっかり状勢が変れば、向うからも、日本からも、間諜《かんちょう》扱いにされるようなことにならないとも限らない。最悪の場合は、死刑を覚悟しなくちゃ、勤まらない仕事だよ」

「でも平気よ。お国のためになるんでしょう。だったら死んでもかまわないわ」

婦徳と愛国だけが看板の、躾《しつけ》のきびしいので有名な女学校へ入れたことが間違いのもとだった。もう少し、自分自身というものを見つめて考える子供であって欲しかった。

「私は、単に将軍に言われたことを取り次いだだけだ。今度将軍に逢った時、眼の前で、いやですと泣いてみせれば、森君も決して無理にとは言わないだろう」

「私、行くわ。だってお国のために役に立つんですもの」

危うく怒鳴りつけたくなった。だが時代の風潮が自分の娘に対しても、そんなことを許さなかった。もしあくまで娘を放したくなかったら、初めから娘に語って聞かせることはなかったのだ。彼一人が、どんな圧力にも屈せず、直接断り抜けば良かったのだ。

「お父さんやらしてみて。実は、もうずっと前から、森大将から手紙がきていたの」

父親は、声をのんだ。

娘の声はしっかりしていた。今まで、人形や花を相手に遊んでいた子供とは思えない、思いつめた表情を見せている。父親の知らない世界で、それなりに、一人前の成長を見せているようだった。人の言葉をまだ疑うことを知らないこの娘の無垢《むく》な心は、本当に、国のために命を捧げる感激で一杯のようだった。

数日後、二人は偕交社で、改めて森将軍と食事を共にしたのだった。

将軍は常に荘重な口調で由利に語った。

「君が、馬長英の所に行ってくれるということは、本土よりももっと広大な面積を持つ、辺境地区に、日本の勢力の大きな楔《くさび》を一本打ちこむことになるのだ。これから一年間は、君の体を参謀本部が預る。それは、君に現地で必要な知識を授けるためだ」

由利は、食事もせずに、じっと将軍の言葉を聞いていた。将軍は、今度は沈痛な表情の父親に、友達に話しかけるような、くだけた語調になって語りだした。

「その馬長英というのは六尺を越す、すらりとした体で、大変な美男子でな。いつも自分は白い馬にまたがり、数千の騎兵隊をひきいて、突然砂漠の涯《はて》から姿を見せるのだ。彼の姿を見ると、人々は小司令《ガースリン》と言って、唯恐れ敬い、どんな敵も武器を捨てて降服するということだよ。娘の婿として不足はない男じゃないか」

夏休みに入ると、由利は学校に退学届を出した。

参謀本部雇いの辞令を貰い、家から、学校へは行かず代々木に通うことになった。

代々木には、イブラヒムという、もう九十になる老人が一人で住んでいた。彼は、ソビエト革命とともに崩壊した、タタール王国の教主で、日本に保護を求めて亡命してきているのであった。

ピンクの皮膚と、灰色の眼、尖って先が錐《きり》のように垂れ下った細い鼻、片方の耳朶《みみたぶ》には、重そうな紫色のサファイヤが肉をひきちぎりそうにしてぶら下っている。彼はいつも、法王が着ているような、長い黒いラシャの外被をまとっていた。そして黒い頭布をいただいている。イブラヒム老の閑宅には、時々、私服の参謀本部の将校が、タタールやトルキスタンの言葉について、質問にくるだけであった。後は祈禱三昧《きとうざんまい》の静かな生活だったので、若い由利が出入りするようになると、教主は、とても喜んだ。早速、彼女にアミナという教名をあたえた。これはマホメットの母の名で、女信者の教名の中でも、最も尊い、王族のみが許されるものであった。

由利はそこでアラビヤ語のコーランと、タタール系の各地の方言を学んだ。そして一方、その間を縫って、参謀本部が探してくれた中国語教師の指導で、甘粛省の特別な中国語も学んだのである。

そして翌年の六月、再び森鉄十郎大将から呼び出されると、

「それでは任務に就いてくれ。馬《マー》は、君のくるのを待ちかねて居るはずだ。向うへ着いたら砂漠でも戦場でもすぐ追って行ってやりたまえ」

と激励され、一旅行者として、一人、北京にある、日本領事館に向ったのだった。

どうやら食事は終ったらしかった。牛車の人夫達が燃えかけの薪を砂でこすって消すと、大事そうに車に積みこんだ。

兵隊達は、食器を腰につけた袋の中にしまうと、少し離れた地面の凹みや、半分枯れて生えている小さな柳の茂みのかげにしゃがみ出した。

「ちょっと」

由利も眼で合図をして、彼等のしゃがんでいる所と反対の方に歩き出した。佐藤佐藤はそばまで附添い、その姿が、兵隊達から見えないようにするのが、毎朝の役目となっていた。

充分な凹地を見つけて由利が入り、その横に佐藤佐藤が立って、兵隊の方を向くと、由

利の姿は隠された。

こんな時、佐藤佐藤は決って一つのできごとを思い出すのである。熱河作戦が始まる半年前、通遼の郊外で駐屯していた時のことである。

治安は余り良くなく、夜闇に出没する兵匪《へいひ》のゲリラを相手に、しょっ中小競合《こぜりあい》が絶えなく、まだ補充の初年兵だった彼には気骨の折れる毎日が続いていた。

そこへ、突然、日本内地から、丸髷姿《まるまげすがた》で有名な、女の流行歌手が一座をひきいて、慰問にやってきた。その女が良く唱《うた》う歌は軍隊へ入ってから二つ三つは覚えたが、まだ実際には彼は実物を見たことがなかった。貧しい暗い少年時代を送った彼は、第一、歌手や活動写真の役者など一人も見たことはないのである。尤《もっと》も大半が、鹿児島の田舎者と、奄美大島と、琉球の志願兵とで構成されているこの部隊の中では、他にも歌手の実物を見たことのあるものなど一人も居なかった。

部隊中はまるで熱に浮かされたように沸きたち、早速仮の舞台を建てるやら、楽屋を建てるやらの大騒ぎになった。

そして、夜が来て、慰問の演芸が始まることになった。その時、部隊の中でいつも皆に軽く扱われていた彼は、折角《せっかく》、実物の歌手が見れるのを楽しみにしていたのに急に古年次兵の繰り上げや勤務交替で歩哨につけられてしまったのである。

仮設の舞台だけが華やかに浮き上がり、周囲の高粱畑《コーリヤンばたけ》は、相変らずいつものように、無気味に静まり返っている。面白くないなとむくれ返ったが、任務は任務、それに内地から美しい女の慰問団が来ているのだから、いつもより、余計歩哨の責任は重い。

まだ入隊して九カ月にもならない彼には、毎度のことながら歩哨は怖くて仕方がない。いつゲリラが飛び出してくるか分らないのだ。緊張よりも恐怖で体が震える。敵を事前に見つけるということよりむしろ、高粱を利用して、どこから出てくるか分らない敵から、できるだけ身を隠すことばかり考えて、行動していた。

その時、突然、彼の横を、華やかな赤いものが通り過ぎた。舞台を終えて衣裳のまま、楽屋から抜け出してきた一座の看板歌手である。正確に言うなら、彼女の内地での人気はそのときはもう衰えかかっていたかも知れない。しかし、その三十を一つか二つ越したばかりの、白い脂肪が沈潜し、でっぷり肥《ふと》った体は、女盛りの絶頂期であり、戦塵《せんじん》の中に毎日を送っている兵士達にとっては、目が昏《くら》むほど刺激的であった。

佐藤が、はっとして声も出せずに見つめていると、女は大股に歩いて高粱畑に向い、くるりと赤い着物をまくった。白い二つの大きな尻が、夜眼にも白く現われた。彼の銃を持った手が、硬張《こわば》った。

使役の兵隊は慰問団用の廁《かわや》を作るのを忘れたのだ。

それはまあ仕方がないが、女の身体にもしものことがあったら大変である。彼は歩哨の任に戻ってあたりを警戒しようとした。しかしともすると彼の眼は、どうしても女の体に戻ってしまう。女はやがて地面へ花びらのような白い塊を、一つ残して立ち上がった。しかしその瞬間、背後からじっと彼女の今の姿を見つめていた男の姿に気がついた。一瞬批難する眼付きでその男を睨みつけたが、彼女はすぐその男が銃を持っている歩哨であることを知った。他の兵が、舞台で彼女の声を聞き、若い娘の太腿がちらつく踊りに酔っているとき、この男だけは任務について、敵状を警戒してくれていたのだ。

「兵隊さん」

彼女は、やさしく小声で呼んだ。

「ハッ」

服務中も忘れて彼は返事をした。今まで禁断の場所を覗《のぞ》いていたという多少の後ろめたさもあったからである。

「こちらへいらっしゃい」

彼は腰に構えていた銃を下げて近づいた。

「良いことをしてあげるわ」

彼の首筋がいきなり女の手に抱えられた。紅い唇が、彼の唇にかさなり、甘い香料の匂いと共に女の舌がわりこんできた。

「あっ、自分は、自分は」

むなしい抵抗であった。佐藤は生れて初めての唇をその女に奪われた。嫁に貰った女房とも、そんなモダンな真似は、照れ臭くてできなかったのである。

女は、さっと体を離すと、又、何事もなかったように、楽屋に戻って行った。佐藤佐藤はいつまでも、ごつい掌で自分の唇をこすった。もし口紅などがついていて、それを古年次兵に見つかったら、半殺しになるまでいためつけられてしまうからだ。だが、それはいつまでも、彼にとっては懐かしい思い出となって残ることだった。

「ごめんなさいね」

由利が、反対を向いて立っている佐藤に言った。こんな時だけ、彼女は女らしくやさしかった。彼女の用は終ったのだ。二人は駱駝に戻った。騎兵も牛車の人夫も、すっかり出発の準備が整っていた。

馬希戒伍長の甲高い声が砂漠に消えると、行列は動き出した。今日も一日、見渡す限り黄色い砂だけの旅が続くのだ。一体どこへ向いて歩いているのか、全く見当もつかない、単調な、何一つ変った景色も見えなければ、変ったことも起らない旅だった。

そして、もう大分高い所に上り出した太陽が人々の首筋を、灼《や》きつけ出した。こんなに照りつけられては、肝腎の馬長英さんに逢うときは、真黒になってしまうわ。もっと日焼け止めのクリームを厚く塗らなくてはと、由利は女らしい心配をしていた。

四

「本日の下給品は、一人あたり酒二合、羊羹《ようかん》二本、するめ一枚。午後六時から会食が開かれる」

週番上等兵がそう触れて廻ると、承徳のラマ寺の中に駐屯していた部隊から歓声が上がった。

十日間の激戦でこの中隊からも十三人の戦死者と、五十人の負傷者を出した。しかし戦いは、圧倒的な勝利に終り、三日前には、破竹の勢《いきおい》で、熱河省第一の町承徳県城になだれこんだのだ。承徳では、予想していた抵抗は何も無く、住民は皆、日章旗を打ち振って出迎えた。

残敵掃討も形式的で、すぐ城内のラマ寺に兵隊達は分宿した。

昨日は、久しぶりに途絶えていた軍事郵便がやってきた。

二年兵の一等兵、佐藤佐藤は、戦友の間を中に入っていた写真を見せて自慢して歩いたものだ。彼が満州の荒野に転戦していた間に可愛い女の子が生れていたのだ。何度か弾丸の下を潜《くぐ》り危い目に遭ったが、ともかく生きている。本当に良かった。

そこへ会食だ。酒は飲まないから、二合をそのまま戦友にやれば、少なくとも羊羹一本は代りに貰える。三本あれば当分楽しめる。

週番上等兵がそう告げて去ると、現役の初年兵二人に毛布を持たせ、彼は炊事室へ下給品受領に向った。

既に各隊から、初年兵が毛布を抱えて炊事室の前に並んでいる。その毛布の中に、炊事の下士官が分隊の人間の数だけの羊羹や、するめや、酒瓶を数えて入れてくれる。それを初年兵は、毛布の両はしを持って、自分の分隊に持って帰るのだ。今までの一年間、彼は毎日のようにそれをやらされたが、二月前にやっと現役が内地から入ってきたのでその引率役の方に廻ることができたのだ。羊羹やするめを貰えることは嬉しかったが、その度《たび》に使役にかり出され重い思いをすることは、随分辛かったものである。でも、何とか二年兵になった。

これからは軍隊生活もそろそろ面白くなるかもしれない。このまま帰るのがちょっと名残惜しい気もした。二人の初年兵を連れて、彼は良い気になって、広いラマ廟《びょう》の営庭を歩いていた。

その時、肩に半マントをかけ、参謀肩章を吊した、師団の高級参謀が馬を飛ばしてやってきた。兵隊なんかが、滅多にお目にかかれる相手ではない。直属上官ではないかも知れないが、文句なく停止敬礼だ。間合を見計って、二人の現役の初年兵に、

「止れ」

と号令をかけ、

「敬礼」

と見事な声で言った。そして形も見事に決った。ちょっと得意でもある。

こんな場合、相手はぜんぜん見向きもしないで行ってしまうか、軽く鞭《むち》を上げて答礼の真似をして通り過ぎるのが普通である。尤《もつと》も、欠礼でもしようものなら絶対彼等は見逃さない。すぐ馬を止めて叱り飛ばされるから、黙って通り過ぎて貰えたら、敬礼が合格したと思って良いのである。ところが、その大佐は馬を止めた。何か落度があったのかと、佐

藤はとたんに、血の気がひいた。軍帽はかぶっている。Mボタンは外れていないはずだ。初年兵のやつ、何かしくじりやがったかな。将校は大佐であった。四本筋のドテ金に、星が三つ光っている。肩から胸にかけては、金モールが吊り下っている。半白の髪の下に、きびしい眼があった。

「兵隊」

彼は言った。

「ハッ」

「部隊はどこだ」

「ハイ。高田部隊。松田隊。第三中隊」

「名前は」

「佐藤一等兵であります」

「小隊長は」

「池上少尉殿であります」

「よろしい行け」

それだけ聞くと参謀将校は又、馬を飛ばして行ってしまった。彼は、その場に腰が崩れるほどの衝撃を受けた。えらいことになったぞ。隊長の名前まで聞かれてしまった。彼は慌てて、自分の軍服を点検してみた。どこもボタンは外れていないし、編上靴《へんじようか》の紐もきちんと結んでいる。どう考えても、過失を犯したのは彼の後ろに居る二人の現役野郎に違

いない。いきなり振り向くと、

「やいてめえら、何をモサッとしとったんだ」

と、未だにぼんやりしている二人の兵隊の頬を続けざまに力一杯ひっぱたいた。理由は後から見つければ良い。現役のくせに、腰がふらついてよろけたのが尚、気に喰わなかった。彼は今までさんざん古年兵にやられたように、二人に向うと、

「二人とも、腰をしゃんとし、歯を喰いしばれ。てめえら、敬礼の最中、目でも動かさなかったか。マラボタンでも外していなかったか、てめえらの胸中でとっくり考えてみろ」

彼の拳骨《げんこつ》が、若いまだ子供子供した少年の頬に鈍い音をたててぶつかった。

だが殴ってみたからと言って気が晴れるわけではなかった。だんだん心配が募ってくるばかりだ。ことによると、営倉ぐらいではすまないかもしれない。

「てめえら勝手に炊事に行って貰ってこい、おれはもう帰る」

彼は、自分の内務班にそのまま帰ると、できるだけ目立たぬように小さくなっていた。いつ、呼び出しがくるか、生きた心地もなかった。理由が分らぬだけに、心配は深かった。

夕食は会食だ。小隊全員が集り、酒を飯盒《はんごう》の蓋《ふた》に配り、ふだんよりは、沢山あるおかずを前にして、和気藹々《わきあいあい》としゃべりながら飯を喰うのだ。だがその時も、先任曹長が入ってきて、

「小隊長殿は、本日、お前等と会食をなさる予定だったが、急用があって、師団の参謀本部に呼ばれた。残ったお前達で愉快にやってくれとの伝言だ」

と言ったときは、もう駄目だと観念した。恐怖の余り心臓が口から飛び出しそうになった。

何を喰ったのか、殆ど分らない中に、会食は終ってしまった。

その頃、やはり池上少尉は、師団司令部で、寺山大佐に呼ばれて、佐藤の身柄について語り合っていたのである。

「池上少尉。君の所の部下は、何県人が多いのかね」

「ハイ。七割までが鹿児島県人で、その他に若干宮崎県人と熊本県人が交っています。尚鹿児島県人の中には、奄美群島出身者と、志願の沖縄出身者が交っております」

「佐藤が何か間違いでもしでかしたでありますか」

「いや、そういうわけではない。彼は何県人なのだ」

「佐藤一等兵というのは」

「鹿児島籍の者であります」

「そうか。あれよりもっと凄い面《つら》をした奴が居るか？」

「いえありません、佐藤が最も凄い顔をしております」

「そうだろうなー」

大佐は深く頷《うなず》いてから、

「実はな少尉」

と話しかけた。

「今、奉天に居られる森閣下から、特務要員を一名求められているのだ。条件は二つある。一つは、日本に身内の少ないものだ。もう一つは、できるだけシナ人に似た顔をした男だ。つまり、そのへんの苦力《クーリー》に化けて、ぴったりという顔の男を選りすぐって探せという命令なのだ」

「それなら、参謀殿。佐藤はぴったりであります」

「名前は何というのだな」

「佐藤であります」

「それは苗字《みょうじ》だろう。わしが聞いているのは名前の方だ」

「名前も佐藤であります」

「ほう、すると、彼は苗字も佐藤、名前も佐藤というわけか。妙な男だ」

「さようであります」

「珍しい奴だな。どういうわけかな」

「元来、佐藤一等兵は、沖縄生れで、中城佐藤と言ったであるそうであります。ナカグスク、スケフジと読むのだそうであります。それが、早くから日本内地へ来て、洋服の仕立職人などをして暮しておりましたが、年頃になって嫁を貰うことになり、結局は内地人の籍へ入る方が便利だというので、妻の家へ養子に入ったであります」

「その女房の家が佐藤姓だったというわけだな」

突然、参謀は一人で腹が破れるほど大きい声で笑い出した。

「さようであります」

と答えながら、池上少尉は、半ば呆れたような顔で、その参謀の笑い顔を見つめていた。

長い戦場生活をしていると、こんな卓抜なユーモアには、滅多にぶつかるものではない。

参謀は、一人で、笑って笑って笑いぬいた。そして、急に笑い止めると唇をひきしめて、

「少尉！」

「ハッ」

「佐藤佐藤の家族は」

「たしか妻と、生れたばかりの赤ん坊と、二人きりのはずであります」

「少ない方だな。まあ、良いだろう」

そう言って、一人で頷いた。それから、

「命令する」

と口調を改めた。

「少尉は明朝、佐藤一等兵に、私物、官給品の一切を持たせ、兵器のみを部隊に置いて、師団司令部へ出頭させるように」

「ハイ、池上少尉は明朝、佐藤一等兵に、私物、官給品の一切を持たせ、兵器のみを部隊に置いて、師団司令部に出頭させます」

大佐の口調はもとに戻った。

「彼の処置は転属だ。戦友達にも、そのことを徹底させておくように。階級は、転属と共

に上等兵に進級する。まさか師団が選んだ兵隊が一等兵では森閣下の前に出すわけにはいかん。それから、一カ月後、師団から、聯隊《れんたい》司令部に、彼の戦死用の書類が行く」

「戦死をするのでありますか」

「戦死はせん。しかし、絶対生きては帰れんことになっているのだ。彼の軍籍を消し、その存在を消すためにも戦死させなければならんのだ。お前は、書類が廻ってきたら、状況を作製して師団へ提出する。師団から正式に戦死公報が出て、遺族と村役場へ通知される。靖国神社に合祠《ごうし》され、勲七等が授与され、遺族には年金が下りることになっている」

「一体、佐藤佐藤はどうなるのでありますか」

「それはわしにも分らん。森閣下だけが知っている問題だ。言うまでもなく、このことは、誰にも洩らさないようにな。軍極秘の扱いのことだと思ってくれ」

「承知しました」

「では今晩帰って早速手続きを取るように」

池上少尉は、折目正しい敬礼をして出て行った。

佐藤は、その夜、毛布にくるまってもなかなか寝つかれなかった。何かが起るに違いない。このままですむはずはない。

果して、夜中ちょっと前、週番下士官の柴田軍曹が内務班に入ってきて、

「佐藤起きろ！」

その枕もとでどなった。そらきた、佐藤は体中に冷汗が走るのを感じながら飛び起きた。

「ハイ、佐藤一等兵であります」

「小隊長殿がお呼びだ。すぐ支度をして行け」

「ハイ。すぐ支度をして行くであります」

いよいよもう助からない。これで運命は終ったと思った。

その夜、彼は転属の指示を小隊長から受けた。同時に上等兵に進級したことも告げられた。よけい、何が何やら分らなかったが、ともかく、悪いことではなさそうなのでほっとした。

翌日、師団司令部に行くと、昨日会った大佐が居て、

「これから森閣下にお会いする、言語動作に気をつけるように」

と厳重に注意された。

すぐ師団の被服部で、上等兵の肩章のついている、真新しい一装用の軍服を着せられ、大佐と一緒に生れて初めて、飛行機というものに乗せられた。竹の枠に、紙が張りつけてあるような、複葉の飛行機で、空に上がると、やたらに揺れて生きた心地もなかった。それに、すぐ横の席には、大佐参謀が、黙然と腕を組んで坐っている。怖さも珍しさも、口には出せない。一体どういうことになるのか、ますます分らなくなってきた。

その中に激しい揺れで、急激に気持が悪くなり、吐気《はきけ》がこみ上げてきた。乗物に弱いのだ。しかしうっかりそんなことを訴えれば、どんなひどい叱責をこうむるか分らない。何度かこみ上げてくるのを、必死に胸の中へ押えつけて我慢した。上等兵に早くなり過ぎた。

良いことというのは長続きしないものである。

奉天の飛行場に舞い下りた時には、やっと生き返った気持がした。再びしっかりした地面が踏めたのが嬉しくてしかたがない。だがふと目を上げて、先方を見ると、二人の憲兵が白い腕章を巻き、それぞれサイド・カーに乗って待機している。

憲兵を見ると又、いけなくなった。何も悪いことをしていなくても、とたんに血の気がひいてくる。理由もなく、足腰もたたないほどひっぱたくことを職業としている連中だ。大佐が前のサイド・カーに乗り、佐藤は後方の車に乗せられた。

サイレンを鳴らし、雑踏を割って進んで行くオートバイに、人々は何事かと見送っている。できれば、佐藤佐藤はその人混《ひとごみ》に交って逃げ出したくなった。心配は極限にまで達してきた。眼の玉は飛び出しそうだったし、喉は乾いて舌がひきつってきた。

五

「私は花嫁の到着を待っていられなくなった」

馬長英は、司令部の私室で軍事顧問の吉植少尉にそう言った。

「金樹仁が何か又やったのですか」

樫《かし》の頑丈な机の上に古風なランプが載っている。その横に粗末な鉄のベッド。酒色を近づけず、朝から晩まで戦争のことを考えている、このまだ二十二歳の若い武将は、むしろ新しい戦いのきっかけが生れたことが嬉しそうであった。

「今度の原因は金樹仁ではない。しかし結局は金樹仁が悪いのだ」

若い頭目は、いかにも憎々しそうに、その悪名高い、ウルムチに居る新疆省総督を罵った。

「清朝が崩壊した二十年前、東干人には大きなチャンスが一度あった。それは不幸にして逃してしまったが、私は今度こそは、東干人が立つべき、願ってもないチャンスだと思う。動乱はもう始っているのだ」

二十年前、甘粛省からゴビにかけては、軍閥五馬と言って、五人の馬姓《マーせい》を名乗る東干人の精悍な軍人が居た。尤《もっと》も東干人は全員が苗字は馬《マー》である。馬はマホメッドのマを音読であてはめた字であり、それだけに彼等は皆、強烈な宗教の戒律の下に結ばれていた。そして、散々に清朝を悩ました。

馬長英は、父親から良く、その頃の激しい戦いの思い出を聞いて育った。

「何しろ楊増新がやってくるまでは、ウルムチ城内を自由に暴れ廻り、女でも品物でも、取り放題だったんだからな。勿論《もちろん》わしたちはそんなことはしなかったがな」

今でもその物語は、彼の心を掻《か》きたてる。狭い嘉峪関を中心とした、貧しい耕地の農民を相手にせず、広い新疆省で思う存分暴れ廻りたいのだ。ウルムチに本拠を置き、四方に号令したら、ジンギスカン以来の広大な領土を持つ帝王になれるのだ。

かつて軍閥五馬も、お互いの間のまとまりこそなかったが、それぞれ新疆省から、東トルキスタン地方まで暴れ廻り、東干人の名を聞くと、住民達は肝《きも》を震え上がらせたほどの力があったものだったのだ。しかしその五人の間をまとめる傑出した力のあるものが居らず、統一した勢力になれなかった時に、清朝からきた最後の役人で、おそろしいほどのやり手である楊増新に、彼等はうまく懐柔されてしまったのである。そして楊増新はその五人のバランスの上に乗り、巧みに混乱期の新疆省を納め、一、二年もすると、東干人が暴れ廻るチャンスを、すっかり削ぎとってしまった。

元来、楊増新は、人材の多い清朝の朝廷では目立たぬ男で、割の悪い地方官を転々として、生涯を送った男であった。そしてやっと、ウルムチまできて念願の督弁《ツーバン》になった。そして、ようやくその地位を固めたと思った時に、親元の清朝が崩壊してしまったのである。そだが国民政府が成立すると、すぐ、自分の役所に、青天白日旗を高々と掲げ、自分で勝手に、新疆省政府主席兼軍事本部司令の肩書きを作り上げて就任してしまった。

だが楊の、その放れ技がうまく行ったのも彼の居る所が南京からは全く風の便りも届かないほどの辺境だったからであり、又、革命後の政治犯の逮捕で忙しい国民政府にとっては、辺境の問題などにかかわりあっている余裕がなかったせいでもある。

楊増新が、それまでの半生、長い下積の地方官生活を送ってきたことが、このときから役に立った。身は一介の国民政府の役人でありながら、それから十五年以上も、東干人の蜂起を押えつけ、殆ど独裁者として、万年督弁の名をほしいままにしながら、彼は新疆省に君臨したのである。

「楊の爺さんが生きている間は、どうもうまく行かねえ」

馬長英以上の乱暴者と言われた、彼の祖父の馬福仲は、よく子供の長英にこぼしたものである。だが、楊は、東干人を押えつけてはいたが、しかし決して回教徒だからと言って残酷な真似をしたり、ひどい差別待遇もしなかった。唐代の安禄山の乱以来、回教徒と漢民族との間に殆ど千年以上も争乱の絶え間がなかった、長い砂漠の歴史の中で、唯一とも言える平安な日が続いたのも、楊の地方官生活で得た、回教徒への融和策が成功したからである。

しかしその平和も、現在のウルムチ総督の金樹仁が出ることで破れてしまった。

三年前、突然、楊増新が暗殺されたのである。

当時、楊増新の部下の外交部長に、樊耀南《はんようなん》という男がいた。彼はかねてから、この長い独裁者が死んだら自分が次の長官になろうと思っていた。しかしあまりいつまでも死んでくれないので、自分も年を取ってきて、だんだん焦ってきた。

夏になると、ウルムチの官吏養成学校で卒業式がある。毎年、楊はこの式場に行き、卒業生に対して一場の訓辞をするのが例となっている。樊はその機会を狙ったのである。祝賀の訓辞が終ると、参会の一同は庭で記念撮影をした。その時、内務部長の金樹仁だけが、用があるからと一足先に自分の役所に帰った。

残った楊や政府の高官達は、奥の小さな部屋で食事をすることになった。部屋が小さかったので、楊の護衛兵は、別な部屋で待機することになった。部屋の中では、老督弁の楊

が愛想よく、

「乾杯《カンペイ》」

と発言して盃を持ち上げた。それを合図に、料理や酒を持ち運んできた、白服のボーイ達が、ピストルを懐中から取り出し、楊を狙って射ちかかってきた。長い独裁者はそこに物も言わずに仆《たお》れた。ボーイ達は樊の子分だったのである。副官も秘書も老督弁の上に折重なって全員死んだ。

だが、そこで又、奇妙なことが起ったのである。

勝ちほこった樊の一党が、すぐさま役所へ戻って、新疆省支配の象徴である朱印を手に入れるため学校を出ようとしたとき、既に、学校の廻りには、金樹仁のひきいる軍隊が樊一派を取り囲み、唯の一人も残さず皆殺しにしてしまったのである。報を聞いて軍隊を動員したにしては手廻しが早過ぎる。全部が金樹仁がしくんだことだったのだ。

あれからどうも、回教徒にとっては、良くない世の中になったようだ。馬長英はいつもそう思う。代って新疆省の督弁に就任した金樹仁は、徹底的な回教徒嫌いだった。

漢人の家の前に落ちていたボロ布を拾った男が回教徒の東干人と知ると、窃盗の疑いで逮捕して、右手の指を全部切り取った。漢人を罵ったというだけで、舌を切られた男も居る。足や胸に生石灰を塗りつけられ、筋肉を焼かれて、骨だけがむき出しにされた体で歩いているものもいる。トルコ系のウイグル人にとっても、漢民族の東干人にとっても、回教徒である限り、昔と同じひどい差別待遇を受ける日が続いた。

「動乱はもう始まったのだ」

そう言って、馬長英は一通の手紙をさし出した。

「昨日使者が、砂漠を夜を日についで馬を飛ばして持ってきた。差出人は哈密のウイグル人回教徒の教主、ホヂャニスだ」

ウルムチの大分手前にある砂漠の都市哈密には政治上の権力者とは別に、代々、回教徒の信心の対象としてのナザール王朝があり、若いホヂャニスという男が、教主の位についていた。

「彼からの至急の手紙には、動乱がもう始まったと書いてある」

「どんな風にですか」

「原因は簡単なものらしい」

馬長英は、ウイグル文字で書かれた手紙を、吉植に翻訳して聞かせた。

「土地の税官吏の漢人がウイグル人の娘を見そめて強引に押しかけ婿に行ったらしいのだ。その婚礼の席で、彼は恨みをもった相手方のウイグル人の家族に殺されてしまった。馳《か》けつけてきた漢人達が、娘の家を襲って家族を皆殺しにすると、その漢人を附近の回教徒が、穴を掘って生き埋めにした。すると、金樹仁の軍隊が、それを聞いて回教徒の部落を包囲して連中を又百五十人ばかり皆殺しにしてしまった。回教には、歯には歯、眼には眼という諺《ことわざ》がある。現在、哈密では、これが原因で回教徒と漢人とが真二つに分れて睨み合っている。私にとって、やっと年来のチャンスがやってきたのだ。私は漢民族ではあるが、同じ宗教のよしみで、ウイグル人のホヂャニス一派を助けなければならない。東干人というのは、そういう宿命を持った民族なのだ」

「それでいつ出発します」

「今晩できるだけの兵を集めて出発する。馬を休まず馳けさせれば、十五日で砂漠を横断して哈密まで行ける。それから待ちかねた戦いだ」

「日本から、貴方《あなた》の花嫁がやってきたら、どうしましょう」

「その頃は天山一帯を征服する王になっているだろう。騎兵をつけて、ウルムチまで送ってくれ」

その間にも、司令部の庭は騒がしくなった。牛車に、武器や食糧を積んだ兵隊達がまず庭に入ってくる。その後から騎兵達が集まりだした。いずれも乱暴者の馬長英のもとで、今まで実戦で鍛えぬいた連中だ。皆獰猛《どうもう》とも言える面構えをしている。

「馬にたっぷり水を飲ませておけ」

班長達が、しきりに大声で注意をして廻っている。

集まった兵隊達に、幹部が予《あらかじ》めいくらかの金を分けている。戦い敗れて落伍をしても、本部へ戻ってこれるようにである。食糧や弾薬も牛車から下され、一人一人の荷鞍《にぐら》に分けられた。

兵隊達は出陣の昂奮《こうふん》に沸きたっていた。

夜になって、かがり火が庭に焚《た》かれ、全員に食事が配られた。食事が終り、武装の点検がすむと兵士達は整列した。

いよいよ出陣である。

吉植少尉は留守部隊の連中と一緒に、庭の隅で、その壮厳な儀式を眺めていた。

白い馬にまたがった若き小司令、馬長英が、全員の前に立った。祭壇には、二人の兵によって、犠牲の羊が屠《ほふ》られ、その血が捧げられた。兵士達は夜空に向って、一せいにコーランの章句を唱和した。

それから彼等は、司令部の庭を出た。

嘉峪関の城門は砂漠に向って大きく開かれていた。

白い馬を先頭に、そこまで粛々と並んで出てきた彼等は、城門を後ろにすると、俄《にわ》かに軍刀を抜いた馬長英の、

「ツオヤーヤー!」

の号令で、砂漠に向って馳け出して行った。軍刀が月の光に光ったが、それもすぐ見えなくなり、一団の黒い塊は、広い砂漠の中に溶けるように消えて行った。

六

おれに良いことなど続くはずはない。それは長いこと、佐藤佐藤を支配してきた考えで

ある。もし、良いことがあったとすると、後で必ず、手痛く裏切られる。良いこと華やかなことには、すべて警戒してかからなければいけない。

佐藤が生れてきてから、今日までの生涯で、この考えは必ずと言ってよいほど当ってきた。

九歳の時父に死なれ、継母の住む故郷の家を飛び出してから、二十七歳で、小さな店ながら、自分の店を持って身をかためるまで、殆ど放浪者に近い生活の中で苦闘を続けてきた彼にとっては、後で手痛く裏切られたにしても、その良いことにあった記憶すら、あまり無いのである。

水が不足してきて、目的地に着くまで、朝一杯だけと、東干の伍長から決められると、汗っかきの佐藤佐藤は特に参ってしまった。

そして、相変らず暑い、黄色い砂の道を、何時間もただ歩き続けていると、喉と舌とがひっついてきて、死にそうに苦しくなってきた。

どうも、良いことがあり過ぎた。

この苦しみを、軍事郵便のせいにしてみた。親子が並んで写っている写真が、中から出てきたときは、飛び上がるほど嬉しかった。

自慢しすぎたかもしれない。自分の喜びを他人にほこってはいけないのだ。必ず、皆の憎悪を受けて、後に悪いことが起る。喉がひりひりと痛んでくると、舌を大きく延ばし、できるだけ外の空気にあててその苦しみに耐えようとしながら、彼は後悔していた。戦友達は口では皆、可愛い子だとか、良いかあちゃんだとか、言ってくれていたが、心の中では、憎しみの炎を燃やしていたのに違いない。それでなければ、こんなひどい目に遭っている理由が分らない。

一番いけなかったのは、大して頑張りもしないのに、一選抜より一月も早く上等兵に昇進しちまったことだ。こいつの祟りは、一番受けているかもしれない。何しろ、カイゼル髯の陸軍大将の前なんかに呼び出された光栄を受けたのだから、元々弱い彼の運命なぞ、そのことで粉微塵《こなみじん》に砕け散ってしまったのかもしれないのだ。

水が欲しいと思った。

隣の娘も苦しそうにしている。

しかし、青ざめて紙のように白い顔を、いつもきっとひきしめて、先方を見つめたままだ。彼女は愚痴一つこぼしたことはない。わずかに、人間らしい表情を見せるのは、朝、彼を、ちょっと呼んで護衛の役に立たせるときだけだ。おそろしく気の強い女だった。おれにはとても、あれだけの強さはない。

泣いてすむものなら『水が欲しいよう』と大声を上げて泣きだしているかもしれない。泣いても、どうにもならないから泣かないだけだった。どうもあの時から良くないのだ。

サイド・カーが二台並んで入った、奉天の作戦司令部は、旧王朝の建物の一部らしく、いかめしく豪壮な構えだった。そして書類を持って、行ったりきたりしている軍人が、殆ど、ドテ金四筋の佐官級なのには、びっくりして口もきけないほどだった。いよいよもう駄目だ。あたりを見廻したが、どこもかしこも軍人だらけで、逃げることなんか到底不可能だった。

間もなく、憲兵から、建物の入口で、当番兵に引き渡され、二人は廊下を案内された。閣下の部屋には大きな虎の皮が敷いてあった。その向うの机にカイゼル髯だけがいやに目立つ、恐ろしい眼付きの軍人が居た。大佐さえも、しゃちほこばって、喉の奥でひっかかったような声で、「敬礼」と言った。

閣下は書類から目を上げて、じっと佐藤の顔を見つめた。それから、

「寺山大佐、この男か」

と聞いた。

「さようであります」

「うむ。しっかりした面魂《つらだましい》をしている。この男なら任務を達成するだろう。よろしい。早速任務に就かせるよう」

こう言ってまた、書類に目を戻してしまった。棒鱈のように固まってしまった体が、どうして室外に出たのか、彼自身でも記憶にない。

「お前、森将軍のお目鏡《めがね》に叶《かな》ったのだぞ。さすがにわしが選び抜いただけある」

「で、これから、自分は、どうなるのでありますか」

「何を今更言うとるか」

とたんに、したたか叱りとばされて、司令部の被服庫へ彼は又連れて行かれた。そして、承徳で貰ったばかりの、一装用の上等兵の軍服は、それを着て写真を撮って、内地のかあちゃんに送る暇もなく、すぐ脱がされてしまった。僅か六時間の上等兵だった。

よく被服庫に縁のある一日だが、今度は惨《みじ》めだった。被服庫の下士官は彼の私物も官給品も、すべて戦死者用に使用する、麻の整理袋に入れて、保管票をつけ棚にしまってしまった。それから、彼の体に残っている軍用の越中も外し、ボロボロの中国服を出して、

「こいつを着てみろ」

と言った。鼻が曲りそうな匂いがした。布の縫目には、白い綺麗な、しらみの卵が、一列に並んで光ってついていた。

「それをでありますか」

「ぐずぐず言わんと、早く着ろ」

下士官はどなりつけた。被服係の軍曹というのは気の荒い悪いやつが多い。まごついていればビンタだ。彼はそのズボンと上衣を素肌にまとった。とたんに下士官は大声で笑い出した。後ろに立っていた参謀も一緒になって笑いだした。

「うむ、良く似合うぞ。どこから見ても、本物の苦力《クーリー》そっくりだ。誰も日本人だと思うやつは居ない」

彼等の上機嫌を一緒に喜んで良いのだろうか。でも、怒らないのは嬉しい。醜い顔を曲げるようにしてニヤッと笑った。

「全くだ」

大佐は、しみじみ感心したように、

「笑い顔まで苦力と一様《イーヤン》だ。これだけシナ人と似ている日本人は、日本中広しと言えども、他に居ないのではなかろうか」

とそう言った。

その夜、彼はその服装のまま、司令部を出た。同じような中国服を着た、眼付きの悪い憲兵の伍長だという男が、一緒についていてくれた。その男は、おそろしく中国語が上手だった。彼は二枚分の三等切符を買うと、奉天駅から苦力に交って、三等車に乗った。狭い貨車のような車に、苦力達の臭い体がはちきれるほどつまっている列車だった。最初の中は、あまりの臭さに耐えきれなかったが、その中に鼻が馴れた。ただむーっとこもった熱気に乗物に弱い彼は、又、吐気がしてきた。

二日目の夜、北京の停車場に着いた。それが北京と知ったのは、軍隊で貰う煙草の箱の絵とそっくりの門が停車場の前に立っていたからである。

たしか、北京領事館の一室で、若い娘を引《ひ》き会《あわ》されたとき、そこの駐在武官は言ったはずだ。

「佐藤上等兵の任務は、甘粛省の嘉峪関まで、この娘さんを無事に連れて行くことだ」

それが何故、今、喉が灼けつくような喝きに苦しみながら、行先も分らぬ砂漠の中を、こうして毎日歩いて行かねばならないのかますます分らなくなってきた。

砂が陽《ひ》に光って眼が痛い。しかし瞼《まぶた》さえ、乾いてうまく閉じられないのだ。

何が召集解除だ。畜生め。まだどこまで遠くへ連れて行かれるのか、先の見当もついていないではないか。牛車引きの人夫達も、牛と同じように舌を大きく出して、喘《あえ》ぎながら歩いている。元気なのは、東干の騎兵ばかりだった。じっと正面をみつめ、いつも姿勢を崩さず彼等は馬を進めて行く。

駐在武官は最後に威《おど》すように言った。

「娘の身に万一のことがあった場合、一切はお前の責任になる。お前が陸軍刑法に抵触するのみならず、家族の身にも間違いが起るかもしれん。お前はどんなことがあっても、娘を、娘のままの体で、先方に届けねばならん。お前自身間違った心を娘に対して抱いたりしたら、家族が生きて故郷の人に逢えなくなるような、大不忠者の汚名を着せられるのだぞ。この意味は分るな」

こんな青臭い娘など誰が欲しがるものか、おれのかあちゃんの方がよっぽど良いと、この時佐藤佐藤は言い返したかった。

嘉峪関についた時、吉植少尉に、

「では自分はこれで帰るであります」

と言った途端、大声でどなりつけられた。

「馬鹿言え！　貴様の任務はまだまだ終っとらん。由利さんを、馬長英の所まで無事護衛して、その結婚を見届けて帰るのだ」

「ですから、馬長英という頭目はこの嘉峪関に居るのではないでありますか」

「馬長英は今嘉峪関には居らん。砂漠を越えた、天山山脈の向うの哈密か廸化で戦っておられる」

さあ、さっぱり分らなくなってしまった。ゴビ砂漠なんて名前も、聞いたことがない。哈密がどこで廸化がどこだか、地図を出して説明されても、全然分りゃしない。『天下雄関』の額をくぐって広い砂漠へ出た時ほど気が重いことはなかった。今までの旅行だって、いい加減長くて不自由で、くさくさしたのに、これから先は、話を聞くだけで気が遠くなるほど遠い所へ行くのだ。

また帰れるかどうかと心細くなってきた。

帰りたい帰りたいと思いながら、一日ごとに、かあちゃんや、芳子の居る所から遠くへ向って歩いて行くのだ。帰りたいためにすることが、当分はまるで反対の遠くへ行くことなのだから、いやになる。泣きそうな顔でいると大勢の見送り人の前で、ついて出てきた吉植少尉が、

「しっかりせんか、佐藤上等兵」

と言った。反射的に、

「はい、しっかりするであります」

とつい答えてしまったが、こう毎日、砂の道ばかりでは、いくら気持をしゃんとさせようとしても、滅入《めい》ってくるばかりだった。

何日歩いても、何一つないのだ。

朝起きて飯を喰う。それから出発。夜になって、止る。飯を喰ってから、三角テントの下にもぐりこんで寝る。

昨日寝た所も、今日寝た所もまるで同じ場所にしか思えない。

時々、眼の前に、白い湖の形が見えてくることがある。

「水だ」

佐藤佐藤は何度欺かれてそう思ったか分らない。背中を灼きつける太陽の下を、黙々として、何日も歩いていると、冷たい水の中に全身を浸したら、どんなに気持が良いだろうと思う。しかし、近づくと、その白い湖は、どれも、空中に掻き消えてしまう。砂漠は根性までも曲っている。

一匹の獣も、一本の植物も見なくなってからも、もう十五日も歩いている。町を出てからでは、二十日は過ぎている。

いつかこの砂漠の道が終る日が本当にあるのだろうか。この四、五日の様子では、又、再び人間の居る世界へ戻れるなんてことが、彼にはとても信じられなくなってきた。

報告さえすませば、たしか即日召集解除になって故郷へ戻れる約束だった。もう芳子もそろそろ、這《は》うのを覚えただろうか。とうちゃんぐらいは言うかもしれない。唇をぶうぶう言わし、よだれを一杯垂らしながら、出かかった歯を、かゆがっているかもしれない。

いっそ、ここから夜陰にまぎれて逃げ出そうかと、彼も今まで何度か考えた。

だが、逃げた所でどうなるだろう。日本国中、軍という巨大な機構が、すみずみまで網を張っている以上、軍務を拒否して逃亡した人間の住める所など、どこにもないのだ。どんなに馬鹿らしい命令でも忠実にやり通して、正式に軍から暇を貰って改めて帰るより外は、生きて再び家族と暮す方法はない。まだ見ない自分の子供が、胸が疼《うず》くほど恋しくてならなかった。

岩と砂の外に何一つない冷酷な黒ゴビは、人の心まで重く暗くさせる。時々、砂の中に、白く目印のようにおかれている棒がある。旅の途中で死んだ駱駝の骨である。いつまでたっても、目的地に着くことができず、そのまま砂の中で倒れて、このような骨になってしまうのではないだろうかと、やりきれない不安が迫ってきた。

退屈と憂鬱は、由利もまた同じであったらしい。

不機嫌な顔をむっつりと黙らせている佐藤佐藤に、由利は苛立《いらだ》ったように言った。

「何かしゃべりなさいよ」

「何もしゃべることなどないです」

「歌でも唱いなさい」

「歌など知らんです」

怖い上官が居ないから、佐藤佐藤の声は、ついぶっきら棒になる。

「何を考えてるのか言いなさい」

「何も考えてなんか居らんです」

「嘘言って。昨日も夜おそくまで赤ん坊の写真を見ていたじゃないの」

「赤ん坊のことなど考えたことはないです。自分は、まず、一日も早く帰って、かあちゃんの、柔らかい体を抱きたいです」

不機嫌の原因がそんなところにもあったのかと、少しおかしくもなってきた。

「もし、女の体が抱きたいのなら、私を抱いても良くってよ」

「でも、すぐ憲兵にとっ捕まっちゃ、一生の終りです。自分はまだ長く生きたいです」

そして、情なさそうな声で、

「後、幾日でこの旅行が終るですか」

「まだ二月ぐらいかかるのじゃない」

「聞いただけで、参っちゃうです」

黒く醜い顔は今にも泣きそうに歪《ゆが》んだ。少し、機嫌をとらなければ、ヒステリーでも起しそうだ。

「お子さんの名は何と付けたの」

「芳子というであります」

「芳子ちゃん。可愛い名ね」

「顔も可愛かです」

「じゃ、きっと奥さんが綺麗な方なのね」

「まあ、そうであるです」

「でないと女の子だったら、赤ちゃんが可愛そうね」

すこし言い過ぎたかと思ったが、男は真顔で、

「本当にそうであります。自分も、写真を見てホッとしたであります」

と答えた。由利は、彼に同情を感じていた。

この人は、自分の顔が醜いということを、知って素直に認めている。しかし、ただ醜いということだけで、こんな任務にひっぱり出されたということは、まだ知らない。特務要員としての適性も、才能も、何も考慮されず、ただ苦力姿になったら目立たぬ顔の持主というだけで、甘粛省までの護衛役をおおせつけられたのだと知ったら、どんなにびっくりするかもしれない。それも、結局は甘粛省だけではすまず、長い砂漠の旅までつきあう羽目にまでならされたのだから、気の毒を通り越して、滑稽でもあった。

砂は自然に勾配がついて登りになっていた。いつのまにか、砂質の渓谷を挟む、石だらけの山の背を、駱駝はしきりに嘶《いなな》きながら、登って行く。

岩の散乱した斜面。足がめりこむ砂の丘。ふと登りつめて見下ろすと、眼の下は、白いアルカリに蔽《おお》われた、塩の池であった。

甘粛で任務が終っても、この人は、どっちみち帰れなかったのだ。由利は、佐藤佐藤が辿《たど》るべき運命を確実に知っていた。

彼女の存在は今暫くは、秘密を保たねばならない。一下級兵士の不用意な発言で洩れることがあってはならないのである。任務が終えた日、彼はその場で射殺されることになっ

ていた。誰がその任に当るかは分らない。今まで一番可能性の多いのは吉植少尉だったが、まだ砂漠の道程があり、正式には任務が終ってないのを理由にして、彼はその役目を逃げてしまった。

最悪の場合は、彼女がそれを、自ら執行することになるかもしれない。

単調で、退屈な旅を続けながら、始終、由利は、そのことに拘《こだわ》っていた。

無事に使命を終えて、彼に別れと犒《ねぎら》いの言葉を告げ、再び砂漠の中を通って家族に逢うための帰りの旅へ出ることを許してやれば、彼は醜い顔を、押し潰したようにして喜ぶであろう。もしその次の瞬間、彼の眼の前に、銃口が突きつけられたら、しばらくは信じないかもしれない。地に跪《ひざまず》いて生命《いのち》乞《ご》いをするかもしれない。大声を上げて泣き出すかもしれない。しかし命令は命令なのだ。

ふいに、激しい突風がやってきた。

黄色い砂を捲き上げて通り抜けて行く。駱駝が、顔をそむけて逃げようとしたので、二人は必死になって手綱をひいた。大分、この乗物にも馴れてきていた。やっと走り出すのを二人は押えた。

何も又、二人の間に、話すことが無くなった。物憂く気だるく重苦しい沈黙だった。

白いソーダの池はもうはるかに眼の後になった。ゆるやかな砂の山がまた涯しなく続いている。

もう三時間もすると夜になる。暗い鎮まり返った砂漠の中で、三角テントの下にもぐりこみ、何も考えないで、眠るのだ。

今朝、眠った所と、一体どこが違っているのだろうか。十数時間の忍耐強い歩みも、夜になるといつもすべて無駄にしか考えられないのだ。

突然、伍長が何か叫んで走り出した。他の騎兵もそれを追った。駱駝も牛車も、その後を追った。黒いものが遠くに見える。

「人が死んでいる」

佐藤佐藤が叫んだ。駱駝や馬の死体は何度か見た。まだ人間の死体に逢ったことがない。それが、動乱の地域に向うのだということを、今まで忘れさせていた。

ガソリンの焦げた後が、砂地を黒く染めており、轍《わだち》の跡が大きくスリップしてついている。倒れていたのは、金髪の若い男と、中年の白髪の男であった。その外に、中国人人夫の死骸が四つばかり、散らばっている。

鳥も喰い荒していないし、肉も溶けていないから、まだ新しい。このまま誰にも知られないで、枯れてしまうかもしれない。

東干騎兵は死体の廻りを取り巻き、そのポケットを探ったり、あたりの荷物を探してみたりした。

佐藤佐藤も、由利も、駱駝から下りて、死体のそばに歩いて行った。

「この間の人ね」

由利は佐藤に言った。十日ぐらい前、朝、彼等の眼をさまし、そのまま、彼等の所から去って行ったトラックの連中であった。

いずれも、胸や額に弾傷を受けて、そこだけを赤く染めて死んでいた。佐藤佐藤は、二年兵の一等兵に過ぎなかったが、戦争の経験はたっぷりある。死体に近づいて、ひっくり返したり、のぞきこんだりしてから、

「三、四日前ですね、やられたのは。弾丸は先丸の鉛です。いずれも盲管銃創だ。死ぬ前に、苦しみましたよ」

初老の外人は、地面をしっかり握っている。

「きっと、トラックごと奪《と》られてしまったのですよ」

「大分、内乱の地帯に近づいてきたのね」

「大丈夫かな」

「何が」

「もし、このトラックを奪ったような有力な兵匪《へいひ》が出てきたら、五人ばかりの騎兵じゃ防ぎきれんです」

「そうね」

「自分だけだったら、金もなし、武器もなし、何とか生命だけは助けて貰えるかもしれませんが、貴女《あなた》は女だ。敵は女が欲しくて、ついでに自分を殺すなんてことになったら、かなわんです」

「何を言ってるの。それを守るのが、あんたの役目じゃない。だから北京から附添ってき

たんじゃない」

「でも、自分一人じゃ、とても助けられません。かなわんと知ったら、できるだけ逃げたいです」

「逃げても駄目よ。私自身にもし万一のことがあったら、あんたは勿論、あんたの家族も軍の手でどんな目に遭わされるか分りませんよ」

こんな砂漠の中で、又しても軍律だ。どうしても、佐藤は逃げることができない。

金髪の若い男の右手は、固い岩にかかっていた。岩の上に白っぽく爪で英語の字が書いてあるのを、真先に佐藤佐藤が発見した。

「もう、うすくなって良く読めませんが、何か石の上に、英語で書いてありますよ」

由利は、死体の頭の所にしゃがんだ。そして薄れかかった字をのぞきこんだ。判読は難しかった。死ぬ間際に爪でやっと石の表面に傷をつけたのであろうから、到底書体などなしていなかった。

しかし、彼女はやっとそれを読んだ。

青ざめた顔ですーっと立ち上がった。

「何て書いてあったんです」

しかしそれに答えず、まだ戦利品に未練がある馬希戒伍長に、甘粛語で、

「用がなかったらもう行きましょう」

と命令した。

隊列は、西に向って進み始めた。歩き出せば、又、単調極りない砂漠の道である。夕方、暗くなるまで、何一つ変化のない、行進が続くのである。

駱駝の上で、由利は青ざめた顔で、先程の石の上の文字を考えていた。

「ウイ・キルド・マーチャンイン」

仲間はとっくに死に、敵も味方も、もう居なくなった砂漠に自分だけが一人まだ息がある男が、いつ誰に読まれるか分らない文字を訪れる死を前にして最後の気力を振り絞って書き残した執念は哀れであった。

「我々は、馬長英に殺された」

砂漠の旅に出て、初めて聞いた夫となるべき人の消息が、こんな形で入ってくるとは、想像も及ばなかった。

彼がやったのではないかも知れない。部下達が、勝手にやったのかもしれない。しかし、戦争は戦争としても、直接、武器をとって戦わない人間を殺すことは、できるだけ止めるように、夫にあったらまず言わなければいけない。そうでないと、東干人は強いだけでなく、好戦的で、残酷だという評判を取ってしまうおそれがある。

彼女は、石の上に辛うじて書かれた爪跡の文字を思い浮べながら、その決心を固めたのであった。

東干人達の平和な生活の上に、美しい王女として臨み、日本の国策に協力させて、楽しい国を作る。そんな目的で、自分の乙女の清らかな体を、噂に聞くたくましい美丈夫の夫のもとに投げ出すため、長い苦しい旅も続けてきていたのだ。彼女は動乱をまだ理解していなかった。

七

出発してからの日取りを数えるのも面倒くさくなってきた。朝晩、寒さがこたえるようになって、いくらか季節が変ったなと思ったぐらいで、景色はその日も全く変りなかった。ふと彼は隊列の前の、山陵の上を、馬にまたがり、長い猟銃を背負って馳け抜けて行く若者を見つけた。しばらく振りで見る人間だ。青年の馬には、荷物らしいものは何も積んでいない。すると部落が近づいてきたのか。一月以上、皆は、人間の住む所を見ていない。いくらか明るい気持で進んで行く中に地平の果にある、黒っぽいうねりが少しずつ、せり上がってきた。そして山であることが分ってきた。とすると、砂漠の終点に屛風《びょうぶ》のように立っている天山山脈である。やがて砂の中に、電信柱が埋まって並んでいるのが見えてきた。電線は皆切られていたし、柱そのものも、半ば以上埋もって役に立たなくなっている。

そろそろ、樹木や耕された畑が、砂地の間に交って見えてきた。しかし、人影は、あたりに一つも見えない。馬希戒伍長が言った。

「昔は、ハミからウルムチ、カシガルとこの電線がつながっていたこともあるのです。でも、泥棒がみんな盗んでしまいましたよ。電線は、麻縄より丈夫ですからな。わしらも盛んに盗み廻ったものです」

これでは、自分が泥棒であることを証明しているようなものである。

「もうすぐ哈密の町に入ります」

駱駝までが、人里の近づいたのを知ってか俄《にわか》に首をしゃんとたて直して足取りもしっかりと歩き出した。誰ももう使ってない、灌漑《かんがい》用の乾いた小路に沿って歩いて行くと、枯れきった畑地が、だんだん多くなった。

しかし、人の姿は見えない。

家が二、三軒ずつ固まって見えてきた。近くへ寄ってみると、どれも皆、屋根が飛んだり入口が打ちこわされたりしている。そして赤い陽乾煉瓦《ひぼしれんが》のはじが黒く焼けただれている。

五人の東干騎兵は、背中の銃を下した。油断なくあたりを見廻しながら、その一軒の家に近づいた。

そして、声をかけた。返事がない。一人が馬を下りて中へ入り、中を見廻してから、外の仲間に向って合図をした。

佐藤も由利も、駱駝から下りた。人間が恋しかった。誰かに逢って、言葉が通じないながらも話をしたかった。だが、その期待は次の瞬間、全く裏切られてしまった。

子供を抱えた母親が、床を血に染めて倒れていた。もうくさった喰べかけの食物がそのあたりに散乱している。反対側の出口には、頭を鉈《なた》で割られた老人が、よりかかって死んでいた。子供用の土偶《にんぎよう》が半分顔を元の土に戻して踏み砕かれていた。生きているものは何もなかった。

「ひどいことをしやがる」

佐藤は一人で憤慨した。

「こんな子供まである女を殺すことはなかろう」

隣の家も、二人の娘と一人の老婆が、同じように無惨な死体となっていた。

あたりはまるで死の匂いが立ち上っているようであった。城門まではかなりある。城外の部落の人々は、全部、こうして殺されてしまったのだろうか。

佐藤佐藤も、作戦中、何度か平和な部落へ進入したことがあるが、こうして、何の罪もない女子供まで殺したことはなかった。

城門まで点々と続く部落には唯一つとして生命のあるものはなかった。家畜でさえ一匹も残らず殺されていた。

隊列は哈密の城門に近づいた。

「スイヤ！」

歩哨の誰何《すいか》の声が聞こえた。馬希戒伍長は、

「トンガン」

と答えた。すると城門の上に、頭にターバンを巻いた、トルコ系の白服の軍人が五、六人顔を出した。同じ回教徒の、ホヂャニスの軍である。

「どこへ行く」

彼等は尚も油断なく構えながら上から聞いた。

「頭目に逢いに行く」

とたんに、上の男達は、大声で笑い出した。

「三日前までは、お前達の小司令は、廸化総督で、金樹仁を捕虜にして、天山の領主を気取っておったがな」

「今、どうしたのだ」

「今は敗残兵よ。山の中を逃げ歩いている」

「どうしてだ」

「戦いに負けたのよ。金樹仁の部下の盛世才が代りに督弁になると、ロシヤに援軍を仰いだのだ。いくら不死身の小司令だって、飛行機や戦車が国境を越えて入ってきちゃかなわねえ。忽ち山の中へ逃げ出してしまったんだ」

「しかし、お前達はなぜ、おれ達の頭目のことをそう笑うのだ。同じ回教徒の友軍じゃなかったのか」

「たしかにそうさ。最初の中はな」

相手は威嚇のためか、空に向って二、三発射ってから、唾をぺっと城壁に吐きつけて答えた。

「ホヂャニス様の軍と一緒に、金樹仁を攻めた時までは仲好くやったものさ。ウルムチが降参したとき、その夜は城へ入らず翌日の朝早くに、武器の分配をやろうと、ホヂャニス司令官や、ヨルバス将軍と、馬司令はちゃんと約束したのさ。ところが、お前達の頭目は朝まだ夜があける前に勝手に城内へ入って、武器を皆持ち出してしまってな、それ以来、うちの大将様とは仲が悪いのだ。お前達も、これ以上近づいたら、体に蜂の巣のように穴があくぜ。同じ回教徒だから、殺し合いはしたくねえが、時と次第によっては仕方がねえもんな」

城内には、まだ沢山の兵力が居るらしい。

馬希戒伍長は仕方なく、後ろへしざった。哈密城へ入ることは諦め大きく廻《まわ》り途《みち》して、ともかく、天山の山系から廸化へかけて、司令の後を追わなければならない。再び砂漠の道を、隊列は歩き出した。今まではいつも元気だった東干人の騎兵達の間にも、重苦しい表情が漂ってきた。

事情が分らぬ佐藤佐藤は聞いた。

「どうしたのです」

由利がうるさそうに答えた。

「小司令は戦いに負けたらしいわ」

「それで今、どこにいるのです」

「山の中を逃げ廻っているらしいわ」

「えらいことになりましたな！」

佐藤佐藤にとっては、どちらが負けてもそんなことは大して影響はないのだが、これから、また長いこと相手を探して歩き廻らなければならないということが辛かった。今の城の中にでも居てくれれば、随分うまい話であったのだが。

カイゼル髯め。どこまで祟りやがる。声を出して罵りたくなった。

天山の山系を目指して、彼等はあてどなく又歩き出した。水や食糧を補給するのにも、城内へ入れなければ方法がなかった。残り少ない乏しい水や食糧で、まだ幾日かかるか分らない旅を続けて行かなくてはならないのだ。

突然、馬伍長は、何か叫ぶと、馬から下りて、かたわらの灌漑溝に身をひそめた。兵士達も、駱駝も牛車も、皆、息を殺して身をひそめた。はるか遠くの方から二台の重戦車を先頭に、明らかに、コザックと分る、白いロシヤの軍帽に、ルバシカの軍服、長剣を肩にした騎兵が、今、彼等が通り過ぎたばかりの、哈密の城に向って進んできたのだ。

戦争のヤマはもう終ったという感じであった。

すっかり通り過ぎると、馬希戒伍長は言った。

「できるだけ離れて行きましょう。難民に交って歩いて行けば大丈夫です。広いから、見つかりっこありません」

たしかに広過ぎる。一人、二人、彼等は馬をひいて道に出た。哈密の町から、残った難民達が僅かな家財を持って、逃げてきた。やがて夕方に近い頃、後の方に銃声が少しして、遠い城から火が立ち上った。それを後に、彼等は難民に交って、天山の山系に向って歩いて行った。

山は夜眼にも黒々とそびえて、近づけば近づくほど高くなってきた。幾組かの難民達が夜の道を黙々として歩いている。天山の主脈の北側の峠を越す北路は、ウルムチの都へ通じている。南側へ曲って抜ければ、カシガルからタシケント、そしてバクダッドからヨーロッパへ出る、マルコポーロの道だ。幾組かの、コザックの伝令兵が片手に松明《たいまつ》を持ち、連絡に馳け抜けて行った。これでは、元気に活躍している馬長英に逢えるのぞみは、ますます少くなってきた。ときどき応援のため、山の方の道から新しい騎兵隊が馳け抜けて行く。

皆は、道をよけ、夜の闇に身をひそめた。夜中には飛行機が爆音を響かせて、星のような明りをきらめかしながら通り過ぎて行った。

砲声も銃声もどこからも聞こえなかった。

明け方、天山の主峰の外れにかかった。彼等は、街道から外れた山脈のひだの間の凹地を探して、馬や駱駝をつなぎ、一塊になった。夜でなければ危くてもう歩けなかった。昼間は木のかげに身を隠して寝ることにした。娘と、佐藤は、他の連中と離れて岩のかげで横になった。二人並んで地面に寝たが、昼でも身体を動かしていないときは寒いころで、冷たさが地面からしみ通ってきた。由利は、佐藤の方を向いて言った。

「寒くて仕方がないわ。毛布を一緒にして抱き合って寝ましょう」

もう三月以上、毎日一緒に暮している男へ、彼女は初めてやさしい声で言った。佐藤は聞こえないふりをしていた。拗《す》ねているのかもしれない。

「抱き合った方が暖いわよ」

佐藤はやっとやってきて、昼空の下で、毛布を由利の体の上にかけると、その両肩を抱いた。女の体は骨張ってまるでやせていた。娘の身として、この長い旅は、身に余る苦労だったのであろう。何となくこの娘が気の毒になってきた。佐藤は力一杯抱きしめた。と、肩の所に何か、固いものがぶつかった。

「何だね」

彼の幾らか乱暴になってきた言葉もとがめず娘は、少しいたずらっぽそうな眼で佐藤を見つめて答えた。

「ピストルよ」

「何のために吊してるんだね。そんな所へ」

「貴方のためよ」

「おれのため」

「もし貴方が私に対して間違った考えを起したら、いつでも射殺するためよ」

佐藤は、薄い毛皮の服の上から、そのピストルを触った。女持ちの小さなものだった。

「しかし、もし抵抗する前にそれがすんでしまったらどうする。たとえば眠っている中に押えつけられるとか」

「後で自分で死ぬためにあるのよ。日本の代表として、外国の王族の所へお嫁に行く女が、処女でなかったら、国の恥でしょう」

「王族なんて言えるほどのものかなー。馬賊の親分ぐらいのところじゃないかな」

何気なく佐藤が言った言葉が、由利にはひどくこたえた。東干とその帝国というものに対して抱き続けていた、彼女の幻影が急に音をたてて崩れて行くような思いであった。

「私を抱きたい？」

彼女は、佐藤佐藤の胸の下で、思いきってそう聞いた。

「とんでもねえ。かあちゃんの方が大事だ」

佐藤は真赤になって答えた。ふいと湧いてきた彼女の気持も、それで霧のように消えてしまった。この男はまだ帰れると思っているのだ。折角の私の好意も受け入れようともせず、家庭という、むなしい夢に希望を託している。しかし、むなしいと言えば、彼女も又同じではなかろうか。亜細亜最大の領土を持つ東干帝国の夢に生命を託して、長い旅を続けたのに、砂漠の蜃気楼《しんきろう》のようにそれは近づこうとすればするほど遠のいて行く。やがてふいとその影も形も消してしまうのではなかろうか。

木陰が、陽の光を遮《さえぎ》ってくれた。佐藤はいつのまにか、彼女を抱えながら寝てしまった。由利も、夜通し歩いた疲労で泥のように寝入ってしまっていた。

八

若い伝令兵に連れられて、由利と佐藤と、五人の兵隊は、山の中の細道を分け入っていた。

馬希戒が一人で山の中を探し廻り、やっと本隊が隠れている所を見付けて、案内の伝令兵を連れて戻ってきたのは、彼等が山へ入って三日目のことであった。

そこは、山の背のウルムチ側で、谷間の木立の間からは、ウルムチの町が時折のぞかれた。

山の峡間をかなり入った所で、周囲を岩の壁に囲まれた盆地があった。岩の上には、歩哨がたっており、盆地へ下りて行く道には、傷ついた兵隊が、銃を抱いて何人も横になっていた。

彼等は、自分の仲間に連れられて、美しい娘と、ひしゃげた黒い顔の男が並んで歩いて行くのを奇異な眼で見送っていた。中央に大きな岩があり、そのかげに天幕が張られてあった。そして、若い兵隊が二人、銃を構えて見張りをしていた。

「何の用できたのか」

彼はどなった。さすがに、隊長の天幕を警戒するだけあって、言語動作に気合が入っていると、自分があまり良い兵隊でなかった佐藤は感心して、彼の態度を眺めていた。馬希戒が代って答えた。

「司令に日本からお客がきたと言え」

「司令は今、客などに逢っているひまはない」

「日本からきた司令の花嫁だ。すぐに逢わせろ」

馬希戒はどなった。歩哨は仕方なく中へ入った。二言三言、中で報告している声が聞こえた。

由利の胸は急に高鳴った。今こそ、自分の夫となる人に逢えるのだ。はるばるこんな遠い所まで良く訪ねてきたと自分がいとしかった。

中から大股に一人の男が出てきた。年よりはふけて二十七、八に見えた。背は明《あきら》かに六尺を越している。眉が濃く、眼付きが鋭く、頬には残忍な影が走っていたが、明るい表に出て、一瞬眩《まぶ》しそうに眼を細めるとその影が、ふっと掻き消えた。細い眼のまま、じっと由利を見すかした。

由利は、流暢《りゅうちょう》な言葉で言った。

「日本からやってきました。貴方の花嫁となる娘です」

男は、一瞬人の好さそうな笑い顔を見せた。それより外、喜びの感情の出しようがないようだった。しばらくして由利の手をとって、彼は天幕の中へ彼女を連れて入った。佐藤は傍の石へ腰をかけた。やれ、やれ、やっとこれで任務が終った。明日からは帰りの途だ。あの広い砂漠を又、横切るのは耐《たま》らないが、しかし帰りは行きより楽だって言うからな。大きな溜息をついた。

天幕の中では、数人の幹部将校が机の上に地図を拡げて作戦会議をしていた。そこへ司令が若い娘を連れて入ってきたので、一瞬とがめるような眼付きで眺めた。

司令は、由利を、隅の自分の寝床用に敷いてある敷物に横たえて皆に、

「私の妻だ。日本からきた」

と紹介し、彼女には、

「ここで少し待っていなさい」

と言った。

幹部の一人が、ことさら、この闖入者《ちんにゆうしや》の娘を無視するようにしてどなった。

「司令、我々はもはや、ここで軍を解散するより外はない」

他の将校も言った。

「それは私も同感だ。ウルムチの盛世才や、ホヂャニスの軍が相手なら、我々はもう一度兵を結集し、戦備を整え、反撃に出るという方法もある。しかし戦車を先頭に、飛行機まで連ねて押しよせてくるソビエト軍の攻撃を迎える手段は何もない。いかなる抵抗も無駄だ。もしこの際、東干騎兵の誇りのため、一人でも二人でも戦う者があったら、それは自から自滅の道を進む者だ」

他のまだ年若い将校が言った。

「結局我々はどうすれば良いのだね」

「武装を捨て、農民に姿を変え、難民や浮浪者の一人となって、自分の好きな所に行って、生きのびるより他はない。甘粛へでも、ウルムチへでも、生きて行ける所で生きるのだ」

別な将校が唾をとばして言った。

「馬鹿を言うな。東干人は、もはや、この広い新疆省のどこにも、住む一片の土地さえないのだ。東干と素姓が分っただけで、軍人も農民も皆殺しにされる現状だ」

「だから、どうするというのだ」

「どうせどこへ行っても、住む所がないと決っているなら、どこか小さな村でも占領して武備を固めてそこへ住みつくのだ。広い砂漠の中だ。ロシアも一つぐらいは見逃してくれるかもしれない」

馬長英は部下の将校達の意見をまとめるように言った。

「敵には飛行機がある。飛行機はどんな砂漠の中でも、山陰の村落でも、決して見逃しはしない。しかし、皆が解散して一人一人になったら、それまでは見つけることはできないだろう。やはり、知らん顔して漢人の姿に戻り、ウルムチやカシガルの城へ入って難民と一緒に当分は暮すのだ。ウイグル人でないから、我々は一人一人になれば、直接顔を見知ってる人間にでも逢わない限り、決して見つかることはないだろう。そしてもし、いつか機会があったら、又、集結して戦おう」

「司令はどうします」

若い将校は心配そうに聞いた。

「私はまさか、ウルムチやカシガルへは入れまい」

馬長英は、にがい表情で笑った。

「と言って、今更甘粛へ戻ったら、今まで盛世才に楯突《たてつ》いたのだから、国民政府から、こっぴどい眼に遭わされるだろう。私の逃げる所は、いやなことだが、今、私達の当面の敵である、ロシアの領内しかないのだ。あるいは殺されるかもしれん。しかし、甘粛より、ウルムチより、宗教の恨みも、民族の恩怨《おんえん》もない、ソビエトの方がやはり最も安全な最後の土地だと思うのだ」

「ソ連は命を助けるでしょうか」

「心配するな。まだソ連にとって、私は利用価値があるかもしれないのだ。なければそれまでだが、諸君はそこまで考える必要はない。おそくも、五年後には必ず私は、どこかで諸君を再び集める号令をかけるだろう。そのときまでは必ず生きていてくれ。命令する」

五人の将校は、皆踵《かかと》を合せて身を正した。

「軍は明朝までに解散する。ただの一人も、現在の土地に止《とど》まることなく、難民の中に身を隠すように」

五人の将校は聞き終ると敬礼して去って行った。整然とした解散ぶりだった。

馬長英は、残った由利に言った。

「貴女が折角、日本からやってきてくれた時が、ごらんの通り、軍司令官としての最後の日だった。甘粛でかつて、馮玉祥《ふうぎよくしよう》軍を悩まし、傅作義《ふさくぎ》軍を破った勇猛な東干軍も、今、どこにも住む所のない身の上だ」

「どうして嘉峪関に帰らないのです」

「こんな有様で故郷へ帰ったら、今まで爪をといで狙っていた周囲の軍閥から忽ちまる裸になるまで痛めつけられる。その上、国民政府軍から首に懸賞金をかけられて逮捕されてしまうかもしれない」

司令は由利の姿をじっと見た。

「私は行く所のないさすらい人だ。しかし、あんたまで不幸の巻添えにしたくない。これ以上、私のそばにいることは全くの無駄なのだ。モリ将軍だって、こんな私にあんたを嫁がせるつもりではなかっただろう」

すべてが無駄であることは良く分っていた。敗れた、身寄りのない彼に、わざわざ嫁ぐということは、自分の傷を自分の手で開く快感に似ていた。

「いいえ、私は戻りません」

由利はきっぱりと答えた。

彼等は今まで、このように離合集散に馴れているのだろうか。馬具の音や、話し合う声が、屈託なく聞こえた。

時々兵卒が天幕の中へ入ってきて、奥に積んである、金箱らしい封印した箱を表に運んで行く。別れる際の給料なのだろう。

「私達は皆、このような試練に馴れている。東干人は不死身だ。又、いつかきっと蜂起する。だが、いくら私でも、女を連れて逃げ歩いた経験はない」

「女ではありません。日本の軍部から派遣された、貴方の最後の協力者です」

「しかし、それにしても」

馬長英はすっかり困ってしまっていた。

佐藤佐藤は、天幕の外の石の上に腰かけながら、奇妙な光景を、眼を真ん丸くさせ、「へえ」とか「こいつはひでえ」とか、しきりに声を上げながら眺めていた。

兵隊達は、盆地のすみに穴を掘り、銃器やその他の装備を丁寧に布に包んで埋めた。天幕から出された金箱の中から、部隊ごとに並んだ兵隊達に、銀貨が腰の袋一杯に分けられた。ずっしりと重そうだった。

分配も、武器隠匿も、野営の証拠品の隠滅も、実に手馴れて鮮やかに行われた。そしてそのすべてが終ると、お互いに別れの言葉も言わず、難民に化けて、山を下りて行った。広い山系のひだの中に、一人、二人と消えて行って、いつのまにか、野営地には、五人の将校と天幕だけが残ってしまっていた。

残った五人の将校は、中の二人に断って幕舎をたたみ出した。それは、五つに分けた同じ大きさの荷になった。将校は各々、それを、各自の馬に積んだ。そしてピストルだけを肩にかけ、将校用の金箱を鞍の後ろにくくりつけると、手綱を持って、司令の前に整列した。

馬長英は、残された自分の敷物に腰かけ、黙ってその作業を眺めていた。

一列に並んだ五人の将校は、敬礼した。

「それでは司令、お元気で。又、司令が起《た》つと聞いたら、いつでも、どこからでも馳《は》せ参《さん》じます」

年配の将校が皆を代表してそう言った。

「皆も元気で」

彼も立ち上がって答礼した。先ほどまで、何百人かの兵が居た、山の盆地には、今、何一つその跡は残っていなかった。五人の将校はそれぞれ、思い思いの方向に馬首をめぐらすと、山のはざまの間を分けて消えて行った。

まるで巧妙にしくまれた舞台装置がばらされるような見事な解散であった。

そこには、馬長英と、由利と佐藤佐藤と、彼等のための、三匹の馬と、小さな金箱と、敷物しか残っていなかった。

「どうしよう」

司令は由利に聞いた。由利は、不審そうに馬長英を見上げた。

「我々の長い間の部下達は一人も居なくなった。これは、東千人が戦場の体験で覚えた知恵だ。負け戦の時は、二人以上固まっていたり、武器を持ったりしていては、必ず殺される。できれば私も一人になりたいのだ」

「私は女だから、却《かえ》って安全です」

「しかし兵士が居る」

「彼は、私が話しさえすれば、いつでもこの場から喜んで去ります。故郷へ帰りたくて仕方がないからです。でも、私達の結婚がすむまで、彼は戻れません。結婚がすむのを見届けて戻るようにという命令を受けているのです」

遠くの方から、飛行機の爆音が聞こえてきた。時々、機銃掃射も行っているようだ。

「隠れるのだ」

司令は叫んだ。三人は山間の岩かげに身をひそめた。幸い飛行機は気がつかないで通り過ぎた。

「北へ行こう。少しでも国境へ近付いた方が良い」

彼は、そう言って先に立って歩き出した。

九

夕方、山脈の外れに下りた。一条の小川が石の間に流れている。灌木や、枯れた檉柳《タマリス》のくさむらで、彼等の姿は隠されていたが、もう少し行けば、何も身を隠すもののない草原に出てしまう。

「ここが水のある最後の場所だ。これから先は五日ばかり、水の無い地帯を休まず、駆け抜けて行かなければならない。今日はここで休んで行こう」

日は昏《く》れかかっていた。二人の最初の夜が、この小川の畔《ほと》りで送られることは確定的になった。

長い準備と苦しい旅行の後に、やっと彼女が克《か》ちとった最初の夜だ。

馬を止めて二人は、小川に足をひたした。佐藤佐藤は、どうして良いか分らず、少し離れた所に坐りこんで様子を窺《うかが》っていた。

「私達の初めての夜がきたのだ」

馬長英はそう言って、由利を見た。

「あんたが日本から、遠い砂漠を越えてきてくれたことも嬉しいし、敗残の身と知りながら、敢《あ》えて妻となってくれたことも、この上なく嬉しいことだ。しかし、私達はまだ夫婦ではない。あんたは帰ろうと思ったら、ウルムチにも、そのまま祖国にも帰れるのだ。私は今、敵に追われ、部下もなく、敵軍に情を乞うて亡命する身だ。あんたが嫁ぐことは、あんたにとっても、日本帝国にとっても、何の意味もないことだ」

「それは分っております。おそらくここにもし無電機があり、祖国日本の将軍達と、こまかい連絡ができたら、将軍達はきっと、貴方を見捨ててすぐ戻れというに違いありません。たしかに貴方はもはや日本にとって何の利用価値もありませんが、この地の言葉を話せ、若い体を持っており、その体を、国のため捧げる覚悟ができている私の方は、利用価値がまだ沢山残っております。あるいは貴方を破った、盛世才将軍の何番目かの妻になるとか、カシガルで捲土重来《けんどちょうらい》を狙っている、ユルバス将軍の後宮に献上されるとか。……しかしどちらにしても、軍の密命を帯びてこの土地まできた私の体は、その時から、祖国の生活と縁が切れたのです。私はいくら、祖国を恋い慕ったところで、永久に祖国には戻れない体です」

二人は小川の岸でいつか、身をよせ合っていた。

早くすませちまえば良いのに。

佐藤佐藤は、二人の語らいを遠くから、毛布をしき、もう寝たふりをしながら窺ってい
た。すっかりあたりは暗くなっていた。
出発してからもう三カ月になる、この砂漠の旅も、いよいよ明日で確実に終りだ、結婚
さえしちまえば、今度こそ絶対に彼の任務は終るはずだ。一月の予定がとんだ手数をかけ
た。カイゼル髯のおかげだ。
芳子はどのくらいになったかな。帰りつく頃までには、もう歩けるだろうか。哈密かど
こかで、食物と水をたっぷり買って牛車にでも積んで行けば、一人で歩いて帰ってみせる
自信はあった。
砂漠の中の道は、他と違って一本しかない。たとえ道を見失っても、太陽の出る位置と
沈む位置を見定めて行けば、佐藤の考えでは決して迷う心配はないはずであった。
由利は幅広い、馬長英の胸の中に体を埋めるようにして言った。
「将軍達は、私が任務を達成できないなら、日本へ帰らないで、むしろ死んでくれと言い
ました。どうなっても、私の運命は同じです。ただ一つ、確実に分っているのは、どこか
の砂漠の涯で空《むな》しく果てるということです。むしろそれぐらいなら、私は、私をここまで
追いたてた日本の軍にとって私の命が全く無駄に費やされた方が、ささやかながら却って、
人生を充実して生きた喜びを感じさせるのです。私達が、人間を冷酷に扱う自分の民族と
国家にせめて人間が生きている理由を知らせるのには、それより外に方法がないのです」
「結婚しよう」

馬長英は立ち上がった。

「貴女は、回教徒の妻らしく、五つの大浄《グスル》を行わなければいけない。川の畔りに行き、裸になって、水につかり、顔と、手と、足と、そして体のすべての部分を礼式に則《のつと》って浄《きよ》めるのだ」

由利は立ち上がり、川の畔りへ行った。そして今まで着てきた、汚れた皮の外被や、中国服を脱いだ。白い裸身が闇の中に浮き上がった。彼女は川の中へ入り、静かに身を沈めた。イブラヒム師から教わった礼式に則り、五つの大浄を行った。川の畔りには、しーんと冷たい夜気が押しよせてきた。

星明りで髪をといて撫でつけた。水に濡れた髪は、きれいにくしけずられ揃えられた。川辺で新月に向いひざまずき、長い礼拝をしていた、馬長英は、やっと、祈禱《ナザレ》を終えると立ち上がって振り返った。そしてそこに、自分の新しい妻が、一糸まとわぬ裸身で立って、微笑《ほほえ》んでいるのを知った。彼は地面に敷物を敷き、それから彼女を軽々と抱き上げ横たえた。二人は、月と星の光の下で、静かに横になった。

遠く離れて寝ている佐藤佐藤から軽い寝息が聞こえてきた。

「私達の結婚の夜を、こんなに貧しく過すつもりではなかった」

由利の肩を抱き、その黒い髪を撫でながら、馬長英は言った。由利は白い顔からそこだけが赤く浮き出している唇を、黙って男に寄せた。

馬長英は、女の額に唇をあてた。長い戦塵の中で生きてきた男だけが持っている、革具と硝煙の匂いのこもった体臭が、由利の鼻を覆った。由利は眼をとじてその匂いを吸いこんだ。

朝、気がつくと、霜がすっかりあたり一面に光っていた。毛布の上も真白だった。砂漠の夏は短い。九月に入るともう荒涼とした冬の気配がしのびよせてくる。

いつのまにか、夫は裸の由利を抱えて、その顔をのぞきこんでいた。

「起きているのなら、そろそろ出発しようか」

「はい」

毛布の中で答えながら、由利は夫の腕を摑んだ。今こそ彼女は、この旅の最大の仕事をやりとげなければならない時がきたのだ。それとくらべれば、昨夜から今朝にかけての結婚のことなど、決して苦しいことでも難しいことでもなかった。彼女はそっと夫に語った。

「私はもう一つの命令を受けてきたのです」

「何だね」

夫はいぶかしそうに、新しい妻の真剣な顔を眺めた。

「私は、人をこれから殺さなければならないのです。この結婚が空しいことだったように、それは今、やはり何の価値もない空しいことかもしれません。しかし、私は、自分の体を空しい命令の下に捧げたように、その命令を実行しなくてはなりません。私をここへ送った軍の人々にもしそれを知らせる時があったら、人間の生命の大事さを教えるためにも」

「誰を殺すのだ」

「あそこに寝ている私の従者です。私が受けてきた命令は、『結婚が無事終ったら、直ちに同行の男を抹殺し、お前の名前を日本人の間に知らしめる、手がかりを何も残すな』ということです」

さすがに猛将と言われた馬長英も少したじろいだ。

「モリ将軍は、私には、日本人の妻を貰うのを秘密にせよとは言われなかった」

馬長英は改めて少し離れた所で、ぐっすりと眠りこけている醜いひしゃげた顔の従者を見た。彼は弁解するように言った。

「私は、今まで戦いの場や占領地で、随分残酷に人を殺してきた。しかし、ただそれだけの理由で、いわば部下である身内の人間を殺すことはできない」

「私だって殺せません。しかしあの人は、これから苦労して、又、砂漠を越え、国境へ帰って日本軍の領土下に戻ったところで、憲兵に見つかり次第、闇から闇へ葬られることになっているのです。既に戦死者として、遺族は諦めの中にも、誇らかな生活を送っております。やっと祖国へ辿りつき、家族を眼の前にして銃殺されるよりは、今、殺して上げた方が良いのです」

由利はうつ伏せになり、枕の荷物を噛んでしのび泣いた。

馬長英は暗い顔で立ち上がった。日本の軍隊のきびしい習慣は、感情ではどうしても納得できない。しかしそのしくみだけは分っていた。

彼は男のそばへ行った。

ぐっすり眠りこんでいた佐藤佐藤は、ゆすぶり起されて眼を開いてみると、大男が枕もとに立っているのでびっくりした。そして馬長英と知ると、安心して、例の顔中が歪んでこわれたような形でニヤリと笑ってみせた。

彼としては精一杯のお世辞だった。花婿さん、お嫁さんの体はどうでしたかね。うまくあれはすみましたかね。最初の時は、誰でも痛がってうまく行かないもんですよ。

花婿はバケツを指さし、小川の方へ合図をした。水を汲《く》んでこいということだろう。

佐藤佐藤は、馬の腹に結びつけてある布のバケツの紐を解いて、小川の方へ歩いて行った。

『カイゼル髯め、帰ったら厭味《いやみ》の一つも言ってやりたい。大将でも元帥でもかまうもんか。苦労ばかりかけさせやがって』

正確には彼はそう全部思ったわけではない。彼が歩いて行く背中に向けて、二発の弾丸が射ちこまれた。

カイゼル髯め。

突然、灼けつくような衝撃を感じて、彼は意識を失った。歩いたそのままの形で、前に膝をつき、ゆっくりと前のめりに倒れた。醜い顔は小川の水の中につかった。

由利は地面にしがみついて、声をたてて泣き出した。顔が醜いということだけで不幸な役廻りを背負った男が可哀想でならなかった。

戻ってきた馬長英は、膝をついて由利の体を起した。

「さあ、行こう」

「ええ」

由利は立ち上がると、毛布から裸身のまま抜け出した。一瞬馬長英はその眩しいような白い体を見つめた。彼女は汚れた中国服に裸身を包んだ。そして二人は馬にまたがった。

佐藤佐藤の死体は、赤い血を二筋三筋小川の水にとけさせて、倒れていた。

「さようなら、佐藤佐藤上等兵」

由利は死体に向って言った。

「貴方が中国人の苦力に似ていると認められた時から、この運命が決っていたのよ。可哀想な人」

涙が又、あふれ出した。それを慌てて拭くと、馬首を北に向けた。

目の前には遠く果しない、ズンガリヤの草原が見えてきた。シベリヤまで続いている丘陵地帯だ。五日走り続ければ、ソビエトの国境に入れる。馬に鞭をあてて馬長英は言った。

「急がせよう」

冬がもう近い。冷たいシベリヤ風が雪交りの風を運んでくる。二人は、風に向って、馬を走らせて行った。

Ⅱ

文化的創造に携わる者の立場

和辻哲郎

政治的あるいは軍事的な大事件が起こった際に、学問や芸術に携わる人々が、事件の刺激に興奮して「仕事が手につかない」ということを時々聞かされる。平生《へいぜい》は十分に意義を認めているこれらの仕事が、事件の前に急に意義を失うように感ずるというのである。しかし事件が重大であればあるほど、この種の仕事に関して己れの任務を見失うような興奮は戒心されねばならぬ。

日本は近代の世界文明の中にあってきわめて特殊な地位に立っている国である。二十世紀の進行中には、おそかれ早かれ、この特殊な地位にもとづいた日本の悲壮な運命が展開するであろう。あるいはすでにその展開が始まっているのであるかも知れぬ。

日本のこの特殊な地位は世界史的に規定せられているのである。世界史上にこれまで高貴な文化を築いたものは、西アジア・ヨーロッパ文化圏のほかにインド文化圏、シナ文化圏を数えることができるが、近代以後にあっては、ヨーロッパの文明のみが支配的に働き、あたかもこれが人類文化の代表者であるかのごとき観を呈した。従ってこの文明を担う白人は自らを神の選民であるかのごとくに思い込み、あらゆる有色人を白人の産業のための手段に化し去ろうとした。もし十九世紀の末に日本人が登場して来なかったならば、古代における自由民と奴隷とのごとき関係が白人と有色人との間に設定せられたかも知れぬ。しかるに日本人は、永い間インド及びシナの文化の中で育って来た黄色人であるにかかわらず、わずかに半世紀の間に近代ヨーロッパの文明に追いつき、産業や軍事においてはヨーロッパの一流文明国に比して劣らざる能力を有することを示した。さらに精神文化においても、インド人やシナ人自身がすでにその本質的な把握を失い去っている高貴な古いインド文化、シナ文化を、今なお生ける伝統として血肉の中に保存し、これに加えてギリシア文化の潮流に対しても新鮮な吸収力を有することを示した。この現象が、ヨーロッパの文明のみを人類の文化の代表と考え白人を神の選民とする近代ヨーロッパ人の確信に、不安な動揺と脅威とを与えたのである。だから二十世紀が「黄禍《こうか》」という標語とともに幕を開いたのは偶然でない。近代文明の点においてはなおきわめて幼稚であった四十年前の日本の勃興が、直《ただ》ちにジンギスカンのヨーロッパ席捲《せっけん》を連想せしめたごときも、日本人の能力がいかにヨーロッパ人にとって予想外であったかを示しているのである。

日本人のつとめたこの役割は、本質的な方向から言えば、十億の東洋人の自由の保証である。この自由なくしては、公正な意味において、人類の文化を云為《うんい》することはできない。しかしながら、この新しい事態は、白人の希望に反して目前に成熟しつつあるのであって、いまだ十分にその承認を得てはいない。白人は本能的にこの事態を好まないのみならず、また彼らの産業の利害がこの承認を拒否する。たとえば英国の産業は日本の産業に対して公平な競争を拒んでいる。その理由は日本の労働者の生活程度が低いからである。彼らによれば労働者の低き生活程度、従って低き文明にもとづく日本人の産業が、高き生活程度、従って高き文明にもとづく英国人の産業を脅《おびや》かすことは、まさしく文明にとっての危険である。文明のために日本の競争は防圧せられねばならぬ。しかるに英国の労働者の労銀が高いということは、四億のインド人を手段とするという立場に立つがゆえに可能なのである。文明の防衛とは四億のインド人を奴隷状態に置くことの防衛にほかならぬ。しかもこの防衛を脅かすものは、有色人もまた白人と同じき権利を有することを事実上立証した日本人である。してみれば日本人は二重の意味において英国人の生活を脅かしていることになる。これは一例であるが、日本人はかかる仕方で「世界」に、すなわち白人の世界に、危険をもたらしたのである。

もし近代文明の方向が護《まも》り通《とお》さるべきであるならば、危険なる日本は抑圧せられねばならぬ。この点において白人の国々はすでに連係して日本に対抗して来たのである。世界大戦後の平和会議において日本の提案した人種平等案は、世界史上画期的な意義を有するにかかわらず、できるだけ小さく取り扱われた。そうしてその後まもなく、ワシントンの軍縮会議は、世界平和の美名の下に、シナを媒介に用いつつ日本を抑圧することに成功した。日シ間の離間はこの時以来拍車をかけられたのである。英人がインドの資源を開発し、米人がアメリカの資源を開発することは、すべて文明の進歩を意味したが、日シ提携の下に日本がシナの資源を開発することだけは、あくまでも妨害さるべきことなのである。シナにおける抗日の激成は日本を抑圧する最も有効な手段として、シナ側の以《い》夷《い》制《せい》夷《い》と相表裏しつつ、きわめて巧みに推し進められた。

日本が発展することは常に抑圧に価する。発展の度が高まれば抑圧の度も高まるであろう。これが日本の運命なのである。日本人がその発展を断念しない限り日本人は悲壮な運命を覚悟しなくてはならぬ。軍事的な運動を始めると否とにかかわらず、この運命は逃れられない。しかもこの運命を護り通すことは、究極において十億の東洋人の自由を護ることである。その実現は容易でないにしても、方向はそれを目ざしている。人類の文化が正当に云為され得るのは、かかる自由が保持された上でなくてはならない。

日本の運命がここにあるとすれば、日本において学問や芸術に携わる人々の仕事は、この世界史的な大きい運動の重要な契機とならねばならぬ。古代の東洋の高貴な文化が死滅すべきものでない限り、この生ける伝統を保持せる日本人の仕事は、同時に世界文化の中にこの高貴な伝統を生かすという任務を負う。しかもこの任務はギリシア文化の潮流との総合においてのみ果たされ得る。かくしてこそ、世界史の保持せるあらゆる優れたる文化の精神が、新しい統一にもたらされ得るのである。かかる世界史的任務を課せられた者としてのみ、日本人はその発展の権利を有し、さらにその道を阻むあらゆる者を打倒し去る権利を有する。かかる意味において文化的創造に携わる人々の任務はきわめて重い。それは小さい自己の生活の利害などをはるかに超出した世界史的な任務である。身命を賭して努力すべきはただに戦場のみではない。

日本人の担う悲壮な運命がいよいよその展開を始めたのであるならば、学問や芸術に携わる者は、己れの仕事の意義が失われるどころか、かえってますます深まってくるのであることを自覚しなくてはならぬ。事態の切迫を前にして当然省みらるべきことは、この任務の世界史的な重大性である。不幸にして我々は現代日本の学問や芸術が、身命をささげるほどの集中的態度をもって営まれているということができない。任務の重大なるに比して態度が安易に過ぎる。興奮のために仕事が手につかないというようなことは、この任務への深い強い持続的な意志を欠くところに起こるのである。興奮しやすいことは日本人の弱点であって長所ではない。我々は学者や芸術家が、大衆の歓迎と否とに頓着せず、持続的な強い意志をもって真実の文化的創造に邁進《まいしん》せられむことを要望する。

戦争について

小林秀雄

上海から還《かえ》って来た林房雄に、どうだ、恐かったか、と聞いたら、文士というものがこんなに臆病なものとは知らなかったよ、と苦笑いして、嘘だと思ったらまあ行ってごらん、と言った。空襲と冷汗との関係などについていろいろ話を聞いているうちに、恐いなどという平凡な感情も真底から味《あじわ》うのには並大抵ではないということが、今更の様に何か謎めいたものにも思われ、又極めて厳《いか》めしい真理とも思われた。いずれにせよ、臆病は文明人の特権だなどという利いた風な意見は、平時戦時を問わず、単なるナンセンスである。そんな意見が納得出来るのも、ほんとうの恐さを知らずにいればこそだ。知ったら誰でも勇敢になりたいと思うだろう。そして実際、勇敢になるだろう。その点インテリゲンチャの愛好する心理解剖なぞよりは、勇気の美徳を説く小学校の修身の教科書の方が、よっぽど人間に就いて本当の事柄を語っているようだ。

僕は事変のニューズ映画を見ながら、こうして眺めている自分には絶対に解らない或るものがあそこに在る、という考えに常に悩まされる。この考えは画面と僕との間を引裂く何かしら得体の知れない力の様に思われて、だんだん苦しくなって来る。よくニューズ映画に、夫の姿が映ったり息子の顔が出たりする話を聞くが、そういう人々が恐らく感じている何《な》んとも言えない焦躁感など、この自分の気持ちに類するのだろうなぞと考えたりする。

ニューズで大砲の音や飛行機の爆音に擬音を使用しているのは、どうも面白くないなぞと大真面目に新聞で論じている人があった。すると擬音必ずしも映画のリアリティを傷つけるものではないと応酬する人が現れる。戦争の実写を見せられて、映画美学を思い附く奴もないじゃないか、まるで了簡《りようけん》がのみ込めないと思っていると、今度は成る程擬音というのは面白くない、塹壕《ざんごう》から実音を放送する事にしようと放送局が考え附く。こうなるともう正気の沙汰とは思われない。

新聞は全紙面をニューズで埋め、雑誌は争って増刊を発行し、戦争を知らない人々のニューズ病は何処《どこ》まで蔓延《まんえん》するか見当がつかない。正確迅速な事変ニューズの氾濫《はんらん》の裡《うち》にある僕等が、一枚の号外を待ち侘《わ》びた日清日露戦争当時の国民より果して戦争というものをよく知っているか。

レマルクの「西部戦線異状なし」のなかに戦争中休暇を貰ってベルリンに還って来た主人公が、戦争の話を周囲の人々から求められ、戦争を実際にやった自分と戦争の話を聞きたがっている人々との間の乗り越え難い開きに、われとわが胸をつかれ、一切口を噤《つぐ》んで又戦地に戻って行く場面がある。ドルジュレスの「木の十字架」にも亦《また》、体験による人には明かし難い戦争に関する知識と傍観者の理解の軽薄さとの対照が見事に描かれている。体験者だけが持っている、人に伝えるのに非常に困難な或る真実こそ、あらゆる戦争文学の種だ。戦争文学には限らない、本当の意味での体験文学の秘密だ。無論ニューズというものは、この種の秘密なぞ必要とはしない。必要としないばかりではない。ニューズは極力この種の秘密を除き去って正確を期そうとする。映画があらゆるニューズの王者たる所以《ゆえん》も此処《ここ》にあるのであり、僕等は其処《そこ》に或る事件の正確な外貌、その事件の体験者等が抱くさまざまな真実の一切を切捨てて了《しま》ったその事件の正確極まる模写を見る。この正確さというものが、僕等に一種の心理的錯覚を起させる。そして実際に戦う人々の生活感情と僕等の生活感情との間に当然あるべき開きを忘れさせて了う。事変映画を眺める人々の好奇心を交えた奇怪な冷静さは、この心理的錯覚から生ずるのである。この錯覚に気がついているなら、誰が塹壕からの放送なぞという愚にも附かない事を思い附くか。気が附いていないからこそ、そんな思いつきを愛国心の発露だなぞと錯覚するのである。ニューズの氾濫は人々に疲れやすい神経的昂奮《こうふん》を齎《もたら》すばかりではない。人々に戦争を悪く冷静に模倣する術《すべ》も教えるのだ。戦争に関する僕等の直覚力や想像力を、この異常な人間経験に対する僕等の率直な理解を麻痺させて了う。

戦争に対する文学者としての覚悟を、或る雑誌から問われた。僕には戦争に対する文学者の覚悟という様な特別な覚悟を考える事が出来ない。銃をとらねばならぬ時が来たら、喜んで国の為《ため》に死ぬであろう。僕にはこれ以上の覚悟が考えられないし、又必要だとも思わない。一体文学者として銃をとるなどという事がそもそも意味をなさない。誰だって戦う時は兵の身分で戦うのである。

文学は平和の為にあるのであって戦争の為にあるのではない。文学者は平和に対してはどんな複雑な態度でもとる事が出来るが、戦争の渦中にあっては、たった一つの態度しかとる事は出来ない。戦いは勝たねばならぬ。そして戦いは勝たねばならぬという様な理論が、文学理論の何処を捜しても見附からぬ事に気が附いたら、さっさと文学なぞ止《や》めて了えばよいのである。

僕等は平常物事を複雑に考える習慣が身についている。だから戦争という様な単純なあまりに単純な事実を眼前にして、多かれ少かれ眩暈《めまい》に似たものを感ぜざるを得ない。併《しか》し、この眩暈に似たものを知性の高級なる所以だなどと思い込む理由はない。まして批判性の鋭敏さを語るなどと自惚《うぬぼ》れる理由は何処にもないのだ。文学者は戦争にどう処するかと問われると、直《す》ぐ欧洲大戦当時、外国の文学者達は一体戦争にどう処したであろうかという様な不見識な思索に耽《ふけ》り始める。そして大いに戦争に対して批判的になった積りでいる。そういう人の頭には、実を言えば戦争という問題がそもそもないのである。彼は実際の戦争というものなど考えていない。自分の現在の生命の事すら考えてはいないのだ。

観念的な頭が、戦争という烈《はげ》しい事実に衝突して感じる徒《いたず》らな混乱を、戦争の批判と間違えないがいい。気を取り直す方法は一つしかない。日頃何かと言えば人類の運命を予言したがる悪い癖を止めて、現在の自分一人の生命に関して反省してみる事だ。そうすれば、戦争が始っている現在、自分の掛替えのない命が既に自分のものではなくなっている事に気が附く筈《はず》だ。日本の国に生を享《う》けている限り、戦争が始った以上、自分で自分の生死を自由に取扱う事は出来ない、たとえ人類の名に於《お》いても。これは烈しい事実だ。戦争という烈しい事実には、こういう烈しいもう一つの事実を以《も》って対するより他はない。将来はいざ知らず、国民というものが戦争の単位として動かす事が出来ぬ以上、そこに土台を置いて現在に処そうとする覚悟以外には、どんな覚悟も間違いだと思う。

日本に生れたという事は、僕等の運命だ。誰だって運命に関する智慧《ちえ》は持っている。大事なのはこの智慧を着々と育てる事であって、運命をこの智慧の犠牲にする為にあわてる事ではない。自分一身上の問題では無力な様な社会道徳が意味がない様に、自国民の団結を顧みない様な国際正義は無意味である。僕は、国家や民族を盲信するのではないが、歴史的必然病患者には間違ってもなりたくはないのだ。日本主義が神秘主義だとか非合理主義だとかいう議論は、暇人《ひまじん》が永遠に繰返していればいいだろう。いろんな主義を食い過ぎて腹を壊し、すっかり無気力になって了ったのでは未だ足らず、戦争が始っても歴史の合理的解釈論で揚足《あげあし》の取りっこをする楽しみが捨てられず、時来れば喜んで銃をとるという言葉さえ、反動家と見られやしないかと恐れて、はっきり発音出来ない様なインテリゲンチャから、僕はもう何物も期待する事が出来ないのである。

僕はただ今度の戦争が、日本の資本主義の受ける試煉《しれん》であるとともに、日本国民全体の受ける試煉である事を率直に認め、認めた以上遅疑なく試煉を身に受けるのが正しいと考えるのだ。この試煉を回避しようとする所謂《いわゆる》敗戦主義思想を僕は信じない。極言すれば、そんなものは思想とさえ言えないのだ。科学から意匠だけを失敬して来た感傷的な政策論に過ぎない。俺は審判者である、貴様の国家は歴史的に遅れているから、人類の理想の為にもう一つの国家に敗けろ、などという事では子供の喧嘩の仲裁すら難かしかろう。

偏見なく世界を見渡して、今日国籍を代えたい程羨《うらや》ましい国家が何処にあるか。而《しか》も一階級の国際的団結の萌《きざ》しなぞが何処にあるか。そういう時に、敗戦主義なぞを真面目に信じている人は恐らくあるまいと思いたい。併し敗戦主義的な物の考え方というものは案外深く一般インテリゲンチャに滲《し》み込んでいる。而もそれは物の考え方というより寧《むし》ろ心理的傾向と迄《まで》なっている。だからいざ戦わねばならぬとなると、思想的というより寧ろ心理的に昏迷《こんめい》するのである。これは戦争に関するニューズ病以上に厄介な病気であって、併発しているのが普通である。

歴史的な物の見方というものが必要なのは言を俟《ま》たない。併しそういう見方をするのもたった今の生活に処する為の武器としてであって、たった今の生活と歴史的段階などというものの取り替えっこをする為ではない。ニイチェの言葉を藉《か》りれば、「歴史から歴史以外の事が何一つ起らない様に歴史の見張番をしている」様な男は、恐くもなければ痛くもない、而も間違いなく現実的なそういう戦争が世の中にあると思い込んでいるニューズ病患者に酷似している。

歴史的弁証法がどうの、現実の合理性がどうのと口ばかり達者になって、たった今の生活にどう処するかに就いては全く無力である。彼等にとってたった今の生活とは歴史的段階の異名に過ぎず、従って将来の歴史的段階の前では泡沫《ほうまつ》に過ぎず、自分が現在の事件に対して無力なのも自分の責任ではなく歴史的必然の御蔭《おかげ》であり、自分が無力でいても将来の歴史的段階は必ずやって来るに決っている。こんな歴史という武器を遂《つい》にわれとわが胸に擬さざるを得ない様な人生観を抱いてよく人間が生きていられるものだと思うが、生きていられるというのも、つき詰めて見れば自分がそんな人生観を抱いている事を反省するのが恐ろしく、ただ心理的昏迷のうちをさまよっているからだ。それでなければ、こういう人生観とともに予言者の傲慢《ごうまん》を持っているからだ。

歴史は将来を大まかに予知する事を教える。だがそれと同時に、明確な予見というものがいかに危険なものであるかも教える。歴史から、将来に腰を据えて逆に現在を見下す様な態度を学ぶものは、歴史の最大の教訓を知らぬ者だ。歴史の最大の教訓は、将来に関する予見を盲信せず、現在だけに精力的な愛着を持った人だけがまさしく歴史を創って来たという事を学ぶ処《ところ》にあるのだ。過去の時代の歴史的限界性というものを認めるのはよい。併しその歴史的限界性にも拘《かかわ》らず、その時代の人々が、いかにその時代のたった今を生き抜いたかに対する尊敬の念を忘れては駄目である。この尊敬の念のない処には歴史の形骸があるばかりだ。

現在は将来の予見の為に犠牲に出来る様なものではない。予見とは実際には寧ろ遅疑なく現在に処そうと覚悟した人々だけに訪れる光の如《ごと》きものである。歴史は断じて二度繰返されるものではない。スペインの政府軍が勝っても、フランコ軍が勝っても、ロシヤのモデルもドイツのモデルも繰返される筈はない。支那が将来スペインのモデルを繰返す筈もないのだ。


戦争は人生の大きな矛盾だ。この矛盾を知らぬものはない。平和を思い描かずに人間にどんな戦いも出来るものではない。文学の為の文学が意味をなさない様に戦争の為の戦争が意味をなさぬ事は誰でも知っている。平和の為の戦争を声明している当局が、戦争の不可避について覚悟している国民を前にして平和論というものを無暗《むやみ》に警戒しているのは、国民に対する侮辱であるばかりではない、自分自身を侮辱している事だ。最も勇敢に戦い、一番戦争の何んたるかを知っている戦場にいる人々は、又一番平和の何んたるかも痛感している筈だ。これは人間の心理的事実である。

目的の為に必ずしも手段を選ばない、とは政治に不可欠の理論である。戦争がどんなに拙劣な手段であろうとも目的は手段を救うと考えねばならぬ。だがこの政治の理論を、文学に応用する事は断じて出来ない。文学者の仕事は、例えば大工が家を建てる様なものだ。手段が拙劣なら目的なぞナンセンスである。文学者たる限り文学者は徹底した平和論者である他はない。従って戦争という形で政治の理論が誇示された時に矛盾を感ずるのは当り前な事だ。僕はこの矛盾を頭のなかで片附けようとは思わない。誰が人生を矛盾なしに生きようなどというお目出度《めでた》い希望を持つものか。同胞の為に死なねばならぬ時が来たら潔《いさぎよ》く死ぬだろう。僕はただの人間だ。聖者でもなければ予言者でもない。

呉淞《ウースン》クリーク

日比野士朗

前書

私は加納部隊に加わり、上海附近で負傷してまた東京で働く体になった。私の考えていることは、みんな丈夫でいてくれということだけだ。だが、生きているものはそれでいいが、あの激戦で死んだ戦友のことを考えると、出来ることならあの戦闘の一端でも世間の人にわかっていただき、それが少しでも英霊のことをおもう手がかりになることが出来たら、というのがかねがねの念願であった。

加納部隊がほんとに苦労したのはこの記録から後の四、五日間だが、それが書けないのは私の不幸である。しかし、私の頭のなかには死んだ戦友の顔がちらついている。貧しい記録だが、これをそういう戦友の霊に捧げよう。そしてお互いが塹壕《ざんごう》でやったように、あのときはひどかったなあと言って、肩をたたいて笑いたいのだ。

尚《なお》、この記録に出てくる将校の名はみんな仮名である。

一

昭和十二年十月二日のひるさがり、加納部隊・宇野部隊の全員は、呉淞《ウースン》クリーク（蘊藻浜）からほど遠くない南王宅という小さな部落の田圃《たんぼ》のなかで、もうまぢかに迫った敵前渡河《とか》の命令を待ちながら、おもいおもいの姿勢で寝そべっているのだった。

上海附近の田舎といえばただもう茫漠《ぼうばく》とでも形容したいような、見わたすかぎりの棉《わた》畑《ばたけ》である。そのなかに、あすこに三棟、ここに五棟と貧しげな農家がちらばって、それが何々宅というようなものをつくっている。南王宅もそういう部落の一つであった。

稲はよくみのっていた。青々とした棉畑の間に、この田圃だけが秋の陽《ひ》にかがやいて、金色の波をたわたわとうっているのである。おそらくとりいれを待つばかりだったのに、急に戦争がはじまって、農民たちはそれを始末する暇がなかったのだろう、ところどころに刈りとられた稲が惜しげもなくちらかっている。地面も乾いて網のような亀裂が走り、刈り杭《かくい》が醜くぼくぼくとならんでいた。

空はきりりと晴れわたっていた。ちらばった稲を布団に仰むけに寝ころんでみると、何一つ視界を遮《さえぎ》るものもなく、ついそこに青空があるともおもえるし、またはるかに遠い距離にも感じられる。大地のぬくもりは軍服を透してほかほかと肌にしみこんでくる。

友軍の陣地からは、ひっきりなしに大砲を撃ちまくっていた。上海上陸のころに聞いたあのぼーん、ぼーんという鈍い音とはまるでちがった、言ってみれば、よく晴れた空にかーんと一本クリーンヒットをかっ飛ばしたとでも言うような、胸のすく音だ。そいつが頭の上をこえるときに、しわしわしわ——と唸《うな》って行き、はるか敵陣の空際に、花火のようなまっ白な煙をぱっとはいて炸裂する。一つの白煙が薄れると、また次の一発がぱっと開き、やがて地平の林のかげから、もの凄い焦茶色《こげちゃいろ》の煙がふきあがる。すると私たちは、たぶんあすこが大場鎮《だいじょうちん》かもしれないとおもったりするのだった。

たった今、私たちはいそがしい昼飯を食いおわったところだった。腹がくちくなると、とても我慢しきれないほど眠くなってきた。そこら一面、兵隊たちは戦闘帽を顔にかぶせて、泥のように眠っていた。私たちのすぐ上を敵の流弾が流れていた。耳を澄ますと、蚊のなくような、いかにも哀調のこもった音である。

突然、大きなばったが一匹、稲のなかからキチキチ舞いあがった。まっ青な空に褐色がかった緑色の翅《はね》を透かせ、儚《はか》なくも美しい一瞬の弧をえがいて、すいと金色の穂波のなかに消えた。二、三人の兵隊がむっくり起きあがり、帽子を片手に、ぬき足さし足忍びよって、あわやぱっと帽子でかぶせた手許《てもと》から、すいととび上って、再び青空にキチキチキチとなきながら滑らかな曲線をえがく。向うからも兵隊がとび起きた。こっちでも起きあがった。ばったの逃げるところに歓声が湧いた。兵隊全部が子供のように笑いだした。やっとつかまえたのは幼いころ青山の練兵場で追いまわしたおろととというやつである。

おもえば、私が今度はじめて大陸の土を踏んだとき、ふだん内地では見すごしていた名もしらぬ雑草が、足許一面にみずみずしく生い茂っているのを見て、何とはなしにぐっと胸に迫るものがあった。あるときは敵の目をしのんで、真夜中の軍工路を、背嚢《はいのう》の重みに歯をくいしばりながら行軍して行ったとき、ふいに黒々とした楊柳の梢から、りいりいりい——と震いつくような声で鳴きだした青松虫の声を聞いた。それらはみな、単になつかしみという感情を超えて、東洋という一つの血縁に触れた感じである。

今、私たち宇野部隊は、はるか南の空に大場鎮をのぞみ、総攻撃の態勢はもう充分にととのっていたが、ここに問題は行手を遮っている呉淞クリークである。幅員四十米《メートル》から六十米と言われるこの大クリークを唯一の堡塁《ほうるい》とたのんで、敵は対岸に堅固な陣地を築き、一歩たりとも日本軍をわたすまいとかまえている。蔣介石直系軍、いわば敵の精鋭である。むろん私たちには激しい決心があった。だからこそ、ぼんやりと空を仰いで、何の屈托《くったく》もないように流れて行く白い雲を目で追っていると、このつかみどころもない大陸の大きな自然そのものにさえ、決定的な一つの意志が感じられるような気になるのである。

私は枕にしていた図嚢《ずのう》から便箋《びんせん》を出した。地面に腹這《はらば》いになって、両脚をばたばたやりながらペンを走らせていると、こんな姿勢で妻ととりとめもない話をしている日常の平凡な生活が身ぢかに感じられる。いよいよ今度の戦闘は自分の運命の岐《わか》れ目《め》となるかもしれないなどと妻に書きながら、まるでそれがひとごとのような心持だ。そこを読みかえし、ふと家のことを考える。長い病気の母や、幼い子供たちの姿がちらついた。

出征以来、私は不思議にも家のことを気にかけていなかった。だから私の胸にちらついている妻や子供さえ、安穏な日を送り迎えている幸福なものの姿である。何の不安もない。これは私が生来の楽天家のせいもあったろうが、それよりも肉親や友人たちの温い庇護《ひご》のもとで、彼等は何一つ揺ぎのない生活をしているのだ、という虫のよい確信が私のなかにあるからにちがいなかった。

私は同じ図嚢のなかから、今度は泥だらけの小さな文庫本を二冊出した。万葉集と菜根《さいこん》譚《たん》である。それを鼻の先に置いて、でたらめに頁をくって漫然と読みはじめた。こんなときに、この二冊の本をとり出すということが、戦地にきてからの私のならわしになっていたのである。

それは内地をたつとき、あれこれと迷ったあげく選んだ書物であった。何一つ潤いのない戦場で、これこそは私の心を知り、私をなぐさめてくれるほんとうの友だちだった。よくよく荷物が苦になり、あれも捨て、これも捨て、しまいには支那地図も必要な四寸四方だけをのこしてやぶり捨ててしまったほど、重量というやつに虐《いじ》めつけられた私が、この二冊だけは手放す決心がつかなかった。まるで、私という性格を固守する最後の一線でもあるかのように。

そう言う私はあまり立派な体格でもないが、これでもなかなか強靭《きようじん》なんだぞという矜《ほこ》りはあった。ほんとうに強い兵隊までが落伍しかかるような強行軍にも、歯をくいしばってついて行った。周りから、大丈夫ですか？　と心配そうに労《いた》わってもらうときにも、なあに平気だと強情に答えた。がそんなことより、彼等が塹壕で死んだように眠るとき、小隊指揮という役目を仰せつかった私には、食糧の分配やら、命令の受領やらの仕事が多く、その上少しでも暇があると手紙や陣中日記をしたため、そしてこの二冊の本を手にするのが楽しみだったのである。そうだ。私は片意地なのかもしれない。だが、私は戦争のなかにあっても、「我」というものだけは生かしきりたいのであった。

ふと本から目を離すと、友軍の方の空に飛行機が点々とあらわれた。その小さな黒点がだんだんに大きくなり、三台、五台と隊伍をととのえて、間もなく私たちの上空にさしかかり、両翼にはっきりと日の丸を認めたときには、思わず私はみんなと一しょに戦闘帽をふりまわした。機上からもハンケチらしいものをふって応えるのがはっきり見える。まるで伸《の》して行く力というようなものを示したがっているような、快適な飛翔である。私たちは「我等の選手」の行動を見守っていた。もう最初の一隊は敵陣の真上にあるらしい。先頭の一機がぐるりと機首を右に向けたとおもうと、つづく飛行機はみな右へ右へと流れはじめた。その小面憎《こづらにく》いまでに落着きはらった編隊飛行の一群を囲んで、高射砲弾の白煙が、絵のように浮いた。

突然、第一機が地上めがけて錐《きり》もみに落ちて行った。ほとんど地平線の林の縁にすれすれになったかと思う次の瞬間、紙凧《たこ》の唸りのような一種頼もしい唸り声をあげ、仰角四十五度、すばやく大空に向って翔《か》けのぼって行く。その機体を追いかけるように、幅の広い黒煙がぬっと立上り伸びきり、無数の剣をならべたような煙の尖端《せんたん》が儚なく崩れかかった途端に、大地をゆるがす重苦しい震動が私たちの体にずずうんと伝わって来た。

私たちはもうみんな立上っていた。私たちはこの目で紛うかたなき空軍の大爆撃を見たのである。息つくひまもない光景である。たたきのめされた地平線からは、すさまじい黒煙にまじって、どす黒い焔《ほのお》がめらめらと燃え上っている。だのに、爆弾をさっぱりとふり払った「我等の選手」は、まるで又とない秋の好天気を楽しむように、三機五機、快適なエンジンの響《ひびき》をのこして味方の空に帰って行くのである。

秋の陽もやや傾いたころ、命令受領者の石井という若い伍長が、向うの一軒屋から駈けだしてきた。石井伍長は麻布六本木の本屋の店員だが、いつも潔癖に剃っている顔はきりっと引緊《ひきし》まり、小柄だが、中隊一の元気者だ。例によって、いそがしくってたまらないや、とでも言いたそうな、ひどく嬉しいことでもあるような駈けっぷりだ。だが、私たちには彼が持ってくる命令がわかっている。ただ、それでもやっぱり彼の口からそれを聞かずにはじっとしていられない。五、六人の兵隊が待ちきれずに駈けて行って彼を取りまいた。いよいよ敵前渡河らしいよ、と石井伍長は嬉しそうに言う。むっくりと起き上った兵隊たちの目は、乾いて、ぎらぎら光った。

すぐに集合の命令が下った。三分と経たないうちに、馴れきった素早さで、幾条もの武装した兵隊の列が田圃の中に立上っていた。上陸以来今日まで、右翼へ右翼へと移動を重ねてきたわれわれにも、遂《つい》に戦うべき時はきたのである。

やがて部隊のまっ正面に見馴れた栗毛の馬がひき出され、宇野部隊長はそのそばに歩みよって、鐙《あぶみ》に片足をかけ二、三度調子をとったとおもうと、一息にひらりと馬上に跨《また》がった。

左手に手綱をひかえ、右手で軍刀の柄《つか》を探ったが、きらりと日本刀が光った。馬がなにかにおどろいて、しばらくは前後左右にうごきまわるのを、手綱と両脚でしめつけるようにしている部隊長の頰は、肉も落ち、日やけした精悍《せいかん》な表情である。

命令！——と甲高《かんだか》く言葉を切り、無造作に敵の方角を軍刀でさして——当部隊は加納部隊の右第一線となり、前方約一キロの呉淞クリークを渡河し、曹宅附近の敵陣地に攻撃前進する。終り。直《ただ》ちに前進——

こうして、われわれは出発した。

二

誰かが私の名を呼んでいる——

目をさまそうともがきながら、どうしてもさめ切らぬ耳もとに、また一声二声、憚《はばか》るように私を呼んでいる。さっきから何度も時雨《しぐれ》は来たが、重い雲を通して、かすかににじむ月明りをたよりに、私の目は歩哨の黒い影をみとめた。壕のなかに首をつっこむようにして、中隊長殿がお呼びです、とささやいているのである。

中隊事務室にあてられた壕の方へ、手さぐりで竹藪をおしわけて行ってみると、ただならぬ人の気配が感じられる。井田中隊長の錆《さ》びた声に、じゃあ君から一つ、と促がされて、のっそり立上ったのは生方准尉だ。芝中学の生徒課につとめている無口な人だった。——

部隊命令を伝達する。十一時になったらここを出発するんだ。携行品は飯盒《はんごう》、米、乾パン、缶詰、つまり食えるものは全部背負袋にいれて行く。兵隊は飯盒の飯とともに二日と二食分持っているはずだ。クリーク渡河をすれば当分は後方との連絡はとれまい。背嚢？　そんなものは置いて行くんだ。味方の行動は絶対に敵にしらさんように静粛をたもつこと。分ったな——

機動は歩兵の常とは言え、昼間、南王宅の田圃で敵前渡河の命令をうけ、夕方この小朱宅に着いて掘りにくい竹藪のなかに壕を掘り、そのなかに足をのばしたときには、せめて今夜だけはここでぐっすりと眠らせてもらいたかった。だが、やっぱり出発しなければならないのだ。

兵隊はもうみな壕を這いだし、黙って支度にとりかかっている。私は図嚢を持って行ったものかどうかと迷った。それは出征のとき友人が贈ってくれたもので、誰のよりも大きく、そのなかには私の日用品がすっかりはいっていたし、私はそれを机にも、枕にも、腰かけにもして寸時も身辺をはなしたことがなかった。だが、敵前渡河から白兵戦にうつったら、やっぱりこれは邪魔になるだろうとおもった。

私たちは宇野部隊のしんがりを命ぜられていたので、小隊長の久慈見習士官と並んで、竹林のはしに折敷《おりしき》の姿勢で順番を待っていた。目の前のうす明りを、落葉をふみしめながら、幻のように兵隊が通りぬけて行く。昼間の銃声はまったく絶え、寒さが肌に迫ってくる。通り魔のような無言の影に向って、何中隊だ？　と小声できくと、MG（機関銃）とぽきりと答える。ぬかるみをはねかえしながら馬が何匹も過ぎる。いよいよ私たちの番だ。

久慈小隊長は立上った。前へ、と小声で言う。

不意に、たたたたっ——と敵の機関銃が鳴ったとおもうと、私たちを覆っている竹藪全体がざわざわと鳴動しだした。反射的に地面にすいつくと、すぐうしろで誰かが、ううむ、ううむと呻《うめ》く。しっかりしろ！　誰だ！　浅賀上等兵だぞ！　腹だ、腹をやられた、ううむ……残念だっ！　ざあっと雨が降ってきた——

一人二人の犠牲者は見殺しにしても、この小隊を誘導したものか、それとも自分だけとび出して中隊長に連絡をとるべきか、咄嗟《とつさ》に決心がつかずに迷っていると、久慈小隊長の明快な声がとびついて来た。

「貴公は、済まんが、中隊長に報告をたのむ。自分は小隊と一緒に残る。それからすぐ担架を——」

駈け出した。

何を、これしきの弾丸にびくびくする奴があるものかと自分を叱りつけながら、一目散に竹林の小径を駈けぬけ、小川に浮ぶ板橋を二足三足でとび渡る。まっ黒な棉畑だ。何かにつまずき、おもいきって地面にたたきつけられる。もう動けない。じいっと闇を透かすと、そこにもここにも私と同じような姿勢で、兵隊が地面にへばりついたままである。一間ばかり先の棉畑の土に、ぷすぷすと嫌な音で、弾丸《たま》が射こまれている。そうしろの竹林は、激しい銃声のなかで、一きわ甲高く、ぱんぱんと竹のはぜる音だ。そのなかから微《かす》かに浅賀上等兵の呻き声がつたわってくる。歯をくいしばり、肉体の苦痛と格闘しながら、こらえこらえているのであろう。その呻吟《しんぎん》は私の良心をちくちく刺す。たまらなくなって、ずるり、ずるり這いながら、

「井田大尉殿う！」

二声、三声たたみかけて力一杯呼んでみたが、何一つ答える声はない。がっかりして地面にくずれてしまった。

するとと竹藪のなかから兵隊の足音がばらばらっと駈けて来て五、六間うしろに身を伏せた様子である。第三小隊か？　とよんでみると、第一分隊！　と張りきって答えた声はまさしく飯田馨伍長だ。不意にたのもしくなって体を起し、行こうと叫んで駈け出した。点々と地面に伏せている兵隊をたよりに、何ものかにうしろから追ったてられるような気持で、駈けに駈けた。

まっ黒な林につきあたる。私はふりかえりはしないが、足音で、兵隊があとからついて来ているのを知っている。知っているというより、ものを言うのが嫌なのだ。あの浅賀上等兵の口惜しそうな呻き声が耳にからみついているような気がしてたまらないのである。

すると林の角から、一人の兵隊が銃をかついでやって来た。すれちがいざまに見ると、命令受領者の石井伍長である。彼はぴたりと立止まり、もちまえのきんきんした声で叩きつけるように言った。

「何してんだい。みんな、とっても待ってるんだぜ」

私はかえす言葉をしらない。説明したってわからないのだとはおもいながら、やはり私は自分に責任があるもののようにいらいらした。石井伍長は黙って私の話を聞いていたが、話がおわると、ともかくも僕は行ってみますからと答え、たった一人、はるか後方に騒然とひびく敵弾の音の方へ、てくてく歩いて行ってしまった。

やっと中隊をさがしあてた私は、そこでしばらく待っていた。私について来たのは第一分隊ばかりで、あとの分隊は久慈小隊長といっしょにあの竹林の中にかくれているものにちがいなかった。担架もまだもどって来ない。負傷者はどうしていることだろうとおもうともうどうしても待ちきれなくなっていた。私は中隊長の許しをうけて、もとの道を引きかえして行った。

さっき石井伍長にすれちがった林のそばまで来ると、目の前の暗がりのなかから、ひょっくり担架があらわれた。

「浅賀上等兵かい。しっかりしろよ」

道をよけながら声をかけると、

「ありがとう」と、案外しっかりした声を聞き、この分なら大丈夫だろうと安心して別れたのである。

私たちが再び中隊の位置にかえってくると、すぐに出発の命令が下った。私たちは一歩一歩、呉淞クリークに肉薄しなければならないのである。私たちは今日までこんな風に切迫した敵弾には馴れていなかったし、おまけに敵前渡河戦という考えが妙に胸につかえていた。銃をさげ、前こごみにちょろちょろ駈けだしては、前がとまると、そのままぴったり地面にへばりついた。すると連日の疲労がでて、ついとろとろと眠るのだが、眠りながらも、すぐ前の兵隊の薬盒《やくごう》で弾丸がかたかたかたと鳴るのを聞き、はっとして、自分もまたかたかた言わせながら駈け出すのである。

幅二、三間の小さなクリークに出た。岸で生方准尉の声が、思い切ってとびこむんだぞ、とまるで子供にでもけしかけるように言っている。ざんぶりおどりこむと水は臍《へそ》まで位しかない。もうどうなってもかまわぬと言ったふうな決心がつく。向う岸にたどりつき、ぬるぬるする赤土の土堤《どて》を懸命にはいあがると、下半身は泥と水とでぐっしょりだ。片手に岸の楊柳をつかみ、片手に銃をのばして、あとからあとから這いあがる兵隊に力を貸す。這いあがった兵隊はたたたっと駈けだし、ぬかるみだろうが、水たまりだろうがおかまいなく、ぐしゃっと地面にへばりつくのである。

こうして二つ目のクリークを渉《わた》るころには、泥水は肌に通り、歯をくいしばって寒さをこらえようとしても全身はがたがた顫《ふる》える。おまけに下腹が急にきりきりと痛みはじめたとおもうと、今度は無性に胸が焼け、夕方たべた牛缶のおくびがこみあげて来て、今にもげえっと吐きそうになってくる。吐いても、吐いても、嫌な生つばが口のなかにいっぱいにたまる。クレオソートは図嚢に入れたまま置いて来てしまったのだった。それでももしやとおもって胸のポケットをさぐってみると、湿った仁丹の袋が出てきた。私はそれを噛みしめながら、こんなことでへたばってたまるものかとおもう。

第三のクリークに出た。時雨をふくむ真夜中だから、いくら瞳をこらしてみても視界はそう遠くまではきかないが、鈍い灰色に沈む河幅は十米あまりもあるだろうか、ごぼごぼ音を立てて流れる水音は、何となく、呉淞クリークの近いことをおもわせる。相変らずぴったり地面に身を伏せていると、一面の暗々たる棉畑を、足音さえもしのぶようにして、歩いては伏し、伏してはまた歩く歩兵の密集隊形――それはまっ黒な気体の流れと言ったらよいだろうか、おりおりはるかに敵の機関銃が吼《ほ》えるほかは、いつの間にか流弾も絶え、かくも更けしずまった大陸の夜を、めいめいが肉体の苦痛をしのび、一歩一歩、めざす呉淞クリークに肉薄してゆくさまというものは、まるで妖しいまぼろしのように映るのであった。

なおもじいっと空際をすかして見つめていると、下流に橋らしいものが一筋見える。そしてその上を一人ずつ、二十日鼠のようにちょろちょろっと駈けぬけて行く兵隊のシルエットがある。それは妙に不安な光景である。今にもその黒い影が敵から狙撃されるのではないかと考えさせられる。けれども一定の間隔をおいて、絶え間なく兵隊はその橋を駈けぬけて行くのであった。そのうちに私はまたとろとろと眠った。

――いったいどれだけ前進したのだったろう。橋を駈けぬけてからしばらく行くと、ひとしきりまた敵の射撃がはじまった。弾丸が夜空をつらぬくぴしっというような音を一つ一つ聞きわけながら、ある時は棉畑の畝《うね》に、ある時はクリークの土堤に、私たちはいつまでもかじりついて待っていなければならなかった。そして、この小さな部落のかげまでくると、部隊はそこでぴったり停止してしまった。

全く私たちは息をころしていた。五十米ばかり前方に一軒の百姓家の輪郭がういて居り、敵は多分その方向であろうとおもうのだが、気味の悪い弾丸は頭の方から来るのか、左の横っ腹から来るのかわからない。口々に短かい命令を伝えながら、将校が地面を這うように動きまわっている。舟、舟と言っているのが聞える。たぶんそれはこの近くの棉畑のなかにかくしてあるにちがいない。そして、それ等の断片的な言葉を綜合してみると、われわれは二十人が一組になって舟をかついでクリークの岸まで行き、そのまま乗船すると工兵が漕いで渡してくれるものらしい。舟がいよいよ対岸に近づいたらおもいきって水のなかにとびこんでしまった方がいい、などと小声で戦友にささやいている者がある。この部隊についている舟は全部で十艘《そう》。それで順ぐりに川を往復するのだ。

私はさっきから頬杖をつき、目をつぶってこのものものしいざわめきに耳をかたむけている。いよいよ敵前渡河の時刻も近づいて来たものか、将校たちは入り乱れた部下をまとめるのに必死になっているらしく、伏せをしたまま四列に並べ、先頭から番号をつけて乗船の順序をきめているものもある。その間にも折々雨がおそう。

するとうしろの方から軍刀の鳴る音がし、宇野部隊長居られるか、と呼びながら一人の将校が早足に近づいてきた。私のすぐわきを通りぬけ、何度か部隊長の名を呼び、やっとさがしあてたと思うと、明快な声で言った。

「今晩は渡河中止です」

その声は低かったが、稲妻のように私の胸をつらぬいた。溜息が聞えた。二十分後には、私たちは大急ぎで掘った塹壕の中に、海老のように体を曲げ、折り重なって眠っていた。頭痛と嘔気《はきけ》に、私は精も根もつきはてた心持だった。ふと、我が家の温かい夜具をおもった。

三

翌朝は飯もそこそこに、私たちは小朱宅の竹林に背嚢をとりに出かけた。

竹林は見るも無残な姿であった。地上二、三尺のところからすぱりと斜めに切られているのは、私たちが塹壕の屋根を葺《ふ》くための仕業だったが、残ったものもあらかたは敵弾をうけて頭をたれている。

竹藪のかげでは五、六人の工兵が焚火《たきび》をかこんで、湯をわかしていた。歩兵たちが水筒に湯を分けてもらおうとすると、鬚《ひげ》むじゃな顔に目をいからせて、第一線の戦友に持ってってやるんだから駄目だ、とすこぶる強硬だ。が、にやりとして、ここで飲むんなら飲んでもいいんだ、といって、アルミのコップを貸してくれるのである。私たちはこのおもいがけぬ饗応《きようおう》に有頂天になって、唇を焼きながら、むさぼるように濁った熱湯をのんだ。

間もなく私たちはここを出発して、さんさんとかがやく棉畑のなかを、黙りがちに南王宅の壕にかえって行った。昨夜はこの道を、あのようにこわごわ進んでいたということが、馬鹿気きったように思われるのである。実際、夜来の雨に空は限りもなく美しく晴れていたし、棉畑の緑の葉かげには、桃色や黄色の棉の花が、愛くるしく咲いていた。そしてこんな愛らしい花のかげに、ところどころに円形の小さな壕が掘られ、そのなかには言い合せたように、支那兵の死体が金蠅《きんばえ》の群がるのにまかせていた。すると兵隊たちはまるで襤《ぼ》褸屑《ろくず》でも見るような目でふりかえり、ちょっと顔をしかめて、また黙々として歩いて行くのである。

交通壕を修理せよという命令が出たのはちょうどひるごろであった。交通壕は、私たちの南王宅の壕から一町ほど前方の、一軒の百姓家のはずれに口を開いていた。私たちは手に円匙《シャベル》や十字鍬《つるはし》を持って出かけた。

浅い交通壕を、体を直角にまげて小走りにすすむ。おそらくこれは友軍の工兵が掘ったものだろうが、このためにどれだけ尊い犠牲がはらわれたであろうか、そんなことは何一つ新聞にも報道されない地味な仕事である。けれども一面に開豁《かいかつ》した平地を歩兵が前進するための、これはただ一本の尊い道であった。

しばらく行くと、交通壕は一本の狭いクリークで断ちきられた。そのさきは竹藪に囲まれた一軒の百姓家で、屋根の上には砲兵の観測将校が二人、さすまたの望遠鏡でしきりに敵陣をさぐっている。この観測将校の測量は、電話ですぐに後方に伝えられ、野砲の砲弾が小気味よく敵陣を粉砕してゆくのである。

百姓家の壁に沿って、交通壕はまた口を開いていた。壕は次第に深く、そして狭くなって行く。人間一人をやっと通すだけの幅である。それをもっと深く、もっと広く掘りひろげるのが私たちの中隊に命ぜられた仕事であった。私の耳には、今しがた砲兵の将校が言った、この前方には友軍は一人も出ていないという言葉が刻みつけられていた。この交通壕の左右にひろがっている広い棉畑は、敵味方の間に帯のように横たわっている無人の原である。地面にすれすれにひゅっ、ひゅっととんでゆく敵弾の唸りが、冷たく心を打つ。すべてが冷やかに感じられる。

敵のため前進不可能——という逓伝《ていでん》につづいて、作業開始の命令がきた。器具が石を打ち、土にくいこむ金属的な音が壕にこもる。前後一間位が自分の責任の持場である。私のすぐ鼻のさきで壕は右に曲っているので、誰がそこで掘っているのかわからないが、ふり向くと、すぐうしろには華奢《きやしや》な関一等兵が、頰をまっ赤にそめてせっせと土をそこに投げあげている。

関君の家は小工場で、彼はそこで父親を援《たす》けているのだが、そういう労働をしている人とは見えない位、優形《やさがた》の、ごくおとなしい兵隊である。たとえようもない戦場の労苦のなかに彼を発見するということは、私には何だか痛々しい。が、彼もまたほかの兵隊と同じように、どんなに苦しくとも愚痴一つこぼさない。戦争という激しい意志が、彼等の心をそうしてしまったものにちがいない。

私は彼と交替して円匙《シャベル》を握ってみたが、六、七分もたつと、意気地なく腰はぐらつき、汗が水のように地面に落ちる。労働に馴れない私の体は、こんなこととなると、いつも自分の意志に従ってはくれないのだ。関君はやさしくほほえんで、少し代りましょうと労《いた》わってくれる。とうとう私の手から円匙をもぎとってしまう。すると私は造作もなく土を掬《すく》いあげる軽捷《けいしょう》な彼の動作をながめながら、やっぱりほんとに鍛えた体はちがうものだ、などと感心するのである。

しかし、その関君の顔からも滝のように汗が噴き出しはじめた。二人は互いに労わりあいながら、そろそろもう自分たちの持場を完全に掘りひろげていた。と、今しもぱっと放りあげた土塊《つちくれ》に、矢つぎばやに敵の機関銃弾がうちこまれた。土は崩れて、さらさらと壕のなかに落ちてきた。私と関君とは、おもわず顔を見合せ、いたずらを見つけられた悪太郎のように、ぺろりと舌を出すのである。

しばらくたった。

誰かが壕のそとを駈けてくる。ばたりとすぐ上の地面にたおれたとおもうと、ぬっと顔をつき出した。唐橋大尉である。現役の将校で、いつも戦闘帽のうしろにひらひらと雨覆いをさげている。

「どうだい、うまく掘れるか?」

日焼けのした顔に、一瞬鋭い目を和らげる。土が柔かいから掘りよいとこたえると、そうか、御苦労だなと言いすてたまま、またたちあがってばたばた駈けて行ってしまう。その足音を追うように、私のうしろの壕のなかから井田中隊長の声が、ああ実に元気なものだな、とひとり言のように言う。それは自分の心に何か言いきかせているようなしんみりした響きをもっていた。

作業は一時間ばかりですみ、私たちはまた南王宅の壕にひきあげた。途中、砲兵観測所の一軒家では、相変らず将校がさすまた眼鏡で敵状を観測していたが、もしそんな人に危険だから気をつけなさいなどとうっかり言ったら、彼等はきっと軽蔑したように、じろりとこっちを見るにちがいないとおもった。

人間というものはどんな苦しい境遇におかれても、きっと何かうまい工夫をめぐらせるものである。私はそれを今日までの兵隊の生活に見つづけてきたのだった。それは遊びの本能とでもいうようなものだった。「死」とは紙一重の重苦しい戦場の生活で、私たちを暗い重圧の底から救ってくれるのもこれだ。

昨夜、雨と敵弾のなかで無我夢中に掘った塹壕は、夜が明けてから暇をみてはうまい工合に形を直し、どこで見つけてくるのか柔かい藁束《わらたば》が敷かれ、天幕をつないで雨覆いさえできているのである。今夜もこの壕に寝られるかどうか、そんなことはわからないが、私たちは自分の住居《すまい》を、少しでも誇らしいものにしたいのであった。

正直に言えば、私たちは誰も、せめて今夜だけはここでぐっすりと眠りたかった。上陸以来、ほんとうに足をのばして眠ったというのは、たった一夜しかない私たちであった。おまけにあの晩にはずうっとさきの、ちがう部隊の野戦酒保《やせんしゅほ》から、少しばかりビールを仕入れてきて、それをみんなでニュームのコップに分け合ったのだった。まるで夢のような楽しかった思い出である。だのに今はみんな疲れて、げっそりと窶《やつ》れていた。

けれども「戦争」は決して私たちをそんなふうに甘やかせてはおかなかった。夕方になると、またしても敵前渡河の命令が下った。舟は壕のすぐ向うの棉畑のなかに、平ったく折りたたまれて行儀よく十艘ならんでいた。私たちは当然この舟をクリークまで運ぶものとばかりおもっていたが、出発の間際になって、急に予定がかわったらしく、工兵が梯子《はしご》のような橋をかついできた。両側に座布団のような浮袋が沢山についている。それを水面に突き出し、次々といくつかを繋《つな》いで浮き橋をつくるのだという。いったいこんな橋で渡れるものかどうか、そんなことを反省してみる余裕はないほど命令は決定的だったし、それに事情はもっと切迫していた。

あたりはもうまっ暗になっていた。二十人ばかりの兵隊が、第一の橋の両側に並んで、しっかりと竹の棒を握った。私が号令をかけると、重い橋は一気に宙に浮き、一歩一歩、肩にくいこむ重量の下によろめきながら、交通壕に向って田圃のなかを進んだ。

交通壕の入口のあたりには一本のクリークが横たわっていたが、土橋を渡ってぐるりと向きをかえようとするとき、勢いあまって、先頭の私は先《ま》ずまっ先きに水のなかにほうりこまれてしまった。胸までくる水である。無意識にあげた銃のさきを二、三人の兵隊がつかみ、私は這《ほ》う這《ほ》うのていで岡に這いあがったが、この調子では、曲りくねった交通壕をつたって行くことは不可能におもわれた。たとい危険はあってもまっすぐに棉畑を突っきって行くより仕方がないと、そして、この一団のなかで誰かきっとやられるかも知れないとおもうのである。

空には天《あま》の河《がわ》が凄いように銀粉をぶちまいて、地の涯《はて》から涯まで、太く逞《たくま》しくつらぬいていた。はじめは斥候か何かをねらうような小競合《こぜりあ》いだったが、銃声は銃声を呼び、だんだんに激しくなり、二、三発頭の真上をひゅうっと低く尾をひいたとおもうと、まるで堰《せき》をきったように、ばらばらととびはじめた。私たちは橋の左右の地面にぴったりと身を伏せ、時機を待った。

おし黙ったまま、二、三十分たった。

井田隊の橋、前進——という逓伝がきた。さあ元気で行こうぜ、と私たちは励まし合った。担ぎ上げると、威圧するようにひゅうっと弾丸がきたが、「死」に対する反抗と言おうか、熱い血が何糞ッと湧き、わっしょ、わっしょと叫びながら駈けだした。叫びながら、駈けながら、誰かがうしろで倒れやしなかったろうかと、私の神経は剃刀《かみそり》のように鋭く研ぎすまされるのである。

途中何度か停《とま》っては草に伏し、ひる間見た砲兵観測所の一軒家まで来ると、家をつつむ竹藪がぱんぱんと鋭い叫び声をあげて撃たれていた。ここで待機していたらしい先着の兵隊たちは、みんなこの激しい音の中で地面にしがみついていた。けれども問題はそんなことではない。この一軒家から前に出るためにはどうしても幅三、四尺しかない細径《ほそみち》を通りぬけなければならないのだ。おまけにここには無数の電線が集っているので、橋を横に起してすりぬけるにしても、よほど用心してかからなければならないのである。

それは実に困難な仕事であった。長さ七、八間もあろうという橋は、平地を、肩にかついで行くだけが精いっぱいであった。一軒家の壁も激しく銃弾を受けとめている。こんな激しい状況のただ中で、私たちの行動を決定するものはただ一つの決心である。

行こう、と言った。やっつけろ。竹なんかたたき切るんだ。あらゆる艱苦《かんく》に辛抱づよく耐え、あらゆる障碍《しょうがい》を一つ一つ切りはらい、そして着々として敵に肉薄し、最後の一線からさきは、喚声もろともこの肉体で敵に体当りをくらわせるのが歩兵である。

橋はずるりずるりと前進した。この難所を抜けると壕だ。ひらり、ひらりととび越え、一気に、わっしょ、わっしょと駈け出した。この橋さえ目的の地点に運ぶことができたら、もう死んでもかまわないともおもった。

「おうい、こっちだぞう！」

突然闇のなかから生方准尉の声だ。停れえ！　置うけ！　と叫び、ぱっと地面に伏せる耳もとに、准尉のやさしい声が、御苦労さんと言った。

十分ほどじっとしていた。すると生方准尉が、御苦労だがあとの橋もつれて来てくれ、と言う。私はとび起き、今来た方向へ一目散に駈け出した。壕のなかから兵隊たちが、危いぜと労わってくれるのを私は聞いた。一軒家のうしろでぱったり出遇《であ》った久慈小隊長の黒い影に、私は自分の銃をおしつけるように渡した。私はまた弾丸に追われるように、一散に棉畑をかけた。そして、今この原っぱを駈けているのは自分だけだろうと、まるで少年のように勇みたっていた。

その晩、私は三箇の橋を誘導したが、三回目の橋を運び終って地面に伏したときには、今度こそ俺もやられるかなと考えていた。と言うのは、偶然そうなっているかもわからないが、私の左の頬から四、五尺さきの地面に、機関銃の弾丸が奇妙な音を立ててぷすぷすと撃ちこまれだしたからである。私はぴったりと地面にしがみつき、鉄兜《てつかぶと》の縁が土につかえてどうにもならないことをもどかしくおもった。今度は頭か、今度は左の横っ腹か、と着弾の位置をはかった。交通壕は三、四尺斜めうしろにあるのだが、そこまで這って行く勇気がどうしてもおこらないのである。すると急に眠くなった。疲労のためというより、ひどい緊張のあとで襲ってくる眠りなのかもしれない。私はこんなふうに追いつめられた状態のなかで、どうしても抵抗できない深い眠りの底に真逆さまにおちこんで行ってしまった――

ぶるぶるっと身ぶるいして目がさめた。いつの間にか銃声はぱったり杜絶《とだ》え、戦場ともおもえぬほどのしずけさである。体をおこしてあたりを見まわしたが兵隊のかげ一つない。私はいそいで交通壕に這いより、ずるずるとなかに滑りおちた。痛いっと叫んだものがある。意外にも交通壕のなかには一列縦隊に兵隊がつまってむさぼるように眠っている。私もやっとその間にわりこみ、片膝を立てたままうとうとと眠った。

ものの気配に目をさます。後退だ、後退だという声がきこえる。廻れ右をし、居眠りながらごそごそ歩く。

憎いような月明である――

四

鈍い光のなかで目をさますと、ああ今日もつつがなく俺は生きていたんだ——と、しみじみおもう。私は先ず胸のポケットをさぐり、ひょろりと曲ってしまった煙草を一本抜きとって火をつける。ゆらゆらうすれ行く紫色の煙を目で追いながら、銀座は今日も賑《にぎ》わっているだろうか、などと考えるのである。東京に生れ、東京に育った私にとって、東京はやっぱり魂のふるさとというやつであるらしい。

　敵弾は相かわらず頭上の空をひゅっ、ひゅっとつらぬいて行くが、麻痺した私の感情はもうそんなものに振返ろうともしない。ただ、こんな侘《わび》しい曇日の光のなかでは、遠く茫《ぼう》乎《こ》とひろがっている棉畑も、何かしら蕭条《しょうじょう》という感じだ。壕のあちらこちらからあるかなしかの煙がたちのぼっているのは、兵隊たちも目をさまして、私と同じようにふるさとをおもいながら、煙草をふかしているのであろう。

　両手で顔をこすってみると、乾いた赤土がぽろぽろとこぼれる。四、五日、剃るひまがなかったので鬚も大分のびた。今日は一つさっぱりと剃刀であたってやろうとおもう。クリークに濡れ、雨にうたれた軍服も、よくしたもので、体温で肌着から順々に乾いていた。さすがに嘗《かつ》てはみんな軍隊で本式に鍛えた体だから、こんな生活をくりかえしながら、まだ病人はひとりも出ない。それどころか、尾籠《びろう》な話だが、平生痔疾《へいぜいじしつ》になやまされがちだった私が、戦場の艱苦と格闘しはじめてから、その方は忘れたようになおってしまったのである。

戦友たちは目をさましたとおもうと、すぐに活動を開始した。どこからさがしてくるのか、乾パンの大きな空缶に水を満たし、いい水をもってきたぞうと、誇らしげに大声で言うのである。もうこの近くの農家の井戸は汲《く》みつくされているので、二町も三町も、あるいはもっと先からうまく見つけてくるのだ。あるときには水を得ようがために狙撃されて戦死をとげるものも出てくるのである。

濁ったクリークの水で炊いた飯は腐りもはやい。飯盒の蓋《ふた》をあけ、まず臭いをかぎフォークの先で上かわの飯を掬ってすて、生味噌を何よりの御馳走にしてそそくさと掻《か》きこむのも、何か腹に入れておかなければ、いざというときに働けないという、みんな現役時代の尊い経験からなのだ。

疲労のせいか、その日は一日中すっきりしない気もちである。何をするのも気がすすまないのである。すると二時ごろ、百米ほど右手の棉畑のなかに、連続三発、迫撃砲がおちてきた。ほぼ昨日と同じ場所である。焚火をして湯をわかしているものはいそいで火を消した。煙があがるとわれわれの位置が敵にわかってしまうとおもったからである。井田中隊長が向うの壕から立上って、みんな壕にはいれと大声で叫んだ。前の一軒家の方から、繃帯に血がにじんだ片手を首からつるした工兵が二人、血の気のない顔をして黙々と歩いてくる。

昨日の午後、丁度《ちょうど》同じ時刻に迫撃砲弾がおちてきたときには、私たちはちょっと目をみはったが、すぐに冗談を言いはじめた。あんな畑のなかを撃つなんて、ずいぶん間抜けなやつだと支那軍を嗤《わら》ったのである。けれども今日また繰返されてみると、それはやっぱり気まぐれであるとはおもえない。われわれがここに密集していることを敵にさとられたんだ、とおもわずにはいられなくなる。もうすこしわきの方に移った方がいいんじゃないかなどと神経質に言いだすものがある。死なばもろともさ、ははははは——と笑ってみせるものがある。

私は図嚢から本を出してみたが、さすがに活字がぴったりと頭にしみてこない。まるで胃病やみが食慾がおこらないのと同じことだ。そこで図嚢を膝の上におき、いつものようにそれを机のかわりにして妻に手紙を書いた。誰かに何かを話さずにはいられない衝動を感じたからだった。そんなふうに気まぐれにぽつりぽつりと語ったら、この二、三日来の重みが一枚一枚はがれて行くにちがいないとおもったからだった。だが、とりとめもなくあたりの有様などを叙しているうちに、私の目は次第に自分の胸の奥にむいて来るのである。

私は書いた——今、こんな戦場の塹壕のなかで、君に手紙を書いているという事がすでに夢のようである。それでも、いよいよ第一線の苦難にぶつかって以来、自分としては判断も割合に明確であると信じている。臆することもなく、大過なく日を送っていられる自分というものを考えると、それはやはり日頃書物を読み、ものを考えたりしていたたまものだったとおもわれる。戦争に来てみて、ほんとうに頼れるものは「自己」だけであるとしみじみ知った。曲りなりにも、僕らしく生一本《きいっぽん》に「自己」を鍛えてきたことは決して無駄ではなかった。しかし状況は大へん切迫している。もし今明日にも敵前渡河を決行するとすれば、それは大きな危険をともなうものである故《ゆえ》に、あるいは生還は望みえないかもわからない。これが僕にとって運命の一つの岐路であるとおもってほしい。また、よしんば渡河そのものは成功したにしても、そうなればとりあえず一小部隊が敵地にはいるわけだから、あとには難関がいくつも待ちうけているであろう。けれども、僕としては、これもみんな「自己」というやつを試してみるよい機会だとおもって、最後までほんとうの僕という人間になりきって押しとおしてみたい——

そんな意味のことを書きつづけているうちに、はからずも私は自分の心のなかに巣食っている「自己」というやつと格闘しているような気もちになった。それはいまいましくもあれば、また、「自己」がいるということは、頼もしくもあった。

手紙を書きおえたころ、またしてもしゅるしゅるしゅるという音がし、さっきと同じような場所に一発おち、ついで三発爆発した。十秒ほどたつと、今度は百米位うしろの方で四発爆発した。それっきり、ぱったりと砲撃はやんだ。

疲労というやつはおそろしい。何糞っと反撥する気概は、何と言っても逞しい体力から出てくる。だが連日の行軍と、過労と、不眠と、不安とは、悪魔のように私たちの神経を蝕《むしば》みはじめた。いつ出発するかわからない、たえず追い立てられるような気もちである。

せめてこのとき誰かが一時間だけは安心してのうのうと眠れ、と命令を出したら、私たちは見ちがえるようにいきいきした気力を恢復《かいふく》したであろう。この調子で行くとすると、一番体のへばっているときに敵と肉弾戦をやるようになりはしないかとおもわれてくる。するとその考えのすぐあとから、それが肉弾戦なのだ、最後の五分前で決定する戦闘というものは、すべてそういう状態のときに起るものなのだ、そのときには優れた民族が勝ち、劣った民族がはっきり負けるのだ、俺たちは今ちょうどそういうときに出会《でくわ》しているのじゃないか、という気がふと起ってくるのである。

しかし、今日も私たちは、呉淞クリークへ無言の肉薄をこころみなければならなかった。出発に先だって、畏《かしこ》くも大元帥陛下の勅諭、閑院総長宮殿下からのお言葉が井田中隊長から中隊全員に伝達された。

その日の前進はうまく行った。交通壕を伝わって、昨日よりももっと前方へ、クリークのすぐ手前の塹壕のなかに身をひそませた。それは二、三日前までは日本軍をくいとめるために敵が使用していた掩蔽壕《えんぺいごう》にちがいなかった。ところどころに、機関銃でも据えたらしい円形の壕が瘤《こぶ》のようについていた。各分隊ごとに部署が定められ、この浅い壕を完全なものにするために、熱心な作業がはじめられた。いよいよこれが敵前渡河の最後の拠点になるものらしい。

私は中隊の最右翼からさきを見てこいという命令を受け、第一分隊の一番右はしに行ってみた。分隊長の飯田馨伍長が、顔をまっ赤にして土と格闘している。それからさきも壕らしいものはつづいているが、これ以上手をひろげるには人数が足りないのである。私は四つん這いになって、その狭く浅い壕を進んでみた。

二間ほど行くともう腹這いになって行くより仕方がない。やっと肩の幅だけある溝と言った方が適当である。また十間ほど行くと、今度は体を斜めにしなければもう進めない。さっきから激しく撃ちはじめた敵弾は、私の左側面から間断なくとんでくる。顔を地面に伏せ、ずるりずるりと這って行くと、やがて目の前に一すじの狭いクリークがあらわれた。水草の浮く綺麗な水である。葦の茂みのなかから楊柳が二、三本みずみずしく生い茂って、次第におそいかかる夕靄《ゆうもや》の中に、生きもののように佇《たたず》んでいた。クリークの向うに、壕を利用して友軍の機関銃が一つ、盛んに火を吹いているのが見える。

首をあげてクリークの下手をすかしてみると、一町ばかりさきに二、三本夕風にもまれている楊柳があるのは、多分呉淞クリークへの川口かもしれない。せめて川音だけでもと、じっと耳を伏せてみるが、聞えるのは友軍の砲撃と、激しい銃声の交錯ばかりである。この一すじのクリークと、六、七本の楊柳のかげのほかは一眸坦々《いちぼうたんたん》たる棉畑で、その上に夕暮の鈍い雲が重くのしかかっている。鳶が一羽悠々と舞っている。何となく胸の迫るようなさびしい戦場の風景である。

「おうい――」

誰かが私を呼ぶ。

ふと、クリークの川上の方をふりかえると、川岸の叢《くさむら》のなかから一人の将校の首がひょっこりつき出ているのである。年若い将校である。君は何中隊？　と人なつかしそうに言う。井田隊と答えると、私に連絡をとるつもりらしく、一間ばかりずるずる這い寄って来たが、とても危険とおもい直したのであろう、又逆に這いもどって、そこから大声で自分の中隊号を言う。それによって考えてみても、加納部隊の全員は敵前渡河を寸刻の後に控えて、呉淞クリークのこちら岸にすっかり集結したものにちがいない。問題は如何《いか》にして機会をつかむかにある。

私が中隊長にあたりの状況を報告したころには、壕の作業もほぼ完了して、兵隊たちは壕の壁に凭《もた》れ、ぼそぼそと何か語り合っていた。すると誰かが、壕の外に藁人形でも出してやりたいものだと言い出した。敵は私たちの作業に気付き、私たちの意図をすっかり推測してしまったものか、よくも弾丸が尽きないとおもうほど撃ちまくるのである。

ちょうど私のすぐわきには、さっき言った円形の壕が一つ瘤のようについていた。私は一休みしたいとおもい、そのなかにすっぽりと身をひそめてうしろの壁によりかかると、雲の切れ間からちらほらと星が見えていた。敵弾がはげしければ激しいほど、その空はいよいよ冷やかに見えるのである。

ふと、私の頭にひらめいたおもい出があった。あの関東の大震災のときのことである。当時私はまだ学生だったが、Sという私の非常に仲のよい男が、震災で死んでしまったのだった。それはその年配の私の心に大きな衝撃を与えた出来ごとだった。私は何だかやけくその気持で、ものすごく大地の鳴動する草原を、夜警のための仕込杖をついてやたらに歩きまわった。人間がどんなに力んでみようとも、どうにもならない大自然の仕業というものを、肉体で感じていた。空には星がぎらぎらと輝いていた。それもやっぱりこのように冷やかな表情を持っていたような気がする——

突然、体をゆさぶられた。引揚げるんだぜ、と怒ったような声で言うのは飯田第一分隊長である。昨夜と言い、また今夜と言い、私はまるで狐につままれたような心持で、いそいで彼のあとについて行くと、彼は笑いながら、あぶなくおいてけぼりのところだった、ひょいとのぞいたら誰だか寝てるんだものね、暢気《のんき》だな、というのである。暢気どころか、私の心は重く沈んでいた。そしてその沈んだ心の隅で、俺はもう一日生きのびることになったんだという、安堵《あんど》にも似た、やるせないささやきがあった。

五

南王宅の塹壕に三回目の朝を迎えた。十月五日の朝である。心憎いほど晴れた秋空を、乱雲がしきりに飛んでいた。日記を見るとこう書いてある。

——敵前渡河を今日も連続してやるのだろうか？　この疑問は、どの兵隊の胸にも妖しい雲のようにひろがっている。みんな人間である以上、「死にたい」と思うものはありはしない。だが、それがどんなに危険であるにしても、自分たちが決行しなければ、後方の大部隊は前進することができないのだ。やはり自分たちは死ななければならない——「死」という怪物に追いつめられた人間ども——。この数日間、自分は身の周りに、いったい何百遍「死」という言葉を聞いたことだったろう。それがすべてだった。故郷の父母や妻子の話がでたころは、戦場の生活にもゆとりがあった——

それは長い、重苦しい一日だった。こんなときいつも冗談をとばして仲間を爆笑させるような人気ものまでも、切りつめた必要な言葉をはくほかはむっつりと黙りこんでしまう。すると誰かがきまって「死ぬ話」をはじめ、それがぽつりときれて、あとは激しい流弾を頭の上に聞くだけである。そちこちで背嚢からさっぱりした襯衣《シャツ》を出して着かえているのが見える。死装束をととのえるつもりであろう。流弾が危険で、うっかり棉畑のなかで大便にしゃがみこんでいるわけにも行かなくなってしまった。

相変らず工兵だけは前線から後方へ、後方からまた前線へと、私たちの壕のわきをあわただしく、二人三人と駈けぬけて行く。彼等はもう大分いためつけられている。昨日もつい百米ほど前方で、たった一発の弾丸のために、三人芋ざしになって倒れたのだった。一種凄惨《せいさん》な感じのする泥だらけの姿が、妖怪じみて、一つ一つ大きくクローズアップされる。彼等の不敵な面魂《つらだましい》は、まるで私たちにこう言っているようにおもわれる。——俺たちの苦労はいったい誰のためなんだか知っているか。みんなお前たち歩兵を渡河させるためなんだぞ——と。

実際彼等は私たちの壕のそばを駈けぬけるたびに、おい、そこの襯衣をとりこまないと目印になるぞとか、今度のチャンコロは馬鹿にするとひどい目に遇うぜとか捨台詞《すてぜりふ》をのこして行くのである。私たちはそのたびに済まないなあとか、しっかりたのむぜとか愛想よく挨拶をするのだ。敵弾に身をさらして、渡河の作業に打ちこんでいる彼等の目から見れば、ひる日なか壕のなかにもさもさとひっこんでいる私たち歩兵というものが意気地なく見えるかも知れない。私たちはそれを知っている。そんなとき、私たちはいつも控えめな心持になるのだ。

だが、今に見ろ。最後の突撃は歩兵なんだぞ。飛行機でも、大砲でも、いよいよ手がつかなくなった最後のとき、そのときこそ俺たちは銃をふるって、敵のなかにとびこんで行くのだ――そう言った不敵な血は私たちの胸の奥深く波打っているのである。

だからこそ、私たちにとって今一番大切なものは充分な休養であった。私たちは今日まで頑強な敵に向って、夜も昼もなく実によく粘り通してきたのである。言語に絶するような苦労を重ねてきたのである。しかも休養らしい休養は、こんな切迫した状況のもとでは与えられないのも無理はなかった。しかし今日はちがう。目を醒《さま》してから、仕事と言っては飯の用意をするだけで、あとは壕のなかに潜《ひそ》んだまま、ぽつりぽつりとしめっぽい話をしていたのだった。

午後二時ごろである。

迫撃砲が一発、轟然と爆発した。昨日と同じように、右手七、八十米の棉畑のなかである。つづいて四発ものすごい土煙をあげた。敵ははっきりとわれわれを狙っているのである。私たちはこの一区画にかたまって壕を掘っていたし、おまけに昨日の午後、隣の中隊がここに移ってきて、私たちの壕の間に壕をつくってしまったためにひどく密集したわけである。兵隊たちは壕の中から首をだして、一発ごとに、来たぞ、来たぞと叫んでいた。この射程のままでもう少し砲口を右にまわせばちょうど私たちの壕に命中するだろうとおもった。味方の砲兵はいったい何を撃ってるんだ、と浮ずった声で呟《つぶや》くものがいる。まるで、敵の迫撃砲がのこっているのは友軍の砲兵の罪だ、とでも言うように。その瞬間私たちは友軍の砲兵が敵の何十倍という威力で敵陣を撃ちまくっているのだということや、したがって敵兵の恐怖というものは、私たちのこれっぱかりのものとは比較にならないのだなどということを忘れているのだった。それほどあのしゅる、しゅる——という音を伴って、天の一角から突如として降ってくる迫撃砲弾は不快で不安なものだった。

正直のところ、戦場に来てみて、私が内地で考えていた「死への覚悟」などというものは単なる観念の積木細工と言おうか、一つの感傷であったような気がした。馬鹿か白痴ならいざ知らず、あたりまえの神経を持っているものなら誰しも恐怖はあるのである。人間の本能なのだ。ただ、それはそれとして、どんなせっぱつまった状態のなかにあっても、周章《あわ》てず騒がず、身を危険にさらして男らしく任務を遂行することのできるということは、正確な判断と、大きな使命のためにいつでも命をささげようとする決心と——つまり、鍛え磨かれた人間の魂の問題である。

しかし、私には実はこんな問題を口にする資格はないのである。私はほかの兵隊よりもいくぶん神経質なためでもあったろうか、「死」というものをずっと窮屈に考える癖があった。「死」を非常に厳粛な、冷やかなものに考えすぎていたのだった。ところがある日、ふと私は考えた。どんな豪傑にでも、どんな弱虫にでも、死は平等にやってくる。ちょうどそれと同じように、どんなに教養のある人間でも、どんなに無教育な人間でも、現に一様に男らしく立派に死に、男らしく立派に苦痛に耐えているではないか。そうだ、「死」というやつは案外ざっくばらんな簡単なものなのだ。私はそう考えると急に荷が軽くなったような気がしたのである。

はるか敵陣の方で、花火でも打上げるような、ばあんという音がきこえた。あたりは妙にしずまりかえっていた。

二秒か、三秒か——とにかく非常に重苦しい時間である。また空にしゅるしゅるしゅる——という音が起ったとおもうと、五十米ばかり後方に黒煙があがった。矢つぎばやに二発、三発。そしてまた静かになった。

どうにもならない不安が私の胸をおそってくる。こんな状態でここにじっとしていることは耐えがたい気持である。何でもよい、早くきまりをつけてほしい——

また一発、今度は百米ほど前方で爆発した。つづけざまに二、三発爆発した。それを見ていると、いよいよ今度こそは俺たちのまっただなかに落ちてくるにちがいないという、まるで確信のようなものがおこってきた。壕を出よう、棉畑のなかに散開した方がいい、幹部は何故命令をださないんだろう――などというささやきが周りからおこってくる。四、五人の兵隊が、ぱらぱらっと壕をとび出して駈けたかとおもうと、やがて棉畑のなかに散兵演習のように散った。見ると、あちらに三人、こちらに五人というように棉のなかに身を伏せた兵隊が、言いあわせたように、迫撃砲の落ちてくるとおもわれる天の一角を凝視しているのである。真剣な表情である。

私もまた最も抽象的な純粋な形で恐怖というものを全身で味わいながら、それでも強情に煙草をふかしていた。今さらじたばたしてもはじまらぬとおもった。自己というやつをぎりぎり見つめているような感情である。ふと左手をみると、中隊幹部の壕のなかに若い小隊長たちがごろりと脚をなげだした姿勢で、さりげない様子に煙草をふかしているのが目についた。私にはそんな地位におかれているその人たちの心理状態がよくわかるような気がした。

また砲撃がはじまった。何処にくるかと見ていると、今度は左側四十米ほどの畑のなかにだあんと一発爆発した。来るなら来い、という気持である。第二弾はそれよりもも少し近く、二十米ぐらいのところに土煙をあげた。第三弾も同じようなところに。そして空がしいんというように鳴ったとおもうと、第四弾は十米ほどの距離に、人間の叫び声を伴ってだあんと土煙をあげた。ざわめきが起った。やられたぞ、やられたぞと叫んで、右往左往する兵隊が見える。担架がのめるように駈けつけた。全身血達磨《ちだるま》の兵隊が三、四人、そこの壕からかつがれて行った。腹から上が吹っとんでるぞという声が聞える。運わるく壕のなかで破裂したので、七、八人が一ぺんにやられたものらしい。

そのとき私は一つの光景を見た。一人の年若い見習士官がその壕のわきに立って狂気のように叫んでいるのを、兵隊が二、三人で力一杯抱きとめ、何かしきりに慰めている様子である。やがてその見習士官は力つきたようにべったり大地に胡坐《あぐら》をかき、土にうずくまるようにして泣きはじめた。壕の惨禍を見てきた兵隊が、あの見習士官は部下を殺した敵に斬りこむのだと言ってどうしてもきかないのを、みんなでやっとなだめたのだと言う。

私は茫然としてこれ等の余りにも激しい光景をながめていた。私にはほかの兵隊のように、その壕のそばに行って惨害を自分の目で見究《みきわ》めて来ようという気だけはどうしてもおこらなかった。私はどっかり壕のなかに胡坐をかき、相変らず煙草をゆっくり吸いながら、死というやつは案外無造作にやってくるものだという考えを、またしてもしずかに反芻《はんすう》してみた。

六

午後四時ごろ、本部につめきっていた井田中隊長がかえってきた。実はその姿を後方の一軒家のわきに見出したとき、またやるなという予感がもう私たちの胸をつらぬいていたのである。

中隊長はすぐに分隊長以上のものを身辺に呼びあつめ、地図をひろげて、あすの払暁《ふつぎよう》に決行する敵前渡河について、その地点や、さしずめ突撃を敢行する川向うの小宅という部落などをこまごまと説明した。加納部隊は宇野、河原崎両部隊を第一線、高間部隊を予備隊として完全に呉淞クリークを占領する。その宇野部隊のなかでも私たちの井田中隊と、隣の唐橋中隊が第一線となり、これが○艘の舟で三回にわたって渡河する手筈《てはず》である。私たちの小隊はその第三回目の渡河にふりあてられていた。

兵隊たちはもう充分に用意をしていた。壕の雨覆いにしていた天幕ははずされて、背嚢もきちんと整理し、各分隊ごとに積みあげ、雨ざらしになってもよいように茣蓙《ござ》がかけられた。入念に身づくろいし、もはやおもいのこすことは何一つなかった。

そのころ、私の小隊の第一分隊の兵隊が二、三人、後方の一軒家のわきからとぼとぼ戻ってくるのが見えた。中央の一人の胸にはまっ白な布で包まれた四角い小箱が抱かれていた。それは私たちの最初の犠牲者、あの浅賀上等兵の変りはてた姿であった。

やがて遺骨は中隊長の壕の堆土に安置された。蠟燭《ろうそく》がともされた。缶詰の空缶に泥を盛り、それに線香も立てられた。中隊長が先ずその前に立って長い黙禱《もくとう》をささげ、あとは順々に深く頭をさげた。すると突然二、三人の兵隊がううと唸るようにし、わあっと声をあげて泣きだした。あちらでも、こちらでも、子供のような号泣がおこり、さも口惜しそうに拳固《げんこ》で目をこすっているのが見えた。二人抱き合い、顔を相手の肩に埋めておいおい泣いているものもあった。それは泣いても泣いても、骨髄に徹した無念さをふりはらうことが出来ないと言ったふうな、いかにも素朴な姿であった。私は全くおもいがけない本能の渦巻にでもつきあたった心持になり、しばらくは茫然と息をのんでいた。

酒とビールがくばられた。めいめいニュームのコップに少しずつ分け合い、今日までつつがなく私たちの体を守ってくれた塹壕のふちに円陣をつくって乾杯した。口をついて出てくる言葉は、ただ、天皇陛下万歳、井田隊万歳の叫びである。あたりはもう大分うす暗くなっていた。敵弾は例によって頭の上を唸りながらひっきりなしにとんで行くのである。そのなかで方々の壕から最後の万歳の声がひびいて来た。それはほんとうに死を誓い合うものたちの、真実のこもった、あたたかい万歳の唱和である。

もうすっかり暗くなった地上では数人の決死隊がえらばれていた。決死隊の任務は舟に添うて河を泳ぎ渡り、向う岸に近づいたらまっ先に岸にあがって舟をひき寄せるので、決死隊長は大和田伍長がひき受けた。すると私の小隊の清水という一等兵が是非自分もその決死隊に入れてくれと言い出した。清水一等兵には、併《しか》し、濁流滔々《とうとう》たる呉淞クリークを平気で泳ぎきるほどの水泳の自信はないものらしい。すると小隊長の久慈見習士官が小声で彼をなだめているのが聞えた。今度はまあ我慢してくれ、その代り向うに渡ったら、君の命はもらうかも知れんから、それまでは僕にあずけておいてくれ——そんなことを言っているのである。私はそれとなくこの二人の話を聞きながら、願うものもなだめるものも、すでに立派な心構えをもっていることをたのもしくおもった。ほんとうにこの二人は死ぬかも知れないとおもった。（清水一等兵は戦死した。）

私たちは足音を忍ぶようにそっと歩きだした。考えてみると、敵前渡河の決心をもって呉淞クリークに肉薄して行くのも、これで四回目になるわけである。このクリークこそは中支戦線の大きな作戦の上から言っても、またわれわれ加納部隊の面目の上から言っても、どんな犠牲をはらってでも完全に突破してしまわなければならないのである。対岸には頑強な陣地があるともおもえるし、一説には敵はあらかた退却してしまっているとも言う。しかしいずれにせよ、この呉淞クリークこそはわれわれに必死なものを感じさせるのである。

いよいよ交通壕にさしかかろうとするころ、遥かの闇のなかで、例のばあんという尻上りの音がひびいたとおもうと、しゅるしゅると空が鳴って、つい三、四十米ほど前方に一発爆発した。これがきっかけになって、前後左右につぎつぎと迫撃砲弾が落ちはじめた。私たちはどうすることも出来ず、撃たれるにまかせて、じっと体を地面に吸いつけ、一発、二発、三発……と数えている。ごく身近に落ちるときは、ただしいんというように聞え、我知らず首をちぢめている耳もとで、だあんと邪険に叫び声をあげ、物凄く土くれをとばすのである。砲撃が途絶えると大いそぎに壕のなかを走り、敵のため前進不可能——という逓伝が来、止まっているとまた砲弾が落ちてくる。執念ぶかく、いくつもいくつも爆発するのである。

私のすぐ前の兵隊が、これじゃ全滅だ、全滅だとものに憑《つ》かれたように呟きはじめた。しっかりしろ、死ぬときはみんな一緒じゃないか——と私が言ってきかせても、彼は不安に満ちた声でぶつぶつ呟きつづけるのだったが、そのとき一発、五米ほどわきに轟然と爆発したとおもうと、二、三人がいきなり壕をとび出し、一間ばかりわきのクリークのなかに這いこんだ。その瞬間、またも一発、今度はそのクリークのなかにざあんと水煙をあげた。私は頭から水沫《しぶき》をあびながら、今の兵隊はやられたなとおもっていると、彼等はえらい勢《いきおい》でまた壕のなかに這いこんで来た。おそらく今の一発は不発だったのだろうが、急にたまらなく可笑《おか》しくなり、私はくっくっと笑いだした。その神経的な笑いはしばらくの間どうしてもとまらなかった。

砲兵観測所にたどりつくと、私はふいに宇野部隊長のまっ黒な影に向きあった。私は内地をたつときにこの部隊長から陣中日誌を書くことをゆるされ、その後記録はいちいち検閲を受けたし、再三しっかり書くようにとやさしくはげまされていたのだった。私は咄嗟《とつさ》に何か一言ものを言いたい衝動に駆られた。これが最後の機会になるかも知れないとおもった。

おお君か、今度こそは華々しい一戦になるかも知れんぞ、ひとつしっかり記録にとめておいてくれたまえ——これが部隊長のあたたかみの溢れた言葉であった。私はふと胸が一杯になり、そのまま次の交通壕におどりこんだが、目前に迫りつつあるこの決戦を、まじろがずこの目で見、脳髄に烙《や》きつけてやろうと決心したのである。

私が宇野部隊長のやさしい言葉をきいたのはこれが最後である。いや、翌朝再び私は宇野部隊長と言葉を交す機会を持ったが、併しそのときは文字通り雨のような敵弾のなかであり、またその言葉は一人の部隊長が、一人の伍長を叱咤《しった》する激越な命令でしかなかったのである。

七

激しい弾丸音《たまおと》に目がさめる。膝まで没するぬかるみのなかに坐《すわ》って、土を嚙むようにして私は眠っていたのだ。午前三時か四時ごろだろう。まっ暗闇である。窮屈にまげていた両脚には感覚がない。そしてひどく寒い。

昨夜半、やっとこの壕にたどりついて、無数に落ちてくる迫撃砲の下で息を殺しているうちに疲れが出て眠ってしまったのだ。一瞬にしてま昼のようにしてしまう青い照明弾、それを目あてに撃ちこんで来る砲弾、嫌な唸り声、いつでもとび出せるように着剣した剣尖の林――それ等ははっきりとまだ胸にのこっている。私もおもわず自分の銃を握りしめた。これこそは私の頼り得るすべてのものだ。

弾丸音はますます凄くなって来る。とうとうもう何も聞えなくなった。ただ、夏の豪雨のように、ざあざあという音だけである。機関銃も小銃もない、ただ、ざあざあという音だけである。すると、私のすぐわきで一人の兵隊が、

「まるで村雨だなあ」と、ぽつんと言う。これがそのとき私の聞いたただ一つの言葉であった。目の前でぱちっと赤く炸裂するのは多分ダムダム弾であろう。なおもそのざざあざ

ざあという音に耳を澄ますと、非常に沢山な軽機関銃と重機関銃とが錯綜《さくそう》しているのだということがわかるのであった。

私たちの予想はすべて裏切られたのだ。対岸にのこっているのは敵の小部隊だけであるという説は無論のこと、敵が相当堅固な陣地を布《し》いているにちがいないとおもったものも、このような弾丸音は全く夢にも考えていなかったのである。

それからどれだけ経過したかわからない。突然に、下流の闇空にするすると青い火玉が上り、花火のようにぱんぱんと鳴った。それを合図に、微かにわあっという喊声《かんせい》が流れて来た。おお、河原崎部隊は渡ったぞ、河原崎部隊は成功したぞ――その低い声が、波のように壕のなかを伝わって行った。あの喊声のなかには、私の友人でセリストの鈴木聰伍長もいるのだとおもう。私はその喊声を聞きのがすまいと耳をそばだてながら、鈴木よ、どうか生きていてくれと祈る。彼等の渡河は午前五時の筈である。あと一時間たてばいよいよ私たちの番なのだ。私の目は冴えかえっていた。

敵弾はやや衰えたかとおもわれる。

「舟だ、舟が来たぞっ」

誰かが叫ぶ。私も遥か後方にわあっわあっとあがる鯨波《とき》の声を聞いたのである。舟だ、舟だという短かい叫び声は壕のなかに激しい反響をまき起す。任務とは言え、この猛烈な弾雨のなかを、唐橋中隊は十艘の舟をかついで、何の地物《ちぶつ》もない棉畑を前進してくるのである。刻々と近づいてくる喊声は、私たちの胸に涙を涌《わ》かせ、私たちの感情を圧倒するような気魄《きはく》をもっている。舟だ、舟が来るぞっ——塹壕のなかはざわめき立った。わっしょいわっしょいという声が次第にはっきりと聞き分けられる。舟が来たんだ、手を貸してやれ——叩きつけるような声が壕に満ちる。みんな殺気立った。喊声はもうすぐうしろに迫っていた。来た来た来た——と兵隊は立上った。壕の稜線に、ほのぼのと白んだ黎明《れいめい》を背景にして、舟の舳先《へさき》がぬっと首をつきだした。呶号《どごう》だ。進め、進め！　と無我夢中に叫び、伸びあがって舟の腹を支え、ぐうっと壕に落ちかかる舟をしっかり受けとめ、満身の力をふりしぼってそうら出せ、そうら行け——とぐうっと前の土堤を乗り越え、この大きな人間タンクが、ぐらりぐらりかたむきながら壕を乗り越えて行く刹那《せつな》、二、三人、うっと唸ってまっ逆様に落ちてきた。右から、左から、歩兵の集団に担われた舟が、まるで生きもののように前線へ、呉淞クリークへと進んで行く。それをじっと見送りながら、涙がぽろぽろこぼれた。

そのころ、友軍の砲兵陣地から猛烈極まる掩護《えんご》射撃がはじまった。堪えに堪えていた砲撃なのである。この砲撃が一せいに射程を伸ばしたときに、私たちは勇躍死地にとびこんで行くのである。自分たちの運命もおそらくここ数刻のうちに決せられるであろう。それは何という充実した感情であったろう。

私たちは待っていた。第一回の渡河が成功すれば、空には信号の花火が打上げられるはずである。午前五時五十五分、——砲兵の射程は延伸された。一分、二分、五分、十分私たちは待ち構えていた。ついに苛々《いらいら》してきた。そっと壕から首を出してみると、七、八十米も前方の煙幕の合間合間に、黒くうずくまっているのは、とっくに水に浮いているはずの舟ではないか。

何か只《ただ》ならぬ出来ごとがおこったのではないかとおもった。不吉な予感が胸いっぱいにひろがった。私たちの部隊がもし渡れなかったとすれば、一時間前に下流から渡って行った河原崎部隊はそれこそ無援孤立の状態におかれているのではないか。

十月六日の朝は次第に明けわたってくる。それは明らかにわれわれにとっては不利な条件である。しかしたといどんなに不利な条件であろうと、渡河は決行しなければならぬ。一人でも二人でも向う岸にかじりつかなければならないのだ。

そのとき久慈小隊長が前の交通壕から抜刀してとびこんできた。まだ若い、童顔の青年だが、私を見ると、第三小隊全部いるか、と鋭くきいた。私は寝不足と興奮のため青白く窶《やつ》れたその顔を見つめて、全部います、しかしどうしたんですと訊《き》いた。渡れない、地形が悪くって——と沈んだ声で答え、ひょいと空を仰ぐようにして、この弾丸じゃあねえ——と言った。

私は初々《ういうい》しい久慈見習士官を眺めた。彼は独身もので、一点もじめじめしたところのない好ましい青年だった。柔和な目と、愛くるしい唇と、行儀のよいまっ白な歯を持っていた彼はちょっと当惑したようだった。だが、もし私がその時、いったいどうするつもりなのだろうと彼に聞いたとしたら、おそらく彼は白い歯で愛想よく笑って、僕にもわからんねと答えたことであったろう。

するとまるで地から涌いたように、宇野部隊長が私たちのそばに立っていた。

「何をしとるか！　何中隊だっ！」

連日の苦労で、部隊長はいたいたしく窶れていた。久慈見習士官は、第三回目の渡河の順番を待っている旨を簡単に答えた。すると部隊長はよく聞きとれなかったようにじっと若い将校の顔を見つめていたが、いきなり軍刀を鞭《むち》のようにふり上げ、

「前進だ、前進するんだ」

そう言い捨てて、交通壕を後方へと消えて行った。何ということだ、ああ、何ということだ——おそらく部隊長の胸には口には言えない、そう言った悲痛な感情がいっぱいだったであろう。

私と久慈小隊長とは少しばかり兵隊たちのそばを離れ手短かに相談した。とりあえず、軽機分隊だけでも出しましょうかと言うと、彼はちょっと考える様子で、もう少し待とうと言う。もはや渡河の順番などにかまっているときではないという気がしてくる。そうときまればあとはただ決心の問題だけだ。私は今が自分にとっても一番大切なときだとおもい、こんなときいつもの癖になっている煙草を一本吸いつけた。久慈小隊長も、私の差出したバットを受けとり、私の煙草から火をうつした。しばらく二人は黙りこんで、激しい弾丸の音を聞いていた。

久慈見習士官は二、三服吸っただけで、ぽんと煙草を投げたとおもうと、じゃ僕は出る、貴公に小隊の指揮をたのむ、と言って、壕に両手をかけ、壕壁の窪みに足をかけて調子を

とっていたが、いきなりぱっととび出した。一気に七、八間駈けて行ったとおもうと、ものに躓《つまず》いたように地面に伏せたが、くるりとこちらをふりかえり、左手をあげて白い歯で笑った。私も煙草を持っていた左手をあげ、あとから行くぞという合図をし、兵隊たちをふりかえって、いよいよとび出すぞおと呶《ど》鳴《な》ると、声々が、おう！　と力強く答えた。

久慈見習士官が起きあがってまた駈けだした。それが地面にぴたりと伏したのを見とどけ、早駈け、前へッ！　と呶鳴りながら、私の体はもう棉畑のなかにとび出していた。壕から兵隊が五、六人半身を出しているのが見えた。私は駈けた。駈けながら、もう止まろうか、今度は地面に伏せようかとおもっていた。野球で盗塁をするときのように、おもいきり地面にぱっと体をなげ、土に顔をすりつけるようにすると、頭上低く霰《あられ》のようにとび去る鋭い弾丸の音だ。心臓がどきどき鳴り、息が苦しい。顔をあげると久慈見習士官がちらちらっと駈けて行く。危ないとおもう。

煙幕はあるかなきかに薄くなり、何艘かの舟が梃子《てこ》でも動かぬようにがっしりと棉畑のなかに坐りこんでいる。振向くと五、六間うしろに飯田第一分隊長がしっかり地面にかじりついている。第一分隊いるかあ！　と呶鳴ると手をあげて笑った。各分隊の名前を呼ぶといずれも、おう！　と元気な答えである。私の左手の指の間にはまだバットが煙っている。それを一服吸う。倒れるまでは煙草をはなすまいと堅く心にちかう。またも身を起し、のめるように駈けた。飯盒をはじめ食料全部を包んで背中に結びつけた背負袋がうるさい。駈けながら、少し一躍進の距離が長すぎたかしらんとおもう。ぱっと地面に伏し、息をととのえ、ふり向いて各分隊に声をかける。しつこいように第一分隊から順々に呼ぶ。煙草を持った左手をあげ、煙草を吸ってるのが俺だぞお、わかるかあ！　と叫び、自分のおもいつきが可笑しくなってくすりと笑う。一つの分隊でも欠けていては済まないとおもう。私はまた駈け出す――

何分経ったかわからない。岸のあの突角までとおもったが、そこまで行ききれずに、二番目の舟のわきっ腹に倒れると、弾丸が頭をすれすれにひゅっ、ひゅっと飛び、どうしても頭があげられない。斜め右からも左からも来る。滅茶苦茶に撃たれていることがわかる。誰かの足音が後から迫ってきて、いきなりどさりと私のすぐ左に倒れた。やられたかとおもう。それでも顔を左に向ける気がおこらず、鼻を土にすりつけるようにしたままじっとしていると、その兵隊がさくさくと土を掘っているのが聞える。ほっとした。首をねじ向けると、彼はこちら向きにぴったり寝たまま、円匙《シャベル》の根元を握って、ほんの一掬《ひとすく》いずつこっそり土を掘っている。私たちの体は何一つ遮るものもない地上に、敵に全身を露出していることがわかる。せめて一寸でも二寸でも土を掘り、腹だけでもその窪みにかくしたいとおもう。

私と岸の突角との距離は五間ばかりだ。水面は見えない。すぐ前に決死隊長の大和田伍長が、褌《ふんどし》一つの泥んこのすっ裸で鉄兜を唯一の地物《ちぶつ》にしてぴったり地面に吸いついている。私の一間ばかり右手の舟にはしきりに弾丸があたり、ぱんぱんと張りきった音をあげている。地上がときどき明るくなったり翳《かげ》ったりしている。機関銃がざあっと薙《な》いでくるたびにあたりに土煙があがり、今度はやられるか、今度は駄目か、とおもう。私の左手の指の間にはバットが短かくなったまま細々と煙をあげている。これだけは死ぬまで離すものかとおもう。

また誰かが駈けてきて、舟の向う側にぱたりと倒れたまま動かない。やられたな、とおもい、そっと伺うと、彼は私と同じようにしっかり地面にしがみついて肩で息をしているのだ。うしろから第一分隊長が私の名を呼び、第一分隊みんないるぞおうと呶鳴る。ふりむいて、大丈夫かっ！　と叩きつけるように言うと、おう、おう！　と殺気だった声々である。各分隊長の声々が答えるのは、おそらく小隊全員が命令一下、舟を押し出そうと構えているのにちがいない。何遍も機関銃が薙いでくる。どんなに平ったくなっていてもまだ姿勢が高すぎるような気がする。ここで撃たれてはまったく死にきれない心持だ。ひょいっと右手を見ると、舟の向う側の兵隊が鮮血に染まってぐったりなっている。ときどきぴくぴく動いているのは息も絶え絶えの証拠だ。何とかしてやりたいが、今は体を動かすことができない。そのさきにも倒れている。左手を見る。交通壕らしい堆土の手前でも一人、あたりの草をまっ赤に染めて戦死している。誰だかわからない。目をつぶり、しっかり地面に吸いつき、今度こそ自分も駄目かとおもう――

首をあげる。一瞬、私は呉淞クリークを見る。幅四、五十米、右から左へ滔々と流れている赤土色の水面。向う岸は斜面があらわれ、そのさきは奥行百米ほどの棉畑で、縦横の壕に支那兵の鉄兜がちらちらしている。そのさきに一帯の崖がある。崖に銃眼がある。その上に楊柳が五、六本、白壁の家が一軒。これ等は一瞬にして私の目に映った光景である。私は急いでまた顔を伏せ、ひゅっと頭上をつらぬく弾丸音をきく――

いったいこの朝の光のなかで、誰がこの舟をおろすつもりなのだろう。今私のわきにどっしりと腰を据えている舟を水面にひきずりおろすためには、二十人余りの屈強な男の力と、三分か四分の時間とを必要とするのである。誰かがもしわあっと叫んで舟にとりついたら、きっとそれだけの人数のものは敢然と起《た》ち上《あが》るにちがいあるまい。だが、結局それは空《むな》しい努力になりはしないだろうか。

後悔にも似た感情が私の胸のなかに涌いてくる。私はやっぱり小隊の兵隊をじっと交通壕のなかにかくして置くべきではなかったか。現に、大部分の兵隊はみんな壕のなかに息をひそめているのである。私はすこし焦りすぎてはいなかっただろうか。私はまちがっていたのではないだろうか――

ふとおもいだして左手の兵隊に、あいたら円匙《シャベル》を貸してくれとたのむと、二、三分して、柄《え》が私の横腹をつついた。体の左側をぴったり地面におしつけたまま、彼がやっていたと同じようにほんの少しずつ土を掬ってみる。なかなかうまく行かない。すると私の名を呼びながら、まっ裸の兵隊が右の横っ腹に体をたたきつけるようにどさりととびこんできた。石井伍長である。まっ白な背中に右肩から左の脇の下に斜一文字に日章旗を結びつけ、両手に二つずつ手榴弾を鷲《わし》づかみにしている。彼は私にぴったり体をすりつけ、しばらくは泣いてでもいるように上半身を波打たせて荒々しく息づいていたが、突然甲走《かんばし》った声で言った。

「俺、泳いで渡るんだ。糞っ！　癪《しやく》にさわってたまらないんだ」

彼は決死隊でも何でもない。だが、生一本な彼としては、もうこれ以上我慢しきれなくなったものにちがいない。顔は青ざめ、目がつり上っている。私はこの男を死なしたくない。

「馬鹿だな」と低く叱った。すると急に私はこの愛すべき石井伍長に腹が立ってきた。今とび出したら死ぬばかりじゃないか、馬鹿だなあ、馬鹿だなあ——と私は言った。そして自分の胸のポケットをさぐり、バットを一本ぬき出して火を吸いつけ、これでも一服して少し落着かなきゃあだめだぞ、と言いながら彼の唇に銜《くわ》えさせると、済みません、と一服吸いこみ、寒いなあ、とはじめてそれをおもいだしたように肩をすぼめた。

ちょっと前から私のすぐ目の前で、一つの必死の作業がはじまっていた。岸の突角に沿って、交通壕を右の方に掘りだしたのである。円匙の先が少しずつ土を掘って行く。土竜《もぐら》みたいに一尺、二尺と掘っては土を岸に盛りあげる。土嚢《どのう》を出せえ！　と呶鳴りながら、こちら向きにひょいと首を出したのは犬木伍長だ。こんなときになると、いつも彼のような年長者が自然と采配をふるようになるものであるらしい。私はすぐうしろをふりかえり、土嚢を出せえ！　ととりつぐと、あちらからもこちらからも南京袋をほうってよこす。それを犬木伍長の方に投げてやると、みるみる土がつめられ、敏捷《びんしよう》に岸の突角に投げ上げ、また土を盛り、土嚢を重ね、こうして一尺二尺と右の方に塁が拡張して行くのである。土を掘るもの、土塁に銃を載せて射撃するもの。その土がぱっと崩れるとおもうと、ぐるりと半回転した兵隊の顔から胸に血が一すじ糸をひく。ついでもう一人、今度は手頸《てくび》だ。石井伍長が身を躍らしてその壕のなかにとびこんだ。どうにもじっとしてはいられないものらしい。負傷者の銃をとり、土嚢にそれを托し、よくねらって撃つ、また撃つ。まっ白な背中に日章旗の赤い色が鮮かだ。土煙があがって土塁の一角が崩れた。すると彼はまるで讐討《あだう》ちでもするように、その崩れたところに銃を置きかえて、よくねらって撃つ。

(石井伍長は翌日戦死した。)

それより三、四間左手の壕のなかから、突然軽機関銃を右の脇の下に抱えた兵隊がとび出した。壕の上に立上り、体を左右にねじ向けながら小気味よく撃ち出した。弾丸が尽きるとぱっと壕のなかにとびこむ。三分ばかりするとまたにょっきり立上った。軽機関銃を小脇にひっ抱えた姿勢で、ばらばら撃つ。撃ち終ると一瞬にして消える。三たび、彼は立上った。何という不敵な男だろう。無茶と言えば無茶にちがいない。だが彼の出現は私たちに圧倒的な気魄《きはく》というものを感じさせる。果然、味方の射撃は旺盛になってくる――

ふと、彼もまた何人かの子を持つ父親であろうと考える。彼は死ななかった。目の前で素ばらしい奇蹟が行われているような感じである。彼の故郷ではその細君が、子供たちが、武運長久を祈っていることであろうとおもう。擲弾筒手《てきだんとうしゅ》がすぐ目の前で撃ちはじめた。命中したぞお！　とうしろで叫んだのは第二小隊長伊藤少尉の声だ。ふり向くといつの間にそこにいたのか、身を起し、双眼鏡をしっかり目にあてている。丁度そのときだ――

「そこの伍長！　何をしとるかあ！　舟をおろせえ！　舟をおろせえ！」

そう叫んだものがある。壕から半身をぬっと突きだした宇野部隊長であった。部隊長は私を見つけ、一伍長としての私にそう叫んでいるのであった。私ははっとした。するとうしろの方で、

「工兵がいません」と大声で答えた兵隊がいる。

「工兵が居らん？　工兵はどうしたあっ！」

「戦死しましたあっ！」

私は部隊長から目をそらし、工兵は居らんかあっ、工兵、工兵――と呼んでいる声を悲痛なおもいで聞いた。すると擲弾筒手のわきに唐橋大尉が半身を出し、第一線の軽機は逃げたぞおっ！　右を撃てえ、右を撃てえっ！　と、まるで応援団長と言った恰好《かっこう》で、ぎらぎら軍刀をふりまわした。上気したまっ赤な頰に戦闘帽のうしろに垂れさがった日覆いがじゃれついている。突然一発、かあんと私の鉄兜を撃った。焦げ臭い匂いがつうんと鼻を抜ける。かすり弾丸だったのだろう。苦い笑いが私の唇にのぼってくる。井田中隊長がとび出した。私のすぐ前にある先頭の舟にすがりつき、こちらをふり向いて手をふった。瞬間、中隊長は死ぬ気だな――とおもう。ぐうっと涙がこみ上げてきたが、堪えきれず、三小隊出ろおっ！　と叫んで私もその舟の舳先にとびついた。わあっという喊声を、私はうしろに聞いた。

八

仰向けに倒れていると、舟底を洗うさらさらという波音が爽《さわ》やかに、まるでいつか聞いた和やかな歌声のように、私の心をしずかにゆすぶるのである。舟はもう敵弾の死角のところに入り、波のまにまに呉淞クリークの中流に流れ出したとみえ、よく晴れた空をつらぬいて行く弾丸の音までがいかにも澄み切った感じである。いったい何処に流れ着くのであろうか、それともそれまでに浸水のために川底に沈んでしまうのであろうか、そしてこの舟のなかには誰と誰とが倒れているのか、もう何もわからないし、知ろうとも思わない。まったく委《まか》せきった心持である。左手はだらりと投げだしたままだ。少々痛い。

一切合切が夢だ。舟にとびついて、それを岸に押しだし、斜面を力いっぱい水面に浮かべるまでの時間がずいぶん長かったようにもおもえるし、また一瞬の出来ごとだったような気もするのである。よういさ、そうら押せ、よういさ、そうら押した——とあらん限りの力で、ずるり、ずるりと舟を動かしながら、私はクリークの向う岸一帯の壕にちらついている敵兵と、ぱっぱっと噴き出す銃火の煙と、棉畑と、楊柳と、一軒家と——そう言ったものをパノラマのように眺めた。鉄兜のてっぺんから地下足袋の爪先までがすっかり露出してしまって、敵にとってはまたとないよい標的になっているにちがいないとおもった。自分の身辺をかすめ去る敵弾の鋭い唸りをはっきり聞きとった。今度あたるか、今度あたるか、と、一瞬一瞬が死であるようにおもった。敵の方向を見ているのが眩《まぶ》しくてたまらない。舟を押しだす二十余名の掛声は、そのまま死に挑戦する喊声である。私のうしろで、私にぴったり体をすりつけているのは木島上等兵だ。内地を出発してから一番世話になったこの男が、この最後の瞬間も、やはり私と生死をともにしていてくれる気持がたまらなく嬉しい。ありがとう木島上等兵、こんなところで死んでたまるものか——とおもう。

だが、斜面を水面に向って下りはじめた舟の行手には、何ということだ、乗りそこなったらしい捨小舟が一艘、意地悪くぴったり水際に横づけになっているのである。蜂の巣のように撃たれたとみえ、舷の半分ほども水がたまっているのだ。邪魔な舟があるぞ、と呶鳴ったが、こんなに切迫した事情のなかで、先ずその舟をわきにどけてからなどという悠長なことはできない気持である。岸の土はひどくぬかり、力をこめて舟を押すたびに脛までぶくぶくと吸いこんでしまう。とうとう障碍物《しょうがいぶつ》は舟の行手を遮った。もう糞馬力でこいつを乗り越えるより方法がない。最後の力をふりしぼり、舳先を担ぎあげ、体でがあっと乗り出す。乗り越える——。舳先がぼちゃりと水に浮かぶ。危うく水にのめりそうになるのを、ひらりと舟にとびこむと、誰かが、まだ乗っちゃだめだと叫んだが、その瞬間、私は左上膊部《ひだりじょうはくぶ》に鞭でぴしっと叩かれたような衝撃を感じた。足場も悪く、中心を失って横っ倒しに倒れた。おや、やられたのかなとおもい、ひょいとそこに目をやると、軍服の袖に小さな鉤裂《かぎざ》きのような穴があいていた。私はまだ乗れずにいる木島上等兵の顔に、やられたと言った。彼は必死な青い顔で、え？　え？　と言う。何だか焦《じ》れったい。急に私は腰のまわりが重たくなった。弾薬をぎっしりつめこんだ薬盒つきの剣帯が、私の自由を束縛しているような気がする。尾錠《びじょう》を片手ではずそうともがきながら、俺はもう死なないぞとおもっている。一発くらえば、まさか二発はあたるまいと考えたからだ。その瞬間、また一発、御丁寧にも左手の肩の付根をがあんとやられた。全く不意うちだった。おもわず、またやられちゃったと言うと、その口調がよほど可笑しかったのか、木島上等兵はにやりと笑った。(木島上等兵はこの瞬間に戦死したらしい。私が内地還送となり、原隊復帰を命ぜられているとき、図らずも私は彼の遺骨を抱いて葬列に参加した。それが彼の生前の恩義に酬《むく》いる私に可能なたった一つの行いだったのだ。)

私の左手は一本の棒のようにだらりとしてしまった。舟は完全に濁流に浮いた。目の前の流れのなかに、兵隊が二人、むくりむくりと首を出し、銃を高くささげて何か叫んだが、また濁流にまきこまれた。みすみすどうすることも出来なかった。私は舟底にどさりと倒れた。舟はゆらゆらと流れはじめた——

それにしても何という美しい秋の空であろう。激しい銃声も、幕一枚へだてた向う側で起っている出来ごとのようで、もしかするとみんな夢なのかもしれないとおもう。誰かが微かに呻いている。ほかのものは死んでいるのか、生きているのか。何という平和な、しずかな心持だろう。首をあげてみるのも億劫《おっくう》だ。もう死んでも構わない。この舟は、私たちがおろした舟なのだ——

ざ、ざ、ざり、ざり……舟底が何かをこすって軋《きし》み始めた。目をあけると、すぐ目の前に岸が迫っている。さっき舟を下して来た岸と同じように、こちら側も高さ二間ばかりの急な斜面で、その稜線には薄《すすき》が生い茂り、銀色の穂がさわさわとゆらめいている。人間から見捨てられた自然の淋しい一隅という感じだ。まっ裸の泥の兵隊が斜面にはい上り、縄で舟をひきよせる。よく見ると、決死隊長の大和田伍長である。

舟から這い上った。負傷者はみな助け上げられた。頭の上の薄の向う側は、すぐにもう敵の壕にちがいない。大和田伍長は私にとびつくように、鋭いジャックナイフですぱりと左腕の付根から軍服の袖を切り落した。血がふき出している。手早く三角巾で手当をしてくれる。

私のまわりには、汀と泥土をまっ赤に染めた負傷者たちが倒れている。それは人間というより、赤く染められた泥人形と言った方がよいかも知れない。舟のなかに、半分水びたしになったまま仰向けに倒れているのは伊藤少尉である。もう駄目かも知れない。心臓のあたりから血が滲《にじ》み、ときどきかすかに呻いている。

大和田伍長は舟と一緒に泳いで渡ったのである。無疵《むきず》なのは彼と西野谷一等兵の二人だけだ。伊藤少尉、近藤伍長、小池伍長、本橋伍長、八木下伍長、大久保上等兵、栗原一等兵、私――みんな負傷したが、私は左腕を二発やられながら幸い骨折はしていない。私が一番軽傷なのだ。もし敵があの薄のなかから現われたとしたら、私もまた剣をとって戦うことの出来る一人である。私は大和田伍長にたのんで、銃から剣を外してもらい、それをずぶりと斜面につきさした。これさえあればたとい片腕でもそうむざむざはやられないという気がする。大和田伍長は私の剣帯をぶらさげてみせながら、危い危い、一発やられているぜ、という。見るとちょうど臍の右にあたるところを一発、ぐいと剣帯をちぎるようにえぐっている。してみると私は全部で四発弾丸を受けたことになるのである。

おもいだしてポケットからクレオソートの小瓶を出し、私の周囲に倒れている気息奄々《きそくえんえん》たる負傷者にのませる。煙草もわける。私は大へんな煙草好きなので、出征のとき沢山にもらったバットとホープを、今日あることを予期して背嚢のなかに二つ三つ大切にしまっておいたのだ。さあみんな、元気を出さなくっちゃだめだぜと呶鳴ると、誰かが、もう少し小声にたのみます、敵に聞えるからね、と言う。なるほど、それもそうだったとおもう。伊藤少尉は舟底に寝たままだ。大和田伍長と二人、かわるがわるに名を呼ぶと、微かにうーと呻く。大和田伍長は寒さに歯の根も合わないらしく、がたがた震えながら、死ぬね、きっと、と暗い顔をする——

私は友軍の岸をふりかえる。まるで夏の驟雨《しゅうう》が地面をたたくように、対岸の斜面全体がざあっと弾丸にはねをあげているのだ。クリークの水面も、向う側の三分の一の川幅はざあっと小波を立てている。迫撃砲はちょうど友軍の壕とおもうあたりに次々に炸裂している。そしてその爆発の土煙のなかに、一瞬、ちらちらっと戦友が動く。岸の斜面にも点々として兵隊が倒れている。ことに私たちが舟をおろしたとおぼしい箇所にはおり重なっている。おそらくそれは水面まで来て舟に乗ることの出来なかった戦友たちであろう。ああ、よくも渡って来た、たとい傷つこうとも、よくも生きていたものだとため息をつかずにはいられないのである。

間もなく友軍の飛行機がとんで来た。私は腹にまいていた日章旗を出し、斜面にひろげて標識をつくった。するとそれまで砲撃を遠慮していた友軍の砲兵が、また猛烈に撃ちはじめた。おそらく前線の苦戦を知って、今度は私たちのすぐ目の前にあるトーチカ陣地を破壊することになったのであろう。ものすごい砲撃である。だが、ほんとうのところ、私たちにとってはこの砲撃が今となっては一番おそろしかった。一発一発、頭がしいんとするような音で炸裂するのである。万一友軍の砲弾で殺されるようなことがあっては、それこそ死んでも死に切れない心持だ。しかしこの空爆と砲撃の間に、川上や川下の方から、やがて一艘、二艘と友軍の兵隊が渡河しはじめた。
五、六人の兵隊が全身泥だらけになって、水際を川下から私たちのそばにやって来た。渡河はしたものの、敵陣におどりこむ適当な場所をもとめているのであろう。しっかりしろ、と彼等は無残な私たちの姿に短かい慰めの言葉を投げる。大丈夫だ、あとはたのむぜと私たちは答える。今、私たちは自分たちが戦闘の落伍者になったのだということを痛切に感じている。済まない気持だ。彼等はごそごそと斜面に這いのぼり、薄の叢《くさむら》のなかに一列に首をならべて身をひそめる。その中に若い見習士官が一人混っている。抜刀して、今にもそのまま躍り上ろうとするような弾力のある姿勢である。兵隊たちも着剣した銃をしっかりひきつけ、すぐとび出せるように片手で薄の根元をにぎっている。それを見つめていると、何となく胸が熱くなってくるのである。頼むぞ！　と声をかける。顔が一斉にこちらを向き、にっと微笑する。次の瞬間、若い見習士官が刀を揮《ふる》ってわあっととび出した。一斉にとび上って行った。もう見えない。あとには淋しい薄の穂と、一枚の青空が残るだけである。

私は時間の観念を失っていた。瞬間瞬間の激しさに追いつめられているようなものだった。私の目は川下を漕いでくる一艘の舟にとまる。その舟には宇野部隊の部隊旗が、舷にくっきりと垂れさがっているのだった。見ろ、見ろ！　本部が渡ってきたぞ、と私は涙でぶっさけそうな気持で叫んだ。工兵らしいまっ裸の兵隊が必死になって漕いでいる。何というのろい舟足だろうとおもう。どうぞ死んでくれるな、と何かに祈りたい。舟は岸に近づいて来た。そして岸のカーブのかげにかくれてしまったが、やがて岸の上を、絵に見る人のように宇野部隊長その人が、頭上にふりかぶった軍刀を前後にふりながら、岸に沿って私たちの方へ駈けて来るのが見えた。私は叫んだ、声をかぎりに叫んでみた。だが激しい弾丸の音は、この心の底からの絶叫をも無残に途中からもぎとってしまった。私が部隊長の駈ける姿を見たのはたった十秒足らずの時間であった。その姿も、岸の稜線の彼方に消えた。（おそらくはこの数秒の後、部隊長は名誉の戦死をとげられたのである。）

部隊長の姿が消えてしまうと、私の胸には急にたまらない淋しみがひしひしとおそって来た。勇敢に敵陣にとびこんで行った戦友たちは、多分もうこの近所の敵を叩きつぶし、追っぱらってしまったにちがいない。あのとき舟をおろした私たちは、今となっては敗残者のようなみじめな姿になって、あとに置いて行ってしまわれたのである。もう何の人声もない。聞えるものはただ頭上をとびちがうものすごい弾丸の音ばかりである。（実際そのときは、部隊長も渡ったのだから部隊全員渡河したのだとおもっていた。だがあとで聞いてみると、私の中隊などでその時渡河したのは、久慈見習士官、生方准尉の二人を中心に三十名に足らぬ人員だったと聞く。第一小隊長小塚少尉は戦死した。久慈見習士官も十月十日に戦死。）

何分か経った。すると中隊指揮班の飯田、岡田の両伍長がひょっこりやって来た。飯田伍長は神主さんという綽名《あだな》で通っていたが、まっ裸の腰のまわりと両方の肩に土嚢を結びつけ、文字通り全身泥だらけで、まるで土人の酋長《しゅうちょう》といった形である。自慢の八字髭《はちじひげ》までが泥でかたまっている。私を見て、やあやられましたね、どうです、大丈夫ですか、痛いでしょうなあ、と言う。実に親切な男であった。中隊の兵隊は全部彼に心服していた。よろしい、あなた方は向う岸に運んであげましょう、突撃するだけが僕らの任務じゃない、負傷者を運搬するのも僕らの任務なんだから——と、彼は自信のある調子で私たちに言った。

おもしろいことに、飯田、岡田の両伍長はまるでそれが運命でもあるかのように何かというと議論をはじめるのである。その癖どんなことでもこの二人が先に立ってやるのであった。今も二人は議論しだした。今すぐ引返そうというのは岡田伍長である。もうちょっと弾丸《たま》がおさまってからと主張するのは神主さんだ。私もできることならもう少し待っていたい。だが血だらけになって斜面に倒れている負傷者、なかでも息も絶え絶えな伊藤少尉の痛々しい姿を見ると、それはもう一刻を争う問題であるような気がする。ちょうどそのとき、工兵が二人、濡れ鼠になってやって来た。いよいよ出発ときめる。私たちはかわるがわる伊藤少尉の名を呼ぶ。名を呼んでいなければ死んでしまいそうな気がするのだ。

負傷者は舟の底にぴったりと身をひそめた。舟は岸に沿って少し下って行ったが、やがてぐるりと向きをかえ、中流に漕ぎ出したとおもうと、急に敵弾がばりばり来だした。ぱんという音を立てて私のすぐ右側の船腹からどうっと水が流れこむのを右手でおさえた。水面がざあっと鳴っているのは弾丸が打ちこまれているのであろう。流石《さすが》に、ここで死ぬのは嫌だという気がする。

急に必死のざわめきがおこる。岸だ。狭い支流のなかに舟がはいろうとしているのだ。何かにぶつかり、ぐらっとゆらめき、水中に胸までとびこんだ兵隊たちが必死になって舟を支流に押しこもうともがいている。弾丸が舷を撃つ――

＊＊＊

私は棉畑を駈けている。左手は首から吊り、右の肩には銃をかついでいる。その銃身にはさっき飛行機への目印にした日章旗が、泥水によごれてだらりと垂れさがっている。私のうしろからは、やっぱり腕をやられた、田中という一等兵が、おくれまいとして懸命についてくる。

秋とはおもえない強い日ざしに、一面の棉畑はぎらぎらと輝き渡っている。はるかに向うを一群の兵隊が担架をさげて、呉淞クリークの方に向って前進して行くのが見える。駈けては伏し、伏しては起きあがり、もしこの激しい流弾さえなければ、まるで演習でもしているようだ。

私たち負傷者を乗せた舟は、ついに狭い支流にはいることが出来た。無疵の者たちがみんな水のなかにはいって、ここまで舟をひっぱって来たのだが、誰かが後方の担架と連絡をとる必要があった。歩けるのは私と田中一等兵だけである。

傷は次第に疼《うず》きはじめた。だが私には私らしい矜《ほこ》りがある。私は戦い、二発も敵弾を受けたのである。私はもう一人前の兵隊なのだ――。そうでもおもわなければ、戦場の落伍者の淋しい心持を、何が救ってくれるというのだろう。私たちは駈けた。余り弾丸が低いと、ときどき地面に伏し、また元気よく駈けだした。

五、六町も駈けたとおもうころ、なつかしい南王宅の壕に出た。私はすぐに自分の壕に駈けより、積み重ねた背嚢のなかから大切な大きな図嚢を探し出し、それを左の肩にひっかけて行った。また一町ほど行くと一軒家があり、そのわきの土堤のかげに仮繃帯所が開設されていた。軍医は私を見ると、おお、貴方《あなた》もやられましたか、御苦労さんでした、とおどろいたように言った。私の中学校の後輩の荒井という軍医中尉である。

彼は丁寧に私の左腕を診察し、繃帯をまきながら、骨も神経も大丈夫らしい、運がいいんですな全く――と私を労《いたわ》るように言い、三間ばかり離れた敷藁の上に私を休ませてくれた。私の中隊の兵隊が一人、ひどい下痢でこの渡河戦に参加出来なかった上等兵が、泥だらけのゲートルをほどいてくれる。彼は戦友が沢山戦死したり、無残に負傷したりしているのに、自分だけはあとに残ってしまったことを恥じて涙ぐんでいる。私が軽傷だから大丈夫だといくら言ってきかせても、まるで重病人でも扱うように、はらはらしながら私の身の周りの始末をしてくれるのである。一時間ばかり前に、すぐ目の前に迫撃砲弾が落ちて、看護兵が二人即死したのだと言う。そう言えば、この一軒家の竹藪はひっきりなしの流弾に悲鳴をあげ、私たちをかくしている土堤はたえず土煙をあげている。荒井軍医中尉はこうした荒々しい環境のなかで、沃丁《ヨーチン》とか、リヴァノールとか短かく命じ、正確な判断と、あふれるような友情をもって、「戦禍」というやつと闘っているのだった。(彼もまた加納部隊長と一緒に、十月八日、名誉の戦死をとげたのである。)

私の右側に運ばれて来た担架には、泥だらけの兵隊が一人寝ていた。胸をやられたらしい。ぜいぜいいう息が二、三分つづいていたとおもうと、看護兵が来て、顔に白い布をかけた。

担架は際限もなく前線から運ばれる。それ等は泥と血で手もつけられないような重傷者である。とぼとぼ歩いてきて、簡単な手当を受け、負傷名を記入した荷札を胸につけられて、またとぼとぼと後方の野戦病院に辿《たど》って行くものもある。それは胸を締めつけられるような、痛ましい、淋しい姿である。

実は、さっきから私はたった一つの慾望をおさえかねているのだった。たった一服、煙草を吸いたいのである。だが、私はそれをみんなクリークの向うで負傷者と分け合ってしまったのだった。煙草、無い？　と私は兵隊にきいた。彼は自分の大切な煙草に火を吸いつけ、それを私の唇にはさんでくれた。

私の上にはまっ青に澄みかがやいた空がある。その青空にもやもやとうすれて行く煙草の煙をぼんやり眺めながら、全くおもいがけなく、私の心は死んだ子供のことを考えているのだった。みすみす重態の子をおいて私は入隊し、その翌朝子供は死んで行ったのである。みんなは私に、身代りになったんですよ、と言って、慰めてくれた。だが、そう言われれば言われるほど、親の身としてみれば、何という不愍《ふびん》な子供であったろうとおもうのである。

突然、熱い涙がとめどもなく流れて来た。

（昭和十四・一・四）

五人の補充将校

石川達三

　南京が陥落して間もない正月の二日、私たち便乗者をのせた軍用船は前線に送る器材を満載して呉淞《ウースン》の沖に着いた。この船はもう船齢から言えば解体しなければならないほど古くて、玄海を通った元日の朝などは天井も床もぎしぎしと軋《きし》み、便乗者一同八名が高級船員たちとデッキに並んで旭日《きょくじつ》を迎え、東天を拝して皇国の万歳を叫ぶあいだにも、波のうねりと風のはげしさとに、まるでよろめいているような航海であった。

　呉淞沖について見るとそこには大小幾十隻の汽船が揚子江の中流に碇《いかり》をおろしていて、左手には呉淞砲台のあった跡らしく破壊された構築物が見られ、種々な形の飛行機がひっきりなしに江岸から飛び立っていて、戦場に来た感じが強かった。早く上陸して見たい気持がしきりに焦立《いらだ》っていた。

　ところが船は沢山の碇泊《ていはく》している船のあいだに入って同じように碇をおろした。楊樹浦《ヤンジッポ》の碼頭《マトー》が船で一杯になっているので黄浦江《こうほこう》へは入れないから、今夜はここでとまるのだと船の事務長が説明してくれた。私たちは上陸準備を解いて夕食のテーブルについた。

この貨物船には船客というものはなくて、ただ八名の便乗者があるだけであった。上海放送局の事務のために技師一名をつれて来たA中佐、従軍記者としての私、その他の五人は野田部隊の補充将校として南京に行く人たちであった。私の希望している方面も南京であったから、この五人の将校たちは向うまで同道してはどうかとしきりにすすめてくれた。

夕食が済むとA中佐や高級船員は自室へ引きとって、食堂に残るのはいつもの通り五人の将校と私とであった。きまって蓄音器を持ち出すのが坂倉少尉で、(激戦常にあるところ、雄々しき姿よ、香る勲《いさお》よ、これぞ栄《は》えある祖国の決死隊)という歌をかけては一緒にうたっていた。航海の四日のあいだにこの歌もほとんど覚えられていた。山岡少尉というまるで子供のように元気な若い将校は、(進軍喇叭《らっぱ》きくたびにまぶたにうかぶ旗の波)をうたいながら、演芸会のようにそのジェスチュアをして見せる愉快な青年であった。西塚少尉と坂下少尉とは物静かな人たちであったが、西塚少尉はどちらかと言えば文句の多い性格にも見えた。しかしどこか性格の強さが幅の広い肩にあらわれているようでもあった。この四人は南京についたらすぐに小隊長になる筈《はず》であった。

今一人の阿部中尉はもう四十をすこし越した位の年齢で、酒ずきなにぎやかな田舎のおやじさんという風であったが、どこか利かぬ気のはげしい所があった。それは郷里で運送屋をしていて、多勢の労働者を扱っていたという生活から生れた性格であったかも知れない。夕食のあとではきっと私と碁をうち、

「さあ、一つ勝たして頂きましょうかなあ」と言いながら煙管《きせる》に刻煙草《きざみたばこ》を詰める人であ

った。彼は本隊に到着したらすぐに中隊長をつとめる筈になっており、この一行の指揮官という立場であった。

その夜おそくまで碁をうってから、寝る前にデッキへ出て見ると、西風が吹きまくって行く江上の寒さに、見わたす限り暗々として一点の明るみもない空であった。今にも敵機の空襲がありそうな恐怖がこの夜を凄惨《せいさん》なものに感じさせた。一緒にデッキに出ていた坂倉少尉は寒さに足ぶみして歩きまわりながら、不意に、いかにも胸からあふれ出たという風な言葉つきで私に言った。

「早くあがりたいですなあ」

「そうですねえ。船も飽きますねえ」

「吾々《われわれ》は早く野戦に行かんと駄目ですね。こうして暢気《のんき》にしていると却《かえ》って落着きません」

たびたび感じた気持のくい違いを私はまた感じなくてはならなかった。戦場を見に行く私と、戦いに死をかけて行くこの人たちとの気構えの差が私を叩きのめした。船は飽きると言った贅沢《ぜいたく》な平和な立場を私は済まなく思った。

次の日も、その次の日も、船は濁流のなかに浮いたきりで動こうともしなかった。陸からの命令がないから出発できないというのである。A中佐の仕事は急を要するので陸に無電を打って、小船を迎えによこすようにと註文してあったが、機動艇も発動機船も足りなくてなかなか廻しては貰えないという次第であった。

便乗者たちはすっかり退屈してする事もなくレコードをかけていた。私は阿部中尉と碁をうって暮した。坂倉少尉は決死隊の歌をすっかり暗記して、あとは流行歌を歌っていた。

五人の将校たちのうちで一番私の関心を惹《ひ》いたのは坂倉少尉であった。まじめな生一本《きいっぽん》な人で、肩を怒らしては早く野戦へ出たいと口癖に言っていた。この人はきっと兄弟のなかの長男であろうと思われた。率直な素直な性格が気持よい青年であった。

遂《つい》に正月五日になってA中佐の為《ため》に小艇が迎えに来たので、退屈しきっていた五人の補充将校と私とは同行させて貰うことになった。

冬の日暮れの早い午後、私たちの乗った小艇は船長以下の人々に見送られて船をはなれ、黄浦江にはいって行った。右手には軍工路とその附近との破壊しつくされた新戦場が見え、左には外国人経営の石油会社のタンクなどがあり、到るところに小さい日章旗が立てられていた。この河に浮ぶ船という船がみな日本のものであることが吾々を愕《おどろ》かし却ってすさまじいものを感じさせた。

市場碼頭に上陸して、そこから吾々はA中佐と別れてトラックに便乗した。殆《ほとん》ど日の暮れた楊樹浦から虹口《ホンキュー》に入るにつれて、破壊され尽した家屋のあいだに人影を見、さらに日本人の姿を見た。将校たちは日本人の女が夕方の買物に歩いている姿に愕いていた。

その夜、私は五人の将校たちと一緒に林館という宿についた。宿は軍人で一ぱいであった。私たちは八畳の間に六人で泊ることになった。

宿につくとすぐにみなは甘いものを食いたいと言いだし、女中を走らせて餅菓子を買ったが、山岡少尉はさっそく手づかみで十ばかりも食った。すると間もなく腹が痛いと言いはじめた。

「僕あね、虫が居るんですわ。蛔虫《かいちゅう》がね。時どき薬を飲まんとあかんですわ」と言って、また女中を薬買いに走らせた。子供のように乱暴もので元気なこの人がやはり子供のようなからだをもっているのが滑稽であった。

夕食のあとで皆は宿の褞袍《どてら》にふところ手をして乍浦路《チャポロ》のあたりを歩いてみた。厳重な燈火管制をしかれた街は全くの闇で、戦場の近さが思われて物凄かった。建物の凹《くぼ》みには陸戦隊の歩哨が銃剣を抱いて凝然と立っており、ほとんど人通りも無かった。

宿で酒をのみながら、坂倉少尉は弁解めいてこう言った。

「さあ、今日が最後だ。明日からは野戦だからな。今日は一つ酒を飲んでも許してもらいましょう」

「南京でも酒はありますぜ」と酒好きな阿部中尉はにこにこと笑った。「酒と米だけは有りますぜ。まあ念のために僕は水筒に酒を詰めて行こうかなあ」

この夜、五人の将校は遅くまでかかって郷里の人たちや郷里の部隊に手紙を書いていた。明日南京へ出発すれば、今度は手紙も日数がかかるであろうし、危険も多いこと故《ゆえ》、これを一つの区切りとして念入りな手紙を書き送る気持になったに違いない。あるいはこうしていつが最後になってもいい気持で郷里へ手紙を書くたびごとに、彼等の感情も戦士としておのずから鍛えられて行くものであったかも知れない。

あくる日の午後一時、私は五人の将校たちに従って上海を発《た》った。北停車場あたりの破壊のあとは言語に絶する物凄さで、これから行こうとする戦場のすさまじさが思われた。汽車は貨車ばかりを五、六輛つないだもので、兵隊と食糧とが満載されていた。将校の乗った貨車は天井に穴があって、蓋《ふた》をひらけばすぐに屋根の上に機銃座が出来るようになっていた。恐らくは占領品であろう。鉄道省から派遣されて来ている乗務員は大刀を腰につけて、託送された郵便物などを整理していた。駅につくたびに沿線警備の兵隊が二、三人ずつ乗り降りした。沿線の広野は楊柳の枝もさびしく、棉《わた》の畠《はたけ》が赤枯れて、朔風《さくふう》に乗って飛び交う鵲《かささぎ》がいかにも人気《ひとけ》なき戦場の風景であった。

この時になって阿部中尉の水筒に入れてある日本酒は有効であった。なぜならば汽車の中は凍るような寒さで、木のベンチに腰かけていると膝頭ががたがたと慄《ふる》えるほどであったから、一杯の酒の有難さが身にしみた。

私の隣りには坂下少尉がいた。このやや猫背になった温厚な青年は殆ど人目をひく事はなかったが、私には却って頼もしく思われてきた。いかにも育ちの良い、豊かな生活をしている人という風であったが、それだけに坂倉少尉ほど心を焦立たせることなしに素直に戦場の空気にはいって行ける人のように見えた。西塚少尉は鉄格子の入った小窓から外を眺めては、死体がありはしないかと探していた。

私は一つの杞憂《きゆう》をもっていた。それは船の中にいた時からの考えであったが、彼等が行こうとする部隊は既に幾度の戦闘を経て南京占領の重要な一翼をつとめた部隊である。この実戦の功名に輝く部隊に、いま突然内地から渡支してきた五人の補充将校が加わって、兵隊の指揮をとることには何か感情的な齟齬《そご》がありはしないだろうかという事であった。

しかしいま汽車のなかで軍刀を杖にして静かに来たるべき戦場を幻に描いているようなこの五人を見ていると、船の中や上海の宿で見たときとは多少違ったものが感じられるのであった。彼等の居る場所が戦場のすさまじさを加えてくるに従って、彼等の肩幅が拡がってくるように見えた。彼等の服装や態度が次第にこの環境に適合しはじめるようであった。

このような印象はその夜蘇州について一層ふかめられた。汽車はまだ夜を行くほどに安全ではなくて、日が暮れるとそこで夜明けを待つのであった。私たちは蘇州の城内で朝を待つために汽車を降りた。駅の当番兵は一行を案内して城内に定められてある将校宿舎まで連れて行ってくれた。案内の兵が照らす懐中電燈のおぼろな光のなかに、私は茶褐色の高い城壁と、そのまわりをとりまくひろい濠《ほり》とを見た。城門の衛兵はからだの輪廓も見えない深い闇のなかに立ち、きらりと銃剣を光らせて銃を捧げた。

将校宿舎は元は医者の住居であったという大きな中庭をもった邸宅で、バルコニーに出ると西空にきらきら光る三日月が昇っていた。物音一つないこの占領都市は不気味な夜の底にまっ暗に沈んでいた。

五人の将校は装具をとき、心細い蠟燭《ろうそく》の下で当番兵のこしらえてくれた食事をした。寝台は支那風のダブルベッドで私は坂倉少尉と二人で三枚の毛布にくるまった。「拳銃だけは持って寝ましょうかなあ」と阿部中尉が言うと、ほかの四人もそれにならい、軍刀をも枕《まくらもと》許に置いた。蠟燭が短くなってじりじりと鳴る音が異様な静寂を感じさせた。この時になって私は、船の中や上海の宿で感じていた、一種彼等に対する心細さを忘れ、却って頼もしい気がして来た。それは現在私自身が無防禦《むぼうぎょ》の立場にあるから彼等を頼りに思うということもあったではあろうが、それよりも彼等自身が、いよいよ第一線に近づいてきた事によって緊張した心構えを示しはじめていたのではないかと思われた。少なくとも坂倉少尉は決死隊の歌をうたわず、山岡少尉は軍歌のジェスチュアを見せはしなかった。もはや軍歌によって自分の気持を引き立てるまでもなく、その環境が充分に緊張したものであったのだ。暢気者の阿部中尉でさえも、「明日の起牀《きしょう》は五時ですぜ」と皆に言ったときには、一種厳然たる隊長の声音《こわね》があった。

翌朝は未明に起きた。五人は甲斐々々しく装具を身につけて宿舎を出た。黎明《れいめい》の寒風が頰に痛いほどであった。

駅へ行く道々、私は五人のうしろからリュックサックを背負って歩きながら、彼等が今はもうすっかり郷土から絶縁された気持でいることを感じた。彼等はもう誰の子でもなく誰の親でもなくて、唯《ただ》一人の将校になり切っているらしいことを思うた。はじめて、私は心から頭を下げて感謝したい気持になった。霜のまっしろい道に彼等の靴は重々しく鳴り、彼等の肩は凜然《りんぜん》と聳《そび》えていた。彼等の腰にした大刀にも拳銃にも、いまはじめて血がかよいはじめ、生命をもってきたように私には思われた。私は次第に謙譲な気持になりつつあった。

その日の汽車は昨日よりも一層寒かった。私は毛布をひろげて坂倉少尉と二人で足や腰を巻いて見たが慄えは已《や》まなかった。常熟《じょうじゅく》、無錫《むしゃく》のあたりで昼飯を食ったが、飯は凍り、水筒の湯はすっかり冷えきって、内臓までも何の温かみも無くなりそうであった。

阿部中尉と西塚少尉とは刀を杖にして居眠りをし、私と坂下少尉とは沿線にまだときおり見かける支那兵の凍った死体や馬の白い肋骨《ろっこつ》のある畠などの曇った風景を眺めていた。坂倉少尉はしきりに日記らしいものを手帳につけていた。すると山岡少尉がこう言った。

「坂倉君、君はよく日記を書くなあ」

「うむ……忘れるからなあ」

「また見るときがあると思うのかい」

彼等にとっては平凡な会話であったかも知れない。しかしそれは大変な意味をもっていた。恐らく、私は思うに彼等とてもこういう重大な意味を充分に反省することなしに言っていたのではなかろうか。生還を期しない、死を迎えるのだという一つの固定した概念がこういう言葉となって現われるばかりで、死ぬ事の重大な意味を一々反省していたとは思われない。死に対する一種の痲痺《まひ》した神経があったろうと私は考えるのであった。大事なことはこの神経の痲痺である。僧が読経して葬式を司《つかさど》る時に死者に対するふかい感情を持たなくなっていると同じように、彼等にあっては自己の死に対する正当な恐れがもはや棄《す》て去《さ》られていたのではないかと思われる。国家に忠ならんとする為に、軍人としての本分に進むために、先《ま》ず彼等は死の恐れを忘れる事が必要であった。そして見事に忘れきっている姿をここに私は見たと思った。坂倉少尉にあっても決して生きて再び日記を開こうと思って書いているのでなく、死にむかう自分の生命の経過を記しておきたいと思っただけであろう。

鎮江について汽車は三十分ほど停車していた。そのあいだに私は駅の近くにいる兵隊から水筒に一杯の湯をもらうことが出来た。

この熱い湯が五人の将校にどれほど喜ばれたか知れなかった。まるで凍ってしまったような体が漸《ようや》く温められ、体温が復活して来たような気がした。凡《およ》そ二週間以上も彼等としたしみながら、私が彼等のために為《な》し得《え》たところは、ただこの一杯の熱い湯を手に入れたことだけであった。

日が暮れてから、私たちは南京の下関車站《シャカンしゃたん》につき、粉雪の吹きすさぶ暗黒の市中をトラックで一時間も彷徨《ほうこう》してから、ようやく部隊の駐屯している市政府を尋ねあてることができた。

市政府の正門には衛兵が立っていて、すぐ門の内にある衛兵所では焚火《たきび》が真赤に燃えていた。トラックを降りて、案内の兵に連れられて正門を入って行く五人の将校の後姿を、私は門に立って見送っていた。改めて私は自分の杞憂を拭《ふ》き消すことが出来た。彼等はたしかに兵を指揮するに足る青年将校に、いつの間にかなっていた。その歩き方にもそのからだつきにも、確信と威厳とがすっかり備わっていた。

阿部中尉がふりむいて一人の兵に言った。

「あのトラックにある荷物をな、おろして衛兵所に積んでおいてくれ」

衛兵所の兵が二、三人でトラックに駆け寄った。阿部中尉はもう中隊長になり切っているように見えた。

その夜から私は部隊付きの通訳の室に寝せて貰うことになった。高橋通訳はまだ二十二歳の愉快な青年で、一人の支那人を自分専用のボーイに雇っていた。寡黙な張青年は垢《あか》だらけの少し壊れたベッドを私にゆずって、自分は床の上に蓆《むしろ》を敷いて寝るのであった。夜半にこの青年が起きあがって何か不逞《ふてい》なことをしはしないかという気がして、最初の夜は安心して眠れなかったが、高橋青年はこの敵国人の同居している室で悠然と鼾《いびき》をかいていた。翌日の夜からは私も安心して眠ることが出来た。私は煙草をやって彼を懐柔し、支那語を彼から習うことによって一層親しくなった。彼は穴のあいたストーヴにどんどん石炭を投げこみ、室じゅうを煙だらけにして平然としていた。私は数日のうちにすっかり喉《のど》をいためてしまった。

南京では毎夜のように火事があった。消す人もなく見る人もない火事は人気のない市街のまん中で燃えるだけ燃えては自然に消えて行った。人ひとり立って見てもいない真夜中の火事というものは一種凄惨なもので、火が生きて暴れているように思われた。

夜明けの星空を飛行機がごうごうと飛び交うことがあった。それは敵とも味方とも知れなくて、ただすさまじい音響につれて、翼の下の青い燈火だけが流星のように流れていた。

ある朝、坂下少尉と西塚少尉とは最前線にむかって出発した。二人は南京から南へ七里ばかり先に討伐に行っている第一大隊の配属になったのである。そこでは毎夜のように敵の夜襲があり、休む間もない戦闘がくり返されていた。

出発の直前、私は二人を衛舎の庭で見送った。二人ともきっちりと外套《がいとう》の襟《えり》をしめ装具をつけて、刀の柄《つか》を握っていた。

「どうですか。一つ僕等の隊へも視察に来ませんか。本当の戦争が見られますよ」と西塚少尉は私に言った。その本当の戦争をしようとする彼の表情にはもはや犯し難い精神の強さがみなぎっていた。それに反して坂下少尉はすこし猫背になった穏やかな顔に笑いをうかべて、いかにも人なつかしそうに、

「毎日トラックが往復していますからな、一度是非来て下さいよ」と、まるで山の温泉へでも誘うような平和な調子で言った。

私は却って坂下少尉の物柔らかな調子に打たれた。この人は戦いに出て行くこの時になってさえも、その心にもその顔色にも何の硬張《こわば》りをも見せてはいない。あまりにも自然でむしろ気味がわるい程であった。

間もなく二人はトラックに乗って市政府の門から出て行った。坂倉少尉と私と二人だけが楼門の下に立って見送った。

坂倉少尉はたびたび通訳室へ訪ねて来てくれた。彼は小隊長として市中警備の任についていたので、日に二度ぐらい市中を巡視して歩くのであった。夜になってから私の室で一杯の支那茶をすすり、

「これから巡視です」と言って、きちんと敬礼し、懐中電燈を握って出て行ったこともあった。彼は如何《いか》にも規律正しい忠実無比な青年将校ではあったが、私は彼に接しながら一種の息苦しさをいつも感ずるのであった。むしろ坂下少尉の平和な物やわらかい態度の方にゆとりのある息づかいが思われた。しかし或る日、巡視のかえりに私の室へ立ち寄って
「中正路《ちゆうせいろ》の××百貨店の二階へ上って見ましたか。女の死体がありましたよ。退却するときに支那兵が惨殺して行ったんですな。裸でね、ひどいもんだった。僕は傍にあった蒲団をかけて来ましたよ」と言う話をしてくれたとき、この人も立派な将校なのだと私は思った。なまじっかに正義を説いたり虚無を語ったりしないで、ただ蒲団をかけてきたとだけ告げるところに、この人もこれから先の激戦にむかって、良い将校としてやって行く人であると思われた。彼は戦闘帽の顎紐《あごひも》をくびれるほどしっかりと頬にしめ、白い手袋をきっちりとはめ、いつも遠くの砲撃に耳を澄ましているような顔色で低い声で話をした。

山岡少尉はまるで面白い事件を探しまわっているように元気で、いつも大きな声で話をした。

「今朝はねえ、揖江門《ゆうこうもん》のそばの池へ行ってね、ぶんどり品の手榴弾を抛《ほう》りこんでね、漁をやったよ漁を。こんな鯉がいますね！　二、三日うちにまた一緒に行かんですかあ！」

私は上海の宿で蛔虫に苦しんだ彼を思い出して笑わざるを得なかった。

「僕等はもう近いうちに移動するらしいですわ。行く先ですか。絶対秘密ですわ。僕等にもわからんです。あなたも一緒に行きますか。もう二、三カ月一緒に進軍せんですかなあ！」

あるいは五人の補充将校のうちでこの人が一番単純な率直な性格をもっていたかも知れない。恐らく戦死するとしても、最後までこのままの大声で話をするのではないかと思われた。

ある日、私は坂倉少尉と二人で少しはなれた水西門の近くの部隊へ行っている阿部中尉を訪問した。

中尉は民家を中隊本部にして、支那風の大きなダブルベッドと紫檀《したん》のテーブルのある室に陣どっていた。

「やあ、よう来てくれましたなあ。ビールでも御馳走しましょうかなあ。何でもありますぜ。何でも好きなものを御馳走しますよ」

言葉をきくと船の中で碁をうっていた阿部さんに違いないが、こうして当番兵を置いて陣どったところは立派な中隊長であった。

私たちはビールを辞退して、近くの水西門とその附近とを案内して貰った。中尉は城門の衛兵の挨拶に軽く答えて、城壁の上へあがって行った。そこはまだ壕が掘りめぐらしてあり、市中が一目に見わたされた。紫金山は市街のむこうに立派な山容を示していた。中尉は軍刀を杖にしてこの附近の戦況を説明しながら城壁の上を歩きまわった。こうして戦場に立っている阿部中尉はもはや郷里の運送屋の主人でもなく、暢気な酒好きなおじさんでもなくて、どこから見ても堂々たる中隊長の貫禄であった。

私は砲弾に破壊された城楼の屋根瓦を一枚思い出に持って帰ることにした。扇面の形をした中に、二匹の竜が玉を争う図が、幼稚なうき彫りになっていた。

数日ののち、私は山岡、坂倉両少尉に別れを告げ、高橋通訳に途中まで見送られて上海にむかった。五人の将校たちとはそれ以後一度も会う機会はなかった。

帰国してから間もなく、私は坂下少尉からの手紙を受けとった。彼等の部隊は大移動をやっていた。「――十日、紀元の佳節の前夜、小生の小隊は本隊を離れて先発、当〇〇に到着しました。河北の空漸く春暖を覚え、砂塵《さじん》が吹きまくって居ります。附近は毎夜敗残兵の出没多く……云々《うんぬん》」という文面であった。私は早速返事を書いて新刊の雑誌二、三冊をまとめて送った。

それから約半年ののち、八月の暑いころ、私は不意に山岡少尉からの葉書をうけとった。住所は和歌山県のある温泉旅館になっていた。

「――その後御ぶさた致して居ります。お変りありませんか。あれから北支へ派遣せられ、このたび徐州戦にて傷つき唯今表記にて療養致して居ります。同行せし阿部中尉も一緒です。坂下少尉は徐州にて腹部貫通銃創のため戦死致されました。西塚、坂倉両君は健在の由。一日も早く退院して再び行きたいものと思って居ります」

文面はこういう短いものであった。私は愕いてすぐにもっと詳しくお知らせ願いたいと申し送った。坂下少尉の戦死は殊《こと》に私の心をうった。南京で別れた時の、人なつかしげな彼の面影が忘れられなかった。彼の死は恐らくは物静かなものであったろうと思われた。

山岡少尉からは二度目の手紙が来た。それによると阿部中尉は左胸部貫通銃創でもう全快も近いと言い、「私は左下腿骨《ひだりかたい》折貫通銃創で、左足が三つに折れました。元通りにはなれないと諦めて居ります。徐州の金郷、魚台の戦いで随分やられました」とあった。

彼の手紙で見ると、精神的にいま苦悶《くもん》を感じているらしい事が察しられた。元のからだにはなれないと言いながら、その前の葉書には「早く全快してまた出かけたい」と言っている、そこに彼の苦しみがあるように思われた。傷ついた身は、内地で療養しているよりも戦場に在る方が心安らかなものがあるのではないかと思われて、私は暗然たる気持であった。

「負傷して寝ころんでいる時、どんどん弾丸が飛んでくる、体は動かない、どうもならん、弾丸は遠弾、近弾、近接弾と、だんだん弾丸にはさまれてくる気持、今度目か今度目かと死を待っていた気持、実に何とも言えません」

この文面を読みながら私は露営の歌をうたいジェスチュアをして見せた彼と、蛔虫で苦しんでいた彼と更に、手榴弾で鯉をとったと喜んでいた彼とを一連の挿絵として思いうかべ、男児の一生という風な感慨を抱くのであった。また、左胸部貫通の傷も治った阿部中尉が、もう元の暢気なおやじさんに戻って酒をほしがっているであろう図を考えて微笑せざるを得なかった。更に、今も健在で徐州から大別山にむかいつつあるという坂倉、西塚両少尉の、百戦に鍛えられた将校ぶりも頼もしく想像された。

それから間もない頃であった。或る朝、新聞をひらいた私は坂倉少尉の戦死を知ったのである。

彼は中尉になっていた。恐らくは勇敢な凜々乎《りんりんこ》たる若い中隊長であったに違いない。中支から北支へ、さらに徐州を経て中支へ、戦線の往来にも馴れて彼はどれほど逞《たくま》しい立派な将校になっていたであろうと思うにつけても、あの軍用船の中の退屈まぎれに決死隊のうたを覚えていた彼の俤《おもかげ》が偲《しの》ばれてならなかった。「激戦常にあるところ、雄々しき姿よ」と言う歌の文句は、そのまま今は彼の為に捧げらるべき言葉であったろう。

こうして、私が永い道連れとして馴れ親しんだ五人の補充将校のうち、二人は傷つき二人は戦死した。激戦はなおも中支の山野にくり返され、武漢もやがて陥落したが、西塚少尉の消息ばかりは杳《よう》として知り得なかった。

手記

武田麟太郎

私は僚友たちと一しょに、機関銃を操作していた。——(以下、何々した、とか、何々していた、と云う言葉を使うが、それらは必ずしも、そうした行動を意識して行っていたと云うことではない、寧《むし》ろ多くの場合、その反対であって強制された人形のように動かされていたと云えば外部からの見方、自分の内部からの説明によれば、自分のしていることに全然気のつかぬ放心状態であったのである)

そんなような精神で、私たちは、折敷《おりしき》の姿勢で、あるものはだらしなく足を投出し、しかし、みんな冷さにガチガチふるえながら、武器にもたれるようにして、時々照明弾や、サーチライトが指示する箇所に、思い出したようにタタタタと発射していた。私たちは小さな禿高地の絶頂にいた。眼下はせまい峡《かい》の間道である。敵は山と山との間の懐《ふところ》の中に逃げこんでい、ぐるりを私たちに取りかこまれたので、狼狽《ろうばい》しているのだが、逃出すとすればせまい峡の一本道よりない、そこへ彼らが姿を見せるのを要して、全滅させようと云うのである。わけもない話だ。唯《ただ》、彼らは隠れていて仲々出て来なかった、しかし、夜が明けて了《しま》えば、事が面倒になるのは分っているから暗闇に乗じて脱出しようとしているのも予想されたのである。敗北感が少しでも出ると軍隊は統制がつかなくなるのは云うまでもない、僅《わずか》ずつ人数をくぎって私たちの眼を掠《かす》めて逃げる方針らしいのだが、残っているものはじっと自分たちの順を待っているのに耐えられなくなると見え、地を這《は》うようにして出て来るものたちにつづいて、どやどやと数を乱した彼らの塊りが、ころがるように走り出て来る——その気配に、青白い照明がはっきりと彼らの影をしるすのを眼がけて、私たちは発射する。すると、彼らは崩れるように倒れて、ボロ布をちらしたようになるのである。

——私は子供の時に絵本なぞで、弾丸に当って血しぶきをあげたり、腕や足を肉の生々しさを見せながら、もぎとられたのを見ていたが、実際にはそんな有様には出逢わぬ。先日も、私の友だちの山内が、ふいと立った時に、流弾でやられたが、へなへなと——ちょうど、活動写真で、酔払《よっぱらい》が頭をぐわんとなぐられて、そのまま、ふらふらと坐《すわ》り込む、あんな様子で、その場に、くずれるように倒れて了った。近くだったので、よく見たわけだが、実にあっけなくて、別に、壮烈とも悲惨とも、何の感情もなく、それでもう彼が生きていないのが、寧ろ滑稽な位であった。

何の造作もなく、彼らは、ボロ布を積み重ねるように、倒れて行く、それが、飽かずに繰返される、つまり、彼らはどうなるかが十分分っていながら、次から次へと、機関銃の目標下に押出して来るのである。

最後に少し余裕があった。どうしたのかと思っていると、わアッと叫び声が起った。――しかし、それは窮鼠《きゆうそ》猫に抗する場合の歯をむき出したような思いきったものでもなければ、または、死地に身をさらす不可避な運命のために自棄《やけ》になったようなものでもなかった。極めて哀調を帯びた、泣きごととしか聞えないものである。事実、またもや照明が、おずおずと間道ににじり出たかなり大勢の彼らを、彼らが避けるようにする眩《まぶ》しい光のもとに置いたのであるが、誠に情ない有様であった。銃を投出し、身に帯びた一切のものを棄《す》て、それからひざまずいて、叩頭《こうとう》を始めた。ピョコンピョコンと帽子をとった頭を地に摩《す》りつけ、幾度も幾度も熱心につづけた、しまいには、合掌して救命を祈り出すのである。しかし、私たちは射った。

――私は二十歳前に、個人的なことからではなく、皆に憎まれた男があってそれを害しようと血気にかられて、どたん場まで追いつめたことがあった。その時、彼は泣き出さんばかりの渋面になり、汗を出し、発音も十分にならぬほどにガタガタと慄《ふる》え、おびえ切った低い声で、救《たす》けてくれえと云ったのである。私は、いつもの憎々しく厳としていて、ごつごつと構えている不敵な面魂《つらだましい》はどこかへ行ったそのあさましい恰好《かつこう》に、はたと参って、興奮もさめたほどであった。消えそうもない遺恨も、そんなにまで死ぬのがいやかと思うと、急にさめて可哀そうにすらなりそのまま許してやったことがある。

今、サーチライトにすくみながら、叩頭し合掌している敵の兵士たちも、近づいてよく見るならば、私の経験した男と同じ表情をしていたにちがいなかった。誰しも同じ思いだろうからである。けれども、私や僚友たちは、彼らの仕草から何の感情の動きも得なかった。どうして、彼らがそうしているかも考えなかった。唯、前と同じように、彼らを射ち倒したのである、射殺しているのだと云うことすら知覚しないで。そして、彼らはボロ布のように、たわいもなくくずれて行った。

（今、思い出したのだが、あの時は、捕虜は、費用や手数がかかって面倒だから、一切作らぬように処理すること――と云う命令も頭の中にあって、それも知らぬまに働いていたようである。）

それでは、敵と云うものはどんな風なものと考えていたか。

数日、混乱した戦闘が街の中であった。それから、私たちは次の地点へ出発した。大雨で乱杭歯《らんぐいば》のように凸凹ある街中の敷石も、死体から出る血で鉄色の水が流れて浸っていた。道路には人間が幾つもよこたわっていた。その上をトラックや砲車ががらがら轢《ひ》いて行き、馬や隊伍が踏みつけて行った。そこで、厚い外套《がいとう》を着たそれらの骸《むくろ》は、唯一つ露出している顔が皮膚も肉もなくなり白く骨だけになっている他は、生きている誰かが転《ころが》っているのと、少しもちがわなかった。――そして、トラックも砲車も、馬車も隊伍も、進行に邪魔っけだと感じたが取りかたづけようともしないのである。

そんな中を私たちは進んで行った。街はずれの濁った河を渡った頃から、ゲートルまで没する粘っこい泥濘に足を吸いとられて、極めて歩きにくかった。雨の中に、土塀の村落がゆるやかな丘陵のあちらに、煙って見えた。私は疲労で、半ば眠りつつ歩いていたのだが、そこでまた戦闘が開始された。やはり、土でこしらえた塔で有名な寺院がある方面から敵が現れたのであった。——この数日と同じように、混乱した戦いであった、不意を打たれた私たちは、天候のために、一層行動の自由を失っていた。

それでも、暗くなり始めた頃には、再び隊を組んで、村のある方へ進んだ。次第に夜が来ると同時に、私はすっかり眠って歩いていた。よくも落伍しなかったものである。目的地につく前に、ふっと眼ざめて気がつくと、——私たちは四列縦隊になっていたのだが、そのうちの二人までが味方のものでなく先ほど合戦した当の相手のものである、私だけではなく、混乱していたのでまぎれ込んでいた彼らももちろん気づかず、私の僚友たちも気づかずにいたわけである。今、ここで思い出しているとちょっと奇妙なことのようだ、だが、その時は私も誰も彼もおやと気づいた後にも、何とも思わず平気で、気づかなかった前と少しもちがわなかった、まるで、彼らが私たちと一しょにいたとしても当然のことで、何らあやしむべき事柄ではないと(それほど、はっきり突きつめて考えたりはしないが)云った風であった。そのまま、駐《と》まるところまで行進したのである。

じめじめとした民家に一夜の宿を求め、家も焦げるほど、あらゆるものを家財道具までも燃して、身体の知覚を恢復《かいふく》すると私たちはパンや水の給付を受けるために、お互いに争ったのであった。そして、私は自分の地位に戻ると、すでに鶏の糞だらけの床に横臥《おうが》している先程の敵兵のいるのを見て、彼らのことを忘れていたのに気づいた。彼らは眼をつぶっていた、しかし、表情は決して睡《ねむ》っているのではなかった。私たちの粗末な食事の邪魔をしてはならぬとしているものの如《ごと》くであった。私は、起きろ、と怒鳴り、パンを割った、だが、彼らは彼らの言葉で何やら云って、どうしても受取らず、獣毛の外被の下に枯れた咽喉《のど》を動かしながら、再び眼をつぶったのである。これが敵であった。もしも、許されているならば、私たちと彼らはそのままで、いつまでも行を共にしたかも知れぬ。――

私の神経は一時、惨《むごたら》しい光景に対してはしびれていたようである。何を見ても、何を嗅いでも聞いても、感覚は受けつけず、動かされなかった。土を掘りそのくぼみの中に、私たちは僚友の身体を焼いた。私たちは黄色い煙に脱帽したがそれは命令があったからであり、長い木の箸を作って骨を拾ったのも、唯の燠《おき》を壺に納めているのと同じであった。

だから、ある日、（それがどんな日であったかを記憶していないのは、実に残念である）苦戦があって後方の部隊との連絡を命じられた私が、シュッシュッと風を貫き通る危険なものに、惰性から身をかがめるようにして走り行き、足のもとに、すでに久しく馴染んで来た多くの僚友たちの屍を踏み越えても私は平々淡々とした境地であったのである。日は寒く草は枯れていたが、私はそのように部署を離れていることが、たとえ子供の走り使い見たいなことを命じられた時でも、何かゆったりした楽しさを与えるのに役立った。そこで、私は極めてのんきな面持《おももち》で、ぼこぼことした軟い土を飛んで行った。腐った革具の下に馬が露出した肋《あばら》を見せていた。何《な》んともわからぬようになった体のぐるりには白や黒の虫で、土さえも動いているようであった。だが、私は口笛を吹いていたのである。ふと尿意を催しても、一望千里の沙漠みたいな平原の真中に立って果さず、そこいらにあった石の蔭《かげ》にかけよった程、平常のおとなしい気持であった。すると、私の眼を射たのは石に真黒についた血塊のようなものであった、それは恐らく内臓から悶《もだ》え出た血の乾いたものであろう。しかし、もとよりそんなものには慣れきった私である、もしも、それを吐いた死人がやはり乾いた姿でそこにころがっていようとも、私は横着な顔で、黒々と小便をしっかけて濡らしたかも知らぬ。だが、それはなかった。その代りに、軟い土の上に何やら深い条《すじ》のついているのを認めた、深い条はよく見ると、手で土を掴んで、重い手負いのために動きの不自由な身をひきずるようにして石の方に這い寄って行ったあとであった、生々しく印された、人間の苦悶《くもん》して行った痕跡が、天候のために少しも損われずに、はっきり残っているのを知った時、私は名状できぬショックを覚えた。冷い戦慄《せんりつ》が、ふと、毎日の自分たちの所業を反省させた、私は急に臆病になって行くのが分るようであった、その手足をもがき身体を悶えさせて、一寸一分でも生命のある方へとにじり寄って行った何ぴとかの土の上に残して行った苦しげな執着のあとを怯《おび》えた眼で辿《たど》ると、それはずうっと遠くまで続いていたのである。

私は白い気持になって倒れた。

煙草と兵隊

火野葦平

いったい私は全く煙草を嗜《たしな》まないので、煙草について語る資格はない訳である。私は自分が喫《の》まないせいか煙草のみの客はあまり歓迎しない。煙草のみの客が来ても灰皿が無かったりマッチが無かったりすることが多い。すると何の中にでも吸殻を落したり、床の上に灰を散らしたりするので腹の立つようなことがある。喫煙家はそういう神経は無くなるのか、食事をした後や茶を飲んだ後などにも、灰皿がないと、否あっても、今まで自分が飯を食った茶碗や湯呑の中に、平気で灰や吸殻を落す。私は匂いが嫌いだし、煙草の灰や吸殻の取り止めもないような散乱の仕方は不潔というよりも癇《かん》に触って不快で仕方がない。ところが大体私くらいの年配で全く煙草を喫まないというような野暮な奴は殆《ほと》んどいないので、私の客の大半が喫煙家である。喫煙の醍醐味《だいごみ》というものを私は理解しないではない。一服の煙草を時に臨んで味わうことを時に羨《うらや》ましいと思わないではない。殊《こと》に私は小さい頃から、母が何かの仕事に疲れた後などに、襷《たすき》を外して立て膝か何かをしながら、長煙管《ながギセル》にあやめのきざみを詰め、頬を凹《へこ》ましてさもうまそうに一服の煙草を吸うのを、子供心に何か嬉しいような気持でよく眺めた。煙草の外《ほか》に何の楽しみもないとか、その他、この世に下されたあらゆるものの中で、最も魔法に富み、且《か》つは幻想的ですらある煙草の芸術についても、少々の理解は持っている。にも拘《かかわ》らず私はどうにも自分ではこれを習得する気にはならなかったのである。と云って世の煙草を好む人々を決して嫌悪したりはしない。ただ私は私の女房が煙草を吹かすのを見たならば、忽《たちま》ち三下り半を叩きつけて離縁してやろうと思っているのである。

一種の社交の用具として、用談中の話の切れ目や、妙に座の白けたような時に、喫煙家は実にうまくその間を一本の煙草に依って誤魔化《ごまか》すけれども、私はそんな場合にはちょっと手持無沙汰で困るような事もあった。それくらいの時の外私は煙草の効用を感じなかったし、煙草を習っておけばよかったなどと後悔したことは一度もない。殊に私は召集を受けて戦場に来るとともに、やれやれ、煙草なんぞ碌《ろく》でもないものを習わなくてよかった、と、一層そう思った。それは私達が戦場では屢々《しばしば》煙草などから全く縁の切れることが多かったからである。

殊にも又、私は支那に来て、支那人の喫煙ぶりにはあきれてしまった。どこの街角にも、壁にも、洗面器の中などにも、極彩色の広告絵があるのは悉《ことごと》く煙草の広告ばかりであった。実に多数の種類の煙草が広告され、その多くの煙草を実に多数の支那人が喫《す》った。その支那人という言葉には、男女老若幼が悉く含まれているのだ。殊に子供までが煙草を吹かしているのに駭《おどろ》いた。実に七つ八つから、中には四つ五つくらいの子供が喫煙をやるの

るのではなく、本式に深く味わうように吸いこみ、うまそうにしている。それは見栄《みえ》でしているのではなく、本式に深く味わうように吸いこみ、うまそうにしている。

だ。無論十四五歳前後の少年は悉くと云ってよいほど喫煙をする。それは見栄《みえ》でしているのではなく、本式に深く味わうように吸いこみ、うまそうにしている。私達は戦火のために廃墟と化した町々を痩せさらぼい歩く乞食や貧民の姿を屢々見かけた。彼等は垢《あか》と泥によごれ、襤褸《ぼろ》の身に杖を引き、空腹に蹌踉《そうろう》として彷徨《さまよ》っているが、なんと小粋《こいき》なことには、誰もすぱすぱと煙草を吹かしている。それは、一寸《ちょっと》奇異な感じがする。彼等は残飯よりも五分にも満たない煙草の吸殻を街上に見出すことに血眼《ちまなこ》になっているように見える。私は街上で一本の短い吸殻のために数人の乞食がものすさまじい嬌声を発して争いをしていたのを何度も見たことがある。又一本の煙草をやれば或る支那人はどんな仕事でもした。私は杭州の街頭で色青ざめた数人の少年に追いかけられたことがある。彼等は狂人のように眼を釣り上らせ、先生煙草進上《シイサンタバコシンシヨウ》、煙草進上、と連呼しながら私から離れなかった。私は汽車で杭州と上海の間を数回往復したことがあるが、私達の列車が駅を出て走り出すと、私は線路の両側に五間か十間くらい宛《ずつ》の間を置いて電柱のように、蜿蜒《えんえん》と子供が立ち並んでいるのに駭いた。彼等はちゃんと毎日の列車の通る時刻を知っていて待ち構えているのだ。汽車がやって来ると、彼等は、中には無論女の子もいたが、汽車と一緒の方向に走り出す。彼等は口々に、煙草進上、煙草進上と、絶叫しながら何時《いつ》までも汽車と共に走りつづける。汽車の上から煙草を投げてやると、餓鬼のようにそれをすばやく拾い取り、又も同じことを連呼して走り出す。とうとう汽車から彼等は遅れてしまう。見ていると彼等は線路の上に立ち、こましゃくれた手附をして火を点じ、ふうと空に煙を吹き上げる。それから何人かの子供は、それらの拾った煙草を附近に立って見ている自分の親父か母親かに与えていた。私はそれを見た時に、この生意気な支那の子供達に限りなき親しみを感じ、それは私に美しい愛情ということを考えさせた。我々は愛情の方法に就いて常に探索をしている。我々はそれを清潔でなければ真の愛情でないと思うように、習慣に依って、或いは教養に依って、躾《しつ》けられている。不道徳な愛情などというものは我々の倫理のどの頁にもない。然《しか》らば道徳的であるということは如何《いか》なることであるか。私にはよく判らない。私は又、杭州の町では屢々幼児に喫煙を奨励する母親を知っている。私達がいた宿舎に洗濯などによくやって来た一人の阿媽《アマ》は何時も六つくらいの女の子を連れていた。お河童《かっぱ》にした可愛い娘の子は我々兵隊によくなついた。母親が我々の汚れ物を洗っている間、女の子は私達と遊んだ。支那語の達者な女の子に我々は頓珍漢《とんちんかん》な支那語で相手をしながら母の仕事のすむ間戯《たわむ》れた。それは無論我々の気持の中に、故国の我が子を思う心がそういうところに現われるのだろう。我々兵隊は誰も相当の親父で、これくらいの子供のない兵隊はいなかったのである。

洗濯がすむと阿媽は我々のところにやって来て、子供を遊ばせてくれた礼を述べた。我々も亦《また》洗濯の礼を述べ、若干の金銭と、若干の煙草を与えた。すると母親は早速一本の煙草に火を点じ、先《ま》ず自分が一口吸ってから、女の子の口へ銜《くわ》えさせた。するとあきれたことには、その六つになる娘の子はこましゃくれた様子で、二本の指に煙草を挿《はさ》みすぱすぱと燻《くゆ》らし始めたのである。私達が感歎《かんたん》の声をあげると母親は柔和な笑を湛《たた》え、さも満足げに頷《うなず》いた。そんな馬鹿なことを止《よ》せ、と兵隊は誰も云わなかった。私達には彼等が現在そういうことの外には、彼等の愛情を通じ合う手段を全く持たないということをよく知っていると同時に殊にも、その情景の中には故国を遠く離れて来た我々兵隊が、どこかに置き忘れて来た一つの感情があったのである。

　私達は到《いた》る処《ところ》で新生活運動という文字を見た。到る処に何々県新生活運動促進会製という青色の縁を取った無数の伝単を見た。それは新しい支那の更生建設のためには無論必要な運動であったに違いない。その伝単の中に必ず「不吸烟」の字が見られた。又「六年禁煙興国之基」「烟即亡国之大因」等のスローガンがあった。この烟或いは煙の字には無論阿片の意味が多分に含まれているに違いない。しかし、その両方の意味を含めて、かくの如《ごと》くも支那民衆が烟を愛し、現在ではこれに溺れているということは、十分に理のあることであって、彼等が只管《ひたすら》自家一個の幸福と享楽に没頭するようになったことは、決して民衆の罪ではなかったのである。私達は戦場に来て、我々の接した支那民衆と、その上部の一切のものが、政治的軍事的或いは経済的にすらも、こんなにも距離をおいて離れていることに一驚したのである。クロード・ファレールの何かの文章で見たことのある、最初から支那などというものは無かった、唯《ただ》民衆があっただけだ、というような言葉は奇矯に過ぎるとしても、私達は、これは煙草という小さな窓から覗《のぞ》いただけではあるが、これらのえたいの知れぬ支那民衆の姿に接して、支那というものの持つ必然的に避け難い悲劇が犇々《ひしひし》と感じられたのである。

私は自分で煙草を嗜まないので、戦場に来ていよいよしてやったりの感を深くしたが、兵隊は私と正反対であった。殆んど喫煙家である兵隊は、戦場では困るようなことばかりが多くなった。煙草喫みはいやしいもんでね、と彼等はそれを当然のごとく吹聴《ふいちょう》し、自分のが無くなると遠慮なく戦友から煙草を捲《ま》きあげた。私は兵隊達が煙草に欠乏して閉口している時でも、無論同情しながら私自身は平気で居れた。兵隊が煙草にがつがつしている様子を見ると気の毒と思う一面何か浅ましくさえ思っていたのである。しかしながら、私は最近では少しくその気持に変化を来《きた》して来たのである。

私は討伐に出た時に起った一つの煙草についての事件を忘れることが出来ないのである。

私達の部隊は或る時敗残兵討伐のために出発した。

余談になるが、一体私は、この討伐という言葉を好まない。言葉というよりもその響きに依って、一般に与えている概念を好まない。敗残兵討伐と云えば、何か、本格的でない戦争であって、兎狩か何かのように、簡単に掃蕩《そうとう》が出来るものと思われ勝ちである。新聞なども討伐となると、僅《わず》かの紙面しか割かない。又、掃蕩戦というと、箒《ほうき》でごみでも掃きすてるように行くと思っている。内地からの便りにもこれからは討伐や掃蕩ばかりだろうから大したことはあるまい、などと云って来る。一般の討伐に対する偏見が兵隊にそういう思惟《しい》を強いるのである。華々しくはないけれども、討伐ほど困難で苦労の多い戦闘はない。我々の度々《たびたび》の経験では討伐の方が却《かえ》って苦戦をし、多くの犠牲を出している。敵は三人か五人くらい宛うろうろしているのでは無い。敗残兵と云い条何等《なんら》正規の軍隊と変りはないのである。彼等は堅固な陣地を構築し、機関銃や迫撃砲を有している。討伐戦は常に壮烈な激戦が行われるのである。私はここでは表題のことを語るのが主旨であるが、便を借りて討伐に対する考え方の修正を希望した。そんな風にして私達の部隊は中支の山岳の中で敵の大部隊と衝突し、言語に絶する苦労をしたが、その戦闘を語るのが又ここでの目的ではない。私達は何日も敵と対峙して壕の中で暮らした。我々は次第に食糧に困難をし始めると同時に、また次第にひどい煙草の欠乏に悩み始めた。おまけに一夜降りしきった豪雨と、その夜始まった戦闘のおかげで、それでなくてさえ欠乏を告げつつあった煙草が殆んど駄目になった。兵隊達は残り少なになった煙草を出してお互いに分け合って喫むようになった。一本の煙草を二人で喫んだり三人で喫んだり、時には一本を何十人もの兵隊でぐるりと廻して吸ったりした。しまいには或る兵隊が動議を出し、全部あるだけの煙草を出し合わせ、最少限度の喫煙量を定めて出来るだけ永くストックに依って持ちこたえられる工夫をした。それには各人の喫煙量に差があったりして、この案は愚かな算術のように思われたが、実際はこの算術がその真価を発揮して来た。普段は一日一箱喫う者や二箱喫う者やがあり、その調和はこの算数の式に依っては到底解決されないように思われたが、実際はこれは何等の支障も来さず、友情に依って解決されたのである。すると、そんな風にして壕の中で何日か過ぎた頃、或る日一人の兵隊が突然のごとく嗚咽《おえつ》を始め、号泣を始めた。私等は駭《おどろ》いて口々に、どうしたのだ、と訊《たず》ねた。するとその兵隊は顔をあげず、怺《こら》えてくれ、許してくれ、と云って尚《なお》も泣くのを止《や》めなかった。私達がその理由を訊ねると、彼はようやく身体を起したが、自分の不信な態度に就いて如何なることでも許すという約束をしてくれなければ、自分は恐ろしくて何も話せないと云った。私達がそう約束すると彼は急に明かるい表情になって、実は自分は煙草を隠していたのだ、と告げた。自分は一寸の間も煙草が無ければ過ごせなかったのだ、悪いと知りつつ自分は先日全部あるだけの煙草を集めた時に少しポケットの中に残した、しかしこの戦場の中で皆が僅かなものに依って助け合っているのを見るにつけ、良心の呵責《かしやく》に耐えられなくなったのだ、と彼は話し、ポケットの中からくしゃくしゃになった四本の煙草を取り出した。彼はこれで心の重荷が下りてせいせいしたと云って晴れ晴れとした表情になった。すると、煙草隠匿者は彼だけではなかった。次々に犯人が現われて来た。彼等は最初の兵隊と同じように涙を流し、自分達の罪を謝した。後から自白した三人の兵隊が同じようにポケットから恐る恐る取り出したのは何《いず》れも数本宛に過ぎなかった。もとより一時は、この野郎ひでえ奴だ、と呟《つぶや》いていた他の兵隊達もこれを許し、次いでストックの増したことを喜び、何か見えない蟠《わだかま》りのあったように思われた兵隊達の間が一層和やかに緊密になったように感じられた。その日も私達は敵弾を浴びたが、静まり返った夜になって、私はうとうとしかけていた眠りを一人の兵隊のために妨げられた。私が眼を醒《さ》ますと、その髭《ひげ》だらけの兵隊は闇の中であたりをおずおずと見廻し、殆んど囁《ささや》くような低い声で、班長殿、お願いがあります、と云った。私が何事かと訊ねると、彼は私に小さな紙包を渡し、実は私も少しばかりの煙草を隠して持って居ったのです、と云った。彼は今日昼間の事件のあった時にもその場に居合わせたのであるが、どうにも気が弱くて皆の前に告白することが出来なかった。しかしどう考えても自分の隠匿している煙草をその儘《まま》所持していると云って皆に告げる勇気もなく、処分に窮して棄《す》ててしまおうかと思った。しかし皆が一本の煙草すらも大切にして分け合っていることに思い至り、遂《つい》に私に打ち明けるべく種々煩悶《はんもん》の末決心したのだと云う。私はその意向を諒《りよう》とし、その紙包を受け取った。中には一箱のゴールデン・バットが入っていた。私は自分が煙草を嗜まないにも拘らず、その箱を持った時に、夜闇の中にも幽《かす》かに光を放つ金色の二匹の蝙蝠《こうもり》と、外廓の四角と、GOLDEN BAT の外国文字とがたとえ難く愛着を感じさせる此《こ》の上《うえ》もない美しいものに眼に映った。私は煙草の箱の手ざわりの柔らかさに駭いた。熊襲《くまそ》のように髭のごつい気の弱い兵隊は、宜しくお願い致しますと云い残し、重大な任務を終った斥候ででもあるように、足取りも軽げに闇の中へ去ってしまった。さてしかし私はこの莫大もない依頼品に一寸閉口したのである。この欠乏の時期に一箱の煙草は旱天《かんてん》の慈雨にも増して兵隊の歓迎し狂喜することはよく判っていながら、これを如何にして自然に兵隊の中に持ちこむかという方法に一寸行き悩んだのである。髭の兵隊は去る時に、何度も臆病そうに繰り返し、自分の名を絶対に出してはくれぬようにと云った。兵隊達は私が煙草を喫わないことを誰もよく知っている。私は途方もない高価な宝物を胸に抱いたような気持で、一箱のゴールデン・バットを軍服のポケットに忍ばせ、やがて壕の中で眠った。星の降り落ちるような燦《きら》めかしい春の夜空が仰がれた。兵隊達の鼾《いびき》や歯軋《はぎし》りが幽かに聞えて来る。私は何か寝苦しく何度も藁《わら》の中で寝返りを打ったが、ふと眼を開けたりすると、兵隊達の黒々と重なっている姿が見え、ぽつりと赤い煙草の火が光った。私はその光を胸の痛む思いで見なおした。

朝になって、兵隊達の貧弱なストックの中へ、貴重なる一箱のゴールデン・バットが加えられる事業は、案ずる迄《まで》もなく極めて容易に成就された。兵隊達はこの莫大な収入に有頂天になり、それが後方との連絡の不充分な戦場に突如として出現した不可思議について深く究明しようとはしなかったのである。私はそれを背嚢《はいのう》の中から取り出し、ああ、うっかりしていた、煙草を一箱入れて忘れたままになっていた、と何気ない風で皆の前に投《ほう》りだしたのである。私は自分では喫わないので何時も下給品として分隊に分配せられる煙草を分隊の兵隊に分けてやる習慣になっていた。下給品は何に依らず、ちゃんと分隊の人員に応じて分配されたのだ。だから分隊で煙草を喫わない兵隊の多いほど煙草好きの兵隊の身入りがよかった訳である。討伐に出発直前に貰った煙草を背嚢に押しこんだ儘にして居った、自分で喫わないからつい忘れてしまっていた、という私の弁解は全く兵隊に信用され、常には私が貰えばすぐに兵隊に与え、自分で喫わない者が背嚢に煙草を蔵《しま》ったりする訳はない、ということなどは誰からも考えられなかったのである。初めから不安そうにおどおどしていた髭の兵隊の顔が安堵《あんど》したように輝くのを私は見た。私達は顔を見合わせて微笑した。するとこの兵隊はびっくりしたように真面目な顔になり、誰かに気づかれなかったかと思うように、あたりを見廻した。歓迎の哄笑《こうしょう》とともに宝物のごとくゴールデン・バットの箱は管理部の倉庫へ移された。一切の保管と分配は一人の上等兵がこれに任じていた。彼は管理部長で、倉庫というのは壕の中にぼろ板を組合わせて作った麦酒箱《ビールばこ》のようなものである、その倉庫の屋根には、先日の雨と戦闘のためにぐしゃぐしゃに濡れて崩れた煙草が、ずらりと並べて干してあった。ゴールデン・バットは中央に御神体のごとく祀《まつ》られ、二匹の蝙蝠は春の陽《ひ》の下に黄金の光を放って燦然《さんぜん》と光り輝いた。剽軽《ひょうきん》な兵隊達は拍手《かしわで》を打って拝み、大声を立てて笑った。一体兵隊達も普段には各々《おのおの》の性格のために多少の摩擦があり、警備の日常生活の中では、仲が悪いというのではなく、瑣細《ささい》なことで大きな声をしたり、時には酒の機嫌で殴り合いの一つもしたりする事も無くはなかったが、今この戦場に来てそれは無論煙草のみが原因ではなかったけれども、彼等は一切の行きがかりを棄てて、一層煙草に依って深く結ばれ、私はそれらの兵隊達の姿を涙ぐましい迄に敬虔《けいけん》な気持で眺めさせられた。それから幾ばくも経たずして後方から戦線へ多量の煙草が送り届けられて来た。今は兵隊はありあまるほど煙草にありついた。しかしながら兵隊達は誰も口々に、煙草の味について語った。それは送り届けられたのは新しい上等の煙草であったにも拘らず、数日前に欠乏中で喫んだ煙草よりも味が悪いというのである。それは云うまでもなく舌に依って味わったものでは無かったであろう。誰もポケットに豊富に煙草を入れていたにも拘らず、彼等はあまり無闇と煙草を吹かさず、その不自由のなさの中でぽかんとしたような物足りない様子をしていた。

或る夜、警戒中突然一発の銃声が歩哨線の近くで聞えた。私達はそこへ行ってみた。夜の中に歩哨が銃を持って立ち、その足元に一人の支那兵が死んでいた。支那兵は、一発で頭部を貫通されたらしく即死をしていたが、私はその口に銜《くわ》えられた煙草の赤い火に異様な感じを受けた。煙草はやがて唇を離れて地上に落ちたが、その赤い火は消えなかった。班長殿、此奴はどうも煙草を拾いに来たらしいのですよ、馬鹿な奴だ、射つのじゃなかった、と歩哨は憮然としたような口調で云った。歩哨線の近くで黒い影がうろうろするので数回誰何《すいか》したが返事をしない。急に走り出したので射った。煙草の赤い火が目標になったので狙撃したら命中した、と歩哨は私に告げた。口に銜えていたのはゴールデン・バットの五分位の短い煙草だった。支那兵は若い兵隊だった。私達はこの支那兵の冒険を諒解した。我々と対峙している敵陣地は、そんなに遠くはない。敵陣地の兵隊達は我々と同じ飢《き》饉《きん》に襲われた。彼等は、少なくとも彼は、日頃愛用した煙草の欠乏のために苦しんだ。恐らく彼等の陣地には煙草が全く無くなった。或いは彼等の陣地では我々の陣地で行われたような合理的な分配の統制が実施されなかった。彼は煙草の欠乏に依る苦痛のために色青ざめ始めたであろう。その時、彼は戦場に一点の赤い火を発見した。それが煙草の火であることはすぐ判った。煙草の赤い火は不思議に遠くまで見えるものである。彼は先ずそれは日本兵が喫っているのかも知れぬと考えた。しかしながら、喫っているのであれば、火の光が強くなったり弱くなったり、また動いたりする筈《はず》である。赤い火は一点に止まったまま動かない。第一注意深い日本兵が敵陣地から見えるような位置でこんなに煙草を喫う筈がない。確かめるために彼はこっそり陣地から抜け出した。彼は注意深く地上を這《は》い、死角を利用しながらその火に近づいて来た。それは棄てられた煙草だということが判明した。彼は雀躍《こおどり》して喜んだが、しかしその火は思いの外遠く、極めて日本軍の陣地に近いことが明瞭になった。しかもその煙草が燃え尽さない中《うち》に、又出来るだけ多く残ったものを得るためには、出来るだけ迅速に到達しなければならない。その焦躁が彼の姿勢を少し大きくした。彼は遂に煙草に辿《たど》りついた刹那《せつな》に注意深い日本軍の監視兵に発見された。彼は慌てて煙草を摑み本能的に口に銜えるとともに逃げ出した。最初その棄てられた煙草は歩哨の位置からは見えなかった。少しばかり不注意な誰かが、最近ふんだんにある煙草を極めて贅沢《ぜいたく》に喫いかけにし、棄てたものらしい。その兵隊は何時も棄てる壕の外側にある水溜り中に投げ込んだつもりだったのが、手元が少し狂って水溜りに落ちなかった、発見されることなしに支那兵はそれを摑めばもとより火を消して持ち去ったに違いない。誰何されると同時に気も転倒し、思わず火の点《つ》いた儘の煙草を口に銜えて走り出した。弾丸は命中し、彼は死んだ。これらの支那兵の行動への我々の想像は多く外れてはいまいと思われる。地に落ちていた煙草の火は燃えつきて消えた。数日前までは短い煙草を何人もで廻して喫ったりしていた歩哨の兵隊は、やがて自分のポケットから一箱のゴールデン・バットを取り出して支那兵の軍服のポケットに深く押し込んだ。歩哨は再び定位置に帰り、私達は壕へ帰った。馬鹿な奴だ、射つのじゃなかった、と述懐するごとく呟いた兵隊の言葉が、いつまでも刻みこまれるように私の胸から去らなかった。

私はかかる感傷に満たされた安価な美談に依って、長い半生の習慣となっている「不吸烟」の習慣を忽ち覆《くつが》えす気はないけれども、私は最近では、幾らか、今まで全く自分が煙草を嗜まなかったということに対して、一種の悔恨に似た淋しさのようなものを感じるようになって来た。白状すれば、私は、兵隊達が戦場の壕の中で喫煙の習慣に依って限りなく美しく結ばれて行く状態を目撃しながら、一種の嫉妬のごとき羨望《せんぼう》の念を禁じ得なかったのである。あの一幕から私は全然除外されはしなかったけれども、実際には、喫煙の味を知らない私は、人種の異なった人間のごとく、傍観者であるより外はなかったのである。私はまるで六十の手習いのごとく、この頃では、兵隊から笑われながら、いがらっぽく咽《の》喉《ど》に引っかかるのに閉口し、噎《む》せ返《かえ》り、時には鼻に刺さり、涙をぽろぽろ出したりなどしながらも、煙草を嗜む演習を始めているのである。

鈴の音

田中英光

1

雨が毎日毎日、朝から晩まで、晩から朝までひっきりなしに降っていた。

ぼく達はキンタマまで、びしょ濡れになり、夏の真っ盛りだというのに少し休むと寒くてぶるぶる震え、指の尖《さき》は風呂に漬かり過ぎたみたいに皺《しわ》がよってきた。泥濘と化した山路は、重い装具をつけた軍靴で一足、踏込むと巻脚絆《まききやはん》の半ばまで、泥につかり、それを抜きあげるのが一苦労であった。大抵のものは靴の裏皮《ハンバリ》を泥にむしり取られていた。

それでも昼の間は元気で、徒口《むだぐち》でも利けたが、夜に入ると、もう空腹と疲労から誰も口を利くものはなかった。しかし、暫《しばら》くすると、どうしても、ものを言う必要が起きた。山が降《くだ》りになったからだ。岩が多く、路が狭く、寸前も視えない闇は、一足でもやたらに踏みだせば、忽《たちま》ち三丈ほどの渓間に顛落《てんらく》する怖れがあった。

先頭は止《や》むなく、懐中電燈をつけ、そのうしろに隊列がまるで百足《むかで》競争のように、しっかり摑まり合い、一足毎《ひとあしごと》に、「石だぞ」、「階段」と教え合っては進むのだった。なんと言っても始まらないような難行軍だった。ただ、彼奴《きやつ》も歩いているうちは、俺も歩けるぞ、と思って歩いた。駄目だとおもったら駄目だった。

そうしたとき、ひょいと谷間に、黄色い灯の小さな塊りがあったのである。雨にぼうっと翳《かす》んでいた。その懐かしさにはなにか遠いものがあった。

その峪《たに》に降りる路は早瀬になっていた。それも生やさしい流れではなく、拳大《こぶしだい》の石がごろごろ流れてきては足に絡みついた。膝頭を越す川であった。腰の辺まで漬るときは戦友同士肩を組みあった。

漸《よう》やく、その部落近くまで達したとき、先頭で突然、すさまじい音が土砂降りの雨を圧した。手榴弾の炸裂音である。友軍と雨に追われ、こんな谷間の小部落にかくれていた支那兵が、死物狂いの抵抗であろう。間もなく、三、四軒しかない、その部落全体に白い煙りがもくもくと溢れ、雨に打たれ、横に流れた。煙の底から、四角い屋根を破り、紅蓮《ぐれん》の炎がちらちら見える。支那兵が苦しまぎれに放火したものらしい。

凄《すさ》まじい銃声が続いて起こり、我々は直《ただ》ちに突入した。支那兵はあまり居なかったらしく、二、三の××が雨のなかに転がっていた。火事はじきに消えて、くすぶった余燼《よじん》が、こわれた家財道具の上を嘗《な》めている。泥足に踏まれた青い布切れ、半分焼けた机の抽出《ひきだし》――疲れ切っていたぼくには、まるで夢のなかの風景のように映った。我々はすぐ、再び真っ暗な闇のなかに進発せねばならぬのだ。ぼくはちょっとだれた気持に打たれかけたとき、いきなり近くに、なんとも明るい鈴の音がりんりんと、聞えだした。消え残りの炎に透して眺めると、首に紅い輪をまき、鈴をぶるさげた一匹の可愛い仔馬を兵隊達が囲んで、通せんぼうをしていた。親馬はこの部落に飼われていたものであろうか、狂い荒れて、闇に飛び出そうとしているのを、一人の兵隊が口索《こうさく》を摑み押えていた。仔馬はただ夢中で、ピョンピョンと飛び、親馬を眺めている恰好《かっこう》がいかにも可憐《かれん》で、疲れた兵隊達も一斉に笑い合ってから、仔馬の囲みを解いた。仔馬は鈴を鳴らし、跳ねあがり、大急ぎで親馬の傍に行った。親馬もいくらか落着いて、擦り寄ってくる仔馬の眼の辺りを嘗めだした。

この一瞬の風景がぼくには明るく焼きつけられ、身体が熱くなる程の嬉しさだった。それからの夜行軍にいつもぼくの耳朶《みみたぶ》では、降りしきる雨音を圧して、仔馬の鈴の音が聞えている気持がした。

2

山また山を二日二晩ぶっつづけに歩いた。夜路はことに至難であった。月も星も姿を見せぬ暗闇で、峪地を歩くときは渓流が多かった。陰々たる風がしょっちゅう吹きすさんで、並んで歩く戦友の面もみえず、誠にこの世のものとは想えぬ難行であった。三日目の深更、ぼく達は百里嶺と呼ばれる、その山脈の最高処に達した。過ぎ去ってきた方には、ただ冥々《めいめい》たる暗夜があったが、これから降りる方向には、遙かの地上に小さく、点々たる狐火が、三ツ、四ツ燃えてみえた。敵の信号火であろうか。肌をしめつけるような勇気が、腹の底から湧いてくると共に、なにか不気味な懐かしさもあった。

また、暗々たる闇を躓《つまず》いたり、滑ったりして、暁まで歩き続けた。夜が明けても平地はやはり見えなかった。谷間のところどころに、二、三軒みえる部落は全部洞窟を利用したものであった。部落の名前も、黒峪村とか、人祖庄とか名実ともにふさわしいものであった。付近には住民の影とてもなく、たまたま家の中に顔をつっこむと、五寸あまりの蝎《さそり》が、黴臭《かびくさ》い匂いと共に、土間に這《は》っており、面を背けさせた。

井戸はひとつもなく、いずれ、付近の谷川から汲んできたとみえる水が、瓶の底に三分の一ほども残っていたが、すでに表面は青く苔《こけ》むして、僅《わず》かの隙間からは、孑孑《ぼうふら》が浮き沈みしていた。

鶏なども稀《まれ》に見かけたが、げっそりと痩せていて、しかも野生の鳥のように高く飛翔するので、初めは鴉《からす》かと間違えた。

ここは共産軍がゲリラ戦の根拠地帯であると聞いた。これが、いわゆる、「空舎清野《くうしゃせいや》」の戦術であろうか。ぼく達は、彼らに対しては、憎悪に燃えた腹立たしさを感じ、風景に対しては、うそ寒い気持に襲われ、疲れた足をひきずり、ひたすら、歩きに歩いた。

やがて、突然、前方の山の稜線から続けざまに撃って来た。卑劣な敵は姿も見せなかったが、ぼく達は直ちに一個×隊で応戦すべく山に登って行った。路は到《いた》る処《ところ》に阻絶してあり、岩角に縋《すが》ったり、木の根を摑んだりして頂上に達したときには、もう銃声は止み、逃足の速い敵兵は矢張り、影も形も見せなかった。

　山嶽地帯のこの辺では、処嫌わず畑が作ってあったが、一面に荒れ果てて雑草が茂り、その間にところどころ、ひょろひょろした大根菜が辛じて覗《のぞ》いていた。いかにも荒廃したここの風景に相応《ふさわ》しい廟《びよう》がひとつ、山巓《さんてん》で、風に晒《さら》され、建ち腐れていた。ぼくらが掃蕩《そうとう》をするため、その禿げちょろけた代赭色《たいしやいろ》の扉を開けたとき、突然、中からよろめき出た一人の老爺《ろうや》があった。

　頭の頂辺《てつぺん》が円く禿げ、その周りを疎毛が薄く覆っている。土色の皺だらけの顔は顎《あご》が歪《ゆが》んでいた。昔は青かったらしい着物は襤褸《ぼろ》で継ぎはぎだらけ。それに、壊血病とか栄養不良とかいった一種の病気であろう、唇のまわりは、膿《う》みただれた腫物《はれもの》がいっぱいで、瞳孔はひらき、真っ赤に充血している。細い頸《くび》もなにかぶよぶよに浮腫《むく》んでいるのだ。

　いきなり、こんな気味の悪い爺がよろめき出てきたから、ぼくらも驚いた。否、驚くよりも、むしろ嫌悪を感じて、そのまま立ち去ろうとしたとき、老爺はぼくらの小銃を指さし、地面にぴったりひれ伏し、大声になにごとかを喚《わめ》き、こちらを拝んだまま動こうともしない。よく聞いて見ると、殺してくれというらしいのである。

　いくら、なんでも、そんな頼みはきけないので、ぼくらが再び立ち去ろうとすると、老爺は狂気染みた動作で、ぼくらに激しく飛びかかって来た。滑稽なA一等兵が慌てて振り払うはずみに、否、それより早く、老爺はぱったり倒れ、もう息が絶えていた。

そのとき、殆《ほと》んど同時に、廟のなかで、鈴の音が聞えて来た。不審に思い、廟の中に入ってみると、祭壇には神像の手足や首のもげたのが転げていたが、土間には藁《わら》が一杯にしき詰めてあり、一匹の仔馬がちょこんと立っていた。仔馬はむろん痩せてはいたが、頸に可憐な紅い首輪が塡《は》めてあり、それに大きな鈴がぶるさげてあったのである。その姿をみると、ぼくは危く涙が出そうになるほど、熱いものが胸にきた。いかにも家畜を生命とし、牛馬を祭る支那の老百姓《ラオパイシン》の気持が、惻々《そくそく》と迫って来て、暫くは立ち尽していた。

仔馬は潤んだような瞳をまるまるとさせ、ぼくらの姿をみると、生意気にも、脚をぴんぴん蹴上げて、蹴る恰好をした。

支那兵は恐らく、「空舎清野」のゲリラ戦術のため、この農夫から、家と家族と、畑と家畜との全部を取りあげたのであろう。しかし、この老農は生れたばかりの仔馬を抱いて逃げ廻ってきた。そして、この廟のなかで、自分は呑まず食わず集めてきた藁を、仔馬にあてがい、惨《みじ》めな、しかし愛情ふかい生活を営んでいたことであろう。自分の余命つきるのを知って、仔馬を誰かに託したい心だったのかもしれない。

こんな想像はどうでもよい。ただ太古さながらの穴居生活が営まれているこの晋×の山のなかで、家畜をおのが生命よりも愛する、この老百姓の気持には、日本の武夫《もののふ》の心にも、ものの哀れを感ぜしむるものがあると思われた。

ぼく達は再び、この仔馬を連れて巍峨《ぎが》たる山嶽の奥深く討伐を進めて行った。

仔馬は、明るく、勁《つよ》く、鈴を鳴し、農夫の生命の象徴のように生き続けて行った。

とまれ、支那共産軍ゲリラ戦術の意図するものが、なにものであろうとも、日本兵達の心の中には、例えば、この支那の仔馬の若々しい生命力の明るさの象徴の如《ごと》きものが、潜《ひそ》んでいるからこそ、常にこの仔馬の鈴の音も明るくきけたと、ぼくには思われるのである。

3

闇のなかで、仔馬の鈴が鳴りだした。

リンリンリンと五分置きか、十分置きに鳴っていた。鳴りやんでいる間は、真ッ暗な夜に、物音ひとつせぬ静寂さと、凄まじい銃声に、手榴弾の炸裂音とが、代る代る交錯していた。

敵はすぐ前まで来ているらしい。闇のこととて姿はみえぬが、時折、不意に囁《ささ》やくような声がした。突然、なにかに怯《おび》えて放ったような小銃の発射音に続いて、紅い火花が三十米《メートル》ぐらい前方で、火竜の如く迸《ほとばし》り出た。こちらが沈黙を守っていると図々《ずうずう》しく話声がする。畑をガサガサ横ぎる音も聞える。

敵が我々の兵力の寡少をみくびり、夜襲に出て来ようとする気配の見えた直前であった。こう簡単に書いてみると、なんの事はないみたいであるが、少なくとも味方に数倍する敵に囲まれたと皆が自覚した以上、口には出さぬが、それぞれ最後の腹を新たに決め直したようにみえた。

が、その夜の戦闘のきっかけはまるで笑談《じょうだん》ごとみたいであった。一個×隊ほどで、××隊の援護についていた我々が、その山麓に、分哨に出たのは、真夏のむし暑い、どんより曇った或る午後のことである。

前線よりは遙か後方だったので、この辺にはと、いくらか、気を緩めた我々は、アンペラを涼しい樹影におくと、立哨者を残して、あとは快活な雑談に耽《ふけ》っていた。

山また山という形容はあるが、この辺では猫の額ほどの平地もなく、部落自体でさえ、無数の坂や谷に満ちていた。

「敵らしいぞ」と立哨者が叫んだので、一同が、遙かの丘陵や山々に目を移すと、五百米ほど前方の山襞《やまひだ》を、蠢《うごめ》いて行く白い影がある。「逃げおくれた百姓らしいな」と誰かが呟《つぶや》けば、「いや、ただの百姓が、今時分この辺をうろついているものか。敵だ。敵だ」と分哨長のN上等兵が言い、銃を執《と》った。便衣隊ばかりのこの辺では、十中の十まで、彼は支那軍の斥候に違いない。慎重に膝射《しつしゃ》で据銃《きよじゅう》したN上等兵が、轟然と撃鉄を圧すれば、一発でパタリと倒れた。「どうだい、俺の腕は」とやがてN上等兵が軽く自慢した拍子にその白い影がまたむくむくと起き上がって走りだした。皆はプッと吹出したが、「いや、あれは完全に支那兵だよ。戦術をちゃんと心得ている」とN上等兵は笑いもせずに呟やき、今度は伏射で照準しながら、手早く、第二弾を撃った。さっきよりは見事にころりと転が

り、仰向けに引っ繰り返ったようであった。眼鏡をあててN上等兵は暫く眺めていたが、

「やあ、今度は確かだ。胸に当ったらしい」と言い、やっと得心したらしい様子であった。

　すると、そのとき眼前の高粱畑《コーリヤンばたけ》のなかから、今の銃声に驚いたか、不意に、ひとりの痘痕《あばた》だらけの、青い襤褸を纏《まと》った老爺が顔を出した。この老いたる阿Qは、摑まえに行くまでもなく、自分のほうから這いずり出て来て、ぼく達の前に膝を折り、地面に額をすりつけ、「私《ウオデ》、老百姓《ラオパイシン》」と哀れな声で繰り返す。土で染めあげたと思われる色合の皮膚をしているし、掌を検《あらた》めてみても固い胼胝《たこ》だらけのものであった。

　しかし、畑のほうを、しょっちゅう気づかって見ている眼つきが尋常ではなく、ぼくには怪しくも思われたのであったが、N上等兵は、「こりゃあ、百姓だよ」と簡単に言い、「行け《フォ》」と合図をすると、直《す》ぐ、この男は放免してやったのだ。後で判ったのだが、この老農も畑の後の窪地に親子の馬を隠して、繋《つな》いでいたらしい。そして、これを、日支いずれにせよ、兎《と》に角《かく》、兵隊に発見されれば徴発されるものと盲信していて、その時は動顛していたように思われる。

　が、その際には、それを確める余裕もなかった。老爺が畑のなかに潜り込むのと殆んど同時に、空を劈《つんざ》く金属性の弾けた音が、ヒュンヒューンと唸《うな》って通ったのだった。何処《どこ》から来た弾か判らぬ。だが、続いて、分哨の頭上に当る山頂に出ていた、友軍の下士哨の、軽機らしいものが、数回連続して、けたたましく唸りだしたから、恐らく、山頂では敵を発見していて、今の一弾も、敵が山頂を狙った流弾とも思われた。続いて、ヒュンヒュン、

バチッと今度はチェッコ弾らしいのが、付近の岩石を砕いて、左右に落下する。

N上等兵は最初の一弾が来たときから、皆に姿勢を低くするように言って、自分は双眼鏡をとり、入念に彼方此方を観察していたが、やがて、「あれだ、あれだ」と指さした。肉眼で見れば、夕闇の近づいた故《ゆえ》もあって、黒い点々にしか見えぬ。千米ほど左方の一群の峰々に、まるで胡麻《ごま》をまいたような人影が、山を降って、此方に近づいて来るようであった。「潞×で叩かれて来た敗残兵だろう」とN上等兵は呟やき、「おかげで今晩は眠られそうにもないな」とニッと笑った。その笑い顔をみると、皆もニヤッと笑いたくなった。

その時、山上の下士哨から連絡が来た。こちらからも本部に連絡が行った。「孫×村周辺にありし優勢の敵は薄暮を利し急速に増加、その行動極めて活潑になり来れり。恐らく、今夜中に逆襲の企図あるものの如し。敵の推定兵力約一千、チェッコ数機を有するも、重機器は欠くと思われる」大体、そんな情報を入手して、緊張した我々の眼には、俄然《がぜん》、周囲の山上に続々と現われ出した黒い点々が増えてきた。薄闇のなかで、彼らのなかから、紅い火花が閃々《せんせん》と光れば、忽ち頭上の空中をシュンシュッと不気味なものが飛過するのだった。それらを感じると、ぼくの身内の肉はキューンと引緊《ひきしま》って行った。

やがて、陽《ひ》は落ち夜になったが、戦いになるまでには、ながい沈黙があった。その間に、冒頭に書いた、例のリンリンと鳴る鈴の音が、不意と聴え始めたものだ。苛立《いらだ》っていた神経には最初、なにか敵の合図とも思えた。「おや」と誰かが呟やくと、「なに、馬の鈴さ」とN上等兵が事もなげに答えた。それから、敵襲直前の折まで、絶えず、思い出したように鈴は鳴り、また鳴りやんでいたのは前に書いた通りである。

しかし、敵が手榴弾を立て続けに投《ほう》り込んで、至近の間まで肉迫して来る頃になると、もう、鈴の音などは耳に入らなかった。敵は姿勢を高くし、雪崩《なだれ》を打って攻め込もうとする鼻先に、分哨にあった二挺《ちょう》の軽機が立続けに火を吐き、小銃手も今は弾をこめる間も、もどかしく、ひた撃ちに撃った。そうなると、敵は間近まで来ていながらも、へたへたと大地に伏して、よう踏込んでは来ないのだ。ひたすら逆襲の時期ばかりを狙っていたぼくたちは、即座にワッと飛び出す。敵は引く。しかし、情況上、追撃などには移れないので、再び陣地に入っていると、いつの間にか、またコソコソ、ガサガサやり出して来る。下の河原でも、上の下士哨等でも、殆んど同様な戦闘が行なわれているとみえ、間歇的《かんけつてき》に、銃声と喊声《かんせい》とが入り乱れると後は急にひっそりとなるのだった。敵襲、防禦《ぼうぎょ》、逆襲、突撃、そんなことを二度ばかり繰返している中《うち》に、いつの間にか、白々と夜が明けて来た。

敵兵を潜めている山々の背後の空が水色に明るくなって来たなと思っている頃、不意に、交戦の合間、森閑となった暁の空気をブルルンと震わせたものがあったと思ったら、矢庭に目前の山襞が裂けんばかりにドカンと来た。ぼくたちは顔を見合わせた。直ぐ下にまで、来ていた友軍の砲兵が猛撃を開始したのである。忽ちに、周囲の山々が震い出した。あちらの襞、こちらの窪から、土煙が白煙と入《い》り雑《まじ》って飛《と》び騰《あが》る。暫くは、みんな銃を抱えたまま血走った眼を見開いて、なにか、頼もしそうな表情で、この百雷の一時に震撼《しんかん》する壮観を眺めていた。

暫くすると、急に、また、ひっそり静まり返ってしまった。「いやに静かだなあ」と誰かが呟やく。「もう奴らは現われないぜ」とN上等兵がまたニヤリと笑った。「全く、友軍の砲兵はすげえからな」と誰かが嬉しそうな声を出した。

その明方の妙にひっそりとした空気のなかで、漸く疲労を覚えながら、黙って坐《すわ》っていることだけが、なにか幸福な気持がするのである。「だが、どうしたのだろうな。昨夕の鈴の音は」――ぼくには不意と幻聴のようにその印象がよみがえったので尋ねてみた。誰も返事をするものはなかった。ぼくは恰度《ちょうど》小便を催おしてきたので、昨夜の男が、潜りこんだ畑を突っ切り、鈴の音のきこえた方向に出てみた。

そこの窪地のなかでぼくは意外なものをみた。彼の老百姓は倒れた馬腹に、頭を載せたまま横になっていたのである。その傍に無心な仔馬が一匹、首をうなだれて眼の前の青草を食っていた。仔馬がゆるやかに首を振るたびに、頸の鈴はちゃらりと鳴った。

黄土の記憶

伊藤桂一

山巓の廟

——いまでもぼくは、あの山巓《さんてん》の廟《びょう》を忘れない。

ぼくは隊伍の中の一員にしかすぎなかった。どんな討伐に出ても、地図一枚もっている訳ではなく、漠然とした方向感しかなかった。駐屯地を出て二日目には、すでに周囲みなみはるかす山の嶺《みね》ばかりで、見覚えになるものは何もなかった。

山は恐ろしく深く、山というよりも海を連想させた。なぜなら、永劫《えいごう》に続くかと思われるほど実に無数の嶺々が穹《そら》の極みにまで塁々と続いていたからだ。しかもほとんど一木一草もない山肌は、或る刹那《せつな》に、そのまま死滅した波を思わせた。どこもかもが静かに息の絶えた世界で、わずかに地を匍《は》う灌木の類《たぐい》だけが、たまにこの世の生気を見せていた。

そんな山の中での地形の目じるしといえば、部落か、谷に湧く清水の位置か、とくに奇矯な風景を構成している黄土の断層か、さもなければ、いつ誰が何のために建てたともわからない、山巓の、毀《こわ》れた土壁の廟でしかなかった。長い年月の風霜を浴びたいくつかの土像を祀《まつ》り、廟は、とんでもない荒寥《こうりよう》とした山々の一角に建てられていた。ぼくの覚えているのは、壁の一カ所を、大きく山砲弾でぶち抜かれている、一つの小さな廟である。

そのころぼくの所属していたのは、四十一師団管下の騎兵四十一連隊で、兵数五百、重火器といえば、機関銃だけをもっている乙装備の部隊だった。部隊は年に数度、基点である臨汾から東へ、大行山脈の中を、戦うためにのみ黙々と歩いた。ぼくは自分が山に呑み込まれると、山に馴れるまでの相当期間は、山の地表のもつ酷薄な非情さにおびえた。ぼくの知っている山は、本来、樹木や渓流に恵まれている筈《はず》だった。しかしそこには黄土の累積のほか何もなかった。

短かくて一週間、長くて月余にわたる討伐は、馬をやられたら最後だった。ぼくらはみな、急坂にさしかかると、下馬してたづなを曳《ひ》いてのぼった。夜はしんしんと冷気がこめ、陽《ひ》がのぼると間もなく、季節そのものが変ったように気温が上昇した。炎暑に喘《あえ》ぎながら、ぼくはよく泡の噴きあがるサイダーと、都市を縫ってゆく電車を想った。山の辛さと、山を逃げたいという一念が、その二つのささやかな幻想に集約されたのである。酒の飲めないぼくには、飢餓感を慰める手段は、冷たく冷えたサイダーを充分に飲むことに尽きていたし、北辺の山奥の原始の憂愁については、耳の底で軋《きし》る電車の音が、もっとも端的に都会への郷愁を象徴した。ぼくには戦闘そのものを考える余裕はなかった。体力が弱いので、いつも疲れていた。死ぬとすれば、戦闘以前に参ってしまうのではないかと思えた。

山を歩きながらぼくは、もっともみじめな姿勢で、ぼく自身と対決した。ともかく、どんな方法を講じてでも、この山の中を生き切らねばならなかった。黄土の層が自ずと剝落《はくらく》してゆくように、ぼくはぼく自身の内部で、ゆっくりと時間をかけながら崩壊してゆくものをみつめた。自身が、黄土の肌のように枯れ切れば、或る種の安定が得られるだろうと信じた。

はじめて同蒲線を南下してきた翌春の晋南作戦を皮切りに、数度の討伐をくり返してゆくうち、ぼくはふと、山の極みに立ったとき、意外に山が賑《にぎ》やかなものであることに気付いた。苛烈な風土にのみ見えた原初の光景のなかから、きわめて微《かす》かだが、音楽のようなものの鳴りわたってくるのを聴いた。それは遠い砲声のように、あまりに素朴で、自我の死に絶えた耳にしか聴きとれなかったのだ。そのころから、ぼくには乏しい雑草も美しくみえたし、灌木の背をかすめて翔《と》ぶ、山鳥の羽音も懐しかった。わずかばかりぼくは、山の持っている意味に近づいていったようなのだ。単調な黄土の山相の羅列しかない風景の滋味が、少しずつ理解されてきたのである。つまりは、この山のどこかに、撃たれて堕ちる渡り鳥のように、ぼくもまたひっそりとその死を預けることになるだろう、と思ったからだ。

戦争や死についての批判などというものは、それらの危険を離れた安全な場にいる者だけの贅沢《ぜいたく》な思想だった。風土や環境の烈《はげ》しさの中で息切れしている身にとっては、その風土や環境と、どのように調和し切るかだけが問題だった。ぼくは枯草のように、これ以上はどうにもならない究極の姿勢で、山肌に密着して生きることを念願するようになった。それ以外には、その土地で生きられないことがわかっていたし、またそれによってのみ、山の、かすかな体温を知ることができる。ぼくは、討伐の度数を重ねてゆくうちに、山は決して荒れ果てているのではない、むしろ原初のこの素朴な風景のなかに、人間がその人間的な修飾を捨て切ったあとにはじめて味わいうる、なにかの美しい意味があるのではないか、という気がした。

もちろんぼくは、隊伍の中にいて、隊伍の有難さをしみじみ感じるほど、やはり山のもつ寂寞を恐れてはいた。そして、この地表のどこかを、いつも敵と味方とが、遊牧民のようにさまよい歩いていると考えたとき、素直に、敵そのものも懐しかった。天と雲と山のほか、まず眼に映じるものは、それが何であっても、一番先に「その存在そのもの」への懐しさが湧いたのだ。

二間四方にも満たないほどのその小さな廟は、漠々とした山の中では、たしかに異常な目標となっていた。壁に砲弾がぶち込まれているということは、ここを楯《たて》として、敵か味方かが戦ったのだろう。山脈へのはじめての討伐のとき、ぼくはこの廟を、誰がいつ建てたものかをしきりに想った。真昼、ぼくらはその廟のほとりを過ぎただけだったが、次の討伐の時、この廟の近くで部隊は露営をし、ぼくは廟への分哨の一員として山上へ出た。ぼくが廟の中で、中央軍第八十三師に所属する、陸世芳と呼ぶ一兵士の名を知ったのもそのときである。

　山中行旅のとき、歩兵はほとんど部落から部落へと宿営地を予定して進むが、騎兵は逆に露営ばかりを重ねる。天幕を張ることもあるが、たいがいは土の上に、いきなり毛布をかぶって寝た。鞍《くら》を下ろされた馬は、身のまわりの枯草を漁《あさ》ったりしているが、疲れているからかれらもじきに横になって寝る。朝、馬と人の寝姿だけを影絵のように残して、ぐるりはびっしりと露が下りる。通常の場合、馬は一列に野繋《やけい》たづなをつなぎ合わせて、仮の馬繋場にする。露営地は風を防ぐ凹地を選び、四方の山に分哨を配置するが、その一地点として、山巓の廟は恰好《かっこう》の哨所であった訳だ。

　夜になると、月だけはみごとに明るいので、哨所の勤務は月明りだけを頼りとした。廟の中で、仮眠の身を憩《やす》めていると、砲弾に割かれた穴から月がみえ、月あかりは、枕元に立ち並び、また傾いては互いを支えあっている、土像の足元にも届いていた。像たちはこの廟の中で、年に幾度か、この山を渡ってゆく部隊の、幾人かを身近に眺めたことだろう。夜目では見えわかぬが、彩色も褪《あ》せ、なかには首の落ちている土像たちが、それでもなお無常や無為を説き得るだけの、神秘の形だけは残しているようにぼくには見えた。

　夜が明け、哨所に運ばれてきた朝食を摂《と》る合間に、ぼくは廟の中に、さまざまに記されている落書を眺めた。それらはたぶん、この廟へ、警備に出た兵隊たちが、無聊《ぶりょう》のままに書き遺《のこ》していったものだ。その壁面では、敵も味方も入りまじって、下手な絵や、女の名が記されているのが面白かった。その壁面でみる限り、かれらは敵でも味方でもなかった。交代にこの廟に宿ってゆく、寂しい善意の人間でしかなかった。それらの一人一人は、たぶん篝《かがり》を焚《た》いて互いに車座になれば、直《す》ぐにでも膝をまじえて語り合える間柄なのだということを、壁の文字たちは暗黙に教えていた。かれらは郷里の土地や名や、その土地に特殊に記憶のある山や河の名や、短かい詠嘆やまた粗朴に肉感的な感慨や、いささかは卑猥《ひわい》な絵や誠実に彫り込んだ異性への訴えやを、それをそのまま侘《わび》しい人生図として眺められる形で雑然と記していた。

そのなかに、詩句とも語録ともつかぬ幾行かのものが記されていた。それは短剣の尖《さき》で丹念に彫られていたが、正確な字句はいまのぼくの記憶にはない。意味は大要次のようなものであった。

雁ノ渡ル時ワレラモ渡ル

タダ雁ノ如《ゴト》クワレラニハ行先ガナイ

山頂ニ廟アリココニ眠リ

遠ク故山ノ夢ヲ見ルノミ

江蘇省海州県ヨリ第八十三師ニ入ル　陸世芳

かれはたぶん、八十三師に所属している兵員の中での、一個のロマンチストであるに違いなかった。かれの記した文字は、他のどれよりも意味が深く、この廟の壁を飾るにふさわしかった。中央軍八十三師というのは、八十五師と並んで、山西南部の山岳地区に於《お》ては、もっとも厳しい軍規と秀《すぐ》れた戦闘力を備えていた。ぼくらは屹立《きつりつ》した崖の表面や、部落の土壁のいたるところに「八十三師是人民的武力」と記されてあるのを知っていた。それはこれら師団の民衆の信頼に対する誇示だったが、日本軍との戦闘に於ても、強烈な抵抗を示してきた自身の歴史を証明するものとみえる。事実、ぼくらは、部隊が八十三師か八十五師に接触するという噂のなかで討伐に出ると、通例の戦闘よりも遙かに多くの犠牲を覚悟しなければならなかった。この山系に蟠踞《ばんきょ》する不気味な圧力として、ぼくらはこの師団を警戒してきたのである。しかし、この山巓の廟で、たまたま明確な八十三師所属のひとりの兵隊と接触し得たときには、ぼくは、ぼくらと同じように山のほか何も見ず遊弋《ゆうよく》しているかれらに、はじめて身近な親しさを覚えた。ぼくらはかれらを単に「敵」という文字でしか認めていなかったが、かれらもぼくらのように考え、悩み、喘ぎ、戦いしている生身の人間だった。それを、いまさらはじめての発見のように、ぼくはふしぎな感慨をもって身に受けたのである。

かれの字句の末行に、ぼくはぼく自身を潤すつもりだけの一行を書き加えた。

陸世芳君ノ健在ヲ祈ル　一日本兵

と。それ以上のことを記す時間のゆとりもなく、ぼくはまた哨所の一員として、廟を引き揚げて隊伍についた。

ぼくらは蜿蜒《えんえん》と一列縦隊になって、ふたたび山を分けて進んだ。廟のない山上の分哨に出るときは、傾斜を利用して高粱殻《コーリヤンがら》やアンペラを集めてきて、それを敷いて寝ることもあった。それが最上の贅沢だった。もっとも附近に部落のある時に限られてはいたが、そのかわり、高粱殻やアンペラが、月光に照って目じるしとなり、谷間一つ隔てた山上から、敵のヤミクモな乱射を浴びて、あわてて応戦するような羽目にもなった。夜の弾丸は、谷一つ隔てていれば絶対に当ることはない。谷を渡ってくる機銃の曳光弾《えいこうだん》は、螢火のように素速く美しかった。何もない山の果《はて》の夜では、敵の撃つ曳光弾にさえ見惚れることもあった。敵が去ってゆき、ふたたび静寂がもどると、ぼくは、いまの敵の中に、陸世芳がまじっているのではないか、ということを考えてみたりした。死生を天運に預け得れば、戦闘というものは、絶望的な苦痛をまじえた、もっとも充溢《じゅういつ》した遊戯に似ていた。自身の茫々《ぼうぼう》と風化してゆく或る種の快感を、ぼくは麻薬の作用のように味わっていたのかもしれなかった。そうしてじきに、ぼくは陸世芳のことも忘れていった。

春だと、山を越え山を越えしているうちに、ふいと気づくと、行手に懐しい緑を刷《は》いて、青麦の畑の見えてくることがある。部落が近くなったのだ。飢えた馬たちは、みちみち傍らの青麦を欲しがって、しきりに頭を大きく曲げたりした。小休止になったりすると馬は、眼の色を変えて青麦を貪《むさぼ》り食った。

討伐を何度も繰返しているうちに、単なる隊伍の一員でしかなかったぼくにも、部隊が、つねに或るきめられたコースを辿《たど》って山中行旅をしているのだということがわかってきた。全く識別のつけ難い相似た山相と枯草の肌にも、ふっと見馴れたものを発見することがある。いつか通った道だ、と、そんなときかすかな安心に似た想いが湧いてきた。これと同じに、山中を、敵の遊動するコースも、ほぼきまっていたといえるのだ。戦うために互いが互いを求めながらも、どうかすると、互いが互いを避け合っているのではないか、という気になることとさえあった。

薄暮どき、露営地を求めて、部隊はとある稜線を辿っていた。すると、幾つかの谷と嶺を隔てた遙かな稜線に、夕焼を背景にして、敵の大部隊の移動してゆくさまが、影絵芝居のようにくっきりと美しく空に浮いて見えたことがある。その位置までは、もちろん砲もとどかなかった。かれらは黙々と、あたかもなにかのメルヘンの中の人物のように、遠く静かに限りもなく稜線を渡っていた。歩兵がみえ、砲車がみえ、荷駄の驢馬隊《ろばたい》がみえ、たぶんそれは八十三師のような大部隊なのだろう、かれらはぼくらと同じ方向へ進んでいた。早ければ明日、遅ければ数日後に、かれらとぼくらは接触するかもしれなかった。しかし討伐の間、全くぼくらとめぐり逢うことはないかもしれない。かれらもまた多分、ぼくらの部隊の大縦列を、遠い地点から認めたことだろう。そうして互いは、敵同士としてでなく、まるで仲間同士のような姿で、おのおのの稜線を渡ったのである。

ぼくが分哨に立った山巓の廟へ、その次に訪れることができたのは、翌年の秋の作戦の時である。昼間のことで、その近くで大休止をしたにとどまったが、ぼくは大休止地点である凹地から、廟のあるところまで行ってみた。廟の位置に警戒兵が出ていたが、ぼくはひとりで廟の中へ入ってみた。あの時と、何のかわりもなく、廟は永劫の瞑想《めいそう》のなかに眠っていた。新しい落書が、たぶんいくつか書き加えられたほかには、降りつもる風霜のほか、ここには何の変化も生れなかったのだろう。ぼくは陸世芳の残した文字と、ぼくが書き加えた一行とをもう一度読んだ。そして、ぼくの一行のあとに、さらに書き加えてある一行をも見落さずに読んだ。それはかれの同僚が記したと思える文字で、陸世芳の戦死を報じていた。民国二十×年四月陽城県西方台地ニテ――とある日付と場所が、ぼくに、いつかの稜線での大縦列を思い出させた。あのときの大行作戦は、陽城県附近に於《お》ける彼我《ひが》の衝突がもっとも激しかったのだ。討伐にも運不運があって、敵と逢うときは最初から終りまで戦闘のしつづけだが、逆に、ろくに砲声もきかず、露営を重ねるだけで駐屯地へ引揚げてくることもある。連絡を得て戦闘地へ赴《おもむ》いても、すでに戦いは終っている。八十三師は死体を遺棄せず運び去っていった。陸世芳もまた、同じ部隊の者たちの手で、どこかの枯草のなかに葬られたのだろう。

ぼくはそれきり、その廟を見なかった。もちろん、陸世芳の死について、新たに書き加える文字も持たなかった。かれの同僚は、いつか、かれのための一行を記してくれたぼくのために、かれの死を報じてくれたのだろう。それなら陸世芳の死を悼《いた》む何かの言葉が、ぼくのなかからにじみ出てきてもいい筈だった。ぼくは隊伍のなかで、うつうつと廟の壁について考え、それからじき、埃《ほこり》の中でまたその廟を忘れていった。陸世芳をも、かれの友人をも忘れた。かれらのみではない、実をいえば、ぼく自身をさえしばしば忘れ果てていたのだ。

黄土の中での戦闘と警備とに疲れ、ぼくの若年はみるまに埃に埋もれていった。いつしかぼくはずいぶんと無感動になっていた。あのとき、廟の壁を見に行ったのが、おそらくぼくの最後の抒情《じょじょう》であったような気がする。それからの実に久しい歳月ののちに、あの黄土の山岳地帯を想うとき、山巓の廟は必ずぼくの記憶の中に蘇《よみがえ》ってくる。砲弾の穴から さし込んでいた月の光に、濡れそぼれていた毀れた土像たちが見えてくる。その土像たちや、土像を祀った者たちの願いに、どのような意味がこめられてあったのかが、このごろになって身にしみてぼくにわかってきている。すべて、なんという無為と無常であったのだろう。

そうしてぼくは、ぼく自らに、秘密を解き明かすようにささやきかける。陸世芳よ。君はもしかすると、あの深い山中で何かを生きるよすがとせねばならなかったぼくが、虚空《こくう》に描いたぼく自身の影絵ではなかったのだろうか——と。

アカシアの咲く村

十五軍撃滅作戦の行われたとき、ぼくは後方の壕にいて、真昼のうららかな陽を浴びながら、万葉集を読んでいた。ぼくらは自動車隊に便乗して、はるばると大行山脈の麓《ふもと》まで運ばれてきていた。馬のない気易さをしみじみと味わった。敵の蟠踞する前面の山地を、すでに歩兵隊が包囲攻撃していた。友軍の小型戦車が二台、麓の砂地をゆっくりと走っていた。遠くでみていると、戦争もどことなく閑雅な趣があった。

ぼくが北支那にいた間、楽な討伐はその時だけだった。その他の討伐は、一冊の万葉集さえ重荷だった。糧秣《りょうまつ》と弾薬を除き、余分なものはつとめて携行しなかった。討伐の編成が発表されると、どの程度の危険度かを直感で測定した。いくらか安心ができると弾薬も減らした。時には三十発しか持たなかった。三十発を撃ちつくしてなお包囲されているときは、百発あっても同じことだ、という諦観がいつのまにか出来ていた。討伐の数を重ねるうちに横着になっていったのだ。

春先になると、風土病のアメーバ赤痢で、幾日も下痢がつづいた。それが、一たん討伐の隊伍に加わり、乗馬して進み出すとピタリととまった。埃の道を一里、汾河を渡って臨汾県城のほとりを過ぎ、次第に丘陵地に入り、三日目には深い山の中を進んだ。それから先は、山のほかは何もなかった。

北支那へ渡った当初、討伐の間じゅう、ぼくは激しい緊張をもて余した。ぼくは小さい手帳を胸のポケットに入れ、少しでもひまがあると、それしか救いがないもののように、せっせと短歌を書いた。それはつとめて直情的なもので、巧拙を考えている遑《いとま》はなかった。せめぎのぼってくる感情を、もっとも端的に表現し得る、三十一文字の型式にまとめるだけでよかった。すべて、荒寥たるものの中で、けんめいに自身の、いずれは涸《か》れる泉を守りたかったのだ。いじらしく、ぼくの眼は燃えていたのではないかと思う。

馬　草を　食《は》みつつもふと耳をあぐ　聞きそらすほど遠き砲声
草に寝て　眠り入らんとす　この山に　親しきいのちあるもののごとし
砲声の殷々《いんいん》として谺《こだま》して　尽くるところなしこの山脈は
ああこんな　山の真上のトーチカに　兵隊住める日の御旗かな
アカシアの木蔭《こかげ》に据えし山砲の　撃つたび花の散りかかりおり

ぼくは歌作りを、自身の秘密な喜びとした。ほかには何も考えなかった。あとはただ、眠ることだけだった。

ぼくらは朝鮮竜山で編成されてやってきた。そのとき原隊から、ぼくらより一年古い少数の兵隊もまじってきた。かれらは除隊するつもりでいたのを、逆に引っぱられてきたので、何事もごく退嬰的《たいえいてき》にしかやらなかった。歩き方さえ緩慢で、どこにいてもひと目で分った。ある部落で、昼食のあと、ぼくが木蔭で歌の手帳を広げていると、そうした古参兵の同じ分隊の中の一人がやってきて、いった。

「おれ、ちょっと行って、やってくる。どうしてもがまんできないんだ」

「なにががまんできないんですか」
と、つい問い返したが、すぐに意味が読めて苦笑した。迂闊《うかつ》なことである。ぼくらはこの部落で数頭の豚を屠《ほふ》ったが、被害はそのほかに、数人の女が犯されたことになるだろう。もちろん若い女たちはとっくに逃げ散っているから、子を産んだ女をつかまえるより仕方がない。しばらくすると彼は帰ってきて
「出発はまだか、間にあってよかったな」
と、ごく満ち足りた眼をしていった。そののちもかれは、毎日ぼくに「ちょっと行ってくる」をくり返した。なぜいちいちことわるのか、なぜぼくでなければいけないのかがふしぎだったが、考えてみると、その場にぼんやり残っているのはぼくだけで、ほかの奴らはみんな、勝手な徴発（掠奪《りゃくだつ》）に出向いてしまっているのだった。ぼくは歌のことばかり考えた。ぼくにはなぜかれが「がまんできなくなる」のか分らなかった。体力の弱いぼくは疲れていて、辛うじて歌を作る余力しか残されていなかったのだ。戦闘もまた、重要な歌の材料となっていた。

尊くもあわれなりけり人死にて　ひとときあがる真白きけむり
けむりけむり　あわれ晋南の山奥に　屍を焼くけむりひとすじ
闇のなかに風と豪雨としきりなり　濡れたる担架よろめきて来ぬ
ひと言を何といいしか聞き分かず　ひとのいのちのかくて終れり

麦畑を一段のぼりまた一段　駈けいる耳に流弾しきり
この山は死ぬるに寂し　水もなく　鳥鳴かず　樹に雲も往かざれば

ぼくはノオトに歌の数のふえて行くのが嬉しかった。なによりの生甲斐となっていた。歌の生まれてくる限り、この山の中にいても、自身の人間性は失われていないのだと信じていた。殺伐と無常のなかで、ぼくはぼく自身の心性の浄化を夢みた。或いはそれは、死への姿勢への、つつましい準備であったのかも知れなかったが。

歌はぼくの、深い山を生きるための、ささやかな、心の桃源だった。山には、文明の色彩というものは微塵《みじん》もなかった。断崖を掘り抜いて暮している、穴居の民がいたるところにいた。ぼくは穴居の部落をみると、ぼく自身が、数百年も千年も、歴史を溯《さかのぼ》って来ているような気がした。穴居の家の入口には木の古びた扉のついているものもある。穴の中は乾いた埃の匂いがして、家財がほとんどないからむしろ清潔だった。表に、かまどと何を祀るのか祭壇があり、穴の一番奥には、たいがい牛を飼っていた。それがかれらの最大の資産だった。アルタミラの壁画の時代と、さしたる逕庭《けいてい》もないもののような印象だった。

ところが、山はときどき、その肌にかくしている、思いがけない神秘をぼくらに覗《のぞ》かせてくれることもあった。たとえば、遠望すると、土侯の山荘ででもあるような、みごとな部落があったりすることだった。それらは堅固な土壁の中に煉瓦《れんが》を積んだ家並を密集させ、そこが山中とは到底思えない、美しい秩序を構成していた。アカシアや胡桃《くるみ》や夾竹桃《きょうちくとう》の木を植え、家々の庭も煉瓦が敷きつめてあり、古来、裕福に暮してきた面影がまだ残されていた。もっとも、いったん家屋の中に入ってみると、人影も逃げ散って乏しく、古びた糸車や、卓子や椅子や水甕《みずがめ》や、鍋や食器や床に敷いたアンペラなどがある位のものだったが、それにしてもこれほども山の奥に、大なり小なり部落の散在していることが、ぼくにはいつもふしぎだった。

ふしぎといえば、長い討伐生活の間に、たった一度だけ、ぼくは奇妙な部落をみたことがあった。つまりその部落に限って、住民が、若い女もまぜて、ただの一人も逃げていなかった時のことである。それは、凹地への、ゆるやかな傾斜に沿ってつづいている城壁のない部落で、樹木、それもアカシアが多く、ぼくらが夕方に訪れたとき、樹々はアカシアの白い花ざかりだった。

部落は、煉瓦造りのしっかりした大きな建物が多く、もし掠奪を目的とするなら、願ってもない収穫の多い部落の筈だった。けれども部隊はその部落で宿営し、翌朝そこを発《た》つまで、誰も紙一枚の掠奪もしなかったし、多少の宿泊代まで置いたのである。通常、露営を重ねることの多い乗馬隊だっただけに、その部落での一夜の泊りは楽しかった。

先《ま》ず、部隊がその部落にさしかかったとき、村人たちはごくにこやかな表情で、老幼男女ともに、手を振って迎えてくれた。それは軍を恐れるための追従《ついしょう》でなく、素朴な人情味にあふれていた。かれらには全く警戒と不安の色がなかった。ぼくらはいかなる討伐の際でも、その部落で遇せられたほど、分け隔てのないもてなしをされたことは一度もなかった。はじめのうちぼくらは、単なる迎合だろうと推量したので、庭に遊んでいる鶏を追ったり捕えたりした。ふつう、鶏でさえもが訓練されていて、土間の奥や高粱殻のなかにひっそりと逃げ込んでいるものだったが、そこでは鶏ものんびりしていたし、村人たちは、兵隊が鶏を追うのを一緒に手伝ってくれたものだった。村全体の手応えのない温和な雰囲気が、じきに兵隊たちを空廻りさせ、かれらはじき一種の魔法にでもかかったように、村人たちと気楽な交歓をもちはじめた。

ぼくらは各家々に分宿したが、どの家にも女っ気が多く、彼女たちは炊爨《すいさん》を手伝ってくれたし、食事のあとはぼくらに土謡を歌ってくれ、さらにぼくらの歌をききたがった。そのころになるとぼくらは、この村のすべての人が、この村に久しく住みつき、ついさきごろ病死した米人宣教師の教化によって、敬虔《けいけん》なキリスト信者になっていることを知っていた。ぼくは宗教というものが、これほども非力な威力をもっているものとは、その時まで考えてもみなかった。かれらは他愛のない素朴な隣人観だけで、ひとつの（敵である部隊）と、驚くほど短時間に融和したのだ。そしてぼくらは、つねに荒れた眼をして山々を彷徨《ほうこう》しているけれども、決して住民をまで敵視しているのではない、ぼくらは理屈をこえて、ささやかな団欒《だんらん》の場を持ちたい念願に燃えていた。いつ、どんな部落に対しても——ということを、しみじみと悟ったことであった。

ぼくは朝早く、水飼《みずかい》（馬に水をやる）の時に、傾斜の一方にある教会堂を訪ねてみた。それは小さな廟を、そのまま教会堂に直したもので、屋根に木の十字架を飾り、堂内の祭壇の下に、古びたオルガンが置かれていた。この深い山の中に、オルガンがあろうとは信じられなかった。堂内には粗末な木椅子が十ばかり並んでいるきりで、目に立つ装飾もなく、それがかえって神秘な趣を加えていた。ぼくは堂内に入って、べつだん何という理由もなく、片隅の木椅子に坐《すわ》ってみた。そういえばぼくは、この山中を生きながら、黄土に埋もれてゆくぼくの若年を、ぼくなりの哀惜で悼むことは多かったけれど、といって誰をも拝んだことも、祈ったこともない。ぼくは茫々たる風化のなかで、早晩ぼく自身が黄土そのものになり果ててしまうだろうことを予測しながら、せめてものぼくへの灌漑《かんがい》として作歌にいそしんだのだ。それも願いや祈りではない。静かな諦観であり、逃避だった。

白い顔が二つ、くり抜いた窓から覗き、少女がふたり、水運びの途中らしく、ぼくをみて会釈をした。この少女たちもおそらく、一夜を、兵隊たちと送ったのだろう。楽しげな眼元をしていた。ぼくはオルガンを指さし、弾けるか、と、手真似できいてみた。頷《うなず》きあったあと、ひとりが入ってきて、気さくにオルガンに向い、ぼくには分らなかったが多分讃美歌だろう、それをしばらくのあいだ弾いていた。そのしばらくののちに、ひょっと気がつくと、窓にはびっくりするほど多くの兵隊たちの顔がみえた。かれらは堂内に入らずみんな窓のところにばかり犇《ひし》めいていた。おそらくぼくがオルガンを弾いている少女と、何かの黙約があるのだろうとでも、思い込んでいるらしかった。ぼくが起《た》つと、少女も弾きやめて、含羞《はにか》みながら堂を出ると、水桶《みずおけ》をかついで麓の方へ小走りに去っていった。ひとことも口はきかなかった。堂を出ると、朝の陽がまぶしく遍照していた。ぼくはぼくの胸のなかで、まだオルガンが鳴りつづき、かすかに歌っているもののあるのを聴いた。広場の馬繋場の方へ歩みながら、ぼくは「アカシアの咲く村なりき」とつぶやいた。つづいて何かの詩句が出てくるかと思ったが、それきりでとまっていた。ぼくは同じ語句をくり返しながら、なんの変哲もない、ただの村娘である今の少女たちに、しかしいい難《がた》く優しいものを読みとった。どこの部落にも、たくさんのああした少女たちがいる筈だった。もし彼女たちが、軍を恐れて、驚くほども遠くへ避難してさえいなければ。

陽が高く昇ってからその部落を出た。当分の間は青麦の眺めがつづき、馬は満ち足りて、爽《さわや》かに耳を振って歩いた。ぼくのほとりを、歌いながら追い越してゆく者がいた。歌っていたのは例の「ちょっとやってくる」の古参兵で、かれは無心に〝菜の花畑に入陽うすれ〟とくちずさんでいたのだ。かれは少なくも昨夜は清潔に眠った筈だった。当然のようなな、ふしぎなような気がして、ぼくはかれのうしろ姿をみつめていた。いくらかの驚きをふくめて。

翌《あく》る年の春、ぼくらはまた、その部落のほとりを過ぎた。日中のことで、そこで大休止をしただけだったが、この広大な山の中に、無数の道があるなら、二度と同じところを通るべきではない、と、そのときつくづくと思ったことである。なぜなら、部落は思いもかけず痛ましい変貌をしていたのだ。

事実、部隊は、めったに同じコースを辿ることはなかった。つねに討伐の目的が違っていたからである。それは討伐の戻《もど》り途《みち》だったし、多少の迂回《うかい》になってもよい、あの部落を過ぎて帰ろう、という気持が、もしかして部隊の統率者の胸にあったのかもしれなかった。たしかに、ぼくらは山脈の傾斜に沿って白いアカシアの花々がみえはじめたとき、一年前の記憶で胸のあたたまる心地はした。部落の入口には、あの日のように人々は集うて迎えてくれたし、その物腰にもさしたる変化はみられなかった。そこらの壁や屋根のあたりに、あのときにはみられなかった、銃弾の痕跡さえなかったならば。そして銃弾の痕跡は、建物だけではなく、村人たちの胸にも、さすがに拭《ぬぐ》い難《がた》い痛手となって刻まれていたのだ。あきらかにいえることは、あの日よりもかれらは沈鬱だったし、女っ気が少なかったことだ。ことに若い女たちがみえなかった。彼女たちは、ほかの部落のそれと同じように、どこかの隠れ場へ逃げのびていたし、また、彼女たちのなかの幾人かは、この一年の間にこの世から消えていた。たった一度、この村を、雑軍が通過していったときに、踏みしだかれてほろんでいったのだ。

ぼくらが一律に「敵」と呼んでいるものの中にも、人民と密接な連携をもっている八路軍もいれば、秩序のある中央軍の大部隊もいる。しかし、長い戦旅の間に一個団（連隊）が数十人に摩耗している敗残軍もある。かれらはほとんど掠奪によって生きている山匪《さんぴ》で、兇猛な処世のほかは生きる途を見失っていた。しかし悪いことに土民たちと言葉が通じるのだ。ぼくらの場合には、相手と言葉の通じないことが、かえって重要な緩衝の意味を為《な》すこともある。その逆の場合も多いが、少なくもこの部落に於てはそうだった。ぼくらはこの村で、互いの片言を笑い合うことを遊戯のように楽しんだのだから。また、ぼくらは、一応帰るべき駐屯地を持ち、そこには私物と軍用の支給品と、ともかく眠る場所と、内地からの郵便と、自分を慰めるに足る郷愁の時間とが待っていた。さらに数人の、朝鮮から渡ってきた春婦たちが、五百の兵員を結構顔色も変えず受けとめる余裕をもって、部隊が留守の間に新緑を濃くする樹木のように、何度目かの処女に戻ってさざめいている筈だった。

だが、荒れた山脈のほか住むべき土地のない雑軍化した敗残兵たちは、終始狼のように飢えて彷徨している。病者は置き去られ、戦死者はそのまま枯草の中で風化する。かれらにとっては、かれらの集団以外の者はすべて敵だった。兵力の消耗を恐れて、敵を見れば敏捷《びんしょう》に逃げ回るが、囲まれると殺伐な戦闘力を発揮した。平常憂鬱な捨身のなかで訓練されつづけている窮鼠《きゅうそ》の威力をみせた。この一年の間のいつかの日に、この部落で、凄惨《せいさん》な何かの出来事があったに違いなかった。かれらには空腹を満たすためと、情慾を処理するための本能しか残されていない。ことに山西省における性病の猖獗《しょうけつ》はすさまじいもので、敵の戦力の強弱は、兵員の性病者の保有量の如何《いかん》にあるとさえいわれていた。もしぼくらがかれらの立場だったら、アカシアの花やオルガンの音色に心を動かしただろうか。

村人たちの挙措《きよそ》から感じられる暗い影に、ぼくらもまた同調してゆくものをとどめ得なかった。

風のない春の陽ざしのなか、教会堂の屋根の風見鶏《かざみどり》だけが、静かに眠るように、考え込んでいた。ぼくらは、あまりしゃべらずにその部落を発った。

黄土の谷間は狭く深い。屏風《びようぶ》のように屹立した絶壁がどこまでもつづいている。まれにその肌に露出した炭層をみることもあるが、ほとんどは黄色い砂の乾いた河だ。

数名の中国兵が、疲れた足どりで、その谷間の底を辿っているのを、ぼくらは帰途偶然にみつけた。かれらは小銃さえ持っていなかった。ぼくらは尖兵《せんぺい》小隊だったので、かれらを捕捉するために、何名かが乗馬のまま崖の上を、かれらの方に向って駈けた。下馬して崖の一端にとりついたときには、全く戦意のないかれらは、両手をあげてこちらに帰順の意を表していた。かれらはむしろ、ぼくらに発見されたことで、助かっていたのかもしれなかったのだ。

狭く深く墜《お》ち込んでいる谷間へ、下りる方法はその附近にはなかった。ぼくらは、誰が申し合わせたという訳でもなく、それぞれ銃身をのべてかれらに照準した。淡い土煙りがつぎつぎにあがり、遠い距離だから、かれらはみな玩具のように倒れていった。嘘のように他愛なく終っていた。それだけのことだった。

ぼくらはまた尖兵小隊の位置にもどり、際限もない黄土の中を進み出した。ぼくらはみな物憂く不機嫌だったのだ。谷間の底を歩いていた兵隊たちは、或いは善良な部隊の者だったかもしれない。しかしぼくらはただ自身の鬱屈した心情の捌《は》け口《ぐち》を、生きた対象に求めたかったのだ。

そのころは、ぼくはもう歌を詠む習慣は忘れていた。掻《か》きまわしてみても、黄砂の手ざわりしかないほど、心情の乾いているのがよくわかった。ぼくは弾丸の音にだけ敏感に反応した。流弾が空を割いている壮快な風速に、めまいのような充溢《じゆういつ》をかんじるようになっていた。そしてそのころから、黄土の中でのぼくの新しい精神形成が、或いは逆に全《まつた》き崩壊が、はじまっていたのかもしれなかった——。

春蘭

中原会戦のとき、部隊は挺身隊となって峡谷を南下し、黄河の渡河点《とかてん》へ進出して敵の渡舟を奪取し、退路を遮断する任務を負わされていた。峡谷は前進する以外に逃げ道がなく、敵の大部隊の包囲に遭遇した場合は、全滅することも予想できた。久しく馴染んだ大行山脈に、どうやら、年貢を納める時期が来たのではないか、と、古い兵隊たちは笑って観念していた。部隊の集結地点は毫清河の上流で、この渓流が峡谷の底を、ほとんど直線に黄河へ向って灑《そそ》いでいる。行程一四〇支里の山岳地帯だ。

ぼくらは峡谷へ入って最初の露営をしたときに、意外な感動を覚えた。それは峡《かい》を進むに従って、両岸に樹木が鬱蒼《うつそう》と繁っていたことである。乾いた山肌のほか何もみていなかったぼくは、大行山脈の中にもこうした秘密な場所があるのか、と目を疑いたかった。河は大部分浅瀬の連続だったが、みごとな清流で、峡谷の底はいちめんの小砂利の層で、蹄《ひづめ》に触れる砂礫《されき》の音がきわめて懐しく快よかった。水の不自由さからは完全に救われていた。戦闘地帯は黄河の線に近づくに従ってぼくらを圧迫するに違いなかったが、それまでのまだ安全度の高い僅《わず》かな時間を惜しむように、ぼくらは子供のように渓流の風物を楽しんだものだった。

いくらか淀《よど》みのある場所では、たぶん山女魚《やまめ》らしい魚が、非常な素速さで鱗《うろこ》を閃《ひら》めかして過ぎたし、水のたゆとうている浅瀬には、無数のお玉杓子《たまじやくし》が集うていた。ぼくは北支那にきてお玉杓子をみたのは、その峡谷の底がはじめてだった。ぼくらは飯盒《はんごう》の米をとぎながら、蓋《ふた》でお玉杓子を掬《すく》って遊んだ。兵隊も討伐擦れがしてくると、ごくささやかな事にでも、自身の死生観を遊ばせることができるようになる。激しい緊張感で山の中を経めぐったのは、当初の討伐行のときだけだった。それだけ心緒が荒廃してきたともいえる。

峡谷はかなり広かったので、ぼくらはのんびり幕舎を構築したし、炊爨《すいさん》のあとは車座になって、或いは最後になるかもしれない一夜の一刻を歌って過したりした。ところで炊爨の前後になって、ぼくらは分隊員の一人である木坂の姿がみえないのに気がついた。ぼくらは渓流に惹《ひ》かれていくらか有頂天になっていたのだが、食事の時期を過ぎても木坂は帰って来ない。この山中で行方を晦《くら》ますことは全く考えられないが、足場の悪い絶壁もぐるりには多かったし、遊ぶつもりで怪我でもしたのではないか、ということになった。陽の落ち切るまでに捜すつもりで、準備をしているところへ、ひょっくりと彼は帰ってきた。かれはいつになく明るい活気のある顔つきをしていて、分隊長からいきなり呶《ど》鳴《な》られても、案外平気な様子でしきりに詫《わ》びた。その詫びの仕方にも、平素のかれとは、かなり違った挙動が窺《うかが》われたのである。ほとんど内地の風景と変らないこの峡谷の印象が、かれを陰湿な戦争の恐怖感から救ったのではないか、とぼくらは思った。木坂はこの冬補充で廻ってきた兵隊で、現地で再教育をやって、今回がはじめての作戦参加だった。それも激戦を噂されていただけに、非常な緊張感に憑《つ》かれていたことは事実である。駐屯地を出てここまでのあいだ、ぼくは同じ分隊にいて、それとなくかれの行動はみていたが、漠然とした予感で、死ぬ人員ではないか、と思っていた。

もちろん戦闘は運不運に左右されるし、誰も自分が死に一番近いとは思っていない。しかし仲間同士の中で、確たる理由もなしに、特定の一人の存在感の薄れてゆくことがあり、彼の死後に於て、その状態の語られることがある。古い兵隊になると、馬に乗って駐屯地を発つとき、危ないのは自分だろうかそれとも他の誰かだろうか、ということを、独りで占うように思いみることがある。そうした予感の線上に、つまり木坂は髣《ほう》髴《ふつ》した訳である。だから、木坂が峡谷の底で、ふいに気力を取りもどしたのは、彼がそうした予感の線上から、大きく生の方向へ浮かび出したことを意味している。その時の作戦に於ては、それぞれみな、通例の討伐行の時とは心構えも違っていたので、木坂の元気になった様子を、かなり複雑な安心感で読みとったことは事実だった。

夜になると、峡谷の空に月が出て、ぐるりは神秘な明るみに満ちてきた。瀬の音だけが高まりながらきこえていた。ぼくは流れのほとりへ出て、しばらく瀬の音を聴いていた。物を考える為《ため》にではなかった。単なる放心の状態に自分を置いているだけでよかったのだ。無益な思考は何の足しにもならないことを、ぼくはよく知っていたし、またそれに馴らされてもいた。作戦の間は作戦そのものにつとめて没入すること、それがぼくらの処世観だった。行動と睡眠の反復、そしてその営為の潤滑油になっているものが、全く無心な放心の時間であった訳だ。時にはそれは小便をしている僅かな時間にだけ制約されることもあったが。ぼくらはぼくらの歳月が、黄土の中で徒《いたず》らに風化してゆくことについて、どうしても思いつめて考えざるを得ない時間が、周期的にめぐってくることを知っていた。そしてそんなことは駐屯地の、閑散な望楼の上ででも味わえばよいことで、作戦に於ては、いかに自身を戦闘的に盛り上げて行動し切るかが大事だった。その姿勢に隙があるだけ弾丸に当り易くなるのだ、ということだけを信じていた。

峡間の暗い樹間のあちこちで、仏法僧が鳴き出していた。それは以前ラジオの録音放送で耳にしたことのある、故国の仏法僧と全く同じ鳴き方だ。それを聴いていると、この渓流の周囲に、広漠として荒れた黄土の嶺がつづいているとはどうしても思えなかった。ぼくの耳が、仏法僧の声だけに傾き出して間もなく、うしろに足音がして、振り向くと木坂が来ていた。彼は自身のことについて、人に何か話したかったのではないか、とぼくは漠然と察した。彼はぼくのほとりに腰を下ろすと「実は今日夕方、すばらしいものをみつけたんです」と張りのある声でいった。

ぼくは黙って木坂の話をきいてやった。気の弱い兵隊が、そうした形で誰かに凭《もた》れようとすることの多いのを、ぼくは何度かの経験で知っていた。物分りのよい聴き手になってやることが大切なのだ。彼はしかし、たいがいの兵隊たちのように身の上話などはせず、この峡間で見かけたという珍しい種類の春蘭について、異常な熱心さで話しだした。もしかすると彼は、何かの物語にあるように、自己をこの境遇から救出するために、手頃な樹木の中へ溶け込んでしまいたいとする念願に駆られて、仲間から離れて峡間の一角をさまよっていたのかも知れなかった。そんなとき、ふいに、頭の一方に光の筋が射し込むように、夢幻に彼を誘い込む芳香に惹かれた。そして羊歯《しだ》や蘚苔《せんたい》の類が密生している片ほとりに、思いがけなくも、手に掬うほどの一叢《ひとむら》の支那春蘭を発見した訳である。

「それがどんなに見事なものか、明日、夜が明けたらあなたに見せます。私の家は祖父の代から、植木や盆栽には趣味が深かったし、私自身も好きで、かなり眼も肥えているつもりです。戦地へ発ってくるときも、もしかするとどこかで珍しい品種をみることもあるかもしれない、と頭の隅で考えたこともあるんです。もっとも私は戦争がこわかったので、自分を慰める手掛りになるものは、手当り次第に掻き集めようとしたためもありますが、しかし、ここへ来てみて実際がっかりしました。ひどい荒地で、少なくもここは植物の国ではない、土と砂だけの国だとがっかりしました。でも私はやっと、死ぬかもしれない危険な大作戦の直前に、全く偶然にすばらしいものを見つけたんです。樹の間が暗くなって花の姿がみえなくなるまで、じっさいつくづくと見惚れていたんです。あなただって驚きますよ。私は花のあった地形を克明にノオトしておきました。掘り起して持っていこうかとよほど考えたんですが、どんな大戦闘があるかしれないのに、到底無理だと思い直したんです。花を傷めたくないですからね。駐屯地へ帰ったら、誰か使いを頼んで、何とかして持って来て貰いますよ。見様見真似で栽培には自信があります。あれだけの花を育てるんだったら、どう考えても充分な生甲斐になりますよ。絶対に手に入れるつもりです」

ぼくは、植物については、ほとんど知識もなかったし、栽培する興味もなかった。ただ異種の銘品だとする春蘭をみれば、その美を観賞するには耐えただろう。木坂の見つけたのは一茎一花梅瓣《ばいべん》のものが数茎群れ咲いているもので、色は純白だが中心に淡紅が匂い出ている。金稜辺種にみられるような黄線が非常に細い葉の根元から先端まで彩り、落日の余映のなかで、それはほとんど花に近いほど美しく耀《かがや》いていたという。ぼくは、ぼくがその花を発見したとしても、たぶんかなりな感動でそれをみつめたに違いないと思った。じじつぼくらは、美と呼ぶべきあらゆるものから、あまりに隔絶した生活を送っていたからである。ぼくが彼の話にかなりの反応をみせたことが、いっそう彼の気分をよくしたらしかった。

「もしかすると今生《こんじょう》の見納めかもしれませんけれどね。でも死んでも諦め切れますよ。何にも見ずに撃たれて死ぬより、よっぽど恵まれてます。こんな深い山の中で、あいつはひっそりと咲いてたんですね。おそらく何百年も誰もその花を見たことはなかった。この峡間で咲いては散り咲いては散りしていた訳です。考えるとちょっと涙ぐましいみたいですね。まめにさがせば、花はまだもっと変ったのがあるかもしれません。私が兵隊でなかったら出掛けてくるんですが。まア、夜が明けてからの楽しみですよ。――ほら、あの辺です」

木坂は峡谷の一方を斜めに指さした。暗くて何もみえなかった。彼は指さした手をしばらく動かさずにいた。その挙動に、少し異常なものをぼくは感じた。彼の心緒を満たす活気といったものでなく、一種病的な執着のようなものをそこにみた。木坂は背は高いが頑健な体質ではなく、戦死しないまでも、風土にやられて内地還送になってゆくようなタイプの兵隊だった。神経質な人間は、一方ではきわめて情熱的な面をもっているが、それが戦闘間の圧力で歪曲《わいきよく》され、彼のなかに微妙な醱酵《はつこう》をもったのではないか、とぼくは推量した。彼は自身の喜びの同調者を得て、いっそう張り切って「明日の未明」をくり返し、ぼくと連立って河原を起った。

翌朝、まだ全く暗いうちに、ぼくらは師団命令によって叩き起された。敵の大部隊の移動の情報によって、一刻も早く黄河の線へ出なければならなくなった。部隊が装備を完了して、砂礫を蹴って進発をはじめたときも、まだ夜は明けていなかった。木坂は鞍を置きながらも「残念ですね」と何度も、物に憑かれた眼をして繰り返した。行軍が始まってからは、すでに春蘭のことはぼくの脳裡《のうり》から消えていた。ぼくらはただ戦闘への期待によって自身を駆り立てたのだ。——黄河へ。

この作戦のとき、木坂は死んだ。

部隊が一路亳清河の峡谷を南下し、黄河の見える線まで進出し、垣曲西方高地にある湾里という地点を攻撃した際に、流弾がその生命を奪った訳だ。渡河点の渡舟を焼き払い、高地の警備につくと、茫洋たる黄河は目前に在った。幾つかの屍を焼きつくすひまもなく、部隊は新たな命令を得て、さらに西進をはじめねばならなかった。渡河せず、大行山系から、平野を越えて東の連枝山系へ移動する敵を遮断するために、急遽《きゅうきょ》聞喜へ進まねばならなかったからである。

馬蹄《ばてい》が捲《ま》き上げる濛々《もうもう》たる埃の中で、ぼくはこの作戦も、どうにかヤマを越えたのではないかと予測した。幾分のゆとりの中で、ぼくは木坂の死について考えた。彼の春蘭への熱意は、いわば焔《ほのお》の燃えつきる直前の気勢ではなかったろうか。峡谷を進んでいるときも、ぼくは時折前をゆく木坂をみた。背をくぐめ勝ちな疲れた姿勢はそこにはなく、軒昂《けんこう》としたものをぼくはぼくなりに感じとれた。彼はたしかに春蘭の香気に酔いながら死んだのである。或いは幸福な死の在り方であったかもしれなかった。砂漠に生きるサボテンの中には、数十年に一度だけ開花する品種があるというが、もしその花の開くのを目前にしたら、旅人は一時の飢《うえ》を忘れるかもしれない。黄土の嶺の中の一叢の春蘭にも、そうした神秘の意味に通うものはあったと思う。彼は生きて黄河を、黄河の果に霞《かす》む河南省の空を、そして烈日に旺《さか》んな緑を吐いているぐるりの青麦の畑を見なかっただけだ。かりに生きのびていたとしても、かれは春蘭の記憶のほかは何も見はしなかっただろう。

山から山を月余に亘《わた》って転々し、ようやく駐屯地へ還《かえ》ってきたぼくらは、さっそくに戦死者の遺留品をまとめた。寄せ書きの手紙を添えて遺族に送る為である。兵隊の所持品はすべてどれもありふれたものばかりで物哀しいが、木坂の私物の中には、一枚の女の写真が仕舞われていた。ぼくが不審に思ったのは、通常女の写真が、本人の愛の対象であるとしたら、必ず胸のポケットに納めて離さなかった筈だったからである。まして危険度の多い今回の作戦ならなおさらだった。その一枚の写真が、彼の何であったかについて、仲間の間で問題になった。下らぬ詮議《せんぎ》はやめて、一まとめにしてしまえばそれで済んだことだったが、たまたま見廻りにきた小隊長がそれをみて「この女だな」といった。

相手が既にこの世に亡《な》いという安心で、小隊長はぼくらの問うままに話した。それはたとえ本人の死後であっても、秘しておくべきが礼儀であり人情であるような性質のものだった。本来なら木坂は、有能な幹部候補生として、外地へ出てくるにしても、見習士官として出てくる筈だった。しかし彼は教育の途中で幹候の資格を剝奪されたし、身上調査書には、彼が軍籍にある限り先ず一等兵以上は進級できないとする、思想的に要注意人物としての烙印《らくいん》が押された筈だった。軍隊に於てはこれほど致命的な痛手はなかった。このことだけでも、木坂はよほど憂鬱であったに違いない。さらに木坂にとっては、彼が思想的に左傾し、在学当時かなり活発な行動をしていたという事実が、ひとりの女の密告によって洩れたということは、その心の負担を決定的なものとしたに違いなかった。その密告した女というのが、多分この写真の主であるに相違ない、と小隊長はつくづくと写真を見入りながらいうのだった。

もちろん、どのような複雑な事情が、木坂と写真の女との間に在ったのかは、ぼくらをはじめ小隊長も知らなかった。ただ男女の間の察しがたい愛憎か、さもなければ木坂の入隊中に、次々に検挙されていった同志と、その関係者としての写真の女とが、苛酷な取調べの前に立ち、女は支えきれずすべてを洩らしたのかもしれなかった。何《いず》れにしろ木坂にとっては、女の裏切りについての、どうにもならぬ憤《いきどお》りがつきまとってきただろう。彼女がもし木坂の愛人であったとしたら、当然愛の終焉《しゅうえん》を招来しただろう。けれども単にその痛手だけで、木坂が女を棄《す》て切《き》れたかどうか。内地を遠く離れた別次元のなかで、自身の愛を再び正常なものに戻したいとする、孤独の中での叫びが、木坂の意志とかかわりなく燃え育って行ったとも考えられる。彼は自身の愛と憎しみを日毎《ひごと》に焚きつめながら、遂《つい》にはそれを結晶させていったのかもしれない。救いを求めようとする、彼の切実な視野の中に、あるとき、思いがけなく恵まれた環境の中で、それが一叢の春蘭となって現出してきたのではないだろうか。

あの峡谷のほとりで彼が見たものは、つまりは一場の幻覚であったに過ぎないのではないか。かりにぼくが彼と連立って未明にその場を訪れ得たとしても、春蘭はぼくの眼にはうつらず、ぼくはただ彼の嘆賞に合槌《あいづち》を打つにとどまったかもしれない。ぼくはぼく自身が北辺へ旅立ってくる前後の、暗い不安の日々を遠く顧みた。そして今更に木坂が受けたであろうさまざまの衝撃をも推し量った。むざんな内攻が、彼を錯乱の状態に陥《おと》し込んだとしても、それは無理のないことに思えた。ぼくは木坂に対する、新たな同情を覚えてきた。ぼくにあのとき、より積極的な配慮ができたら、彼を殺さずにすんだのではないか、とそれを自身の責任のようにも感じたりした。木坂に限らず、誰でも、心の隅に愚かな秘密のかけら位はもっている筈だった。小さな——たとえば国を発ってくるときの見知らぬ駅で、見知らぬ女からの懇切な見送りの好意を忘れ難く、それを胸の底に仕舞って、戦い進んでいるようなこともあり得た。そして彼は息絶えるとき、その名も知らぬ女の面影を、自身の大切なもののように抱きとめているかもしれない。そんなことでさえ、ここでは愛の名をもって呼ばれるべきだった。

慰霊祭のあと、部落の土壁の近くへ、木坂や、その他の戦死者の墓所を造った。そこらは荒れた土地だから春蘭の影もなく、みるまに背の低いタンポポの類がはびこり、貧しい花を咲かせただけである。

後年ぼくは、東京の一角の古書肆《こしょし》で「山西学術探検記」なる一本を入手した。これはK新聞社が戦時中派遣した調査班の報告記で、探検地は鉄道沿線か警備区域内に限られていたが、地質や動植物の記事などが具体的に記されてい、アンダーソンの「黄土地帯」とともに、ぼくには懐しい回想をもたらしてくれた。そのころぼくは教科書類の出版社に籍を置いていたが、たまたま執筆者の中にその学術探検員の一人と友人だった人がいて、仕事の話で出掛けたときに、ぼくは山西山岳地帯に春蘭があるかどうかをたずねてみた。

ぼくの得た解答は、生育の条件さえよければ、もともと生命力の強い植物だから、必ず咲いている筈だ、ということだった。それどころか、もしかすると山西地方は、春蘭の宝庫であるかもしれない、といわれた。ぼくは大行山系を、人跡途絶えた原始の山々とばかり思い込んでいたが、しかしよく考えてみると、中国四千年の歴史の中で、しかも黄河の流域に属するある地方が、つねに茫々たる風塵《ふうじん》にのみ埋もれてきたとはいえない。ぼくたちは討伐の旅の途次、どうかすると、明らかに人力を以《もっ》て築いたと思われる、石畳の小径を通ったりしたこともあった。石畳は長い星霜に磨かれて、山肌を蜿蜒《えんえん》ととり巻いていたものだ。部隊は捷径《しょうけい》を選んで、時にはやみくもに嶺を越えたりしたが、おそらく克明に辿っていけば、あの山々の間にも古代からの道がある筈だった。そこらが晋という国名で呼ばれていた時代にも、隊商たちは山脈の石畳の道を辿って交易したのではないだろうか。或いはまた北京の王宮へ向けて、泉水のほとりに住む美女たちの翫賞物《がんしょうぶつ》として、沁河やその付近の渓流産の春蘭は、驢馬の背にゆられて遙々《はるばる》と旅をしたのかもしれなかった。みはるかす褐色の山肌が、そのときぼくの眼に鮮やかな浪漫の色彩をもって蘇ってくるのを覚えた。

そうして、あのとき木坂は、毫清河のほとりで、紛うなく春蘭の名花をみたのではなかったろうか、と改めて思い返された。それは彼の傷んだ眼に映じた幻覚では絶対なく、もしぼくがみればぼくをも酔わしめた、すさまじい美と香気の結晶であったかもしれない。ただ、今となっては、それを確認する方法はない。ぼくはいまでも、小旅行の途次など、谷合を流れる清流を眼にすると、必ず遠い昔の日の春蘭の峡谷を思いうかべる。木坂は果して、あのとき春蘭を見たのだろうかと。そしてぼくは日日生活に疲れ込んでゆく自身を痛みながら、そのことを、ぼくに残されている一つの、美しい謎のように、胸の底であたためてみるのだった。

Ⅲ

犬の血

藤枝静男

見習軍医沢木信義は、昭和十八年九月末、薄曇りの寒い午後、鞄を下げて、北満N駅に降りた。

駅前の空地には、枯葉の群が、荒い風に吹かれて転げまわっていた。彼は広い曇空の下に、部厚い煉瓦造《れんがづく》りの家と、それにまじる泥の家との低い街を眺め（ここで俺はこのさき何年暮すのだろう）と思った。と同時に、こういう甘々とした、全く感傷的な云い現し方でピタリと表現される、或るだらけた幸福な孤独感が、彼を柔く押し包んだ。俺はもう危険のない、とにかくここ一年位は生命の安全を保障された場所へたどりついたぞ、という吐息でもあった。

空地の片隅の浅い水溜りは、既に薄氷で覆われていて、路《みち》の両側の家の煙突からは薄汚い煙がちぎれちぎれに吹きとんでいた。彼は今それを、日ソ中立条約が揺ぎなく締結された安定の一風景として感じていた。彼は南太平洋の死地に送られたあれこれの友人達を想い出すことで、自分に反省を強《し》いようとしたが、反省すること自体が、今は「幸福」な満足への味つけでしかないこともさとっていた。

彼は一寸《ちょっと》あたりを見廻し、それから長靴のふくら脛《はぎ》にうるさくまつわりつく軍刀を気にしながら、人通りのまばらな路を街の中に踏み入った。

百米《メートル》ほど歩くと、しかし通りは急ににぎやかになり、薬屋本屋カフェ魚屋肉屋が、それぞれの場末風のけばけばしい看板をかけ、本屋の店頭には婦人雑誌の名前を染め抜いた赤い幟《のぼり》がはためき、その前を満人とそれから少数の内地人が歩いていた。いかにも関東軍支配下にある国境の街であった。だがそこには信義の漠然と期待していた緊張はなかった。登りつめた活気と緊張から降《くだ》ろうとする、弛緩《しかん》した形骸の或る気配がただよっていた。

やがて、彼は行手の一軒の満人家屋の戸口の所に立って中の人間と何か押問答をしている一人の小柄な兵長を認めた。押問答と云っても半分は冗談の云い合いらしい気配で、戸の中にいるのは多分若い女だろうと想像できる兵隊の姿勢であった。

信義がその方に向って近づいて行くと、しかし兵隊は驚くほどの素早さで彼を認め、クルリと振り向いた。そして彼が答礼すると同時に、そのままの向きで、今までの相手は全く無視して、呼びもしない彼の方へ駈けよって来た。まるで外で遊んでいた犬が、門に出た飼主を認めて奔《はし》り寄《よ》って来るかのようであった。信義は一寸途惑《とまど》った。そして、その「公用」という大きな腕章をつけた小柄な兵長が前に立った時、とっさに何時《いつ》もの曖昧《あいまい》な口調で司令部の所在を訊《たず》ねた。

「はっ、それならば反対の方角であります。自分がお伴いたします」

「そうか。うっかりしてた。じゃ後戻りだな」

兵長はしかし彼について歩き出そうとはせず、捜すようにして彼が今降りて来た駅の方を見ていた。その瞬間、信義は相手の態度が、自分と言葉をかわすと同時に急にだらけ、ずるい姿勢に変化したのを感じた。彼は内地の陸軍病院でも、しばしば古参の下士官から同じようなあつかいを受けた。そういう稚《おさな》い甘い、彼の最も不快な、下から舐《な》められる弱点が彼にあった。しかし、このまるで注文して作ったようにピチッと腰の締った軍服をつけ、磨き上げた靴をはいた男の変り方には、もっと鋭い、急に折れ曲ったような、それをわざと相手に見せつけるような、ヒヤリとした印象を与えるところがあった。

駅の方角からそろそろ歩いて来た馬車を、兵長は呼びとめ、馭者《ぎよしや》と満語で交渉し、それから
「マーチョで行きましょう」

と馴れ馴れしく促すと素早く彼の手から鞄を取った。信義は押し黙ったまま車に乗り込んだ。そして重い軍刀を膝の間に挟み、ぴったり横について坐《すわ》った兵長の生温い腿《もも》が自分の腿に触れてくるのを神経質に避けながら、じっとしていた。

マーチョは、動き出したと思うとぐるりと廻り、今彼が歩いて来た方へゆっくりと後戻りをはじめた。兵長は、さっきまで親し気に冗談を云って立っていたその家の戸口を全く見向かなかった。信義は、彼の出歯の上に盛り上った厚ぼったい長い唇を自分の顔のすぐ横に感じ、心持ち釣り上った彼の小さな眼が、自分を眼の角からうっすらと眺めているの

を感じながら、その戸口の方をチラッと見た。そこに、ひどく小柄な若い女が、派手な和服を着てたっていた。彼は自分に注目しているその女の髪が非常に黒く、顔が白く、括《くく》り顎《あご》で鼻が小さく、眼の異常に大きいことを瞬間的に認め、過ぎて行った。

駅を越し、低い丘陵にかかり、やがて視線の高まった信義の右手に、Nの街の低い家並みの向うに、一筋の黒い河が現れた。彼が「ああ」と思った瞬間

「黒龍江です――黒いでしょう」と兵長が云った。

黒い河は、彼の眼には幅五百米くらいにしかうつらなかったが、それは周囲の茫《ぼう》とした、焦点のない広さから考えて、実際には一キロ余りはあるのだろうと彼は思った。烏《からす》の群が、にぶい灰色の空を背景にして、黒く点々とその上のあたりを舞っていた。

「あれは烏です」と、兵長は新来者に説明しなれた一種の先にまわった口調で云った。「内地のやつとちがって、近くで見ると白と黒のぶちで、鶺鴒《せきれい》みたいに尻尾をふって歩きます。鳴声も、ギャギャというふうに鳴きます」

「魚は？　釣れるだろう」

「釣ですか。鯉は四尺位、鯰《なまず》は三尺位ですかね。鮒《ふな》はみな尺鮒です」（自分も同好の士です）とでも云うような、彼を驚かそうとするような、親しみのこもった調子になった。「饅頭を練って餌にします。――春になって筏《いかだ》が岸につくと、筏の尻尾の沖へ突き出た所で釣ります。もっとも自分等の釣るのは川鯛《かわだい》で、これなら何ぼでもかかります。内地のたなごの大きいようなやつです」

と彼はゆっくり云った。それからもう一度

「春になって氷が解けると、いろんな花が咲いて、軍用材が長い筏になって河をくだって来ます」とゆっくり云った。

彼の釣り上った瞼裂《けんれつ》の中を素早く動く眼が、急に柔く静止したように見えた。

「釣は盛《さかん》にやるの？」

「いや、自分は嫌いです」

信義は肩透しを食って黙った。すると彼はすぐ「軍医殿はいかがですか」と云った。

信義は庶務主任の部屋の前に立ち、上着の裾をひっぱり下げてから静かにノックした。そして彼が扉を押して中に入ると、窓際の大きな机の向うに、肥《ふと》った、頭髪の薄い、中年の小男がシャツ一枚でだらしなく椅子に背をもたせかけているのが眼に入った。

「衛生部見習士官沢木信義申告にまいりました」

「ああ」

と庶務主任は億劫《おつくう》そうに立ち上り、上着をつけ、ボタンを一つ一つ丁寧にかけ終ると、改めて両掌で軽く腰を叩くようにして姿勢を正し、うながすように信義を見た。

申告が終ると

「御苦労」と彼は云いながら再び腰を下ろし、机の上の紙挟みをめくりはじめた。「内地はまだ暑いだろう」一寸信義を見て「貴官は野砲部隊づきを命ぜられる。野添部隊だ。馬

に乗れるか」と云った。そして
「乗れません」と彼が返事しようとする前に「おい」と横を向いて衛生兵を呼んだ。

大切そうに運ばれた飯盒《はんごう》の蓋《ふた》の中の湯に浮いたガーゼを、彼は割箸でつまみ、首を伏せてゆっくりと交互に眼の罨法《あんぽう》をはじめた。信義は彼の薄毛の生えた脳天と、細々したぼんの窪のあたりと、水肥りの撫肩《なでがた》と、それからふっくりと小さな手を眺めて立っていた。何か身体に弱点を持っているように見えた。

「貴公は何科専攻だ」湯気にこもったような声であった。

「薬理学であります」

「どうも眼が悪くてな。あいにく眼科専攻が居なくて困っとる」と云い「じゃ行くか」と眼をハンカチで拭《ふ》いた。

軍医部長、野添隊副官、部隊長と申告は順ぐりにすんだ。軍医部から離れ、低い丘の裾を廻った山陰の平地に野添隊はあった。せまい営庭で行き会う兵、兵舎の角でいきなり「敬礼」とどなって立ち上る数人の兵達の中に、姿勢の固まり曲ったような中年の召集兵が眼立った。彼等はたいがいだぶだぶの、継ぎの酷《ひど》く当った作業服をつけ、のろい動作をおどおどした眼つきで補おうとでもしているように見えた。厩舎《きゅうしゃ》特有の、馬糧と獣の臭いが強く鼻をうち、兵舎に歩み入ると、皮革と鉄と油の臭いが、彼の身体を引き締めるように冷たく臭って来た。それは彼が内地で陸軍病院に配属されている間に忘れかけていた、固い、何か陰気な、刑罰を含んだ嫌なものであった。彼は隊長野添少佐の、五十を越したと思われるごま塩頭と、広い扁平《へんぺい》な顔と、短い鼻の下の赤いまばらな口髭《くちひげ》を（この老人が俺の隊長か）と思って眺めた。

せまい医務室に、彼が着任するまで軍医部から補充されていた少年のような見習軍医が待っていた。

「私の方がここでは一ヵ月先輩です」

張り切った赤い頬をした彼は疳高《かんだか》く笑って、二冊の備品簿と一冊の診療日録を信義に渡し「ろくな患者はありません。感冒下痢、それから神経痛、何しろ老頭児《ロートル》が多いのでね」と云った。それから厚く赤革でくるまれた軍刀を、柄《つか》が脇の下にとどく位に釣り上げて威勢よく出て行った。信義は隣室の斎藤獣医大尉に挨拶し、それから長身を折り曲げるようにしてゆったり歩いて行く斎藤大尉の後について、せまい寝台二つと机二つと椅子で一杯につまった個室に入った。

彼は一つの寝台のわきに既に運ばれてあった彼のトランクをあけ、隅の方から菓子を二個出して机の上に置き
「一ついかがですか」と云った。

「ほお、虎屋か、夜の梅だな」

斎藤は柔和な眼つきで、その一寸ばかりの円筒形に薄いゴムの衣をかぶせた軍用の羊羹《ようかん》を手にとって眺めていた。

「俺のお袋さんの好物だ――しかしもう娑婆《しやば》にはあるまいな」

彼は抽出《ひきだ》しをあけ、大切そうに二つとも、信義の分もしまい込んでしまった。その夜、彼は旅の疲労と、しかしとにかく一段落という安心とで、後頭部を枕につけ毛布を胸まで引っぱりあげると、すぐ深い眠りに入った。

翌朝、信義は充分に寝足りた健康なハッキリした頭で寝台から降りた。(これから長い生活が始まる)と彼は改めて甘ったるい気分で考えた。

中隊の衛生兵に引率されて来た患者は四名だけで、そしてまさに前任者の引継どおり感冒二名下痢一名と神経痛一名であった。彼は丁寧に診察し、その中の感冒一名に練兵休を命じ、それぞれ注射したり投薬したりして帰した。それだけでしかし彼の仕事は終ってしまった。彼は衛生兵の身元を訊ねたり、煙草をふかしたり、お茶を飲んだり、診療簿の前の方をひっくりかえしたり、それから仕方なしに、出がけに持って来た医書を拾い読みしたりしていた。

「何か地方病みたいなものはないか」

「はっ、孫呉熱という熱病があります」

それは内地の病院で聞いた。しかし孫呉はここから離れた所だ、そういう患者がしかしやはりここにも何人かは発生したのだろう、彼はそれを経験したという衛生兵にくわしい様子を訊ねたりした。

午食の将校食堂で、彼は昨日の見習軍医と隣り合った。丸々と柔くふくれた頰をした彼は信義に笑いかけると

「野砲は乗馬がきついでしょう。馬は？」と訊ね「じゃ早速木村准尉に頼んであげよう。僕の先生です。馬は愉快です」と云った。

食事が終る頃を見はからって信義は正面に出て行った。そして部屋中の将校を前にして、昨日と全く同じことを怒鳴った。（やっと終った）と思った。

四日たった最初の日曜日の午後、信義は斎藤獣医大尉と酒を飲んでいた。

青柳という、名前だけはしゃれた日本料理屋だった。彼は飲めないので、ビールを貰ってチビチビ舐めながら料理をつついていた。斎藤は、九州弁の痩せた女をからかいながら、さもうまそうに酒ばかり飲んでいた。

不意に斎藤が
「よう、タマちゃん」と云った。

ふり返ると、せまい廊下を通りかかった小柄な、派手な着物を着た女が立ち止り「まあ、さあさん」と嗄れたような返事をして入って来て二人の間に膝をつき、彼の方を見た。信義は、それが最初の日、満人家屋の戸口に立っていた、あの色の白い、豊頰《ほうきょう》の眼の大きな女だということをすぐ認めた。彼はその少しお凸《でこ》の白い清潔な額の下に、黒く濡れたような眼に吸いよせられ、すぐ眼をそらした。女は今見ると十六七に見えた。たっぷりした髪を太く編んでぐるりと頭に巻いていた。彼の顔の斜め下に見える女の後頭部で二つに分かれた黒い太い毛の根本の皮膚の蒼白《あおじろ》い色が、彼に爽快な印象を与えた。

斎藤がすぐタマ子のふっくらした小さな手を摑んで自分の厚い膝にのせ

「いい子だ。ここの養女でナムバーワンでそれから俺の恋人だ」と信義に云った。

「まあ、好かたらん」

タマ子は少しかすれたような声で云ったが、いかにも習い覚えたという感じで、信義には可憐《かれん》に聞えた。

「こっち生れか」

「まさか、でも満語はペラペラよ、これでも」

とタマ子は斎藤の膝から手をひいてビール壜《びん》をとりあげた。彼は半分ばかり残ったコップを急いで飲んで
「俺は駄目だ」と云った。それから「君なんかいくらでも飲めるんだろう」とギゴチないことを云った。

「まあ好かたらん」

一つ覚えをまた云った。信義は自分に云われると、馬鹿にされたような、野卑な気がして黙った。

「兵の教育には、最初は裸馬を使用いたします」

彼と並んで歩きながら、木村准尉が云った。

「鐙《あぶみ》をつけると、どうしてもそれに頼って脚の締めがおろそかになります。それに落馬の際危険が伴いますので」

「私もやっぱり裸馬ですか」

「ええ」と木村は笑った。「但《ただ》し貴官には特別に敬意を表して毛布をかけましょう」

木柵に、貧弱な、駄馬みたいな、脚の太い黄色い馬が一頭、背中に灰黄色の摩《す》り切《き》れた毛布をかけてつながれていた。准尉は手綱をとると馬の頬を撫で「さあ」と信義をうながした。

彼はたてがみを摑み、准尉の両手に片足を支えられて馬の背に押し上げられた。すると急に四囲が低く沈み、彼は思いがけなく高い所にのぼったような感じに襲われた。視野が明るく広くなり、准尉の汚れた戦闘帽が彼の太股の辺にあった。珍らしく風のない、晴れた暖い日であった。

准尉は彼に手綱を渡すと

「上体を立てて、脚を締めて」

と云いながら、馬の口をとって歩き出した。すると彼の両股の内側で、馬の脇腹が、生温く、いやにぶくぶくと、柔く前後に動きはじめた。

一周終ると、木村准尉は黙って馬から離れ、馬は、いかにも心得たと云ったふうな同じ歩調でのろのろと歩いた。彼は身体をことさら真直《まっすぐ》に立てて見たり、また脚を締めるとはどういうふうにするのか、力の支点のない感じで試みたりした。いい気持であった。すこし汗ばむほどの暖い日射しで、彼にはそれが地上に居るよりは幾分よけいに暑いような気がした。黒い烏の群が、兵舎の屋根の向うの、低い丘の上の青空に点々と浮んでいた。練兵の号令が、遠い感じで間断なくきこえてきた。

「満語はペラペラよ」

というかすれた声が、ぼんやりと甘く回想された。するとふっくらと白い小さな手が彼の頭に浮んだ。(タマ子か)と彼は思った。(本名なら変えればいいのに)彼は何となく不平な気がした。

不意に馬が首を下げ、手綱を強く引かれて、彼は前の方へ中心を失った。彼はあわてて眼の前のたてがみにしがみついた。

「駄目駄目、脚を締めて、脚を」

と向うの方から木村准尉が大声で云った。


日々は単調に過ぎた。

信義にとって、診療はまるで夜までの時間を埋める退屈な暇つぶしのようであった。夜になると、将校達は、星取表や点取表のれいれいしく貼り出された部屋に集まって、碁と麻雀と酒にふけり、女話しに興じた。勝負事は知らず、酒も飲めない信義が隅の方に坐って、当番の替えるお茶をちびちび啜《すす》り、曖昧な表情をして坐っているのは、彼等にとって眼ざわりであった。

「支那さん相手の大戦果ばかりとは頼りないな」牌をかき廻しながら、遠い国の噂さのようにラジオを聴いた。「海軍さんもここのところ縮こまる一方だ」

信義は毎夜窮屈をこらえて、水に浮いた油のように坐っていた。しかしそれでも一人で居るよりは此処《ここ》の方が居よかった。（勿論《もちろん》俺だって同類だ。ただ俺は無用にこだわっているだけだ）と彼は考えていた。

庶務主任田代大尉が、毎日医務部から、慢性淋病の治療に通って来た。内地からトリアノンを持って来たというだけの理由で信義は不馴れな洗滌《せんじょう》までやらねばならなかった。女のように尻のすべすべと大きい庶務主任が、やや機嫌をとるような恰好《かっこう》でズボンをずり下げ、洗滌用の高い椅子に坐り、彼の眼の前に長くゆるんだ局部をだらりと垂らすのを見ると、その度《たび》に彼は不快な侮蔑を感じるのであった。

青柳でも、彼は庶務主任と出合った。廊下の壁にタマ子を押しつけ、しきりに顔をこすりつけようとしている庶務主任の柔毛の後頭部と、女の腰にからもうとする乗馬ズボンの貧弱な脛とが、彼の胸に軽蔑と不潔と嫌悪の情をかきたてた。彼は、無理に逃げようとしないタマ子に、理由のない嫉妬と不快を感じた。彼はタマ子と、はかばかしく話すことができなかった。そして離れている時、彼は強い情慾をもてあました。彼は気軽に冗談を云ったり手を握ったりできない自分の不自然さにいらいらし嫌悪を感じた。

（結局俺の童貞がすべての原因だ）ある晩床へ入ってから彼は考えた。（内地の、あの送別会の夜、皆と一緒に遊廓へ行くべきだったのだ）。

二年ほど前、大学生であった頃、友人と二人、公園のベンチに休んでいた。前に噴水式の水飲台があった。そこへ若い夫婦が来て、細君の方が水を飲んだ。二三歩も離れないうちに、友人は近づいてすぐあとの水口に口をつけ水を飲んで見せた。細君はそれに気がつき赤い顔をした。友の無神経な無礼さに彼は強い不快を覚えたが、同時にしかし（女に平気になった）友人には羨望《せんぼう》を感じた。それが今信義の頭に浮んだ。（馬鹿馬鹿しい）と彼は思った。（こんな所に来て、この御時勢に、こんなことばかり考えて暮しているなんて、何て滑稽な奴だ。もうやめよう）彼は身体を曲げると、わざと乱暴に寝返りをうった。

数日前の夜、信義は、彼に乗馬をすすめた少年のような見習軍医と、或るカフェに坐っていた。彼はこの赤くふくれた頰の見習軍医が、やたらにウイスキーをあおり、やけになって上官の悪口を繰返すのを、はらはらしながら聞いていた。「士気が頽廃《たいはい》しとる」とか「だらけとる」とか、そして急に「沢木さん」と彼は云った。「Aに行きましょう」ロシア女と内地女の高級慰安所であった。

「今日はよそう、酔ってるから」「いいじゃないですか。面白いですぞう。君、アーニャを知ってますか、アーニャ。いいですぞう」。向うのテーブルでマダムと飲んでいた土建屋らしい眼の鋭い男が、笑って小声で「アーニャ」と云った。彼はふり向くと「何を、無礼者」怒鳴り、立ち上ろうとしたがすぐ尻もちをついた。刀の釣り革が倒れた椅子の脚にひっかかり、革鞘《かわざや》に包まれた太く長い軍刀がさかさに高く突立った。バーに居た新聞記者らしい男が大声で笑った。土建屋が「アーニャは河の向うにいるよ」と云い、すぐ立って出て行った。

（俺はあの時P屋へ行くべきだった）信義は全く同じことを繰返し思った。（こういうことは一思いにやった方がいいんだ。その方が俺の為《ため》だ。あの少年みたいな男だって、来て二月だというのにもうちゃんと解決している。このままでは俺は悪く固まるだけだ）。

十月末の曇った寒い土曜日の午後であった。トロットでついて行く信義をふり返って、斎藤大尉が「大分乗れるようになったな」と云った。

草原にさしかかると、馬は急に生き生きとし、ブルル、ブルルと白い息を吐きながら、しきりに足掻《あが》きを早めようとしていた。

右手の低い丘陵の手前の枯草の中に、五六匹の野犬が何か漁《あさ》っているのが見えた。汚れた焦茶色《こげちゃいろ》の長い毛並みと、精悍《せいかん》な小牛ほどの体を持った獰猛《どうもう》な彼等が一せいに首をたててこちらを見た瞬間、信義の股の下で、馬の全身が急に敏感にひき締った。

高みにかかり、やがてしばらく登ると、二人は馬から降り、木の根本に腰を下ろした。この辺の禿山にしては珍らしく育った高さ二間ほどの白樺であった。広い陰鬱な空から今にも雹《ひょう》が降って来そうな、冷たい午後であった。見下ろすと、灰色のNの街の向うに、黒くたっぷりと満水した黒龍江の流れに、流氷の群が点々と白く鈍く光り、その向うに、対岸のソ連の町が、静まりかえって広がっていた。河岸をびっしりと埋めた細長い木造兵舎の向うに三階二階の古くしっかりした煉瓦建が見え、やや左手のはずれに、尖端《せんたん》に十字架を光らせた円錐形《えんすいけい》のロシア教会の塔が高く頭をのぞかせていた。そして町の両翼には低い森が、低い土堤《どて》に沿って長くのびていた。

「女兵士でも顔を出さんかな」

斎藤が煙草をつけながら云った。（アーニャ）と彼は思った。「静かなもんだ。お互いさまだ――もっともこっちは下り坂、向うさんは上り坂だろうが、やっと息をふきかえした位のところだからな。当分こっちの方へは手がまわらんさ。但しいざとなったら俺達が真先におだぶつだな。P屋通いも麻雀暮しも伊達《だて》じゃない」

「中立条約はどうですか」

「それがこっちの頼みの綱さ、まずそれまでは一等地と思ってりゃいい」信義の顔を見て笑った。

「庶務主任の淋病でもゆっくり治すんだね。第一いいみせしめだ」

「ええ」と彼は曖昧に笑った。

「お前さんもちっとは見習った方がよさそうだね。気楽にやらないと、ここじゃ今にやり切れなくなるぜ」斎藤の口調が急に変った。

「第一今時満洲なんかにふらついているやつは屑《くず》ばかりだ。役に立つ兵隊はどんどん太平洋に引っこ抜かれとる。百万の関東軍だなんて、員数だけのもぬけの殻だ」投げたような淋しい云い方になった。「誰も頼りにしてやしないよ。今にここいらは年寄りと片輪の塵《ごみ》捨場《すてば》になるさ。俺達もワンノブゼムというわけだ」それから「さあ、寒くなって来た。帰って一風呂浴びるか」と云って立ち上った。

斎藤大尉の後を、信義はだくで馬をうたせてついて行った。彼は色艶《いろつや》の悪い軍医部長の顔や、ものうそうな部隊長の動作や、医務室を訪れる兵隊の粗悪な体格を、改めて思い浮べた。「ワンノブゼム」そう思うと屈辱が、しかし一種の安堵《あんど》とまじり合って彼の胸を浸した。

二人は部屋に戻り、スリッパと履きかえて、暫《しばら》く雑談していた。

当番が差出した茶を一口飲むと、信義はふと思いついて、トランクを寝台の裾から引っぱり出した。そして蓋裏のポケットから、厚紙に挟んで持って来た一枚の色紙を捜し出し、自分の机の前の壁に丁寧にピンで四隅をとめた。

「ほう、何だそりゃあ」と斎藤大尉は覗《のぞ》き込み「博《ひろ》く学び、篤《あつ》く行うかね。君のおやじさん？」

「いや、おやじの先生の書です。診察室に掛けとけと云って昔書いてくれたんだそうですが俺は先生と違ってとてもこんなことは実行できない、テレ臭いからしまっといたとか云ってました」

「それで今度は息子にくれたわけか。変ったおやじさんだな。俺みたいに、馬の尻に体温器を突込んで歩くような商売じゃ、そんな結構なものは貰えないね。それよか自分の写真でもよこせばいいのに」

「家族の写真と千人針はあります」

「日の丸もあるだろう。日の丸たてて女郎買いかハハハ」と斎藤は冷かすような、投げたような笑い方をした。それから「ちょうどいい、お幅の掛ったところで一つ風流と行くか」

斎藤はトランクの底から小さな古びた袋をとり出し、中の古い艶の浮いた弁当箱のような竹編みの小行李《しょうこうり》の蓋をあけ、中身を、一つ一つ丁寧に机の上に並べはじめた。

「いや、私はそれは駄目です」

「俺だってでたらめだ。お袋が無理に持たしてよこしたんだ。親孝行のつもりでやるんだから、まあつきあえよ」

斎藤大尉は、大切そうにとり出した筒茶碗に薬罐湯《やかんゆ》を注ぎ、茶筅《ちゃせん》でかきまわして床に捨てた。それから抽出しをあけると、書簡紙を二枚出して二つ折りにし、一枚を信義の前に、一枚を自分の前に置いた。そして隣りの抽出しから、薄いゴム袋に包まれた、何時かの虎屋の軍用の羊羹を取り出し、にやにや笑いながら一つずつ半紙の上に乗せた。

扉の向うで軍靴の音が止り、斎藤の声に応じて小柄の兵隊が「島田兵長入ります」というやや疳高《かんだか》な返事とともに入って来た。彼がN駅に降りた日、彼を部隊に案内した、盛り上った唇と釣り上った眼を持った兵長であった。

島田兵長は、よく動く眼の隅の方から、彼をちらっと見た。そして、あの時タマ子にしたと全く同じような無関心さで信義から眼をそらし、斎藤の方に進み寄って敬礼した。信義の顔にうすく血がのぼった。

「庶務主任殿のお使いでまいりました。これから麻雀を致しますから是非おいで願いたいそうであります」と島田兵長は云った。

「よし、すぐ行く。どうせまだ酒だろうから三十分位いいな」

「はっ、大丈夫でありますが、庶務主任殿は唯今《ただいま》禁酒して居られます」

「当り前だ。淋病で酒が飲めるか」

島田は低く笑った。そして姿勢を崩すと
「大尉殿、お茶であります。自分にも一服お願いいたします」と親し気に云い、菓子の方に眼をやって「自分はカラ茶で結構であります」とまた笑った。

「こいつ、貴様なんかに虎屋の羊羹がやれるか」

「ははあ、これは虎屋でありますか。懐しいですな。軍医殿のお土産ですか」

島田は信義を薄く撫でるように見、それからわざと鼻をつけるふりをした。島田は彼を既に認めたのに、まるでそれを忘れているような態度を示していた。

「何だ、一年や二年東京にいたからって、大げさに云うな」斎藤は信義に「床屋の弟子で渋谷に居たんだそうだ」と云った。

島田はすぐ壁の色紙を見つけ
「博学篤行、これは真物ですな」と云った。

「書いた人を識《し》ってるのか」信義はとがめるように聞いた。

「識りません」中高《なかだか》の顔を向け、ケロッとして云った。

「それでどうしてわかる」

「いや、識らなくても、これは真物にまちがいありません」

斎藤は、もう一度茶碗をゆすぐと、湯をパッと島田の脚下へ捨て
「早く行け」と云った。

「ひどいや、大尉殿」島田は一層親し気に云い「ではお願いします」と云い、「島田兵長帰ります」と云うと、二人に敬礼して出て行った。

斎藤大尉は、ゆっくりと茶をたて終ると、信義の前に茶碗を置いた。信義は、うろ覚えとまでも行かぬ手つきで、その甘味を帯びた苦い泡を口に含んだ。すると、斎藤の持っている一種の崩れた近親感が、彼の全身に不思議な落着きを与えてくれるように思われた。

「じゃ戴《いただ》くかな」

と云って、斎藤は菓子をつまんで眼の前にかざし、ペン先で、薄くはりつめたゴム袋に孔をあけ、孔が大きくなり、それからゆっくりと黒く艶々とした中身のまわりに、指先の方に剝《む》けて行く緊張した皮の動きを、楽し気に眺めていた。

「あいつは」と島田のことを斎藤は云った。「嫌な男だ。奉天に居たとかで、満語もしゃべるし、庶務主任のお気に入りだ。——こういう腐りかけた所に居ると、ああいう眼先の効くのがのさばる」それから「あいつは骨董《こっとう》なんかもわかるらしくて、まあ床屋なんかには古道具や盆栽の好きなのが多いけど、とにかく変な奴だ」信義の顔を見て弁解するように「まあそれはともかく、あいつの真物というのはオリジナルという意味らしいな。つまり真似じゃなくて、その人のものになってるという意味だろう。好い悪いは別だ。それが反射的にわかるんだろう。なかなか鋭いな。——しかし俺はあいつのそういう油断のなら

ないとこが嫌いなんだが」と云った。

「あの兵隊とは、最初の日に街で会いました」

「料理屋の使いなんかしょっ中やってるし、女のとりもちもうまい。庶務主任も部隊長も重宝してる」

斎藤は道具をしまい終ると
「じゃ行って来るぜ。今晩も徹夜だ」と云って、靴をはいて出て行った。

しばらくして信義は寝台にもぐり込んだが、抹茶のせいで珍らしく寝つかれなかった。キチンと身体についた外出着をつけた島田兵長の油の浮いた中高の顔や、マーチョの上で彼の脇腹に触れた島田の肘《ひじ》や、庶務主任のすべすべした尻が、彼の脳裡《のうり》にしつこく浮んだ。深い眠りに入ると、寝台が傾斜したり、また自分の身体が浮き上って部屋の隅に移動したりする苦しい夢に悩まされた。両股の内側に触れる馬の前脚の動きがいつまでもまつわりついて消えなかった。そして暁方近く、信義は青年にあり勝ちな愚《おろか》な夢を見て、驚いて眼を覚ました。

彼は、夢がタマ子と結びついたということで、云いようのない自己嫌悪に襲われた。同時にそういう夢を見る自分の幼稚さに屈辱を感じた。彼はしばらくの間不快をこらえて、じっと眼をつむっていた。

不意に、彼の頭に、今の精液を見てやれ、という好奇心とも自虐ともつかぬ考えが湧き上って来た。性慾の実体という気もした。ちょうど庶務主任の分泌物検査の為に医務室から持って来た顕微鏡がある。（俺は見てやろう）と思った。

　彼はむっくり起き上ると、手早くプレパラートを作り、顕微鏡を電燈の位置を加減しながら据え、覗き込んで度盛りを調節した。不意に、浮き上るように焦点が合い、お玉杓子《たまじやくし》のような頭と尾を持った精虫の群が、はっきりと、緩《ゆるや》かに流れる粘液の中に現れた。信義はぞっとした。それはかつて学生時代に見せられた標本とはまるでちがうものであった。彼の胸に、何とも云い現しようのない、わけのわからぬ、キツイ感じが突きあげて来た。信義の身体から出た微小な、一匹一匹生きた彼等は、密集してひしめきあい、盲目的に絶えず運動しつつ、視野の中を右往左往していた。何の為に、何に向ってか、それは今は確《たしか》に全く無目的だ。それは虚無感のような、変なものであった。そこには、意見や結論をすぐ導き出せるような親しみが少しも現れていなかった。よそよそしく、威嚇的《いかくてき》であった。

　信義は顕微鏡から眼を離すと、何とはなしに煙草をつけたが、一本吸い終るとプレパラートを捨て電燈を消し、寝床にもぐり込んだ。ひどく寒く、空腹でもあった。彼は毛布をひきずり上げて首のまわりに圧《お》しつけ、無力な感じで眼を閉じた。

「とにかく、あれがそうだ」

　繰返し彼は思った。しかし考えはそれ以上には一歩も進まなかった。

　翌朝早く、斎藤大尉は帰って来た。足音を忍ばせて、もう一度寝台にもぐり込む斎藤に、彼は「お帰り」と云った。

「何だ起きてたのか。そんなら遠慮するんじゃなかった」斎藤は「庶務主任がいやに貴公の事を気にしてたぜ。馬鹿に評判がいいじゃないか、タマ公に」と云った。

信義は黙っていた。（そんな筈《はず》はない）しかし彼の胸は現金に明るくなり、タマ子への愛情が潮のように、一種の苦みとなって突きあげて来た。

「けど何だぜ。あんまりムキになるとまずいぜ」と斎藤はあわれむように云った。「いくら養女だって、チャブ屋の女はチャブ屋の女だろう。それも満洲だ。貴公はどうも大人しいくせに頑固でいかん――気に入ったら、いじいじしないで手を出したらどうだ」

僅《わず》かの間に流氷は急激に増し、夜静かな寝台に眼を閉じていると、氷片のぶつかり合う音が一つの淋しい騒音となって絶えず聞こえて来た。

数日後に迫った野砲部隊の陣地侵入演習に備えて、信義は数品目の不足衛生材料を貰うために医務部を訪れた。彼が木造平屋建の貧相な病室の角を曲り、正面玄関に出ようとした時、一本の柳の木の下の所に小柄な島田兵長の姿が見え、その前に二人の兵隊が直立不動の姿勢で立っているのが眼に入った。同時に、一方の背のヒョロ高い四十近い召集兵が、まるでぼろ切れのように地面に打ち倒され、動物的な恐怖を眼にこめて、できるだけ早く立ち上り再び不動の姿勢をとろうとするのを見た。その瞬間「こいつ、だらけやがって」と島田は相手の上衣の下前を強く引いた。兵は片膝をガクッと地にうちつけ、今度はのろのろと、片手で股の外側を摑みながら立ち上った。すると再び島田の右脚が相手の傷められた膝を素早く薙《な》ぎ、兵は蒼白《そうはく》な顔をねじ曲げた姿勢でドサッと横向きに肩から先に倒れた。

傍に直立していたやはり召集兵らしい一等兵が「敬礼」と怒鳴り、島田はクルリと振り向いた。答礼する信義を注目する島田の眼に（あなたでしたか）というような薄笑いの表情が浮び、それから（これはただの慰みです、如何《いかが》ですか）というような、いどむような冷たい光が浮んだ。倒れた兵隊が忙《あわ》てて信義に注目し起き上ろうとして身体を動かした。彼はそれを視野のごく端に入れながら過ぎた。

庶務主任が、彼の請求する品を、一品も快く許可してくれないのに信義は驚かされた。貴重品でもなく、量も僅かな消耗品を、正規の手続きとか、必要とする理由とか云って拒否されるのは彼にとって全く不可解であった。それは明《あきら》かにただの嫌がらせであった。彼の所に淋病の治療に通い、彼の前でおずおずとズボンを脱ぎ、彼の手に身体の一部を自由にさせたという屈辱感みたいなものが、彼の感情をねじ曲げているのだろうか、と信義は考えた。

「臨機応変、実戦のつもりでやるんだな」

庶務主任がうち切るように云った。「いい機会だ。軍人は軍人らしくハキハキしなくちゃいかん」

だらしのないノックと共に扉が開いて、島田兵長が入って来た。彼は庶務主任の方に如《い》何《か》にも馴れ切ったぞんざいな敬礼をすると、そのまま何か小さな包みをかかえて隣りの部屋に入って行った。(何て奴等) 信義は黙って頭を下げ、くるりと廻れ右をして部屋を出た。——(しかし何故だろう) と彼はゆっくり歩きながら考えた。ぼんやりと (タマ子が間に挟まっている) という想像が彼の頭をかすめたが、そういう甘さを自分に許すことはできなかった。

強い風の中で、六頭曳《ろくとうびき》の野砲が、兵隊の鋭い掛声と鞭音《むちおと》に追われて、禿山の急坂を一門一門と駈け上って居た。馬のあがきの音、砲車の土を嚙む乾いた音、兵の叱声、それがひとしきり続き、また一定の間隔をおいて湧き上った。信義と斎藤大尉は、野添部隊長や副官の後に馬を立て、十米ばかりへだたった側方の高地からそれを眺めていた。鞍《くら》の下で、馬が前脚を交互に、はやるように踏み、しきりに首を振り、白い息を太く吐いた。活気に満ちた光景を間近に眺め、その中にとけ込むような高揚した精神の緊張で、彼の身体は少し汗ばんでいた。

やがて彼等の一団は、侵入予定地に先廻りする為に、山陰の道を、一列になって迂回《うかい》して行った。淋しい、眺めのない、単調な道であった。

瀬戸物のかけらを掻きまわすような、しかし底に深い響きを含んだ一種の騒音、黒龍江の流氷の音が、低い丘一つをへだてた向うから、間近く、絶えず聴こえていた。行手の、三尺程に生い茂った笹の枯草の中から、突然山鳥が飛び出し、低い灌木の林の中に逃げ込むのを信義は見た。寒さが徐々に感じられはじめ、彼は外套《がいとう》の襟《えり》に顎を埋めるようにして、一番後方から、少しおくれた斎藤大尉の後について、身を屈《かが》めて乗って行った。

不意に彼の脳裡に、あの日の光景が蘇《よみがえ》り、彼は満身の憎悪をこめて、彼の頭の中の島田兵長と庶務主任の顔を睨《にら》みつけた。彼は島田の厚ぼったく盛り上った口の辺りを、長靴の踵《かかと》で踏みつけたいという思いにかられた。

（あの時、そうやったとしても、それは上官の俺には許されたことだ）と彼は考えた（軍人は軍人らしくだ）。彼は（それが貴方《あなた》の云う軍人だ）と庶務主任の影像に云った。しかし勿論彼は本気でそう云おうとしているわけではなかった。そんな行為がただの軍隊の習慣の踏襲に過ぎないことくらい庶務主任だって知っている。

信義は前を行く斎藤に馬を寄せ、後から
「斎藤大尉殿」と呼んだ。そして「軍人らしいというのは、どういうことなんでしょう」と唐突に問いかけた。

「何だって」斎藤は（急に何を？）という顔をした。

「変な時に変なことを云い出す男だな――お前さんは立派な軍人だよ」

「いや」信義は、もたもたと、前日の出来事を話し「どうもあいつ等には僕が気に入らないらしいから」と云った。

「俺だって気に入らんさ。そういうところが気に入らんね」急にいらいらした調子で斎藤は云い、やがて前の方に視線を移しながら穏やかな口調になって「君は狡《ずる》くない。俺は褒めてるんじゃないぜ。狡くなければ、軍人というやつは、俺みたいな職業軍人というやつは生きて行けないんだ。何もそれでいいと思ってやしないさ。だから貴公みたいな、私は素人《しろうと》でございい、あんた方とは違いますなんて顔をしたのが出て来ると眼障《めざわ》りなんだ。奴等には貴公の面《つら》が我慢ならないんだよ」

それから「だから狡くやれというんじゃないけど、人並みに何でもやるがいいのさ。まず手始めは女郎買だ。俺がいつも云ってるじゃないか」と笑った。

信義も黙って曖昧に笑った。部隊長に追いつこうとして馬を早めた斎藤について、早足に移りながら、信義はしつこく、もう一度あの時の光景を想い浮べていた。

(あれが他の下士官だったら、俺はもっと自然に《ハキハキと》見過ごしたにちがいない。又はごく自然に立止って訳を訊ね、兵隊の方を軽くたしなめた後下士官に《もうよい、許してやれ》と云って立ち去るやさしい上官になれたに相違ない)と彼は考えた(しかしあの時の島田の眼には、俺に挑戦し俺に具合悪そうな表情を強いるような光りが確かにあった。——軍人の狡さ、だが軍人には、あいつには、それよりもっと底の方に、排他的な、陰微で卑しい黴《かび》みたいな、ネチネチとした嫌なものがある)。

杭《くい》を打つ音が聞こえて来た。視線をやや上に移すと、右前方の低い丘のなだらかな稜線から少し下った凹地の辺りに、二十名程の兵が、まばらに拡がって作業しているのが見えた。副官が馬腹を蹴ってその方に一人駈けて行った。すると信義の身体に再び生き生きとした昂奮《こうふん》が蘇り、彼は自分の耳や眼が新しく外界に向って開かれるのを感じた。

数日後のある日、信義と島田と庶務主任の間に、再び同じような事が起きた。

その日の朝、出勤の仕度をしている斎藤と信義の部屋へ、島田兵長が、外出用のいつも真新しく見えるきちんとした軍服をつけて入って来た。彼は信義に向って敬礼し「軍医殿にお伴してA街まで参るよう庶務主任殿からの御命令であります」と云った。「A?」斎藤が当番の差出す軍刀をつりながら「朝っぱらからAとは変だな。第一沢木をつれてくのはおかしい」「ええ」島田はにやにやし「どうですか」と云って信義を見た。「××会病院の検黴《けんばい》の視察です」

慰安所とは別に民間の淫売屋がBにあって、検黴は××会病院の仕事になっている。「嫌らしい男だな。帰りには、淋病治して貰ったお礼に、掃除のすんだロシア女でもおごるつもりか。それとも喜楽あたりで又ぶん流すか」と笑いながら斎藤は部屋を出て行った。

庶務主任が「喜楽」という料理屋に十日間居続けして大問題になりかかったことは有名であった。信義はそれを着任早々に衛生兵の一人から聴いていた。しかも何故か罪をまぬがれ、地位も全く動かされずに過ぎたということも不思議とされていた。

(何故だろう)、電話で隊長と医務室に連絡し、二人は外へ出て、当番が馬を牽《ひ》いて来るのを待っていた。

「これは絶対秘密ですが」島田が不気味なほど何気なく彼の心の動きを見透した調子で「軍医部長殿はイスムスで、庶務主任殿は薬の番人というわけです」イスムス(麻薬中毒)とわざわざ医者だけの略語を使った。「睾丸を握られてるようなもんです。手をつけたら自分の首に縄がかかりまさ」

信義は時たま食堂で顔をあわせる軍医部長の瞼《まぶた》の垂れた、年齢より老けたような、艶のない鈍い表情を思い起した。そして彼等が、このすえたような環境の中で、小柄な出歯な兵長にまるでデクのように追い廻されていることを感じた。彼は（何だって島田は俺にこんなことを打明けたんだろう）と思った。すると、わけのわからない不快の情が島田とそれから自分自身に対して湧き上って来るのであった。

信義は当番から手綱を受取り馬の背にまたがった。島田がよく磨かれた自転車に身軽にとび乗って蹤《つ》いて来た。営門の内側に丸っこい庶務主任の乗馬姿が眼に入った。

「タマちゃんは如何ですか」

不意に島田が云った。彼はドキリとし、どういう意味か判断に迷った。すると島田は
「軍医殿は、もう少し交際をよくされんといけませんな。あれでは損だと庶務主任殿も云って居られましたよ」と別なことを云った。

信義は（俺を舐めてやがる）と思った。同時に庶務主任の悪意を感じ、彼は黙って丸い乗馬姿の方へ、少し早足になって近づいて行った。

××会病院の門を入り、馬を下りて裏手に廻ると、ある一室の窓越しに、女達の派手な着物がパッと眼に入った。和服に厚ぼったいコートを羽織った若い女が、硝子戸《ガラスど》から彼等を認め、煙草を口から離して、後に向って何か云った。二三人の女が窓に近づき、島田がそこの下へ寄って行った。島田が何か手真似をすると、中の女達が嬌声をあげたらしい笑

顔をした。二重窓で声は聞えなかった。ロシア人らしい、美しい、丈の伸びた女の頭が白く見えた。島田はすぐ駈けもどり、庶務主任に「花子とトキエが来て居ります」と云った。それから
「見境もなく散らかしやがって——汚ねえなあ」と信義を見た。「検査前に始末しやがるんです。便所が満員なんで、こんな所にしゃがんで掃除しやがる」

建物のかげに、点々と白く、鼻紙が丸めて捨てられていた。

庶務主任が信義を振りかえって
「これを集めて帰って、病菌の検出をして貰いたい」と云った。

「ええ?」

「病院で今日行った検査の結果と比較対照したい」

「しかし」

それを信義にやらせる目的でここへ連れて来たのか、そんな馬鹿な筈はない。第一ここに汚物を拭《ぬぐ》って捨てられた鼻紙の一枚が正しく或る一人の女に相当する、などという馬鹿気た考え方はあり得ないではないか。十枚の紙に淋菌が検出されたから十人の女が淋病を持っていたなどという成績はどこからも出て来ない、一人で十枚使って捨てたらどうなる。便所に捨てられた紙はどうする。そんな無智を庶務主任が考える筈はない。

彼は黙って立っていた。彼は、軍刀をつり、長靴をはいた自分が、この汚れた紙切れを、次々とかがんで、凍った地面から指でつまみ上げる姿を想像した。それから今度は、ペー

チカで蒸れた部屋に坐って、それ等を一枚一枚と取り出す不潔さに吐気《はきけ》をもよおしそうになった。

——彼は突然、島田に向って「集めてくれ」と云った。

島田が「はっ」と云った。島田は庶務主任を見た。彼はすぐ

「庶務主任殿の命令だ。すぐかかれ」と怒鳴った。(うまくやった)。

「庶務主任殿、それでは入れ物を捜して参りましょうか」

島田はいやに強く念を押すように訊ねた。

「そうだな」

島田兵長はゆっくりと、恰《あたか》も庶務主任にあてつけるようなふうに建物の角を曲って行った。

島田が何も捜しに行ったのでないことは明かであった。庶務主任にもそれはわかっていた。彼は、さも不潔そうに、凍土にへばりついた鼻紙をよけながら、もとの道を引返しはじめた。

「共同便所とはよく云ったものだ」信義に聞かせるように彼は独り言を云った。「料理屋の女なんて皆同じことだ」

不意に、突き上げるような喜びが信義の胸を貫いた。(何のことだ。この四十男は俺とタマ子に嫉妬していたのだ。やっぱりそうだった。こんな馬鹿馬鹿しい腹いせをして、何という——)彼は喜びと、一種の憐愍《れんびん》の情を込めて、背の低い庶務主任の細いぼんのくぼ

の辺りを眺めた。（タマ子はそれなら俺を愛しているのか）。彼の頭にタマ子の白い丸い身体と、それから彼にとって魅惑的に感じられるやや嗄れた声が、生き生きと思い浮かんだ。不意に彼は庶務主任の前を駈け抜けると、倉庫の前に放り出された一脚の破れ椅子の背に両手をかけ、脚をふんばり、腕をのばしたままでそれをぐっと前へ持ち上げた。一二、一二、と信義は顔を真赤に染めてそれを繰返した。そして「俺がこんなことをしてるのを見たらタマ子が何と云って笑うだろう」と考えていた。

季節は厳冬に入り、空気はそれを呼吸しようとするとまるで凍った固体のように咽喉《のど》を塞ぎ、真空の無数の針のように皮膚を刺した。身体を圧するような寒気の中で、夜になると郊外の丘陵が赤く焼けるのが望見された。遠い野火が、低く垂れた厚い雲に映じて、赤々と見えた。また比較的近い山の稜線を、チロチロと、美しい光が明滅しながら移動し拡がって行くのが、静かに見られた。

軽機一挺《ちよう》をまじえた約一個分隊の着膨《きぶく》れた兵が時々警備に出発して行った。地中の水分が凍結し膨脹し、厚い霜柱の層となった凍土が、じりじりと鉄路の枕木を押し上げ浮き上らせ、交通を妨害する、その監視が主な任務となっていた。

太平洋の戦局が不利に傾くにつれて、漠然とした動揺が街にも拡がりつつあった。ある地区で、満軍の反乱が小規模に勃発し直《ただ》ちに鎮圧されたという噂は、もう秘密でなくなっていた。しかしそれを身近にはっきりした不安として感ずるまでにはまだ距離があった。

鉄道破壊もなかった。

警備隊は時々申しわけのようにスパイを捕えて帰った。恐らくただその場に居合せたという理由だけで捕獲された満人が、縛られた両手を着膨れた背中に廻し、氷った衄血《はなぢ》を一寸ほど鼻から垂らし、営庭を横切って司令部に連行されて行った。

島田兵長が斬首の名人だという噂を、信義はあの若い張切った見習軍医から聞いた。島田が、首の皮一重だけを残してスパイの首を断つと彼は感嘆したが、軍刀を持たぬ兵長にそんな大衆小説まがいの離れ業のできるわけがない、しかしその後に続けて彼は信義に「あいつは残忍性がありますな。君が着任される二三日前にスパイの生体解剖を見事にやりました」と云った。

生体解剖は、庶務主任の気まぐれ半分の命令で、衛生兵教育の名目の下に行われた。眼隠し猿轡《さるぐつわ》、四肢と首とを緊縛された全裸の満人を見ただけで、周りをとりかこんだ衛生兵達の顔は固く蒼くなり、額に冷汗をにじませていた。島田の手にメスが白く光り、台上の男の首下からすーッと臍《へそ》をよけて一文字に見事に皮膚が切り下げられた。同時に煎り卵の粒のような黄色い皮下脂肪が、めくれるように開いた切口からぶつぶつと現れ、そこから細い動脈血が脈をうって流れ出た。

若い見習軍医の横で「よし」と庶務主任が云った。いやに力の抜けた声であった。そして彼は五六秒黙って立っていたが、ぼやっとした声で「お前から説明せよ」と誰にともなく命ずると、帽子をとり、それから見習軍医に休憩しようと云って歩き出した。

「説明役の庶務主任殿が真先に脳貧血を」彼は可笑《おか》しそうに元気よく笑った。「しかし実は僕ももう少しという状態で到底引返す勇気はなかったです、実に酷いもんですな。ところが島田の奴は平気でけろっとしてるんです」と彼は続けた。「自分は床屋が商売で解剖の講義も度々聴いたことがありますから、まんざら素人でもありません、と云ってやがる。それに庶務主任も庶務主任だ、医者でもない兵隊に刀をとらせるなんて、全くどうかしていますよ」

信義は聴いているうちに、口蓋《こうがい》の奥が苦くなるような不潔感で唾を吐いた。するとそれを追うように底の方から生唾がいくらでも湧いて来た。――不意に、全く別な回想が、数年前に友人から聞いた記憶が、彼の脳裡に蘇って来た。友人は或る夏休み、近くの女と接吻した。始めての経験であった。女の唾が彼の口に少し入った。すると、それを感ずると同時に彼の口中に後から後からと気味の悪い生唾が湧いて来た。彼はとうとう接吻をやめ、それをわきへ吐いた――。

昭和十九年正月、珍しく風のない静かな三日が続いた。連日の酒ですっかり調子づいた斎藤大尉に、信義はむやみやたらに引ぱり廻されていた。

青柳の座敷に坐って、ペーチカの熱でむっと酒臭く暖まった空気を吸うと、それだけで彼は吐気をもよおしてきた。彼は茶を飲み、食欲のない箸の先に雲丹《うに》のしおからをつけて舐めながら、斎藤のお喋舌《しゃべり》に気のない返事をしていたが、無理にさされた猪口《ちょこ》を鼻の先に持って行った瞬間、鳩尾《みぞおち》の辺から急に吐気がこみあげて来た。信義は蒼い顔をして立ち上り、便所の横の硝子戸をあけるとそこの廊下にしゃがんで暫くじっとしていた。冷い空気に触れていると吐気は徐々におさまって行った。うしろから強い香水とお白粉《しろい》の香が近づき、二人の島田の鬘《かつら》をかぶった醜い芸者が立ち止って「どうかなさったの」と声をかけ、すぐわきの座敷へ入った。中から「いよお」と云う濁った大声がきこえた。協和服を着た土建業者らしい三人の男の姿がちらっと見えた。

玄関の方から海軍マーチの音が響いて来たので、彼は立ち上って帳場の奥の四畳半へ入って行った。鴨居の大神宮様の下に、戸棚のようにお稲荷様《いなりさま》が飾られて、真中の御神燈と書いた赤い提灯《ちようちん》と、それから両側の小さい細長い提灯の中に豆電球がともされていた。そしてその下の長火鉢のこちらに、背中を見せて、島田兵長があぐらをかいて坐っていた。

島田は坐り直して信義を見上げ

「大本営発表です」と云った。それから自分の前に置かれてあった小さな平の膳から盃《さかずき》を取りあげ、彼に持たせて酒をついだ。

「タマ子は居りませんよ」イライラした、刺すような調子であった。

「いや俺は——」

彼はむっとしたがそのまま黙り、一杯に溢れた盃を畳の上に置いた。彼が煙草をくわえると島田はすぐマッチを磨《す》って

「海軍さんもこのところ不景気ですな」そして急に「陸軍も先が見えて来たね」とぞんざいに云って彼を見た。

「大本営発表、一月三日十六時。一つ、帝国海軍航空部隊は昭和十八年十二月三十一日午前、マーカス岬沖敵輸送船団を強襲し、左の戦果を得たり。撃沈中型輸送船一隻小型輸送船一隻以上、撃墜四機、我方の損害未帰還九機。二つ、帝国海軍航空部隊は一月一日午前カビエングに来襲せる敵機百六機を邀撃《ようげき》しその二十五機(内不確実十四機)を撃墜せり。我方の損害未帰還七機。三つ、帝国海軍航空部隊は一月一日午前ラバウルに来襲せる敵機七十機を邀撃し――」

「邀撃邀撃で叩かれ専門ですな。だらしねえ奴等だよ」島田がさも憎々し気に云って、彼の先刻畳の上に置き放した盃をぐっとあおった。何かに突っかかるような、平生《へいぜい》とちがった気分が彼を支配しているように見えた。

又くり返されはじめた海軍マーチの空々しさが、信義の胸に空《むな》しい怒りのようなものを感じさせ、彼はいつの間にか遠い故郷の肉親達のことをぼんやり考えていた。

「我方確実なる戦果締めてたったの二十九機か」

手帳を出して何か書きつけていた島田が、腰をのばしてラジオのスイッチを切った時
「ここにいたのか――おい、たった二十九機とは何だ、おい」

斎藤大尉がどさっと島田の横に坐り、平膳の上の盃を突き出した。

「庶務主任はどうした」

島田が笑って「奥に居られます」と酌をした。

「奥か、奥とはどこだ」立ち上ろうとするのをとめながら「自分に一杯頂戴《ちょうだい》いたしま

す」と云った。斎藤は一寸信義の方を見てから「うん」と答え「貴様も一緒に来い」と島田の腕を吊るし上げた。

部屋に戻ると、斎藤は急に思いついたふうに、嫌がる島田の上衣を乱暴に剝《は》がしはじめた。シャツのボタンがひきちぎられそうになると島田は仕方なしに進んで裸になった。小兵で痩せ形の島田の上半身は、裸になると意外によく緊《しま》った、筋肉質のすきのない身体をしていた。少しおびえてひきつった薄笑いを浮べながら

「参りました大尉殿。大尉殿は酔うとこれだから困ります。こんな所で野暮は——」

「野暮は俺のお家芸だ。きいたふうなことを云うなこの野郎」と云うと、首筋を掴んでおさえつけた。「たった二十九機とは何だ。そういう所へ引っぱり出されて鉄砲かついでウロウロする身になって見ろ。南方にはな、貴様みたいな犬野郎が入って来る前にここいらに居た可愛い兵隊が一杯行ってるんだ」斎藤大尉の赤筋の張った酔眼から急に涙がこぼれ落ちた。信義の胸に、同情とも自責ともつかぬ感情が潮のように湧き上って来た。

「南の方へ手をついてあやまれ」

——首筋の中程から下へ急に生白くなった島田の裸の背が、信義の眼の下に平たく曲げられた時、不意に斎藤が続けて

「軍医殿にも次手《ついで》にあやまれ。貴様にはあやまるわけがある筈だ」と云った。信義はビクリとした。斎藤は、斎藤の云ったことが理解できずに躊躇《ちゅうちょ》している島田の頭を再び信義の足下におしつけた。島田が

「軍医殿、自分が悪くありました。御勘弁願います」と云った。信義の背中に恥辱の冷汗がにじみ出た。

斎藤はもう一度島田の首を畳へ力を込めて摩《す》りつけると、どさっと腰を落とし
「よし、さあ飲もう」と云った。

「飲みましょう」と島田が、昂奮した蒼い顔をして云った。

信義は不快をこらえて、じっと立っていた。自分の島田に対する嫌悪を識っていて斎藤がそれをやったという意識が、彼をやり切れない屈辱に追い込んだ。

「おい、何をいつまでも突っ立ってるんだ」

斎藤が彼を見上げた。「いや」斎藤の乱暴をとめようとしなかった自分に一層強い自己嫌悪を感じながら、彼はぎごちない坐り方で腰を下ろした。

「おいどうした、乱暴するな」と云う声と一緒に障子があき、どてらに寝衣を重ね着した庶務主任が顔を出し「島田」と云った。撫肩薄禿の丸まっちい彼は、貧相な温泉宿の泊り客のように見えた。

「ハハハ、おい田代、用事はすんだのか。まあ入れ」と斎藤が大声で云った。

「いい機嫌だな」

「機嫌は悪いさ。島田が裸でお待ちかねだ」

「どうしたんだ一体」島田に向って「帰るぞ」と云った。それから袂《たもと》を捜《さぐ》って「珍らしいだろう」と白い袋を斎藤の膝元へ投げてよこした。

「何だ。ほうダルハムだな。どこでくすねたか知らないが、パイプがないや」
「紙がついてるよ」彼は上機嫌だった。「よう色男」キチンと坐り直している信義を見て
「タマ子は今来るからゆっくり泊ってやれや」
「泊らなくてどうする。おい」斎藤は、手早く上衣を着終えた島田に向って「当番に馬を牽《ひ》いて帰れと云っとけ」と云った。信義の胸が急に騒いだ。

斎藤と二人きりになると、信義は急にはげしく酒を飲み出した。

タマ子が、短い身体に紫地花模様の着物を着て、島田に結った見馴れぬ顔をして、廊下に坐り、嗄れたような柔い声で「新年お芽出度《めでと》うございます」と挨拶して彼を見た。彼ははっきりしない小声で「おめでとう」と云った。そして「俺はやっぱり駄目だ」としびれた頭で絶望的に思った。酔をかりることもできない自分の固く構えた気取った態度が自分で厭《いと》わしかった。それがただ相手を反撥させ、結局軽蔑しか呼び起さないということを彼は知っていたが、自分でどうすることもできなかった。彼は吐きそうな蒼い顔をして滑稽にもタマ子をわざと無視し、乱暴にまるであてつけるようなつもりになって酒を飲み続けた。

彼は何度も何度も、斎藤大尉と腕角力《うでずもう》をして負かした。腕力の強い斎藤も、柔道二段の信義の腕には問題でなく押し伏せられた。彼は一回勝って仰向けになって休む度毎《たびごと》に、今度こそは「お前とやろう」と云ってタマ子の腕を引っぱり寄せようと決心した。タマ子がそれを拒まないことは彼によくわかっていた。彼はタマ子の白い柔い短い、自分の掌の中

に入ってしまいそうな腕が自分の腕と組み合わされ、むせるような濃い油の香のする彼女の髪と顔が近づき、彼女の肉体の力が彼に懸命に抵抗する快感を、彼の脳髄全部で空想し欲求した。

しかし実際には、彼は、彼の長くのばした脚の股の側面に、タマ子の柔い膝がかすかに触れ、彼が力を入れて脚の親指を畳に強くふんばる度毎に、それがやや強く押しつけられるような気がするのを、貴重なものに感じているのであった。

割れるような頭痛と咽喉のかわきで彼は翌朝早く眼をさました。暗い四囲と静かな気配の中で、彼は昨夜の自分の姿を小心に細《こまか》く想い浮べようとしたが、頭は働かなかった。首を振ると、頭蓋《ずがい》の中で、固まった脳髄がカタカタと鳴るように劇《はげ》しく痛んだ。この家のどこかにタマ子が眠っているという想像が、不思議に彼を落ちつかせ安らかな気分にしていた。彼は枕元の水をゆっくり飲み、蒲団を頭まで引っぱり上げると、又深い眠りに落ちて行った。

午《ひる》近く、再び今度ははっきりと彼はめざめた。彼はねばねばと気味悪く油の浮いた顔を洗うと軍服に着替え、それから帳場から新聞を拾って来たが、斎藤が丸まった恰好で蒲団をかぶっているのを見ると、再び上衣を脱いで床にもぐり込んだ。

「ベルリンは半身を失う」と云う見出しに並んで「敵上陸せば粉砕の好機」という記事が眼についた。彼は元旦の新聞の何面かで「ドイツ対英上陸準備全《まった》し。ゲッベルス宣伝相言明」というかこい記事を読んだことを想い出した。何という反対！——彼の脳裡に、剝げた黒板に書かれたGuadalcanalという白い文字が浮んだ。ソロモン海域の大戦果が殆《ほとん》ど毎日のように発表され続けていた一昨年の十一月頃、彼の同級生の海軍軍医中尉が学校にやって来て、その全く聞き馴れぬ横文字を、剝げた黒板の隅に書いて見せた。そしてその下に棒を何本もひきながら「これが分れ目だ。食うか食われるか。今にわかる」と云った。

斎藤は午過ぎから又タマ子を相手に酒を飲みはじめた。信義はザラザラした顔をして茶ばかり飲んでいた。タマ子はもう頭をいつものように結いなおしていた。

タマ子が机の上のダルハムを手にとって

「なあに、これ、煙草ね」と信義に云った。言葉の調子に、彼に甘えるような、うちとけた感じがあった。

彼は自然な楽な気持で「アメリカの安煙草だ。こうして飲むんだ」と云いながら、彼女の手から袋を受取り、いかにも馴れたようなふうにペイパーの上に煙草の粉を少しあけ、それを巻いて見せた。覗き込むタマ子の白い括り顎が彼の肩辺りに触れていた。でき上った紙巻は、中身のひどく乏しい皮ばかりのプカプカしたものであったが、彼がそれをくわえると、タマ子は喜んですぐマッチを磨り、珍らしそうに火を近づけた。火は、いきなり皮の紙だけを伝って燃えのぼり、鼻の頭が焔《ほのお》をホッと温く感じた。彼はあわてて煙草を放そうとしたが、薄いペイパーは唇の皮に貼りついて急にはとれなかったので、彼は睫毛《まつげ》を少し焼き、払った手先きで食卓の上の鉢と徳利を下に掃き落とした。斎藤が「どうした」

と驚くと同時にタマ子が「ハハハハ」とさも可笑しそうに嗄れた声で笑った。

「なあんだ、変なものくわえて、顔でも洗って来いよ」と斎藤が云った。

信義は薄笑いを浮べながら洗面所に立った。彼の頭は、自分が知ったか振りをして滑稽な失敗を演じたという屈辱で熱くなっていた。そして同時に「裏切られた」という自分勝手の気持から、さも可笑しそうに笑ったタマ子に腹を立てた。

洗面所から彼が出ると、不意に急いで来るタマ子と突き当りそうになった。彼は「おい」と云った。そして彼の胸位の所にあるタマ子の頭に向って「己惚《うぬぼ》れるな」と自分でもわけのわからぬことを云った。

タマ子は「すみません」と小さな声で云って立っていた。

信義が座に戻ると、じきタマ子が布巾と新しい銚子とつまみ物とを盆に乗せて持って来た。そうして畳にこぼれた酒を丁寧に拭きとり、転がった器を運んで行った。彼の胸に、後悔と屈辱と愛との入りまじった感情が、温い水のように流れて来た。

夕方近く二人は帰途についた。既に空気は、馬上で息を少し深く吸うと咽喉につまりそうに冷く凍りはじめていた。魚屋の店頭に、沙魚のような形をした六尺程の凍った魚が三四本丸太のように立てかけてあった。丘陵にかかると右手に黒龍江の氷結した凸凹の多い水面が現れた。

風は全く凪《な》いでいた。沈みかかった太陽が薄い雲を透して、あたり一面を、地面や氷を薄赤く染めていた。信義は、眼の下にあったタマ子の頭の流れるような黒い太い髪の毛を一種の静かな満足で想い浮べていた。

二月中旬、斎藤獣医大尉が北支戦線に転属を命ぜられて去った。

出発の前の晩、彼は一枚の新聞紙の「ヒ総統獅子吼《ししく》（ソ連勝利を得んか、全欧洲に潰乱《かいらん》の危機）」と書かれた記事を信義に示して「どっちみち長いことはないね。お互《たがい》に来年の今頃はどこにどうして居るかね」とかすかに笑った。

斎藤の寝台の上の毛布が取り除かれ、まるで彼の象徴みたいだった机の上の一升壜が片づけられた、狭いながらにガランとした部屋に戻った時、信義は、自分が無意識のうちにこれまで如何に斎藤を楯《たて》として生活し思考していたかを強く感じた。一本立の軍人としての自分の頼りなさが何時まで続くのか、というふうに意気地なく思った。同時にそういう甘さと誇張の入りまじった感傷のようなものにすぐ落込む自分をいまいましく思った。

若い癖に黙りこんで、頑《かたく》なに人の調子に乗って行かない彼は当然誰からも無視された。あの少年のような丸い頬をした見習軍医が既にいっぱしの「遊び人」になり、しかも皇軍必勝を堅く信じながら、自由に無碍《むげ》に部隊の生活にとけ入っているのを、信義は心から羨《うらや》んだ。しかし彼がそのもちまえの快活さで信義に近づき、自分の生活に誘おうとすると信義はぐずぐずと言を左右にして応じなかった。——かと云って、一人で青柳に出入する勇気は、彼には尚更《なおさら》なかった。彼は無視されるのに最も都合のいい穴のような単独勤務の医務室に引込んで、二週に一回位の割で（その日の来るのを待ちかねて）青柳へ出かけた。そして飲めぬ酒をやっとの思いで三本のみ、タマ子とお義理のように二こと三こと言葉をかわし、他の女中からタマ子について冷かされて薄笑いを浮べ、来た時と全く同じ位の、率直でない一種の虚栄心をそのまま抱えて、不満と自己嫌悪に満ちて帰るのであった。

彼は何かに追いつめられていた。

しかし彼自身は、自分を追いつめているものは自分自身だとだけ考えていた。彼はそういう呪縛から逃れようとし、それは童貞を破ることによってしか出発できないと信じた。そして彼にとって童貞を破るということは、それをタマ子によって成就する、ということと全く同意語であった。

五月。

春がいつの間にか脚下にしのび寄り、しかしそれは一たん表面に現れると、圧倒的な速度で凍りついた北満一帯の皮を一皮剝がし、それを染色しはじめた。かつて陰鬱な結氷の前触れとして空気を満たした流氷の騒音が、今は春の解氷のやさしい調べとして毎晩信義の耳に響いて来た。名を知らぬ黄色の花が低い禿山の裾一面を彩ったかと思うと、次には赤い百合に似た花が爆発するように開花しはじめた。柳や白樺の芽が、枝の上の方に小さく一面に芽吹いて、まだ冷い微風の中で白く光っていた。

ある晴れた日曜の午後、信義はタマ子を連れて郊外の丘陵のゆるい坂を歩いていた。二人とも一つの事をはっきりと意識し予期していた。黒龍江の春の水が脹《ふく》れ上《あが》り、黒い水面を無数の氷塊が白く光りながらゆっくりと右の方に流れていた。

「ここらで休もうか」

と信義はぎごちない云い方で立ちどまった。誰が見ても休むには不適当な、山陰の寒い凹みであった。タマ子は
「ええ」

と云って枯草の上に横坐りに坐り、膝の上のスカートにオーバーを掛けるように引っぱった。彼はタマ子の傍に、少し離れて腰をおろした。

彼は煙草をさぐったが、また思いかえして、同じポケットから、途中の道端で拾った石塊を取り出し、暫く黙っておもちゃにしていた。

「何、それ」

と変にかわいた、上の空のような声でタマ子が云った。

「石器だ。さっき拾った。大昔この辺に住んでいた人間がこしらえて使っていたんだ」彼も上の空で答えた。

「何にしたの」

「斧《おの》だ。昔中学の頃鳥居博士の本を読んだのを思い出した。内地の武蔵玉川の辺で出るやつとそっくりだと書いてあった」彼はすぐ「おい」と云った。「ええ」とタマ子が云った瞬間、彼は思い切って手首を摑んで引っぱった。タマ子はすぐ信義の膝の方に倒れて来た。彼はタマ子の首をねじ向け、横になった顔に、身体を曲げた窮屈な恰好で自分の顔を押し

つけ、それから唇をきつく押しつけた。彼は乱暴にタマ子の小さい背中を膝の上に引きずり上げると、半開きになった白い小さな歯に、もう一度唇を押しつけた。

彼がタマ子の下半身にぎごちなく手をのばしはじめ、あちこちのホックに途迷《とまど》いはじめると、タマ子は彼の手を助けるように、肥った小さな身体を、少しずつあちこちに浮かした。

事は簡単にすんだ。二人は暫くじっとしていた。

信義はしかし寒くなり、思い切って起き上ると、煙草を捜《さぐ》り出して火をつけた。（これからどうすればいいんだろう）と彼は思った。映画や小説で見た色々の場面を想い浮べたが、それらは自分の場合には全くあてはまらないと思った。

それはしかし自然に解決した。二人は不器用に立ち上り、黙って歩きはじめたが、やがてタマ子が彼の手を取り、二人は手をつなぎ合って丘を降りて行った。途中で二人は立ち止って長い接吻をした。それから十歩程で又接吻をした。それは彼に、今の行為よりは遙《はるか》に大きい喜びと快感を与えた。

人気《ひとけ》のない部屋に戻った時、彼は（俺はもう一人でない）という不思議に豊かな感じに襲われた。それは自分の心を窮屈に満たしていた偏執から解放された、という感じとは全く別ものであった。彼にとって、それは或る嫌なものを吹き払う為の苦行的な行為ではなくて、別のもの、新しく、彼に暖いようなものをもたらした。まるで想像と異った素気ない行為が、今は恋愛の成就というふうに受取られるのであった。彼は落ついた気分で、じっと長いこと椅子に坐っていた。タマ子の顔は不思議に頭に浮ばなかった。

彼はその晩早く床についたが、すぐには眠れなかった。そして暫く眠ろうと努力しているうちに、それまでタマ子に対して一度も感じたことのなかった嫉妬と疑惑の念が、少しずつ浸み入るような具合に彼の胸を刺しはじめた。

タマ子が処女であるはずがないということは、彼の常識から見て確かであった。（それなのに俺はそれを考えて見たこともなかった）つまり信義は頭では知っていたにもかかわらず、感情的にはただ何となく処女として見て来た、その他の女としてまるで見なかった、ということを自覚した。それが今彼の胸をかきみだした。

——正月の庶務主任の上機嫌な顔と、「タマ子はもうじき来るよ」と云った口調と、そしてタマ子がそれから一時間程して出て来た時のことが、動かし難い事実を示すものとして彼を刺した。すると突然、あの時茶の間にあぐらをかいて酒を飲んでいた島田兵長のイライラした表情が、彼の脳裡に鮮かに浮び上り、（島田も——）という暗い疑念が彼の心を乱しはじめた。

翌日の午後、信義は医務部長に出頭を命ぜられ、犬の血液を試験的に人体へ輸血して見ること、要領は庶務主任から聞くこと、という簡単な命令を受けた。

（犬の血）彼にはまるで意味がわからなかった。

太平洋戦争の勃発以前、支那のどこかで、馬の血の輸血が実験された。百cc乃至《ないし》二百ccの馬の血液が捕虜の血管に注入され、捕虜は死ななかった。戦場で給血者が得られない場合、失血死に直面した時は、リンゲルや葡萄糖《ぶどうとう》よりは、馬から輸血する方が効果的であるということが、何回かの実験の結果、極秘として口頭で報告された。それを信義は千葉の陸軍病院で或る上級の軍医から聞いたことがあった。彼はその時その実験の詳細を識りたいと思ったが、相手の軍医も事実だけを或る軍医学校教官から告げられただけとのことで、彼の好奇心は満たされずに終っていた。(馬の間違いではないか。しかし部長は確かに犬と云った)と彼は迷った。それが馬ならば、とにかく非常の救急策として新しい意義がある、しかし犬とはどういう意味なんだろう。

「沢木軍医殿」と呼ばれて彼は振り返った。

小柄な島田兵長が小走りに追いつき、前へ廻って敬礼した。「軍医殿、自分がお手伝い致します」

島田はもう知っている、いやな予感のようなものが彼の背筋を通りぬけた。

島田は庶務主任の部屋をノックして「島田ッ」と云い、扉をあけて彼をうながした。そして部長の指示を伝える彼の横に立って、彼と一緒に命令を受けに来た者として庶務主任の顔を注視していた。

庶務主任が艶のない顔をあげ、気のなさそうな口調で

「スパイが一名捕えてあるから、明後日犬から輸血して貰いたい。百位でよかろう。死んだら解剖すること。報告は口頭でいい」と云った。

(何という理不尽)信義の胸にこれまでと全く異った強い憎悪の念がこみ上げて来た。こ

んな、医者として無価値な男の気まぐれの為に、「実験」と称してわけなく殺人が行われる。前に「教育」と称して生きた人間を切り刻んだと同じ手で。

「馬ならば可能ということを聞いて居りますが、犬は――」

「そんなことはわかっとる」庶務主任の顔色が変った。

「材料の関係もありますので、一度馬で追試して見たいのですが」

「わかったことを今更やる必要はない」と庶務主任が云ったのと、島田が「犬は自分が今晩にでも係蹄《けいてい》にかけます。なに残飯漁りにやって来ますからわけないですよ」と云ったのと同時であった。

「何の為に犬の血を用いるのですか」顔だけ島田を睨みつけた。

「目的は聞かなくていい。部長殿の命令通りにやればいい」

「血液型――」と半分云った時庶務主任が
「血液型は問題じゃない。死ぬか、それとも生きてるか、それだけだ。第一試験台は一人切りだよ」

「いや」声が震えた。「それでも一応は凝集反応をやって見なければ報告に差支えます」

「うむ」島田が口ごもった庶務主任の顔を見て「判定用血清を出しましょうか」と云った。

「いらん」と信義は島田の動きまわる小さな眼を再び睨みつけた。

「兵隊の血清を使う」

庶務主任が薄笑を浮べて

「とにかくやって貰う。場所は手術室、助手は島田兵長一人、解剖も、いやなら島田にやらせて見物してるさ」

島田がすぐ「解剖は自分がやります」と云った。

（犬ッ）山裾の道を隊に向って足早に歩きながら信義は唾を吐いた。（貴様等ならば、犬の血を貰っても完全に生きているに違いない）思い切って云ってやればよかったと彼は思った。

戦場で捕虜が斬られるという話は信義をさほど動かさなかった。実地を見ぬ彼にはそれは（戦の習い）というふうにぼんやりと肯定されていた。

今医者である彼に実感を以《もっ》て迫るのは、人体を実験に供するという、医者にとって最も誘惑的な、それだけ深い罪悪の意識であった。そしてそれが庶務主任によって企てられ、自分が手を下さねばならぬという憎悪の念であった。

数年前、或る大学で、或る病原を確かめる為に、嬰児《えいじ》の健康な部分に患者の病的組織を植え、その結果が鬼の首でも取ったように学会で報告された。聴衆の一部に嫌悪と不満の呟《つぶや》きが起り、前列に坐っていた彼の指導教授が苦り切って舌うちするのを、彼は同感と尊敬の念を以て聞いた。帰途の乗物の中で先生は「あんなのは真理の探究でも学問でもない。熱心の余りなどと称する奴に限ってああいう非人間的なことを平気でやるが、又そういう奴に限って科学的にまるで不正確な粗雑極まる報告をする。何も知らない赤坊に病菌を植えつけて置いて、（患者は直ちに治療し全治せしめました）なんて、実に無智で残酷なあの教室の性格をよく現している」と云った。先生の学者らしい顔を彼は今思い浮べていた。

そして丁度《ちょうど》その頃のことだった。医者の常用語で「インテレサント」という言葉――珍しい患者に出会った時、医者が仲間に向って何気なしにささやく、この「面白い、興味ある」という言葉を彼が使った時、彼の父が不満をもらしたことを彼は続いて想い出した。「云われた当人の身になって見ればすぐわかるが、いかにも自分本位の残酷な言葉だ」何日かして父は手紙の終りに「近頃レールライヒ（教えるところ多き）という言葉を考えついた。これなら用いても恥かしくあるまいと思うが如何」と書いてよこした。

（俺はどう考えたって、先生や親父のような腹から道義的な人間ではない。ただの神経質な、好き嫌いの多い、その癖ルーズな男にすぎない）と彼は考えた。犬の血を人間の血にまぜ合せるという、まるで狂人の妄想のように無目的でむごたらしい企図は、殆ど我慢できない程の不潔感と憎悪で彼の胸を満たした。（しかし、それでも俺は結局やるだろう。上官の命令という云いわけを自分にして）と彼はもう一度考えた。（俺の自由意志というのは、せいぜい初めての女として、タマ子以外の女を選ばなかったというところ位のものだ）すると、タマ子の名が頭に浮ぶと同時に、又新しく庶務主任と島田兵長に対する憎悪と嫌悪の情が劇しく彼の胸に突き上げて来た。

翌朝、タマ子の淋病は完全に信義の身体を犯していた。

朝早く、信義は夢現《ゆめうつつ》のうちに異様な尿意を感じて眼をさました。同時に彼は頭が空白になり身体が沈み込むような絶望感に襲われて、縛られたようにじっと固く横《よこた》わって、意識を身体の一点に集中した。昨晩の軽い蟻痒感が典型的な前駆であったことを彼は思い出した。全身の気だるい違和感、局部から放散する疼痛《とうつう》、その度にやって来る我慢できない尿意。彼がのろのろと起き上って踵を床につけた瞬間、突き透すような疼痛が起り、彼は片手で身体の重みをベッドに支えて暫くこらえていた。怒りと屈辱で彼の額から冷汗が流れた。

ゆっくりとした摺り足《すあし》で、いかにも身体の中心部の動揺を極度に守るといった、やや前屈みの姿勢で医務室に入って来た信義を、衛生兵は怪訝《けげん》そうに眺めた。信義はむっとした蒼い顔をし、のろのろと長靴を脱ぎ、体温計を脇の下に挟んだ。それから自分の机の中からトリアノンの錠剤を出して三瓦《グラム》飲んだ。

「軍医殿、お風邪でありますか」

「うむ」彼は「ガーゼ」と云った。

彼はガーゼを靴下の底にできるだけ厚くつめ、それから局部への響きを一層和げる為に長靴の底にも入れさせた。(なに、なんでもありはしない)彼は自分に云いきかせた。

歪《ゆが》んだ不機嫌な表情で黙りこんでいる信義の前へ、衛生兵がおずおずと一本の試験管を差出し「先刻医務部から届きました。差上げればわかると申されました」と云った。

(島田だ)信義は八分目程の赤黒い犬の血を一瞥《いちべつ》しただけで眼をそらして「その筆筒へ突

込んで置け」と答え、それから「血液型のちがった兵隊を一人ずつ集めてくれ。わかってるな、計四名だぞ」と云った。

数時間後、信義は、四人の兵隊の血液から分離した血清を一滴ずつ対物グラスの上に垂らし、犬血の少量を硝子棒の先につけてそれに混ぜ合わせ、凝集の状態を調べていた。

強い凝集反応が、四つの型のどれにも忽ち《たちま》現れた。三十秒もたたぬ間に、混ぜ合わされた犬血は、歴然たる細い縞目《しまめ》となって固まり、そこには彼が多少なりとも予想していたような判定の困難をもたらす余地は全くなかった。も早反応を繰返す必要はなかった。彼は硝子と試験管を汚物鑵《おぶつかん》に放り込むと、ひき出しから煙草の袋を取り出した。彼は病気のことを考え一寸躊躇したがすぐ一本くわえて火をつけた。

彼の頭は不思議なほど空虚になっていた。タマ子の姿が驚く位遠く小さく、殆ど彼の心の圏外に去ってしまっていることを彼は感じていた。彼が山から部屋に戻って味《あじわ》った充足感はまるで夢のような偽物なのであった。(戦地で女を買って淋病をうつされた)そういう最も当り前の道筋を自分が踏んだことを、彼は不自然でなく認めた。「それで一人前」彼は斎藤大尉が、皮肉でも何でもなく云ってくれるだろうと思った。同時に、遠い故郷に居る父の年老いた姿を、甘えたくなるような感傷で想い浮べていた。

せまい八畳程の手術室に入ると、空家のような冷たい黴の匂いに混って、湿った獣の臭気がムッと彼の顔を包んだ。小型の照明スタンドや、三つ四つの椅子や、古びたゴム管の巻束が、乾いたコンクリート床の隅に片寄せられていた。厚い板に仰向けに縛りつけられて、毛の長い茶褐色の汚れた犬が、床の上に投げ出されていた。犬は口を繃帯で厚く巻き締められ、繃帯の上の端に引っかかるように白い犬歯が少し剝き出し、前肢の附け根のあたりの皮膚が一寸程切り開かれてそこに血と滲出物《しんしゅつぶつ》がこびりついていた。そして部屋の中央の鉄の手術台の上に、猿ぐつわを嚙まされた半裸体の若い満人が、薄眼を天井に向け、首胸脚をぐるぐる巻きに縛りつけられて仰向けに寝ていた。

信義は黙って軍刀をはずし、上衣を脱いで椅子に掛けた。トリアノンの大量内服で彼の患部は可成《かな》り鎮静し、熱も下っていた。ただ食欲がなく身体はだるかった。

島田兵長は、どこから出して来たのか、ダブダブの手術着をつけ、必要もないのに手術台のまわりを小走りに歩きまわっていた。彼の生き生きとした眼が信義に笑いかけ、太い注射筒がアルコールをふくませたガーゼと共に差出された。

信義はコンクリートの床に膝をつき、犬の後肢の内側を先から血管を辿《たど》って行き、そして肢の附け根の辺りで、固く厚い皮膚に針を突き刺した。犬はブルッと震えただけで殆ど身動きせず、顔を横に下へつけ、鈍い眼を上にあげていた。

赤黒い血液が徐々に粘り強い手答えで注射筒に吸い込まれ、ほぼ半分に達した時、信義は立ち上って手術台の脇に立った。島田が

「軍医殿、それでは量が足りません」

「凝血しそうだから先《ま》ずこれだけやる。早く腕を押さえろ」

島田が手早く満人の縛られた左腕の内側を外に向けその上膊《じょうはく》を強く摑んだ。そして信義の注射筒の針が皮膚を刺し太く怒張した静脈に辷《すべ》り込んだ瞬間、島田は、さも心得たふうに腕時計を見た。

ゆっくり、ゆっくり、信義は内筒を押して行った。

しかし十秒とたたぬうちに、満人の顔は真赤になり、続いて怖ろしい力でもがき始め、胸を掻きむしろうとでもするように、手首が上の方に向かって強く曲げられた。信義の手が筒から離れようとした。島田が急に手を伸ばしてそれを押さえようとした瞬間、信義は全身を島田にぶっつけた。犬に足をとられて仰向けにコンクリートの上に倒れた島田の胸に注射筒を投げつけ、それから走って軍刀を摑んだ。島田の顔色がさっと変り、彼は両手を顔の前で交叉するようにあげ、口を何か叫ぼうとするように開け、少し横にいざった。信義は軍刀を革鞘のまま振り上げ、島田兵長の頭に打ち下ろした。島田が頭を抱えてゴロリと横になった。その背中と腰へ、彼は、「このッ、このッ」と低く叫びながら、何度も何度も刀を打ち下ろした。頭の奥の方で（俺は人殺しを拒むこともできなかったし、やり遂げることもできなかった――この満人は助かるだろう。しかし又すぐ殺されるだろう）と思いながら。

照る陽の庭

檀　一雄

一

あの町のことでは、庭先に毎朝夥《おびただ》しいポーコーが啼《な》いていたことを覚えている。もう姿も声もすっかり忘れて終《しま》った。

ただ、ぼんやりと庭の小鳥どもの啼き声を聞いていた、何というか、自分の心の状態だけを、今でもはっきりと覚えている。

寂寞。そんなものであったかも知れない。若《も》し寂寞というものが、世界からの明確な離脱と同時に、自分のいのちのありかを、いきいきと嗅ぎとっていることだ、というのならば、或いは、私の心の状態は、その寂寞という奴に一番似ていた、と言い得るかも知れない。

もう家郷のことを思うてはいなかった。いずこにせよ、投げだされた地点で、自分の生命が描く小さな弧線を、まぎれなく見つめてゆけるような気持がしていた。私の生命が投げだされている周辺に、とめどなく生起消滅する出来事を、己のいのちの計量にかけて、ひっそりとはかってゆけるような気持がしていた。

私は、恵まれていた。私の身柄は、兵士でなく、将校でなく、然《しか》し私の行先は、北、中、南支何《いず》れの地点に亙《わた》り、いかなる期間を過ごしても、問うところではなかった。

何が気に入って、あの家に居ついたわけでもない。

ただ、たどりついた夜のぼんやりとした月の明るさと、目覚めた時の樹々の繁みが幸いあったろう。

私の宿舎の窓の視界を恰好《かっこう》に遮断していたことと、その樹々の枝々に啼き交わしていた鳴《めい》禽類《きんるい》の夥しい群とを、見慣れぬままに、却《かえ》って、何か親しいものに思いこんで終ったので

私は何となく、あのテラスに続く一部屋に居ついて終って、動かなかった。旅に馴れ、旅を物憂く感じていたのか？

いや、そうではない。旅に揉《も》まれはてて、何処《どこ》にでも、自分の身と心を入れるだけの、過不足のないたのしみだけを感じていたわけだ。

私は兵隊が油皿の明りを便りに案内してくれたその部屋の榻《ねだい》の上にドサリと仰向けに寝そべって、しばらく眼を細めながら月の光りをたしかめていたが、そのまま、翌朝迄《まで》眠っていた。

例の小鳥共の、喧しい啼き声だった。こんなところに眠っていたのか、と私は自分をいぶかりながら、それでも、とめどなく快活で、朝陽のなかに、白壁の汚染の度合いや、天

井板の組み方などを、静かに点検してみるのである。

家具調度の類《たぐい》は一切運び去られているようだった。昨夜身を横たえていた寝台は木製の中国式榻で、後から持ちこまれたふうである。胡桃《くるみ》の床は軍靴の鋲《びょう》で歩くから、その塗料が通行の形に剝《は》げている。

が、ただ一点、おそらくJ・ミレーの複製だと思われる、オフェリヤの水死の絵が懸けられているのは、誠に奇異な気持を抱かせるものである。オフェリヤは仰向けになり、頭を下流にして流れている。水面に浮ぶでもなく、さりとて沈むでもなく、手にしたイラクサ・キンポウゲの花をすれすれに水が蔽《おお》うて純白の長い衣裳が波の形に開いた姿のまま流れている。小川のほとりは春の野花の花盛りのようで、柳か楡《にれ》のような樹の林が、しだれている。

こんな絵の原色版が、懸けられたまま放棄されているのは、オフェリヤの色気が足りないのだろう。それとも、これを奪って私物にするのが、不吉なのか?

どうでも良かった。私はその絵を見て、それから窓を開き、小鳥共の鳴き交わしている、辺りの樹立《こだち》の深さをのぞき見て、急に空腹を感じ、ドアを抜けてテラスの方に廻ってみた。

昨夜、案内してくれた兵士だろう、ボソリと私の側によってきて、

「飯上げは、鐘を鳴らしますから、この道をまっすぐ、煙突のある煉瓦小屋《れんがごや》迄来て下さい。距離は、四〇〇です」

「はあ、有難う」

と私は礼をした。が、何か言い足りぬとでもいうふうに、その下ぶくれの、血色の悪い眼鏡の兵隊は、立ち去りかねるようだったから、

「ここ、客多いの？」

「はあ？　客？　ああ、宿泊の将校ですか？　ありません。近く閉鎖になる筈《はず》です」

それでは閉鎖迄いて見ようか、と私の気持は動くのである。

「ついこないだ迄、この町にS軍の司令部がありましたから、大変でしたが、今は飛行隊の方が時々二三人とまるぐらいです。いつでも、がらあきです」

私は、肯《うなず》いて北叟笑《ほくそえ》んだ。

英国人の住宅か何かだろう。その一集団をゴソリと一まとめにして、各棟に宿泊出来る仕組みになっているようだ。蔓薔薇《つるばら》がアーチにつくられて、すぐそこまで匐《ほ》うている。が花の時期は過ぎていた。

「ああ」

と兵士は思い出したように私を見て、

「入浴されますか？」

「はあ、有難う」

「風呂は週二回ですが、今日は立つ日です。十七時頃わきますよ」

「有難う」

と重ねて礼をすると、その朴訥《ぼくとつ》な兵隊は、繁みの方に帰っていった。

相変らず喧しい鳥の声である。朝の陽《ひ》が、そこら木立を洩れて斑《まだ》らに降り、その光りと陰の中を小鳥共が右往左往して飛んでいた。

二

いわば、ここは戦場のシーズン・オフだった。あわただしげな部隊の通過があるわけでなく、その怒号と号令が聞えてくるわけではなく、また、何よりも幸いなことには、髭《ひげ》をひねり上げた部隊長と、その勿体《もったい》ぶった取巻連中が宿泊するわけでもなく、全くがらあきのままだった。

定刻に飯上げの合図の鐘が聞えてくるが、一丁近くも離れたその賄いの兵士の処《ところ》までゆくのは億劫《おっくう》なことである。殊《こと》に飯盒《はんごう》を抱えていって、僅《わず》かに粥《かゆ》の浮んだ塩湯を貰ってくる時の、渡す人と貰う人両側からおこる気づまりな気持は嫌だった。

私はつい、前の前のS市で手離した写真機の金を持っていたから、五六丁離れた難民区迄出かけていって、豆乳と、何というかネジ棒のようなメリケン粉の油揚を買い、これを朝食代りに摂《と》ることにきめていた。夕食も自分流に炊爨《すいさん》した。

幸い、家屋の裏に濁ってはいるが井戸があり、捲《ま》き取りのつるべに頑丈な木桶《きおけ》がつるしてある。燃料は枯枝が豊富にあった。

一二度例の兵士が気づかわしげに見廻りに来たが、

「はあー。これでやっとるですか？　兵站《へいたん》の粥では腹がふくれんですからなあ」

と笑っていた。それではこの兵士達は一体どうしているのかと気の毒だったが、さして羨《うらやま》しがる風情《ふぜい》でもなく、ただ淡白に笑うばかりだから、聞くのは止《よ》した。兵士は却って向うで安堵《あんど》したように帰っていった。

私は、時に口笛を吹いたり、オフェリヤの水死の絵の中から故意に淫猥《いんわい》な妄想を描いてみたりしながら、三四日が経っていった。

小鳥の数は多いが、啼いている鳥の種類は大略二種のようである。朝方喧しい奴と、毎夕、熟れたように染っている夕暮の中で心細げに鳴き立てるのとある。

五日目の朝だった。例の通り豆乳に砂糖を入れ固形燃料で沸き立たせて、ネジ棒をポリポリと噛《かじ》りながら、鳥の声を聞いていると、前庭の繁みの中で、一人の兵隊が何かしきりな所作を繰りかえしている。

水擌《みずはが》だな、と私はすぐ気がついた。私は少年の頃に野鳥を捕える経験があってよく知っているが、これを中国の風土の小鳥共にためして見るほどの勇気はない。

然し何よりも、この兵隊の特異な顔立ちには驚いた。私の居場所からこの男の位置までは、まだかなりの距離があって、表情はつぶさには判らないが、動作の一区劃《くかく》から、一区劃に移る区節の都度、陰気な、異常な、嗜好《しこう》のようなものがめらめらと燃え立つようである。それが木立の黒白斑らの光の下に動くから、幽鬼かなんぞのように感じられる。

やがて、水擌を掛け終ったのだろう。男はテラスの上にのぼってきて、私の部屋の、窓の網戸のところにペッタリと身を寄せた。で左の半身は壁の方に凭《もた》れているから、右の半身だけが、よく見える。

私は不愉快を感じた。初めにちょっと私の方を覗《のぞ》いたようだから、私に気附いていない筈はない。それとも網目を洩れる逆光で、あちらから私の方は見えないのか？　それにしても右半分の網戸は私の存在を証拠立てるように、はっきりと開け放っているのである。

長い旅を経ていると、闖入者《ちんにゅうしゃ》が一番耐え難い。いつもこちらの側から感じ、眺める習慣を保っていないと、心身の衰耗が甚《はなは》だしいわけなのだろう。自然の、保身の道である。

私は用心深くこの男の横顔を眺めやった。不思議な耳である。先端が長くとがっており、この男の思考より先ばしって、鋭敏に、向きを変える。人間の虚弱な悪の側を絶えず嗅ぎとっているふうだった。

それにもかかわらず、私は真近から男の横顔の表情を見て、何とも言えない安堵をも感じたことを言っておこう。その安堵については、ちょっと名状することがむずかしい。わかりやすく言って終えば、汚れていないのだ。俗世の垢《あか》に汚れていない。清らかな悪というものが、果してこの世の中にあるだろうか？　若しあるとすれば、こんな顔を持っているにちがいないと、そう思った。

安堵は、直《ただ》ちに、新しいもう一段の好奇心に移っていった。

「おい」と窓越しに横柄に呼んでみる。が、聞えないふうだった。

その時、男の耳が素速く波立った。一足飛びに駈けだしてゆくのである。

窓を押し開いて、私ものぞき出した。小鳥が水揆に落ちたようだった。光りのある生命が、羽毛を散らばすようにキラメかせ一瞬、くるりと水の上に反転して、やがて男の手にパタパタと捕えられた。

「獲《と》れたね。え？　何という鳥だい？」

男は両手に小鳥を握ったまま、まぶしそうに私の方を見上げていたが、何と思ったのか、つかつかとテラスを廻って私の部屋に入って来た。

三

こんな男が、何らか軍隊の階級に属しているというのは不思議なことだった。見れば曹長である。年の頃は二十七八——いや、もっと老けているのかも知れなかった。

満洲中国と、軍隊を渡り歩いて、八年になると言っている。

私が榻《ねだい》に腰をおろしている、その真向いの竹製椅子に坐《すわ》って、逸早《いちはや》く小鳥を右ポケットの中にしまいこんでいる。

「何と言う鳥？　それは」

と私はようやく平静に返って、言った。

「ツンゴー（中国人？）はポーコーと言っているね」

私はどんな鳥だったろう、と手に取って一見したかったが、何事によらず、この男に懇願するのは嫌だった。時々男のポケットが膨れたり縮んだりして、奇妙な小鳥の啼き声がきこえている。

けれども相手の方は、私の生活に関心を持っているらしく、

「何を喰っています？　兵站の汁？」

「ああ」

と私はあいまいに返事をしてこの男に一々生活をのぞかれたくなかった。然し曹長は、喰べさしの私のネジ棒と豆乳の余りを、もう先程から見つめているので、言葉通りには受け取らなかったに相違ない。

「これ、やりますか？」

男は盃《さかずき》を飲む真似をして、ピクリと例の耳を聳立《そばだ》たせた。瞬間、素速い緊張のようなものが、この男の顔を掠《かす》めていって、耳と眼の血管が赤く開放するふうである。

「ああ」

と私は、静かに肯いた。

「ありますよ。ビールなら」

「そう、四五本飲みたいな」

「二千弗《ドル》。二千弗ありゃ、肴迄持ってきましょう」

私は雑嚢《ざつのう》から二千五百弗取り出して、男に手渡した。男は素速くその紙幣を右ポケットに捩《ね》じ込もうとしたが、小鳥の急な羽搏《はばた》きと、キョッキョッというような啼き声に気がつ

くと、あわてて左ポケットを探って、そいつを押し込んだ。もう立ち上っているのである。耳が例の通りいそがしげに波立って、男はくるりと一回転すると出ていったが、その恰好が、何となしに亡霊をでも追いかけるふうに滑稽に見えてきて、私はしばらく可笑《おか》しさが止《とま》らなかった。

それでも、待った。私は屢々《しばしば》立ち上り、屢々窓のところまで歩いていって、曹長の消えていった木立の辺りを透し見た。

ビールを待っている為《ため》ばかりでもないようだった。男への好奇心。いや、男へ繋《つな》がっているにちがいない、雑多な人間の、弱い悪への好奇心。そんなものが静かに私の心の中に湧いてゆくようだった。

勿論《もちろん》、男は来なかった。昼も、夜も来ない。私は自分の平生《へいぜい》の心のテンポを探しながら、オフェリヤの額を眺めくらした。例の通り、空が橙《だいだい》色《いろ》に染まり、夕方啼く方の小鳥共が、頼りなげにその夕空の中に声を上げている。

来たのは空襲である。月明りのなかに、ボッボッとあわただしい空襲警報が、警戒警報より先ばしってきこえてきて、もう空の中にB25らしい爆音が、腹の底へふるえるように響いていた。

私はテラスの陰に一人で走りだしたが、妙に心許《こころもと》なかった。一日待ちつづけていたせいだろう。今にもあの男がやってきてくれそうで、あの男がやってきてくれれば、万事助かるような気持がする。それにしても昼の間に、空襲の際の納得のゆく隠れ場所を探して置かなかったのは、迂闊《うかつ》だった。

飯上げの煉瓦の倉庫のところまで駈けだそうかと、度々《たびたび》思った。それをこらえていたのは、あの男が、今にも来てくれそうだという、全く当《あて》のない幻想だった。

曳光弾《えいこうだん》のようだった。しばらく空の中がまぶしく照り上って、それからすさまじい爆風が続いた。近い。木立の葉々が、白く葉裏を見せて、身もだえている。

小鳥共が不安げに啼き立てた。私はベッタリとテラスの窪みにへばりついて、月光に白くさらされる自分の体を恐怖した。

パッと火柱が立ち、落雷を四五本も捩じり合わせたような強圧的な爆発音が続き、私は土砂をかぶった。破片だろう。瓦の上をカラーンと走って行く音が最後に聞えた。

何処とわからない。が、ここの周辺に相違なかった。ウォーンウォーンと相変らずB25の爆音は唸《うな》っている。私は土砂を払いのける力もなく、テラスの窪みにへばりついた儘《まま》だった。何処か遠くで、兵隊達の罵《ののし》りわめくような声がきこえている。けれども爆弾の音はしばらく止《や》んだ。無闇に喉《のど》が渇いた。舌の根がひきつる程である。私はよろよろとよろけおきて、ちょっとテラスの上まで歩いてみた。幸いであった。身体に別条はないようである。すると、今の間に、豆乳の余り物でも、飲んでおこうか。

然し恐怖が、時の経つにつれてかえって増大していった。歯の根が合っていないのである。カチカチと上下に触れ合った。

それでも手摺《てすり》につかまりながら、意志だけで体をひきずって、自分の部屋に帰ってみた。

ガラス戸が破れて、粉微塵《こなみじん》に散乱している。肝腎の豆乳はコップが倒れて、流れ出していた。水筒をゆすってみるが、生憎《あいにく》と一滴もない。

何故部屋なぞに帰ったろう。井戸が裏手にあったではないか、と思ったが、もう引き返す勇気はなかった。ベッタリと榻の上に、倒れこんだ。然し飛行機の爆音と一緒に又走りだす心算《つもり》である。が、走れるか、走れないか？

眠るというのではなかったが、神経の濫費《らんぴ》の後の虚脱状態におちこんでいた。コクリ、コクリと喉仏の辺りだけが痙攣的《けいれんてき》に鳴っている。

足音がした。テラスを素速く駈け上っている。それから私の部屋をノックした。

「いますか？」

「ああ」

と私の声がひきつった。あの男である。ドアを引きあけて入ってきた。類《たぐ》い稀《まれ》な安堵の気持が、私の心の中に湧いていった。

「どうして灯りをつけませんか？」

「空襲だろう？」

私はつとめて横柄に言った。

「もう、済んでますよ。寝てたんですか？」

「ああ」

と私は恐怖心をこの男にかくしたくなって、そう答えた。

そいつがいけなかった。自分の弱点と恐怖心をかくしていたことが、其《そ》の夜一晩を全くこの男にあやつられるままの結果になった。

四

それにしてもビールはうまかった。いや、味は何もわからぬように興奮していたが、舌の根がうるおい、喉仏が柔かくゆるんでゆくようで、あれ程の清涼の心地は、もう生涯味わえないかも知れない。

飛行機の部品入れにでも使うのだろう、ズック製の頑丈な鞄から、男は後々とビールをひき出して、ポンポンと威勢よく抜いていった。

勿論、男も飲んでいる。缶詰から、指ごと中味の鮒《ふな》をつまんでゆき、ビールを飲《の》み乾《ほ》す度に、またその指先をたんねんに舐《な》めていた。

月の逆光を浴びているから、甚だ気楽である。人と飲み合っているというよりは、妖怪が酒肴《しゅこう》を運んで、私に饗応《きょうおう》してくれているふうだった。時々ピクピクと例の耳が月光の中にそよいでいた。

「ビールは月明りに限るね」

実は、まだ空襲への恐怖と私の取り乱した表情を見られたくなかったばかりに、灯りをつけさせなかったのだが、酔いにつれて、次第に心のゆとりも湧いてでた。

「どうだろう。今の空襲は？　何処かやられたかな？」

私はおそるおそる言ってみた。男はコップの手を中空にちょっととめ、それからいぶかしそうに私の顔を見て、

「兵站の炊事場がふっ飛んだよ。お蔭《かげ》で、あんたは明日から、朝の塩湯が飲めないね」

知らなかったのか、とでも言いたげに、おそろしくぞんざいな口をきく。

「あの、煉瓦の？」

こっくりと、男は肯いた。私は動顛《どうてん》した。

「兵隊は？」

「ああ、ふっとんだよ」

「あの、眼鏡の兵隊？」

「死んだ。野郎、米をかすってしこたま現なまを持ってました」

「まさか？」

と私はしきりに不憫《ふびん》な心地が湧いてでた。

「本当だよ。丁度《ちょうど》、最後の金は俺が預かっていたから、よかったが」

何を言っているのかわからない。

「ああ、あたしが世話をしてツンゴーに米をわけてやっていましたから」

敬語と暴言が、屈託のない乱雑さで交錯するようだった。然し、何処か私に安堵しているのだろう。それとも私の中に何か犯罪のようなものでも仮想して、そこへつながってい

るとでも思うのか。

どうでもよい。しばらくこの男を手離したくなかった。私も、何か、この男につながる安堵のようなものを感じるのである。

飲んでいった。男はビール瓶を私のコップに逆立てて、コトコトと音をさせていたが、

「無くなったね。もう少し、やるでしょう?」

「ああ」と私は肯いた。

「じゃ出掛けましょう。廉《やす》いところがある」

この男の言葉のテンポに、否応なしの迫力があった。私は金入れの雑嚢を肩にして、ちょっと戸外の月光を眺めやった。昂奮《こうふん》の後に注ぎこんだから、可笑しいくらいに体が揺れている。その私の小脇を抱えるようにして、男はテラスを斜めに歩いていったが、立ち止り、挨拶もせずに放尿を始めている。

やがて体をゆすぶってまた歩きはじめると、

「でも、喧嘩しちゃ、いけないよ。剣呑《けんのん》な男がいるからね。うちの、飛行大尉だが」

そう言って、酔いをたしかめでもするように、月光の中にじっと私の顔を透しみた。

五

道は下り坂だった。凹凸《おうとつ》のある石甃《いしだたみ》で舗装されている。月光がその不揃いな角々に、

光っていた。私がよく買物に来た難民区より、更に右手の方に折れこんだところのようだった。下り切ったところへ、ボッと大きな河が見えている。S江のようだった。

「じゃ、ちょっと」

と言って、男は露路の中に入りこんで終《しま》ったが、まもなく、表の戸がコトリとあいた。男の手にひきずられたまま、暗い軒先から入ってゆく。足許《あしもと》が何も見えないのである。一二段階段を上ったり曲ったりした。

ランプであろう。灯りが見える。やがて、談笑の声に混り合って、大きい叱声がきこえてきた。

扉を開ける。十五六歳になるであろうか。金の耳輪を懸けた少女が、ちらりと私達の方を流眄《ながし》みた。いかにも扁平《へんぺい》な顔立だが、正面からは真丸《まんまる》で、愛くるしいところがある。光りのせいか莫迦《ばか》に、その顔が白く見えた。煤《すす》けた壁が分厚いので、却って部屋に入ると、落ち着くようである。談笑は全く別な部屋だった。

中央は祭壇だろう。香炉の左右に朱《あか》い見すぼらしい対聯《ついれん》が二つかけてある。橙子《とうし》が二つ三つ置かれた儘《まま》の土間だった。部屋の中に竈《かまど》がある。

「これ、いるか？」

男は握《にぎ》り拳《こぶし》をつくって見せているが、話の大尉を言うのであろう。少女はコックリと一つ肯いた。曹長の耳朶《みみたぶ》が神経質にふるえて、それから、今度はどうした加減か神妙に、例の鄭重《ていちょう》な言葉の調子に変っていった。

「ビールですか。それとも汾酒《フンチユウ》にしますかね？」

「僕はビール」

「花立は汾酒をいただきます」

花立というのか、とこの男の顔を改めてもう一度眺めなおすのである。少女が、ビールと汾酒を運んできた。きたないコップである。よく見ると、ビールの瓶には、一々軍用のレッテルが貼られている。どうせこの男達が流すのだろう、と酔いにゆらめいている相手の男の額際《ひたいぎわ》の禿げ具合を面白く見つめるのである。

が、少女はコップにビールを注ぎながら、私の顔をつくづくと覗きこみ、今度は肩をゆすって笑いはじめた。

「やあ、灰だ。砂をかぶっていますぜ、こりゃあ、ひでえ」

と男は頓狂《とんきよう》な声を上げて私の側によってくると、肩と毛髪をはたくのである。なるほどひどい土砂である。先程の空襲のあおりを喰ったままにちがいはなかった。

「転《ころが》ってましたな？　泥の中に。おい、チュウチュウ」

花立曹長は、何かそんな名で少女を呼んで、顔を拭《ぬぐ》う恰好をして見せた。少女が鏡と濡れ手拭をもってきてくれるのである。

これはひどい。土砂をかぶっている段ではなかった。顔半分が真っ黒に泥まみれているのである。その顔が、花模様の透しのある手鏡の中へいびつに醜悪に浮き上っていた。

私は少女の手から急いで穢《きたな》い濡れタオルを受け取って顔中をなでまわした。

その時である。バーンと扉を思い切り開け放って、

「ハナタテ」

驚いてふりかえる私の眼の前に五尺八九寸もあるであろう、長身の飛行服を身に纏《まと》った将校が入ってきた。酔いが怒気に発しているようだった。ランランと眼が燃えている。

「ハッ」

と花立曹長はまるで小悪魔が吹き飛ぶような恰好で、この大尉の方に走りよった。一瞬ジロリとこの将校は私の顔を見据えたが、真中だけ土砂をぬぐったままの間抜け顔だったろう、軽蔑の表情がかくせなかった。

花立曹長は咄嗟《とつさ》に汾酒をコップ一杯注いで大尉の前に差し出すのである。大尉は悪びれる色もなく、そのコップを受け取って、まっすぐ流し込むようにキューーッと嚥《の》みほした。

「おい、チュウチュウ来い。お前はよし、花立」

花立曹長はいずれにするかと迷うふうにちょっと中腰でふらついたが、又腰をおろした。半長靴《はんちようか》で、どしどし土をふみながら、大尉は隣の部屋に帰っていった。チュウチュウが大尉の後に続くのである。

「何という大尉?」

「ああ、あれですか。ダイゴ大尉」

「どういう字?」

「醍醐《だいごみ》味の醍醐」

ぽつんとそれだけ言って花立曹長は不愉快そうに耳を隣室の方に聳立《そばだ》たせている。が、この小悪魔も圧倒されているにまちがいないようだった。花立曹長は汾酒をしきりにあおる。私もビールをあおるのである。

「なあに、威張ったって童貞大尉に何が出来るか?」

「それで、年頃は、いくつぐらい?」

「二十五ですよ、五十三期の」

老婆が愛想笑いを泛《うか》べながら入ってきた。竈に火を入れている。花立曹長はその耳に一つ二つ囁《ささや》いた。大鍋に、豚の油がシューンと長い尻上りの音を立てて、とけてゆく。

「なあに、どうせもうすぐ死ぬんでさあ。あの若僧も。するとね、あいつの手風琴《てふうきん》で一杯飲めますよ」

ちょっと口をゆがめてそう言って笑ったが、その眼が却って沈着に澄んでゆくのには驚いた。

「君は、一体、軍隊で何をしているの?」

「墓掘りでさあ――」

がらりと投げ出したような言い方だった。

「墓掘り?」

「ええ、遺骨係り。戦死者の遺品整理曹長さ」

なるほどそんな仕事の分担も軍隊には必要なのであろう。

「あの大尉は？」

「あいつは飛行機乗りですよ。近く冥土《めいど》入《い》りでさあ。それ迄、あんたも見とくがいい」

炒肉片のようなものを老婆が焼き上げて持参した。肉のつなぎは、いやにどぎつく赤い菜だ。が、うまかった。ビールの舌によく媚《こ》びる。ランプの灯影の下に索漠とむなしいビールの琥珀《こはく》の色である。

生死の交替というものが、また執拗《しつよう》に新しい疑問の形で、私を震撼《しんかん》する。この日頃、旅から旅に移っていって、ようやくつなぎとめたようなおのれの生命も、この料理の肉片の中に、他愛なくまぎれはててしまいそうなむなしさだった。

「時に、あんた。女は要《い》りませんか？」

「女？」

と私はいぶかりながら、またがらりと慇懃《いんぎん》な調子にかえった花立曹長の顔を見つめると、

「チュウチュウでさあ」

「チュウチュウ？」

「さっきの女、ね、九九という名ですよ九《チユウ》 九八十一《チユウパスイ》、さ」

「淫売か？」

「冗談じゃねえ。初物《はつもん》ですよ。が必ず、聞くよ。私が、婆あに言やあね」

九九の金の耳輪がちょっと私の眼の中に揺れるようである。が、それをもぎ取って、この曹長の耳朶に穴をあけてつるしたら、どんなもんだろう、と酔いの上の陰惨な幻覚が湧

いてでた。

隣室から大尉の歌声が聞えてきた。九九の笑声が一しきりきこえてくる。

「醍醐の野郎、又はじめやがった」

と、花立曹長の尖《とが》った耳が鋭敏にそよぐのである。唄節《うたふし》がちがっている。歌謡のようには思えなかった。祝詞《のりと》かなんぞであろう、ぶるぶると部屋の壁に顫《ふる》うのである。

「何、あれ？」

「なんだか知らないけど、こいつが過ぎると、いつもきまりもんでさあ」

曹長はそう言って、コップを握りながら自分の汾酒をぐっと乾した。

「馬鹿馬鹿しい。少し、ここに来てるからね」

今度は頭に渦を描いてみせている。

「然し、立派な将校じゃないか？」

と私は先程の威圧感が抜け切らないのである。威張っているとばかりは思えなかった。何か純潔な火柱を負うているふうだった。生の火柱か？　それとも、死の？　私は摸索《もさく》しようのないその魂に、ちょっと触れ合うて見たかった。

「で、九九どうします？」

「さあー」

と私は表情だけの困惑をつくって見せた。酔ってはいるが、あんな浅墓な媚《こび》をうだきとめることもない。

「三千だよ、あんた。話をつけるよ」

「だって、君。醍醐大尉の思われ人じゃないか？」

「冗談じゃねえ。隊長殿はね、その点だけは猫に小判さ」

何の洒落《しやれ》か、よくわからなかった。が、急に隊長殿に変ったところをみると、おそらく大尉の純潔を言うのだろう。すると突然私にはあの大尉の目前で、思いきり少女を侮辱してやろう、と言う思いがけない激情が湧きたってくるのである。

「じゃ、頼む」

私はふるえながら、雑嚢の金をひき抜いて花立曹長の方に差し出した。

「ハナタテー」

隣室から醍醐の大声が響いてくる。

「ハッ」

と度肝《どぎも》を抜かれたふうに曹長は直立したが、あわてて私の金をひったくると、歩きながら内ポケットに納めるのである。が、また、ちょっと私のところまで後がえってきて、耳許に、

「なあに、あんな若僧、今しばらくのサービスですよ。手風琴、ね。手風琴」

言い残して、

「ハッ、花立。すぐ参りまあす」

とわめきながら駈けていった。

六

しばらくシンと鎮まるふうである。おそらく私のことでも喋《しやべ》り合っているのだろう。一人になると、私は無意味な侘《わび》しさを扱い兼ねた。自体何しにこんなところまできたのであろう。ビールが、飲むはしから醒《さ》めてゆく。

老婆はふりむきもせずに、又大鍋の中で、何かを炒《い》っている。表からつぎの当ったモンペのようなズボン。そのズボンの先の纏足《てんそく》につっかけた三角の靴が、ヨチヨチといそがしげに左右に動きつづけている。

私は不思議だった。人間の各様の生態という奴が。おそらくこの纏足の婆あだって、もう二十年とは生きるまい。いや、今年死ぬかも知れたもんではないのである。何処で生れて、一体何をしていたか。いや、いや、自分が生きているということを、考えたことすらないだろう。ズボンが破れれば、中からつぎを当てるのか。当てねばならない、ときまりきったことのように。死ぬ時には、死なねばならないとでも思うのか。

すると、幸福という奴は何だ。生れなければよかったか。結婚しなければよかったか。日本兵隊が来なければよかったか。そうして今日、日本兵の強要に、豚肉を大鍋で、シュンシュンといためねばならないのか。そこで纏足が、窓の前をいそがしげに、右し左しするというわけか。

私には、纏足につっかけたヨチヨチと歩むその三角の靴が、何かすべてと切り離された独立の生態に見えてくる。奇妙な、不可思議な、原因も結果もない、独立の運動に——。「纏足の独立王国万歳」と、私は花立曹長の汾酒をかきよせてぐっと乾し、声を挙げてみたい程だった。

隣室から醍醐大尉の例の歌声が洩れてきた。よく聞いてみる。何のことはない。木梨《きなし》の軽太子《かるのみこ》が軽大郎女《かるのおおいらつめ》に奸《たわ》けて道後の湯に逃げ落ちる、道行の歌だろう。戦場に、古代の兄妹心中など持ちこんで、何になる。気取っているのか。馬鹿馬鹿しい。が聞いていると、歌ふしには例によって上古の豪宕《ごうとう》な哀調がにおっていた。

小竹葉《ささば》に　うつやあられの　たしだしに率寝《ゐね》てむのちは　人議《ひとはか》ゆとも　うるはしと

真寝《さね》し真寝てば　かりこもの　みだればみだれ　真寝し真寝てば

声は壁にぶるぶると吸われながら断続する。私はつけるともなくその朗吟の後を、口の中で追っているのである。汾酒をもう一杯グッと喉の中に抛《ほう》りこむ。

「よし、やってやれ」

と私は立ち上った。

視界が波のように揺れていた。踏みたえて、扉を排《お》す。

醍醐大尉の部屋迄歩いていって、それからドンと扉を開いた。体が崩れているから、そのまま雪崩《なだ》れこむのである。

「誰だ。止れ」

と大尉の威嚇《いかく》の声がした。はげしく立ち上る。バーンと拳銃が火を放って、私の後の壁の辺りに土崩れがした。

榻《ねだい》の上に、今まで眠っていたのであろう。花立曹長が、起き上ってきょろきょろ辺りを見廻した。九九は腰をおろしている。その榻の枕元に、片膝を立てるようにしていたが、醍醐大尉の手許と、私の顔とを素速く見較べた。

その頬が咄嗟に、この世ならず美しく思われた。

「撃つぞ」

醍醐大尉はまた拳銃の手をさしのべる。が、委細構わなかった。私はまっすぐ九九の足許までよろけていった。足許に倒れるのである。倒れながら効果を狙った。中世風にやってみたかった。

九文もあるまい、馬鹿にきゃしゃな縫い取りの靴だった。そいつをはぎ取る。九九はもだえながら身をかがめたが、私は頭で押しやって、足の指先に接吻した。

全く幸いであったといえるだろう。九九は靴下をはいていなかった。

私は今度は素速く九九を抱き上げて、榻の上に腰をおろした。この少女の四肢は、膝の上に、宛《さなが》ら蝶のように軽く、不安定な心地がした。が、勝利は確実に、私のものだった。

花立曹長は中腰になって、気を嚥まれたように落着きがなかった。醍醐大尉は黙している。化石に似たその面持《おももち》に、然し、思い做《な》しか嫌忌の表情が去来した。

九九だけが、耳輪をゆすって、きゃあきゃあと膝の中に笑いこけていた。

ようやく気附いたとでも言うふうに、花立曹長は立っていって、卓上の汾酒とコップを持ってきた。コップを九九に手渡して、それに汾酒を注ぎこんでいる。九九は笑いながら、コップを私の口許にそっと寄せてくれるのである。

「貴様は何だ？」

醍醐大尉は静かに言った。

「従軍の小説家らしいですよ」

と花立曹長が、代って答えながら、醍醐大尉のコップに注いでいる。

「小説の種探しか？　戦場の中に余計なものを持ち込むな。生死《いきしに》の修羅場だぞ」

私は九九の小脇を抱きすくめて、大尉の声の調子をはかっていた。甘いが厳粛な響きもある。けれども、これが軍流の教訓調かと思うと、私は笑いだして、

「貴様こそ、記紀歌謡の奸《たわ》け歌《うた》なぞ、余計なものを持ちこむな」

「なに――」

と言ったが、こたえたようだった。

「生死《いきしに》の場に、上代ぶりの装飾も何もあるものか。気取りだぞ」

大尉の顔に途方もない絶望の表情が泛《うか》んででた。その苦渋をしばらく整えようとでもするふうに、汾酒をちょっと舐めていたが、

「よし、わかった」

これはまた淡白に肯いた。煙草を抜きとって、しばらく口に啣《くわ》えている。花立曹長がマ

ッチをこすりながら寄ろうとすると、

「いや、よし」

醍醐大尉はライターをポケットから探し出して、自分で点火した。紫煙が、その体力の旺盛さを物語るように、口辺いっぱいに渦を巻いて、拡がってゆくのである。

しばらく誰も黙っている。が、大尉は屹《き》っと立ち上ると、その眉宇《びう》の中には何か悽惨《せいさん》な決意のようなものが湧いてでた。私の方に正対して、

「俺は、帰る」

拳銃を革のケースに押し込んでどんどんと外へ出ていった。

曹長は扉のところまで追うていったが、扉がしまるのと一緒にくるりと後がえった。愉《たの》しそうに耳がゆれ、例の清らかな悪の笑顔が頰の辺りに波立った。

「帰りやがった」

「大丈夫かね？」

私はちょっと気がかりに思われたので、こう言ったが、

「何が？」

「大尉さ。危いぞ」

「どっちにせよ、間もなく死ぬ奴さ」

花立曹長はいかにも寛《くつ》ろいだふうに、汾酒をゆっくりほしながら、そう答えた。

「実は、あの野郎、自分の妹を、くわえこんだ、というんです」

「何？」

「なあに、同じ腹の妹に手をつけたと、いう噂でさあ」

「大尉から聞いたのか？」

私は九九の耳朶の辺りをそっと唇にふれながら、男の表情をたしかめる。が他愛なく酒に崩れはてた顔だった。大尉が居なくなって、急に酔いが廻ったのだろう。聞くだけが、馬鹿馬鹿しいようなものだった。

「同期の矢島軍神が言うてましたぜ。飲んだ時でしたが、醍醐のこれは妹だって」

花立はそう言いながら、小さく小指を出してみせ、私と九九を見上げるのである。

見上げてみて、驚いたようだった。急に立ち上って側に寄ってくるのである。今迄気がつかなかったとでも言うのだろうか。

「やあ、こいつはやられました。こりゃ、ひでえ。三千ドルは廉《やす》すぎますぜ。五千でなくっちゃあ。五千」

私はわずらわしくなって来た。九九を膝から除《の》けて立ち上った。宿舎に急ぎたいのである。思い立つと片時も、こんなところにいたくはない。

「いくらだ。これの勘定？」

曹長は隣の部屋に当っていった。しばらく愚図ついているようである。九九が白けた顔で立っていた。耳輪が細かく際限もなしに揺れている。何となしに私も咄嗟《とっさ》に荒々しく虜《とりこ》の淋しさを感じていった。

曹長が帰ってきた。

「済んでるさあ」

気抜けしたような顔だった。

「何が？」

「隊長殿が、済まして、ます」

二重取りでもよい筈だ。それでは、この男もやっぱり心の隅で、何処か醍醐大尉を尊敬しているな、と私は今更のようにいぶかしく曹長の顔を見つめるのである。

「帰りますか？」

「ああ、帰る」

「九九は？」

「またにしよう。が金はやるよ」

私は二千ドル、花立曹長の手に積み重ねた。

「あなたは、全体、何といわれます」

例の慇懃な調子である。

「何が？」

「官姓名ですよ」

「ああ、真野だ」

私はそう言って送り出してくれる花立曹長の後から、戸外に出た。

「今夜は、花立、此処《ここ》に残ります。いや、送りましょうかな。宿舎迄」

迷惑だった。一刻も早くこの男から逃れたい。

「いや、いい。道はよく覚えている」

「月明りだからな。月齢十八点の五ですよ。じゃ、又」

酔いから、急にしびれがかってきた足を、引摺り上げるようにして、私は坂路を登っていった。

七

朝陽が枕許まで廻っている。相変らず喧しいポーコーの声だった。気がついてみると二つ三つガラス窓が破れている。よく見れば、何処から入ったのか、壁面にも爆弾の破片の痕跡が匍《は》っていた。それでも、体の節々が疼《うず》くようだから、仲々起き上れぬ。昨日から一変した生活の様態に、何か不安の焦燥がからみよってくるようだった。

オフェリヤの水死の額が、三十度ばかり左の方にゆがんでいた。そいつを、いかにもなつかしい郷土のように、くりかえしくりかえし、眺めやるのである。

もう、大分、時が廻っているようだ。思い切って、ようやく起き上り、その額の傾斜を正してみた。が、鈍痛のように、疲労が五体へ寄っている。仕方なく、また、がっくりと床の中に入りこんで眠るのである。

「もーし。真野報道班員殿」

とたるんだ長い兵隊の声が聞えている。

「ああ、どうぞ」

と私は床についたまま、返辞をした。痩せた兵隊が臆病そうに入ってきた。

「ああ、生きとられたですか？」

私は可笑《おか》しくなって笑いはじめると、

「昨夜見えんので、あなたもふっとんだのだろうと言っておりました」

「有難う、少し節々が痛むから、寝たままです」

「何処か、やられました？」

「いや、ちがう。飲みすぎです。ところで、この辺り別条ないですか？」

「炊事場が、ふっとびました」

「じゃ、本当？」

と私は花立曹長の昨夜の言葉を思い出してふるえるのである。

「島田がやられちゃって」

「ああ、あの眼鏡の？」

「ええ、よくこの部屋に来たでしょう。運が悪くって」

「命の方は、大丈夫？」

「いや、お陀仏《だぶつ》ですよ。朝迄、死体を燃やしました」

不吉である。そこらを歩くのは嫌だった。私は起き上るまいと決心して、

「今日は終日寝ましょうかな？」

「それがいいですよ。炊事場がなくなって煮炊きが出来ませんから、携帯口糧を持参しました」

「有難い。それの方が、よっぽど有難い」

くすりと善良そうに笑い出して、袋を私の枕許にさしだすのである。

「此処は防空壕は無いですか？」

「いえ、すぐ裏の井戸のわきに、石囲いの立派な奴がありますよ」

「ほーう、作ったの？」

「いや、墓場でしょう」

二人でしばらく笑い合った。生き延びられた者同士の愉悦である。昨夜の夢魔はたわけている、生きるとは、こんなに単純なよろこびだった、と日光の中の平衡のある思慮をしみじみ幸福に思うのである。

「今夜も、やっぱり来ますかね」

「いや、来ませんよ。昨夜のは敵さん、情報の月遅れなんですよ。まだ司令部があると思っている。今日はきっと情報訂正がとどくでしょう」

戸外を眺めやりながら、ニコニコと笑っている。

「でも飛行場があるんじゃない？　ここは」

「飛行機が三台ですよ。それも一台はバタ足じゃ――」

「バタ足とは見えんだろう？」

「なあに、飛行機をねらってくれりゃ、尚《なお》安心ですよ。ここいらは」

私も、寝たままで、葉々の光りを見つめている。

「じゃ、ごゆっくり」

兵隊はやっぱり笑いながら帰っていった。私は毛布で半眼を静かに埋め、この兵隊の笑顔を拾い取りでもしたように、とめどなく幸福だった。乾麵麭《かんパン》をポリポリ嚙み、唾液のままにゆっくりと喉から食道の方に流しこむのである。

八

正午を少し廻る頃である。ドンドンと部屋をノックする。午睡が足りて、自分にさえ、寛大な愛情が湧いていた。直《す》ぐに榻《ねだい》の上に起き直るのである。

「どなた？」

「ハア、醍醐大尉殿の伝令であります」

「どうぞ、お入り」

扉を排《お》して一人の兵長が入ってきた。息せききっている。

「急用ですか？」

「ハア、隊長殿の書簡であります」

受取った。真野殿と封筒に達筆で書かれてある。封を切った。軍用の罫紙《けいし》に、軟かい鉛筆で、肉太く、

昨夜は酔余非礼の段重々御海容願い上ぐ。今一度拝眉の栄を得、種々御教説に預り度《た》く、御多用中のこととは被存《ぞんぜられ》候《そうろう》も、御都合如何に候哉《や》。幸に御都合宜敷《よろし》くば、本日十六時より小生宿舎に待申居候《まちもうしおり》。尚、明日夕弾試射いたすべく、其の節は御同乗如何に候哉。右非礼を顧みず書状にて。御諾否、伝令迄申聞かせられ度。小生宿舎は別紙地図の如《ごと》し。

不尽　醍醐大尉

私はしばらくためらった。しみじみ今朝の幸福を思うからである。醍醐大尉との昨夜の思い出が不吉な瞬間の夢魔に思われた。而《しか》し文面の裏に見えている新しい親近の情誼《じょうぎ》にはこちらからも答えたい気持がした。この機会に暗雲を綺麗に拭《ぬぐ》い棄《す》てておきたかった。

「はい、ゆきます」

と私は、醍醐大尉の伝令に、はっきりと肯《うなず》いて見せるのである。

「お迎えに参上しましょうか？　そのこともお聞きせよと言われました、が」

「いえ、結構です。地図があるから判りましょう」

伝令はすぐに帰っていった。

何となしに愚図ついた。ようやく、舞い戻れた故郷でもあるように、宿舎の一室を離れ

たくないのである。爆弾の破片は、しらべてみると、西の小窓を打ち破って、榻のすぐ横の壁にかなり大きな亀裂をつくっている。丁度今の恰好で坐っていれば、頭から心臓の辺り迄、ささくれた破片のつぶてを受けたわけである。即死であろう。間違っても、ここに坐っていた筈はないが、妄想という奴は他愛のない発展の仕方をする。

爆弾の破片に射抜かれて、前にのめり、床の上を二回転がって、最後にオフェリヤの額にぶらさがろうとしながら悶絶《もんぜつ》する。朝方直した三十度傾斜が、丁度片手だけ額にふれかかって、さて、崩折れた、自分の頭の上の情景のように蘇《よみが》える。

旅から旅へと、歩きつづけた後に、この旅宿の一角で、思いがけない十年昔の怠惰の習癖に舞い戻ったのかと、なつかしくも可笑しくもなるのである。

それにしても心という奴のとめどなさばかりはあきれたものだった。ポーコーの啼き声と朝陽の中に、正しく己を計量しつくしたように思った俺が、もうランプの灯影の下で九九の足の指に奇怪な接吻を浴びせている。これでは、もう明日、醍醐大尉と心中をやらかさないとも限らないではないか?

時計を見た。とっくに十六時を廻っている。出迎えが来るのは嫌だった。私はあわてて、例の雑嚢を肩に吊すと、戸外へ出た。幸い、地図の道は、炊事場から真反対の系路である。花立でもふいにやって来そうな時間だった。私は急ぎ足で、棟つづきの煉瓦建築の角から折れるのである。

九

地図上の家はこの辺りだろうと思われる並木道に曲りこんだ。

「見えました――」

と突然大声で呼ばわって、先程の伝令の兵隊が走ってきた。

「やあ、遅くなりまして」

私は恐縮した。見張附の出迎えなぞ、受けたためしがないと、窮屈な思いの方が先に立つのである。

「ここは将校の方が大勢居るんですか？」

「いいえ、今は醍醐大尉一人です。後は入院中で――」

階段を上りつめたところの小窓から、網戸を洩れる風が襟首《えりくび》に来る。私はちょっと立ち留まって、その眺望をたのしんでみた。

コツコツと兵隊がノックする。

「おう」

と大尉の大声が辺りに顫《ふる》い、開けられたドアの戸口に長押《なげし》にとどく程の長身の大尉の姿が現れた。

「よく見えました、さあ」

と騎士のように慇懃な応接ぶりである。然しその礼節には、何か残忍な虚無感がにおうていた。

「昨夜は失礼いたしました。殊に支払い迄していただいて」

「いや——、自分こそ」

と言葉の抑揚に果断な抑制がある。

しばらく黙りあって、私は左側の窓に延び上ったポプラの揺れを見つめていた。部屋の光りにまだ眼が馴れないのである。が、机寄りの壁の上に、一枚の写真の額がかけられているようだった。

ふっと「手風琴、ね、手風琴」を思い出して口がすべり、

「手風琴をお持ちだそうですね？」

「誰から聞きました？　ああ花立？」

私は肯きながら、花立曹長にまつわりつく妄想を、あわてて掻《か》き消すのである。然し部屋の中には、何処にも見当らないようだった。

「古代モンですよ。が、ちょっと来歴がおもしろい。親父が留学中に墺太利《オーストリー》でもらったのです。恋人から」

ふっふ、と追想するような含み笑いを、大尉はしばらくしてから、口にするのである。

「妹が持ってゆけというもんだから……然し、こんなところでは障《さわ》り、ですよ」

妹、という響《ひびき》の中に、私は新しい罪悪を嗅ぎとろうとでもしている自分が、急に嫌にな

った。ちょっと立つ。ポプラの窓の方に歩いてみるのである。

「おさしつかえなかったら……」

と鄭重に一度区切って、

「少しやりましょうか。貰ったウィスキーがあるのです」

「はあ——」

私はあいまいな声を装ったが、実は飲んでみたかった。大尉は作りつけの戸棚の方に歩いて行った。扉をあけて探している。

「フォーン」

と服の釦《ボタン》でも引っ懸ったのか、一つ手風琴が鳴るのである。私はギョッとして、大尉の方をふりかえった。何の為だったかわからない。やがて見附かったのだろう。大尉はウィスキーをちょっと空の方に透し見て、それからグラスと一緒にテーブルの上へ持ってきた。蟹の缶詰を切っている。それを将校飯盒の蓋《ふた》に入れ、それからポンとウィスキーの栓を抜いた。

「さあ」

トクトクと瓶の口を鳴うて、飴色の液体が流れ出した。大尉はグラスを眼の高さまで掲げ、目礼して、それから飲んだ。

「明日は見えますか？」

「はあ。参りましょう。飛行機は乗れるのですか？　二人」

「乗れます。軍偵でやりますから。発射装置をつけておきました」

「それで夕弾というのは、どんなもの？」

「B29を墜《おと》そうというのでね。作ったんですが。敵機の真上に上っていって、かぶせるのです。投網のように」

「何処でやりますか？」

「沼ですね」

この大尉の操縦で、空を飛んでみるのは、心地よいように思われた。

夕暮が忍びよっているようだった。この部屋に直射光は入らないが、東側のガラスに、隣家の壁が赤く映っている。

「実は……」

と急に醍醐大尉の声に沈鬱の響きがこもってきた。

「昨夜の続きの話を、承わって見たかったのです」

「昨夜の？」

混濁した擾乱《じょうらん》の記憶ばかりで、私には何の話の経過も、今につながらないようだった。

「いや、何も昨夜の話と直接には関係がありません。お目にかかったのを糸口にして、色んなことを考えたから、一つ二つあなたにもお訊《たず》ねしてみたいのです」

大尉はこう言って、ウィスキーをぎゅっと乾した。

「何が、生きて残っておらねばならないものとして、在りますか。あなた？　醍醐？　天皇？　国家？　それとも虫けら？　いや？　人類？」

　醍醐大尉は急速調にそれだけ言って終《しま》うと、ゆっくり煙草を取って点火した。煙が大尉の顔の輪郭を崩すのである。

「私は陸士五十三期です。陛下の為に、飛んで、死ぬのだと誓ってきた。が、変りました。自分だけが変ったのだから、これを普及させようとは思わない」

　又、しばらく大尉の言葉がとぎれるのである。私の返答を、必ずしも期待しているようには見えなかった。小窓を越えて黄昏《たそが》れの戸外のモヤモヤが不思議な色合いに、鎮《しず》んでいた。もう室内の顔は識別出来ぬ程である。

「私は今でも飛びますよ。昔よりももっと勇敢に飛びますよ。が、国家の為ではない。天皇の為でもない。勝つ為でもない。死ぬ為でもない。死を克服する為です。そういう最も個人的な興味の為ですよ。いや、興味じゃない。そういう宿願の為にです。陸士では克服する信念という空念仏《からねんぶつ》を教わった。が、私は克服するという明確な宿願の為に、死ぬのです。間もないでしょう。が、いいですか、死ぬ根本が違っているのだから、何の為に死んだのか、ということをあなたにだけは伝えてみたいような気持がしたのです。いいですか。私が陸士で教わったのは、大君の為に己を擲《なげう》つ克服心でした。今のはね、何の為でもない。己に克《か》つ克己心ですよ」

「いけない。それは」

　と私ははげしく醍醐大尉の方に手をさしのべた。

「いけない、いけない。それは。言葉からおびき寄せられる幻影に、いのちを屠《ほふ》ったら、こんな莫迦《ばか》げたことはありません」

「莫迦げている？　ええ、莫迦げていることに、命をかけてみたいのです」

「死を克服する為に、死を撰《えら》ぶ？　死の為の克己心？　いけない。いけない。そんなものがありますか。克己心というのは必ず生の側のものですよ」

「だから、最初の私の問いに戻るわけでしょう。何が、生きて残っておらねばならないものとして、在りますか？」

「在りますよ」

と私は声をはげました。

「親は子を、生きて残っておらねばならないものとして、少なくとも、感じるでしょう。絶対的な生存の価値を言うのは愚劣です。それは、設問じゃない。放棄だ。どんなにとりとめのない自愛の心でもよいでしょう。それを清らかに、そのまま天意を負うた生命に迄昂《たか》めれば」

しばらく醍醐大尉は黙していた。立ち上った。窓の風を受けるふうである。いや、壁に懸った暗い額を、手にとってつくづくと透し見ているようだった。

すると、例の噂は真実か、と私の心の中にあやしく哀切な感動が湧いてくるのである。幼い罪悪感に怯《おび》えているのだろう。

「よしましょう」

と醍醐大尉は調子を変えた。

「つまらんこった。言葉尻だ。どうしようもないのは、真野さん。あなたと私の負うている運命が、天地のようにかけはなれているということですよ。よし、飲む」

自分に言いきかせるように、大尉はつぶやいてテーブルの前に帰ってきた。卓上ランプに火をともしている。それからまたゆっくり私にさしながら飲みはじめていった。

「私に一人の妹がおりましてね。年は、二つちがいですが……」

大尉の声が、今度はゆるく、うるおいを帯びてきた。

「二人っきりで育ったものですから、離れにくいのですよ」

私は喋りはじめる大尉のその口許を、じっと見つめている。

「先程のあなたの話ではありませんが、生きていてくれ、とこの妹にだけは言いたくなる」

「素晴しいじゃないですか。それこそ天賦の愛と生命を完全に育成するに足る糸口じゃないですか」

私は醍醐大尉を刺戟《しげき》しないように、つとめて私の言葉を彩った。

「帰られたら、会っていただけないでしょうか？　妹に」

「こちらから願いたい程ですね」

「私はいつ死ぬかわからない。それであなたに、伝言を一つお願いしようと、昨夜から考えた。生きていてくれ。こいつにしましょうね」

大尉はそう言って、今度は正しく私の顔をみるのである。

「妹の写真を、御覧に入れましょうか？」

大尉は立ち上った。想像の通り、壁の小さな額を外してもってくるのである。此《こ》の世に得難いくらいの、よい写真だった。庭先に斜めにかがんで少しうつむき加減のようである。陽射が額から、降りそそいで、眉の上をくっきりと開いている。眼は閉じたように写っていた。

「あなたが？」

と私は問う。大尉は素直に肯いた。額を裏返して醍醐大尉は、押えの板を外している。印画紙のままとりだして、その裏の方を見せながら静かに私に手渡した。

妹《いも》と二人心に触れて語り合ひし照る陽の庭の忘らえなくに

筆蹟は微《かす》かに顫え、一首の甘い音調の美しさは私にも無類のように思われた。

「お帰りなさい、ここへ」

と私はもう一度写真を眺めなおして、その面影の上を指先で軽く叩きつつ、大尉の鋭く収縮してゆく頬の辺りの表情を見つめていた。

十

翌朝はピスト（戦闘指揮所）の約束が九時だった。例の通り私の到着は、二十分ばかり遅れている。

八月九日、夕弾試射。使用機、軍偵二〇八三。九、二〇始動、離陸。九、四〇試射。Y湖上。一〇、三〇着陸。搭乗、醍醐大尉外《ほか》一。

入口のつき当りの黒板に赤チョークで書かれてある。もう過ぎている、としきりに恥かしかった。

「醍醐大尉、何処です？」

「階上です」

上りかけた時にドラム缶の乱打の音が響いてきた。

「空襲――」

「東方上空――」

その儘、兵隊の声はスッ飛んだ。私も走り出す。もう爆音が上空に轟《とどろ》いているのである。土堤《どて》の外に走り出て、石垣の塚にとびこんだ。地位は滑走路よりずっと高いが、比較的安全のような気がされた。

P51四機。超低空の来襲である。ロケーターには入らなかったのか。全くの不意打ちだった。

落下傘爆弾。私は石垣の塚穴の中にへばりついた。すぐ後から、兵隊が二人飛びこんできた。バッバッと炸裂の轟音がしばらく地軸をゆするのである。

続いて地上掃射がはじまった。ヒューンと唸り降りてきて、ダダダダーッと地を払う。

「おい見ろ、醍醐大尉殿」

と一人の兵隊が言っている。

「無茶しとる」

もう一人の兵隊が答えたから、私はおそるおそる、石垣の蔭の間から、覗きおろしてみた。大尉は滑走路の手前の叢《くさむら》の中に、立膝で空を仰いでいるのである。右手に拳銃を持っていた。超低空で掃射してくる度に、身構えて、パッパッとむなしい拳銃を放っている。馬鹿げていた。が、私の理性の嘲笑を尻目に、感情が先走って、この青年の暴挙を畏怖するようだった。危うく故《ゆえ》の知れぬ涙が眼蓋《まぶた》を衝《つ》き上げてきそうになるのである。

兵隊が一人着色弾の擦過傷を負うただけだった。滑走路清掃がすぐはじまった。

「滑走路異常なし」

と兵隊が叫んでいる。

「やりますか？」

「ああ、飛びましょう。敵さんの幕間《まくあい》で丁度いい」

醍醐大尉は長身から見下ろすようにして、私の顔に肯いた。始動車が軍偵のプロペラに縋《すが》りつくのである。やがてプロペラの旋回がはじまった。

「試射準備完了」

と兵隊が醍醐大尉に報告する。

大尉に続いて、私も乗る。搭乗機が滑走路をすべりはじめた。青草がどんどんと後にすぎる。土を蹴る、と思ううちにふわりと飛び上る。城門が見え、城壁が見える。細長い町を半周して、ぐんぐんと高くなる。右手にS江が濁っている。

太陽は右手である。快晴。水田の稲穂の黄様の絨毯《じゅうたん》。高度千百ぐらいを保って飛翔を続けている。S江が思うままにゆったりと彎曲《わんきょく》して、白帆が見える。心地よい涼しさになる。

左前に身じろぎもせぬ醍醐大尉をつっついて、煙草を吸ってよいかと手真似で訊《き》く。肯いている。一服。

至るところに湖沼がある。右手に重畳の丘陵が見えてくる。動揺はない。夥《おびただ》しい水だ。広い。まるで、水の上に島が沢山浮んでいるようなものである。広い。こんな広い大地の上に、彼我《ひが》入乱れて爆弾を落し合ってみたところで、何になろう、と可笑しくなってくる。次第に高度を上げはじめた。冷気がしみてくる。雄大な俯瞰《ふかん》である。山々がひしめき、ねじれて、その上にくらげのような白雲が浮んでいる。流れている。まばゆい白雲の群が、きらめく氷山の群のように見えてくる。雲がと切れて紫紺の山膚《やまはだ》がのぞいてくる。

高度を落す。相変らずの湖沼が至るところに見えている。葦がそよぎ、湖上にチリメンのような波が皺曲《しゅうきょく》する。その上に船の水尾が長く伸びている。藻屑《もくず》を分けた水路である。

その辺りを迂回《うかい》する。紅白の蓮《はす》の花が満開である。明るい。明るすぎる。透明である。

コツーンと、何か底抜けに淋しい気持が湧いてでた。この儘天国にのめりこんで見たいのである。

この辺りではないのか？　まだ試射をやらないのか？　不思議なもどかしさがこみあげる。

機体は、放心でもしたように、何遍も何遍も、繰りかえし同じところを旋回しているのである。

大尉を見る。化石している。試射どころではないようだ。ふいに突然の恐怖が波立った。危い。やる気かな？　俺を道連れに。すると、私は嗚咽《おえつ》のように身が顫えた。

ジロリと大尉が、私を見た。助かった。コースを変えたようだ。二岐《ふたまた》に分れた川に沿うて平野に出る。低空である。犬が見える。水牛が見える。人影が見える。何かに集うているようだ。何に怯えたのか、蜂の巣をつついたように逃げはじめた。ぐいと急角度に旋回する。

瞬間、大尉の身が踊るようだった。真下に白煙が裂け、グンと手応えのようなものが機体に顫う。あっ。タ弾が発射されたようだった。バタバタと四五人の人々のよろける有様が眼を掠めた。そのまま急角度に上昇してゆくのである。雲界に舞い上る。相も変らぬ、キラキラと眩《まば》ゆい白雲の群だった。その白雲の波の上をすれすれに掠めて飛ぶ。まるで白日の夢魔のようだった。暗い疑いを乗せた機体の投影だけが、ツイツイとその雲界の波を縫っていた。

ようやく雲を抜けて下降する。S江の特徴のある彎曲が見えてきた。彎曲のくびれ目のところの、古い塔が、城壁である。飛行機は高度を落す。細長い町を半周する。家々が、斜めに眼の前に浮んできて、あっと思う間に叢の中の滑走路に、あっけなく着陸した。裸の兵隊がゆるく手旗を振っている。

大尉が降りたから、私も続く。急に熱い。叢の風を受けるふうに大尉はちょっと立ち止った。私の顔を見る。沈鬱な眼だ。

「じゃー」

と醍醐大尉はそれだけ言って、一人で大股に、風の方へ歩いていった。

十一

にがい夕暮だった。一人取残されて終《しま》ったような苦渋である。昨夕から一歩も出ない。ひきこもって、折々オフェリヤの死体を流し去っている、夕暮の水膚の色を見つめている。

昨日の白日の夢魔が蘇える。稲穂の中に、よろけるゴマ粒程の黒い蔭が。それから小波の皺曲《しゅうきょく》の上の紅白の蓮の花が。藻屑を分けている、小舟の細くて長い水の尾が。キラキラまばゆい雲海を縫うている自分の飛行機の投影が。この濛々《もうもう》たる繁茂の状を司《つかさど》る終局の宰領者は、神か？　馬鹿げている。

すると照る陽の庭の、醍醐大尉の妹が見えてきた。妹のくっきりと抜けでるような額の色が。ほつれ毛が。

醍醐大尉なぞ、死のうと生きようと知ったことではないではないか。まだしも、あいつは帰るべきところを持っている。死の間際にあそこへ、帰ると思うのだろう。あの甘くておそろしい悲哀の場に。あいつの甘い苦悩が流れ出すその根源に。畜生。だからやすやすと感傷の死を口ばしる。

では、俺は。さしずめ九九の足指の先あたりか？　どこに帰ったらいいというのだろう。

はげしくいらだって戸外に出る。テラスの木柵に凭《もた》れてみた。例の啼き上げるような暮れの小鳥の感傷がはじまった。昼と夜の、紙のようにつながっている、あわいである。

鳩程の見覚えのない鳥が、ベランダと右手に近い木立の間に斜《ななめ》に張られた蜘蛛《くも》の巣の側へ飛んできて、まるで空間に佇立《ちょりつ》するように、しばらく一所にハタハタ、ハタハタと空気を顫わせながら浮んでいたが、さっとその蜘蛛を捕えて飛び去った。

私はこの瞬時のいきいきとした情景に、洗われるように蘇えるのである。

花立曹長が、やってきた。

「ああ、居るね」

無遠慮に部屋の中に入りこんできて、蠟燭《ろうそく》の灯りの側に坐るのである。

「昨日は、夕弾の試射だったって？」

「ああ、行った」

「やったろう？」

「ああ、やった」

何をやったろうと言っているのかと思ったが、こいつ本能的に嗅ぎ知っているに相違ない。

「野郎、死ぬよ。今度だけは見ときなさい」

「ふーむ」

「でね――。真野さん。明日白竜まで飛びましょう。うちの前進基地ですよ。秘密命令で、今日、醍醐も飛んでいった」

「え？　醍醐大尉が出かけたって」

「ああ、出かけた。あっちで決戦をやるんだとさ。オンボロ飛行機を掻き集めて。きっと面白い程、バタバタ、墜《お》ちるよ。見にゆこう」

「そいつは君の商売だ。俺は知らんよ」

花立はしばらく黙って、陰気に耳を揺っている。

「だって、真野さんに来てもらいたい、というんですよ。今日乗りこむ時に、醍醐大尉殿の伝言でさあ」

乱脈な言葉の調子の高下である。

「来てくれって、嘘だろう？」

「嘘なもんか。明日オンボロ爆撃機で、弾丸輸送がある筈だから、その時一緒に連れてこいと言ったのは、まぎれもないこった」

「いや、何《いず》れにせよ、やめにしよう」

「信用しねえのか。ほらここへ、ちゃんと手紙があるじゃねえか」

花立曹長はそう言って、ポケットから封書を抜き出した。真野殿と大書してあるが、勝手に開封して持っている。

「真野さん、居なかったから、間に合わんといかんと思って、用件だけあけて見たがね」

勝手な理窟を言っている。が、どうでも良かった。

一筆書留め置き候。御家に御手交戴《いただ》き度《た》き物品有之《これあり》、御迷惑ながら明日連絡便にて白竜迄御来駕《ごらいが》願上候。怱卒《そうそつ》に思いつき、ここにてお預けせんと一度は決心候も、依頼いたすべき人物いかがわしく、先《ま》ずは書状を以《も》って、御光来懇願迄

醍醐

私は花立を見つめながら哄笑《こうしょう》があとあとと身をゆすって、とまらなかったが、曹長は別に何とも意にする風には見えなかった。信念を貫いて、何事にも屈せぬ男なのだろう。私は笑い止むのである。

「行くでしょう?」

「よし」

と私は肯いた。花立曹長は、蠟燭の火の中に、ニヤニヤと笑ってから、ちょっと盃をふくむふりをして、

「やりませんか、一杯?」

「飲みたいね」

と率直に肯いた。

「じゃ、はじめから、今夜は九九だ」

花立曹長は、勇むように私の前にどんどんと歩み降《くだ》っていって、

「月齢二十一・五だ、拝めないいね」

又例の月齢をつぶやいた。

十二

例の輸送用に改装された爆撃機は、夕暮のあわいを抜けて飛ぶことになっている。敵機の追撃をおそれるわけだ。

暮れかかっている。花立曹長は桜花模様を散らした日本手拭で、しきりに鼻をかんでいる。帰れというのに、昨夜、私の部屋の寝台の下にころがって、風邪をひいて終《しま》ったのだろう。

「機上は寒いから」

そう言って、首にバスタオルを巻き、合羽《かっぱ》を着こんでいる。が、これもまた戦死者の遺留品にちがいはない。

十九時何分ぐらいだろう。重爆のプロペラが廻りはじめるので胴体の扉をあけて乗りこ

んだ。なるほど胴体の中は弾丸の山である。操縦席の後のクッションが一つあいていて、私はそこに坐りこんだ。花立は後部の胴体の弾丸の上にころがりながら寝そべっている。ちょっと熱があるそうだ。

場内の草が白くはじかれ、やがて滑走、大地を蹴る。S江が雄大に彎曲して、その果《はて》が朱雲の天際に没している。有難い。心がしーんと鎮まる程である。もやもやと紫の靄《もや》が、S江と湖沼と大地の上に立こめてくる。

時々前の部屋から、紙片が副操縦士に廻される。〔敵機変化なし〕操縦士がそれを見てうなずいている。その紙片を私にも見せてくれるのである。それからゆっくりと破り棄てている。

太陽の余光が層状の靄の皮膜の上にほんのりとうす明っている。飛行機の速度が実に遅く感じられる。地上を鈍く匍っている感じである。右手に巨大な沼沢が見えてきた。

「洞庭湖ですか？」

副操縦士に訊いてみる。聞きとれぬふうである。

「洞庭湖ですか？」

飛行帽の耳の辺りをめくりながらどなってみる。

「いや、ちがいます。H湖でーす」と飛行地図を出して指し示してくれた。

どうやら飛行場のようである。江岸にうすぼんやりと滑走路が見えてくる。翼燈が点《つ》いたり消えたりする。急角度に旋回した。パッと赤青白のスピリオが滑走路を浮き出しにした。機首をぐんぐん下げて、ズシンと軽い衝撃が感じられる。そのまま地上に滑りこんだ。ガラスの蔽《おおい》を開け、副操縦士が立ち上って、滑走路を誘導する。止る。

私は胴体を開いて、花立曹長を探してみるが、もう降りたようだった。下に居た。暗闇の滑走路を横切って、曹長について歩む。

「ほら」

と曹長は合羽を開き、自慢そうに私の手に押しつけてみせる。一升瓶が二本のようだった。

「弾薬箱の後なんぞにかくしやがって」

眼の前を何か黒い動物が横切った。鼬《いたち》か兎にちがいない。それを曹長は幽霊かなんぞのようにたまげたふうだった。

歩いて十分。白竜山の山蔭に、こんもりと繁る寺社か廟《びょう》のような建物だった。ここが空勤宿舎だという。階上からギターかウクレレの物憂い響きが聞えてくる。

悪びれる色もなく、曹長は先に立ってドンドンと階段を上っていった。私も黙ってその後に続くのである。

扉を開く。

「おうお、花立。何しに来た。まあだ、俺は死なんぞ」

一人の中尉が立ち上り、大声でそう言うと、ドッと笑声がわき上った。又一人の将校が言う。

「おい、俺が死んだら、花立。褌《ふんどし》は貴様に全部やるぞ」

ワッと新しい喚声である。

「おうお、手土産か。でかしたぞ」

寄ってきた。湯呑みで、みんな飲みはじめた。私も度胸を決めて、勝手に坐りこんで終っているのである。生命が朝夕交替するところには、紹介も何もないようだった。迷いこんできたものを、怪しむものは一人もない。消えてゆくものも、やっぱり同じことだろう。無常迅速な、生命の交替のプールである。

「花立。今度はお蔭で、貴様は用無しじゃ。乗る飛行機が無《の》うなったわい。ゆうべ集結したところを、みんな焼かれて終って、のう」

「が、安心しろ、俺が、馬に蹴られて死んでやる」

また、わっと哄笑が上っている。

然し、酔いが廻ってゆくにつれて、焦慮と放埒《ほうらつ》のからみあった、耐え難い陰惨な風景に変っていった。生命が故意に圧縮され、歪曲《わいきょく》される日の、喪失感から発する悲哀だろう。

そこここの隅で、一人二人ずつ、集っては歌い、歌っては踊っている。ウクレレを弾いている。ギターを掻きなでる。その音色は残忍に人の心を逆撫でる。

部屋は床を上げ、アンペラが張られてあった。あちこちにランプが吊られ雑誌や豆本が散らばっている。その本の表紙には必ず、購入者の名前を自筆で入れる慣わしだそうな。だから、一冊、分厚い合本が綴《つづ》られて、「思い出の雑誌集」と表記してある。購入者が墜ちてゆく度に新しく綴り合わせられてゆくのだろう。これも又、花立曹長の発案か？

一人の恰幅《かつぷく》のよい豊頬《ほうきよう》の准尉が私の側によってきた。飲んでいない様子である。ズボンの上から左脛《ひだりすね》をしきりにさすりながら、

「あなた、見慣れない方ですね。もしや、醍醐大尉殿の？」

静かな口調である。

「そうです。真野です。醍醐大尉を追うて、やってきたのですが」

「そうでしたか。大変失礼いたしました。花立が紹介でもすれば直ぐわかったのに。自分は醍醐大尉殿の部下で、霧島准尉であります」

言葉がしっとりと私の胸の中にはまりこむ。よく練れた飛行士だ、と私は想像するのである。平静で正確な軍人も稀にはある、とはじめて私はこの准尉の顔を、しみじみと眺めやった。

「それで醍醐さんは、どうしました？　見えないようですね」

実は、私は先程から、大尉の姿が見えないのを気にしていた。

「はあ。昨夕十六機集結して飛行場に並べたところを、戦爆連合で十二機燃されて終いましてね。迂闊ですよ。それで焼け残りの四機を指揮して、今朝方、大尉殿は湘潭《しようたん》までゆかれました。明朝は必ず帰って来られますよ」

「そうですか、大変ですね」

「若いが、立派な人ですよ。あの人は。が、何かこの頃、焦られ気味ですね。私は気にし

ているんですが」

霧島准尉はそう言って、ちょっと視線をはずし、脛の辺りをさすっている。

「死ぬのは、いつだって死ねるんですから。ああ、そうそう。預り物をしていますよ。きっとあなたが見えられるからというんで」

「でも明日帰って見えるのでしょう?」

「はあ。帰られます。然し私達はね、刻々用件を片附けとかないと。いつ――」

そう言って、また脛をさすりはじめている。

「失礼ですが、大きい物ですか?」

私は、いささか、旅の迷惑をも思ったわけだが、それよりもその品物が何だろうという好奇心の方をかくせなかった。

「いえ、靴でしょう。御妹ごへの。小さな繻子《しゅす》の支那靴ですよ。実はね、大尉殿は、妹御の足形を両方ともきっちりと、紙にとっておられましてね、それは丁寧に註文されたのですよ。可愛い足でして」

准尉は好色そうではなく、ほんとうにその足に感嘆するような声をだした。

「ほう?」

私もうなずくのである。

「その靴の上にね、手風琴の模様をそっくり移して自分でたんねんに刺繍《ししゅう》されたのですよ。一ヵ月余りかかりましてね」

これは大切なものだと、私は責任の重大を感じるのである。

先程まであちらで声高く談笑していた花立曹長が、ひょっこり側にやってきた。ぎょっとする。が、そんなことに気附いている道理はなく、

「おお、霧島准尉殿か。真野さん。これが日本の撃墜王ですよ」

瞬間、霧島准尉の顔が女の子のように初々《ういうい》しく染った。

「どうです、戦闘は？」

私も興味が湧いて、つまらぬことを訊く。

「いや、嫌ですね」

「そうでもねえさ」

花立が口を挿《はさ》む。

「ほんとに嫌ーな気持ですよ。自分が墜ちた方がよっぽどいい。人の顔が見えないからまだしもですよ。自分はいつもほんとうに、射的の豆飛行機の心算《つもり》ですよ。でも空の戦争の方が、まだましですね。地上なら撃てない。人を狙ってなんか」

「足の傷、癒《なお》った？」

と花立が訊いている。

「ああ癒った。段々弾丸が、私の真中の方に近寄ってきましてね。そろそろ年貢の納め時ですよ」

そう言って、霧島准尉は大きな顔をくしゃくしゃに綻《ほころ》ばせながら笑うのである。

その晩はすすめられるので、霧島准尉の脇に眠った。すぐ、すやすやと赤子のような寝息が立つ。私は仲々寝つかれなかった。階段を降り、戸外に小便をしに出ると、暗い闇の中に、何かつるべを汲《く》みあげるような、キリキリキリキリという夜鳥の声がきこえてきた。沼でも近いのか、何かぼんやりと夜眼に照っているものがある。

十三

翌朝目覚めてみると案の条、すぐ家の裏に沼がある。葦葭《あしよし》の間々にまで白い靄がたっていた。その靄が次々と日光に吸い上げられていって、最後にぶるぶると葭が顫え、それから素晴しい天気になった。

飛行場迄、朝のトラックが出るという。空勤者は全員乗り、私と花立も一緒に乗る。

ピストに到着すると、間もなく爆音が聞えてきた。

「爆音は友軍機。サクラ、サクラ。サクラ四機。着陸しまーす」

無線室の方から拡声機に乗った声が響いてくる。

滑走路に立ち、空を仰ぐと隼《はやぶさ》四機が、もうくるくると旋回をはじめている。雲一片ない空だ。

一旋回ずつ遅れて、次々と着陸している。醍醐大尉が降りてきた。

「やあ、よく来てくれました。花立。貴様もか?」

花立を見て笑っている。

「はあ」

と花立も耳を立てながら、笑った。

「真野さん。ひとつ、ここでゆっくりしていってくれませんか。ここはにぎやかで面白いですよ。敵さんがひっきりなしに見舞いにきます」

控室に入る。朝食に寿司が出ている。

「少し歯が痛みましてね」

醍醐大尉はそう言いながら海苔巻を一つだけしか口にしない。

「歯ですか？　軍医殿を呼んできましょうか」

花立は素早く立ち上って出ていった。霧島准尉が側へよってきた。

「隊長殿。お預けの品物、たしかにお手渡《てわたし》しておきました」

「ああ、そうそう、たしかにお預りしておりますよ」

醍醐大尉は私の顔をしっかり見て、

「戦場ですからね。余り責任を持たないで、もし運べたらというぐらいで結構ですよ。つまらぬもんだから」

「いえ、きっと」

答えながら、私の眼に、照る陽の庭が眼に泛《うか》んだ。静かな女人の肩と、白い足のくるぶしが。届けたら、あの庭先で陽を浴びながら、コトコトと履いて見るだろう——。

軍医が控室に入ってきた。花立は何処かへまぎれて終《しま》った様子である。

「どんなです？」

「いや、大したことはない」

「治療をしましょうか？」

「めんどうだな。飲み薬でもないのかね？」

「じゃ、注射を一本やりましょうか、葡萄糖《ぶどうとう》と一緒に」

「葡萄糖？　よし、打とう」

大尉は左腕をまくっている。

「注射は、大の嫌いだが」

机のはしに毛布を敷き自分の右手で肱《ひじ》のところを押えている。軍医がプスリと針を射す。馬鹿に白い青年の腕だった。童貞か？　それとも血族との姦淫というのは事実か？　何か不思議な感傷を誘う腕だった。軍医は静かに針を抜いて、ヨーチンを塗っている。脱脂綿に吸わせすぎたせいか、ヨーチンが、塗られたところから少し流れて腕を匐った。

「やあ、有難う」

大尉は屈託なく服をのばした。

「永州特監、五十キロ。戦爆連合三十機。白竹輔東進中——」

無線室から、突然不気味な拡声機の大声が響いてきた。

「来た」

と醍醐大尉は棒立ちに立ち上るのである。

「直ちに要撃。田沢中尉、橋野少尉、霧島准尉。出勤報告は要らぬ。そのまま飛べ」

「ハッ」

と一斉に青ざめた。走り出しているのである。走りながら飛行服の吊革ボタンをはめている。霧島准尉の軽いビッコが私に見えた。

「此処は爆撃の目標だ。真野さん河岸まで逃げなさい。花立。案内しろ。あすこの真上でやる。じゃー」

醍醐大尉はそれだけ言い残して滑走路にとびだした。始動機のトラックが駈け廻って、もうプロペラが廻っている。

「永州特監、三十キロ。戦爆連合二十七機、嘉善東進中」

次々と離陸している。

「危ねえ、危ねえ、さあ逃げようぜ」

と花立曹長が駈けだした。私は後に続くのである。無二無三に走った。江岸が見えてくる。駈け上って堤防の上に横に寝た。

「ここなら、あんた、いい見物さ」

笑いながら、花立はそれでも砂と草をかぶるのである。四機はくるくると旋回急上昇をつづけている。

西方の上空にキラキラと敵機の姿が見えはじめた。三つの梯団《ていだん》に分れている。よく見るとその上にまた二梯団が、爆撃機らしい。
近接してきた。轟々たる爆音である。編隊をくずす。友軍の四機はまだ上昇しきってい
ない様子である。
が、入り混れた。
爆撃。私は地にしがみついた。草をごそごそ掻きよせるのである。巨大な爆発音と爆風
が間断なしに続いている。飛行場は滅茶滅茶のようだった。濛々と煙が上っている。
けれども済んだ。爆撃機は次々と離脱してゆくようだ。
「やってるよ。見なさい」
と花立曹長は立ち上っている。寝たままだが私も仰向になって空を見た。
のどかな眺めだった。爆音だけが腹にふるえている。高い空の中に、ケシ粒ほどの飛行
機がのび上ったり、旋回したりしている。もう三三五五というふうだった。ほんの時々、
ババーンと遠い掃射の音が聞えていた。見ていて、状況がちっとも分らない。
何処からか一機、かなりの低空で戻ってきたようだった。日の丸である。が、突然火を
噴いた。危うく落下傘で飛びだした。すーっと一直線に降りてくる。男は二三度腿《もも》をふっ
て身もだえた。おや、いつ開くのかと思ううちに、そのままストーンと地に吸われた。
「誰だ、誰だ。間抜け野郎が」
花立曹長は手拭で水洟《みずばな》をかみながら立っている。私も立ち上った。が、何となしに知り
合った人である筈はないような気持がした。

「あれ。また一機墜ちてくるぜ。敵機らしい」

なるほどもう一機、滑るような角度で流れてきて、向うの丘陵の中に呑まれていった。

「さあ帰ろう。もう済んだ」

花立は駈けだした。私はぼんやり後から歩いていったが、途中で、頭上に一機帰ってきた。もう他には空の中に機影はない。

飛行場は、大混乱のようである。死傷者の運搬のようだった。が、控室とピストは案外に残っている。先程の一機が着陸して、兵隊に抱かれるように囲まれながら、中尉が、一人帰ってきた。

花立が寄ってきて私に言う。

「落下傘はね、霧島准尉だよ。今、搬《はこ》ばれていった。それから山の中さ。ダ、イ、ゴ」

何故か、そう区切って言って横をむいた。

「単公路の近くだから、現場にね、トラックが、急行する。行くかい？」

言葉を継いで、花立は例の水洟をまた拭った。

確認するのは嫌だったが、私も発車間際になって飛びのった。

やけにトラックをぶっとばす。考えが少しもまとまらなかった。稲穂ばかりが眼の中に流れていった。沼を廻って丘陵である。丘陵の中をうねる公路を、かなりの道のりだった。

そこから歩いた。二つ目の丘の南斜面に大破した飛行機が見えている。薄《すすき》と萩《はぎ》の丘だった。ところどころ小松が混り、地膚の赧土《あかつち》が赤く眼に残る。

機上には死骸はなかった。二三間離れた萩の中に、蹲《うずくま》った形で倒れている。焼けながらはね出されたのか？

袖がもぎれて、左腕が異様な色にふくれ上り、萩の枝を抱いていた。

突然、花立のヒイヒイという泣声がはじまった。ふりかえると、例の手拭で、真赤になった眼と鼻を交互に、はげしく拭っているのである。

脱出

駒田信二

重なりあった嶺々《みねみね》の隙間に、夢のように遠く、しかしはっきりと沅江《げんこう》は浮き上って見えた。そこが私たちの目あてだった。東へ東へと嶺づたいにその岸へ出、ジャンクを盗んで河を下ろう、――そういう計画だった。

既に、ここから東へのすべての山は敵の山だった。どの山の麓《ふもと》もおそらくは、今は気負うた敵で一杯なのだ。私たちは、いわば敵の頭上を踏んで、しかも敵にさとられることなしに幾つもの峻《けわ》しい嶺々を越えてゆかねばならない。それが可能だとは思わなかった。しかし、不可能とは――他に何か可能の道のある場合にのみ言われることであろう。沅江を目ざすこと以外に生きる道のない私たちにとって、それを不可能だとすることは即《すなわ》ち死ぬことだったのだ。私たちにとっては、とにかく沅江への距離をちぢめてゆこうとする、その意欲・行動のみが、直《ただ》ちに生きることとなのだった。生きること、――というのは、生きようとする以上は、その可能とも思えぬ道をとるより他はない、という意味であって、例えば、突撃の号令の下におかれた場合の私たちにはそれに従って敵の中に突き進んでゆくことより他に生きる道はない——それと同じだった。突撃はもとより死への突撃ではあっても、必ずしも死であるとは限らない。だが、突撃を拒否することは何よりも明らかな死だ。——沅江への道は丁度《ちょうど》それだった。沅江を目ざすこと以外に私たちの生きる道はないのだった。それをしないことは何よりも明らかな死だった。

しかしながらまた私たちは、ひたすらに生を求めてのみ沅江を目ざしているのではなかった。そのときの私たちは、のちに私たちを襲ってきたような激しい生への執着には、少くとも意識の上では、まだとらわれてはいなかった。むしろしばしば死を羨望《せんぼう》し、喉《のど》の渇きのようにおし上ってくる激しい欲望、——ぱっと手榴弾を脚下に投げつけたい衝動と絶えず闘いつづけていたのだった。自らの今在る現実というものが、ともすれば夢のようにぼやけて来、自らの行動を劇中劇のようにしか摑めない、朦朧《もうろう》とした状態に陥ってゆくことがしばしばだった。例えば、今、こうして貴州省の、名も知らぬ、方位もさだかでない山の中の岩かげに身をかくして、嶺々の隙間はるかに沅江を眺めているというそのこと自体が、ふッと夢のように思われて来る。夢ではないんだと身にふりかえって自らを励ましつづけなければ、四囲すべては敵であるということも忘れてしまい、或いは、ふらふらと求めて敵の前に身をさらしにゆきたいような気持にさえなるのだった。——だが、そういう自分を、夢ではないぞ夢ではないぞとゆすぶり目醒《めざ》ましてふッと我にかえったとき、そのとき、たちまち私たちはあわてて四囲に気をくばり風の走る音にもドキッと息を殺す。

――だから、そのときの私たちの心には、やはり意識の底を激しく生への執着が流れていたのだと言わねばならないのだろう。例えば、突如、眼の前に敵がおどりかかって来たというようなすばらしいチャンスさえあれば、私たちは苦もなく生命などなげ捨てたであろうかと思うのだが、しかしそれは死生というものをとび越えた、いわば一種の狂的状態でしかなくて、そういう状態に陥る以前の正常な心の奥底には、やはり生きたいと願う痛切な心、しかも生きる道はほとんど閉されているというせっぱつまった気持があって、そういう気持が、その苦しみに堪え得ず、そこから放たれようとして無意識的に却《かえ》って死を求めるような行動をとらしめるのであったろう。

しかし、そう言ってもまた、やはりそのときの私たちの気持とは遠いのである。所詮《しょせん》、それは一つの確信とか決心とかいう類《たぐい》のものではなくして絶えず浮動する模糊《もこ》とした心の状態であり、言葉に言いあらわすことなどの出来得ないものなのかも知れない。例えば、ほんの日常茶飯の何とない小さな感謝やささやかな愛の心のようなものでさえも、それを言葉にあらわそうとするときには、却って真実の気持と離れてしまうような場合だって多いのだから――。しかし、今しいて言ってしまうならば、（私自身ふりかえって、否、と言いたい気持は依然としてあるけれども、）やはり私たちは死を怖れていたのだと言わねばならないだろう。そして、死への怖れがときには却って私たちを自ら選んで死に近づけしめようとするのだろう。しかし、すべては私たちの意識の下《した》に於《おい》てである。

それを言葉にあらわそうとすれば、私は空《むな》しく堂々めぐりをつづけるばかりのようである。むしろ私は、私たちが今ひそんでいるこの山にたどりつく二日前、それが私たちの最後の陣地だった山を脱出して来る道で、私たちの目撃した次のようなことを、それから、そのとき私の心の中を夢魔のように去来していったいろんな思いをそのまま写してみた方がよかろう。

……私たち――私と、森中尉（森中尉は腹にちぎれた軍旗を巻き着けていた）と、中村曹長（彼は自決した隊長の指と歯を持っていた）と、原兵長（彼と私とは隊長の当番兵だった）との四人――は、崖の下を通ずる一本の小径《こみち》を、一個分隊ほどの敵兵が無言に通ってゆくのを見まもりながら、その崖の中腹の草いきれの中に身をひそませていたのだったが、ふと気づくと、敵兵たちの後方二、三十メートルのところを、一人の男がまるで散歩者のようなのどかな足どりで歩いているのだった。その男は道傍の繁みの中からひょっこり出て来たように思われた。私は、私たちのかくれている崖の真上にも、或いはすぐ横の高い繁みの中にも、そういう敵の一人のひそかに私たちを狙っていることを想うとゾッと身のちぢまる思いだったが、ところが、そのうちに私は、意外にもその男が私たちの戦友の一人であることを認めたのだ。

……その十日ほど前から私たちは最後の拠点だった山を放棄することになり、数名ずつ一組となって陣地からの脱出をしはじめるのだったが、（――皆が脱出し終った翌々朝、私と原兵長とは、脚に浴びた迫撃砲の破片のあとが化膿して長い間薄暗い壕の中に寝たままだった隊長を肩に乗せて壕の外に運び出した。そして私たちは、隊長をかこんで水杯《みずさかずき》をかわした。水杯が終ると、隊長が言った、――俺は、今から自決する。既に屍のような肉体から、それは低い、しかし力のある声だった。森中尉が大きくうなずき、――我々も、と言った。隊長は腰を浮かせるように伸び上り激しく右手を振って森中尉をさえぎった。――軍旗を、と言った。私たちは姿勢を正してあとの言葉を待った。――お前たちは、軍旗を護《まも》って友軍のいる地点まで下るんだ、いいか。――しかし、……と言いかけた森中尉に、隊長はおっかぶせるように鋭い声で、――命令だッ！　と叫んだ。昂然《こうぜん》と肩を揚げて一人ずつ私たちを眺めまわした。泣き出しそうな眼だった。私たちは隊長と運命をともにすべく最期まで踏みとどまっていたのだった。誰もみなしばらく無言だった。やがて森中尉が立ち上って言った、――森中尉以下四名は軍旗を守護して下ります。語尾は癇高《かんだか》くふるえ、森中尉の頬を涙が走った。森中尉は隊長の壕の中から軍旗を出して来た。隊長は私と原兵長とにささえられて立ち、軍旗に対して抜刀の敬礼をした。刀の先はぶるぶるとふるえた。それから、私と原兵長とはまた隊長を肩にして壕の中に入れたが、――隊長殿、お言葉は、と森中尉の癇高い声が後を追った。――ない、無事を祈る。隊長はふりむきもせずに応えた。私たちが壕を出てくると間もなく轟然と拳銃の音が鳴り、それはしーんと尾を曳《ひ》いて山々に長く木霊《こだま》した。森中尉と中村曹長とは壕の中へ駆け込んでいった。隊長の指と歯とを欠いて来た。それは三角巾に包んで中村曹長が持った。赤い血がにじんでいた。森中尉は腹に軍旗を巻きつけた。――私が最期までその陣地に踏みとどまっていたのは、隊長当番は隊長と運命をともにすべきであるという、当然な、そしてむしろ誇らかな責任感と同時に、また、運命に逆らうということが、即ち逃げるという気持が、怖ろしかったからでもあった。と言っても、もとより死は覚悟していたのだ。それを怖ろしいなどとは思いはしなかった。だから、もし隊長がともに自決することを許してくれたならば、私とても隊長のように英雄的な誇らしい興奮を以《もっ》て従容《しょうよう》と死ぬことは出来たのだ。しかし、逃げるということは、逃げるというその気持は、怖ろしいものだった。逃げるということを考えると、死が、陣地に踏みとどまっての場合の死とはまるで違って、びりびりとした鋭い恐怖を以て追ってくるのだった。——しかし命令であれば、私たちは生きて逃げねばならなかった。私たちはこうして最後にその陣地を脱出することになったのだった。——）敵兵のうしろをふらふらと歩いてゆくその男は、確かに既に四、五日も前に陣地を脱出したはずの私たちの戦友の一人だったのである。私の眼がそれをたしかめたとき、私は反射的にぱッと立ち上りたいような衝動にうたれた。——高田上等兵です！　と私は喉の奥で叫んだ。森中尉が抑えた。私たちは崖の中腹の草いきれのなかに更に身を伏せ、息を殺して、高田上等兵を見まもった。前をゆく敵兵たちはまだ高田に気づかない。それは奇妙な光景だった。高田は敵兵たちのあとを、紐で結びつけられたように同じ距離でゆらゆらとついてゆくのだ。いつ、敵がふりむくか。今、今、……、それは、しびれるような激しい刻々だった。長い時間だった。すると、私は、睡魔に引きずり込まれてゆくように、何かのどかな野外劇の舞台をでも眺めているような変な錯覚に陥ってゆくのをかんじた。現実と夢とが一つに重なろうとして、そして既に私はほとんど無心の観客だった。このとき、舞台の上に何か一寸《ちょっと》した私の心を誘う変化でもおこれば、或いはふらふらと舞台に出ていって私もまた演技者の一員に加わったかも知れないのだ。

やがて高田は私たちのかくれている崖の真下にまで来た。そして敵兵たちは私たちの視野から消えていった。そのとき、——敵兵たちの姿が見えなくなったそのとき、私ははッと我にかえった。今見えなくなった敵兵たちは音もなく私たちの背後に迫っているのではなかろうか……。その想いは夢をみじんもなくふッ飛ばし、私はそっと眼の玉だけを動かして傍の森中尉を見た。森中尉は放心者のように眼《ま》ばたきをしない眼をじっと前方に据え、肩が大きく息をしている。——高田は私たちの前をゆっくりと通りすぎてゆく。彼の眼に、自分の前をゆく敵兵たちの姿が映らないということはなかろう。ではいったい彼はまたどうしたというのか。更に奇妙なことは、敵兵たちが一向に彼に気づかないことだ——。高田はゆっくりと歩みつづけ、奇妙を残したままやがて私たちの視野から消えてゆこうとする。そのときだった。高田は、つと立ちどまった。どうしたのだろう？　高田は立ちどまったまま動かない。チクチクとセコンドの音が、私の耳もとにある森中尉の腕から激しく私の耳に鳴りはじめた。高田はつッ立ったままである。じっと凝視している私の眼に、一瞬高田の姿が崩れた。私が眼ばたきをしたとき、しかし、彼はもう立ち上っていた。そして彼は脚を開き、敵の方に腕を振り上げた。手榴弾の炸《はじ》ける音が鈍くきこえた。手榴弾の音とともにヒュヒュと弾がうなり、更に弾を追って激しい軽機関銃の音が——、それは私たちのいる崖の脚に向っているのだった。私は草の中に顔を突っ込んでいた。だめだ、狙われた、と思った。あたるならどうか頭に、と念じながら、しかし私はいよいよ草の中に頭をおしつけた。だが、軽機の音はそれきりだった。あてのない威嚇《いかく》射撃だったのだ、そう思いながらもなお草の中から頭を上げ得ず、私は息を殺して次の音をじっと待っていた。私は完全に高田のことを忘れていた。傍らにいる森中尉や中村曹長のことすら既に念頭になく、ただ自分の身の危険だけがあった。——大丈夫だ、威嚇射撃だ。中村曹長の低い声が私を呼び醒ました。私は森中尉を見た。森中尉は前と同じように、眼ばたきもしない眼をじっと前方に向けていた。そのとき初めて、私は、高田は？　と思った。そっと眼を上げて見ると、高田は何と依然として同じところにつッ立っている。伏せろ！　伏せんか！　と私は心の中に叫び自ら狼狽《ろうばい》してまた草の中に顔を突っ込んだ。——小銃の音がした。眼を上げると高田に向って飛んでいるのだった。私は眼で弾道をさぐった。すると私たちの視野のようやくにとどく右の端に、遮蔽物《しゃへいぶつ》から遮蔽物へと走り移る二、三の敵兵の姿が見えた。私は次第に冷静になっていった。私はしっかりと敵兵たちの姿を認めた。あそこに一人、その向うに一人と数えることが出来た。そしてまた私は敵の弾の目標である高田に眼をかえした。危い！　そんなところにつッ立って、どうしたというんだ！

崖の下の危険が、崖の中腹の私とは全く無関係だということを知り得たとき、私は既に冷静な心をとりもどしていた。——私はこれまでの幾度かの戦闘に於て、逆上のさめたあとに襲ってくる激しい恐怖をしばしば経験したが、今は恐怖もほとんどかんじなかったのは、私が自らの傍観者であることを確め得た為《ため》であったろうか。また私は、これまでの幾度かの戦闘に於て、私たちを指揮する人たちの中にしばしばみたことだが、こうした事情の下にあって人が冷静であるということは即ち冷酷であることだった。危害が今直ちに私の身に及ぶものではないという事情を明らかに知ったがために私が冷静となり得たのであるならば、そうだ、私は私たちの戦闘の指揮者と同じように、高田に対して冷酷だったのだと言わねばならない。——私は今は冷酷に高田を傍観した。弾は高田に向ってしきりに飛ぶのだが、しかし、あたらない。高田に迫ってゆく敵の姿は遮蔽物のかげに次第にはっきりと見えるようになってきた。そのとき、高田はまた蹲《かが》んだ。今度は立ち上らない。射たれた？　と思ったとき、彼の蹲んだその場所で手榴弾の炸ける音とともにパッと四散するものが見えた。そして高田のつい今蹲んでいたその場所には、もう何一つ見えなかったのである。……

私は、私自身の気持をさえ到底はっきりとつきとめることが出来ないのだから、ましてやそのときの高田上等兵の心の在りようなど如何《いか》に思いめぐらしてみたところで見きわめることなど出来ないであろう。しかし、ただこういうことだけははっきりと言うことが出来ると思う、——即ち、敵に一矢を放って自ら死んだ高田上等兵が勇敢であり、隠れて無為にそれを傍観していた私たちが必ずしも卑怯《ひきょう》であるとは言い得ない、ということである。

かつて私たちは、敵に囲まれ幾日もの間食糧もなく壕の中に籠《こも》っていたことがあったが、自滅するか血路を開くかのどちらかを選ばなければならなくなったその最期のとき、壕を飛び出して敵と闘うよりもむしろ壕の中に残って自滅したいという気持と、また一つには勇しく躍り出て敵の弾を胸にくらいたいという気持と、この二つの気持のこもごも走る頭で、私は戦闘の用意をしたことを覚えている。壕を出ると果してすさまじい敵の集中射撃を受けたが、その中をじわじわと匍匐前進《ほふくぜんしん》してゆく苦しさは、直ちに、生きているということの苦しさであり、私は恰《あた》かも高田上等兵がやったようにその場に立ち上り敵の明らかな目標となりたいという気持を、むしろ抑えることの方が苦しかった。やがて、私と並んでいた戦友が弾を受けて斃《たお》れたが、そのとき私は、此奴《こいつ》、楽になったナ、と、しんからうらやましく思い、俺も一発脳天をぶちぬいてくれぬかと念じつづけたものだった。この苦しい脱出のとき自らの手榴弾で自殺した戦友も幾人かあった。――死に就くことが、生きているということよりもはるかに安易な場合は、しばしばである。

私は断言する、――せっぱつまった者にとって死ぬことほど安易なことはないのだ。彼に於て、死は苦痛ではなくして苦痛からのがれる手段である。しかしながら、自ら死ぬということはもとより戦場にあっても決して正常な心の状態に於てではない。そのとき人はいわば「逆上」にあるのだ。そうして、せっぱつまった者は早晩必ずこの「逆上」に陥るのだ。――例えば、突撃に移る以前の心の状態では、誰しも死を怖れていないとは決して言い得ないのである。しかし突撃に移るや、生死は既に念頭にない。即ちそのとき、私たちはもはや正常な心の状態を失い逆上に陥っているのだ。勿論《もちろん》、逆上は人によってその来る時間の別と程度の差とはある。無知粗暴のやからが特に華々しい殊勲をたてたりするのは一つにはその逆上の甚《はなはだ》しさのゆえである。時間の別と程度の差はあれ突撃に於ては結局すべての人はこの逆上に陥るのだ。——しかし、その逆上の中に於てもまた人は案外に冷静なものを失っていないものである。私はいつも突撃の中で、いよいよ死ぬのか……と思った。そのとき私は、さびしい——と思う。しんにさびしいと思う。しかし、ただ、さびしいと思うだけで、かなしいとか、苦しいとか、避けたいとか——思いはしないのだ。むしろ、死ぬならば綺麗に（ただ何となく、綺麗に）死にたいと思うのだった。逆上のさ中に於《お》けるこの冷静なものは何であろうか。私は二、三度その血をしぼるような叫びをきいたことがあるが、「天皇陛下万歳」という瀕死《ひんし》の声も、結局は、私の綺麗に死にたいと思った気持と同じ類のものではなかろうか。それは何かと言えば、「虚栄」である。それは生を欲するという第一の本能を奪われた者にとって、取りすがるべき残された唯一の最大の本能なのだ。その屍のただ空しく野にさらされるだけであることを知りながら出陣の前に私たちが新しい下着をつけるのも、忠君愛国の烈々たる美辞麗句をつらねて遺書をつづるのも、墜落する飛行機の上からハンカチーフを振るのも、すべてみなそれだ。更に、私は敵弾の雨飛する匍匐前進の中でポケットから売笑婦の写真をぬきとって捨てる一人の戦友を見たが、それもやはり虚栄でなくて何であろう。さきに言った、無知粗暴なやからが、ときに華々しい殊勲をたてたりするのは、一つにはその逆上の甚しさのゆえであるが、また一つにはやはりこの虚栄のゆえなのだ。私は思うのだが、虚栄というものは、意識の底にひそんだ、或いは生を欲する本能よりももっと根強い、人間の本能ではなかろうか。――

しかし私は、決して彼らの死を勇敢でないと言おうとするのではない。ただ私の言いたいことは、手を拱《こまね》いて死を待たねばならぬ状態におかれた者が選ぶことの出来る最も安易な道は自ら死ぬことであり、そういう状態に於てその安易な道につくことをせずに生きつづけるということもまた実に異常な努力と勇気とを要するものであるということである。しかしまた、隊長の死と高田上等兵の死とを傍観していた私たちに、死の誘いを斥《しりぞ》けるその努力と勇気とがあったというのではなく、二人の死は或る意味では死の到着を手を拱いて待つことの苦しさからの逃避であったということ、そしてその逃避を飾るに虚栄の本能のありありと働いていたということを私は言いたいのである。

隊長が自決する前、私と原兵長とは隊長をかついで壕から出し、私たちは隊長を囲んで最期の水杯をかわした、――そのことはさきに述べた。それはただ水筒の水をかわるがわる飲むというだけのことにすぎないのだったが、そのときの私たちの心構えは、――心構えというよりは極めて自然に、この水杯の終ると同時に私たちは当然自決するつもりだった。この敗れた陣地の上に私たちが最後まで踏みとどまって死ぬということは、それは単なる死ではなくして陣地とともに永遠に生きることであるという、いつかたたき込まれた自己麻酔の誇らしい死生観が私たちにあったのだ。だからただ水筒の水を飲みあうという簡単なことの中に、私たちは大きな厳粛な儀式をかんじ、誇らかな英雄的な感慨こそあれ、他に生も死も郷愁もどんな気持もなかったと言って嘘ではない。結局は隊長一人だけが自決し、私たちは落ちのびねばならなかったのだが、あの一瞬の誇らかな陶酔の中に死ぬということは、隊長にとっては落ちのびることよりもはるかに安易なことだったにちがいない。既に部下の大半を殺し、自らも迫撃砲の破片を浴びて今はその傷の日に日に腐ってゆくにまかせるより他ないその肉体と同じように、陣地もまた日々に敵の手に陥《お》ちてゆくのをどう防ぐことも出来なくなったとき、敗れた隊長の頭を占めるものはおそらく、徒《いたず》らに死を待ってはおられぬという焦躁と、如何に意義ある死をしようかという虚栄とであったろう。「只今《ただいま》より隊長先頭となり、部下を率いて敵陣に斬り込み全員玉砕をします」多くの指揮官と同じく彼もまたそういう報告を用意していたにちがいないのだ。しかしそれを決行するよりも先に、折よくも無電の受けた命令は「反転作戦」だった。それは隊長にとってはこの上もない救いであったろう。隊長はおそらくそのとき自決の決意をしたのだ。刀折れ矢尽きて死ぬ。今、それをすることが出来るのだ。命令は反転作戦。一兵をも惜しめという。よし、部下を後退せしめよう。しかし俺は断じて退かない。死んでこの陣地の鬼となろう。陛下の多数の赤子《せきし》を殺し、終《つい》に陣地を保ち得なかった不忠の罪を許し給《たま》え。不肖、魂をここに留めてあくまでも陣地を護ります。——それは瀕死の隊長にとって、最後の本能である虚栄をも充分に満足せしめ得るすばらしい死のチャンスでなくて何であろう。しかも彼は、脚の傷の腐ってゆく刻々の痛苦と、その痛苦にともなって近づいてくる醜悪な死をも、今、誇らかな悲壮の心で征服することが出来るという、更に一つの満足をもかんじつつ頭蓋《ずがい》に拳銃をあてたのだ。

高田上等兵の場合は、隊長の死のようにはっきりと自覚されたものではなかろう。それは死への恐怖・生への絶望が彼を逆上せしめたのだ。

私たちはこれまで再三ならずこれと類似した経験を自ら持った。そういう逆上の中に於て私たちは決して自らを逆上しているとは思わない。逆上の醒めたのちに於てはじめてその逆上だったことを知り慄然《りつぜん》として恐怖に襲われる。……

――隊長の死と高田上等兵の死のまわりをいつまでも堂々めぐりして話はなかなか進まない。もう話をもとへもどそう。――私たちはようやく最後の陣地を脱出しその東方の山にたどりついたのだった。そして今、その山の岩かげにいこいながら、重なりあった嶺々の隙間に、はるかに、遠く私たちの目あてである沅江を眺めているのである。

それはあまりにも遙かであった。それはついにゆきつくことの出来ない永遠の距離のように私には思われてならなかった。しかも、私たちはそこを目ざして進むことより生きる道はないのだ。私たちは今直ちにここで死ぬことをしないかぎりは、沅江への距離をちぢめてゆこうとする意欲と行動だけが即ち生きるという営みであり、そこにゆきつけるか否かということはもはや考慮の外にすべきことだった。このとき誰しも同じ思いだったのだろう。四人皆じっと、呆然《ぼうぜん》と眼を沅江にそそいだまま長い沈黙がつづいた。

ようやく黄昏《たそがれ》が迫っていた。私は、山の寂として物音一つないのに気づいた。私にはその静寂の中に無言でいるということが耐えられない圧迫となってきた。そのとき、森中尉が低い声で言った、――四日、五日、いや一週間はかかる……。誰も応える者はなかった。――とにかく明日の進路の目標だけ見定めておいて今日はゆっくり休もう、と森中尉が言った。中村曹長は右の方、小山を一つ越えた向うの峰を指し、明日はあの三角峰に出よう、と言った。私たちはその峰への道を確めるために更に山を上り、展望して道々の目標をめいめいが頭に刻みつけた。私たちの決めた道に沿って、ここから四、五百メートルばかり先の崖の中腹に小さな家が見えた。それは無人の家らしかった。私たちは惹《ひ》き込まれるように、そこへゆこうと決めた。

……二日まえ陣地を脱出して以来、私たちは昨夜はじめて、この山の脚の深い熊笹の中に身を沈めて暁方までまどろんだのだった。それは長い時間だったが、私はその間少しも眠らなかったような気もする。絶えず眼の先に小さくゆれる熊笹の葉のむれと、その葉のむれを透して遙かなところで光っている星とを、私の眼は始終眺めていたような気がする。熊笹のざわざわと鳴る音の一様な中に、他の音のまじることを絶えず怖れながら、どんな音をも聞きのがすまいと私の耳は始終そば立てられていたような気がする。しかし私はやはり眠っていたらしく、ふと気づくと、中村曹長が私をゆすぶり起しているのだった。私は、ここは貴州省の山の中ではなくして湖南省の平原であり、私たちは汨水《べきすい》という河を渡り、地雷原を通りぬけて、ようやくここに来たものと思い込んでいた。そしてしばらくは、ここが貴州省の山の中だということをどうしても明らかにしがたい気持だった。私は熊笹を見、熊笹の音に気をくばりながら、かつ夢をみていたのだろうか。いや、確かにそれは夢というものではなかった。かつての現実の体験が時間を超えてそのままよみがえっていたのだった。その中で私は、かつてのように、すがすがしく、「ウオーッ」と叫んだのだった。中村曹長にゆすぶり起されたのはそのときだった。

夢うつつの中で私によみがえっていた体験というのは、……かつて私たちは泪水の渡河《とか》作戦に従ったが、その河を越えてから私たちはまる一日どこまでも果てない地雷原を歩きとおした、――その体験だった。工兵たちが地雷探知器でさぐり、地雷の埋めてある地点の上には赤い小旗が立てられてはあったけれども、標識のない地雷の数はしかし小旗の数と同じくらい残されていた。私たちは数メートルずつの距離をとって一つの道を歩み、右地雷！　左地雷！　と叫びつつ、標識のない地雷の場所を次々にうしろの者に示し継いでゆくのだったが、私たちの前にうしろに地雷を踏んでふッ飛ぶ者は絶えなかった。その苛酷さはもはや私たちに生命の危険などという思いを超越せしめ、ただ私たちには一歩一歩に身のひきさけるような緊張だけがあった。ようやくそこを通りすぎたとき、私たちはしばらくの間はただ身心ともに呆然としているだけだった。身体のしんにまでしみついた緊張はなかなか解けるものではなかった。ようやく緊張がほぐれ出したとき、私たちはウオーッと声をしぼり出して絶叫し、運ぶ足の一歩一歩が死の寸前の一歩一歩だったあの苦しさを、すっかり、すがすがしく吐き出した。それから私たちは眠った。敵の小銃弾が、絶えずカーン、カーンと冴えた、つんざくようなひびきを立ててぶっつかる竹藪の中で、私たちはただむさぼるように眠ったのだった。

だが今、敗残の私たちには、敵の歩哨線をすりぬけることは、地雷原を通りぬけることよりはるかに難かった。私たちの籠っていた最後の陣地をとり囲んで敵の張りめぐらした歩哨線は、おそらくはあの地雷よりも更に緻密《ちみつ》だったにちがいない。私たちは、高田上等兵のあの奇妙な行為を眺めていた崖の中腹に日の暮れるまでひそんでいて、夜、行動をおこしたのだった。わずかな星あかりを頼りに、中村曹長を先頭に、原兵長、私、森中尉の順で十メートルずつの距離をとり、身ぶりで合図しあいながら、或いは進み或いは蹲《かが》み或いは退き、或いはめいめいの場所に息を殺して幾十分もの間じっと伏しつづけたりして、敵の歩哨線の間隙《かんげき》をさぐりつつ進んだ。咫尺《しせき》に敵の影を見たことも幾度かあった。私たちの四囲のすべては、草も木も、皆敵だった。私たちは、私たちの身をつつむ空気をさえかきみだしてはならぬのだった。それはいわば上下前後左右の地雷だった。

長い長い間私たちは呼吸をすらとめていたように思う。ようやくに敵の歩哨線をぬけ出したとき、私ははじめて息をしたのではなかったろうか。しかし私たちは、ここで、かつて地雷原を越えおおせたときのようにウオーッと絶叫することによってすがすがしくなるわけにはいかないのだった。私たちの前途に無数によこたわっている難関のうちの、ほんのその一つを今ようやくに越えることが出来たにすぎない。一つを越えた瞬間、私たちは直ちにまた次の難関に向って身構えねばならないのだった。――しかし、熊笹の繁みの中にともかくにもまどろむことの出来たのは、やはり一つの難関を越えた安堵《あんど》のゆえであったのだろう。中村曹長にゆすぶり起され、ここが湖南省の平原ではなくして貴州省の山の中であるという現実にかえったとき、私は手足も自由に動かすことの出来ない窮状の中でしかも積極的に生きるための行動をとらねばならないその苦しさに絶望的に圧《お》しつぶされそうな気持だったが、しかし私はあの陣地よりの脱出のさ中に於てはそういう苦しさを苦しいと思う余地すら持ち得なかったのだから、これもまた一つの安堵というか緊張のゆるみというか、その上に人を襲い惹き込むところのいわばゆとりのある思いにちがいないのだ。

熊笹の中のまどろみから醒めてから私たちはまる一日をついやしてこの山の上にたどりついたのだったが、ここに来る山の径を私たちは、唯一の食糧である焼米をかじるときにでも歩きながらするようなことはせず、敵の襲撃からのがれやすいようにわざわざ迂回《うかい》して高い場所を選び、降りて渓流の水を飲むにしても身をかくせる道を選んでからにした。そういうことはすべて中村曹長と私とで気をくばったのだったが、森中尉はようやく敵から遠ざかったらしい気配をかんじ出すと私たちのそういう配慮を嗤《わら》うのだった。そのように心をくばって径をとったためか否かはわからないが、私たちはついに敵の気配をかんじることなしに、ここまで進むことが出来たのだった。しかし、事なくすぎてみればそれは無駄な配慮だったようにも思われ、私はもうこのあたりには敵はいないのだと思い決めることの危険を承知しながらも、やはりそう思うことによって自らの心に安堵を与えてやりたくなるのだった。おそらく、森中尉が私たちを嗤った気持にもそれと同じものがあったのだろう。そして既にそのようなことを思うこと自体が私たちが一つの安堵に気をゆるめていた証拠であると言わなければならないだろう。沅江を望見してそのあまりの遙けさに心重たくなってしまったのもそのゆえだと言えようし、三角峰への道の途中に人家らしいものを見出したとき私たちが直ちにその屋根の下でのいこいを思ったのもまたそのゆえだったであろう。

しかし、崖の中腹のその家へゆくことは勿論うかつには出来ぬことだった。私たちは注意ぶかく迂回して崖の上に出、中村曹長が一人その家の方へと降りていった。残った私たち三人は拳銃の安全装置をもどした。（——言い遅れたが、私たちが身につけていたものは、四人それぞれ拳銃を一梃《ちょう》ずつ。手榴弾を中村曹長以下の三人がそれぞれ四個ずつ。他に森中尉と中村曹長とは軍刀を持っていた。私と原兵長とは小銃も帯剣もなく、背負袋にそれぞれ五升あまりの焼米を入れていた。飯盒《はんごう》も水筒も持たなかった。皆捨ててきた。森中尉がちぎれた軍旗を腹に巻きつけていることは前に述べた。）——やがて中村曹長が崖の上から手を振って合図をした。安全だ、降りて来いというのである。——

その家はつい最近まで人が住んでいたらしく、表にはうず高く粗朶《そだ》が積まれていたし、かまどのあたりは壊れた鍋やからのかめなどが捨ててあった。私たちは拳銃の引金に指をかけてもう一度家の内外を調べまわった。そのときの私たちは普通の老百姓《ラオパイシン》ならいてもかまわぬという気だった。威《おど》しておけばよい。私たちはただ、彼らが逃げ出して敵に通ずることをさえ警戒すればいい。私たちは彼らが私たちの武力の前には極めて従順であることを知っていた。彼らは私たちを鬼子《クエイズ》と称《よ》んで憎悪していた。そして憎悪の心の激しければ激しいほど、私たちの前には表面従順だった。私たちは勝手な言葉で、老百姓を難民とか良民とか言っていた。正《まさ》しく難民にはちがいなかったが、彼らを難民たらしめたものは、彼らを難民と呼ぶ私たち自身だったのだ。また正しく良民にはちがいなかったが、そう呼ぶのは彼らが戦闘員ではなく、私たちの武力に抵抗するすべを持たなかったからであった。

まだ戦争が私たちの有利に進んでいたとき、私たちは数知れずこの良民たちの家を壊し、焼き、食糧や物品を奪い取った。或いは逃げる彼らを拉《らっ》し来《きた》って駄馬の如《ごと》く鞭《むち》うち駄馬の如く仕役して死に至らしめたことも稀《まれ》ではなかった。(——私たちは焼く必要のない家を焼き、壊す必要のない物を壊し、おそらく部隊の通過したあとに全《まった》き形のものとては残されなかったであろう。そうすることに私たちはこの上もない痛快なものをかんじた。それは戦争というものの性格が私たちを狂暴にしたというよりも、恰《あたか》も地雷原を通りすぎたとき私たちがウオーッと叫ぶことによってすがすがしくなったのと同じく、そのような暴行を敢《あえ》てすることによって日頃の、軍紀という名を以てされる重苦しい抑圧をふき飛ばすことが出来たからである。どんな自由も奪われていた私たちにとっては、それが唯一の自由であり唯一の気ばらしだったのだ。私たちは快哉《かいさい》を絶叫してそれをした。正に鬼子だった。)

このようにして老百姓の家を襲い物を奪うことを私たちは「徴発」と称していたのだ。私たちが徴発にゆけばそこは大てい既に無人の家だったが、たとえ残っている者のある場合でも、彼らは私たちの姿を遠く見るや或いは大きな包みをかついで、或いは泣く子をひッ抱えて、或いはすべてを捨てて激しく逃げた。中には留《とどま》っている者があっても、彼らはむしろ卑しい笑顔を以て私たちの暴行を白痴のように傍観しているだけだった。しかし、稀にはこういう女もあった、——一枚の布を奪《と》られまいとして、喚《わめ》き、泣き、縋《すが》りついてはなさぬのだった。かの女たちだけは銃も刀も怖れなかった。それは必ず中年をすぎた女だったが、私たちはいかに鬼子とはいえ、そのような女を傷つけてまでもわずかなものを略奪することはなし得なかった。（もとより例外はあった。女が喚けば喚くほど、泣けば泣くほど益《ます》々《ます》残忍性を発揮してゆく者もあるにはあったのだ。）私はそういう女を見ると必ずふるさとの母を想った。私自身は幼くして母をうしない、そういう年頃の母を知らないのだったが、しかも私は、かの女たちの必死の姿の中に、何か私たちの母の面影に通ずるものを見てかなしかった。私はたまらなくなる。私は戦友たちをおしとめ、そういう女たちから離れた。私はそういう女が怖ろしかった。

老百姓の中で私たちの警戒しなければならぬのは、一見、老百姓か便衣の遊撃隊か（その隊員ではなくてもそれに通じている者か）見分けのつかない壮年の男だった。彼らは決して単独に私たちにどうするというのではなかったけれども、私たちの隙をみて敵の遊撃隊に通ずるかも知れないのだ。少人数で徴発に出かけた者らがそういう男たちがひそかに導いた遊撃隊によってみなごろしにされたためしはしばしばあった。──今は敗れて逃げる身の私たちにとっては、そのような中年すぎの女の喚きや、遊撃隊の一員かも知れぬ男の挙動を怖れねばならぬことはいうまでもなく、生きものすべてが怖ろしいはずだったが、そういう怖れの中にもなお、普通の老百姓ならばしぶしぶながらも私たちの一夜の宿りをさまたげることはしないだろう、私たちはただ彼らが喚き騒いだり或いはひそかに隙をみて逃げ出すことをさえ警戒しておけばよいという思いもあった。しかし、幸にその家の内外はひっそりとして人の気配もなかった。だがまた、人の気配のないということを確めてしまうと、逆に、私たちは敵のしかけたわなの中に自らはまり込んでしまったのではないかという新しい不安もかんじられて来、風の立てる音にもはッと身構えたりするのだった。私たちは絶えずそういう不安と緊張との中にあった筈《はず》なのだが、やはりその不安の中にも一つの難関を無事にすぎて来てようやく休息を得たという安堵の思いが底に強かったからであろう、一つの気のゆるみからやがて恐るべき事件を惹き起してしまったのだ。……

その家は崖の斜面にあったから、屋根裏の小窓から外に飛び出すことも容易だった。私たちは寝るときには梯子《はしご》を外しておいてその屋根裏で寝ようと決めた。中村曹長は、藁《わら》を集めて屋根裏に寝る場所をつくっておくようにと私と原兵長とに言いつけ、自身は水を汲《く》みに既にもううす暗くなった渓《たに》へ壺を下げて降りていった。森中尉はしきりとかまどのあたりをかきまわしている。

藁の寝床はすぐ出来上った。私と原兵長とは並んでその上に寝てみた。横になると、すーっと身の沈んでゆくような、かすかに眼のまわるような快感を覚えた。腕をのばし、脚を張り、胸を広げたり肩をすぼめたりすると、強張《こわば》った身体の疲労がほぐれてゆくような心地よさだった。ああ……と私が、森中尉にきこえぬように小声でうなると、原兵長も、うう……と小さくうなった。森中尉はと下を見ると、まだかまどのあたりで壺やかめを一つ一つたんねんに探っている。私たちは安心してまた藁の上に寝た。眼をつぶると急に疲労をかんじた。そして空腹を覚えた。さほど激しい空腹ではなかったのだが、そのとき私はほとんど無意識に背負袋に手をつッ込み焼米を一握り摑んでいた。そして摑み出したとき、おや、俺は貴重な食糧を盗むんだナ、とはじめて意識した。原兵長がもしとめたら、またかえせばいい、そんな気持で、焼米を握った手を原兵長に振って見せた。原兵長は無表情に黙って手をさし出した。その手に私は焼米を半分こぼし、残りの半分は一口に頰張った。かむと思いがけぬ高い音がひびいた。森中尉にきこえはせぬかと私はあわてて耳をすまし、そして音を殺してゆっくりとかんだ。焼米の汁は口の中に甘かったが、それよりも、かくれてそういう得をするということの中に一層甘い快感をかんじた。食べ終ると今度は原兵長の手がのびてきて私の手はまた焼米を握った。私は一方では森中尉や中村曹長にすまないという気がしないではなかったが、同時に、うまうまと上官二人を出しぬいたという満足で頰がゆるみ、すると、同じ隊長当番をしておりながら以前から何となく気のあわぬ原兵長に対して、ひどく親しい気持の湧き上ってくるのをかんじた。私たちは何ということもなく顔を見あわせて笑い、起き上って、寝床の出来たことを森中尉に告げに下りていった。

かまどのあたりにはうすく月あかりがさしていたが、そこに森中尉の姿は見えなかった。——小隊長殿。少し不安なものをかんじながら小さな声で呼んでみると、思いがけないすぐ後の藁束の陰から森中尉は音もなく出て来た。月あかりに蒼白《そうはく》な顔に見えた。——ほら、漬物だ、食わんか。かすれた低い声で言い森中尉は私たちの前へ両手に下げていた壺をさし出した。私はふッと、その声は森中尉の声ではないと思い、するとこめかみのあたりがきりきりと凍ってゆくような気がしたが、やはり森中尉に相違なかった。森中尉は音を殺して漬物をかじりながら、私たちにも食えと言う。漬物などというものをもう二年以上も私たちは口にしたことがなかった。鉈豆《なたまめ》の漬物は青くさく、しかしうまかったが、だが私の心の中にきざしていた或る不安は、漬物をかむ一口一口、次第に激しく高まってゆくのだった。

——中村曹長は遅いじゃないか……と言う森中尉のしゃがれた声が、そのとき私の胸をどきんと突いた。ああ怖ろしいことを言ったものだ！　さっきからの私の不安もそれだったのだが、私はどうしてもそれを口に出すことが出来なかった。口に出したとたん私たちは忽《たちま》ち窮地に陥ってしまうような気がしたのだった。——見てきましょうか、と原兵長が言った。ばかメ、そんなことが出来るか、と私は思い、——捜しにゆくばかがあるか！

と私はいらいらとかみつくように言った。その言葉を私が森中尉に向けでもしたように、森中尉は、——それはそうだが……と言った。私は原兵長に対して言ったのだと弁解しようと思った。しかし黙っていた。もしも中村曹長に事がおこったのならば、既にもう私たちは身動きの出来ぬ窮地に在るのではないか。軍旗は森中尉が持っているのだ。今は私たちは中村曹長を捨てて、私たち自身の逃げる方法を考えねばならない。だが逃れるにしてもどうすればよいのか。外に出れば却って敵を誘うことになるのではないか。——さっきから銃声一つきこえなかったように思う。そのことが一層私を不安にした。眼に見えない敵をこの家の周りすべてにかんじるのだった。

——上ろう、と森中尉が屋根裏を仰いだ。私たちは足音をしのばせて急いでそこに上り、そっと梯子を外した。私は背負袋をつけ、手榴弾を調べ、拳銃を握り、逃げる用意をととのえて藁の上に腰を下ろした。私たちは無言でじっと耳をすましていた。森中尉が私たちの耳もとにささやいた、——敵がはいってきてもだナ、いいか、騒いじゃいかんぞ、拳銃なんかぶッ放すんじゃないぞ、じっとしているんだ、ここへ上ってくるまでじっとしているんだ、上ってきたら逃げる、この小窓から飛び出すんだ、いいか、騒いじゃいかんぞ……。森中尉は私たちにそうくりかえすことによって自らの興奮をしずめているのだ、自らに言いきかせているのだ、——荒い息でそれがわかった。小窓に眼を向けると、うすい月あかりに山はひっそりと静まっているだけだったが、そこにはらまれている無気味な静寂が刻々にふくれ上り、ふくれ上って私たちに迫って来るのがかんじられた。今はもうその爆発を待つばかりだと思った。

そのとき、下でかすかな音がきこえたように私は思った。私と原兵長とは同時に森中尉を眺めた。森中尉はうなずいた。私たちは少しずつ、そうっと腰を浮かした。森中尉は身ぶりで原兵長に小窓の方を警戒させ、私と森中尉とは上り口の方へにじり寄った。下を眺めると、月あかりはかまどのあたりだけを明るくして、戸口の方は真っ暗だったが、じっと耳と眼とを据えつけていると、その暗い中に確かに人の気配のあることを私はかんじた。そこを凝視していると、そこにはほのかに人の輪郭が浮き出てくるように思われ、更に凝視しているとその輪郭は次第にはっきりと見わけられてくる、と、急に、眼ばたきをした瞬間それは消えうせてしまい、しかしまた更に眼を据えていると、同じところにやはりほのかに人の輪郭はあるように思われてくるのだった。——私はそれを中村曹長だと直観した。

私は敵を意識して戸口の暗がりを見つめながら、その暗がりの中の輪郭を何ゆえに敵だと思わなかったのだろうか。逃げる場合の手筈などまでにも思いをめぐらして自らを充分に冷静であると思いながらやはり一種の逆上の中にあったのだろう、中村曹長はもう死んだものと自ら思いを決めていたのだ。私の不安、狼狽は既にはじめから中村曹長が殺されたと決めての不安、狼狽だったのだ。だから戸口のうす暗い中にある人の輪郭を中村曹長だと直観したのは、それを中村曹長の亡霊だなどと思ったのではなくして、おかしなことに、死んだ中村曹長だと思ったのである。

――やがてその輪郭がゆらりと動き、月あかりのかまどのところにはっきりと形をあらわしたとき、私は一瞬息のつまるような驚きに撃たれた、あッ、曹長殿！　と私は思わず喉の奥に叫び声を上げた。森中尉はそのとき小窓の方にゆき外の気配をうかがっていたのだったが、どど、と足音を立てて原兵長と二人私のところへとんで来、同時に、――なんだ、もう寝とったのか、というまぎれもない生きている中村曹長の、夜の山々に木霊するかと思われるばかりの明るい声がきこえてきたとき、私ははじめてはっきりと現実の中に自分をとりもどしたような気がした。屋根裏の私たちはほっと緊張をほぐし、梯子を下ろすのももどかしく、どやどやと下へ下りていった。

月あかりのさしているかまどの傍に藁束を敷いて腰を下し、私たちは中村曹長の汲んできた水を飲み、焼米をかじった。私たちは珍客を迎えたような気持だった。森中尉が漬物の壺をさし出した。中村曹長はばりばりと澄んだ音を立ててかじり、うまい、うまい、としきりに言った。私はそういうわだかまりのない彼をしみじみと眺め、焼米を盗み食いしたことも呵責《かしやく》となって私を責めた。私はあやうくそれを懺悔《ざんげ》しそうになる自分をしばらくじっと圧《おさ》えていた。そして彼を捨てて逃げることを考えていた自分を心からあさましいと思った。私は心の奥底からねぎらいたい気持で一杯だった。

――下の渓《たに》に水はなかった、あきらめて帰ればよかったんだが、と中村曹長は言った。水を求めてどんどんと渓を下りていった。もう断念して帰ろうと思いながら、とうとう水のあるところへまで下りていってしまった。同じ道をひきかえしてきたのだったが、帰りの道はとても長かった。しかし見渡すかぎりのどの山のかげにも灯一つ見えないことが却って敵のいないしるしとして心を安らかにし、身の危険など少しも考えなかった。ところが、この家に踏み込んだとたん、中村曹長は異様な気配をかんじた。そして戸口のところに長い間じっと立ちどまっていたのだという。彼が帰ってきたのは、或いは私たちが最初に物音をきいたときよりもなお以前だったかも知れない。私たちが屋根裏で不安と恐怖とに身を堅くしていた同じとき、中村曹長もまた、家の中にはいることも退くことも出来ず、じっと戸口につッ立っていたのだった。——三人ともやられてしまったのかと思ったよ。中に敵の野郎がかくれていて俺を待ち受けているような気がしてならなかった。ところが、待ち受けていたのはお前たちか。中村曹長はそう言って笑った。——お前が、曹長殿！と大きな声で怒鳴りなんかしませんよ。（喉の奥に我知らず出たと思った叫びが、そんなに大きな声で怒鳴ったろう、あのときは驚きもしたが、ほっとしたよ。——そんな大きな声だったろうか。）——此奴……と中村曹長は私の肩をどやしつけて笑った。みんな笑った。実に幾月ぶりかの笑いだった。

——さあ、今度はもう安心だ、ゆっくり寝ようじゃないか。と中村曹長が言った。すると森中尉は、一寸待て、いいものがあるんだが——と笑いながら壺をさし出した。そして、——漬物と一緒に見つけたんだがさっきの騒動ですっかり忘れていたよ、焚《た》くわけにはいかんかなあ……、と壺の中の物を手にすくって見せた。真っ白い粒がさらさらと気持よい音を立てて森中尉の掌から流れ落ちた。——危いかなあ、と森中尉は愛撫するように米をすくってはこぼし、すくってはこぼしている。誰しも食べたいと思う。しかし火を焚くことは極めて危険だ。――そうですねえと中村曹長は言い、火を焚くの、やっぱり危いじゃないですか、食いたいがねえ、もう焼米も乏しいんだし、携帯してった方が無難は無難だナ。そういう語気には強く否定する調子もなかった。慎重な中村曹長にして、そうだったのだ、まして私たちは、火を焚けば敵に私たちの所在を教えるようなものだという怖れを充分に持ちながら、しかしまあ大抵は大丈夫だろう――わずかな火の明りなんか問題じゃないだろう――、いや俺たちはおりもせぬ敵を怖れてるんじゃないか――と、温い飯を食ってみたいという欲望が私たちにそう思わせるのだった。――こういう機会はまたとないぜ、と森中尉は言い、そうですねえ、大丈夫だろうとは思うが、と中村曹長も気をゆるめてしまったのだった。そして、――どうだい、と同意を求めるように私と原兵長とをふりかえった。私たちは勿論、――大丈夫でしょう、と答えた。

　このときの、温い飯を食べてみたいという私たちの激しい欲望は、（――それは情欲とでも言った方が適当のような、ねちねちと燃え立つ欲求だった）勿論、敵に対する怖れを全く抑えつけてしまったというのではなく、絶えずその怖れにつきまとわれたこわごわの欲望だったのである。だから、原兵長が藁を芯にしてそれに薄く綿を巻きつけ、板切れに挟み激しくこすりあわせて火をおこしているときにも、私はその激しい音を敵を誘う音のようにかんじてはらはらし、早く発火しないかとあせりながらも、一方ではまたついに発火しないようにと念じる心もあったのだ。――

原兵長はうまく火をおこした。その火をかまどの下の藁に移した。ぽッと大きな音を立てて藁が燃え上り、ぱちぱちと粗朶《そだ》に燃え移った。その光は土間の隙々までも明るくし、私たちの影を壁から天井に曲りくねらせて大きく映し出した。少し明るすぎやせんか、と中村曹長は何気ないふりで出ていった。――どれ、と森中尉も出ていってしまった。一刻も早く焚いてしまわねばならぬ、しかしむやみに燃やし立てることも出来ない、そんな焦躁が私たちをいらいらさせ、同時に恐怖をかき立て、私も原兵長も落ちついてかまどの前に腰を下していることなど到底出来なかった。森中尉が出ていったのも中村曹長が出ていったのも私たちと同じ気持からだと私は思い、腹が立った。

間もなく森中尉がもどって来、――大丈夫だ、それくらいの明るさなら遠くからは見えんだろう、大丈夫大丈夫、と言った。それは私たちに言うよりも自らに安心を説きつけているのだ。私も原兵長も黙っていた。森中尉はしばらくかまどの横にいて、また出ていった。私は鍋の中に指をいれてみたがまだ温まってもいない。――粗朶じゃだめだ、もっと太い木をさがしてくる。私はそう言って外へ出た。かまどの傍にじっとしているのが私は怖かったのだ。

火の傍にいた眼には外は真っ暗で何も見えなかった。しばらくつッ立ッていると、眼のなれてくると同じに心も次第に落ちついてきた。ふりかえってみると、森中尉の言ったように火は思ったほどには外を明るくしてはいなかった。――煮えたか。突然うしろで森中尉の声がし、私はびくッとした。何を言やがるんだ、と思った。――まだです、そんなに早く出来るもんですか、割木を捜しに来たんです、と私は気持をむき出しに答えた。私はそのまま家の中へもどった。——割木なんかないよ、と言うと、原兵長は、——俺が見てくる、と出ていった。

原兵長がもどってきた、と思ったら、森中尉だった。二、三本の太い木を抱えていた。私の横に腰を下し、火をかき立てながら、——原と交替したよ、と言った。おや？　と私は思った、森中尉はやはり警戒のために外に出ていたのかしら。私は火を焚くことの怖ろしさのために、邪推して一人相撲をしていたのかしら。私は森中尉のしぐさや言葉の調子の中に、森中尉が私の気持を見ぬき私をなだめようとしているのだと気づいた。そして私は森中尉の傍で小さくなっていた。鍋は勢《いきおい》よく湯気を吹き出していた。——もうじきです、と私は言った。——そうか、よかった、よかった、と森中尉は言い、中村曹長を呼んでこようか、と立ち上りかけた。——いいえ、自分がいきます、と私は言い、中村曹長の居場所をきいて外に出た。

外に出て、眼をならすためにしばらく佇《たたず》んでいると原兵長が近よって来た。——出来た？　と訊《き》いた。——もうじきだ、俺は曹長殿を呼んでくる、と言うと、原兵長はぽんと私の肩を叩き、急ぎ足に家の中へはいっていった。危いことをついに無事になし得たよろこびで、私ははればれと放尿した。崖を登ってゆく足までが軽くなったような気がした。崖の上の径に出て、中村曹長はとあたりを透し見していると、——おい、と脚もとの繁みの中から中村曹長は出て来た。——駄目だぞ、俺に気づかんようじゃ。——上の方かと思っていました、そして、もうすぐ飯が出来ますと言うと、――そうか、よかった、よかった、とその口調までが森中尉とそっくりだった。――しかし冒険だったなあ、俺は全く気が気じゃなかった、危くて見ちゃおられんだよ、だから俺はここへ逃げてきてたんだがねえ。――おや？　と私はまた思った。しかし不思議にもう憤《いきどお》りはかんじなかった。人の細かい気持など頓着しない、ざっくばらんにものを言う中村曹長の気性のためではなかろう。もう事がすんだ、しかも無事にすんだ、という思いが私に憤りをかんぜしめなかったのだろうか。

私たちが帰ってゆくと、森中尉と原兵長とはしきりに足で燃え残りの火を踏み消していた。――敵情異状なしですよ、と中村曹長は少しふざけた口調で言った。――これさえ消してしまえばもう安心だからなあ、と森中尉は言った。――しかし冒険だったですねえ、と中村曹長は同じことを言った。――いや、なに、と森中尉は一寸強がったが、すぐ、――冒険だったねえ、と笑った。ついさっきまであかあかと燃えていたかまどのあたりは、またもとのうす明るい月あかりとなった。私はふっとさびしいものをかんじた。そのうすい月あかりの中で私たちは湯気の立つ鍋をかこみ、そこに落ちていた汚い陶器のさじで飯を食べた。温い飯はうまかった。うまかったが私の予期していたのはもっと別の何かだったような、ものたりない気持もあった。私たちは黙って食べた。早く食べてしまわねば、と思った。早く食べてしまい、早く屋根裏へのがれねばならぬと考えた。ひっそりと山の静けさがまた私たちの上にかぶさってきた。私はそれを私の暗い背中や肩にかんじた。それは次第に不安となり恐怖となって私のまわりに広がってくるのだった。私たちは飯を食べながらときおりそっと首をうしろにまわした。

飯はだんだんと味なくなった。私はもう食べたくなかった。しかし私はやめなかった。背中にかんじる恐怖の次第に広がってゆく中にあって、なお私は眼玉をうごかして他の三人の食いぶりを探り、敗けてはならぬと懸命に食った。私はいかに努力してもなお原兵長の速度に及ばないのがくやしかった。原兵長はただ無心に食っているだけだと知りながら、しかも私は原兵長の健啖《けんたん》ぶりを憎悪する心がいらいらと湧き上ってくるのだった。そして、無理にも飯をかき込むのだった。私はもう食欲はないのだから、私のこういういら立たしさは普通には食欲とは言えないものであろうが、しかし、思うに私は、私たちがまだ戦争に勝ちつづけていたずっと以前、のどかな駐屯地での外出日の折りなどに別のことだがこれと同じような思いをしたことがある。私は激しい性慾と、それにともなわない力とにいらいらすることが幾度かあったが、食欲の場合にしてもそのいら立たしい気持は、これと同じ類の、弱者の持つかなしい気持なのではなかろうか。

それにしても私の背中のかんじる恐怖の思いは刻々に重たく広がってくる。私はときおりそっと首をうしろにまわし、そこに敵のいないことを確かめて恐怖を追いはらおうとしたが、しかし一たん生じた恐怖はいよいよつのってゆくばかりで、ついに私は、うしろをふりむけばそこには必ず敵があらわれるような気がし、ふりむくことも出来なくなっていった。そのとき、私は戸口にかすかな足音をきいたような気がした。確かに足音だった。鍋の上にのばしかけていた私の手は、さじを持ったまま、そのままこわばってしまった。

ようやくに、そっと、首をうしろにまわしたとき、戸口に人が立っている！　さっと一時に頭の血が凍った。私はしかも釘づけにされたような眼をそこから離すことが出来ない。――何だ、と中村曹長が低い声で言った。そしてすぐ立ち上り拳銃をかまえた。森中尉も原兵長も私も、引きずられるようにそのとき立ち上った。どたん場だ！　と私は観念した。同時に私はもう怖ろしいとは思っていなかった。私たちは拳銃をかまえたまま森中尉をかこみ、四人呼吸をあわせてじりじりと壁の方へ下っていった。戸口の影は動かない。

長い間私たちは戸口の影と対峙していた。不気味な殺気を孕《はら》んだ静けさがいつまでもつづき、その中でしんと鳴る山の夜気を私は聞いた。自分の激しい呼吸の音がきこえた。影がゆらいだ。同時に、或いはそれよりも一瞬早く、――射つな！　と中村曹長が低いしかし鋭い声で叫んだ。影は私たちの方へ二、三歩あゆみ寄り、月あかりの中に出ると崩れるようにそこへ坐《すわ》り込んでしまった。

その男はよごれた便衣を着ていた。しかし男は便衣に似あわぬ眼鏡をかけていた。それは確かに、私たちよりも五、六日も前に陣地を脱出した小島伍長だった。――小島伍長……と原兵長がつぶやくように言った。森中尉がゆっくりとうなずいた。小島伍長は坐ったまま、両手をついて放心したようにしばらく私たちを眺めていたが、はじめて私たちが何者であるかに気づいたのだろう、——ああ、と喉をつまらせたような声を出し、曹長殿……。ああ小隊長殿も……と、しゃがれた声で言った。青黒くふくれ上った顔である。——私たちは、捨ててきた最後の陣地で、幾十人もの、このしゃがれ声と、この青黒くふくれ上った顔とを見てきた。いわゆる戦争栄養失調症の末期のすがただ。頬が落ち、かん骨が尖《とが》り、くぼんだ眼だけがぎらぎらと生きている、……私たちは皆そういう顔になっていたのだが、その顔が一変してはれ上ってくれれば、それはもう死相だった。死相のあらわれとともに声がしゃがれる。そして必ず激しく食物を欲する。今、小島伍長もそうだった。私は森中尉に言われて鍋の中に残っている飯を握り小島伍長に渡した。むさぼるように彼はかじりつき、——しかし三口四口でやめて、——ああ、と荒い息をついだ、そしてもう食べなかった、子供のように、しっかりと握り飯は両手の中に抱き込みながら——。

中村曹長はまるで訊問するように、しつこく小島伍長に訊きただした。森中尉は始終黙り込んできいていた。小島伍長が肩で息をしながら休み休み話したことは大約次のようなことである。

——一緒に陣地を離れたのは五人。しかし脱出のときそのうちの二人とは離れてしまった。三人は、それから三日間東へ進んだが、常に同じ山をぐるぐる回っていたような気がする。その間一度も敵にあわなかった。四日目の夜、民家にはいった。（それはいつか、その地点はどこか、と中村曹長は訊いた。それは今日から数えて二日前。その地点はわからない。）うとうととしかけたとき突然激しい手榴弾の音にはね起され、あわてて外に出たとたん脚もとにまた手榴弾が炸《はじ》けた。一人が斃れた。かえりみる余裕もなく、二人は伏して手榴弾を二つ三つ投げかえしながら反対の方向に逃げた、後を追って手榴弾は二、三度身近に炸けた。暗闇の中をめくらめっぽうに走った。間もなく手榴弾の音が止《や》んだ。そのときはじめて自分が一人だということに気づいた。夜明けまでそこにかくれていた。私たちを襲ったのは或いは先に陣地を脱出した戦友たちだったかも知れない。人数もせいぜい十名以内だったようだし、手榴弾のみで小銃の音もなかった。夜が明けてから見ると、民家は意外にも百メートルとは離れぬ近くにあった。急に怖ろしくなった。方向も定めず歩き出した。ただその民家から離れたかった。はじめに二人の戦友に分れて以来私は何も食っていない。もう敵に見つかってもいい、民家にはいって何か食うものをさがし出そうと思った。夕暮れようやく一軒の民家を見つけた。（その地点はわからない）けれどもそこには何もなかった。その家に翌日の昼頃まで寝ていた。そこを出てまたあてもなく歩いた。そして今日、この崖のもう一つ下の谷あいに寝ていたのだが、ふと上の方に明りが見えた。それをたよりに登ってきたのだが、長い時間がかかった。老百姓か、もしかしたら遊撃隊かと思ったが、どちらでもいい、ただ何か食わしてもらえればと思った……。

中村曹長は訊くだけのことを訊いてしまうと、食いちらしたあとのかまどのあたりを片づけよと私と原兵長とに言い、——寝ましょう、と森中尉と二人不機嫌に屋根裏に上っていった。原兵長は鍋の中に残った飯を幾つかに握り、——小島伍長殿、とその一つを渡そうとした。小島伍長は黙って首をふった。
私と原兵長とは食べちらかしたかまどのまわりを片づけてから小島伍長を屋根裏に上らせた。小島伍長は梯子を上るのも危っかしい足どりだった。原兵長がうしろから支えて押し上げた。——小谷、梯子を外しておけ、と中村曹長が言った。小島伍長は上り口の藁の上に倒れ込んだまま一言も口をきかず、動きもしなかった。明日までもつかナ、と私は思った。もし襲撃を受けたらどうするんだろう? 捨ててゆくよりしようがないじゃないか——。そんなことを、考えていると、——うん、そうするよりほかないだろう、という森中尉の低い声がきこえ、私はぎくッとした。森中尉と中村曹長とはさっきから、小島伍長をどうするかという相談をしていたらしい。しかし私がきき耳を立てたときには、話は小島伍長の通ってきた経路のことになっていた。ぼんやりきいているうちに私は眠くなった。すると中村曹長が、——小谷、寝たか、と訊いた。——いいえ、と言うと、——三人で交替に不寝番だ、と言った。中村曹長、私、原兵長の順で二時間ずつ二回くりかえすことにした。私は間もなく眠ってしまった。

何ごともなく夜が明けた。私たちは予定した径を、昨日中村曹長が言った「三角峰」へとらねばならない。私たちは出発の用意をととのえ、昨夜の残りの飯を一つずつ食べた。小島伍長も起き上り握り飯を二口三口かじりながら、昨夜よりも一層はれ上った顔で一層しゃがれ声で、——ああ、もう、大分元気になりました……と言い、そして急にそわそわとして——自分も一緒にゆきます、つれていって下さい。森中尉は、うん、と小島伍長にうなずき、中村曹長に一寸外を見て来ようと言って二人は梯子を下りていった。小島伍長は無表情にまた藁の上に寝てしまった、こんな、今にも死にそうな者をつれてゆくなんて、却ってこちらが危いじゃないかと私は思い、小島伍長の方に顎《あご》をしゃくって原兵長に眼で話した。原兵長は黙って眼でうなずいた。

……下から中村曹長が私を呼んだ。下りてゆくと、森中尉が焼米を少しくれと言う。不審に思いながら私は背負袋をはずし、森中尉の開けるポケットに焼米を入れた。二握り入れると、——もうよし、と中村曹長がとめた。

それから、これ、と中村曹長は手榴弾を一個森中尉に渡した。——しかし、どうも何だな、と森中尉は困ったようなうす笑いをし、笑いの消えたあとの口もとがひきつった。——しかしそういうほかしようがありませんよ、私たちは崖の上で待っておりますから……と中村曹長が言った。——なかなか承知しまいなあ……。——しなくても、させるより処置なしですよ。どうせ助からないんだ、せいぜい今日あすってとこでしょう……。小島一人のために我々が犠牲になるってことはないと思うんだ。どうだ小谷、と中村曹長はあとの半分は私に向って言った。私は黙ってうなずいた。やっぱり小島伍長を捨ててゆくのか、そう思えば一寸哀れな心もしたが、しかしそうするより他ないと私も思った。——じゃ、小隊長頼みます、と中村曹長は言い、声を大きくして、原、と屋根裏へ呼んだ。原兵長が下りてくると、——出発だ、と小声で言い、森中尉に、——では崖の上で待っておりますから。森中尉は、うん、と言ったが、当惑げに何か心を決しかねているふうだった。――では、と中村曹長は促し立てるように言って挙手の礼をした。森中尉は黙って重い足を屋根裏の方に向けた。

私たち三人は崖の上で森中尉を待っていたが、なかなか来なかった。むつかしいのだナと私は思った。こんなことは中村曹長の方がはるかにうまいのだがと私は思い、いやなことを森中尉におしつけた中村曹長に、一方では汚いものをかんじながら、また一方では、強引におしつけてしまうことの出来る中村曹長の強さに私は追従《ついしょう》したいような気持も湧いて、――遅いですねえ。曹長殿の方がよかったのではありませんか、と言うと、――うん、小隊長少し気持が弱くなってるからな、しかし俺が言い渡すより小隊長から言われた方が小島も納得するんだ、と中村曹長は決りきったことのように言った。

……森中尉はまだ来ない。小島伍長の哀願をふりきりかねているのだろう。きっぱりと、だめだ、とふりきってくればいいじゃないか、と私は森中尉のなまじ温い気持をいらいらしく思った。私は小島伍長を哀れだとは、そのとき少しも思わなかった。俺だったら、その焼米を食らい、その手榴弾で自殺してみせる、と私は思った。そして女々しく哀願しているであろう小島伍長を、私はむしろ蔑《さげす》みたいくらいだった。(――もしその場合、私と小島伍長とが位置を換えていたら、どうだろう。果して私は死ぬことが出来たであろうか。思うにそれは一つのはずみだ。どうなったかはもとよりわからない。見捨てられてのち一人静かに焼米を食って死ぬなどということは出来ないような気がする。けれども見捨てられてのち絶望の高まりの果てに逆上がくる、そのときならば死ぬことも容易だろう。だが私の思っていたのはそういう死に方ではなかったのだ。私は焼米と手榴弾とを受けとり、ありがとうございます、と言う。与える方も受けとる方も、うるわしい武人の心情ではないか。その中に麻痺するのだ。私は焼米をかじる、そして、軍旗を無事に救い出して下さい、と言う。私はその言葉に満足する。その言葉によっては私は永遠に生きる。そこで私は手榴弾を発火させる。シュシュと音を立て将《まさ》に爆発しようとする手榴弾を、従容として私は腹に抱き込む。——そういう死に方を私は思っていたのだ。そしてまたそういう死に方であるならば出来ないことはないのだ。最後の本能である虚栄の中に逃げ出せば、生きたいという本能を捨てることも難くはないような逆上の中に、私たちは絶えずつつまれているのだから。——）私は森中尉を手間どらせる小島伍長を、憎いとさえ思った。もともと私たちにとっては小島伍長は転げ込んできた厄介者ではないか。そんなもののために私たちの大切な時間が刻々とうしなわれてゆくのだ。森中尉はまだ来ない。

そのとき突然拳銃の音がひびいた。反射的に私たちは草むらの中に身を伏せた。にぶく尾を曳いて朝の山々に木霊してゆく拳銃の余韻を、前途の不吉な予兆のような思いで私は草むらの中できいた。森中尉が小島伍長を殺したのだ。やったナ、と私は思い、小島伍長の青黒くふくれ上った顔をおもうと冷い戦慄が背筋を走った。同時に私は小島伍長も私と同じように眼鏡の右の柄を布切れで代用していたことをはっきりと思《おも》い泛《うか》べた。そしてついさっきまでは憎いとさえ思っていた彼を、ああむごいことをしたものだ、と今はじめてしみじみと哀れに思うのだった。――だめだ！　だめだ！　と中村曹長が重い声でうなるように言った。――拳銃なんかぶッ放しやがって！　中村曹長は、拳銃の音が敵を誘うことを怖れたのだ。だが私は、そのことよりも、今おこった事自体の持つ怖ろしさに胸を圧しつぶされた。戦友が戦友を殺す、これを端緒に、すべてがめちゃめちゃになってゆくような思いに心が絞めつけられた。

やがて森中尉が崖をかけ上ってくるのが見えた。森中尉は崖の途中で一度とまり、家の方をふりかえった。しばらく佇《たたず》んでいて、そこからゆっくりと登ってきた。森中尉は蒼白な顔で黙って私たちの前に立った。私たちに対して身構えるような様子だった。私たちは誰も暫《しばら》く何とも言わなかった。中村曹長は何か言いたげなふうにじっと森中尉の顔を眺めていたが、やがて森中尉が顔を伏せるようにしてそむけると、中村曹長も姿勢をくずし、誰に言うともなく、――急ごう、早くここを離れてしまわんと危い、と鋭く言い、――いつもの順序だ、距離十メートル。言い捨てて走るように歩き出した。

中村曹長はふりむきもせずに歩度を速め、十メートルずつ離れて原兵長、私、森中尉、と無言でつづいた。私は拳銃の音を中村曹長の怖れるほどには怖れはしなかったが、しかしそのようにして無言に足を速めてゆくことの中に次第にそれが切実な怖れとなってくるのをかんじた。中村曹長はひたすらに足を速め、そういう中村曹長のぐいぐいと私たちを引っぱってゆく何かおそろしい気魄《きはく》のようなものにただ引きずられて、私たちは昼すぎ三角峰の手前の山にゆき着くまでついに一度も休まず、ついに一言も口をきかず、ただ歩きつづけたのだった。

三角峰の一つ手前のその山に登り着く寸前、原兵長が小休止の合図をした。原兵長はそのまま登っていったが、私は森中尉に小休止の合図を送り、そのままそこに腰を下した。——すっかり顎を出してしまったよ、と森中尉は私の横にきて腰を下した。しかしまたすぐ腰を上げにかかって、——めちゃめちゃに歩かせやがった。彼奴《あいつ》、怒ってやがるんだ、さあ、ゆこう、と私を促すのだった。

私は驚いた。私は森中尉は混乱しているにちがいないと思っていたのに、森中尉は普通と一寸も変ってはいないのだ。それは心強いことには違いなかったが、しかし戦友一人を自らの手で殺しながら何の心の動揺もないとすれば、何というおぞましいことか、と私は思った。そういう反撥の気持で私は、——もう少し休んでゆきましょう、と言った。そして私は小島伍長のことを口にしようと思ったのだった。しかし、やめた。森中尉が私の言葉に従って、それじゃ、というふうに腰を下したのが奇異に感じられたからである。以前ならば兵隊の発言など一句もゆるさない、或いは頭から踏みつけてしまう「将校」である森中尉が、何のわだかまりの様子もなく兵隊である私の言葉に従ったということに異様な気持を覚えたからである。森中尉は無意識にそうしたのかも知れぬ。しかしそれならばまた一層に問題なのだ。だいいち私が森中尉に対して反対を言い得たということ自体、思えば不思議なことなのだ。更に、私が心も身体も堅くすることなしに、こうして「将校」の傍に腰を下しているということ自体も、思えば不思議なことなのだ。（——揚子江下流の小さな町に駐屯していたときの夏、当番兵である私は隊長が幕僚たちを集め女を呼んで酒を飲むその傍で、汗がぽたぽたと眼鏡に落ちレンズのくもるのを拭《ぬぐ》うことも出来ず、隊長とその女とを煽《あお》いでいたことがあった。隊長は女を抱き、——お前は愛国心があるか、と言う。——あるわよ。——あるなら俺のいうことをきけ。私は全身汗でびしょびしょにぬれ、厳粛な顔をして隊長と女とを煽ぐのである。俺はかなしいかナ、と私は自分に訊《たず》ねてみる。すると隊長は、——当番！　と叫ぶ。——はッ。——暑い、もっと煽がんか、女までもが私を奴隷のような眼で眺めちらりと笑う。私は益〻厳粛な顔をして、汗だくとなって煽ぐのだ。彼らは将校であり、私は兵隊なのだ。）——いったい、いつ頃から森中尉はこうなったのだろう。いったい、いつ頃から私がこうなったのだろう。陣地ではまだこうではなかった。森中尉が落ちてきたのか、私が上っていったのか。とにかく愉快なことにはちがいない、と私は思った。私は、ふふふふと声を出して嗤いたいような気持になり、うーんと伸びをしてうしろに寝ころんだ。森中尉は何を思っているのかじっと腰を下したまま前方に眼を据えて動かない。私は森中尉の動かない背中を眺め、そうしているうちにふと、私の身近に落ちてきたそういう森中尉をあわれに思った。

森中尉はあの隊長のような人ではなかった。のどかな駐屯地に於ても常に謹厳な人だった。私はひそかに畏敬の心を寄せていたのだが、その人が今は私と同じ位置に落ちてきたのだ。森中尉は、脱出して以来いつか私たちを指揮する位置を中村曹長に譲っている。何故だろう、と私は思った。中村曹長と言えば、――かつて或る占領地で、私は中村曹長を長とする一個小隊に加わり分哨に出ていたことがあったが、そのときの中村曹長の行状はすさまじいものだった。五、六キロ離れた町から売笑婦をつれてきて分哨の中に泊らせていた。分哨の食糧や被服を付近の老百姓に売りつけたその金を女の媚《こび》にかえていた。徹夜して酒を飲み、徹夜して麻雀賭博に耽《ふけ》り、女を抱いて唄を歌うときは上機嫌だったが、何か気にさわることがあると忽《たちま》ち豹変して気違いのように狂い立ち、兵隊を殴りつけてほとんど気絶するまでやまなかった。いきり立てば老百姓をひっとらえて密偵だと称して殺した。しかも分哨に将校の巡視などあるときには、まるで別人となって如才なくいささかの尻尾も見せないのだった。たとえ尻尾を見られたとしても逆にまたその将校の痛い尻尾を摑んで彼は金輪際《こんりんざい》放さない。――こういう人の方が、森中尉のような人よりも真実には偉いのではないかと私は思わざるを得ないのだった。全く、今、生死の境に放り出された私たちを引っぱってゆく力のあるのは森中尉ではなくして中村曹長だということは、だいいちに中村曹長自身が自負しているにちがいないし、そして私も否むことは出来ない、おそらく森中尉自身もそれを認めていてこそ中村曹長に譲っているのだろうと私は思うのだったが、こういう危急の場に臨んで邪悪な人の方が却って頼りになるということを思えば、一般に私たちが邪悪と見做《みな》していることはすべて邪悪ではなくしてその人の溢れる力ではないかという気が私はするのだった。そもそも邪悪などということ自体が在るものではなく、在るのはただ私たちが邪悪と思うことだけではないか――。いや。そうではない、邪悪はあくまでも邪悪だろう、しかし邪悪を行う人には常人よりも激しい行動力があるのかも知れぬ。ただ問題は困苦にめげない強烈な気力なのだ。森中尉が退いて中村曹長に譲っているのは、結局は森中尉の気力の弱さ（逆に言えば中村曹長の気力の強烈さ）だと私はまた思った。そういう、中村曹長にけおされている森中尉を、そして兵隊である私を圧《おさ》えることの出来なくなった森中尉を思うと、私は何かあわれな気持の湧き上ってくるのを覚えるのだった。

しかし、この森中尉が自らの手で小島伍長を殺したことに思いをかえすと、私の森中尉をあわれに思う気持など忽ち影をひそめて、私は森中尉をおぞましく思う。それは、小島伍長を説得するという苦しい役目を中村曹長におしつけられて拒否することも出来なかった森中尉が、もし中村曹長ほどにずぶとい人だったならば、哀願する者をけりとばしてでも捨ててくることも出来たのだが、冷酷でなかったがゆえに却って最も冷酷な手段をとってしまったのだと考えられないこともないのだったけれども、しかし、だからといって私の森中尉のそういう行為をおぞましいと思う気持には少しの変りもない。私はそのとき、ふっと、森中尉を踏みつけてやりたいというむらむらとした衝動に駆られたのだった。私は突然に立ち上り、——小隊長、と呼びすてた。——ゆきましょう。「小隊長」と呼んだのは、私のそういう気持の上でのせい一杯の反撥だったのだ。兵長でしかない私は「小隊長殿」と呼ばねばならない、ところが森中尉は黙って立ち上った。私はそのとき、森中尉がけげんな白い眼で私を見かえしたようにも思い、何か言うかナ、と思ったが、それを振り切るような気持で私はしいて平然と先に歩き出した。森中尉は黙ってゆっくりとついてくるようだった。私はふり向かなかった。

山の上では中村曹長と原兵長とが径端《みちばた》の繁みのかげに腰を下し、私が見出すよりもずっと先から二人は私の登ってゆくのを見ていたらしく顔をそろえてこちらに向けていた。近よってゆくと、二人は焼米をかじっているのだった。私は裏切られたような不快な気持になった。同時に私は昨日の盗み食いを思い出した。――なんだ、もう飯にしてるのか、と私は原兵長に言った。――お前たちも食ったろう、と原兵長はつっかえして来た。――食うものか。――わからん。――何！ と私は思わず怒鳴った。――よせ！ と中村曹長がきつい声で立ち上った。顔を見ると、意外にも笑っているのだった。――怒るな、一握りずつだ、お前たちも飯にすりゃいいじゃないか。――はあ、と私は言ったが、原兵長が無表情にまた焼米をかじり出したのを見ると私の心は治まらなかった。――太い奴だ！ と私は吐き出すように言った。――何ッ！ と中村曹長は一瞬開きなおったが、――そういら立つな。すぐ言葉をやわらげ、――小谷、見ろ、と立ち上った。東の方を指した。そこには、私たちが最初の山で眺めたときとはすっかり姿を変えて、意外にも目《ま》ぢかの感に、きらきらと沅江の流れが見渡された。――見ろ、近いぞ、と中村曹長は私の肩を叩いた。

気がつくと、いつの間にか森中尉は来ており、私たちの立っている斜《ななめ》うしろの岩の上にぶらんと脚をたらし背を丸くして腰をかけていた。もう幾時間もそうしたままのような姿で、やはり眼は沅江の方にそそいでいるのだ。しかし今、沅江は森中尉に映ってはいても、おそらく森中尉の眼は沅江を見てはいないだろう、放心したような、みすぼらしい姿だと私は思った。中村曹長は森中尉の登って来たそのときから知っていたのにちがいない。私が原兵長に怒ったことに対する中村曹長の言葉が即ち、うしろに森中尉を意識しての言葉だったのだ。沅江を指して、近いぞ、と私の肩を叩く、そういうしぐさの中にも、私は中村曹長がことさらに森中尉を意識している、そして意識しながら森中尉の方を見まいと努めている、重たいものをかんじた。二人の間のこの重たいものは小島伍長だ。

それにしても森中尉は何ゆえ中村曹長をそんなにひどく意識するのだろう。その根柢《こんてい》は森中尉自らの行為に対する心の呵責だろうが、少くとも中村曹長に対しては、森中尉の方から口を割りさえすれば重たい気持くらいははらいのけることが出来るのではないか、と私は森中尉のそういう弱さをむしろじれったく思うのだった。弱さ。——しかしその人が小島伍長を自らの手で殺したのだ！　またしても私はそれを思い、それを思えば森中尉を踏みつけてやりたい衝動に襲われるのだった。——小隊長！　と私は自らも思いがけぬような鋭い声で呼んだ。眠りこけているうつつのない魂に水をぶっかけて醒《さま》してやりたいような気持もあったのだ。中村曹長が驚いたように私をふりかえったが、森中尉は腰かけたまままるできこえないようだった。——小隊長殿、と今度は私はていねいに呼んだ。——飯にしようではありませんか。私は森中尉の傍にいって背負袋を下し、その口を開いた。森中尉は黙って手をつっ込み、もう残り少くなった焼米を一握り摑み出した。——疲れた、と言った。中村曹長がじろりと私たちの方を眺め、そして私が眼をあげるとまた顔をそらした。

中村曹長はつッ立ったままじっと沅江の方を望んで動かなかった。原兵長ははじめの繁みのかげから離れず、そこに居眠っている。私は焼米を食べ終え、森中尉が腰をかけている岩にもたれ、脚を投げ出し、そうしていると疲労が身体のしんにまでしんしんとしみ込みしみ出して来るのがわかった。私は水を飲みたいと思った。だが水をさがしに立つのは億劫《おっくう》だった。前夜民家に泊ったとき中村曹長がうす暗がりの中を水を汲みにいったことを私は思った。驚いたり騒いだり、いろんなことをしたナ、と私は思った。あのときは何か私たちは今にくらべればいきいきと動きつづけていたような気がする。しかし今は、沅江がこんなに近く見えるというのに、四人みな離ればなれの、沈んだ、重たい心に閉されている。私は頭のくらくらと揺れるのをかんじた。そのとき唐突に私は、タバコをのみたいと思った。タバコをのみたい！　せめてタバコをのみたい。——ああ、タバコがのみたいなア……と私は声に出していた。

中村曹長がふりかえり、——うん、タバコが欲しいなあ、と言った。そしてそれをきっかけに、意を決したように、——小隊長、と森中尉に呼びかけた。ああ、とうとう爆発した！　私はそう思った。しかし、これからの長い道をお互《たがい》に重たい心を持ちあっているよりも、さっぱりとぶちまけた方がいいのだ、とも私は思った。ところが、中村曹長が森中尉に対して重たい心を持っているということには間違いはなかったが、私は中村曹長の心を推しはかってひとり思いすごしをしていたということがわかった。中村曹長は森中尉に対して怒っているのではなかったのだ。無事に脱出することと以外に何もない中村曹長にとって、小島伍長という一人の瀕死の男の生命などほとんど問題ではなかったのだ。拳銃の音をきいて怒ったのは、小島伍長の生命を哀れと思っての森中尉に対する憤りではなかったのだ。眠っている敵の枕べを通るのに跫音《あしおと》を忍ばせることを忘れた森中尉の不用意に対して怒ったのだ。だから、ここまで無事に逃げてきた今の中村曹長にとって、その憤りはもう消えていたのだ。というよりも今は、森中尉の放心したようなうち沈んだ姿の中に、小島伍長を殺したことに対する呵責（——中村曹長にとって、そのこと自体は問題ではない）と同時に、敵の中で拳銃を放った不用意を申しわけないと思う気持（——勿論それは中村曹長に対してである。そしてこのことは中村曹長の思いちがいかも知れない）をいたいたしく読みとり、恰《あたか》も将校の面目を忘れて私の位置にまで落ちてくる森中尉をときに私があわれと思うのと同じような意味で、中村曹長は森中尉をあわれとさえ思っているのだった。だから中村曹長は（——彼にはまた彼なりのやさしさがあったのだ——）しいてそのことに触れず、そっとしておいてやろうという思いやりが中村曹長の口を歪《ゆが》ませるらしいのだった。岩の上に腰かけて黙り込んでいる森中尉の頭はおそらく小島伍長で一杯だったろう。その沈んだ姿には、口を開けば必ず小島伍長に触れそうなものがかんじられるのだった。事実、中村曹長がようやくに口を開いて、小隊長、と呼び、——沅江が近いですよ、来て見ませんか、と言ったとき、森中尉はそれには応えずに、——可哀そうなことをした、と言ったのだった。——まあ、いいじゃないですか、小島が言ったでしょう、敵か味方かわからん奴らの襲撃を受けたって、あの地点はあちらの方ですよ、と中村曹長が南の方を指して話を転じようとしても、森中尉は、うん、と曖昧《あいまい》な返事をしただけで、——しかし何だってあんなことをしたのか……と繰りかえすのだった。私は森中尉のそういう煮えきらぬ弱々しさをむしろ腹立たしくさえ思った。森中尉がこだわればこだわるほど中村曹長は、それを森中尉がその不用意の過失を自分に対して申しわけなく思う気持のあらわれと解し、却って一種の自己満足めいたものをすら覚えるらしく、まるで部下の過失をゆるすような優越的な調子でこう言うのだった。そういうところにありありと中村曹長の卑しさはあらわれ、私は耳をふさぎたいような思いだった。——捨てておいたって死ぬんですよ、と中村曹長は言った、捨てておけば敵の手で殺されるのかも知れないじゃないですか、それよりも小隊長に殺された方が小島も本望ですよ。それは森中尉をいたわる気持で言ったのだろうが、それにしても私は中村曹長の一方的な言葉が不快だった。しかし、翻って私自身小島伍長をどう思っていたろうかと思えば、中村曹長と大差ないのだ。私は私たちのことのみを思い、小島伍長を捨て去ることを当然としていたのだ。私は小島伍長を女々しいとも憎いとさえも思ったのだった。何故いさぎよく死なないのかと蔑みもした。小島伍長の殺されたことを知ったとき初めて私は彼を哀れに思った。しかし殺された小島伍長にとってそれが何だろう。哀れと思ったことさえやはり私の自己的な考え方なのだ。

私は私の戦友の一人がその上官の手によって殺されたという、初めての経験に胸をうたれているだけであろう。もしも私が衰えて充分に動くことの出来なくなった場合私もまた小島伍長のように殺されるのではないかという思いが、私に小島伍長を哀れと思わせたのだ。私は中村曹長の言葉を不快とかんじながら、しかも私の心底は中村曹長と同じく自己的なのだ。或いはこれが人間なべての本当の心なのだろうか。人は憤るときは自らのためにのみ憤り、かなしむときは自らのためにのみかなしむのだ。しかも、ひとのために憤りひとのためにかなしむと自ら思うことによって、人は自ら己をいたわっているのではないか。そんな思いが胸の中を風のように吹きとおるのだった。

森中尉は独白するように語り出した。——俺はとてもいやだったんだ。苦しかったんだ。その役を引き受けたとき俺は、小島伍長がきき入れないことはわかっていたんだ。そして、ふっと俺の頭をかすめたことは、俺は小島を殺すんじゃないか、という予感だった。殺しちゃいかん、殺しちゃいかんと俺は自分に言いきかせながら、小島にこう言った、——お前はとても俺たちと行動をともにすることなんか出来やせんのだ、俺たちは軍旗を護ってゆくんだからお前をつれてゆくことは出来ないんだ、先にゆくからお前はあとから来てくれ。すると小島は俺をじっと見つめて、小隊長殿自分を殺さないで下さい、と言うんだ。殺さないで下さい殺さないで下さいと言いつづけた。もう俺の言うことなんか耳へいれようとしないんだ。ただ、殺さないで下さい殺さないで下さいと言うばかりなんだ。俺はふッと、それは殺してくれという意味かナ、と思った。しかし、殺しちゃいかん殺しちゃいかんと俺は自分を抑えながら、たのむ、あとから来てくれ、俺たちは軍旗を護ってゆかねばならんのだ、と泣きたい気持で繰りかえした。俺はもう振りきって逃げようと思った。ところがそのとき、小島のあの細い腕がふっと伸びて俺の上衣の端を摑んだ。俺はぞッとした。そして思わず拳銃をぶっ放していた……。俺が拳銃の引金を引いたときの、小島の顔が……、きらきら光る眼をあっけにとられたように見開いて俺の方につんのめって来たあの顔が……。森中尉はそこに何かがあるように、じっと一点を見つめたまま低い声でつぶやくように言いつづけていた。私は森中尉のそういう姿の中に何かうすら寒い鬼気のゆらめいているのをかんじた。森中尉そのものは既に形骸で、独白しているのはその鬼ではないか。ああ、狂ってゆくのではなかろうか、と私は思った。そんな思いで中村曹長の顔をうかがった。

中村曹長は振り切るように立ち上り、——沅江は近いですよ、小隊長殿、沅江はすぐそこに見えるんですよ、と言った。森中尉は、——うん、と応えたが、眼を沅江の方にそそぐでもなく、うつろな声だった。中村曹長はきっと唇をかんで、——さあ、出発だ、と言った。——もう距離をとる必要もなかろう、しかし小谷、お前最後尾を来い、と私に眼くばせをした。私は寒々しい、しかし胸のひきしまる思いだった。無表情な原兵長の顔にさえ私はいつもと違った緊張の色を見た。森中尉の心は一人遠くへ飛んでゆこうとするが、そのためにまた三人の心は一つの緊張に集ってゆくのだった。私たちは森中尉を中にはさんで黙々と三角峰への道を急いだ。

私たちは三角峰の上から展望してはじめて、私たちが途中の山から見て沅江だと思ったのは実は揚子江に流れ込む烏江《うこう》だったことを知った。このあたりでは烏江と沅江とはほぼ平行して、烏江は北を、沅江は南を、それぞれ東へ流れているのだった。ここからは山々にさえぎられて沅江の方は見えなかったが、中村曹長の頭の中の地図では二つの河の間隔は約七十キロ。私たちは今この二つの流れの間の山のどこかの地点にいるのだった。

——よし、俺たちの位置がわかりそうだと、中村曹長は言った。森中尉はそれまで陰鬱に黙り込んでいたが、中村曹長が地形などについて問うと案外元気な調子で答えるのだった。それをきいていると私は、森中尉に対する私たちのおそれはただ杞憂《きゆう》にすぎなかったのか、と思った。森中尉は小島伍長に対する呵責の心で一杯なのだ。ただそれだけのことだったのだ。そう思いながら、中村曹長と森中尉とが組み立ててゆく地図にきき入っていると、私の胸の靄《もや》は次第に消えてそこにはればれと希望が湧いてくるのだった。

……私たちの部隊が最後に受けた命令は、貴州省の心臓・貴陽を攻略することだった。最後のあがきをやれというのだ。部隊は手負いの獣のようにあてのない突進をするより他なかった。私たちの部隊は湖南省西部の沅州と辰谿《しんけい》との中間あたりで沅江を渡河し、沅州の北部を西進して貴州省に入った。そこから目ざす貴陽まで四百キロ。兵器の補給も食糧・被服の補給もない。収穫の季節だったから食糧だけは辛うじてつないでゆけたが、肝心の弾薬すら乏しい絶望の進軍だったのだ。貴州に至るには百キロあまり進んで鎮遠を、更に百五、六十キロ進んで貴定を通らねば道がない。しかし部隊の受けた命令は戦闘を避けて鎮遠・貴定の北側を迂回し敵の背後を縫って直ちに貴陽を突けというのだった。私たちの部隊が貴州省に入った第四日、各部隊は離ればなれのままそれぞれ完全に敵の包囲の中に陥っていた。もう進むことも退くことも出来なかった。敵は優れた装備と、何にもまして飛行機を持っていた。私たちには一機の掩護《えんご》もなく、食糧も弾薬もなかった。駄馬はもうとっくに斃《たお》れ、私たちは牛や水牛の背に既に使用にたえぬ山砲や迫撃砲を積んでのろのろと、籠るべき安全な山をもとめて逃げまわるばかりだった。——そのとき部隊の位置は鎮遠の東北方二、三十キロ。今ここから鎮遠らしい町の見えぬのは南の方の山岳にさえぎられているからであろう。そうすれば烏江に沿って西北方に見える町は思南。思南まで目測二十五キロ。鎮遠まではおそらく三十キロあまり。鎮遠と沅州との中間部の沅江沿岸までも同じくらいであろう。——森中尉と中村曹長とはこのように測定した。

思南も鎮遠も完全に敵の手にある。ここから思南への道は拓《ひら》けているが、しかし烏江の方に出ることは敵の中に入ることだ。やはり沅江の方へ出るより他ない。鎮遠から沅州まで百五十キロ。沅江もおそらくは敵の手にあろう。沅州から辰谿まで八十キロ。そして辰谿にもおそらく友軍はいまい。しかし、沅州・辰谿の中間東部・新化県のあたりには必ず友軍がまだいるはずだった。——そこで私たちは、東南に進んで沅江へ出、やはりはじめの計画どおり沅江を下ろうと決めた。三十キロ。しかし直線距離だから、二倍半にみつもって八十キロ。うまくゆけば四日で沅江に出られると計算した。そして私たちは、今私たちから鎮遠の眺めをさえぎっている南の山を迂回し、鎮遠を後方に見たら山を降りる、そして軍服を捨てて老百姓の便衣を着なければならないと話しあった。——小谷、お前は眼鏡を外すんだぞと、中村曹長が言った。眼鏡——ときくと私は、忘れていた小島伍長をまた思うのだったが、その思いは今割り出された沅江へ四日という希望の前にもう靄をかぶってしまっているのを私はむしろさびしい思いでかんじるのだった。

しかし——三角峰をあとにしてから三日目、ついに私たちは方向をうしなってしまったのだ。鎮遠をさえぎっていると考えた南の山の北側を、私たちは東南へ東南へと心して進み、今はもうその山を完全にうしろにしたはずなのだが、鎮遠は見えない、沅江も見えない。勿論沅州も見えない、南の方には山しかない。ただ北方に依然として烏江だけが見えるのだった。そして私たちはもう、唯一の食糧だった焼米をもなくしていたのだ。

私たちは東南へ東南へと心がけて進みはしたが、もとより正しく東南にのみ進むわけにはゆかなかったのだ。……三角峰をあとにした第一日は何事もなかった。ところが、その夜山の中腹の掘立小屋の中に一夜をあかし、翌朝その掘立小屋をあとにしたとき、そこから五十メートルとは離れぬ小さい崖に、そのへりにしがみついている三つの死骸を見た。吉田准尉とその当番兵の吉川一等兵、それから松井兵長、辛うじてそう見分けることの出来る姿だった。ここに事のおこったのは少くとも一週間以上前のことだとは思われたが、このあたりにはまだ敵兵がいると考えねばならなかった。私たちはお互の距離を二十メートルほどにのばし、中村曹長、原兵長、森中尉、私、という順で注意ぶかく進んでいったが、一つの小山を越して少し開けた平地に出たとき、私の前をゆく森中尉がぱッと伏した。伏して拳銃をかまえると私の左前方（南側）の山裾に三人の老百姓らしい便衣の男が見えた。私たちの方を眺めまわしているふうだったが、しかし、すぐ山の繁みの中にごそごそと消えていった。同時に私たちも右手の山の中に逃げ込み、繁みの中を激しく歩き続けて、やっとその山をつきぬけた。その便衣は敵兵か老百姓か知るよしもなかったが、私たちは少しでも遠く彼らから離れるため、東の山へ登った。敵の襲撃を受けた場合、高い位置の方が安全だと思ったからである。その日はもう進むことはやめ、私たちはその山の頂上近くの傾斜の繁みの中に隠れ、そこで夜を迎えた。

森中尉はひどい下痢をしていた。三角峰を出たころから既にときおり低い声でつぶやくように、だめだア、だめだア、と言い出してはいたが、私たちはそれを小島伍長の事件と関連せしめて考え、そういうことから起った、はりつめた気力の衰え、と思い、――しかし、私たちにあっては気力が即ち体力であり、心の張りをなくしたとたんガタッと人は体力をも喪失してしまうことを私たちは充分に体験していたから、森中尉がだめだアとつぶやくたびに怒鳴りつけるようにして励ましていたのだったが、するとと森中尉はそのたび、なに大丈夫、と力むのだった。そうして、危険の身に迫っているときには私たちと少しも変らぬ敏捷《びんしょう》な行動をしたが、少し安全な位置に出るとまた口癖のようにだめだアという言葉が出た。そのころ、私たちはまだ森中尉が下痢をしているということを知らなかった。森中尉はかくしていたのだ。軍袴《ぐんこ》の中にたらしていたのだった。漏らすたびに森中尉の口をついて出る言葉が、だめだアというなげきの言葉だったのだ。——

その夜は、森中尉はほとんど二、三十分おきくらいに便意をもよおすらしかった。それはアミーバー赤痢だった。かつて私たちの部隊のほとんど大半の者は最後の陣地でこの赤痢にやられた。森中尉も中村曹長もかかったし、私もかかったが、激しい便意をもよおしながら回を重ねればもう何も出すものはなくなり、冷汗とともに血便をしぼり出すばかりで、そのたびに身体中の血液のぬけてゆくような思いは苦しくせつないものだった。森中尉が用を足して帰ってくるたびに、ああ、と、ぼろ切れのように草むらの中にへばり込むのももっともだった。しかしまた、そういう森中尉を見ては、私たちは、もう少し気力をかき立ててはくれぬかと暗い心になるのだった。

第三日——。すっかり方向をうしなってしまった私たちは、まっすぐに南へ道をとるより他なかった。森中尉は急に頰の落ちた艶《つや》のない顔をふり立てて、ときおり唐突に元気なさまを示し、——そうだ、がむしゃらに南へ進むんだ！　と叫んだりした。だめだア、という言葉はもう口にしなくなったが、唐突にふるい立つとき以外は暗鬱に黙り沈んで、肉体の憔悴《しょうすい》はありありと見えた。もうついてゆけぬかも知れぬ——。そういう思いが彼に虚勢を示させるということも、またありありとわかるのだった。それは肉体の衰弱にうち勝とうとする頑張りのための虚勢ばかりではない。私たちが小島伍長を捨てたように、自分もまた私たちに捨て去られるのではないかという怖れゆえの虚勢だったのだ。だめだアとつぶやきながら軍袴の中に下痢便をもらし、しかも私たちに励まされると大丈夫と答えたのも、やはり捨てられまいとしての虚勢だったのだ。

だが私たちは、たとえ森中尉が小島伍長のように衰えはてたとしても捨ててゆくなどということはない——だろう、と私は思った。しかし、また思う。これがもし俺だったらどうされるだろうか。捨てられるかも知れない。森中尉は、今は中村曹長が事実上全くその位置にあるとはいえ、やはり私たちの長だ、そして何よりも彼は「将校」だ、だからこそ捨てられないと思うだけのことではないか。しかし、と私はまた思う。俺たち四人は陣地の最期に隊長の死を見送り、一緒に脱出して来た仲間だ。小島伍長は横からとび込んできたいわば第三者だ。四人が、お互にその中の誰一人をも捨てるということなどが出来ようか。だが、森中尉でなく、中村曹長でなく、もし原兵長が動けなくなったとしたら、この俺はどうしようとするだろうか。もし誰かが、気の毒だが捨ててゆこうと言い出せば私は必ずそれに同意するような気もしてならない。そこでまた私は思う、もし森中尉がもうどうにも私たちとともに行動することが出来ないような状態になれば、或いは中村曹長は捨てようと言うかも知れない。——俺たちには使命がある。森中尉の生命と軍旗と、どっちが大事か、と言い出すにちがいない。——私はそんなことをあれこれと思い、そして森中尉の憔悴した姿を眺めると、しかしどうしても俺だけはこの人を引っぱっていってやろう、ここを南へ進めばきっともう沅江はすぐそこなのだ、と自らを励ます気持も湧いてくるのだった。しかし私は、いざ動き出そうという心を起そうとすれば、起すことがもう大儀だった。いつ敵にぶっつかるかも知れぬ一歩一歩を思うことが既に大儀だった。もう食わなくてもいい、沅江に出られなくてもいい、敵が攻めてきてもいい、この草むらの中に私も棒切れのようにいつまでも寝ていたいような気もした。あの脱出の最初の星あかりの夜、敵の幾重もの厳重な歩哨線をつき破ったときのあの気力とねばりを、私もまたうしなおうとしているのか——。

しかし、このような思いが私の気持のすべてでは無論ないのだ。それらの気持はほんの一瞬、隙間風のように私の心の隙間に吹き込むものにすぎなかった。心にこのような隙間風を吹き込ませる隙間のあったことはやはり私の心の疲れ、——気力の、従って体力の衰えを物語るものだったろう。その心底はどうあれ森中尉までもが、「がむしゃらに南へ進むんだ」と叫ぶのだ。もとより私とて、歩きつづけねばならぬ、そして沅江を見出さねばならぬ、そして生きねばならぬという切実な願望に燃えていることは勿論だ。だがその激しい胸のどこかに、今は隙間風がひょうひょうと吹き込む——。

それから私たちは、森中尉の言葉のように「がむしゃらに南へ」道をとった。その最初の日、一つの山の子山のその裾で、私たちはまた友軍の兵隊の死骸を見た。私たちはもうしいてそれが誰かを見定めようとはしなかったが、既にそれは見わけのつかぬほどに腐敗した死体だった。しばらくゆくとまた同じような死骸だった。またゆくと、その山には断続的に簡単な壕が幾つも見えた。一見して敵のものだった。既にかなり以前に捨てられた壕らしく、そこにもまた腐敗した死体が、べったりと壕の底にはりついていた。その山は敵の陣地だったのだ。いや、今もなおそこには敵がいるのかも知れない。静寂を破って今にもどっと敵の吶喊《とっかん》の声が湧きおこって来るような一刻一刻の予感を以て、しかし私たちは「がむしゃらに南へ」道をとった。私たちは一足一足、今におこる銃声を身体中に予期しながらその山を迂回して進んだ。銃声がしたら南の山へ駆け込む。南の山にも敵がいたら、――そのときは最期だ、逃げられるだけ逃げ、いよいよとなったら死ぬんだ。軍旗とともに……と中村曹長は言った。

森中尉は黙々として私の前を歩いている。眼に見えぬ紐があって、その紐が交互に片脚ずつを引っぱり出しているかのように、一歩一歩ガクガクと踏み出しているのだった。それは全身全霊で、――或いは逆に、全く喪神《そうしん》して、ただ歩いているだけという姿だった。歩くということ以外すべてを捨ててしまったような歩き方だった。たとえ今すぐそこに敵が襲いかかってきても、森中尉はやはり同じような足どりで歩いてゆくだけだろう。今ほんとうに敵襲を受けたら――と私は思った、――森中尉を捨てて逃げるより他ない。私は、躊躇《ちゅうちょ》なく、はっきりとそう思った。そのとき私は、さきに、どんなことがあっても俺だけは森中尉を捨てないぞと考えたことを忘れていたのではない。それを思い出しながら、しかし今は捨てるより他ない、と断定的に思った。そして森中尉のガクガクと歩いてゆくうしろ姿を眺めると私はぞッと身ぶるいした。それは今、敵の襲撃を眼前ほとんど必至とみての私の心の豹変に対して自ら身ぶるいしたのではないのだ。

――私が身ぶるいしたのは、森中尉のそういう歩きかたの中に死のかげを見たからであった。死骸が歩いている——、ふとそんな気持が、今日見た山裾の腐敗した死骸の連想を以て起ってきたのだった。そして、その死骸の前を歩いてゆく原兵長も、そのうしろをついてゆく私自身も、その死のかげの中に引きずり込まれてゆくのではないかという不安をかんじるのだった。しかし、私はそのとき、——軍旗は、という思いに突き当った。そうだ、あの腹には軍旗が巻きつけられてある！　森中尉を捨てて逃げることはやむを得ない、しかし軍旗を捨てて逃げることはできないではないか。（——今にして思えば一片のちぎれた布切れが何だったのだろう。しかも私たちを支えていたのは実にその一片の布切れだったのだ。私を闘わしめたのはそれだ。私を脱出せしめたのもそれだ。そしてそれは私たちにとって何よりも明らかに無上のものだったのだ。）——軍旗を捨てて逃げるなどということは勿論出来ない。この思いは敵襲に対する私の怖れを一層激しくかり立てるのだった。私は一刻も早く中村曹長を呼びとめ、たといそれが森中尉を殺すと同じことであっても今は致し方ない、軍旗を森中尉の腹から解くことを進言せねばならぬといらいらしだした。しかし最後尾の私には、先頭の中村曹長を呼びとめるすべがない。私たちは薄氷を履《ふ》む思いで、足音をさえころす小心さで進んでいるのだ。声を出すことなど勿論出来ないのだった。

　ようやくに事なくその山を迂回し、私たちは更にその先の山の斜面をおのおのが一本の糸に曳かれてゆくようにまたそれぞれが全く別個の孤独者のような重い足どりで、無口で、南へ南へと一歩一歩を運んでいった。その山を横切ってしまったときには既にもう黄昏だったが、私たちはその夜の休み場所をさがすために、また一つには明日の進路の展望を得るために、更にその先の山に登ることにした。私たちが唯一の食糧だった焼米をなくしてから既に二日、しかし私はときおり激しく喉の渇きを覚えはしたが、ことさらに饑《ひも》じいとも思わなかった。四辺ひしひしと身に迫ってかんじられる敵への予感が、私たちの飢えをも疲れをもおし殺してしまうのだったろうか。私たちは非常に飢えてもいたし非常に疲れてもいたのだ。しかし私たちの心を最も大きく占めているのはそのとき敵に対する怖れだった。だから、怖れの激しさゆえに飢えも疲れもさほどにはかんじなかった。ということは一応はそれで間違いはない。しかしこの、怖れと飢えと疲れとの三つのうち、ときには飢えが、ときには疲れが第一に私たちの心を占めてくることもあり、必ずしも常に怖れが最も大きく心を占めるとは言い得ない。飢えが第一に心を占めたときには私たちは怖れも疲れもほとんどうち忘れてそれを充《みた》すための行動をとるし、疲れが第一に心を占めたときには飢えにも怖れにも眼をつぶってひたすらにそれを休めようとのみ願うのだ。そこで私の言いたいことは、今、怖れが第一に私の心を占めているのは何ゆえかというと、それは飢えよりも疲れよりも敵に対する怖れが一層直接に一層明瞭に私の生命をおびやかすというのではなくして、ただ私たちがひたむきな心で歩いていたからである、ということである。——私たちがもうすっかり闇の下りた山径をその山の頂近くまで登りきり、その岩かげに腰を下ろすと間もなく、即ち私たちが歩くという行為をやめたとき、私たちの心を占める第一のものは、怖れと飢えと疲れとのうち、既に怖れでなくして、疲れを休めたいという願いだった。そこを敵からの安全な場所だと信じたからではない。不安は常に樹々に吹きつける風の音とともに私たちの心をおびやかすのであったが、私たちはひたむきに歩くという行為を中止して休息にはいったがゆえに、私たちの心の大部を新たに占めてきたのは疲れの思いだったのだ。勿論怖れも飢えも忘れてしまったというのではない。私は岩かげの草の上にだらりと身体を投げ出し、真っ黒い夜に向って眼を見開きながら、風にさわぐ草の音を敵のひそかにしのびよってくる足音かと思い、腹をしぼり喉を焼くような飢えの苦しさを奥歯をかみしめてかみころしながら、しかし、草を引きぬけばそこにかじれる草のあるのを手をのばすこともせず、岩をまわればそこにかくれる場所のあるのを身を起してかくれることもせず、私はただ激しい肉体の疲れを以てこのまま土の中に沈み込んでゆこうとするのだった。

私はどんどん沈んでゆく。私の周囲には草も樹も岩も常にそのまま動かずに在るのに、私は一片の綿のように疲労してその中をどんどん沈んでゆく。私は息をすることも出来ない。覚めているのか眠っているのかわからなかった。私はどんどん沈んでゆく。私は手をのばして周囲の草木を摑もうとするが草木は雲のように私の手にとらえることが出来ない。草木はゲラゲラと私を嗤い出し、その声はやがて私の耳を聾《ろう》し、その声の中を私は沈んでゆく。すると、それは草木の嗤う声ではなくして大勢の敵の怒号だった。——おい鬼子《クエイズ》、お前を殺すぞ。——殺す？　俺は一寸も怕《こわ》くはない。殺すたって俺はふわふわと沈んでゆくだけじゃないか。どうすることも出来やしない。殺されても俺はやっぱりどんどん沈んでゆくのだろうか。敵の怒号がやみ、怒号が集って一人の巨大な敵となり、私の肩を鷲摑《わしづか》みにして揺すぶった。

――既に東天が白んでいた。私を揺すぶっているのは中村曹長だった。私の右の岩かげには森中尉が死骸のように俯伏《うつぶ》せに横たわっていた。起き上ろうとする私の身体は綿のように力がはいらない。きりきりと身体中が痛んだ。――原がいないよ、と中村曹長は言った、捜しがてら今日の進路を見てくる、お前は小隊長を見ていてくれ。中村曹長はそう言い置いて頂上の方へ登っていった。その姿が向うの岩かげにかくれ、私が森中尉との二人ぎりになったとき、私はほとんど無意識に立ち上り中村曹長のあとを追いかけていた。――何だ、と、けげんな顔で中村曹長はふりかえった。――一寸話があります、と私が声を落すと、――何だ、と顔をひきしめた。――小隊長殿が持っておられる軍旗のことですが、あれ、曹長殿が持たれた方がよいと思います、危険です。――うん、そうだ、俺もそう思っておるんだが、まあ、いい、帰って小隊長殿を見ていてくれ。中村曹長はそう言ってまた歩き出したが、二、三歩ゆくと、――おい小谷、と私を呼びかえした。――お前、小隊長をどう思う。――どうって、――これから先俺たちと一緒に行動出来ると思うか、どうかなあ、随分へんじゃないか。――大丈夫ですよ、ゆけると思います。すぐ私はそう答えた。私はそのとき森中尉をかばおうと意識してそう言ったのではない。中村曹長の口調に森中尉を見はなそうという心を汲み、それに反対してそう言ったわけでもない。

ただ咄嗟《とっさ》にそう言ったにすぎなかった。だいいち私自身昨日敵の壕のあった山を迂回しているときには、敵に襲撃されたならば森中尉を捨てるより他ないと決めていたのだ、そしてたった今、森中尉から軍旗をとりあげることを進言したのだ。それだのに私が咄嗟に大丈夫だと答えたのは、おそらくこれが正常な私の気持だったのであろう。そして人は自分を護らねばならぬ最後のときには勿論、ほんの少しでも自分の利害に関係の及ぶときには、また容易にそれをうしなうのが当然なのだろう。私はそのときにはもう森中尉のことよりも原兵長はどうしたのかと考えていたのだ。しかしこれも、原兵長自身の安危そのものが気になるのではなくして、原兵長におこったことが巻きおこす私自身への波をおそれているのだった。——原兵長は一体どうしたのでしょう、と中村曹長に言うと、——食うものでも捜しまわっているんだろう、ばかメが。中村曹長も私の思いと同じことを言い、また私に森中尉の傍にいるようにと言い置いてとっとと山を登っていった。

もとの岩かげにもどり、私は森中尉の寝ている傍に腰を下していた。森中尉は眠っているのか醒めているのか、俯伏して両腕の中に瘦せた頰をうずめたまま、私が呼んでも応えなかった。肩のあたりがかすかに波うっているので生きていることだけは確かだった。眠っているのなら少しでもよけいに眠らせてやろうと私は考え、そういう森中尉を眺めていると、短い鍔《つば》の将校帽をキュッと眼深《まぶか》にかぶり少し顎を突き出しめに、白い手套の手を軍刀の柄《つか》にそえてつッ立っていたかつての森中尉が頭にうかび、ひどく下落したじゃないかと私は思った。私はふふんと鼻をならしてみた。若干の嘲笑を投げつけてやりたいような気持もあったし、また感傷めいた寂しい気持も湧いてくるのだった。

原兵長がのっそりと戻って来た。どこへいっていたのかときいても、うん、とあいまいな返事をしただけだった。相変らずだ、と思い、私も黙っていた。しばらくすると原兵長は、——曹長殿は？ と尋ねた。——ふん、お前を捜しにいったんだ。——え？ ほんとか、とはじめて顔の色を変え、あたりを見まわしだした。——怒られるぞ、と私は言うと、——うん、怒られたっていいさ。そう言いながら原兵長はポケットから細い白い何かの根のようなものを取り出し、私にくれた。——食え、と言う。それは葦の地下茎に似た細い根だったが、かじると非常に甘い汁が出た。——何だ、ときくと、原兵長は、ゆっくりと、——あまあまごんぼ、と言った。ひどく子供っぽく、私は思わず頰がゆるんだ。

それをかじっているとき中村曹長がもどって来た。原兵長は不安げに立ち上った。殴られる、原兵長がそう思っていることが私にはわかるのだった。私たちは初年兵のとき、旧《ふる》い兵隊が私たちを殴ろうとしている気配を察しると、進んで彼らの殴りよいような姿勢をつくったものだ。それと同じ型が原兵長の立った姿にあらわれていた。観念した顔つきだった。そういう原兵長の顔を果して中村曹長は黙っていきなり殴りつけた。原兵長がよろけると、中村曹長は太い声で、——ばかメ、と言った。放免のしるしだ。——黙っていっちゃいかん。それはもう怒った声ではなかった。

——どこへいってたのか。——この下です。——何をしにいった。——これを取って来たんです、食えます、と原兵長は草の根を中村曹長に渡した。中村曹長はかじってみて、――甘いじゃないか、と言った。

軍旗のことは私たちの方から言い出すまでもなく森中尉自身が言い出した。私はさっき向うの岩かげで中村曹長に話したことを森中尉がきいたのではないかと思ったが、しかしきこえるはずはないのだ。きいたとすれば、それは私が中村曹長を追いかけていって何か話したということの中に森中尉の直観がきいたのだろう。或いはそうだったのかも知れない。森中尉はずっと眠ってはいなかったのかも知れない。俯伏せになったままじっと軍旗のこと、自分の身体のことを考えつづけていたのかも知れない。軍旗を離そうと言い出すまでには随分と苦しんだにちがいない。森中尉のそういう心の中を思えば、いたいたしくもあった。――いや、軍旗はあくまでも小隊長殿に持っていってもらいましょう。もし今中村曹長がそう言えば、森中尉はどんなによろこぶだろうか、と私は本心とは別にまたそんなことを思っていた。或いは森中尉は中村曹長のそういう答えを計算して言い出したのではないかという疑いにも襲われるのだった。私は中村曹長がどう答えるか、多少不安な気持で待った。しかし、中村曹長は、さっぱりと、――では自分があずかります、と言った。森中尉は直立した。しばらくそうしていた。それから脚を左右に開き、それからぼろぼろの軍旗を腹から引っぱり出した。私たちは森中尉に向って並び、軍旗に対して敬礼した。中村曹長は数歩進んで軍旗を受けとり、森中尉と同じように脚を開いた。そして襦袢《じゅばん》をまくり上げて腹にしっかり軍旗を巻きつけた。巻き終ると曹長は、その上に両手を当てて、腹を抱きかかえるようにし、二、三歩あるいてみて、――よし、と言った。森中尉は同じように腹に手を当てながら、――ああ俺は急に軽くなった、と言った。

その山からはもう烏江は見えなかった。北方の眺めを山々がさえぎっているからだということはわかりきっていたが、それでも、目ざす沅江は見えずいつも烏江だけを眺めねばならなかった眼には、烏江の見えなくなったことがそれだけ沅江に近づいたように思われてうれしかった。南には依然として山々がふさがり、勿論まだ沅江は見えない。これらの山々をつッきり、南へ南へと進み、私たちは早く沅江を見出さなければならない。新しく軍旗を腹に巻きつけた中村曹長を先頭に、今日もまた私たちは重たい心をふるいおこし見えぬ沅江を目ざしてその山々をあとにした。

前日もそうだったが、その日も私たちは出発してから途中一度も休まなかった。脱出のまだはじめの頃には、私たちは休むことによって新たな力をふるいおこすことが出来た。しかし今は、私たちの疲労は、一度休めばもう再び歩をおこす気力をなくしてしまうくらいに激しかったのだ。歩きつづけねばならなかった。もし休めば私たちはもうその日の行程をそこでうちきってしまうことがわかりきっていた。それにうち勝ち新たに心をふるいおこそうとする努力よりは、むしろ苦しい歩みをつづけることにはらう努力の方がまだしもやすかったのである。――こうして私たちは昼頃までに二つの小さい山を越した。同じような崖、同じような岩が聳《そび》え、私は同じ処《ところ》をむなしく空《から》まわりしているのではないかという不安を覚えることがしばしばあった。眼前にふっと開ける何とない平凡な景色や、向うの山裾に見える小さい杜《もり》などを、ああ見覚えのある景色だと思い、すると私は、薄氷を履む思いで敵の山の中を歩いていることをふと忘れ、ああいい秋空だと、のどかに内地の山を歩いているような錯覚に陥っては、あわてて心をひきしめたりすることもあった。

三つめの山の斜面を南へつきぬけたとき、私たちはハッと足をとめた。そこにはひろびろと山峡が開け、向う側の山麓には大きな廟《びょう》を中にして幾つかの民家がまばらに散らばっているのだった。私たちはもう一歩も足を進めることは出来なかった。敵は大抵こういう廟などを兵舎にしていることを私たちは知っていた。私たちは草むらの中に身体をかくして敵の気配をうかがった。とるべき行動を決めなければならない。廟の土壁には大きく「打倒日本帝国主義」と書かれ、民家の土塀にも「打倒日本軍閥」「到底抗戦」「抗戦勝利」「殺了日本鬼子」などの文字が大きく書かれていた。私たちはほとんど三十分以上も身体中を耳にし、草むらの中に沈んで眼を光らせていたが、既に傾きかけた太陽は赫々と照りつけているのに、あたりは深夜のように物音一つなかった。廟の付近にも民家のあたりにも人影一つあらわれなかった。——ぬけがらなのかも知れん、そうだとするとこの付近には友軍がいるのかも知れんぞ……中村曹長がそう言った。しかし廟に近づくことは危険だ、私たちはどちらへ道をとったらいいのだろう。私たちはなお何かを摑もうと草むらの中に、鎌首を持ち上げるように顔だけを上げ、じっと耳をすまし眼を光らせていた。ところが、森中尉はと見ると、草の上にどっかと坐り込み、俯向《うつむ》いてしきりと口を動かしていた。草をかじっているのだ。虚心のさまだった。私ははらはらし、いらいらし、たまらなくなって、——小隊長殿、と声を抑えて呼んでみたが、きこえないふうだった。中村曹長がにじり寄って、——小隊長、と言った。——どうしますか、迂回してあの廟のある山の裏へ出ますか、無人らしくもあるがやっぱり廟はくさい……、左の方へ迂回しますか、え？　森中尉は草をかじりながら、あいまいに首を振っただけだった。中村曹長はああというふうに眼をそらし、私と原兵長とを眺めて眉根を寄せた。——さあ、出発。中村曹長は森中尉にそう言い、もと来た径の方を指した。——出発ですよ。私たちは五十メートルあまりもどり、そこから雑木の疎林の中を、その山の斜面を西の方へと進んだ。しばらくゆくと疎林は尽き、ぱッと明るく、斜面一面に甘藷畑《かんしょばたけ》だった。すばらしいと思った。——待て待て！　と中村曹長は、私たちがまだ何も言わない、何もしない先に、激しく制した。——いいか、こういうときが一番危いんだ、いいか、小隊長と俺と警戒するから、お前たち二人で急いで藷《いも》を掘るんだ、背負袋を一杯にするだけでいいぞ、欲を出したらいかんぞ、敵からまる見えだぞ、出来るだけ姿勢を低くして掘るんだ。私と原兵長は甘藷畑の中に飛び込んだ。——低く、低く、と中村曹長は林の中から注意した。背負袋を腰からほどき、すぐ私は掘りかかった。呼吸がせわしかった。最初に引っぱった蔓《つる》にくっついてモクモクッと藷が出てきたとき私はもう敵など念頭になかった。その藷を中村曹長は身ぶりで、投げてよこせと言った。原兵長が投げた藷を中村曹長は森中尉に渡した。森中尉は黙って受けとり、軍衣の端で拭《ふ》いてすぐにかじった。私は次の藷を中村曹長に投げてやった。そこからは民家は見えなかった。廟の屋根だけがようやく見える位置だった。

森中尉は中村曹長に示されて甘藷畑の上の繁みのかげにゆき廟の方に向って腰を下した。ぼんやりと眼を廟の方に向け、藷をかじっている。中村曹長はあたりの地形を調べたり、じっと敵の気配をうかがったりしているようだった。私と原兵長とは、ほとんど夢中で藷を掘り、掘っては背負袋につめながら、土のままの藷をぼりぼりとかじりつづけていた。——もっと姿勢を低く！　高い、高い！　と中村曹長がときおり思わぬ方向から抑えた声で叫ぶのだった。

——いかん！　伏せ伏せ！　伏せろ！　中村曹長の異様な激しい声が耳を突いた。見まわしても中村曹長の姿は見えない。——小隊長、小隊長、伏すんだ！　小隊長！　その声は森中尉のいる繁みのすぐ近くの岩かげからだった。——小谷、原、そこはいかん！　こっちだ！　こっちへ来るんだ！　私と原兵長とは背負袋を引きずり、匍匐してその声の方に寄っていった。——廟の上の山に敵がいるんだ。下の方にもいるらしい、見つかったかも知れん。……見えるだろう、と中村曹長は言った。私は岩かげから、ただ眼を廟の方に向けたが、既に焦点が定まらない。原兵長は左手にかじりかけの藷を握っている。気づくと私もやはりそうなのだ。私はそっと藷を落した。そのとき、ヒュヒュと甘藷畑の上を弾が飛んだ。それを追ってピャックウウン——というひびきは明らかに友軍の三八式歩兵銃の音だ。——友軍の小銃を持ってやがる、便衣か土匪《どひ》かだ、と中村曹長が言った。それは廟の上の山からの弾ではなかった。もっと近くだ。私たちの今通って来た方向からの音だった。今度は私たちの頭の上をヒュ、ヒュンと弾がかすめた。敵はすぐ近くに迫っているのだ。——手榴弾は？　と中村曹長は言い、——俺が三つ、お前たちは四つずつだナ、よし、一つずつ出せ。私と原兵長との出した二つの手榴弾を中村曹長が森中尉に渡し何か言おうとしたとき、——あッ、いけない、と叫んだと思うと中村曹長は岩を楯《たて》に中腰になって手榴弾を投げつけた。すぐまた次の手榴弾を岩にカチンと発火させながら、——そこにいる、そこの四角い岩のかげだ！　一つずつ投げろ！　私たちの逆上の頭に叩きつけるように中村曹長が怒鳴った。——いいか、大丈夫だ、便衣五、六人だ、今のうちなら逃げられる、真っすぐに西へ逃げるんだ、すぐ崖だ、崖を飛び下りて正面の山を駆け上れ、小隊長、小隊長！——いや、俺は、逃げんぞ。森中尉が大きな声でゆっくりと言った。——俺が食いとめてやる、お前たち、逃げろ！　軍旗を護って逃げろ！　俺がくいとめてやる。それがあの憔悴した森中尉の声だろうか。すさまじい。小隊長は死ぬ気だ。俺たちを逃げさせて死ぬ気だ。私は逆上の中で電気にうたれたようにピリリとした。森中尉の眼はカッと燃えて、痩せたその頰にはりんりんと鬼気がみなぎっていた。ぴたりと拳銃を敵の岩に向け、今はもう微動だにしない。そして異様な鋭い声で叫んだ。——軍旗だ！　軍旗を護るんだ！　逃げろ！　早く逃げんか！——小谷、残れ！　と中村曹長が叫んだ。——いかん！　俺一人でいい、俺一人で充分だ、なんの小島伍長メ、あッ、また出て来やがったナ、と森中尉は拳銃を射った。岩かげから飛び出そうとした一人の便衣の脳天を見事に貫き、その小銃が音もなく宙に流れた。——小島伍長メまだ来るかッ！　森中尉は絶叫しつづけた。

――小島伍長メまだ来るかッ！

下ります、と中村曹長はその森中尉に敬礼した。私たち三人は匍匐して崖のところまで下った。――小隊長殿！　小隊長殿！　と原兵長が突然大声で叫んだ。泣いていた。瞬間、私も森中尉のところに駆けもどり一緒に死にたいと思った。しかし次の瞬間、私たちは三人一塊りとなって夢中に崖を飛び下りていた、そして夢中に山の中に駆け込んだ――

私はどこをどう走ったのか覚えない。幾時間走りつづけたのか覚えない。――気づいたとき私たちは、大きな断崖の上の岩にもたれて呆然としているのだった。折しも西の山が赤々と燃え、中村曹長の顔も原兵長の顔も真赤に燃えていた。そして私たちの前方、断崖の下はるかに遠く沅江の大きな流れが落日の光を浴びてきらきらと浮き上って見えるのだった……。

蝗

田村泰次郎

ツチモ草木モ　火トモエル
ハテナキ曠野《コウヤ》　フミワケテ
ススム日ノ丸　鉄カブト
……………………

その歌をいつもうたい馴れているので、女たちの合唱の歌声にあわせて口ずさみながら、原田軍曹は歌の文句を思い浮かべていたが、ほんとうをいえば、女たちの歌声は列車の走る轟音とまじり、ただの喚声でしかなかった。鉄板の戸の桟《さん》にひっかかっているカンテラが、車輛の振動につれてゆれ、そのカンテラのまわりのあかるい部分もゆれていた。鉄板にかこまれた長方体の空間のなかで、あかるい部分は、そこだけであった。そこから、女たちの歌声が、さっきから何度もくり返されていた。あとの部分は、ほとんどもののけじめもつかない暗さで、その暗さのなかに、原田軍曹と、能見山上等兵と、平井一等兵とが横たわっていた。

歌声はもう長いあいだ、つづいている。それはまるでうたいやめることを忘れたように、次第に熱がこもり、たかまって行く。原田軍曹は寝返りを打った。女たちの姿が、光りのなかに浮きあがっているが、原田にはそれは見えなくて、彼の眼に見えるのは、うしろの鉄板の壁に映っている彼女たちの影だけである。レールの継ぎ目に列車がかかり、がたんとカンテラがゆれると、そのたびに、その影もひきつるようにのびちぢみする。

女たちと、兵隊たちの距離は、三メートルとははなれていない。この車輛の三分の二以上の空間は、底の面積五〇平方センチ、高さ七〇センチほどの、数えきれぬ白木の空箱の梱包《こんぽう》が占めている。実際は、数えきれないことはなかった。原田は、それらの空き箱を、原駐地の石太線楡次《ゆじ》の、兵団司令部出入りの御用商人から、ちゃんと員数をあたって、受領してきたのである。この車輛の前の車輛にも、うしろの車輛にも、天井までとどくぐらいに、白木の空箱は積みこまれていた。これらの白木の空箱を宰領して、黄河を渡り、洛陽をめざして、そこに近い、河南の平野のどこかにいる兵団司令部まで送りとどけるのが、原田軍曹の役目であった。彼は半月前、ここを一度、兵団司令部と一しょにすすんだ。戦死者は、あらかじめ用意した白木の箱だけでは、到底、おっつかないほど、作戦の進行とともにふえるばかりであった。いそいで、白木の箱を補給するために、彼は原駐地へ派遣され、いまはその帰途にあった。彼の任務は、実はそれだけではなかった。この車輛のなかで、夜ふけだというのに、狂ったように声はりあげて歌っている五人の女たちを、原駐地からそこへつれて行くのも、彼の別の任務にちがいなかった。そのほかに、もう一人の男が同行していた。女たちの抱え主で、朝鮮人の金正順である。前線の兵隊たちの欲望を満たさせるために、自分の抱えの女たちを、そこへつれて行くという、りっぱな名目の裏で、憲兵隊の眼の光らない場所で、阿片を売買しようとするのが、この男の目的であった。女列車はよほど南下したらしく、むうっとする車内の熱気は、息苦しいほどになった。女たちはみんな、腕をまくり、スカートをまくって、同じ歌をいつまでもうたっている。ぶよぶよした太腿《ふともも》をつつむ青白い皮膚が、汗でべっとりと濡れて光っている。それまで横になっていた原田は熱さに耐えられなくて、上体を起した。二本の軟体の肉塊が正面にあり、その肉塊のあいだには、どこまでもはいって行けそうに思える、奥深い暗部があるのを、原田は見た。その暗い暗部の上には、原田の知りすぎている女である、ヒロ子の顔があった。楡次にいるとき、原田はすくなくとも十回以上、彼女のもとにかよった。街のその一廓にいる女たちのなかで、ヒロ子は一番気立てがよく、兵隊たちに親切であった。兵隊たちにとっては顔は、二の次であるが、その顔にも、ヒロ子は、女たちのなかでは、とりわけ、男好きのするものがある上に、荒稼ぎの稼業に似ず、皮膚がなめらかで、すきとおるほど青白かった。

ヒロ子は朋輩《ほうばい》たちと同じように、一ぱいに口をひらき、上体を左右にゆすって、そのことに陶酔しきっているようにうたっている。原田は彼女の下腹部の底知れないように思える暗部をみつめていた。そこの内部は、どういう具合になっているか、なにがあり、どれほどの湿潤と温かさがそこにあるか、彼は知りすぎるほど知っていた。そこには、なんにもないのだ。強《し》いていえばなんにもないということを感じさせられる、なにかがあるのだ。いつも彼がはいって行くと、すぐに火のような疼《うず》きが背筋をつきぬけて走り、ときには頭が痺《しび》れてしまうことさえあるが、その一瞬後は、心がからっぽになり、寒々しい風が吹きぬけ、いつもそこにはなんにもなかったことを、いやというほど感じさせられる。口のなかには砂のようなものがたまり、自分が生きているのか、死んでいるのかさえわからない、味気ない気持に陥る。だが、その味気ない気持は、原田にとって、明日、死ぬかも知れない自分を、一層、平気で死の世界に近づかせるための一歩前進である。その意味で、自分が生きているのか、死んでいるのかわからない世界にはいることの出来る眼の前にある、そのものは、彼が兵隊であるかぎり、まちがいなく、必要であった。

原田の必要なものが、三メートルの距離をおいて、二本の太い肉塊にはさまれて、そこにある。この熱気のこもった息苦しい暗がりのなかのいまも、それは必要であることを、彼は自分の身体で感じた。列車は作戦地帯にはいっている。いつなんどき、どんなふうに、自分に死が訪れるかわからない運命に、自分がおかれていると思うと、彼は熱っぽい凝視を、その暗部からはなせなかった。死の恐怖をおしのけ、死と仲よくするために、のめりこむようにその暗部へもぐりこみたかった。

……………………

弾丸《タマ》モタンクモ、ジューケンモ

シバシ、露営ノクサマクラ

……………………

汽笛も聞えないで、突然、がたん、がたん、と、二、三回、大きな振動があって、列車が急停車したようだ。聞き馴れぬ人声がはなれたところに、聞えた。しばらくすると、原田たちのいる車輛のすぐそとで、大きな叫び声がした。

「おーい、女たち、降りろ、——どこにいるのか。出てこいっ」

酒に酔っているらしい、どこか舌のもつれた、だみ声である。女たちはうたうことをやめた。そして、お互いに顔を見あわせ、無言のまま、軽蔑するような嘲笑で、安口紅をぬりたてた、乾いた唇をひきつらせた。原田は、「またか」とひくくつぶやいた。そばに眠っている、能見山上等兵も、平井一等兵も、眼をあけたようである。

「班長」

「いいから、寝てろ」

原田はゆっくりと身体を起し、閉まっている戸の内側へ近づいた。能見山上等兵も起きだしてきた。

「平井、お前は、そのままでおれや」

平井一等兵は、胸部疾患で一年近くも北京の陸軍病院にいて、原隊へ復帰してきたばかりであった。楡次に帰ったが、自分の部隊が作戦に出て、しかも、そのあとには別の部隊が駐屯しているので、兵站《へいたん》宿舎でどうしたらいいか、わからないでいるのを、原田がみつけて、勝手につれてきたのである。補充兵だが、見た眼は、胸の悪かった男らしくもなく、血色がよく、ぶくぶくと頰《ほ》っぺたも肥《ふと》っていた。

「こらーっ、出てこいったら、出てこんか。チョーセン・ピーめ」

機嫌を悪くした猛獣が檻《おり》のなかで、身体ごと自分を檻にぶっつけるような、どすんどすんという、重々しいひびきが、鉄の車輛につたわった。

「おい、灯を消せっ」

女たちが立ちあがってカンテラの灯を消すのを見定めてから、原田は戸の錠に手をかけた。そういうあいだも、相手の怒号と、戸にぶっつかるものものしいひびきはやまなかった。原田は力を入れて、鉄の戸をあけた。むうっとする乾いた熱風が、彼の頰を搏《う》った。そのとたん、原田は思わず、自分の頰を両手でおおった。とっさに彼は、それを風のなかにまじる数知れぬ砂の粒だと直感したが、それにしてはちょっとちがう感覚である。砂の粒もまじってはいるが、それだけではない。砂の粒よりは、何倍か、何十倍も大きな固体のようだ。闇のなかに、熱風はひゅう、ひゅうと凄《すさ》まじい咆哮《ほうこう》をあげて吹きまくり、なにがぶっつかるのか、絶えまのない衝撃で、原田の頰はゆがんだ。

「貴様が、引率者か。チョーセン・ピーたちを、すぐ降ろせっ。おれは、ここの高射砲の隊長だ。降りろ」

そとの闇の砂地に、両肢《りようあし》をひろげ、ふんばるようにしてつっ立っている男の怒号は、熱風の咆哮をひき裂くように、殺気がこもっていた。黒い男の影のまわりに、尚《なお》いくつかの男の影があった。原田は返辞をしなかった。ここが高射砲陣地地帯であるからには、すでに黄河の南岸に達しているのにちがいない。何故《なぜ》なら、それまで日本軍のまったくいなかった黄河の北岸の中原地帯へ攻めこみ、京漢線打通を目的とした、こんどの作戦のために黄河に架せられた仮橋を敵の爆撃から護《まも》ろうとして、両岸におびただしい高射砲陣地が布《し》かれていることを、原田は知っていたからだ。アメリカ軍の海上封鎖によって、仏印方面への補給路を断たれた日本軍は、大陸の奥地をとおる補給路をひらこうとして、約一箇月前から苦しまぎれに強引な作戦を展開していた。

原田は地面にとび降りた。足の裏のやわらかい粘着力のある砂地の感覚は、そこが黄河の流域であることを示していた。

「自分たちは、石部隊の者です。この車輛のなかには、前線にいる自分たちの部隊へ輸送する遺骨箱が載っているだけであります」

風の唸《うな》り声に、原田の声はかすれて吹きちぎれた。

「嘘をいうな。前から八輛目の車輛のなかには、五名のチョーセン・ピーが乗っていることはわかっているんだ。新郷から無線連絡があったんだ。命令だ。女たちを降ろせといったら、降ろせっ」

酔っぱらい特有の、テンポの狂ったねちっこい語調で、そう叫びながら、将校は腰から、刀を抜いた。刀身は、腐りかけた魚腹のように、きらりと鈍く光った。

「女たちは、石部隊専用の者たちです」

「なにっ。文句をいうな。なにも、減るもんじゃああるまいし、ケチケチするな。新郷でも、さんざん、大盤振舞いをしたそうじゃないか。何故、おれのところだけ、それをいけないというのか」

「しかし、——」

「しかしも、くそもない。いやなら、ここをとおさないだけだ。絶対に、さきへ行かさない。いいか。わかったな。通行税だ。気持よく払って行け」

ここへくるまでに、開封を出発してまもなく、新郷と、もう一箇所、すでに二回も、彼女たちは、ひきずり降されていた。そのたびに、その地点に駐留している兵隊たちが、つぎつぎと休む間もなく、五名の女たちの肉体に襲いかかった。彼らはその地域の守備隊ではなかった。こんどの作戦のために、大陸のあちらこちらから、ひき抜かれて、そこへ移動してき、また明日、どこへ移動して行くかも知れない、そして、同時にそのことは、明日の自分たちの生命の保証を、誰もしてくれはしない運命のなかにおかれた兵隊たちなのだ。束の間《つかま》の短い時間のそれは、彼らが頭のなかで、いつも想像しつづけている豊かな、重い、熱い性とは似ても似つかぬ、もの足りぬ、不毛のものではあったが、しかし、それは彼らがこの世で味わう最後の性かも知れないのだ。飢え、渇いた、角のない昆虫のように、彼らは砂地の上に二本の白い太腿をあけっぴろげにした女体の中心部へ蝟集《いしゅう》した。

将校は両手で刀を頭上にふりかぶり、その大上段にかまえた二つの拳《こぶし》の下から、

「頼む。な、兵隊たちのために、頼む」

痛切なという形容詞の、これほどぴったりとあてはまる語りかけは、ひとの一生でそれ

ほどたびたび経験するものではない。大上段にかまえた刀身の鈍く、青黒いきらめきと、露骨に弱々しさをひびかせた懇願調の話しかけの矛盾は、原田の反抗心を萎《な》えさせた。そのときはすでに彼の古参下士官としての臭覚は、相手が、歴戦の強《した》かな将校ではなくて、見習士官から任官していくらもたたないような、まだ若い、戦場経験のすくない新品少尉であることを嗅ぎとっていた。そしてまた、その相手のこのような威丈高《いたけだか》でありながら、自分自身の内部の不安にみずから脅えているように見える態度は、列車の進行阻止というその行動が、彼自身の発意からではなく、多勢の部下のつきあげによったものであることをも、感じとっていた。

原田は眼の前の黒い影のうしろに、ややはなれた場所に、風の唸りと、砂嵐と、闇とにへだてられて、はっきりとは見えないが、こちらのなりゆきを、身体じゅうのすべての感覚を獣みたいに鋭くはたらかせて見守っている数知れない人影を見た。それは彼の部下たちであると同時に、督戦部隊にちがいない。

「おーい、みんな、降りろっ」

数分後、原田は貨車のなかへむかってどなっていた。その声のひびきは、われながら案外、乾いて、さばさばとしたものだった。

そのとき、防暑用の布をうしろに垂れた彼の戦闘帽のひさしに、さっきからつづいている奇妙な、大きな砂粒のようなものの衝撃の一粒があたったのを覚えた。彼はそこへ反射的に、手をやり、掌のなかに、ところどころ、骨ばった感じの生きものをつかむ触覚をおぼえた。その掌のなかのものは、それくらいの大きさのものにしては、信じられないような力でうごめいた。

暗いなかで、ゆっくりと掌をひろげながら、原田軍曹は、少年のときの、同じ触覚の記憶が、不意にあざやかによみがえり、思わず、咽喉《のど》の奥で叫んでいた。

——あっ、蝗《いなご》だ。


蝗の大群が、黄河をはさんで、河南省に、今年の春から夏にかけて、異常に多数発生したという情報は、原田もすでに聞き知っていた。だが、一箇月前、この地帯を最初に進撃したとき、彼の部隊は、その大群に出喰わさなかった。その後も、蝗の大群が、あっちこっち移動し、そのために昼間でも、空がうす暗くなったとか、砲や、トラックの車輪の中心にはいりこみ、すりつぶされた蝗の脂で、心棒が動かなくなったとか、直接、作戦行動を阻碍《そがい》するようなことになることも、耳にはしていた。蝗の大群の襲撃を受けると、村じゅうの農民たちは総出で炊きだしをし、蝗の大群を自分たちの土地からよその土地へ追っ払うのに、銅鑼《ドラ》や、鉦《かね》を、気ちがいのように、昼も、夜も、叩きつづけるという話を聞いて、蝗の身体の機関のある部分は音響に弱いのかなと考えた。だが、実際の体験がないので、蝗のことを実感として、自分の内部につかむことは出来なかった。

蝗の大集団の移動には、蝗自身にはそのときどきの理由があるのかも知れないが、人間にはわからない。東か、西か、南か、北か、つぎにどの方向へ彼らは移動するのか、また円型にその地域にあつまるか、帯状にのびるか、それとも幾個の小集団にわかれて、ちらばるか、皆目、人間には見当がつかない。原田は、いま自分たちのぶっつかっているそれが、どの程度の集団であるかは、見当がつかなかったが、熱風のあい間に、しゅっ、しゅっという、蝗たちの羽根をすりあわすことによって発する、一種の金属的な、重い音を耳にすると、それは想像以上の大集団かも知れないと思った。

威嚇《いかく》されて、下車させられた女たちが、闇のなかに消えてから、すでに小一時間をすぎていた。あとからごそごそと貨車から降りてきた、能見山上等兵、平井一等兵、金正順たちも、原田のそばに立って、彼女たちの消えて行った方向をじいっとにらみながら、その方向に耳をそばだてるようにしている。夏の軍衣の下は、ここまでくると、もう、身体を動かさないでも、汗がにじみ、べとべとして気味悪い。熱風が吹きつけるたびに、空間に真空の部分が出来るのか、ちょっとの間息苦しくなる。それがつぎつぎと間をおかず、濡れ雑巾かなにかで眼鼻をぴったりふさぐように襲うので、胸が締めつけられるような圧迫を覚える。

「ちぇっ、畜生っ、奴《やつこ》さんら、いつまで乗っかってやがるんや。ええかげんにせんかいっ」

関西育ちの能見山上等兵は、半ばおどけた口調で、威勢よく舌打ちしながら、闇にむかって叫んだ。が、そのおどけた口調が、かえって彼が、そのことを心の底から真剣に思いつめていることをあらわしていた。目前の現実から、自分の心をそらそうとするとき、そういうふうにそのものをまともから、はっきりと、だが、軽くいってのけるのは、長く戦場に風雪を経た兵隊だけの持つ、生きる知恵である。原田には、能見山上等兵の気持がよくわかった。

原田はいうまでもなく、能見山も、平井も、石太線の楡次から、女たちと行動をともにして以来、彼女たちの身体にはふれなかった。しかし、それは原田の意志であって、必ずしも能見山や、平井の意志ではなかった。二人は、原田が自分たちの上官であるが故《ゆえ》に、やむを得ず、原田の意志に表面上従っているだけであった。楡次に駐屯ちゅうは、原田自身、何度かヒロ子の部屋を訪れ、ほかの二人も、恐らくは彼女たちのなかの誰かの部屋にあがりこんだことがあるにちがいないのであるが、楡次を出発以来、彼らは、とにかく、ここまでは、女たちの肌に触れなかった。だが、原田は数日前から感じていた。二人の兵隊の眼は日を追うて、どきりとする、ねばりつくような底光りを見せてきていた。

原田の心は、どうしても女たちを抱けなかった。そうしようと思えば、この輸送班の長である彼が、その気持になりさえすれば、それでこと足りた。女たちはいい返しもしなければ、抵抗もしないにちがいない。原田にそうさせないものは、一体、なんなのだろうか。女たちを、無事、最前線の自分の部隊へ届けねばならないという自分の任務に対する責任感なのか。兵団司令部へとどけるまでは、彼女たちは、彼が同じ車輛のなかに、そして、前後の車輛のなかにも、山積みにして宰領しているこれから出るにちがいないと想像される新しい戦死者たちのための遺骨箱と同じく、公用物であり、みだりに自分の勝手な欲望だけで、手を触れてはいけないと、神妙に考えているためなのか。そんなことはない。彼らが、いま、むかって行く場所には、彼らの戦友である兵隊たちが、女体に飢えて、ひしめいているだけである。それは飢えた狼たちが、牙を鳴らして、自分たちの餌食を待ちかまえているのにすぎないのだ。その狼たちの目の前にはるばると遠くから運んできた餌食を、投げあたえる前に、途中で、その運搬者である自分たちが、ほんのちょっといただいても、別に悪いことではない。古参下士官である原田が、そのようなくそ真面目な、四角張った考え方で、自分の心をしばっているわけではなかった。

原田は自分が女たちに触れようとしない、もっとも大きく、そして、それが真実である理由は、自分でも見極めがついていたが、彼はそれを、そのようにみずからみとめることを拒もうとしていた。鉄道沿線の一応安全な地帯で、彼女たちとむかいあっているときとちがい、いつなんどき、地上の敵か、上空の敵の襲撃を受けるかも知れない、この戦場では、彼女たちは自分たちの遊び相手ではなく、あらゆる瞬間、あらゆる場所で、死によって絶えず待ち受けられている共通の運命を持つ者の同族意識で、いつのまにかむすびつけられていた。その意識は前線に近づくほど、強くなって行き、それと同時に原田のなかの不安と、焦燥感もまた昂《たか》まってきていた。実際、彼は自分でも、決して他人より余計に臆病であるとは思っていないが、自分の生命の火が日ごとに煌々《こうこう》と明るくなって燃えあがって行くことが、寒気がするほど、いやな気持になるときがあった。火は炎となって燃えあがり、ある瞬間に、突然、ふっと吹き消されるかも知れない。戦場は、そういう作用を、人間の生命の火にほどこすものを持っている。しかし、原田は、自分がこの小さな輸送班の統率者であることを、あまりに自覚しすぎていた。共通の運命におかれている彼女たちと抱きあうかわりに、彼女たちに自分の内部のたたずまいを察知されることを、恥かしいと思った。このとき、この場所で、彼女たちの肉体を求めることは、彼女たちに自分の内部をのぞかれることである。ふたたび、生きて帰れるか、どうか、誰にもわからない、いまというとき、女体を力一ぱい抱き締め、生の確証をつかみたいという欲望と、人間としての弱々しさを、他人に見られまいとする、人間としての、そして同時に、兵隊としての虚栄心とが、彼の心のなかで、血みどろな格闘をつづけていた。

原田たちのみつめつづけている方向の闇のなかから、白いものがふわりと浮きあがった。それがゆらゆらとゆれながら、次第にあざやかに色と形を見せて、近づいてきた。女たちが帰ってきたのだ。白いものは、女たちの裸身にまとったシュミーズである。

「どうした？　おい、大丈夫か」

女たちをここまで送りとどける、一名の兵隊の姿も見当らない。女たちは原田たちのそばへたどりつくのが、精一ぱいらしく、よろめく足もとで、砂をふみ、前のめりの姿勢で、宙を泳いでくる。女たちのうしろから、もう用のなくなった彼女たちを、一刻も早く、この土地から追いだそうとするかのように、蝗の群れと、砂粒をまじえた、火照《ほて》った風が、ひっきりなしに吹きつけ、原田たちはまともに面をむけていることが出来なかった。

「ハラタ、——」

ヒロ子は、そこに原田軍曹の姿をみとめると、張りつめていた気持が、にわかに崩折れたように、彼のほうへがっくりと身体を投げかけてきた。ほかの女たちも、それぞれ、能見山上等兵と、平井一等兵のほうへ、自分たちの身体を倒れるようにもたせかけた。

「よーしっ、——乗車っ」

原田は精一ぱいの声張りあげて叫んだが、咽喉がからからに乾いているために、語尾がひゅーっとかすれ、われながらびっくりする、笛みたいな響きを発した。

女たちも、能見山たちも、乗車したのをたしかめると、原田は前部の機関車のところへ駆けて行って、

「全員乗車、発車して下さーい」

と叫び、またひっかえして、みんなの乗っている貨車にとび乗った。

ごとんと一つ、大きく車輪を軋《きし》ませ、ふたたび列車はゆっくりと動きはじめた。

「チキショー、パカニシヤガッテ。アイツラ、アソプナラ、アソプテ、ナゼカネハラワナイカ。カネハラワズニ、ナニスルカ」

空っぽの遺骨箱のあいだのもとの座に戻った彼女たちを見降しながら、原田は彼女たちの口々の叫び声を聞いていた。兵隊たちは彼女たちを抱くだけ抱くと、まるで汚物を棄《す》てるように、未練気もなく、その場にほうり出した。

「馬鹿野郎、作戦ちゅうに、金なんか持ってるかってんだ」

と、兵隊たちは彼女たちの当然の請求を嘲笑した。

「アッ、イタイ、イタイ」

ヒロ子はシュミーズの裾を、太腿の上までまくりあげた。

「イタイ――」

マチ子たちも、みんな、一せいにシュミーズを思いっきりよくまくった。男たちの視線が、そこにむけられていることなど、まるで気にかけなかった。脂肪のよく乗った白い太腿をはだけ、彼女たちはそのへんを、タワシでこするように、両手でひっかきはじめた。カンテラの灯の下の黄いろい皮膚のあちらこちらが、うす紅く変色している。マチ子のシュミーズのなかからは、大きな褐色をした昆虫がつまみだされた。

「コイツガ、イタイ」

ヒロ子はそれを鉄板の壁に力一ぱい叩きつけた。

「コノパカヤロー」


脂ぎった、白い太腿の皮膚と、それをひっかいた部分の、入りみだれた淡紅のみみず脹《ば》れとが凄いいきおいで近づき、ひろがって、みひらいた原田の眼をふさいだ。そして、原田は思わず、その瞬間、めまいを覚え、自分の身体の下腹部に、かーっと熱感が疼《うず》いた。瞼《まぶた》の裏側には、淡紅に染まった痛々しい皮膚に、喰い入るように六本の骨張った肢をひろげてとまっている、一匹の蝗が灼《や》きつき、その場面が、彼の胸もとに疼痛《とうつう》をあたえた。ヒロ子も、そして、ほかの女たちも、その部分になにもはいってはいないのは、不思議はないが、彼女たちが原田たちの眼の前に、いま、その部分をそのままに曝《さら》していることが、彼らの欲望を駆りたてた。ふだん、彼女たちがそこを男たちの眼に見せびらかすのは、男たちに対する挑みかけ、そして、もっと正確にいうならば、彼女たち自身に対する、そのことに羞恥《しゅうち》を覚えることに対する抵抗、そしてそうすることによってしか、生きられない自分たちの生き方を、すすんで忘れようとする積極的な身ぶりがはたらいている。いまの場合は、そうでなかった。その部分を原田たちの眼から隠し、おおおうとする肉体的な余力もないようであった。彼女たちは、ぐったりとなって、そこにのびていた。もはや、自分のものであるその部分に、いまの場合、なんの関心もないように見えた。それはものとして、そこにあった。カンテラの灯のあかるさに、ほの白く浮きだした二本の太い円筒のあわさった場所に、ほんとうはそれはあまり密生はしていないことを、原田はよく知っているが、まわりのひくい光度の関係で、さも一ぱいに毛が生えむらがっているかのように、黒々としたかたまりとなって浮きあがっていた。そして、その黒々としたかたまりのなかに、深くて暗い亀裂があるはずである。たったいま、そのことに飢えかつえた男たちを、ごぼりと呑みこみ、また、それを吐きだす動作を、無限に反覆することによって、けものめいた男たちの欲望を静めてきた、不思議な能力を備えたものが、そこにある。だが、いま、原田の眼の前、一メートルにも満たない距離にあるそれは、そのような神秘性もひそめているもののようでなかった。ただのものとして、呼吸《いき》づくことも忘れてそこにある。それは、それだけでみごとに完成した、一つの造形であった。そして、その造形が、一切の考えることをしりぞけた、ただの造形であることによって、いま、烈《はげ》しく彼の中心をゆすぶった。

長いこと、ヒロ子は、その姿態を、そこに彫られたもののように動かさなかった。彼女は瞼をふさぎ、いくらかうわむいた、その鼻腔からは、すでにかすかな、苦しげな寝息をたてていた。ヒロ子だけではなく、マチ子、美和子、京子、みどりたちのみんながいずれも疲れ果てて、人間以外のなにか別の存在として、兵隊たちの眼の前に横たわっていたのだが、彼女たちの人間であることをやめたような、残酷という、形容詞も超えた、うちひしがれた姿態が、一層、兵隊たちの欲望をかきたてた。彼らは自分の身内に、荒っぽい血がさわぐのを、これまでのようにこらえきれなかった。このような女たちの肉体にむしゃぶりつくことで、自分たちも人間であることをやめたい衝動をおぼえた。彼らは、人間である必要はなかった。人間であることによってしばられる自分の心を、捨て去ることが、ここでは一番幸福に思えた。男たちの眼の前で、股をひらき、その恥部をのびのびと蒸し熱い空気に曝すことの出来る無心さを、彼らは自分のものにしたかった。そう出来ることが、この環境では、強さであった。彼らは強くなりたかった。その強さがなくては、この戦場を生き抜けないことを、彼らは知っているのだ。

「班長、ええやないか。よその兵隊には、さんざん、あいつらを好きなようにさせといて、なんでおいらにだけおんなじことさせんのや。班長の気持が、さっぱりわからんわ」

遺骨箱の山の反対側につくった兵隊たちの寝場所に、原田が戻ると、横になっていた能見山上等兵が、半身を起し、いつもよりも一段とねばっこい関西弁で、からみつくように原田に喰ってかかった。能見山は原田とは、中隊はちがうが、同じ年次の古年兵であり、同じ年次ということによる軍隊の慣習で、原田に対して気易い口を利いていた。

「なあ、班長、おいら、もう辛抱出来んわ。たかが、チョーセン・ピーやないか。そら、おいらはあいつらを、自分の部隊のおるところまで、輸送せんならん任務があることはわかっとるが、員数だけ、そろえれや、ええやないか。さっきの将校のいい草やないが、ほんまに減るものやあるまいし、途中で、おいらが使《つこ》うて、悪いのかい。よその兵隊に使わせて、おいらにだけは使わせんというのは、理窟にあわんな」

「どうしても、辛抱出来んか」

「班長、頼むぜ。ここへくるまでに、こんなことが、何回あった？　他人様のために、ご馳走運びなんて、もう馬鹿らしなったわ。班長、おいら、いつ敵さんの弾丸にあたって死ぬかわからんのやぜ、死んでしもたら、元も子もないわ。そやないか。よしというてくれ」

「黄河を渡ったら、あと数日の辛抱だがなあ」

「そんなことが、わかるもんか。現在、部隊はどこにいるのか、わからんのに、数日で、部隊のおるところまで行けるもんか。黄河を渡ったら、当然、敵の襲撃も考えんならんし、この調子なら、よその部隊も、ますます、ほうっておかないだろうしな。それに、無事にあいつらを、部隊にひき渡したら、こんどはおれたちは、何百人という列のなかに、並ばんならんのやぜ。あいつらと一発やるのに、何時間も立ちん棒せんならんのやぜ。そんな阿呆くさいことって、あるかいな」

「よしっ、それじゃ、お前たち、勝手にしろ。おれは、とにかく、いままでの状態をつづけて行く。そのかわり、お前たちは、自分で勝手に彼女たちを口説くんだな」

原田は答えた。能見山たちの不平もわからないではなかった。原田自身が、ヒロ子のぷりぷりした、白い肌を思いっきり抱き締めることで、いまの不安と、焦燥と、責任感を、その瞬間だけでも、忘れたかった。彼にはそれが出来なかったが、その自分に出来ないことを、ほかの二人の部下に、これ以上押しつけることはまちがいかも知れないと、原田は思い返した。

「ありがと。そんなら、行こか、平井」

能見山上等兵は、平井一等兵を促して、のっそりと立ちあがり、遺骨箱の梱包の山の端っこをまたぎながら、女たちのいるほうへ歩いて行った。原田は鉄板の壁にあたって、ことことと音をたてている水筒をとり、開封で停車したとき、つめこんできたパイチューをぐうっと、一息に飲んだ。パイチューはここへくるまでに大方飲みつくして、わずかしか残っていなかったが、それでもその残りの分量だけで、一息に飲むと、咽喉の粘膜が灼けるように、かーっと燃えた。そして、しばらくはその部分がひりひりとして、熱した鉄棒でも呑みこんだように、感覚が麻痺した。

彼は乱暴な仕草で、床に敷いてあるアンペラの上に寝転んだ。車輪の重い音が、突然、高くなったように、身体の節々にひびいてきた。

空っぽの遺骨箱の梱包の山のむこう側では、どんなふうに、能見山と、平井とが女たちを口説いているのか、無論、その話し声は聞えないで、なにごとも、そこで起きてはいないかのように、鉄の車輪の軋む音だけが、彼の耳をふさぎ、身体じゅうにひびきわたっていた。

原田は瞼を閉じて、仰むけに横たわっていた。軍衣を脱いではいたが、ますます汗はにじみだし、胸から脇腹にかけて、なまぬるい、湯に浸っているような、にえきらぬ気味の悪さがはいずりまわっていた。その胸の上へ、ひどく重量のあるやわらかいものが、いきなり、かぶさってきた。

「ハラタ、……」

耳たぶに熱い呼吸《いき》がかかった。相手は原田のくびに腕をまわし、重い身体をのしかからせながら、自分の唇で原田の唇をふさいだ。分厚くて、いつも湿めり気の絶えない、そして、適度の弾力性を備えた唇の感触は、それだけで、彼にはそれが、誰のものであるか、すぐわかった。

「どうした？　あいつら、よろしくやってるか」

「アイツタチ、スケペータヨ。ヒトガツカレテイルトイウノニ……。トスケペータヨ……」

「ヒロ子、あいつたちにも同情しろよ。毎日、よその部隊の兵隊たちが、お前たちと遊ぶのを、指を喰わえてみているだけだぜ」

彼らの駐屯していた山西省の奥地にも、鉄道沿線の街には、芸妓と称する日本のしょうばい女たちも、いなくはなかった。だが、彼女たちは、決して鉄道沿線の街から、生命の危険の多い、もう一つ奥地へはいってこようとはしなかった。街での彼女たちは将校専用で、小粋《こいき》な部屋に起居し、そこへは、たまに街へ出ても、兵隊たちは立入禁止になっていた。

兵隊たちは、奥地で指定された場所にいる中国人の女か、また別の、ちがった場所にいる朝鮮人の女たちのところへかようことになっていた。朝鮮娘たちもみんな国防婦人会にはいっていて、天長節そのほかの記念日や、祭日には、洋服を着たり、和服姿で肩に、「国防婦人会楡次支部」と黒く染めぬいた白いタスキをかけ、同じ服装をした芸妓たちと並んだ。すると、にわかに、そのときだけ、最前線にも、兵隊たちにとって故国に帰ったような媚《なま》めかしさが漂った。

「オトコハ、ミンナ、トスケペーゾ。アタシトージョーシナイ。タレガ、トージョースルモノカ」

「日本語の話せる、兵隊の遊ぶ相手は、お前たちだけなんだ。同情しろよ」

「ヘイタイタチハ、アレタケタ。アタシタチトアソブ、ソレハアレノタメタケタヨ。ハラタ、オマエ、ヘイタイニトージョースルコトナイヨ。オマエ、ヒロコト、ナカヨクスルタケデ、イイヨ」

ヒロ子の小さめの顔に似ない、小肥りの腕が、原田の衿《えり》もとをつかんではなさない。原田には彼女が、昂奮《こうふん》しているのがわかった。彼女は自分の身体を、原田を抱くことで、自分のものであることを、自分にたしかめたいのだ。彼女の相手にしたさっきの幾名かの兵隊の行動は、ヒロ子の身体を、彼女の心からひきはなす役割しかしなかったのだ。兵隊たちが彼女の身体からはなれたとき、彼女の身体は、彼女から完全にはなれていた。自分の身体を、自分のものであると、自分自身に確認するには、ヒロ子は原田に抱かれねばならないのだ。だが、原田の手肢《てあし》は動かなかった。

「ハラタ……ネ、ハラタ……」

鼻を鳴らして、自分の身体をすり寄せるのだったが、原田の身体は硬直したみたいになって、眼をみはり仰むけに横たわったままだった。

「ハラタノパカヤロー」

原田は自分の耳もとで罵《ののし》るヒロ子の声を聞きながら、歯を喰いしばって、内部の衝動を耐えていた。素直な彼女の誘いに応じられぬ自分の卑怯《ひきよう》さと優柔不断さに、ヒロ子の言葉よりももっとひどい、烈しいありったけの悪罵を投げかけることで、彼自身のいまの姿勢をかろうじて保たせながら、そのひとときがすぎるのを祈っていた。

列車は黄河北岸までしか通じていなかった。それからさきは、列車から降り、みんな、徒歩で、こんどの作戦のために工兵隊が黄河に架けた仮橋を渡らなければならなかった。

昼間の渡河《とか》は、いつ敵の戦闘機P四〇の銃撃を受けるか知れないので、危険であり、大部隊の行動は夜間にきめられていた。地上は日本軍の制圧下にあっても、制空権は敵ににぎられていた。夜があけると、P四〇はきまって南方から機影をあらわし、わがもの顔に日本軍の頭上をとびまわって、容赦のない銃撃をほしいままにした。

夜間だけの進撃をつづけることによって、日本軍は河南平野の大半を占領しているが、陽《ひ》のあるうちはあらゆる行動を停止して、住民の逃げた、ひと影のない部落にひそんでいなければならないという奇妙な作戦であった。戦場生活の長い原田軍曹にとっても、そんな作戦は、はじめての経験であった。だが、彼はそのことが、まだ日本軍が、戦争の全局で、頽勢《たいせい》を見せはじめていることであるとは解せなかった。

夜どおしの行軍で、行軍部隊の兵隊たちはあかるいうちは、死んだように横たわり、家のなかで眠っているので、女たちは彼らにつかまる気づかいはないが、それでも原田は、彼女たちに宿泊している家から、そとへ出ることを厳重に警《いまし》めた。

原田たちは女たちを、一しょに行動している兵隊たちの眼から隠すために、夜間の行軍ちゅうも、気を使い、彼女たちには口を利きあうことさえも禁じ、夜明けに休息のための部落にはいると、なるべく、部落の端っこの民家に逃げこむ。住民と敵とが別のものではない敵地区のなかでは、そうすることは、つねに、住民たちにみつけられ、敵に通報される危険がともなっているのであるが、原田はそうするより仕方がなかった。それを避けて、兵隊たちの宿営している部落の中心部に泊れば、こんどは彼女たちは兵隊たちにみつかり、たちまち、彼女たちは明日の生命の保証のないということで自暴自棄的な気持になっている、兵隊という飢えた獣たちの、肉体の、休みない襲撃を受けねばならないのである。

空《から》っぽの遺骨箱は、三台のトラックに積み、それはその行軍部隊のなかの自動車隊が、輸送の責任を持ってくれ、原田はときどき、それを確認しに行けばよかった。鄭州、謝荘、薛店、和尚橋と、京漢線沿いに南下し、許昌から西へはいって、禹県の近くの無名部落に行軍部隊がはいったのは、その日も明け方近かった。原田軍曹たちの兵団の所在は、的確には、まだわからなかった。だが、一週間前には、たしかに禹県をすぎたことだけは、たしかめることが出来た。

この作戦の完結が、洛陽占領にあることは、兵隊たちのあいだに噂されていた。渤海、黄海、東支那海と米軍の潜水艦に制圧されて、満州、北支那の豊富な物資を、南方へ送る海上補給路を封鎖された日本軍が、戦争初期に国府軍によって破壊された京漢線の打通をはかるのが、究極の目的であった。それには、河南における敵の最大の要衝である洛陽を押える必要があるのにちがいない。自分たちの兵団が洛陽まで進撃するか、それともずうっと、このあたりに駐留するのか、それはわからないが、目下の兵団は敵を追って、このあたりの地区を移動していることは、まちがいなく想像される。その司令部まで、原田軍曹は、女たちの身柄を無事に送りとどけねばならない。だが、いずれにしても、もうすぐ兵団の所在がわかり、その兵団とそれほど遠くない距離にまで、自分たちがすでにとりついたことは、たしかである。途中、いくつかの出来事があったが、さいわい、彼女たちの身体には、異常がなく、原田のこの奇妙な旅は、おわりに近づいているようだ。あんなに、そのときどきは大きな騒ぎを起した兵隊たちは、結局、彼女たちの身体のなかをとおりすぎて行っただけだった。そこに、なにものも残してはいなかった。いろんな顔の、いろんな身体つきの、いろんな過去を背負った兵隊たちではあるが、彼女たちの身体のなかを通過するときは、一人の兵隊であった。燃えたのは兵隊自身の身体であり、彼女たちの身体は燃えることなく、ただ、彼らを通過させただけにちがいない。彼女たちの身体のなかには、またその心のなかには、鉄鋲《てつびょう》を打った、いかつい軍靴の跡さえも、残しては行かなかった。

原田はほうっとし、胸の緊張が解きほぐれて行くような、ほのぼのとした安らぎを覚えた。

「ハラタ、アタシモ、ココニネルヨ」

初夏の大陸の空は、紺碧《こんぺき》に澄みわたっていて、今日は日課のように訪れる敵機の爆音も聞えなかった。院子《ユワンズ》（中庭）に咲いている石榴《ざくろ》の朱色の花のかげに、部屋の、色さめてはいるが、まだ赤い春聯《しゅんれん》の貼ったままの扉をとりはずして持ちだし、両端を積み重ねた煉《れん》瓦《が》の上にさし渡し、その上へ、ごろりと寝転んで、うとうととまどろんでいた原田のそばへ、ヒロ子が同じようにとりはずした扉を、両手に重そうに抱えながら近づいてきた。原田はうすく瞼をひらいたが、別に異議を唱えず、彼女のするままにまかせていた。

「ホントニ、イイテンキタナ。センソーヤッテイルヨウニハ、ミエナイヨ。トコニ、センソー、アルカ」

ヒロ子は原田と並んで横になり、口のなかで、そんなことをつぶやいていた。原田はまた眼をつぶった。外界が見えなくなると、日かげの乾いた空気が、快く彼の皮膚に密着した。かすかな蝗たちの羽音が、凝固したように動かない大気に、あるかなしかの振動をあたえている。それはさっきから頭上をとんでいる、蝗たちであることを、原田は知っていた。昨夜、行軍ちゅうもまだ、顔や、手にひっきりなしにぶっつかるほど多かった蝗の群れも、今日はよほどすくなくなっていた。すくなくとも、その集団の中心部は、ここからそれたのにちがいない。蝗たちは蝗たちの、人間にはわからない意志によって移動するのかも知れないが、兵隊は兵隊たちで、彼らの意志でない命令によって移動する。黄河北岸以来、執拗《しつよう》に、ときには濃密になり、ときには散らばりながらも、絶えず、原田たちについてはなれなかった蝗の大集団とも、ようやく、はなれるときにきたようだ。いま、頭上に、ちらほらととんでいるのはその大集団の移動にとり残された蝗たちにちがいない。老いたのか、疲れたのか、傷ついたのか、それとも不意にその機能に故障を生じ、方向感覚を喪失したのか、なんにしても、どこまでも、そして永遠にとびつづけるように見える大部分の蝗たちのような逞《たくま》しさを、すでに失ってしまった蝗たちにちがいない。落伍者の蝗たちだ。

「アア、コンナイイテンキハ、ユジヲデテカラハジメテタヨ、ハラタ」

ヒロ子はヒロ子なりに、心の底から、そう思うのだろう。お互いに扉の上に横たわったまま、ヒロ子は青白い腕をのばして、原田の手をにぎりにきた。楡次にいるときから、毎日、多勢の兵隊を送り迎えする彼女たちを知っている原田には、ここへくるまでのたびたびの同じような出来事も、それほど気持の負担にはならないだろうと、ともすれば思いこもうとしていた原田にとって、彼女のそのやすらいだ嘆息は意外であった。原田はいまはじめて、ヒロ子を人間として身近に感じるように思えた。原田の手をしっかりとにぎっているその握力の強さに、彼に対するヒロ子の愛情の深さが感じられた。そこにいるのは、多勢の兵隊たちを、日毎夜毎《ひごとよごと》、迎え入れては送りだす、つめたい機械のような女体ではなかった。心を持ち、愛憎をひと一倍豊かに持ち、それを表現する、敏感な、そして、まちがいなく、呼吸をしている、まぎれもない人間らしい女体であった。この広大で、いつ果てるともない戦いのたたかわれているひろい戦場で、彼女に逢ったことが、原田には自分の生涯のなかで、なによりも意義のある、美しいことのように思えた。それは一人の人間にとって、一生のうち、そうたびたびはあるはずのない、一つのめぐりあいである。空は底知れぬ深みをたたえてよく晴れわたり、空気は乾き、石榴の花は顔の上に咲いている。原田は、この時間が、いまここにあることを、十分に心に噛みしめようと思った。それは自分の生涯の、ひょっとすると、明日にもおわるかも知れない時間のなかから、特別に切りとられたすばらしい時間である。この時間をこそ、ひとの一生にとって貴重といわずに、なにを貴重といえるだろう。少しばかし大げさかも知れないと思いながら、原田のいまの感慨は、そのとおりであった。

門の扉は、堅くカンヌキが施してある。ここだけは、別世界である。みんな、それぞれに、今日のこの天気を気持よく感じているらしく、院子《ユワンズ》のあちらこちらに、適当な場所をみつけ、思い思いの姿態で寝そべり、うずくまって、うとうととしたり、また、またもそもそと身体を動かして、なにかをしている。

ここが戦場のなかであるということを、どうしても自分の心に納得させることが出来ないような、のどかで、静寂な時間が、そこにあった。みんなは、その時間のなかにひたり、陶酔していた。そのとき、だしぬけに、原田は眼の前の石畳に、轟音とともに、黄いろい火柱が立ち、耳のあたりがなにかで殴りつけられるのをおぼえた。鼓膜がひどい衝撃を受け、無感覚になった。扉をはずして、院子に持ちだし、その上に横たわって、さっきから快さそうな昼寝をむさぼっていたヒロ子の身体が、その瞬間、弾かれたみたいに、二、三回、回転して、両肢を思いっきり伸ばし、小刻みに痙攣《けいれん》するのを見た。だが、そのように見えたのは、原田の眼の錯覚で、右の肢は左肢のように伸びてはいなかった。伸びていないどころか、それは、普通、誰でも知っている肢というものの形ではなかった。膝関節から下の部分は、単にぶらさがっているにすぎないように思えた。それを見たとき、彼は一種いうにいえない不快感をおぼえた。そこになければならない、足の形をした部分がなくて、別の場所に、その欠落した部分がくっついているのである。

「おいっ、どうした？　ヒロ子っ」

いきおいこんで、問うまでもなかった。欠落したと見えた部分は、そうではなくて、皮膚と筋肉のようなもので膝から上の肢にくっついているのであるが、むきがちがっていた。

つまり、膝から上の肢をふくめた身体は、数回、回転したのであるが、膝から下の部分だけは、身体にくっついた、当然の運動をしないで、二つのもののあいだの箇所は、向脛《むこうずね》の骨が折れ、そういう飴ん棒のようにくるくるとうすい筋肉がねじれてしまっているのだった。ヒロ子はなんにも考えていないかのような表情で、ぼんやりと自分の右肢のその部分を眺めている。ほかの女たちもまた、信じられぬものを眼にしたときのように、懸命にすばやく、そのことを頭のなかで理解しようとして、顔の表情が留守になり、なかば口をあけた顔で、それをみつめている。傷口には、赤い色も、まだにじんでこずに、白身の魚肉のような色が、皮膚の色とないまぜにねじれた飴ん棒のだんだら模様を形づくっている。だが、その赤くなる前の白身の色が、彼女たちの心臓を締めつけた。なにかが、その院子のまんなかに爆発したことは、まちがいなかった。その爆発音のあとの幾秒かの時間は、なんという奇妙なからっぽで満たされていることだろう。その時間のなかには、なんにも存在しないで、時間はそこに停止していた。みんなの眼に、はっきりとそのことがわかった。

「平井、患者収容所へ行って、衛生兵を呼んでこい」

この鎮のまわりに散在するいくつかの小部落のうちの、そのどれかの一つの部落から、そこに潜《ひそ》んでいる残敵の放った一発の砲弾が、原田たちの眼の前に、いま存在する場面をくりひろげたのだった。そして、その砲撃は、ただの一発だけでおわった。原田が、そういったのは、しばらくたってからである。彼の咽喉は乾き、かすれた声しか出なかった。

三十分ほどして、一名の衛生下士官が一名の兵隊をつれ、平井一等兵に案内されて、屋根の崩れかけた門をはいってきた。衛生下士官は、原田の知らない顔の男であった。

「ご苦労さん」

原田はヒロ子のそばに片膝をついたままの姿勢で、衛生下士官を迎えた。衛生下士官は、そこに、それを持ってあらわれたはじめからの、むうっとした顔つきを変えずに、だまって、原田と反対側の、ヒロ子のそばにうずくまり、足首をとりあげた。

足首だけは持ちあがり、ヒロ子の膝から上は、すこしも動かなかった。彼女の顔の表情は、死者のそれのように眼をとろんとさせているだけで、なんの反応もない。これほどの大きな負傷に苦痛が伴わないわけはないが、まだ苦痛が彼女の神経につたわらないようであった。

「患者収容所へ、すぐつれていってもらいたいんですがね」

原田は、その衛生下士官にいった。相手はうつむいて、ヒロ子の傷口をみつめたまま、返辞をしなかった。

「ただの負傷じゃないと思うんだ。つれて行ってもらえないんですか」

「つれて行っても、仕方ないですね」

相手は相変らず、直接に視線を原田にむけずに、ぼそりとつっぱなすように答えた。

「仕方ないとは？」

「収容出来ないんですよ。この行軍部隊のなかには、第一、患者収容所なんてないんだよ。

自分たちは、この部隊にくっついて、順店まで行くんだが、この部隊の者じゃないんでね。それだのに、もう、七名も患者を預かっているのでね、手がないね」

聞いてみると、順店に彼らの部隊がいるらしく、そこへ追及して行くために、この補給部隊に便宜上くっついているだけで、指揮系統がまるでちがうという。

「七名の患者も、順店までという約束なんですよ。あとは知らないんだ」

「なんとか、ならんかね」

「苦力《クーリー》がいないからね。どうしても運ぶなら、担架をかつぐ者を、自分で見つけるんですね」

衛生下士官は、それでも一応繃帯だけはして、帰って行った。足首を持ちあげて、副木《そえぎ》をあてると、ヒロ子ははじめてこちらの腸をえぐるような、深い、鋭いうめき声をあげた。ようやく、感覚が戻ってきたのである。それからは、ある一定の短い時間をおいて、激痛は間歇的《かんけつてき》に襲ってくるらしく、そのときは、凄まじいうめき声をあげつづけた。そして、その間隔は次第に一層短くなって行った。彼女のうめき声はみんなの魂をちぢみあがらせ、瞳を不安と恐怖とでおののかせた。

原田は院子《ユワンズ》のなかに、能見山上等兵を残して、ほかの女たちと一しょに、ヒロ子を看護《みと》らせ、自分は平井一等兵をつれて、その鎮のなかを見まわった。日本兵にみつかれば、乱暴されて殺されるか、つれて行かれて、重い荷物をかつがされるかすることを知っているために、どこにも用に立ちそうな男の影はなかった。根気よく何度も見てまわったが、一名も、男という男の影をみとめることは出来なかった。たまに人影を見かけると、生きているのさえ不思議なくらいの腰の曲った老婆たちであった。原田の一番、恐れていた日暮れが近づいていた。それは、敵の飛行機の出動しない時間であり、日本軍の行動を開始する時間であった。その時間は、すでに訪れてきていて、あたりにはうす墨色の夕闇が漂いはじめていた。出発の時刻は、毎日きまっていて、すでにその準備をすませた者たちは、分宿の単位である一個分隊ぐらいごとに、鎮のまんなかを東西に走る道路上に、姿を見せていた。

「班長殿、こうなったら、あの婆アたちをひっぱってきましょうか」

一刻ごとに原田軍曹のあせりがひどくなるのを重苦しく感じながら、平井一等兵もまた気が気でないらしかった。

「馬鹿っ」

その罵声は平井へむかって、原田は発したのではなかった。そのときの彼自身の気持のなかでは、自分にむかって投げつけたつもりであった。さっきから、原田はあの老婆たちの力で、それが出来れば、彼自身もそうしようとしている自分に気づいていた。その罵声のなかには、例によって安易に自分が獣の気持になっていることに対するやりきれなさに挑みかかろうとする、どうにも消しきれない人間的ななにかがあった。だが、彼女たちでは、五名の女たちのなかでは、大柄なヒロ子の身体を載せた戸板を運ばせたところが、ものの一丁も行かないうちに、へなへなと地上に崩れるように坐《すわ》りこんでしまうにちがいない。

「平井っ。とにかく、男を探すんだ」

原田は表通りから横丁にはいり、横丁からまた別の横丁をかけぬけ、民家の土塀を乗り超えたり、ときには蹴破ったりして、気がちがったように、危険を冒して走りまわった。実際、それは危険な行動であった。表通りの商家や、裏通りのところどころの民家には、兵隊たちが分宿してはいたが、彼らのいない家屋はがらんどうで、そこにはなにものが潜んでいるか知れなかった。行軍ちゅう、表通りに部隊が小休止し、そのあいだに、がらんどうの民家の廁《かわや》を借りにはいった兵隊たちが、そのまま、帰ってこなかった例もあった。急行軍で、部落のなかを横ぎっている部隊が、部落を抜け出て、ふり返ると、最後尾のおくれていた数名の兵隊たちが、いつのまにか、消えてしまっていたこともあった。夕闇は次第に色濃くなってきていた。わずか二名で、そのうす暗がりのなかに沈んで行く裏街の民家の奥の奥までを、男を探しまわることは、この上もない危険な行動であった。中国人の大きな家屋には、院子にしても、前 院子《チエンユワンズ》と後 院子《ホウユワンズ》があり、なかには、もう一つ奥に、別の院子があったりして、それらの院子のあいだには障壁がつくられ、お互いが独立した空間を形づくっている。そのことは、一つの空間からつぎの空間に、人間がはいりこんだ場合、前の空間は、あとの空間の人間臭さをすぐに拭《ぬぐ》いさってしまう魔術的な作用を有している。そのことは、現在、日本軍の占領している鎮のなかにいながら、頼りあうことの出来る者は、結局、彼ら二名だけしかいないような不安感に、彼らを陥らせた。

わってきた。

「しゅっぱーつ」

道路のほうで、声がひびいた。つづいて、軍靴や、車輌部隊の重々しい地ひびきがつたわってきた。

「班長殿っ」

「わかっている」

原田軍曹は平井一等兵をうながして、道路上にとびだした。兵隊たちの縦列の黒い影が、眼の前を黙々と動いて行く。その動きに逆行しながら、彼は自分たちの宿営している民家に帰ってきた。能見山上等兵と、金正順と、女たちとは、門のところにあつまって、いらいらしながら、彼の帰りを待っていた。

「駄目だ。男はいない。おれたちで、かつごう」

原田は自分自身にむかって、どなった。扉をかつぐには、四名の人間の力が要《い》る。女たちはだまった。兵隊たちも沈黙した。すくなくとも、あたりが明るくなるまで、八時間はそれに耐えねばならない。自分を入れて、八名が、それでなくても自分の装具や、荷物だけでも精一ぱいの重量を肩にしょっているというのに、その上に尚、果してそれが可能だろうか。だが、原田はほんのさっきまでは、二名でも、三名でも、中国人の男をみつければ、その不可能に近い苛酷な仕事を、その男たちに強いようとしていたのである。途中で、斃《たお》れても、斃れるところまでは、殴りつけてでもひっぱって行こうとしていたのだ。

「班長、あんなんじゃ、もう……」

能見山上等兵が、原田のそばへきて、耳に口をよせ、小声で囁《ささや》いた。原田は院子《ユワンズ》をふりむいた。そこはもう、ほとんどものの見わけがつかないくらいに暗くなっていた。ヒロ子の横たわっている扉のかげが、灰色の煉瓦を敷きつめた院子に、ぼんやりとその輪郭を浮かびあがらせていた。そこから、よくぞ人間がそんな声を出せると思えるような、圧《お》しつぶした、地面にひびくうめき声があがっている。ときどき、ひゅっという笛に似た奇声が、それにまじった。だが、そのうめき声には、さっきのような、うめき声ならうめき声なりの力強さは、すでになかった。彼女の身体そのものも、苦痛に耐えられないで暴れまわるほどの余力はなくなったのにちがいない。黒い扉の影は、そこに静止したままになり、そこからはみだす手肢の形は、まったく見られなかった。

「時間の問題だっせ」

しかし、原田は、このまま、ヒロ子をここに見捨てて行く気持には、まだなれなかった。ヒロ子は、彼の馴染みの女ではあるが、それと同時に、彼女は彼の多くの仲間の兵隊たちの女にちがいなかった。兵隊たちは彼女を抱いているとき、原田と同じように、いつも自分が彼女を独り占めにしているという気持を持つかわり、多くの仲間たちと、彼女の身体を抱くことによって、自分のものとすることの出来る、彼女にしかあたえることの出来ない官能的な陶酔をとおしてむすびついているという意識が持て、そのほうが、かえって兵隊たちを一種の連帯感に似た安心のほうへみちびいて行くにちがいなかった。そして、それは、ほかの女たちの一人一人についてもいえることではあるとはいえ、その意味で、彼女を知っている何百名かの兵隊たちにとっては、彼女は貴重な存在なのだ。

「途中で死んでも仕方がない。なんとか、車輛部隊に頼んでみよう」

トラック群には、前線へ補給する食糧や、そのほかの物資が山積されていて、人間一人を乗せる余裕がないことは、原田にもわかっていた。遺骨箱の梱包を車に積載することを頼みこむだけでも、原田軍曹はこの輸送部隊全部の輸送指揮官に、何度も足を運び、頭をさげねばならなかった。その輸送指揮官は、すでにこの鎮をはなれていた。車輛部隊の隊長や、下士官たちは、まったくよその部隊の連中であり、軍隊のなかで、よその部隊の者であることが、世間での赤の他人以上に、お互いに押しのけあう対立した存在であることを知っている原田には、いままでそれに気づきながら、頼めないのであった。銃弾のとびかう一定の空間を、多くの兵隊の肉体がひしめきあって占めるとき、その命中率の上からも、食糧の絶対量の上からも、戦場のようなある限られた状況のなかでは、全部が全部は生き残れない場合が珍しくなく、お互いに相手を自分の生き残るための障害物と感じる考え方は、兵隊たちの本能のようになっていた。

だが、それらのことを知りながら、原田は表の道路に出て、ゆっくりと眼の前を進んで行くトラックの群れのなかの隊長に呼びかけた。隊長の影は、運転台の助手席の暗闇に埋れこんで、その輪郭もはっきりとは見えなかったが、彼の呼びかけに対するその答えは、音のひびきが返るように息つく間もなく明瞭そのものであった。

「断わる」

いささかのためらいもない、その発音には、一種のさわやかささえあった。

「廃品はどんどん捨てて行くんだ。いつまでも、そんなものを抱えこんでいたんでは、戦闘は出来んぞ。身軽になれ、身軽に」


「ちぇっ、また、きやがった」

まっ暗な闇のなかで、かなりの手応えのあるものが、しきりに顔にぶっつかりはじめた。顔ばかりではなく、軍衣をとおして、肩や、胸も、そのおぼえのある鋭い衝撃感を、あきらかに受けとめている。姿こそ見えないが、ここ三日ほど原田たちの眼の前から消えていた蝗の集団である。黄河北岸で、はじめて原田たちの前にあらわれ、それからずうっと、渡河のときも、その衝撃感につつまれどおしであった。鄭州にはいる寸前で、突然、それは姿を消し、鄭州を出るとまたどこからともなくあらわれて、許昌、禹県と、あるときは、層厚く、あるときは、その一匹ずつの形がはっきりと見えるくらいにちらばって、彼らにつきまとっていた。層の厚いときは、濃密な暗い雲のように、陽ざしさえかげった。昼間の休息のときに、その濃密な暗雲と数知れない微小なモーターがまわっているような羽音にとりまかれると、呼吸苦《いきぐる》しさをおぼえた。日かげに横になっていても、じっとりと汗が額ににじんだ。いくら歩いても、幾日がすぎても、同じもののなかから脱けだせずにいることは、頭までがへんになりそうな圧迫感で、心臓を締めつけた。それが禹県を出はずれると、まるで通り魔がすぎたように、どこかへ消えて行った。ひさしぶりに、ここ数日間は、のびのびとした行軍が出来た。いきなり、一発の砲弾がとびこんできて、一名の女を失ったが、そのほかは、肩に喰い入る装具の重さなどには馴れきって、ほとんど無感覚になって、順調な行軍をつづけた。蝗の集団の何度目かの襲来は、みんなの気持を、こんどはまた、いつ晴れるかわからない頭上のひくい曇り空のように、うっとうしくさせた。

「畜生っ、こんどの作戦はえらい目えにばっかし逢うな」

能見山が腹だたしげに、何度も舌打ちした。

「班長、こいつらは、黄河のあっちから、自分たちと一しょにとんできたのかね」

「さあ、どうかな」

原田はあいまいな返辞しか出来なかった。実際、彼にはわからなかった。いま、自分たちの顔や、身体に、小さいつぶてのように、つぎつぎとぶつかっている、この体長五センチほどの昆虫の群れは、自分たちと同じように黄河を渡り、何百キロも飛翔をつづけているのか、それとも黄河の北岸や、南岸の鄭州、許昌で出逢った集団とは、別の集団なのか、彼には皆目わからなかった。

「こいつらは、一体どこへとんで行くつもりなんかね。あてがあるんかねえ」

「さあ、そいつは蝗にきいてみなけりゃ、わからんな。だが、おれには、一匹々々は、なんにも考えずに、みんながとぶから、そっちへ自分もとんで行くとしか思えないな」

恐らく、自分だけのはっきりとした意志があるわけではなく、すべてを集団に任せて、自分自身は目的を持たない、盲目の飛翔をつづけている。そして、その行きつくさきには、確実に、死が待っていることだけはまちがいないのである。それはなにも、蝗だけではないにちがいない。

「いややで。いややで。ほんまに、ひつこいやっちゃ。どこまでついてきくさるつもりやろうな」

「アタイ、モウ、キチガイニナリソウ」

この短い旅のあいだだけ、能見山上等兵のものになっている京子も、心の底からの嫌悪感に堪えられぬように、身慄《みぶる》いしながら溜息をついて、能見山に応じた。誰もそれに答えない。また、黙々とした暗闇のなかの行軍がつづいた。

軍衣の下は、汗でゆだるようであった。今夜は、風がなかった。熱風のあるときは、風がなければどんなにか呼吸がらくだろうと思うが、風のないことも、熱気が黄土の地上をおおって、動かないために、熱風のあるときに、劣らないほどの息苦しさである。夜行軍は、特に音をたてることを禁じられている。出発して、三、四時間は、それでも小声で話しあう者もいるが、疲れてくると、こんどは誰も、夜行軍の掟《おきて》がなくても、自分から話しだす者はなくなる。行軍序列のなかにはいって、徐行する車輛部隊のエンジンの活動している音だけが、鈍く、しかし、重々しい地ひびきとなって、軍靴のひびきのあいだにつたわってくる。

さっきから原田の左の肩さきに、一匹の蝗がとまっているのを、彼は感じながら歩いていた。その一帯は、どういうわけか、土がやわらかいので、一足ごとに、ざっく、ざっくと、くるぶしのあたりまで、軍靴がめりこみ、上体の動きも、普通の地上を行くのとは、まるでちがった。蝗は、だが、彼の肩からとびたたなかった。

原田は、そこに蝗の体重を、そして、蝗のいのちを、はっきりと感じとっていた。数日前の、名も知らぬ鎮の民家の院子《ユワンズ》に、見捨ててきたヒロ子のことを、原田は思い浮かべた。中国特有の黒く塗ってある、扉の上に載せられて、彼女の影は、輪郭がぼけて見え、それもまもなく、次第に深まって行く闇のなかに消えた。そこに彼女が横たわっているということを、最後にたしかめることが出来たのは、それだけしか彼女が生きていることを証明し得ない、さし迫った息遣いと、かぼそいうめき声だけであった。だが、とにかく、原田たちが、彼女をひとり残してそこを出発したときまでは、彼女はまだ生きていた。そして、恐らく、何時間かすぎて、彼女の心臓はその搏動《はくどう》はやめたにちがいない。

どうして、自分は貨車のなかでも、または、昼間の休息の時間でも、能見山や、平井たちのように、おおっぴらに彼女を抱かなかったのか。山西の駐屯地では、外出ごとに、あれほどしげしげとヒロ子のもとへかよい、自分自身のすべてを、その官能の陶酔のなかへ埋めこみながら、こんどの輸送期間だけ、ひとが変ったように、彼女に一指も触れなかったのか。ヒロ子は、朋輩たちと同じようにそれを望み、いつも彼を待ち受ける態勢にあったのではないか。たしかに、ヒロ子は原田に対して、何故、そんなふうに彼女に思われているのか、原田にはわからなかったが、一人の兵隊と、それを相手とする馴染みのしょうばい女という関係以上に、もっと深い、強い人間的な思慕を持っていたと、原田自身も思う。従って、そうすることが、彼女をして、生命の危険のいっぱいに満ちている、この最前線へ出て行く彼女の心をささえ、たとい、一時的にしろ、彼女に自分の生きていることの確証をたしかめさせることが出来たのではないか。そんな彼女のことを考えず、原田は彼自身の偽善的な気持を満足させるためにだけ、りっぱそうな口を利き、りっぱそうな行動をとったのではないか。そうだとすれば、彼自身こそ、いくら軽蔑しても飽き足りない下卑た、醜悪なエゴイスト以外のなにものでもない。そして、確実なことは、原田はヒロ子と、この世で、ふたたび、逢うことが出来ないということである。

原田に対するヒロ子のさげすみに満ちた憎しみは、彼の行くところ、どこまでも追っかけてくるにちがいない。自分の左肩にとまって動かない一匹の蝗が、彼には不気味に思えた。そう思うと、その蝗は、ほかの蝗たちよりも、並はずれて大きく、体重があるように思えるのである。その一匹の昆虫の体重が、彼には急に大きな重さに思え、その重さに必死に堪えながら、彼は、自分の前や、自分の横を歩いている者の顔さえも識別出来ない、どこまでも限りなくひろがっている闇のなかを、一歩一歩、やわらかい黄土のなかへ、くるぶしまで埋めてはすすんだ。

太い眉の載っている骨のつきでた、そのために、眼が険しく見える、陽に灼けた顔を、これがあの夜の男かと、原田ははじめて見る相手をみつめた。中尉の衿章の金筋が、茶褐色にさめているところは、いかにも歴戦の将校を思わせた。

「ここは探すのに苦労したよ。片っぱしから、民家をのぞきまわったんだぜ。一つ、頼むよ」

先夜のくらがりでの声とは、別人のように、その声の調子には、どこかへつらうようなひびきがあった。

「兵隊たちは、飢えているんだ。赤ん坊が、おっぱいを欲しがるようなもんだよ。察してやってくれ」

「女たちも、疲れてます。みんな、憔悴《しょうすい》しきっているんです」

それは事実である。馴れない行軍と、乏しい補給と、それに山西とはまたちがった湿気の多い炎熱の上に、不断に襲ってくる兵隊たちへの警戒心とで、誰一人として、眼がくぼみ、頬の肉の落ちない者はいない。昼間の休息の時間は、いずれも日かげで、死んだようにぐったりとのびている。いまも、院子《ユワンズ》をさけて、ひんやりとする屋内にはいり、彼女たちはかりそめの眠りを眠っているのだ。

「そこを、なんとか頼むよ。兵隊たちが可哀そうじゃないか。明日のいのちの知れないあいつたちのことを、考えてくれ。ただでとはいわない。土産を持ってきた。頼む」

中尉は、つれている当番兵にかつがせた麻袋を降させ、その口をひらいた。パイ缶や、牛缶が、ごろごろと、原田の足もとまで転《ころが》ってきた。全部で、十箇以上もあるようである。

他部隊であるばかりでなく、特に下士官と兵しかいない、しかも、地方人のまじっている原田軍曹たちの班は、この行軍部隊からはまったくかまってもらえなかったので、彼らは

そういうものから、もう幾日遠ざかっていることだろう。院子の隅っこに腰を降して、こっちをぬすみみている能見山と、平井の眼には、あきらかに渇望の色が浮かんだ。家屋の入口に、屋内を守るような恰好《かっこう》で、同じく腰を降ろしている金正順も、もの欲しげな眼を光らせた。

中尉のへつらうような声のひびきや、まるで腹のへっている犬にでも餌をくれることで、自分のいうことをきかせようとするような、見降した態度に、原田は反撥を覚えたが、そればかりでなく、なによりも、その男があの夜の男であるからであった。原田には、その将校がまるでヒロ子を見殺しにした犯人のように思えるのである。

「女たちは、中尉殿の部隊の者ではありません。ほうっておいて下さい」

「なにをいうか。うちの部隊にくっついて、行動していながら、そんないい方があるか。君のところの遺骨箱だって、うちの部隊で運んでやっているのだぜ」

「それと、これとは、別です」

原田たちがいい争っているとき、五、六名の兵隊がはいってきた。裸の上体に、汗と黄土とでよれよれになった日除《ひよ》けのタレをつけた帽子をかぶった、髭《ひげ》だらけの顔の、古年兵たちである。彼らは将校や、下士官の姿を、そこに見ても別にひるんだふうもなく、ががやいいながら原田たちのそばをとおりぬけて、屋内へはいって行こうとして、金正順の身体を、ぐいと乱暴に押しのけた。

「待てっ。なにをしようというんだ」

いままで原田といい争っていた将校が、鋭く叫んだ。

「ピーを探しているんです」

ふてぶてしさを、表情にも、言葉つきにも、露骨にあらわして、一人の兵隊が答えた。ほかの兵隊たちも、同じような態度を、全身にみなぎらせて、白い眼をこっちにむけている。

「誰の許可を得て、ここへきたのか。お前たちは、どこの部隊の者だ」

「こんな作戦間の兵隊の行動にも、一々、外出許可が要るんですか。ここは戦場ですぜ」

「外出許可じゃない。女を探しまわることだ」

「女を探しちゃ、いけないんですかい」

「無論だ。お前たちは、古年兵だろうが、それくらいなことが、わからんのか」

「相手は、金で買えるしょうばい女じゃないですか。しょうばい女というのは、兵隊をサービスする女のことだと思いますがね」

「帰れっ。お前たちだけに、勝手なことはさせられん。そのときは、そのときで、別命があるはずだ」

「へえ、別命がね」

将校相手では仕方がないというように、兵隊たちは、やがて、不満を顔いっぱいに見せ、口をとがらせて、また門のそとへ出て行った。「ふん、こんなやり方じゃ、老百姓《ライバイシン》（民衆）の女が強姦されるのも、無理はねえや。おれたちあ、知らねえよ」と、門のところで、原田たちに、彼らは聞えよがしに捨てゼリフをいい放った。

兵隊たちの気配がなくなると、

「なあ、君、ほんとに頼むよ。出発までには、送らせて帰すから、なんとかしてくれよ。このとおりだ」

中尉は右手を胸のところに持って行き、片手拝みにして、こんどは懇願調に変った。原田は答えなかった。能見山上等兵と、平井一等兵とはだまりこくって、成行を見ている。この二人にとっては、恐らくどうでもいいことだろう。ただこの場がどうおさまるかが、興味があるだけにちがいない。

向い陽ざしのなかに、点々と、ときどき、きらりと光りながら、高い宙をとんでいる昆虫の黒い輪郭が、浮かんでは消えて見える。院子《ユワンズ》のなかには、灼けて、静止した、白痴めいた空気のつまった空間があった。屋内の女たちの耳に、そとの男たちのやりとりが聞えているのか、いないのか、そこには沈黙だけがある。

その沈黙を、金正順の頭のてっぺんから出るような甲高《かんだか》い声が破った。

「ハンチョーサン。イイテスヨ。オンナタチ、ツレテイッテモライマショ。チューイサン、トーゾ」

風に乗った蝗の群れは、霰《あられ》のように痛いほどの衝撃を、行軍ちゅうのみんなの頬にぶっつける。だが、みんなはもうそのことに馴れっこになっていた。蝗たちの姿は、見えなかった。その日は、昼すぎから風が起り、黄塵《こうじん》が一条の竜巻きのように、くるくると渦巻きながら、空高く舞いあがり、その景色を奇異な感じで眺めているあいだに、たちまち、あたりは濛々《もうもう》とした厚い層の暗い黄塵でつつまれてしまっていた。夜明けに部落に着き、一夜ぶっとおしの行軍で疲れきっているために、手早く飯盒炊《はんごうすい》さんをおえ、腹を満たし、四時間ほど身体を横たえたとき、突然、出発命令が出た。日が暮れるまでは、いつものようにゆっくりと眠れると思っていた兵隊たちは、集合までに大きな狼狽《ろうばい》をつづけた。こうして出発してから、すでに二、三時間はすぎていた。黄塵の層は、いよいよ、濃密になり、その風のなかに巻きこまれた蝗の群れは、もはや、自分の羽根の力でとんでいるのではなく、風の吹いている方向に、それぞれが速度のある一つのつぶてとなって、並行線をひきながら、兵隊たちの頬や、身体を打った。まむかいの風と、その数知れないつぶての衝撃に抗しながら、兵隊たちはすすんだ。歩度は当然のように落ちて行くばかりであるが、この昼間の出発は、黄塵が行軍部隊を隠し、敵の飛行機の空からの銃撃を困難にするという計算がなされた結果である。

だが、夜間の行軍のほうが、まだしもいくらか、炎熱が避けられるために、らくであった。地上の輻射熱《ふくしゃねつ》は夜を徹して、おさまることはないが、それでも昼間ほどではなかった。兵隊たちは咽喉が乾き、つぎつぎと襲う風の速度の凄まじさでつくられた空気の稀薄な部分へはいると、自分の肺がいまにも破れそうに苦しかった。

ひろびろとした麦畑のなかの道をすすんでいるとき、不意に前方に、耳の鼓膜の破れるようなエンジンの音がひびいた。

「敵機だーっ」

兵隊たちは、さーっと両側に散った。滝の水の一どきに落下するような、そのときは、その音しか聞えない、だ、だ、だっという音をまじえた、たけだけしい音が、頭上をすぎて、むこうへ駆けぬけた。空高くあがった黄塵の脚部のうすい層のところを、それは兵隊たちの手のとどくくらいのひくいところであるが、敵の飛行機は、大きな魔物のようにすぎた。あっという間もない速さであった。すでに、そのとき、麦畑の左右に散った兵隊たちが応戦する小銃の音が、あちらこちらから聞えた。

敵機は、そのままでは、去らなかった。敵の操縦士は、ここが勝負のきめどころと考えるらしく、何度もくり返し、銃撃を反覆した。そのたびに、地上から応戦する銃声が、次第に多くなった。勝負は黄塵のなかに隠れて、誰にも見えなかったが、敵機が去るまでには、原田はかなりうんざりした。彼も小銃を射ちつづけていたが、おしまいに飽きて、麦畑のなかに腰を降ろしていた。よっぽど横になろうかと思ったが、敵の銃撃に、それだけ余計に自分の身体の面積を曝すことになることを考え、それを耐えている。

「おーい、能見山ーっ、平井ーっ」

敵機が去ったとき、麦畑のなかにあくびをするように両手をのばして、彼は自分の部下を呼んだ。どこに、誰がいるか、皆目見当がつかなかった。

「金ーっ、女たちをあつめろ。さっさとあつまれっ」

ほかの部隊の兵士たちも、もとの場所に、すでに集合をはじめていた。お互いに自分の戦友の名や、部隊名を呼び交わす声が、一しきり、騒がしく、黄塵でいっぱいの風のなかにひびきあっていた。

「しゅっぱーつ」

「しゅっぱーつ」

「しゅっぱーつ」

はるかな前方から、つぎつぎと、近くに、同じ命令が、はじめはかすかに、次第にはっきりと、ちがった声でつたわってきた。

「おーいっ、能見山ーっ」

原田はいらいらしながら、あたりを見まわしていた。まだ誰一人と、彼と一しょに行動している連中は、彼のいる場所へ戻ってはこなかった。

原田軍曹たちの兵団の戦闘司令部は、白沙鎮にあった。ひろい大馬路から一つ裏側の、大馬路と並行している細いとおりにある、その鎮の豪族の邸宅を占めていた。

後院子《ホーユワンズ》の西側の部屋に、「ふっかんぶ」と書いた紙が貼りつけてあった。そのもう一つ隣りの部屋に、原田は副官部付の将校につれられてはいって行った。

「なにっ、女は二名だけだと」と、褌《ふんどし》一枚になって、彫刻のある紫檀《したん》の椅子にあぐらをかいた高級副官は、将校から報告を聞きおわると、それが持ち前のドスの利いた大声を張りあげた。

「一万の兵隊に、二名じゃ、どうするんだ。一体、どういう計算になると思うか。兵隊は女がくるということを嗅ぎつけて、すでに殺気だっておるぞ。だれの責任か」

まるで、自分の眼の前に直立不動の姿勢で立っている、その副官部付将校と、そして、その将校の斜めうしろに、同じ姿勢で直立している原田軍曹の二人が、当の責任者であるかのように、眼をみひらいてにらみつけた。

原田のここまでつれてきたのは、結局京子、美和子の二名である。マチ子と、みどりは、黄塵のなかを出撃してきた敵機の銃撃でやられた。金正順も、胸部貫通で即死した。みどりは右耳の上のこめかみの部分を、ざっくりとなにか鋭い刃物でえぐりとったようにくりぬかれ、白い脳漿《のうしよう》が魚のはらわたみたいにはみだしていて、これは即死であった。マチ子は、平井一等兵と、麦畑のなかで、折り重なっているところを、一発で同時に二人とも腹部に貫通銃創を受けた。平井一等兵はマチ子を護ろうとして、彼女の身体の上におおいかぶさっていたのにちがいない。なにしろ、相手はP四〇戦闘機で、その据えてある機関砲の銃弾は、大人の親指ほどの太さがあるのである。

「三日前の敵機は、二機撃墜という報告がきている。いくらか応戦したんだな」

「はいっ」

原田は、はじめて聞く戦果に、自分たちの行動が、まったく、徒労ではなかったことを知った。

「それで、その女たちは、みんな、即死か」

「一名だけは、腹部をやられて、まだ生きていました」

「馬鹿っ。何故、射殺してこなかった。生きているうちに、敵の手中に落ちては、味方の情報が敵に筒ぬけではないか」

高級副官は、そこでまた一段と大声を張りあげ、ぎょろりと眼をむき、原田をどなりつけた。その表情と、どなり方には、長年、その考え方の千篇一律さと同じく、それを持ちつづけてきた職業軍人特有の、もの馴れた、たかをくくった安易な態度が原田には感じられ、相手の期待に反し、すこしも原田を怖れさせなかった。


高く晴れあがった空に、今日はこの前の日のように、蝗の集団の飛翔はすくなく、そのすくない群れは地上近くをとびつづけている。蝗たちの多くは、地上に降りたって、強烈な陽ざしを避けるように、日蔭《ひかげ》にはいり、そこでうごめいていた。

原田軍曹はさっきから、もう二時間以上も、列に並んでいた。正面には、一棟の家屋があり、そこの左側と右側との二つの部屋に、兵隊たちはいるために、根気よく列をつくって並んでいるのだった。油と汗と黄土とのまざりあって、しみの出来た軍衣の列は、まるで百年でもそうしていることに耐えるかのように、じいっと執念深く、灼けつくような煉瓦畳の上に、それでも煉瓦畳の火照りと、直射日光をつとめてよけて、家屋の蔭の部分をなぞりながらつづいているので、上から見れば、蜿蜒《えんえん》と、不規則な幾何学模様を描きだしていた。

「ちぇっ、早くすまさねえかな。待つ身になってみろよ。あの野郎っ、巻脚絆《まききやはん》なんか、ととっているんじゃねえだろうな」

「おーい、巻脚絆をとっていたら、表へ出てから巻くんだぞ」

ときどき、思いだしたように奇声を発し、それに呼応する声があるが、ほとんどの兵隊たちは、もうそんな心の余裕もなかった。ただ、お互いを見交しては、これから同じ女体を抱くことに、ある種の親愛感をおぼえ、一つの安心に似た気持を、感じあっていた。が、その一ぽうでまた、自分のなかの肉体の欲望だけに、眼を据えることで、そして、それだけが、いま自分たちに出来るすべてであるということにおいて、みんな、孤独であった。死が明日にも、自分を待ち受けているかも知れない、いまの瞬間だからこそ、自分の生をひろげる、それが生のあかしである満足感をつかみたかった。その生のあかしを、いま、確実につかむことが出来れば、それからさきの自分の生は、どうでもよかった。

一度、部屋にはいったものは、そとから野次ったり、皮肉ったりされても、容易にそこから出てこなかった。一秒でも長く、兵隊たちは、そこでの、そこにしかない特有の満足感にひたっていたかった。

原田の順番がきたのは、うんざりするほどの時間がすぎてからであった。だが、それまでの時間を、これからそこへ自分が浸ることの出来る陶酔感を考えると、すこしも彼は苦にしなかった。

「班長、早いとこ頼むぜ」

兵隊たちの半畳を背に聞き流しながら、うすよごれた、ニンニク臭い、はげた藍色《あいいろ》の布の垂れ幕をひらいて、原田は右側の部屋にはいった。閉めきった窓のために、うす暗い光りと、湿った埃臭《ほこりくさ》い空気しか、部屋のなかにはなかったが、アンペラの上にひろげたうすい支那布団の上に、彼は奇怪な形をした、青白い塊りを見た。それがなんであるかを見定めようと、ちょっとのま、彼はそこに立って、瞳を凝《こ》らした。

「コラ、ハヤク、ヤリナヨ。グズグズシテルト、ヤラサナイゾ」

その白い塊りは、思いきり両側に押しひろげた女体の彎曲《わんきょく》した二本の太腿であった。ぐったりとのびているようであるが、声だけは威勢がよかった。その声はまちがいなく、京子のものであった。

「ナンダ、ハンチョーカ。オマエ、ヤルノカ。ヨシ、コイ。ハヤク、コイ」

原田は軍袴《ぐんこ》の前をひらき、ひざのところまで押しさげ、死んだ動物のような、京子の動くことのない、のびきった、白い肉体の上に乗りかかった。

「あっ」

そのとたん、彼は内股に、刺すような、鋭い触覚を感じ、身体をはなした。そして、いま、自分の内股に、刺すような、鋭い触覚をあたえたものの正体を見極めるために、彼女のその部分に、自分の顔を近づけた。たてに暗紫色に縁どられて、たるみきったもりあがりにかこまれた、深い、大きなたての亀裂が、そこにあった。そして、その亀裂と、彼女の右の太腿とのあいだに、一匹の褐色の蝗が、よちよちとはっているのを、原田の瞳ははっきりと見た。が、女の身体はさっきからの人間の能力の限界を超えていると見える、つぎつぎと彼女の前にあらわれる、果てない兵隊たちとの格闘で、そこの部分が完全に麻痺してしまったように、そのことに気づかないのか、気づいていても、それを手で払う気力さえないのか、節くれだった六本の肢と、堅い羽根を備えた昆虫の、はいずりまわるに任せて、完全に死んでしまっているなにものかのようにぐったりと、そこにのびていた。

岩塩の袋

田中小実昌

　ぼくたちは、背嚢《はいのう》のなかに岩塩の袋をいれていた。その背嚢も、日露戦争のときの写真でも見なれた、背中があたるところに毛皮を縫いつけた、そして、その毛皮がすりきれているのが、いかにも兵隊の背嚢らしい、あの背嚢ではなくて、ズック製の、いかがわしいとまでは言わなくても、なにか信用がおけないような背嚢だった。

　戦争は長く、戦争のおかげでできた代用品という言葉さえも、そのころでは、昔からの言葉のようになっていたけど、これは、代用品の背嚢だろう。

　昭和十九年の十二月末、ぼくたちは内地の聯隊《れんたい》には五日間いただけで、この背嚢をしょって、博多港から釜山行の軍用船にのったが、そのとき、ぼくたちは地下足袋をはいていた。

　地下足袋をはいた兵隊……これは、ズックの背嚢のいかがわしさなんてものではない。おまけに、ぼくたちは銃をもたず、ゴボウ剣だけぶらさげて、飯盒《はんごう》もなく、竹でつくった弁当箱にメシをつめた。昔の人たちがつかっていた、蓋《ふた》のまんなかのほうが、こんもり高くなった竹籠の弁当ではない。解体すると、のり巻をつくる巻《ま》き簀《す》みたいに、べろんとひろがる竹製弁当箱で、また、すぐだらしなく解体した。(よけいなことだが、今、仮りに巻き簀と言ったけど、あれは、いつも、台所の流しのそばなどにあり、そんなにしょっちゅう、うちで巻き寿司などつくっていたわけではあるまいから、ほかのなにかのためのものだったのではないか。だから、巻き簀という名でもなかったとおもう)

鉄砲をもたない兵隊というのは、いかがわしいと言うよりは、首をかしげたくなるようなものだけど、ぼくには、鉄砲をもたないことより、兵隊で飯盒をもってないということのほうが、気にひっかかった。

鉄砲をもたず、地下足袋をはいて、ズックの背嚢をしょい……兵隊らしくないカッコがなさけない、とぼくはおもったわけではない。鉄砲なんて、めんどくさいだけだ。

これは、釜山から朝鮮半島をとおり、南満州、華北、そして、揚子江の南京の対岸の浦口までの長い列車輸送のあいだに、飯上《めしあげ》(食事)に汁がついてきて……だいたい、軍隊の食事はメシと汁だった……飯盒がないので(たいてい飯盒の蓋に汁をいれた)竹製の弁当箱のメシをいれた上から汁をかけ、弁当箱の底にてのひらをあてがっていても、竹製だから、汁がぽたぽたおちてしまって、なんてバカな、飯盒があったらなあ、とおもったりしたせいかもしれない。

岩塩は、南京を出発する前に、各人にくばられた。もう布の袋のなかにはいっていて、袋の口はきつくむすんであった。この袋の口をあけただけでも、軍法会議にかけられ軍刑務所行きだぞ、と曹長殿は言った。

岩塩の量は、米で三合ぐらいではなかったかとおもう。しかし、塩は重いものだ。終戦後、中国軍に兵器を渡したあと、食料品も渡すことになったとき、ほかの食料品といっしょに、貨車からおろした岩塩の大袋を、鉄道からすこしはなれた倉庫にはこぶ途中、道の両側に笹などがおおいかぶさったせまい山道で、岩塩の袋を一つさしくろう（ドロボーしよう）ということになり、そのとき、初年兵はぼくだけだったし、ぼくが岩塩の袋をしょい、中国兵に見つかればたいへんなことなので、古兵たちもぼくの背中の岩塩の袋をうしろからおしあげたりして、しばらく、必死になって逃げたが、ぼくは岩塩の袋の下におしつぶされてしまった。あんなに重いものをしょったのは、はじめてだろう。しかも、ひとから助けてもらってだ。

ぼくたちは、岩塩の袋を背嚢のいちばん底にいれた。山登りのときのリュックサックなどは、重いものほど上に、そして、しょってるひとのからだに近いほうにおくといいと言う。昔からの背負子《しょいこ》も、薪などをしょった上、首すじにあたるようなところに、重いものをのっけたりした。

だが、軍隊の背嚢の場合は、そんなことはなかったかもしれない。あったとしても、岩塩の袋はとくべつで、背嚢のいちばん奥にしまっておけ、と言われたともおもえる。

この岩塩は、ぼくたちが南京を出発してから、はるか湖南省の現地部隊につくまで、用はない。

——中国の奥地（という言葉をつかった）では塩はひじょうに貴重品である。どんなに貴重かは、内地の海岸線に近いところにそだったおまえたちには、想像もつくまい。だが、人間は塩がなくては生きていけない。ほかの食物には、栄養の面から言うならば、代用するものがある。しかし、塩には代用品はない。だから、おまえたち各自が、岩塩をはこぶのだ。その岩塩が、現地では、どんなに貴重なものか、肝《きも》に銘じておけ。だから、途中で、この岩塩をたべてしまったり、そのほか、この岩塩をなくした場合には、きびしい軍罰をうける。これも、肝に銘じておけ。

ぼくたち初年兵を内地までつれにきた輸送隊は、大隊、中隊、小隊、分隊と仮りの隊別ができていて、その大隊の初老の人に見えた大隊長は、そう訓示し、うちの中隊の仮りの中隊長の曹長殿も、おなじことを、なんどもくりかえした。

曹長殿は、ぼくたち初年兵受領のための内地帰還（戦争末期には、こんなことは、めったにあることではない）の際に、郷里で嫁をもらったらしい。ま、結婚するということで、初年兵受領の内地出張をさせてもらったのだろう。

曹長殿は志願の下士候（下士官候補生）あがりで、二十七、八歳、背はひくいが、首すじがふとく、鼻息があらかった。あらかったと言うより、いつも、ふう、ふう、大きな鼻息をたてた。

南京から揚子江のすこし上流の蕪湖《ぶこ》までは貨車できた。このときは、もう飯盒を支給されており、ぼくたちは、揚子江の水で飯盒を洗ったりした。このときの、ここでの揚子江の水は赤錆《あかさび》みたいににごっていた。湖南省までの長い行軍を前に、二、三日、英気をやしなうということだったのだ。

だから、のんびりしていたわけだが、のんびりした気分ではなかった。たとえば、行軍の前に、軍衣、軍袴《ぐんこ》を洗濯しておくこと、と言われた。冬の厚い軍服の上衣とズボンを洗濯しろというのだ。ぼくは不器用で、洗濯はできないし、きらいだ。しかし、これからさきも、初年兵がそんなわがままはゆるされないとはおもったが、軍衣と軍袴の洗濯はサボった。いくら、輸送中とはいえ、それでとおったのがふしぎだ。ま、そういった行軍の準備があったのを、ほかにも、めんどくさくてサボったりして、ぶらぶらしていながら、気分はのんびりしてはいなかったとおもう。

蕪湖を出発した行軍一日目に、二分隊の池田がたおれた。それも、さいしょの小休止のあとだから、行軍がはじまって、二時間もたっていない。

池田は、ぼくのすぐよこで、カクンとうしろにひっくりかえった。揚子江のほとりの、もとはなんだったのか、屋根だけあって、壁はない、がらんとした中国家屋の前に整列して、少尉の大隊長の訓示、中隊長の曹長殿の注意などをきいたあと、歩調トレ、とあるきだして、ほんの三十分ぐらいあとには、もう隊列などはごちゃごちゃで、ぼくは一分隊だったが、さいしょの小休止のあと、ぼくのすぐよこで、二分隊の池田がひっくりかえったのだ。

それは、唐突なことだったが、ガマだな、とぼくはおもった。あおむけにたおれた池田が、ひっくりかえったガマみたいに両足をひろげていたかどうかは忘れた。たぶん、そうではあるまい。

ガマといっても、春先に、縁の下から、ふくれた腹を土にすりつけて、のそのそ這《は》いだしてくるガマではない。縁日のガマの油売りの三寸（台）の上で、内臓を抜かれたからっぽの腹を上にしてならべてある干物のガマだ。

それもひっくりかえった池田の両足のひらきかげんの角度が、このガマの油売りの干物のガマの足の角度に似ていたというより、両足のつっぱった硬直さが、干物のガマをおもわせたのだろう。

あのときは、まだ、池田は生きていたとおもうが、息のあるうちから、死後硬直がはじまったのか。

ともかく、池田がうしろにたおれたことが、やはり意外だったのだろう。学校での教練の行軍のときでも、たおれる者はいたが、こんなたおれかたをした者は、見たことがなかった。

池田はうごかず、ものも言わず、だれかが池田の背嚢をはずしてもち、なん人かで、つぎの小休止の場所まで、池田をはこんでいった。

それっきり、池田は身うごきせず、口もきかず、目は半びらきになったままだったが、その顔や首、手のさきなど、衣服からでているところが、しろい膜でもかぶさったようになっていた。

こまかな汗の玉でもない。なにか粉でもふいたような、きみょうな、ながめだった。

それを見て、いくらかふとった、オジさんといった感じの召集の衛生兵が、「こりゃ、あかん。塩をふいとる」と言った。

疲労が極度になると、からだのなかの塩分が、こんなふうに皮膚の表面にでてきて、こうなると、もうたすからない、とオジさんの衛生兵は、道ばたにあおむけになった池田を見おろしていた。

それにしても、行軍をはじめて、まだ二時間にもならないときだ。だが、行軍出発の前、大隊長の少尉殿の訓示をきいてるとき、ぼくは、こりゃ、どうしようもない、とおもった。背嚢をしょって立っていられないのだ。

ぼくたちが背中につけてるズックの背嚢は、完全軍装のときの目方のはんぶんもないという。しかも、その重い完全軍装で、かけ足につぐかけ足で、戦闘をやるんだぞ、おまえたちのような背嚢でへバってどうする、と、となりの中隊と合同でなにかやるときなど、よく、ぼくたちは、となりの中隊の軍曹におこられた。この軍曹は、長いあいだ中国戦線にいるのが自慢だった。ぼくの中隊の曹長殿は、あまり戦闘はやってないらしい。しかし、もちろん、完全軍装の行軍の経験はあるだろう。

ともかく、ぼくは、大隊長の訓示のあいだ、完全軍装のはんぶんの重さもないという背嚢をしょって、ほんとに、かろうじてという気持で、立っていた。しかも、まだ、あるきだしてもいないのだ。この行軍は、二ヵ月はかかるという。

池田のことは、塩をふいた池田の顔を見ただけで、どうなったかはしらない。あとになって、池田は死んだというはなしをきいた。無責任なおしゃべりだろうが、池田が死んだことはまちがいあるまい。

塩をふいた池田の顔を見た小休止で、ぼくは赤土の崖の下のようなところにころがって、眠った。眠ったのがわかったのは、小休止がおわって、ゆりおこされたためで、崖をつたわってしたたりおちてくる雨水が、口のなかにながれこんでいた。

ゆりおこされ、ぼくは雨水にむせたが、それまで雨水にむせたりしなかったのは、ぼくの口のなかにながれこんだ雨水が、どんなぐあいにか、口のなかでたまって、また、外にながれでてたのだろう。あのとき、ぼくが眠ったことを、みょうにおぼえてるのは、死んだ経験をしたような気持でもあるのか。


その後も、たおれる者は、なんども見た。毎日のように、あるいていて、だれかがたおれたが、たいてい、うしろにひっくりかえった。

池田のときは、はじめてなので、おかしな気がしたが、唐突に、カクンとうしろにひっくりかえるのがふつうのようだった。

日をおって、粘液便の下痢をする者がふえ、ぼくもそうだったが、道ばたにはしっていって、軍袴をさげながら、前につんのめって、そのままうごかなくなる者がいたけど、これは、軍袴をさげる前に、背嚢をよこにほうりだしていたからだろう。

背嚢をしょったまま、便をする者はいない。そんなことをしたら、それこそ、うしろにひっくりかえるか、尻もちをついただろう。

それよりも、背嚢をしょったまま、便をするなんて、考えられないことだ。便をしてるあいだは、背嚢をしょってたってしょうがないんだから、背嚢はほうりだす。ほうりだした背嚢をまたしょうのは、たいへんだが、そんなことは、まだ体力が残ってる者の言うことだ。

「小休止！」の声に、背嚢をほうりだすというより、背嚢が背中からすべりおち、道ばたにころがる。背嚢がすべりおちるのに、みごともくそもないが、なんとも、なれたすべりおちかただった。

われわれは完全軍装で、一日七〇キロも行軍したあと、戦闘にはいって、××の城壁によじのぼり……なんて自慢していた、となりの中隊の中隊長代理の軍曹が、行軍で顎《あご》をだした。

マラソンで顎をだしたときみたいに、行軍で顎をだすと、ほんとに、顎が前にでる。だが、これは、それでもなんとかあるいてる場合で、つかれはて、ふっと気がとおくなり、からだの力がいっぺんにぬけると、そのとき、顎がどうなるかは見てないが、カクン、とうしろにひっくりかえる。

となりの中隊の軍曹殿はマラリアがでたのだった。ぼくたち初年兵は、十二月末に内地をでて、このときまでは寒い季節で、マラリア蚊に刺されなかったせいか、マラリアの者はいなかったが、これで、マラリアにでもかかってる者がおおかったら、いったい、どうなってただろう。ぼくが、さいしょにマラリアの熱がでたのは、もう、終戦に近いころだった。

ぼくたちは、ほとんど兵隊の訓練もうけず、長い行軍をはじめた。野戦生活が長い古い兵隊でも、行軍ほどつらいものはないと言う。戦闘よかつらい、と言う者もいる。だけど、そんなことよりも、ぼくたちには体力がなかった。ぼくたちが腹をすかしだしたのは、いったい、いつからだろう？

太平洋戦争がはじまる前のことを、戦前とよぶ人がおおいのはしかたがないとして、そんなよびかたを、ぼくたちもしなくちゃいけなくなると、こまる。

太平洋戦争がはじまる前から、ぼくたちは腹をすかしていた。それは、戦争のためだ。そんな戦前ってない。

ぼくたちが兵隊にとられたときは、太平洋戦争がはじまってからでも、丸三年たっている。そして、腹のへりようは、年ごとに月ごとに、これでもかこれでもか、とひどくなっていた。

腹をへらしてるぐらいだから、栄養のことになると、もっとひどいだろう。なん年間もそんなふうでいて、体力がないのもあたりまえだ。

顎をつきだし、がくがく、ひょろつきながらあるいてる、となりの中隊の軍曹殿の鼻の穴から、にょろりとでているものに、ぼくは気がついた。

しかし、それは洟《はな》の色はしておらず、くろずんだ濃密なもので、脳が腐ってながれだしたようだった。

そのときではないかもしれないが、これとおなじものを見たことがあるのを、ぼくはおもいだした。

子供のとき、うちで飼っていた雑種の犬が、病気がひどくなったとき、これとおなじようなものが、鼻の穴からでていて、間もなく死んだ。

四分隊の角田も、あるいてるときに、ひっくりかえってたおれ、かつがれたが、ふつうは、たおれて、かつがれた者は、それこそ死んでるようにぐったりしているのに、角田はわめくみたいな声をだした。

角田は幹候（幹部候補生の資格がある者）で、恰幅《かっぷく》がいいからだつき、顔つきをしていた。しかし、角田だって、そのころは、みんなとおなじように、からだに肉《み》があったわけではないだろうから、奴凧《やっこだこ》みたいな、それこそ幅だけの恰幅で、そんな恰幅の顔が、かついだ者の肩の上でわめいていたが、つぎの小休止の場所で、角田を地面におろすと、死んでいた。

軍医殿が行軍におくれたときは、ちょっとユーモラスだった。ユーモラスみたいにおもったのは、その日がいいお天気だったことや、道もわりとよくて、みんな、やっとあるいてるのにはかわりはなく、また、行軍の疲労はかさなってきていても、それなりに、いくらか行軍になれてきたせいもあるかもしれない。

また、軍医殿が、みんなに好かれていたのも、ユーモラスな感じをおこさせたのだろう。これは、軍医殿が好ましい人柄だったというより、みんなが好きになってもかまわない存在だったということも考えられるが、そんなことをあれこれ言ったって、しょうがない。

軍医殿は召集の見習士官で、ぼくたちには初老に見えたが、歳は四十前後ぐらいだったのかもしれない。町医者だったのが、召集され、ぼくたちとおなじように、ほとんど訓練もうけずに、外地に送られたのだろう。

軍医殿が鼻の下にチョビ髭《ひげ》をはやしていたかどうかは忘れたが、町医者のときのチョビ髭を、そのまま、はやしているようなひとだった。

そのときは、あんまりけわしくはない山のなかをあるいていて、道が長く折れまがり、ずっとうしろのほうまで見えた。

だから、軍医殿がごっちゃになった隊列からおくれ、だんだんはなれて、ひょろひょろあるいてるのがよく見えた。

軍医殿はやせたからだを、前かがみにたてて、ひょろひょろあるいてるのだが、あるきかたが、あきらかに、みんなよりおそい。これでは、行軍の隊列におくれ、距離ができてくるのは、あたりまえだ。

それでも、はじめのうちは、一箇小隊ぐらいが、軍医殿のまわりに残っていたけど、それが、一箇分隊になり、あとは、二名の兵隊がそばについていたのをおぼえている。つぎつぎに、軍医殿をはなれて、隊列においついたのだ。

軍医殿だから、ぼくたち兵隊みたいに背嚢はしょっておらず、やせたからだで、隊列からずーっとおくれて、ほんとになんにももたずに、ひょろひょろあるいてる姿は、のどかと言えばのどかだった。

最後にのこった二名の兵隊も、そのうちの一名が軍医殿のそばをはなれて、隊列にいそぎ、あとの一名も、軍医殿をおいて、軍医殿との距離をのばし、隊列へむかってる風景が記憶にあるが、こういうきまった風景の記憶は、逆にあやしい。

だったら、ぼくが最後に見たときは、まだ二名の兵隊は軍医殿のそばにいたかというと、どうもそうではない気がする。

軍医殿が、たったひとりで、ひょろひょろあるいてる姿が記憶にあって、これは、あとで合成された記憶とはちがい、げんに、そこにうっすら砂埃《すなぼこり》がたってるみたいな、たぶん事実だからこそのあいまいな感じがあるのだ。

ぼくたちは、行軍でおくれ、隊列をはなれたら、命はないぞ、と言われていた。行軍中に、ぼくたちは、敵兵を見たことはない。行軍の一日目、それも、あるきはじめたばかりで、さいしょの小休止にもならないときに、銃声がして、これは敵の銃声だということで、ぼくたちは揚子江の土手の斜面に伏せた。

前にも言ったが、この日は雨が降っていて、揚子江の土手に伏せたぼくたちは、どろんこになってしまった。みんなは、行軍前に、軍衣、軍袴のなんぎな洗濯をやったのに、あるきだして、一時間もたたないうちに、軍衣も軍袴もどろんこになった。洗濯をサボったぼくはトクをしたわけだ。

いや、このときでも、銃声はきいたが、敵兵は見ていない。行軍中だけでなく、湖南省の現地の中隊に配属になってからも、洗濯物を干す川原の（洗濯をするのはいやだったが、川原での洗濯物監視は、夢みたいにらくな時間だった。もっとも、ここで、洗濯物監視をしていて、P51戦闘機に機銃掃射されたこともある）幅二〇メートルぐらいの川のむこうの林は、もう敵地区だということだったが、ここでもどこでも、敵兵は一度も見たことはない。

中国戦線では、敵兵を見ない、というのは有名なはなしで、これが、太平洋戦線だと、アメリカ兵がどかどかどか見えたそうだ。

そんなふうに、敵兵の姿は見えないけど、行軍に落伍すると、かならず、敵のゲリラにやられる、と言われていて、ぼくたちも、そうだろうとおもっていた。中国大陸で日本軍がおさえていたのは、都市などの、いわば点だけで、ぼくたちは、その点と点とのあいだを、ちいさな、ほそい虫が這うように、あるいていたのだろう。

だから、軍医殿は見すてられたのだ。軍医殿はどうなったのだろう、と、あとで、ぼくたちははなしたりした。行軍中にひっくりかえった者とちがい（この連中のうちで、あとで隊においついた者も、消息がわかった者も一人もいない）、あのとき、軍医殿はひょろひょろあるいており、行軍から落ちていった者を、この目で見たのは、軍医殿ぐらいだから、こんなはなしもでたのにちがいない。

しかし、軍医殿はぶじだった。このぶじだったというのが、ぼくにはおかしいのは、軍医殿がぶじだったことを、ぼくがしったのは、終戦後、掘立小屋みたいな病舎にはいっていたとき、初年兵の衛生兵から、昨夜、召集の軍医が結核で死んだが、ほら、あの行軍のとき、おくれて隊をはなれた軍医だよ、ときかされたのだ。

ぼくも行軍から落伍した。あるいていて、ひっくりかえったのではない。安慶の対岸に宿営した翌朝、行軍に出発する前に、つぎの者はこの地に残る、と名前をよばれたなかに、ぼくの名があったのだ。ぼくが粘液便の下痢をしていたからだろう。

これはたすかったが、部隊のほうだって、伝染病はこわいし、行軍中にひっくりかえられて、背嚢をもったり、かついでいったりするのはやっかいだっただろう。

しかし、ほっとした顔をするわけにはいかない。残された者は大隊ぜんぶで二十人ぐらいはいただろうか。みんな、首をうなだれて、揚子江のほとりのくらい地面にすわりこんでいた。

ぼくなどは、ほっとした気持だったが、ざんねんにおもった者もおおかっただろう。たとえからだはうごかなくても、くやしかったにちがいない。行軍に落伍するのは、たいへんに不名誉なことだ。げんに、行軍に落伍した者は、二等兵から一等兵になるとき、進級がおくれている。また、行軍に落伍すれば、幹部候補生にはなれないと言われた。下士官候補を志願しても、さしさわりがあっただろう。

そんなことよりも、いったん原隊をはなれたら、また原隊にもどるということは、はなはだおぼつかない。一日、どこかに行軍にいき、落伍したというのではないのだ。

ぼくたちがくらい地面にすわりこんでいたのは、夜が明けてないからだった。行軍の出発は、一日目からそうだったが、朝はやく、まだくらいうちがおおかった。

ぼくたちが地面にすわりこんでるうちに、あたりがあかるくなってきた。太陽は揚子江のほうからのぼったのだろうか。あかるくなった揚子江のむこうの安慶から、ぼくたちをはこぶ船がくるはずだった。

その船がきたのが、もう昼前だったか、昼すぎだったか、あるいは、夕方近くだったかはおぼえていない。ぼくたちは待ってるときは、ただ待っていた。

ぼくたちが収容されたところは、安慶の兵站《へいたん》だということだった。兵站に寝るのははじめてで、このとき、ここが、兵站らしかったか、兵站らしくなかったかは、わからない。ただ、兵站に泊ってる兵隊はすくなくて、がらんとしていた。

安慶で、小高い丘の上にある塔を見たのをおぼえてる。これは、揚子江の対岸からも見えた。有名な塔なのかもしれない。

外出などはできないから、塔がある丘の下から塔をふりあおいだのは、なにかの使役につれられていったのだろう。

兵站の甘味品の倉庫……といっても、ちいさな倉庫だったが……に使役にいったこともある。このときの甘味品は、ちいさなまるいセンベのようなもので、カビくさく、虫が喰い、うんとひどいのは処分する使役だったのか。兵站の兵隊に、使役がおわったら、おまえらにも、なん枚かこれをやるから、さしくる（ドロボーする）んじゃないぞ、と言われ、さいしょの使役のときは、ぼくはさしくらなかったが、みんなが、どんどんさしくるので、つぎの使役からは、ぼくもさしくった。もっとも、使役のヨロクとしてもらったセンベも、ぼくたちがさしくったセンベも、処分してすてるセンベだったのだろう。

安慶の兵站でのなん日かは、まったく夢のようで、これまた夢のように、揚子江の上流の九江まで、船でいくことができた。

九江からも、ぼくは船にのれた。これは、ぼくが運がよかったとか、粘液便の下痢がひどくて、あるけるような状態ではなかったというようなことではなく、なにかあったのかもしれない。

ぼくたちがのったのは、底のあさい、ポンポン船ぐらいの船で、ぼくのほかは、行軍に落伍した初年兵は十人ぐらいしかのっていなかった。しかし、九江では、安慶の兵站とちがい、ぼくたちとおなじように武昌(現在の武漢の揚子江の右岸の町)にむかう、落ちこぼれの初年兵が、ぼくたちが着く前から、なん百人もいたのだ。

船は緊急の医薬品をつんでいるということだった。そのころは、揚子江の上流から機雷がどんどん流れてきており、九江でも、昨日《きのう》も、なにかの船が機雷でやられたというようなことをきいたりした。また、九江の埠頭《ふとう》近くには、爆撃をくった船の残骸がいくつもあった。だから、ぼくたち内地から送られた初年兵も、船などにはのらず、揚子江にそって(川が見えることは、あまりなかったが)行軍していたのだ。

そんな状況なので、底のあさい、ちいさな船で、緊急の医薬品を九江から武昌にはこぶことにしたのだろう。

船には、民間人の船長と中国人の船員、それに、船舶部隊の若い見習士官と上等兵がのっていて、ぼくたちは、機雷監視をやらされた。

つまり、もしかしたら、ぼくは、船にのれば、武昌まで行軍をしなくてすむので、その船にのるのに応募したのではないか。

武昌で、ぼくたちの中隊がいたのは、やはり、兵站とよばれているところだったのか。うすぐらい、馬小屋みたいな土間に、ぼくの分隊の連中がうずくまっていたのをおぼえている。

みんな目が大きくなったようで、それだけ頰がそげ、手足が長く見えたのも、行軍でやせたのだろう。

うすぐらい土間で、みんな目ばかりギョロギョロさせ、ぼくを見ても、わらい顔はなかった。

それでも、やがて、あれからの行軍はつらかった、と、ぼそぼそ、みんなははなしだした。ぼくが落伍するまでの行軍は、一日に五里か六里、いちばん長いときで、八里ぐらいだったが、九江にはいるてまえだかの山道を、一日に十三、四里もあるいたりしたそうだ。

武昌には、なん日いたか……。ぼくたちは、武昌から南へ、粤漢《えつかん》線という鉄道にそって、行軍をはじめた。

武昌を出発して、二、三日後に、行軍は夜行軍にかわった。昼間は、敵機の来襲があるからだ。それでも、夜、あるいていて、敵機がおとした照明弾に、あかあかと照らしだされたことは、なんどもある。なにしろ、戦争末期だ。

夜行軍は、またつらかった。昼間は、やはり、あまりよく眠れない。だいたい、しずかなところで眠ってるわけではない。それに、なんだかんだと用がある。昼間、行軍しているときは、真夜中に、なにかを受領にいくなんてことも、ないことはなかったが、昼間は、それがしょっちゅうだ。使役もある。ぜんぜん眠らないで、また行軍をはじめることもあった。

この夜行軍では、だいたい、飯盒炊爨《はんごうすいさん》だったが、これが、こんなにやっかいなものだとはしらなかった。かねがね、飯盒で炊いた飯ほどうまいものはないといったはなしをきいたり、また、子供のときは、飯盒炊爨にあこがれたりしたが、なんともめんどうなものなのだ。

ぼくたちは兵隊の訓練もほとんどやってなかったけど、飯盒炊爨などは、ぜんぜんしたことがない。慣れないうえに、薪などくれるわけではないから、まず、薪になるものをさがさなきゃいけないが、これが、なかなかない。生木なんかは燃えるもんではない。

また、煙をたてると、敵機がくるので、みじかい時間で飯盒炊爨をやれと言っても、そんなことはできやしない。しかし、メシを食わないではいられない。

また、行軍中は、なんとか足がうごくのだが、いったん宿営地につくと、もう、どうにも、足がうごかなくて、さいしょにそれを経験したときは、ホンマかいな、と信じられなかった。夢のなかで、どこかにいこうとするのに、足がうごかず、うなされることがあるが、ほんの五メートル、一〇メートルのところにいくのさえ、両手で足をもちあげてはこぶようなありさまで、自分でもびっくりした。

それに、よく、粤漢線の線路の上をあるいたが、これは、当時のニホン内地では見られない鉄製の枕木で、雨で濡れていたりすると、軍靴の底には鉄鋲《てつびょう》がうってあるし、すべって、あるきにくい。だいいち、危険だった。

武昌を出発してからは、地図で見ると、まっすぐ南へのコースをとっていた。ぼくたちが一日あるいたところで、地図では、なにもうごいてないようなものだったかもしれないけど、目的地は、地図のなかでも、かなり南にある。

また、南京から蕪湖までは貨車ではこばれたが、蕪湖からは、対岸に安慶の町と塔が見えるところで、ぼくは落伍してしまったけど、九江、武昌と、地図の上だけとおもわれた行程を、げんに、あるいてきているのだ。

それに、武昌から南のこのあたりは、夏の暑さは、屋根にとまったスズメが焼鳥になって落ちてくると言われるくらいで、まだ四月のなかば近くだけど、やはり、ぼくたちには異様な気温だった。それと、目的地にむかう、まっすぐに南にくだる矢印の方向とで、一日あるけば、それだけ温度があがるような気がしたのかもしれない。

あるいていて、なまあったかさがうっとうしいある夜、まっくら闇のなかで、雨が顔や手ににじんでおり、そのため、闇がよけいねばっこく感じられたが、とつぜん、なにかのサイレンのような悲鳴がきこえ、そして、急にそれが遠ざかり、消えた。悲鳴といったが、ニンゲンの声に角度みたいなものを想定するならば、それは、あまりにもうすくとがっていて、だから無機質の音にひびいた。

そんなことがあっても、ぼくたちは足をとめるわけではなく、ほんのちょっとあるくと、闇のなかで隊列が滞り、鉄橋だ、という声がした。それでわかったのだが、だれかが、鉄橋の上で足をすべらし、落ちたのだった。

そこは、温泉分哨とよばれているようだった。中国では、温泉はたいへんにめずらしいという。

分哨の囲いのはしのほうに、ちいさな泥沼があり、きたない水草がはえた沼の表面から湯気がたっていた記憶がある。

しかし、温泉の湯槽につかったのはおぼえていない。南京にいたとき、半日ほどあるいて、シラミ退治の施設にいき、ここで、かなりの劇薬の湯だから、けっして、顔は湯のなかにつけてはいけない、と注意された湯槽にはいり、そのあいだに、ぼくたちが着ていた衣類、持ち物ぜんぶを、蒸気の釜にいれ、シラミを殺した。風呂にはいるのは、兵隊にとられてから、南京のこの劇薬湯のつぎ、二度目なのに、湯槽にはいったときのことをおぼえてないのはおかしいが、げんに記憶にないんだから、しょうがない。

ここは、ぼくたちの大隊の五中隊の警備区域の分哨だということで、ほんとに、なんだか夢みたいな気持だった。

ぼくたちはある独立旅団の初年兵なのだが、旅団なんてでっかすぎて、ぼくたちにはカンケイないみたいな感じだ。武昌から、粤漢線にそって南下してきて、ここからは、ぼくたちの旅団の管轄内だぞ、ということもきいていない。せいぜい自分たちの大隊範囲内ぐらいの感覚しかないのだ。

第五中隊は、武昌のほうからくると、いちばんてまえで、ぼくたちの中隊は、いちばん遠いところにあるようだったが、それでも、おなじ大隊の警備区域にきたというのは、地図の上でもたどれなかった、夢の国にはいったようなものだ。

この温泉分哨には二泊し、つまりは一日の大休止だったが、その日の午後、米の受領にこい、と言われた。

これは、行軍中の食糧として支給されるのではなく、大隊本部まで米をはこんでいくのだった。割当は分隊ごとで、かなりの量の米だった。一斗、もしかしたら、それ以上あったかもしれない。

この米は、分隊内で各人にわけ、各人がもっていってもよく、また、分配せず、たとえば、交替ではこんでもかまわない、それは、各分隊にまかせる、ということだった。

受領してきた米を、分隊の者は、だまって見ていた。行軍に落伍したぼくが、武昌で分隊の者といっしょになったとき、みんなは馬小屋みたいなうすぐらい土間に、目ばかりギヨロつかせてうずくまっていたが、この米を見ている分隊の者の目はギョロついてもいなかったのではないか。口に言葉がないように、目にも、なにもなかったといったぐあいに……。

どれだけのあいだ、そんなふうにしていたか……口にも目にも言葉がなく、時間もない。しかし、それはほっとひと息ついてる場合のことで、行軍をしてるときは、そうはいかない。その日は、一日やすみの大休止だった。

ともかく、いくらかたったあと、ぼくは分隊の者に相談した。この米をすてちまおう……と。

武昌を出発してからは、地図の上では、ぼくたちは、まっすぐ南にむかっている、と言ったが、それは、中学の世界地理の地図帖をひらいてゆびさしてるようなもので、そのとき、ぼくたちがどのあたりにいるかなんてことはわからなかった。

この五中隊の温泉分哨から大隊本部まで、あと二日の行軍だとか、いや五日ぐらいはかかるとか、あれこれきいたが、はっきりしなかった。しかし、ともかく、大隊本部まで、なん日かはあるかなければいけない。

行軍のときは、ほんとに、もってるものは、なんでもすててしまいたい。袴下《こした》（フンドシ）ひとつもってるのが、生き死にに関係があるような気さえする。もってるものどころか、行軍のときは、それでいくらかでも身がかるくなるならば、自分のからだの皮でも剝《は》いですてたい、と言われている。

だが、兵隊は鉄砲の弾丸《たま》だけはだいじにするものだ、行軍がつらくて、なにもかもすててしまいたいときでも、また、たおれても、銃弾をすてない、銃弾をすてることは、考えもしない……。

アメリカの西部劇や戦争映画などでも、銃弾の重さにたえかねて、兵隊たちがすてようとするのを、下士官などが叱りとばし、それでたすかり、手柄もたてるといった映画も、なんども見た。

しかし、おれなんか、小銃弾だけは最後まで、どころか、まっさきにすてちまったもんな……と、戦後、ぼくは、調子よくしゃべってまわった。だが、あんまり調子がよすぎるようで、もしかしたら、ぼくが小銃弾をすてたなんてウソで、ウソを調子よくくりかえしてるうちに、自分でも本気にしだしたのではないか、とおもった。小銃弾をすてるなんて、たいへんなことだからだ。小銃弾どころか、空《から》の薬莢《やつきよう》一つなくしても、中隊の初年兵ぜんぶが、薬莢が見つかるまで、演習地の草むらのなかをさがしてあるいたというようなはなしは、なんどもきいている。いや、はなしだけではなく、学校で教練の演習場にいったとき、ぼく自身もやらされた。もし、故意に小銃弾をすてたりして、軍法会議にでもかけられれば、陸軍刑務所にいれられるだろう。

だが、ぼくはウソをついたのではないか、と疑ってみたら、すぐはっきりしたことだけど、ぼくはウソはついてはいなかった。

それに、まっさきに小銃弾をすてたというのも、誇張ではないようだ。行軍のあいだ、ぼくたちは、ひとりひとりが小銃をもっていたわけではなく、分隊に小銃は二梃《ちよう》しかなかった。これは、たいへんにありがたいことで、ぼくたちは交替して銃をかついだわけだが、銃をもった者が、帯革（ベルト）に弾薬盒をつけ、弾薬盒のなかには、もちろん実弾がはいってるが、そのほかに、各人が実弾を五発か十発ぐらい、背嚢のなかにいれていた。その実弾を、行軍の一日目の二ばん目の小休止のあとあたりに、ぼくは、人に見られないところで、すててしまったのだ。

大隊本部にはこぶ米をすててしまおう、とぼくが言いだしたことにたいして、分隊の者はだまっていた。

おどろいたかもしれないが、そういう表情はなかった。行軍のあいだに、みんなは、それこそ表情をなくしていた。プラグマティズムふうに安易な言いかたをするならば、おどろいた表情、反応がなければ、おどろいてるとも言えないのかもしれない。

じつは、米をすてよう、とぼくが言いだしたりしたのは、おなじ初年兵だけど、輸送中だけ、ぼくは、仮りの分隊長ということになっていたのだ。これは、たいへんにおかしなことで、中学のときでも、ぼくは、学校はじまって以来という、教練の最低点をとったり、輸送がおわり、中隊に配属されると、中隊長に、こいつは帝国陸軍の兵隊ではない、いや、苦力《クーリー》にもおとる、と言われ、だれでもがなる一等兵にも、ぼくひとりはならなかった。そんなぼくが、輸送中に、仮りの分隊長にされたのは、ぼくは官立の学校の途中で兵隊にとられ、そういう官立の学校にいってた者は、ほかにはいなかったからだろう。考えてみれば、軍隊も官なのだ。

しかし、米のときは、めずらしく、分隊の者から反対があった。いや、みんな反対したのではないかとおもう。分隊ごとに、大隊本部にはこべ、と命令された米をすてるなんて、たいへんなことだ。それに、糧食にたいする、とくべつな気持もある。なによりもだいじなのは米だということは、みんな、身にしみてしっている。

だが、ぼくが分隊がはこぶ米をなくした、と責任をもつ、ということで、みんなは、表情もなく、うなずきもしなかったが、ぼくにまかせるようなことになった。それでも、今、おもいだしたが、自分ひとりのぶんの米はもっていく、と言った者もあり、ひとりがそう言うと、もうひとりぐらい、やはり自分のぶんはもっていくと言った者がいたようだ。

温泉分哨の兵舎の裏の山の藪のなかにすてた米が、白く、こんもりもりあがっていたのが、ぼくの目にのこっている。

そのとき、ぼくが言いだして、米をすてたことを、あとで、ぼくはしきりに自慢した。五中隊の温泉分哨から大隊本部まで、二日かかったか三日かかったか、この行軍の最後の二、三日は、ほんとに、よく、あるいていて、ひっくりかえった者がいたのだ。

二分隊の（仮りの）分隊長は、幹候のいわゆる張り切った男だったが、大隊本部についた翌朝の点呼で整列してるときにたおれ、すぐ死んでしまった。

しかし、五中隊の温泉分哨で、米をすてることをおもいついたときでも、おなじように大隊本部にはこぶ、あの岩塩の袋をすてることは、ぼくの頭のなかには、これっぽっちもなかった。

これは、いったい、どういうことだろう？　小銃の実弾を故意にすて、それで軍法会議にかけられたりしたら、たぶん、軍刑務所にいく。だけど、この岩塩をなくせば、軍法会議だ、軍刑務所行きだ、とぼくたちはおどかされたが、ま、そんなことはあるまい。

それなのに、ぼくは、行軍の一日目に、実弾をすててしまった。しかし、岩塩をすてることは、考えもしなかった。

これは、故意に小銃弾をすてて、そのため、軍法会議にかけられれば、陸軍刑務所にいくかもしれないが、軍法会議にかけられたときのことだ。

あっ、弾丸がない！　なんて、おどろいてみせたりしたら、おこられるだろうが、軍法会議にまではいかないのではないか。

だが、この岩塩の袋は、目的地につくまでは、背嚢のいちばん奥にしまっておいて、ぜったいにとりだしたりしてはいけない、と言われた。だから、あっ、岩塩がない！　というわけにはいくまい。背嚢ごとなくなったというのなら、べつだけど……。

それにしても、小銃弾をすて、米もすてたのに、岩塩の袋はすてることを考えもしなかったというのは、どういうことだろう？

南京を出発するときからもっていて、それがあるのが当然なような、たとえば、自分のからだの一部みたいな……そんなことはない。だったら、この岩塩は、いったい、なんだったのだ？

米のことは、だいぶ心配したが、大隊本部で米をうけとった係りは、何中隊の何分隊、といちいち記入するようなことはせず、ぼくたちが米をはこんでないこともバレないですんだ。

岩塩のほうは、おかしなことだった。岩塩をわたすときには、貴重な物を、長い行軍のあいだ、ひとりひとりがはこんできたんだし、引渡しの式でもあるくらいに、みんな考えていて、うやうやしく、汚れた岩塩の袋をさしだした。

ところが、大隊本部では米のことはしっていたが、ぼくたちが、わざわざ、南京から岩塩をもってきたことさえもしらなかった。

その翌日のことだが、おなじ分隊の者がぼくのところにきて、大隊本部の兵隊が、ぼくたちがもってきた岩塩を、兵舎の前の道にすてている、と言った。

その男の顔にも声にも表情はなかったが、いそいでやってきて、そのことをしらせた。これは、いったいどういうことなのか、ぼくたちはぽかんとしたが、岩塩が塩の役目をしてないということらしかった。

背嚢のいちばん奥にしまっておいても、長い行軍のあいだには、背嚢のなかまで、雨でじっぽり濡れたことも、なんどもあったし、背中の汗もにじんだだろう。また、ほとんどの者が、川におちたり、沼におちたりもしている。

そんなことで、岩塩の塩けがぬけ、ただの砂つぶになってしまったのだ。岩塩をすてた大隊本部の兵隊が見えなくなると、ぼくたちは、兵舎の前の道にでて、すてられた岩塩をひろってきて、口のなかにいれてみたが、にがいような味はしても、ぜんぜん、しょっぱくはなかった。

そのときすぐ、気がついたかどうかは忘れたが、新約聖書のマタイ伝第五章十三節の、「汝《なんじ》らは地の塩なり、塩もし効力を失わば、何をもてか之《これ》に塩すべき、後は用なく、外にすてられて人に踏まるるのみ」(今の訳はちがう)という言葉を、ぼくはおもいだした。

有名なイエスの山上の垂訓のなかの文句だけど、それまでは、塩もし効力を失わば、というのが、どんなことなのか、ぼくはわからないでいたのだ。

岩塩が兵舎の前の道にすてられた日、大隊本部の兵隊がしゃべってることが、ぼくの耳にはいった。

その兵隊は、前夜、衛兵で見まわってるとき、ぼくたちが寝ていたところの土間の隅に、白い山のようなものができており、そう言えば、初年兵たちは、役にもたたない岩塩を、わざわざ、南京からしょってきたということだったな、とおもったが、よく見ると、土間の隅にあったのは、行軍のあいだにぼろぼろになったぼくたちの襦袢《じゅばん》を脱ぎすてた山で、そのぼろの山がまっ白に見えるくらい、シラミがたかっていて、あんなにたくさんのシラミがむらがってるなんて信じられなかった、と、その大隊本部の兵隊は、声をひそめてはなしていた。

Ⅳ

崔長英

富士正晴

崔長英は何省の人間だろうか。おそらく広東省の人間だろう。というのは湖南省のあたりから連れて来た徴用苦力《クーリー》の連中と発音がちがうように思われるからだ。彼は先生をシーサンと発音せず、シンサンと発音した。その発音はどういうかひどく小意気な感じがした。

広東省曲江の近くの農村の井戸端で彼とはじめて会った。彼はひどく気楽そうな一人歩きを許された苦力として、そしてわたしは初年兵一等兵として。あわれな初年兵一等兵は徴用苦力を連れさえ出来ず、いってみれば徴用苦力さながらに水桶《みずおけ》をになって水を汲《く》みに出かけて来ている。一つのつるべを争っている徴用苦力の環《わ》の外で、思いあきらめたようにつるべの空くのを待っていたのがわたしの姿だ。そこへひょいと現われて来た崔長英が、わたしをうまくだしにとり、順番も待たずに苦力たちからつるべを取り上げ、まずわたしの水桶を満たし、それから自分は十分につるべから口呑みした。その時つるべの底からしたたり落ちる水滴の輝きや形をわたしは十何年の今も記憶している。と共に、その時は名前を知らなかったのだが、崔長英の機敏さと、徴用苦力の農夫たちに有無をいわせず事を運ぶ自信のようなものと、それから彼のふくらんだ顔の上のうすいほうそうの跡と、大きいおだやかそうでいやに落着いてもいるような二皮目とが印象に残っている。そしてシンサンという小意気な呼びかけとが。

機敏といっても彼の身体つきはいわゆるきびきびした筋肉質のものとはちがい、何かぐにゃぐにゃした水ぶくれ式のものに見え、働くよりは遊ぶ方に適しているようでもあったし、彼の表情の気楽そうな落ち着きの下地には何か有閑的なだらけたものがすけて見えるように思われる。むしろ機敏と言わず要領のいいと言った方が良いようなところがある。

そうした印象を与える徴用苦力に出あったのはこれがはじめてで、おわりだった。この青年（二十歳ぐらいに見えた）はいくらか上流の出かも知れないし、いくらか遊俠《ゆうきよう》の徒《と》めいた過去をもっているだろうし、とにかく並の百姓の倅《せがれ》ではないとわたしは思った。それに日本軍ずれしているところもある。変な苦力だなとわたしは思った。どこの分隊の苦力か、どこの中隊の苦力か考えてみても判りっこはない。わたしの分隊の苦力ではないこと、これはいくらぼんやりの初年一等兵でも判る。しかし、それにしてもこれまで見たこともない面《つら》だし、これまで見かける筈《はず》もない面だというのが、水をかついでよたよた分隊へ帰りながらのわたしの判断であった。とにかくケッタイな奴である。

それからも一日泊りのつづく行軍が二、三日あって、と言っても北江沿いの広い公路を主に通り、その公路の或るところには乗用車の新品が乗りすてられてこわれているという風なしゃれたところなのだから、大変気楽に旅をつづけ、木造の立派な商社（勿論《もちろん》、人は逃げてしまって、おらない）の並んでいる曲江の街へ入った。ここではしばらくは駐屯するらしい、うまく行けば守備隊として駐屯ということになるかも知れないという噂が流れた。中隊は舟つき場のあたりに宿舎がきまり、こういうことは今にいたっても何かうまく考えがすっきりするわけにゆかないが、がらん洞になった曲江であるのに、菓子屋が店を出したり、豆腐屋があったり、わたしの分隊の向いの家は船頭相手の酒場らしいが、ちゃんと営業していて、夜おそくまで古参兵たちが「さらば南雄よ」と大声をはり上げて酔っぱらっている。うまく考えがすっきりせぬというのは、こういう風景が珍らしいというのではなく、ありふれてさえいるのが落着かないので、攻撃している軍隊と、やっつけられている国民との、何でもない筈はない何でもない入れまじりがわたしの考えの中でややこしく困るのだ。日本が無血占領ではなく米軍と国内で戦闘していたら、少しはこの状況がなるほどと納得ゆくような体験を持つことが可能だったろう。しかしもしそうだったとしても、そうなればそうで、その時、わたしは中国の山の中にいるというわけだから、わたし自身体験するわけにはやはりゆかない。戦争というものは全くわけがわからぬ事が多すぎる。ひまを見て近所の公園の高みから見下すと、舟着場のあたりには夫婦づれで住みこんでいる舟が景気よく上下している。あるいは、南雄・始興・曲江すべてわが軍の占領下にある治安地区だからと言うかも知れないが、徴発し放題の治安地区とはわけがわからない。そのわけのわからぬところで、商売があり、輸送があるとはこれは何のことか。北江は南雄からずっと曲江まで舟をとおし、勿論曲江から南へ広東まで、ますます舟航に便である。初年兵一等兵にわけのわかりようはない。

もう一つ、これは私的にわけのわからぬことが曲江の宿舎で起った。それは西本という二年兵の上等兵がやたらとわたしを苦力部屋で自分と一緒に寝させようとしたことである。二年兵の命令は陛下の命令でオールマイティであるから仕方がない。ところがこの西本陛下はわたしと一緒に苦力部屋に、苦力監視のために泊り込むと、毎夜毎夜、じめじめした低い声でくどくど何時間にもわたって、初年兵のわたしにこれまでの乱暴な仕打方を泣いて謝まるのだ。わたしを一年にわたって締めつけに締めつけた水夫上りの陰気くさい上等兵が突然ばくはつさせたセンチメンタリズムの洪水に、はじめはとまどい（古参兵の優しさや親切には油断がならぬのである）、やがては連夜のことで甚《はなは》だ迷惑でうるさくなってきたが、そのようなところを見せるや否や、泣きむし上等兵が忽《たちま》ちこわい上等兵に豹変するのは自明の理であるから、わたしは忍耐に忍耐を重ねて、上等兵の謝罪を遠慮勝ちに嘉納《かのう》に及びつづけていなくてはならない。執拗《しつよう》に上等兵は謝りつづける。わたしは許しつづけねばならない。こいつはいささか精神の強姦といったものだが、上等兵の謝り慾は発射すればする程たまってくるといった有様を示して、わたしは追々謝り殺されかねまじいことになってきた。その原因は馬鹿馬鹿しいことだ。西本上等兵が南雄で押えつけた女のどれかから、見事よこねを頂戴《ちょうだい》し、南雄からの行軍の二日目から、あひるのような歩き方しか出来ず、三日目からは古参兵から嘲り倒され、気合を入れつづけられ、気息えんえん、やっと曲江に辿《たど》りついたということにある。すなわち、その間に西本は軍隊の自分に対するむごさに気づき、ひるがえってわたしに対して行った西本自身のむごい数々の行いに気づいて、毎夜謝罪しても謝罪し切れないというわけなのである。しかも、ここでどうやら周辺の警備のために独立混成大隊が編成され、西本はそこに入るに決っているから、やがて南下するわたしと分れねばならなくなるだろう。それまで、謝れるだけ十分に謝っておかねばならない。

わたしはそれを聞くと、独混の編成の一日でも早いことを祈らずにはおられなかった。このやり切れない夜々の間、わたしが謝罪の濁流の襲来から免れることが出来た時間と言えば、西本上等兵の一つの悪習みたいなものだが、徴用苦力の私物検査（この時西本は一上等兵ではなく中隊長みたいなものに成上ってしまっている）をながながとする時間、苦力の小便や大便につき添って一階の便所まで行く時間、西本が痛みにたえかねて泣きながら唸《うな》る時間、そのほかには眠りをよそおって、崔長英がボリボリ体中をかく音をきいている時間である。

崔長英は曲江で大隊本部から分配されてわたしの分隊へ二、三人の苦力と共に送りこまれて来た。つまり、南雄で、そこへ残る部隊が不用として譲ってよこした苦力達の一人であった訳だ。しかし、それが判ったといっても何も判ったことにはならない。崔は分隊へ来てから余り元気がなかった。下痢をしていたからだ。そして西本の私物検査（彼は苦力を素裸にさえする）のおかげで、崔の衣服にかくれているところはベッタリとひぜんにかかっていることが判った。崔は二度と私物検査されなかった。彼がかぶって寝る鞍下毛布は鞍傷《あんしょう》の汁がもっとも多くついている一枚が占用物として与えられた。私物検査を受けて私物がふえた奴は崔一人である。彼はいささか厄病神的に敬遠されて、余り作業にもつれ出されなかった。彼はことに睡眠前後にボリボリと体をかいた。体の表面積はずいぶん広いことをわたしは崔のボリボリから知った。

崔はわたしの顔をちゃんと見覚えていたらしい。わたしには特別の親愛の表情をして、そいつがわたしには迷惑であった。大便につき添って行く時、一度彼はわたしに喋《しゃべ》った。それは、西本が喋りまくるので、あなたは辛度《しんど》いことでしょうという意味のことだった。わたしはそれがひどく小じゃくに触ったが、こいつひょっとしたら日本語がわかっているのではあるまいかと疑った。苦力たちの間で、崔は一枚上手に出ていたから、わたしは何かと気になる。

噂通り独立混成大隊が黒須大尉を隊長に編成され、再び南雄へ本拠をおくために出発し、わたしは西本上等兵の泣き言から解放された。しかしそれは同時に、やがて間もなくわたしたちの部隊が南、広東へ向って新しい任務につくために出発することを意味した。黒須大尉に代って佐々木大尉が副官合志中尉をつれて大隊に着任すると、合志中尉は忽ち兵を指揮して、河の上を逃げまどう民船をピストル片手に船頭一家もろとも徴発して岸につないだ。大隊は船団を組み北江を南下して広東に向う。兵隊は歩かなくてもいいので湧き立つ。ところが駄馬はどうするか。駄馬部隊は喜多中尉を長として陸路広東に向って船団より先に出発。勿論おおむね、ぼろの兵隊さんとぼろの苦力がこのような損な役割を背負わねばならない。すなわち、聯隊中《れんたいじゅう》の駄馬、乗馬が、ぼろの兵隊さん、ぼろの苦力と共に集結点に集まった時、その中に勿論、わたくしもおり、またまだ下痢のとまり切らぬ崔長英もおったのである。

河を渡って一粁《キロ》も行かぬうちに第一の宿泊地があり、その最初の宿泊からわたしの分隊は御難に逢った。馭兵《ぎょへい》の一人山浦上等兵が夜半、忽ち如何《いか》にも盲腸炎らしい腹痛に襲われたからである。本人は盲腸炎らしいと盛んに痛がる。小ずるい本人にとってまことに倖せなことに喜多部隊には軍医という風な気の利いたものは配属されていず、衛生兵が一人いるだけであった。出発は夜が明けない内ということになっているが、こうなると五粁と離れていない中隊へ山浦上等兵をかえし、代りの馭兵を得なくてはならない。下士官をつけて帰すか。それは下士官にとってやり切れない。そこで下士官のごとくしっかりし、且役《かつ》目柄である衛生兵が看護しつつ山浦を送りかえし、代りの馭兵と共に再びこちらへやってくるということになった。

闇の中で出発準備がかかり、焚火《たきび》の光を浴びて馬に装鞍する。人手が一人かけたのが、ひどくこたえることに今更ながら気づくのだが、待てども待てども衛生兵も代りの馭兵もこない。そのうちに出発がかかる。馭兵が一人足らないのをどうするか。簡単な相談の後、荷を担うには一番役立たずの崔長英がそれに当てられる。崔の馬は戦場で腰のひょろついている白いチャン馬の牡《おす》の夕霧号である。崔長英は少し色青ざめて手綱をとった。しとしとと雨が降りはじめた中を部隊は一列になって行進する。馬と馬との間に荷かごを担った苦力達の列を所々にはさみこんだ長い行列である。蹄《ひづめ》の音がいやに眠りをさそうが、又、それはいやにうそさむい。こいつは幸先わるいぞというのが先《ま》ずくる考えであった。衛生兵は遂《つい》に姿を現わさない。下士官並に要領よくやってのけたのであろう。

次の日から晴天がつづいた。本隊が船団で下るのにこちらは陸を歩かされているというわだかまりは取れないが、行程は楽であるし春の行軍は満更でない。鞍の上げ下しは面倒であるけれど、それにこちらの荷物を何から何までくっつければ、只《ただ》の散歩と大した変りはないわけである。北江の青い流れが目の下に見えたりかくれたりする山の中の公路は緑の若葉ではなはだ景色がよい。敵兵がいるのかいないのか、こそりともその気配がない。一ヶ中隊でも飛び出してくればこちらは一たまりもないのである。護衛に小銃一ヶ分隊がついて来ているが、このような場合、小銃の兵隊はひどく弾薬を減らして来ているのが常だ。戦《いくさ》ずれして彼らもどうやらハイキング構えであった。

崔長英は出発以来数日で忽ちその存在を知られるようになった。彼の夕霧の取り扱いが兵隊の目にとまったからである。彼は目から馬の取り扱いを覚え、まるで馬事提要の見本にしてもいい位の馭兵ぶりを示した。何よりおどろいたのは彼の馬に対する態度に強引さが少しもないことであった。馬を叱ったり叩いたりしないで、忍耐づよく馬をひき廻して結局は自分の思う壺にはめる。日本の馭兵たちは短気だ。威圧し、叱りつけ、叩き、従わせようとする。崔長英は馬に話しかけ、説得して動かしているように見える。彼は低い柔い声でゆっくり馬に喋る。そして、ひぜんの跡が手の甲に残っている柔い掌で馬の体をゆっくり押したり、さすったりする。これは体で体に喋っているのだ。馬は興奮しないで、沈静する。馬事提要通りである。馬を愕《おどろ》かせたり、おそれさせてはならない、馬に自分を信頼させなくてはならない。つまり精神上もっともいい状態においておくことだ。肉体については体をよくこすってやること、殊《こと》に行軍の休憩の度《たび》に足のそっこうを忘れないこと。だが、自分の体以上に、馬の体や精神に気をくばることは、行軍の場合大変な負担である。しかし、崔長英はちゃんとそれをやった。崔長英は夕霧を自分のもののように愛しているみたいに見えた。休憩に水飼《みずかい》をやること、そっこうすることを実にしゃくしじょうぎのようにやる。これでは、彼が目立ってくるのは当然である。

「おい、あの苦力、ひぜんかきで困った奴や思ってたら、中々やるではないか」

「あいつは賢いもんね。わしの目は狂わなんだなあ、古兵さん」

「ふん、お前、よう見ぬきよったなあ。お前より、やりよるがな、あいつ」

いささか藪蛇の感じはあったが、お前よりやりよると言われてもわたしは満足した。夕霧にもよく、崔にもよく、そして、休憩に水汲みにとび廻ってくれる（このやり切れない労働は馭兵のみぞ知る。水が近いところで必ず休憩になるわけはないのだ）ことや、宿営でこちらの馬までもよく世話してくれることはわたしにとってもよく、万事よろしくて満足である。崔を馭兵代りに使えとサゼストしたのはわたしだったのだ。つるべの恩義へのいささかの友情だったのである。

だがしかし、崔が身代り馭兵として人目につきはじめたころでも、実はわたしは崔の名前を知らなかった。徴用苦力に姓名がどうして必要なものか。こちらはこちら向きに判りやすい名前を、犬ころにくっつける位の気持でおっかぶせる。徴用源氏名というべきもので、くっつけられた苦力にはその意味も判らないし、説明の労もとらない。赤シャツ、猿、震天、ジョージ、花子（女ではない。花子というのが乞食のことだと知っていての上でハナコとつけたのだ）、フミ、散髪、洛陽、もっとひどいのもある。さしずめ崔はひぜん位のことになりそうなのだが、まだ名無しのままおった。わたしはひぜんとか、みっちゃとかいうような汚らしい名前がこの青年に固定するのは気に入らない。つるべでわたしの水桶に水を汲み入れたサーヴィスが後々までわたしに響いてきているのに相違ないが、身代り馭兵に引き上げたことがわたしをより積極的にしたのだろう。わたしはこの青年の本名を兵隊たちに呼ばせてやろうとたくらんだのだ。

昼の大休止の時にわたしは始めた。何とも怪し気な単語の羅列と、表情とである。

「オマエ、名前、ドヤ？」

「エ？　何デスカ」

「オマエ、名前、ドヤ？……わからんかいな。あのなあ、ワタシ、名前、木ノ花先生《シーサン》、自分で先生いうたらおかしいか」

「ワカラン、ワカラン」

「わかるかいな！　ここ日本語や。ええと、ワタシ、名前、木ノ花先生、（わたしは指で自分をさす）オマエ（青年を指でさす）名前、ドナイヤネン？」

「ワカッタ、ワカッタ、先生ノ名前ハ木ノ花先生《シンサン》、ワタシ、名前カ？」

「そやがな！　オマエ、名前」

「ツァイ・チュン・イェン、ワタシノ名前」

「ツァイ」

「ツァイ・チュン・イェン」

「ワカッタ、ワカッタ」

「先生、木ノ花先生、ワタシ、ツァイ・チュン・イェン、ワカッタカ」

「ワカッタ。そこでと、こんどは字やな」

「ナニ言ッタカ」

「ええと、言い方がわからんがい」

その字を何と書くか、もしくは書いてみろという言葉がわからない。ショでいいかな。案《あん》の定《じょう》、青年は一向わかりませんという顔だ。背負囊の底をひっかき廻すわたしをツァイははなはだのんびりした顔をして見ていたが、手伝う気か手をのばしてきた。のんびり面のくせに気転がやけに利く。しかし、ひぜんの手は感心しない。わたしは大あわてにあわててやっと鉛筆と紙を出して来た。

「ホウ」

「何がホウじゃい。オマエ、コレ、ヤレせい」

ヤレという言葉は海軍のカカレイ同様便利である。ＤＯだ。

ツァイは鉛筆を二本の指をかけてもち、はなはだ書きにくそうに、慄《ふる》え慄えの自信なさそうな線で、崔長英と書いた。ははん、高野長英の長英やな、わたしは思った。と共にそれの連想からだろう、ふと、こいつ英語ぐらい知っているのじゃあるまいかと思った。徴用苦力で字を書く奴にはなかなかお目にかかれない。こいつは農村の奴ではなく、都会育ちなのだなと、わたしは崔の薄アバタのぶっくりふくれた顔を眺めながら考える。とにかく、けったいな奴やこいつは、しかし、友情みたいなものも感じないではないな、こいつに。こいつ、おれに似てるとこがあるのかも知れん。

その日の宿泊地は夜になって到着した。途中ずっと村がなかった。米はいくらかあるとしても、馬糧が殆《ほと》んどなくなっている。宿舎につくや否や馬糧さがしをしなくてはならない。公路から外れてずいぶん入りこんで行くと、あちこちに焚《た》かれている炎の光りで、煉《れん》瓦《が》づくりの満更でもない村の姿が夜空にぼんやりと浮んでいた。こいつ中々感じのある景色だとわたしが思った途端、「こいつは分負けしたぞ。この部落はきっと孤立しとる。そうなると、先の奴に荒されて、もう何もないかも知れんぞ」と三年兵の宇都宮が舌打ちした。「ええか、木ノ花。苦力も馬もみんなたのんだぞ。わしらみんなでそこら馬糧探しするからな」

いい厩《うまや》がとれ、宿舎も清潔なのがとれ、燃料もたっぷりあった。宿舎の屋根裏から菓子の類《たぐい》さえ、壺いっぱい出てきた。しかし宇都宮古兵の悪い予感が適中し、馬にくわすもみがすこしもみつからない。あちこち覗《のぞ》いてみると、先着の連中は農籠《ノージャン》に何杯も確保しているが、勿論分けてやろうというものはいない。行程が長かったので、馬は疲れ切っている。こんな場合、濃厚飼料がどうしてもいる。藁《わら》や青草ばかりではどうにも気がすすまない。しかも、とっぷり暮れた無月の夜で、青草など刈りに行けそうもない。

崔は厩でうろうろしていて、宇都宮の顔をみるなり、飼桶代りの農籠を傾けて見せる。空《から》だ。夕霧が唇をのばして、空のを手許《てもと》にぐっと引きよせる。

宇都宮が空手で帰ったのを覚《さと》ると、崔はパッと身をひるがえして外へ出て行った。つられるように宇都宮は出て行きかけたが、「心配あるまい、あいつ。夕霧が好きなんじゃから。逃亡《ポロポロ》もすまい」

まずい夕食をすますと、宇都宮は立ち上った。「木ノ花もこい。も一度もみを探しに行ってくるけんな」

「御苦労ぞ」ぐったりしている古兵連中は言った。「もうどうしても見つからなんだら、どっかの分隊のを判らんように盗《イモクツ》てこい」

外の広場へ出ると、寒い夜風に池のほとりのあちこちの焚火がゆれている。焚火のそばに車座になって酒をのんでいる他の隊のものが見える。

「こら、盗《イモクレ》というてもイモクレそうにもないわい。というて、どこの家屋も屋さがししてもありそうもないしな」

「崔《ツアイ》はどこへ行ったんかしらん」

「ツァイ、何じゃそれ」

「夕霧の」

「ああ、あいつ何でツァイや。いいにくいのう」

「本名がね、ツァイ・チュン」と言いかけてやめた。

宇都宮の眼鏡に焚火がうつって、その底に遠くを見つめている鋭い小さな目がある。その視線をたどってみたが、池の面にゆれている焚火のかげと、焚火のぐるりの兵隊の影ばかりだ。

「古兵さん、何か」

「しっ。あのな、あいつらな、監視のためおるんだぞ」

「え、敵の」

「とろくさめ！　敵なんかどうでもええわ。池の岸に近いとこ見て見。あそこにはな、明日のために、もみを農籠に入れて沈めてあるぞ」

「………」

「あ、あいつがおる。姿勢低うせい」

わたしは何のことか判らないで、姿勢を低くすると、宇都宮は「お前ここにおれ。わしがここまで農籠かついで走って来たら、お前すぐそれもって、わしにかまわず分隊へとびこめ。摑《つか》るな。摑るると半殺しにされるぞ。分隊へ飛びこめば、それでやられやせん。いいか。おれは行くぞ」

宇都宮は闇をぬうようにして、遠くの池のほとりへ少しずつ近づいて行くのだ。闇の前に小さく燃えている池のほとりの炎の光がかすかだが地面の凹凸《おうとつ》を浮び上らせているその薄暗闇の中程でひょいと立ち上る小さい人影が見えた。すると、何時《いつ》の間《ま》にかそのあたりまで進んで姿がみえにくくなっていた宇都宮の立ち上る後姿が見え、何か話し合っていたかと思うと、小さい人影の方が農籠を天秤棒《てんびんぼう》でかつぎ上げた。二人は見る見るうちに、暗闇から暗闇を縫って進んでいると判る歩き方で近づいて来た。農籠を担っているのは崔であった。肩にくい入るような担い方で、も早よたよたしている。農籠の底からポタポタと滴がおちつづけ、そいつは炎の光をうけて、少しだけ紅じみた。

「ほい。もう一息じゃ。快々的」

宇都宮はたたずんでいるわたしを見ると、手で、分隊へと合図をする。崔長英を先頭にわたしたちは分隊へころげるように駆けこんだ。宇都宮は手早く戸をしめる。

「もみじゃ！　サイがうまいことイモクッテ来た」

まあサイでもかまわんわい。と、わたしは思った。とにかく、あいつの姓にちがいないんだから。どんなもんだい！

崔長英は宇都宮古兵の語るところによってぐっと人間の値打ちをたかめた。宇都宮の崔長英に対する感謝は感激的であったから、それからの彼のサイの取り扱いはぐっと良くなり、要領の悪くない崔は兵隊と苦力との中間に位置を占めて兵隊からの命令伝達係のようなものにさえなる。そしてまたそれはそれで適当であっただけの手腕を崔は発揮した。

イモクッた籾《もみ》は他の中隊のものであったから、こちらの中隊では崔長英の行為は小気味よいものとして大っぴらに語ることが出来る。宇都宮はそれを喋るのを大変よろこんだ。その宇都宮の実見談は概略次のようになる。

わたしをその場に待たせておいて宇都宮が低い姿勢で池に近づいて行く気になったのは、池の側の焚火の一つのあたりを、用もなさそうにぶらぶら歩いたり立ち留ったりしている崔の姿に気づいたからである。しばらくその姿を見ているうちに、崔が馬のために馬糧の籾を盗みに行っているのだということが宇都宮にははっきりわかった。崔は警戒の焚火のあたりをさり気なく歩きながら、自分の姿が兵隊たちの気にならぬように仕向けながら、池の中に沈めてある農籠をちらりちらりと観察していた。そしてまるで径がその方に向いているからという風な当《あて》もなさそうなぶらぶら歩きで、池の岸に近づいて行く崔を見た時、宇都宮は思わず焚火の側の兵隊達を眺めた。兵隊達がほんの少しも崔に注意を払っていないことを確信した時、宇都宮はわたしを止めておいて行動をはじめたわけである。宇都宮が池との間に出張った建物のところまで来たとき、崔は農籠を一つずるずるひっぱりながら匐《は》うようにじりじりと退却して来たが、適当な凹みにそれを置くと、こんどは匐いながら池の方へ素早くひきかえして行った。宇都宮がじっとその凹みをみつめると、そこには天秤棒が一本横たえられているように思えた。すると急に宇都宮の胸はどきどきしはじめた。崔は農籠の籾をどうしても二杯イモクルつもりでおる大胆さにおどろいたためらしい。ずいぶん時間がたつようで、宇都宮はその間気が気でなかったが、やがて、ザァッと水のこぼれる音が耳にしたように思うと、丸で蟹のようにするすると崔が凹みまで帰って来た。農籠のあみ目から水がまだたらたらとしたたっている。そこで宇都宮はおどろかさぬように崔に近づいて行った。崔は宇都宮に気づくと、実に呑気《のんき》そうににやりとしたそうだ。それから、自分を監視して使っている兵隊という形で、ついて来てくれと、そのことを宇都宮にのみこませると、農籠を天秤棒で担い、悠々たる姿で、実はよたよたと歩き出したのだがその担いざまたるや、宇都宮が代ってかつぎたい位で、見つかってとりもどされはせぬかというおそれから、気が気でなかったというのだ。

「こいつの胆《きも》の太いのにはこっちが胆が冷えたぞよ」とまあそういう訳であった。崔の愛馬精神はトロクサイ初年兵馭兵などの及びもつかぬものであると、とばっちりはいくらかはこちらにきた。

籾は十分で、次の日の朝くわせても、携帯馬糧袋にずしりとあった。崔の自由はますます大きくなり、誰も監視しない。けれども彼は馬の手入れがすまぬかぎり、どこへ行くものでもなかった。

大した事もなく行軍は日々つづく。季節は春から夏へ近づきそめる頃であり、行軍の方向は南へ向ってであるから、快い初夏を自分たちの足でたぐり寄せているようなものだ。馬たちの体は作戦の疲れから恢復《かいふく》してきて時々道もない坂であおむけにひっくりかえるようなことはあるにしても日ましに元気になるし、馭兵たちももう、舟艇隊の本隊を大して羨《うらや》みもしない。中隊を離れていることの気楽さが身に浸《し》みてきて、日々が休暇のように快かった、と思う。苦しいことは忘れてしまっているのかも知れない。わたしは南下という文字のもっている意味がほんとうに判ってくるような気がした。

曲江から広東への道筋には思い出したようなところに守備隊がおり、治安地区になっている。この南支軍の領分で宿営することは嬉しいことかと言えば一向にそうでないのだ。むしろ迷惑に近い。そしてまた、曲江で急に中支軍から南支軍に編入されたらしい、しかも駄馬をひきつれたわたしたちを迎えることは守備隊にとっても大変迷惑である。南支軍の連中は清潔な服装をし、規則正しい生活をしてまるで紳士のようだったが、こちらは汗によごれた服装をし、首に手拭《てぬぐ》いをまき、放埒《ほうらつ》でとても紳士ではなく、いわば木曾の山奥から京都へ入りこんで来た木曾義仲の軍勢に等しい。守備隊は徴発・奪略、強姦などに神経をとがらせるが、わたしたちの方はそれなくして日々の行動の成り立たぬ生活を強《し》いられて習慣になっている。しかも、治安地区だけではそれをやるなと言っても、それを裏付ける物資の放出などの準備が守備隊にはない。わたしたちの到着が予《あらかじ》め判っているわけもないし、よし判っていても、ぽつんぽつんと寒村に、ただ軍略的な必要でおかれている守備隊にその準備はむつかしいことであるに相違ない。よし容易であるとしても、違う部隊の兵隊に対して、そのような面倒な親切はしないのが戦場の常識である。将棋の駒みたいに兵隊という状況におかれた人間は連帯心が単一ではない。そのことは戦場へ行ってみれば大抵早々と納得の行くことである。個人、分隊、小隊、中隊、大隊、聯隊、師団、軍、それぞれの同等のものの間ではみな個人主義的行動を必ずやる、というよりはやらずにすまない。それは道徳の問題ではあり得ない。生きる、死ぬかの問題、自己保存の問題である。それが自己保存の問題であるうちは良いが、やがてそれは容易に他のものの困惑をよろこぶ攻撃的個人主義になりがちなものだ。戦場で人間は守るにも攻めるにも歪《いびつ》になってくる。感傷的ヒューマニズムでは蔽《おお》いつくされない。後から来る部隊のものを困らせるために、全村を焼き尽して宿営を妨げたり、飲み残さねばならなかった酒壺をすべて打ち破り、水桶や鍋の底を打ちぬいておくというようないたずらは勇猛で知られたという部隊につきもののようだった。酒壺がそのまま珍らしくも兵隊が宿ったらしい家屋の中に残されていたりしたら油断出来ない。小便が酒の中にまぜられている公算大であるからだ。

南支軍の守備隊はそこまではしなかった。彼らは宿舎の都合をつけてくれた。しかし、食糧、馬糧をわけてくれたりは決してせず、徴発、奪略をきびしく戒《いまし》めて、警戒する。まさかそれで守備隊と喧嘩するわけに行かぬわたしたちはそのためにノイローゼになる。薪一つ、木片《きぎ》れ一つ、藁すべ一寸《いっすん》とってくれては困るという。さすがに、しめった薪の太いのをほんの申しわけに分隊に一、二本位のわりで配給して、それで炊事をやれというのだ。副食も、肉のほんの一つかみ。

駄馬部隊はまことに意気消沈する。兵隊も苦力も馬も。行軍の最も楽しいものである宿営が同じ日本軍によって全く味気なくされてしまうのだ。行儀の良さ、軍規の厳正を要求され、しめつけられ、身の処しように困った木曾義仲の軍勢の気持がわたしはよく判る気がした。しかしそのようなことが判っても何にもならない。わたしたちに室を貸した百姓たちは徹夜でわたしたちを監視している。兵隊が外に出ればくっついて歩く。何かに手をかければぎゃあぎゃあ騒ぎ立てる。椅子一つ借りるのも大変なさわぎだ。結局は室に立てこもり、もえにくい薪の煙にくすべられる。苦力たちも外へ出歩かない。苦力たちの行動も監視するよう命じられている。分宿した各分隊とも、シンとしてしまっている。馬は戸外につながれる。今夜はいつもたっぷり敷かれる藁もなく、申しわけみたいに、石だたみがすけて見えるほどの枯草が、笹の茎までまざって、ばらまかれているだけだ。

崔長英は並の苦力ではない。彼は馭兵苦力だ。一緒に馬の手入をしているうちに、その彼の姿がふいにみえなくなって久しい。わたしたちが陰欝な顔付で、飯にしようとした時、彼が外の暗闇からのろのろと入ってくる。上衣をぬいで丸めて小脇にかかえていた。室の扉をしめ切って上衣をひらくと、しめた鶏が二羽も、羽もあらかた抜いてしまっている。「おうサイ古兵さん、お手柄ぞ」というなり宇都宮は手早く料理にかかる。頭や足は火のなかに姿を消す。

飯を終ると、一番古参の古谷上等兵が情けなさそうに「けどなあ、宇都宮よ、中支をあらした兵隊さんがよな、苦力にお菜の世話にならんならんとはなあ。泣けるわい」と言った。

崔長英は水桶をもつと外へ出て行く。百姓が苦情らしい文句をいったが、崔はとり合わない。とり合わないで納得させるようなものが彼には備《そなわ》っているらしいのだ。それが変だとわたしは思った。外へ出てみると、彼は藁をどっさり背負って馬のところへもって行く。

どうして藁を手に入れたのだろうか。だがそのような疑《うたがい》は晴らしようがない。崔は夕霧のそっこうをはじめた。百姓たちが集って来てそれを見ている。崔が一言いうと、その中の一人がぼろきれと、破れた壺に水を入れて持って来る。崔はゆうゆうと蹄の手入にかかる。彼はもう、馬をおそれた十日ほど前の苦力ではない。彼の手入は十分年期が入っているとしか思われない。

「崔、ドコカラモッテ来タカ」

崔は夕霧の前足をもったまま、肩ごしにわたしを振りかえって笑顔でこともなく答える。

「ワタシ、買ッテ来タヨ、金デ」

藁のことと共も、鶏のことともとれる。しかし、どこでそんな金を手に入れていたのか。そんな疑問がわたしに残った。ただし、崔長英に対する好い感情と共にである。

守備地区でのやり方についても、わたしたちは段々と慣れて行った。憲兵さえいなければおそろしいものはないのである。喜多隊長はすこぶる杓子定規《しやくしじようぎ》にうるさいことをいうが、彼の監督が行きとどく筈がない。やろうと思えば徴発だって出来る。出発間ぎわのどさくさを選べばいい。こうしたことは小戦闘に習熟している野戦の兵隊さんにとって何でもないことだ。衣食足らずして礼節をどうして知り得ようか。わたしたちは小守備区を時々通過しながらも、もう崔長英に副食のお世話になることはなかった。第一、守備地区から一粁手前に宿営するか、一粁向う側に宿営すれば、守備隊長には文句のつけようがない筈である。わたしたちは守備隊の摩擦なしに次々と小守備地区を何日かに一つずつ通過して南へ向った。苦力達の私有財産はその片っ方の農籠の中で少しずつふえてゆく。崔長英の持物もふえる。徴用苦力たちも軍隊の生活が満更でもなさそうなのである。戦とはこんなものなのだなと時には考えるが、考えるだけで何の結論も出ない。戦の良い方への進化などというものは有り得まいというのが、結論といえば結論である。

空が日々広くなり、大地は豊かになり、道も整備されて広くなり、きびきびと動いている住民はわたしたちに興味をもたなくなり、そして大きい大猫車のきしる音が耳にたつようになると、もう広東郊外である。わたしたちの永い間見ることのなかった生きて活動している大都会の雰囲気が郊外へも溢れ出してきて、馬も勢《いきお》づき、兵隊も苦力も陽気になる。もうわたしは道々やった崔長英のテストもやらない。それは不意に、日本語や英語で語りかけて、崔長英がそれを知っているのかどうか調べるということだ。彼はいつも一向判らんという表情で、かすんだ満月のような顔をこっちに向け、ひとなつっこい目をものうそうに開いているだけである。

広東郊外での崔長英のいでたちは今でもはっきり目に浮ぶ。それは軍病院が道から百米《メートル》位はなれたところにあって、その窓から看護婦たちが叫びかけてくるのを聞いた興奮とくっついている。その興奮があったから今までくっきり記憶が残っているのだ。最後の徴発で崔長英は若旦那のように引き立った服装をととのえた。新品の服をつけ、頭には高価な布のターバンを巻きつけ、新品の布靴をはき、背中には服や貴金属や紙幣や銀貨をまきこんだ布づつみを背負袋風ににない、そして左手にははっきりつきぬける程澄み切った青天だというのに、こうもり傘を日傘代用にひろげて、右手に夕霧のたづなをもっている。夕霧はもう毛並もつやつやし、肥えて、足並は少したどたどしいが、その性交技術の優秀さ（彼は低いチャン馬のくせに、高い日本馬とさえ性交してのけた）で鳴りひびくほどになっていた。夕霧はきっと頭が良いのに相違ないという評判である。ということは、馬は駅兵に似てくるというから、崔長英が頭がいいということになるが、その頭の良い崔は今日はまるで子供くさくなり、はしゃいで小唄などくちずさんでいる。と思うとすれちがう通行人の前に立ちはだかってはしきりとこうもり傘をおしつけようとする。相手は迷惑そうだが、崔長英はやけに愉快そうだ。この押売りはかならず不成功だった。しかし崔はこうもり傘をこんどはすぼめて持ち、一々押売りを試みる。金高でせり合う一幕もあったから、商取引が成立たぬわけのものでもないらしかった。広い広い広東市街を通りぬけ、郊外の丘の上の窓硝子《まどガラス》もなく、階段の手すりもない三階建の大きなビルに収《おさま》ると、（馬は全部が雨天体操場のような一階に入った）いつの間にか崔長英はいなくなった。丘の下に小さい部落があるので、そこへ行ったらしい。ずいぶんたって彼は肉を買って来た。彼の荷物はターバンに至るまで姿を消している。彼は金をにぎって帰ったのだろう。

大きな丘の上のビル住いは退屈で、窮屈なままに何日かつづいた。馬には予防接種が行われる。これからは船に馬をのせて目的地へ行くのだということが判る。目的地はもっと南の海岸で、そこに陣地を掘り米陸軍を迎え撃つという。わしらを土方とまちがえていやがるな。飛行場を作らしたり、穴ほりさしたり、こんどはたこ壺の中で戦死かい！

兵隊たちは特食をつくって酒をのむ。苦力達はどこかに集って賭博にふけっている。崔長英は目が出ないらしい。しばらくのうちに前の汚い崔長英になってしまった。光りかがやいた崔長英は消え失せて、浮浪者が浮び上ってくる。余り賢こそうにも見えない。ついていないチンピラ賭博者。崔長英の存在は影うすいものとなる。馬の手入のまめまめしさだけが残っているが、もう分隊のものも、それを当然のことしか見ない。崔長英はしかし相不変《あいかわらず》、気楽そうだ。

目的地中山県麻子郷についても駄馬隊は遠くにおしやられ、四粁も向うに固められてしまう。駄馬隊は馬専属だ。船団で来た連中は穴ほり作業らしい。山にトンネルをいくつも掘るということが判ってくる。大変な作業らしい。しかし駄馬隊も楽ではない。藁が第一ないのだ。民家に馬を入れる。今度はもう分隊単位でなく中隊単位になっている。中隊の馬全部を平均して平等に世話せよというのだ。しかし、分隊の兵隊は分隊の馬にえこひいきする。そして崔は⑴夕霧⑵分隊の馬⑶他の分隊の馬の順序をがんとして守る。だが、どうえこひいきしたって知れている。あらゆる馬が配給の馬糧では餓鬼のようになり、柵までがりがりとかじるのである。柵は一夜のうちに細くなり折れてしまう。綱はもちろん食ってしまう。夜半には全部が放馬されてしまって、一人や二人や三人の厩当番ではどうにもならない。馬は群をなして裏山に駆け上り、あちこちの畑や藁塚を荒して廻る。彼らは朝食の時間まで下りてはこない。百姓から抗議がくる。ここは治安地区だからだ。けれど、百姓もメイファーズなら兵隊もメイファーズである。馬は食糧が足りないから礼節を知らない。彼らは今まで腹一杯濃厚飼料をくって来た連中である。

兵隊はどうか。兵隊は何とかやっている。持ちはこんで来た紙幣をまだ残しているからだ。しかし営外の外出と、徴発は堅く戒められている。このあたりは不穏なところである。毎夜のように向いの部落から鉄砲を打ちかけてくる。裏山の作業隊からそれに応射する。馬は裏山をかけめぐる。そして一夜あけると平和な風景が目の前に展開する。笑止千万にも、必ず銃撃してくる部落の料理屋に軍の女郎屋が出来上った。兵隊は外出し、下士官に引率されて登楼する。夜になればそこから闇にまぎれてどんどんパチパチである。紙幣の値打はおそろしい程下ってくる。札びらに膏薬《こうやく》をつけてぴたっと腫物《はれもの》にはりつけている奴が見られるようになる。兵隊は日々ガクッガクッと貧乏して行っているのだ。眠っている間も。馬係の苦力達も、手も足も出ない。彼らの舌にとってひどく水っぽい兵隊並の飯をくわねばならなくなっている。

毎日がだらだらとした輝きのない日の繰り返しで、こうなれば何か事件が起れば良いという感じになる。本部へ物資を時々輸送するその五、六頭の駄馬隊に加わるのさえが、もう極上の気晴らしにさえ思われてくる。山添いの林の中にある本部への道は畑の中の広い道で、からっとあたりが開けているだけでもいい気持だ。本部の近くにくると、道は左の小山の裾添いになる。そこまで来かかると決ったように小山の上から小銃をうってくる奴がいる。けれどうたれてもこちらはうちかえさない。小銃の掃除をするのが後で面倒だからだ。そしてまた本部近くの小山から射ってくるのが晴れた空、明るい風景の中ではまるで絵空事のような感じで、一向にさし迫ったことには思われない。わたしたちは荷をつんだ銃鞍や弾鞍（機関銃の）のてっぺんにまたがって両脚を馬の首の両側でぶらぶらさせたまま、歩度も早めささず進んでゆく。しかし、やがて小銃の弾丸が風を切る音が身近に聞えはじめると、これはもう絵空事ではない。わたしたちは鞍からゆっくり下りると、こんどは急ぎ足に馬を曳《ひ》いて、当の小山の下の林の中へ入る。そして煙草を吸いながら小銃を射っている奴がいたずらに飽いて射ち止めるまで待つ。それからのこのこ出て行って、ぽこりぽこりと平野の道を進むのである。

小銃をうつのは新四軍（共産党）のゲリラか国府軍のゲリラか、どちらとも知れないが、どうでもいいことだ。多分は新四軍らしい。

南京政府軍の手引で新四軍の討伐に出動することも気晴らしになったが、こいつは憲兵つきで、憲兵こそいい目をしたらしいが行った兵隊は徴発もままならず手ぶらで、紙幣の山を目の前にしながら帰って来た。結局気晴らしは気鬱にしかならない。怪しい紙幣がばらまかれて、紙幣の価値がおそろしい勢で下って行くその原因のカラクリの一端にふれただけ悪かった。まるで貧乏の引導を渡されたようなものである。

何もかも民家から持ってくることでまかなわれていた兵隊と徴用苦力の生活はここで窮迫に追いこまれるより仕方がない。しかもその窮迫はきわまるところを知らないということになってきた。そして、わたしたちの厩の近くの一軒の民家で赤い木綿糸が盗まれたという事件がおき、大隊副官の合志中尉がわたしたちの前にその映画スターにしても適《ふさわ》しい男らしさの象徴のような姿を不意に現わしたのだった。

合志中尉はむしろ、訴えて出た農民と、不甲斐なくもその訴えをとりあげた腰抜け南支軍にむかむかしており、南支軍からの命令でつまらぬ取調べに当らなければならなくなった自分の立場に何とも情けない感情を抱いていることがわたしたちにはよく判った。けちくさい服装ばかりきれいで中国人の気嫌ばかり取っているように思われる南支軍に編入されたことは中支軍の暴れん坊であったものたちにとって、やり切れない不運としか思えなかった。合志中尉は説教しなくてはならぬ自分自身も、されなければならぬわたしたち兵隊も、どちらも悲しくてたまらぬという表情で、さも厭《いや》そうに、苦力の中から犯人をみつけ出すように命令した。訴えは日本兵であったかも知れないが、犯人は苦力でなくってはならぬのである。日本兵なら軍法会議がある。苦力ならそんなものはない。それに、犯人なんか別にわからんでもいいのだが、一応それを発見するとこはやっておかねばならん、というのが合志中尉の犯人を必らず見つけよという本音なのであった。もちろん、わたしたちの要領良い古兵さんたちがそれを理解しないわけはない。合志中尉が犯人割出しの厳命を下してさっさと馬で本部へ帰ってしまうと、古参の下士官は犯人厳探の実演をはじめねばならない。中隊全部でもう五、六人しかいない馬苦力を厩当番の詰所へ集めると、下士官たちはどうやって犯人割出しをやるかその方法について気のなさそうな相談にとりかかった。苦力が逃げ出さぬように、わたしたち下級の兵隊は短小銃に着剣して戸口を固めている。その阿呆らしさよ。

「ほんまにまあ、赤い糸位でまあ、犯人てかい。犯人をみつけてかい。どないするぜ」

「まあ仕方ないな。ごう問でもするか」

「あほらしや！　一番弱い奴がこわいから白状するだけやないか」

「犯人犯人て、何でわしとこの中隊の苦力が犯人に決っとるんかい。盗《と》られた家屋に一番わしらのとこが近いいうたって、そんなことが証拠になってたまろうかいのう」

「人間には足があるわい。苦力でも人間じゃ、歩くわい」

「まあ、身体検査でもせんか」

「よしじゃで、身体検査して赤い糸がどいつぞから出て来ても、そいつが盗んだと、わしゃ言えんと思うな。ほら、わしでも、持っとるが」

一人が物入れの中から赤い糸を二くくりほどつまみ出した。

「ま、苦力が白状するかせんか、やって見んか。白状せなんだら、犯人はおりませんと報告すりゃええわ」

「身体検査せんのか」

「身体検査せんで、この軍服着た苦力が赤い糸出しよったぜ」

みんなどっと笑った。

「おい、誰か鉄砲もってこいつらをうつ恰好《かっこう》せえ。そこの隅でやれ。おれは白状せな銃殺するとおどしてやる」

そいつはそれから大声を出したり小声を出したりして苦力たちに喋り立てた。赤い糸の話が出ると、苦力たちの目はそいつが手にもって振り立てている赤い糸に固《かたま》ったように釘づけになった。そいつはそれを見てとると尚更《なおさら》に赤い糸を振り立てて、赤い糸を出せば許すが白状しなければ殺すと繰り返した。地べたへ尻持ちでもついているような形で身をよせ合った苦力の中から崔長英がいかにも腑に落ちぬという表情で立ち上って来ると、その赤い糸につられるように前に出た。

「シンサン、アカイイト、ココニアルデハナイカ。サガスヒツヨウナイデハナイカ」

「こいつめ。おい、木ノ花、こいつからやれ」

「ここでですか」

「いや、うん、外へ出てその道の曲りかどでやれ」

そいつはもう一度、崔のえり首をつかむと大声で白状せんと射ち殺すぞと怒鳴った。崔は色青ざめながらも、微笑しているように落着いてみえた。こいつの顔はこわがっている時も笑っているみたいにしか見えん具合にだらりとしているんだなと、わたしは思った。

「木ノ花、連れて行け」

崔の小鼻がぴくぴくしている。胸を眺めてみたが、どきどきしているのかどうか、見わけがつかない。こいつも痩せたなあと思いながら左手で腕をつかむと外へ引ったてた。崔はさからいもせず、ひょろひょろついて来た。ゆけと肩を押す。崔は心細そうに振りかえる。それを後から手で押しながら、やはりこいつは日本語は知らないかも知れない。おれは買いかぶっていたのかなとわたしは考えた。

崔の足並は乱れている。恐れているとすると気の毒だ、可哀そうだという気がする。わたしは道の角まで彼をゆっくり押して行きながら、多分これが「心配いらん」という言葉だろうと思う言葉を彼の耳許で低く喋りつづけたが、喋っているうちにそれが「かまうもんか」という意味の言葉ではあるまいかと疑った。かまうもんか、ズドンとやってやる、そう崔は聞くかも知れない。しかしそれ以上どうにも喋りようを知らぬし、道の角にもう来た。古兵の一人が後から、白状せぬと殺すぞと怒鳴る。それは笑いをこらえた叫び声であるが、崔の表情を横からみると、もうそんな声が聞えているとも思えぬぼうっとしたものであった。

古兵が傍へやって来て、崔をひざまずかせる。そしてわたしの手から剣付鉄砲をとると、崔の背すじを剣の先で一寸《ちよつと》こづいた。

「あいや!」

崔は叫びながら、ころりと横向きに倒れた。白眼をして固くなっている。

「ありゃりゃ、こいつ気絶しよった!」

古兵は叫んだ。崔の白眼がギョロリと動いた。

崔の気絶はすぐすんだが、おかげで、他の苦力はおどされるのをまぬがれた。兵隊が取調べを放棄したからだ。馬鹿馬鹿しくなってしまったのである。

崔の値段はこれでどんどんと下った。臆病もののひぜん搔《か》きというだけの人間になってしまったのだ。もっとも、わたし一人はこの評価を全然信じなかった。けれど、そのことを人に喋ることもなかった。崔はわたしに出くわすと時々照れくさそうであった。

ほぼこれでわたしは崔長英について語ることが尽きる。穴掘りが終るや否や、その穴の陣地に立てこもって米軍上陸に抗してみなごろしになる役の部隊がやって来た。骨折り損のくたびれもうけの形のわたしたちの部隊は行動を起し、こんどは陸路を北上して行くことになった。

わたしは今までの分隊から中隊指揮班に編成がえになり、崔長英と別れる。たまに崔長英の姿を見ることがあっても、何のかかわりも起きない。崔長英は敗戦の後も、他の苦力たち同様、部隊に従っていたが、そこで苦力たちをすべて解放すると決っていた南昌に入る前の晩、多くの苦力たちと共に逃亡した。これまで、解放するという約束が果されたことが無かったので、信じなかったのだろう。南昌で残りの苦力たちは兵隊たちと泪《なみだ》のわかれをした。兵隊は苦力たちのとぼとぼ立ち去って行く姿を大へん悲しい思いで見送っていたのである。文通の固い約束をしているものさえあった。

崔長英について、又も書き損ったという感じがする。わたしはこれで三回、書き損ったことになる。女房の名前さえ失念したことのあるわたしが、崔長英と行動を共にした昭和二十年から十何年の今も、その名を忘れていないのは何故だろう。そして、いつも彼について書きかけては挫折《ざせつ》するのは何故だろう。

自分の知っている人が中国へ招かれて行く時、わたしはいつも、崔長英という男が今どうしているのか何とか手を尽して調べることを頼みたい衝撃を感じる。それは、つまり崔長英がわたしに変に疑念のしこりを残しているからだ。わたしは時に、神戸のどこかでばったり崔長英に出くわしそうな気がする時すらある。国府の人間としてよりは中共の人間としてである。敗戦後みかけた新四軍の遊撃隊の青年たちとどこかで通じそうなものを感じているからかも知れないし、崔長英は日本語をやはり知っていたのではないかという気が今尚するからかも知れない。わたしは一度そうした崔との再会の方から書きかけてやはりしくじった。こんどは、崔との思い出の方から書いてみて、やはり不十分極まる感じがしている。現在の崔長英の姿を見ることなくしてはどうもこれはうまく行きそうもないことだというのが、いつも出てくる結論のようである。

軍犬一等兵

棟田　博

1

「わッ、えらいこっちゃ！」

と、木口《きぐち》一等兵が悲鳴をあげたのが、そもそも事の始まりだった。

この部隊は、朝が早かった。午前四時三十分に、

「起床ッ！」

と、声がかかる。点呼はない。兵隊は、寝台から飛び降りるなり、駆け足で犬舎に馳《は》せつけるのである。

軍犬たちは、もうとっくに起きていて、じれて金網に体をこすりつけながら、めいめいの気注《けつ》け者《しゃ》を待っている。気注け者——とは軍犬兵のことである。兵隊たちは、まだ眠いので、ぼそっとした寝呆《ねぼ》けづらや、眼やにを薄汚なくくっつけているのや、不機嫌そうなのがいるが、主人を迎えて軍犬たちは、はしゃぎ立ち、ひとしきり、歓声をあげる。

と。

「ヨオーシ。ヨシ！」

と、気注け者は、それに応えてやらなければいけない。この（ヨオーシ。ヨシ）を「賞詞《しょうし》」というのである。軍犬兵心得の第二条が命じていた。——先ズ賞詞ヲ与エヨ！

そこで、ヨオーシ。ヨシ！　と言いながら、金網の扉を開ける。舎前の繋留杭《けいりゅうくい》に軍犬をつなぐ。つぎに軍犬の寝台を外に運び出し、舎内の清掃にかかる。それから、軍犬の手入れである。ブラッシュも三通りある。最後に、綿棒で耳の穴の掃除だった。終わって、食餌《しょくじ》と水の給与……やっと、これで完了となって、はじめて兵隊は、内務班の掃除に、洗顔に、飯上げにということになるのだったが、木口一等兵の悲鳴は、めいめいが軍犬を繋留杭につないだばかりのときに揚がったのである。

「なんだ。どうしたんだ？」

戦友が聞きとがめると、

「どうしたも、こうしたも……ああ、どえらいことになりにけりや」

木口は、生粋《きっすい》の大阪人なので、そういう言いかたをしたが、ガタガタと青くなっているのである。

「おらへんのや。友春《ともはる》がおらんのや！」

「なんだと！　ほんとか……」

と、みんなが、ばらばらと駆けつけた。

友春号の犬舎の金網の片隅が破れていた。ここから飛び出したものにちがいない。こいつア、大変だ！　と、顔を見合わせて、みんなが、しいーんと黙りこんだので、木口は、いよいよ、ガタガタして、

「あーあー、どないしょ。どないしょ」

小便でもはずんだように、足摺《あしず》りはじめた。

――軍犬ハ兵器ナリ。儼《げん》として軍犬兵心得の第一条に明記されてある。朝に夕に復誦《ふくしょう》させられているところだ。

兵器が逃亡したのである。

班長が色を変えて飛んできた。

「やい！　友春を放しただと！」

「ハ、ハイ」

木口一等兵は、棒鱈《ぼうだら》みたいに、ギクシャクッと不動の姿勢をとった。足もとの木口の軍犬金剛が、それと見て、木口の左がわに脚側定座《きやくそくていざ》した。軍犬の不動の姿勢である。

「間抜けの滓人間奴《かすにんげんめ》！」

と班長が吠えた。班長の十八番《おはこ》だった。班長の見解によれば、智能優れたドーベルマンには無論のこと、シェパードよりも、兵隊という人間共は、数等劣る滓ッたれである。見ろ、軍犬がコッソリ油を売ったりするか！　人間共。

「自分は、自分の……」と、木口はオロオロと、もう声まで青くして、「自分の金剛号を

繋留して、つぎに、馬川一等兵の友春号の扉口に立ったのであります。ほたら……ほたら。友春がおらんだのであります……」

「ふーむ、大事だ」

と、唸《うな》って金網の破れ目に、班長は眼を近づけた。

「ハ、ハンチョウ殿！」

「泣き声出すな。糞ッ垂れ奴！」

「自分は……木口は、ど、どうなるでしょうか？　班長殿」

「底抜け！　兵器を逃がしたんだ。相場はきまっとらあ。重営倉……十日なら儲《もう》けもんだぞ！」

「ひえ！　重営倉」とは情けなやと木口一等兵は、がっくりして、（ああコナ糞、馬川も馬川なら、友春も友春や。殺生な）

なんの恨みがあってこのわしを……と嘆いた。

三日前、友春号の気注け者の馬川一等兵が営倉入りをしたのである。――訓練中ニ飲酒ヲナシ、支那人ト争イ、皇軍ノ体面ヲ汚シタルカドニヨッテ、七日間の営倉処分となった。そこで、戦友の木口一等兵が、臨時に友春の気注け者を命ぜられていたのであった。

戦友とはいっても、木口と馬川は、まだ一か月ちょっとのつきあいでしかない。木口の原隊は済南《さいなん》の「月」部隊だし、馬川の原隊は、蒙疆《もうきょう》の張家口《ちょうかこう》の「恵《めぐみ》」部隊だった。

南方の戦況がぜんじ不利になってきて、大陸の部隊がぞくぞくと引き抜かれてゆくにしたがい、北支方面では、共産八路軍のゲリラが活発化してきた。それに対処するために、手薄になった各駐屯部隊に軍犬が配属されることになったのである。各隊から軍犬修業兵が、この北京郊外、長辛店《ちょうしんてん》の教育部隊「四〇四」に派遣されてきた。

訓練は二か月間である。修業兵は「四〇四」に入ると、すぐにクジをひかされる。木口がひいてみると、「金剛」と書いてあった。馬川がひきあてたのは「友春」で、金剛と友春は犬舎が隣り合っていた。すなわち、戦友となったわけである。

「おれは、犬なんて好きじゃねえんだ。中隊の准尉の奴にサシクラレたんだ。コン畜生!」

と、いうのが、新しい戦友への馬川の第一声だった。馬川といっても、顔は長くなく、四角だった。木口と同じ歳の二十九歳だというが、まだ独身だといった。木口には、女房子供がある。

ところで、修業兵は、たいていそうだが、木口も犬が好きで志願してきたのだったが、馬川はどうやら、二か月でもあいつが留守になれば、あとがせいせいするという意味で派遣されてきたらしいのである。

木口にとっては、馬川は、まことに有難くない戦友だったが、友春は、馬川のような気注け者にはもったいない犬だと、かねがね木口は思っていた。だから、自分の金剛と同様に可愛がっていたのである。それに逃げられたのだから、木口は口惜しいやら、恨めしいやらだった。——

金網の破れ目を点検していた班長が、ふーむと唸ってふり向いた。

「やい、滓め！　見ろ、友春は、金網を嚙み破って逃げとるぞ」

人の犬だと思って厄介者扱いにしとったのだろう、という口ぶりだったから、

「いえ、自分は、金剛と同じように……」

「文句不要《ブヨ》！」

班長の掌は、八ツ手の葉っぱみたいにでっかい。そいつが、パアンときた。まわりにいた連中が、自分がビンタをとられたみたいに、いっせいにきゅッと顔を歪《ゆが》めた。

「しかし……」と、班長は、もう一度、金網の破れ目を見て、「老頭児《ロートル》の癖に、友春のやつ、凄えことしやがったもんだ」と、呆《あき》れたふうに言った。

2

友春は、六歳のシェパードで、地雷捜索犬である。軍犬は、たいてい、三歳から四歳が多く、まれに教育犬のドーベルマンに五歳のがいるが、六歳犬は「四〇四」にも、友春ただ一頭だった。

金剛などと一緒に、やはり北海道根室から送られてきた軍犬である。根室養成所の規則正しい生活から、ふいに、小さい檻《おり》に押しこまれて、永い汽車の旅と船旅をしてきたので、軍犬たちはみんな、瘦せ細り、苛々《いらいら》と気をたかぶらせて到着した。

便秘しているやつもあり、反対に血便を出しているやつもある。ことに、中には発情犬

が三頭まじっていたから、かれらは、全部がひどく昂奮《こうふん》していた。旅の途次なので、それとわかっても、隔離できなかったのである。

三歳の歩哨犬金剛は、発情犬に刺激されて、血便を垂れていた。友春の方は、便秘だった。かれらは、狼のように眼を光らせて、金網の中をうろうろと落ち着かなげに歩き回った。

気注け者は、はじめ一週間は、金網の外から食餌の給与だけをする。その間に、「ヨオーシ、ヨシ！」と、「イケナイッ！」とを会得しなければならないのである。――賞罰ヲ明確ニセヨ、とは軍犬兵心得の第三条だ。

「ヨオーシ、ヨシ！」も、「イケナイッ！」も、その言い方、力の入れどころ、高音部のところと、低音に出すところと、じつにむずかしいのである。だから、夕食後も、間稽古だ。営庭中が、ヨオーシ、ヨシ！　イケナイッ！　の声で充満する。

一週間目に、はじめて、気注け者は、金網の中にはいってゆく。みんな青くなって、おずおずと扉を開けるのである。

ところで、ろくすっぽ、ヨオーシ、ヨシ！　も、イケナイッ！　も間稽古をしなかった馬川が、一歩、金網の中にはいって、左手で、自分の左股を叩いて立つと、友春は、すっとやってきて、ちゃんと脚側定座したのに、木口の金剛は、ううーと低く唸って、飛びかかろうとした。

「イケナイッ！」

ここぞ、と木口は、夢中で一喝した。金剛はひるんだが、しかし、その日は、どうしても脚側定座しなかった。そのときから、木口は、おれのが友春だったらなあ、と思い、馬川なんぞにゃ、過ぎたる犬だと思ったのだ。

(けんど、地雷捜索犬やよってになあ。あれで金剛みたいな歩哨犬やったら申し分ないんやが……)

討伐となると、地雷捜索犬は尖兵《せんぺい》より先行しなければならないから、危険率が多い。そこへゆくと、歩哨犬は安全だ。

(馬川のようなチョンガやないよってにな。死了《スーラ》になったら、泣くもんがあるおれやさかいな。それにしても……)

もうあと、半月あまりで査閲を受けて、金剛を連れて原隊復帰という瀬戸際にきて、重営倉とは……トホホホッと泣きたいところだった。

もとはといえば、馬川の奴が、チャン酒《チユウ》を呑《の》み啖《くら》いやがったおかげである。そのとき、木口も一緒だった。軍犬教育部隊では、十二頭で一個班が編成されていた。その日は班長がいなかった。そこで、自習というわけだったが、営門を出ると、馬川が先頭に立ってズンズン永定河《えいていが》ぞいに歩いて、蘆溝橋《ろこうきょう》に向かった。

「四〇四」にきたときは、まだ、含羞《はにか》んだような若葉だったアカシアが、もう青白い蕾《つぼみ》をつけていた。楊柳がさわやかな微風にそよぎ、西山《せいざん》の山なみも、うす紫色にかすんで、山ひだはなだらかに見えた。

「おい。もうせんから、おれ、目をつけてるんだ。このさきの麦畑の中に、マクワ瓜の畑がある。わせだからな。もう、いいころ加減になってるかもしれねえ」

と、馬川が言う。こういうことになると、かれは生彩を放つ。

「おい。みんな。犬をこの辺りからぐるっと配置しろ。歩哨線を張るんだ」

「坐《すわ》れ！」

と、命じればよかった。賞詞を与えるまでは、軍犬たちは、いつまでもその作業を継続するのである。わが主人公がマクワ瓜泥棒をしていようが、なにをしていようが、関知するところではない。

まもなく、その畑の百姓はやってきたのだが、軍犬が頑張っているので、近寄れなかったのである。が、伸び上がると、麦の向こうの瓜畑で、兵隊どもが車座になって、天下晴れて、ムシャ、ムシャと、まだ少し早いマクワ瓜を食いちらかしているのが見えた。

腹がふくれると、兵隊がつぎに考えることはきまっている。寝ることだ。が、馬川はひとり、畑を出ると、友春を連れて、蘆溝橋の町に向かった。

「蘆溝暁月」と、乾隆帝《けんりゆうてい》の御筆になる碑の立つ、この支那事変発端の地は、小さい田舎町である。馬川は先ず、雑貨屋にゆくと、ふところから、腸でもひき出すように靴下やら、洗濯セッケンやら、牛肉のやまと煮の缶詰やらを出した。部隊で下給された品物である。それらをゼニに代えると、道ばたで、南京豆を買い、居酒屋にいって、チャン酒を注文した……。

「それから、どうしたか言うてみぃ」

と、中隊長にガミつけられたが、馬川はとぼけた。

「ハイ。馬川、覚えとりません」

「覚えとらんだと！　滓《かす》め」

班長が、八ツ手の葉ッぱをふり上げた。馬川はきゅッと顔をゆがめたが、

「ハイ。ゼンゼン、覚えがないのであります！」

と、いっそう大声に答えて、とうとう頑張りとおした。即座に、営倉七日――を言い渡された。

営倉は、衛兵所の奥にある。入倉者は、班長に付き添われてゆくことになっている。

「コラ！　馬の皮。ヘナチョコのくせに、なかなか強情なところがあるな」

「いや、班長殿の八ツ手の葉ッぱは怖《お》っかなかったです。ですが、あの一件は、いくらなんと言われても、馬川、ノメノメぁ話せんです」

と、頭をかいた。

蘆溝橋の居酒屋で、いい気持になった馬川は、あたりのだれかれなしをとっ捕まえて、腕角力《うでずもう》をいどんだ。腕角力は、かねて馬川の自慢の一つだ。手まねで、おい、一丁、やろう、と当たるのだが、みんなニヤニヤ笑って、相手になろうとしない。

すると、さっきから、片隅で、眼を青光りさせながら、馬川をじいっとみつめていた男が、のっそり立ってきた。相手になろうというのである。

「好々《ハオハオ》！」と、馬川は勇んで腕をまくった。ぐっと握りあってみて驚いた。なんと、でっかい指だ。掌《てのひら》は駱駝《らくだ》の皮みたいである。

馬川は、知る由もなかったが、こいつが、マクワ瓜畑の百姓だった。

「一《イー》、二《アル》、三《サン》！」

そら来い！　とはじめたが、あなやという間にぐいぐいと押し倒された。はてなと馬川は、小首をかしげた。こんなはずはなかった。もう一丁、来い。が、また負けた。腕角力で負けたなんて、近年にない椿事《ちんじ》だ。このままでは済まされん。皇軍の威信に関すると馬川は思ったのである。

チャン酒は、よく利いていた。馬川は、そいつに角力をいどんだ。そして、驢馬《ろば》と駱駝の糞だらけの街道で、コロリ、コロリとやられたのである。これが、すなわち——皇軍ノ威信ヲ傷ケタルカドであった。

3

入倉者も、ちゃんと、起床時刻には衛兵に叩き起こされる。が、犬舎にゆくでもなし、班内の掃除をするでも、飯上げにゆくわけでもないから、食事がやってくるまでが、なんとも長い。

器用な男で、馬川は、たちまち坐ったままで眠る術を会得した。

「コラ！　滓め」

　その眠りから、馬川は、びくんと覚めた。班長よりほかに、滓め！　などという者はいない。窓のない営倉の中はまだ明けきらず、仄暗《ほのぐら》い。

「立て！　馬の皮」

　なにやら、班長はきおい立《たっ》ている按配《あんばい》で、格子の外からこう命じて、後ろをふり向き、

「衛兵！　窓を開けろ」と怒鳴った。

　どういうことだろう。と馬川が気味悪がっていると、また、噛みついた。

「やい。ヘナチョコ！　ぼやぼやするな。窓の外を見ろ。なにが見える？」

　その窓は、格子の外の廊下の上の方にあるひどく小さい窓だ。

「ハイ。医務室の屋根が半分に、アカシアが見えます」

「そんな遠方じゃない。窓のすぐ外だ。よし、格子に登ってみろ」

　馬川は、格子によじのぼった。すると、やっと見えたらしく、おやッという顔つきになった。

「コラ！　なにが見えた」

「ハア。友春が坐っとります」

「のほほんと吐《ぬ》かすな！」

　と、班長は、一声吠えた。それから、声を変えると、

「ええか、肝《きも》に応えて聞け！　お前のような奴でも、わが気注け者に思えばこそだ。娑婆《しゃば》

ではな、さっきから、大騒ぎをやらかしとったんだ。友春が、金網を嚙み切って逃げたというのでな。すると、どうだ。友春のやつ、ああやって、そこにきて、じいっと坐っとるじゃないか。ええ、この滓ッたれ奴！」

「はあーん。わかった。なんだか、昨夜、唸り声が聞こえておったです。友春だったのか」

なあんだ、そうか、というふうな言い方だったから、班長は、地団駄踏んで、いきりたった。

「こ、こいつ！　お、おい、衛兵、鍵を持って来い。いや、いい。おれが……」と、格子の間へ、班長は右手を二の腕までぐっと突き入れると、

「やい！　この手の先きへ、その四角な面《つら》をつン出せ。もっとこっちだ。よしきた。コナ糞！」

格子越しでは、いつものように、八ツ手の葉ッぱも、パアン！　と豪快にはゆかず、ピシャリの程度だったが、馬川の目からは涙といっしょに火が飛び出した。

一週間目に、銭湯にでもいってきたというような、のんびり面で馬川は営倉からもどってきたが、入倉中に伸びた髭《ひげ》をそのまま利用して、鼻髭をたくわえはじめた。

木口が、それを見て、

「フン。営倉記念か？」と、わらうと、

「いや、おれンとこの准尉のやつと同じ恰好《かっこう》の鼻髭を生やして、原隊にもどっていってやろうと思うんだ」

と言った。そういえば、もうぽつぽつ、査閲の準備がはじまるころなのである。査閲が終わると、一人前の軍犬兵で、それぞれの原隊へ復帰してゆくのだ。

アカシアの甘酸っぱい匂いが、ぷんぷんするころになった。永定河の水が、目に見えて減ってきた。高粱《コウリャン》がぐんぐん伸びて、葉がチカチカと陽《ひ》に輝いた。

査閲は学科と実課で、昼夜、一週間つづく。

馬川と友春は、地雷発見と、その処置の検閲を受けるのである。最終の実課は、夜間における地雷発見だった。

「コラ！　馬の皮」

行動起点のアカシアの林に待機していると、班長がやってきた。班長は、ピカリと、懐中電灯を馬川の顔につけると、珍しく声をひそめた。

「いいか。気を注《つ》けろ。今夜のには中に真物の地雷が、二つ、三つ、埋設してあるはずだからな」

さすがの馬川が、ぎょッとした。そ、そんな無茶な！　と、咽喉《のど》まで出かかったのを、ようやっと、嚥《の》みこんだ。

「ハア。そうでありますか。なあに、真物も同じこってさあ」

痩せ我慢を張ったが、発進の時刻が迫ってくると、膝頭がガクガクしてきた。

「お、おい、友春よ」

と、馬川は、友春の首を抱いて猫なで声を出した。

「頼んだぜ。な、ほんとに、頼むぞ。な、な……」

馬川が、友春に頭を下げたのは、これがはじめてだった。やさしい言葉をかけたのも……。

「戦争だからよう。戦死は仕方がねえが、こんなとこで、お前と心中するのは、まだ、ちっと早えからな。わかったな。お前は、利口なやつだからな。頼む！」

地雷捜索犬は、地雷の匂いを嗅ぎつけると、その場にピタリと停止するのである。気注け者は、そこに、夜光棒を立てて、後方からやってくる部隊に危険を知らせる。あとで工兵がそいつを掘り出す、という手順だ。

その夜、友春は、三コの埋設地雷を発見して、検閲に通った。

「よし。よくやった。こわかったか？」

と、班長が上機嫌にきくので、

「いや、こわいなんて、平気でした」

馬川が持ち前の強情で答えると、

「なあんだ。そうか。嘘だと知っていやがったのか！」

畜生！　と馬川は、冷汗をまた出した。

すでに、馬川の髭は、ちょっとした格好になっていた。鼻下に短く四角に刈込んだ妙な髭で、四角な顔の真ン中でおかしな具合だったが、本人はとくいな風であった。

明日、原隊復帰という日に、呼ばれて馬川は、班長室にいった。

「やあ。いよいよ、別れだな。もう会うこともあるまい」

班長らしからぬ言い方なので、馬川がちょっとしゅンとなると、

「滓めが！　ぶじに査閲が通ったのは、みんな友春のおかげだぞ。そいつを忘れるな」

と、いつもの調子にもどって、

「ところで、じつは、あの友春は、献納犬なんだ、こういう家の犬だ」

と、班長は、紙片を出した。京都市南禅寺町五番地久留宮ヤエノ——と書いてある。

「えらく可愛がっていたらしくてな、度々《たびたび》、手紙がくる。原隊にもどったら、今度は、お前が手紙を出して上げろ」

ほら、と紙片をつきつけて、班長はニヤリと笑った。

「ヤエノとゆうても、若い娘じゃないぞ。勘ちがいするなよ。が、手紙を出してみろ。慰問袋が多々的《ターターデ》くる。そいつが、すごく豪儀だ。わかったか。よし、用事は、それだけだ」

「班長殿！」

馬川が胸を張った。

「なんだ？」

「いろいろ、お世話になりました」

「おやア、しおらしいことをぬかしやがったぞ。ハッハッハッ……」

班長は、駱駝みたいに笑った。

翌《あく》る日、班長は、朝っぱらというのに、めずらしくチャン酒の匂いをぷんぷんさせながら、長辛店の駅頭に滓ッたれ共を送ってきた。

汽車の窓から十二名の班員たちが、口々に、お世話になりました、お達者で、と言いかけると、班長は八ツ手の葉ッぱをふって、

「コラ！　滓共め。今になって、神妙なことをぬかすな。さんざん、手を焼かせやがって……、が、まあ、犬は大切にしてやってくれよ。な」

それだけ言うと、まだ発車しないのに、班長はくるりと背を向けて、ホームを出ていった。

「ハンチョウドノ！」

「班長殿！」

と滓ッたれ共は、口々に叫んだ。みんな鼻を詰まらせている中に、ひときわ、でっかい胴間声は、馬川のだった。が、班長は、一ぺんも振り向かず、スタスタと駅の外に消えた。

——その日の午後、八達嶺《はったつれい》を越え、万里の長城を右手に見ながら、馬川の列車は、蒙疆にはいった。

少し前、中隊は、張家口から天鎮《てんちん》に移っていたので、馬川が原隊に復帰したのは、三日目だった。帰りつくなり、中隊長に申告に行くと、おやッ！　という顔で、中隊長は、髭をおっ立てた馬川の顔をマジマジ見ていたが、申告を聞き終わると、

「うむ。御苦労だった」と、うなずいて、「しかし、准尉は戦死したぞ」と、言った。

「えッ！」と、思わず、馬川は、四角な髭に手をやっていた。四角な顔がクシャと歪んだ。

「討伐でな。地雷にやられた」

すると、馬川は、ふいと、いきりたち、

「中隊長殿！　残念であります。この友春がおったら……。中隊長殿！　友春は、いや、こんないい犬は他にゃおりませんです。もう、地雷では、だれも絶対に戦死させんです。友春はいい犬で、こんな犬は他にゃ……」

話が堂々めぐりになりそうなので中隊長は手を上げた。

「よし、わかった。わかった」

4

拝啓。御無沙汰しましたが――（と歌の文句のような書き出しで、馬川は手紙を書いた）自分陸軍歩兵上等兵――（と、馬川は勝手にひと階級上げた）……馬川辰次郎であります。
二か月前より、友春号のケッケ者となっております。
まことに、友春はよき軍犬にて、去る○○日の○○方面の討伐戦にもまたまたカクカクの武勲を立てたのであります。――（原隊に復帰して翌日の手紙だから、これは、馬川の夢想である）
全軍――（と、大きく出た）……忠勇無双の友春をほめたたえぬ者はありません。馬川は大いに鼻が高く嬉しいのであります。しかも、ビ傷だも負わず、友春は益々《ますます》元気にて、蒙疆の天地を縦横に奮戦しておりますれば、何卒《なにとぞ》御安心のほど願い上げます。

終わりにのぞみ、祖国の皆様の御健康を祈り銃後の固めをよろしくお頼みする次第であります。


お手紙有難う存じました。

友春の様子、久々ぶりにてわかり、うれしいやら、懐かしいやら、胸せまりました。友春は、生まれ落ちるより、私たち夫婦が手塩にかけて育てて参ったのでございます。なんでございますか、私たちには、ついに子供に恵まれませんでしたので、友春は、ほんとうの子のように思われてならないのでございます。

その友春を献納致しましたのは、子のない私たちの兵役に服する思い、また、お国のささやかなつとめと存じてのことでございました。この旨、おふくみ下さいまして、何卒、何卒、この上ともに友春がこと、よろしく御願い申し上げる次第でございます。

それにつけても、友春が活躍している蒙疆とは、いったいどんなところかと偲《しの》ばれてなりませぬ。もしも出来ますれば、蒙疆の風景と、友春の近影、お送りくださいますなら、私たちのよろこび、これにすぐるものはありません。遠い見知らぬ戦地に、子をやっている親心と思召《おぼしめ》されて、この願い御聞き届けのほど伏してお願い申し上げる次第でございます。

末筆ながら、貴方《あなた》さまの御武運長久をお祈り申し、擱筆《かくひつ》いたします。

別送にて、ささやかな慰問の品物御送り致しました故《ゆえ》御笑納下さいませ。あらあらかしこ。

拝啓　御無沙汰致しましたが、結構なる慰問袋有難くありました。なんと申しても、われわれには、懐かしき祖国の匂いのする慰問袋が何よりもうれしくあります。馬川は、一人でこれを頂くのは悪いと思い、班員全部にわけてやりました。班員は十六名でありますれば、五本の羊羹《ようかん》を十六コに切るのは、なかなかむずかしく、大きいの小さいのとモメました。

さて、友春は、相変わらず元気であります。○○日にも、またまた、カクカクの武勲を立てました故、およろこび願いたいです。

さて、次は、写真のことでありますが、中隊長殿に相談致しましたるところ、ダメでありました。つまり、蒙疆は作戦地域でありますし、友春は、兵器でありますれば、軍機のヒミツにぞくする次第であります。

そこで、ここに、友春のシッポの毛を少々ばかり同封いたしましたから、これにて、友春の勇姿をすいさつして頂きたくあります。

軍務多忙の故、返事おくれました。では、銃後の皆々様によろしく。友春からもよろしくと申して居ります。

床《ゆか》しいお心くばりのお手紙、有難う存じました。友春も、変わりない由、安堵《あんど》いたしました。

軍事のことにうとく、知らぬこととて、御無理を申し上げましたること、何卒お許し下さいませ。御同封下さいました友春の毛、まことにうれしく懐かしく、涙のこぼれる思いにございました。

近影を見たいのは、山々でございますが、私たちにとりましては、これだけにても、どのくらい、胸がやすまるか知れませぬ。大切にして、神棚に上げ、武運の長久を、朝晩に拝んであげて居りますよと、何卒、友春にお申し聞かせて下さいませ。利巧なあの子はきっとわかってくれると存じます故。

末筆ながら、友春をお可愛がり下さいます同班の方々に何卒今後も友春のこと、よろしくよろしくと御伝え下さいますよう。

十六人もの班員の方々なのに、僅少の品にてまことに失礼申し上げてしまいました。お許し下さいませ。さて別便にて、心ばかりの慰問品発送いたしました故、皆々様にて軍務の余暇に御召し上がり下さいませ。

あらあらかしこ
久留宮ヤエノ

馬川辰次郎様
お許《もと》へ

5

終戦と同時に、大同は、八路軍に包囲されて孤立した。張家口にもソ連機の銃撃があり、八路軍ゲリラが蠢動《しゅんどう》し、蒙古人が暴徒と化して、在留邦人の家々が襲われた。

不埒《ふらち》なことには、蒙疆自治政府と大使館関係の役人たちがいちはやく逃げ出したのだ。在留邦人は去就に迷い、混乱に陥った。町の処々から、火の手があがり、悲鳴叫喚が聞こえる。銃声が断続し、流言が乱れ飛んだ。

戦々兢々《せんせんきょうきょう》の日夜が明け暮れ、人妻も娘も見境なく襲われる。大同以西の状況は、電信線が切断されて、一切わからないが、山西省に避難してゆくものと想定され、ようやく張家口、宣化方面の在留邦人が避難引揚げ列車で、北京へと逃げ出すことができたのは、八月二十二日である。「恵」部隊が、その列車群を警戒しながら、北京へと引揚げの行軍に入ったのは、その前日からであった。

八達嶺までが、危険地帯だった。八路軍の出没が熾烈《しれつ》を極めている。

天鎮の馬川の中隊は、八月二十三日に行動を起こし、主力の左側衛《さそくえい》となって、八達嶺めざし、夜を日についでの行軍に移った。

蒙疆の盛夏である。昼間は、凄《すさ》まじい炎暑が渦を巻いて人馬を喘《あえ》がせ、夜にはいるとたんに、ぐんと気温がさがって冷えこむ。

「こんな、バカなことがあるか、滓ッたれめ！」

八ツ手の葉ッぱの班長みたいな言い草を、あきもせずくりかえしながら、クソ面白くねえ！　と馬川は尖兵小隊の前方五百メートルを、夜も昼もなく友春と行軍だった。

「天皇陛下がなってねえや。なあ、友春。けッ！　バカバカしい」

友春は、黒い影を埃《ほこ》りっぽい白い道に落とし、地面を嗅ぎながら、胴を喘がせ、ダラリと舌を垂れて歩いていた。

「そういやあ、友春、お前も痩せたなあ。まあ、あきらめろ。日本が負けたってえんだからな。糞！　恥を知れッてんだ」

ときどき尖兵から、声がかかってくる。

「おーい。小休止イ！」

わかったと、手をふってこたえ、

「友春、小休止だとよ。トマレ！」

馬川は、どっこいしょと、道ばたに坐りこむと、肢《あし》を揉《も》んでやりながら、友春に話しかける。

「そうだて。八ツ手の葉ッぱの班長は、いまごろどうしとるだろうかなあ。カンカンになってるぜ。きっと。なあ、友春」

いつも、遠くで銃声がしているのだ。

「班長に、おれ、会いたい気がするよ。おれが女だったら、あの班長に惚れるだろうな。

やい！　馬の皮のヘナチョコの滓め！　か——」

　ときに、砲声もとどろいてくる。

「出発！　前進！」と、尖兵が怒鳴る。

「さあ、友春。張り合いもねえが、ゆこうぜ。よいこらしょッと！」

　黄塵《こうじん》をまきあげ、黄塵にまみれ、えんえんとえんえんと八達嶺へ、八達嶺へ——だ。

　右側衛と、後衛が小戦闘を交えたということだった。四日目の午後、八路軍地域から離脱して、馬川らの中隊は、康荘《こうそう》に到着して部隊主力に合流した。もう行手に八達嶺の峨々《がが》たる姿と、隠顕する万里の長城が望めた。

　各隊がここで合流集結して、八達嶺へとかかってゆくので、康荘の町は、兵隊で埋まり、めちゃめちゃにごったがえして、火事場のような騒ぎになっている。

「馬川はおらんか？　中隊長殿がお呼びだぞ」

　棗《なつめ》の樹《こ》かげで寝ていると中隊本部の伝令が呼びにきた。馬川が、眼をこすりこすり行くと、

「おお。いま、命令がきた。『軍犬ヲコノ地デ放セ——』ということだ」

　馬川は、だし抜けに、横ッ面を殴りつけられたようにハッとなった。

「中、中隊長殿！」

　馬川は、声を慄《ふる》わせて、一歩出た。

「うむ」と、召集の老大尉はうなずいた。「……しかし、命令なのだ。馬川」

　ちょっとの間、馬川は凝然としていた。

やがて唇をピクピクさせた。が、なんにも言い出さなかった。小鼻をヒクヒクさせ、キラキラと眼を光らせだしたので、泣くのかと思われたが、泣きもしなかった。ゴクンと音を立てて馬川は、唾をのみこんだ。

「わかりましたです。中隊長殿」

「うん。――よく働いてくれて、不憫《ふびん》だが致し方ない。われわれ自身やがて武装解除されるのだからな」

「中隊長殿！」

「うん？」

「すみませんが、拳銃を貸して頂きたくあります」

今度は、老大尉がハッとなった。

「馬川ッ！」と、叱咤《しった》するように叫んだ。

「いいえ！　友春は、馬川の犬であります。自分が自由にします。だれにも文句は言わせねえ」

中隊長と軍犬兵は、火花を散らすように、睨《にら》み合った。が、それも一瞬だった。中隊長が、つぶやいた。

「それもよいかも知れん」

馬川は、中隊長の拳銃を受け取ると、回れ右をした。友春がついて、側輪に回った。馬川は、スタスタ歩き、そこの土塀を曲がった。その左半を、友春がついてゆき、曲がって消えた。

老中隊長は、耳を澄ますような、耳をふさぎたいような、チグハグな表情で、落ち着かなげに椅子を立ったり、坐ったりした。

ひょっこり、馬川が土塀の角に現われた。友春がつづいて現われた。中隊長は、ほッとしたようだった。馬川の顔は蒼《あお》ざめていたが、いやに、ハキハキした口調で、

「これ、お返しします」と拳銃を差し出した。

「大隊で、軍犬は一まとめにして放すことに申し合わせました。そこの丘の塔のところに置いてゆきます」

のこのこと、中隊長がついてきた。あかざと蓼《たで》の生い茂った、こんもりと丸い高みに、くずれかかった喇嘛塔《ラマとう》が立っていて、二、三本の槐樹《えんじゅ》が白い花をびっしりとつけた枝を、深々とひろげていた。その陽かげに、大隊の軍犬が、もう七頭きていた。査閲でも受けるように、一線に並んで定座していた。そのまわりで、気注け者たちが、いやに陽気なふうな高話をやらかしている。

「坐れ!」と示すと、友春も、一線に定座した。馬川は、背負袋をおろし、カンメンポウの袋を出して、友春の前肢の間に置いた。

「出発準備イ!」

と、伝令の呼び合う声が聞こえてきた。

すると、友春が、ひょいに、腰をうかせかけた。馬川が鋭く命じた。

「イケナイッ！」

「じゃァ、行くか」

気注け者たちは、だれも後を振りかえらず、あかざを踏みつけて、丘を降りた。八頭の軍犬は、その後姿を、少しけげんな顔つきで眺めていたが、一頭も、動こうとはしなかった。

まもなく、砲隊の弾列がさしかかってきたので、濛々《もうもう》たる黄塵が康荘の町から舞い上がり、風になびいて、喇嘛塔の丘に黄いろい煙幕を張ってしまった。

6

黄昏《たそがれ》だした康荘を出発して、行軍にはいってから、馬川は、しばしば、

「どうも、歩きにくくっていけねえ」

と、こぼした。あんまり、くりかえしぼやくので、伍を組んでいる戦友が、

「どうしたわけだ？」

と、たずねたが、馬川は、どういうわけか、いやに不機嫌そうに、

「わけ！　そんなものァ、わからねえ」

と、にべもなく言い、またしても、

「どうも、歩きにくくていけねえや」と、ぼやいた。

この一年あまりというもの、明けても暮れても、馬川の左がわには、彼と一緒に歩いて

いるものがあった。それが今日は、なんだか、片ッぽうの靴で歩いているようで、馬川はひどく歩きにくくてならぬのだった。たとえば、右足だけに靴をはいているような、そんな塩梅《あんばい》なのである。

二日目の夜明け、馬川らの大隊は、青竜橋にさしかかった。ここから、道は、南口鎮《なんこうちん》まで、ずうっと下り坂になる。昧爽《まいそう》の白々しい光りが、峨々たる山塊と、万里の長城をシルエットにしてうかび上がらせてきていた。道は、岩石なので、足場が悪く、前の奴の背負袋の飯盒《はんごう》に、またしても、コツンと額をぶっつける。それで、ちょっと眼が覚めるが、すぐまたトロトロとなる。

ふと、馬川は、左足に靴がもどってきているのに気がついた。ひょいと左わきを見て、

「おッ！　友春か」

と、叫んだ。

友春がいつものように、べつになにごともなかったように、これが当たり前だというようにトコトコとついて歩いていた。

ようやくさしてきた朝の光りで、友春の全身が茶色に変わっているのが見えた。陸続と、えんえんとつづく部隊から部隊を縫って、わが気注け者の許まできた感動を別に現わそうとするでもなく、友春はいつものように黙々と歩いているのだった。変わったことといえば、ただ、背筋の毛が逆立っていることだけであった。

「そうか、そうか」

と、言うと、馬川は列外に出て、

「おウ！　退《ど》いた、退いた」

と、声をかけ、歩度を伸ばして、先頭へいった。

召集老大尉の中隊長は、刀を環からはずして、兵隊の鉄砲のように肩に担ぎ、少し跛足《びっこ》をひきひき歩いていたが、追いついてきた馬川の左側の友春を見ると、思わず、

「おお！」

と、唸ってしまった。みるみる中隊長の落ちくぼんだ眼が、露を湧き上がらせてキラキラと光りだした。

「中隊長殿！　友春がもどってきました！」

それは、鼻のつまった声だったが、鼻高々という口ぶりであった。

「うむ！」と、うなずいて、中隊長は、しばらく黙ったまま歩いていたが、ひょいと馬川の方へ首をねじった。その顔は、眉根をよせ、たて皺《じわ》をこさえて、ひどくむずかしい顔になっていた。中隊長は、だしぬけに怒鳴った。

「コラ！　馬川。見い！　他の中隊のは一頭ももどっとらんぞ。……つまりじゃ。お前の教育が悪いから、それで友春は……つまりじゃ、お前の日頃の訓練がじゃ……」

「小休止イ！」

と、声がかかってきた。

「当番！」と、中隊長は呼んだ。「わしのカンメンポウと、干鱈を出せ、早く出せ」

それから、馬川に怒鳴った。

「コラ！　水やったか？　まだだと？　容器がないだと！　バカ。お前の鉄兜《てつかぶと》を脱げ。

いや、わしのを脱ごう、もう要《い》らんでのウ」

中隊長は、鉄兜をさかさにすると、

「水はお前のを入れエ」

といったが、自分の水筒も出して、ゴボゴボと注いだ。注ぎながら、また怒鳴った。

「コラ！　馬川。命令を守らんか、命令を。軍犬放せ――だぞ」

馬川は、道端の岩の上に友春を連れて上がると、途方もない大声で命じた。

「坐れ！」

友春は定座した。中隊長は、カンメンポウと干鱈を友春の前に置き、

「コラ！　馬川。ぼやアとするな。この鉄兜のまわりに、小石を詰めろ。支えをしとかにゃ、水が、こぼれてしまうぞ。バカ！　そんな大きな石がどうなるか、よし、もう一つ、ここへも置け……」

やたらとわめき散らした。

「出発。前進！」と、声がかかった。

よっこらしょっと、と老中隊長は、刀を鉄砲みたいに担いだが、ひょいとおろすと、岩の方へ向いて、敬礼した。

馬川は、敬礼をしなかったが、跛足をひいて歩きだす中隊長へ、

「中隊長殿ッ！」

と、声をふるわせて、ひと声呼びかけた。中隊長は、答えなかった。馬川は、口をへの字に結び中隊長のあとについて歩きだした。中隊長が振り返ったら、馬川も振り返ろうと思っていたのだ。が、中隊長は、振り向かなかった。馬川は、その中隊長の背中を睨みつけて歩き、その馬川の背中を、友春がじっと見送っているのだった。

夕方、部隊は、南口鎮に着いて、露営ときまった。

薄暮の中に、飯盒炊さんの火が点々と燃えだして、騒然たる美しさだ。

「みんな、異状はないか。足にマメのできとる者は、衛生兵にそう言って、ヨーチンもらって、早いとこ潰せ。いま、わしも、潰した。痛いが一思いにやれ。チンバをひいて北京入りはみっともないからのう」

明日は北京に着く。そして武装を解除される。虜囚となる身の上だ。

中隊長は、刀を杖について、ヒヨコ、ヒヨコと各小隊を見回った。

「うッ！」

と、小さくうめいて、つと、足が停まった。炊さんの焰明りに、そやつの顔が見えた。口をぽかんと開け、顔を仰向けにして凝然としていた。双眼がふくれ上がって、キラキラと、今にもあふれそうなものをいっぱいたたえている。

中隊長も、そっちへ顔をあお向けてみた。

地上は暮色でも、八達嶺の峯々は、まだ夕映えの中にクッキリと鮮かだった。万里の長城も見えている。中隊長と軍犬兵と、ふっと、視線が合った。

「うむ。万里の長城も、もう見納めじゃからのう」

中隊長は、そう言った。

「ハア、そうでありますッ！」

と馬川は答えた。

7

焼けなかった京都の町のしいーんと静かな南禅寺の美しいお邸町《やしきまち》を、四角な顔をした復員服の男が、キョト、キョト歩いている。

手紙の様子からも、慰問袋の有様からも、きっと、そうだろうと推察していたが、思っていた以上に、この町は、宏壮なお邸ばかりだった。

(しめ、しめ。やれ、やれだ)

と、馬川辰次郎は、ほっとした。

(久留宮さんが、わが子のように思っていた友春の、おれは、その気注け者だからな)

きっと、なんとか、相談に乗って貰えるに違いない——そう思って、京都にやってきた馬川だった。

北京で武装解除を受けた馬川の部隊は、天津におくられて、アメリカ海兵隊《マリン》の使役にコキ使われた。便器清掃、ドブさらえ、下水道工事と、胸糞の悪い仕事ばかりを、ざっと一年半あまりやらされた。やっと、日本に送還されたのは、三か月前になる。

馬川は、横浜の兄貴のもとに復員したのだが、八百屋の兄貴も、焼跡にバラック住まいで、いつも腹の空いたような顔をしていた。それでも、復員の当座は、馬川は、なんとなく、ただ、うれしくて、ぼうっとしていたのだが、たちまち、冷や水を浴びせかけられた。なんとも、ひでえ世の中だったのである。まったく、八ツ手の葉ッぱの班長の言い草じゃないが、糞人間の滓人間ばかりだ。ムシャクシャしてしようがない。それより、なによりも腹が減ることだった。

馬川は、浜の倉庫に勤めたり、トラックの上乗りをやったり、下請けの鉄工場に勤めたりしているうちに、兵隊に持ってゆかれたので、これと手についた職もなく、復職さきもなかった。

(パンパンもできねえし、——ピストルがありゃ強盗でもやらかしてやるんだが——)

まさか実際にはできもしないが、つい、そうつぶやいたりしているうちに、ふっと思い出したのが、京都の久留宮ヤエノという人のことだった。

金策のあてがあるから、と嫂《あによめ》に内密で兄貴から旅費を借りうけ、汽車の窓から割りこんで、足を踏んだの踏まないのなどといがみ合いながら京都にきたわけだ。

時に、京の春で、東山が紫色に霞《かす》んで、もう桜は散りそめていた。歩くと、むんむん汗ばむのである。

と、いうのが、馬川は、南禅寺から回れ右して、行軍をだいぶやらかした。が、行軍には馴れている。しかし、がっかり気落ちがして、足が重くってしようがない。

（こいつア、汽車賃だけ損したかな）

南禅寺の五番地は、さがし当てたが、表札がちがっていた。きくと、終戦まもなく、久留宮さんは、西陣に引っ越したということだったのである。

その西陣の裏町に行軍してきて、これはとばかり、馬川は、びっくりした。なんとも、ひどい家並みなのである。南禅寺の家構えも宏壮すぎて、想像を越えたが、西陣のみすぼらしさは、想像を絶した。

（月とスッポンだな）

馬川のことだから、そんな月並みな言葉しか浮かばない。

ドブ溝からいやな匂いが立ち迷い、赤ン坊がギャア、ギャア吠え、鰯を焼く匂いが流れ、おムツとも、ぼろ布ともわからぬのを、ところ構わず掛け渡している。

（チェッ！　アテ事とフンドシでやがら！）

訪ねてみても、これじゃ仕方があるまい、と馬川はあきらめた。チェッ！　ともう一度、舌打して、踵《きびす》をもどそうとしかけて、ハッとなった。

久留宮――と、名刺の裏と思える紙に三文字が見えた。とたんに、馬川の足は、動かなくなった。陽灼《ひや》けした四角な馬川の顔が、クシャクシャッとなりかけた。どういうことだろう、といぶかしいほど、胸が熱くなってきてしようがない。懐かしい人に出会ったように、鼻の奥がじいーんとしてきた。

「――ちわア！」

と、馬川は、元気な御用聞きみたいなことを言い、格子戸を開けた。

返事がなかったので、首を突っ込むと、家の中が一目で見透せた。留守のようである。

一部屋と台所だけらしい。貼紙だらけの壁や、破れ畳に似つかわしくない茶簞笥《ちゃだんす》が一つと、長火鉢が一つ。それだけで、ほかにはなんにもなかった。茶簞笥の上に、黒いリボンに飾られた大きな額縁が二つ並べてあって、花瓶に桜の一枝がさして置いてある。家の暗さに馴れた眼に、やっと、ハッキリ、それが見えてきて、

「ム、ム！」と思わず馬川はうめいた。左側のは、見知らぬ男の肖像画だったが、右側のはまさしく友春の写真だった。定座の姿勢で、友春は、キッと馬川を見ていたのである。

「おう。おう！」と、馬川は腸《はらわた》を絞る声を出した。ぽろ、ぽろッと馬川の頰を転がり、三和土《たたき》に、滴々と落ちた。復員このかた、馬川が涙を流したのは、これがはじめてだった。

「もしもし、久留宮はんに、なんぞ用どすか？」

隣りのおばはんだったのである。

8

馬川は、ふたたび、西陣から京都駅まで行軍してきた。

さっき、西陣の裏町を歩いていたような疲れた足取りではなかった。シャンとして、六キロ行軍の如《ごと》く、堂々と歩いてきたのである。先ず、駅で水を飲んだ。それから、売店でハガキを一枚買って、待合室の椅子に腰をおろした。

馬川は、隣りのおばはんに名を告げず、久留宮ヤエノさんにもわざと会わずにもどったのである。

「もうちっとしたら、もどらはるよって、ゆっくりおやしたらどうどすえ」

隣りのおばはんが、そう言ってくれたのだが、

「いや。また、後ほど……」と、にごして辞してきた。

「ほんとうに、感心なお人や、あんな御大家の奥さんやったお人が……」

いまは、毎晩、おでんの屋台をひいて、電車通りに出ているということだった。友春の写真と並べてあったのが、亡くなった久留宮さんので、

「……財産税たらなんたらいうのに、ごっそり持ってゆかれて、おまけに、人の借金の保証の判コを捺《お》してなはって、それで二進《にっち》も三進《さっち》もゆかんようにならはったそうどす。ここにひっそくしてきやはって、まものう一週間と患《わずら》わんとに死にはってなあ……」

馬川は、こんなはずではなかったのである。立派なお邸の綺麗な座敷で、山海の珍味に上等の酒をしこたま頂戴《ちょうだい》に及び……、きっと、泊まってゆけとすすめてくれるだろうから、ちょっと遠慮するふうをして、喜んで泊まり、……翌る日は、京都見物だが、……、その復員服ではということになって、洋服を一着くれるかも知れぬ。これも、一応、辞退

してから頂戴仕《つかまつ》り、……さてもう一泊というところで、程よく切り上げて、じつは、とあらためて、まだ職についていないことを打ち明けて話せば、職を世話してくれるか、それとも、お金をくれるか、そのどっちかは、先ず間違いあるまい。なんといっても、おれは、友春の気注け者だったんだからな、そのつもりだった。

そして、南禅寺のお邸は、あっというほど豪勢なものだったのである。そのお邸の奥さんが、このむさくるしい裏長屋住いで、おでんの屋台をひいているとは！

馬川は、戦地で手紙をやりとりしていたときから、勝手に、久留宮ヤエノという奥さんを頭の中でデッチ上げていた。

それによれば、いかにも、お邸の奥さまらしい、細《ほ》っそりと色白の、上品でしとやかな、大風の吹く日に外に出たら飛ばされてしまいそうな……そんな人だったのである。

馬川は、なにか、芝居を見ているような思いで、隣のおばはんの話を聞いていた。

……その大風に吹き飛ばされそうなお人が屋台をひく痛々しい姿が、眼にうかぶのである。そんなお人が、屋台をひくなら、おれは富士山に綱をつけてひいてもいいくらいのもんだな！

（よしきたっ！）と、いうような思いが、突如として、むくむくッと、肚《はら》の底から湧き上がってくるのを覚え、馬川はブルブルと身慄いした。なにが、よしきた？　であるか、ハッキリしなかったが、馬川はぐっと口をへの字に結んだのである。

（うむ！　ともかく、よしきたッ！　だ）

そして、西陣から、京都駅まで「ヨシキタ！」「ヨシキタ！」に歩調を合わせ、胸を張って六キロ行軍してきたのである。

馬川は、上り東京行きに乗る前、駅のポストにハガキをほうり込んだ。

——拝啓、御無沙汰致しましたが、久しぶりの馬川辰次郎であります。お変わりなく御元気のことと存じます。

さて、友春号のことでありますが、是非、喜んで頂きたくあります。わが友春は終戦のみぎり、かの八達嶺のしゅん嶮《けん》に於《お》いて、カッカクたる武勲をたて、名誉の戦死を致したのであります。中隊長殿も申されましたが、日本が負けていなかったら、金鵄勲章《きんしくんしょう》は御の字の働きでありました。馬川も、嬉しいであります。奥さんも、さぞ嬉しくありましょう。

末筆ですが、戦地での慰問袋の御礼厚く申し上げます。さよなら。——

馬川は、そのさよならを一度消して、鉛筆をねぶったが、また、さよならと書いて、鉛筆をポケットにしまった。

どうやら、馬川は……今度は、馬川が奥さんに、慰問袋を送る番でありますが、しばらくお待ち下さい。ほんのしばらく——そう書こうと思ったものらしい。

不帰の暦

五味川純平

一

私は自分の娘のように若いあなたに、何故《なぜ》この話をしておきたいのか、わかりません。気を許して話せる人に、昔の苦労話をしたいという甘えた気持からではないようです。戦争の話には、必ず屍臭が漂います。けれども、それは同時に、滅んだ沢山の愛の物語でもあるでしょう。あなたは、前に、愛はいつかは終るものだとおっしゃったことがありました。たぶん、そうでしょう。戦争によってすべてを奪われるような虞《おそ》れの全くないときには、愛は陳腐でしかも贅沢《ぜいたく》なものでしょうから。でも、あのとき、消耗品として使い捨てられた男たちは、それぞれの愛がいつかは終るものだとは考えていませんでした。

たぶん、そのせいです、私があなたに聞いていただきたいのは。

私は、いつでしたか、あなたに、私が山賊のような敗残兵を引き連れて鏡泊湖に辿《たど》りつき、丘の上から湖畔の部落に立ち昇る炊煙を見て、とめどもなく涙を流したことをお話ししました。あなたは真剣に聞いてくださいましたが、そのときの私の仲間たちは、不思議なものを見るように私を見ていました。なかには笑う者もいました。無理もないことです。いつも突破行動の先頭に立っていた男が、暮れなずむ湖畔の部落ののどかな風景を眺めて、急に泣きだすとはおかしなことだったにちがいありません。そこに辿りつくまで、私たちは殺し、奪い、盗みを重ねながら歩きつづけていたのでした。

多勢の男たちが殺されたり、殺したりしました。私たちは無事な生活を楽しむ平凡な市民でした。それぞれ、ある日兵隊にとられ、ある日戦闘に投入され、全滅して敗残兵となり、山賊同然の行為をし、果ては乞食のような捕虜になりました。

もう三十二年も前のことです。

その夜はしとしとと小糠雨《こぬかあめ》が降っていました。防雨外套《がいとう》はじっとりと重くなっていました。銃身には、拭《ふ》いても拭いても小さな露の玉が出来ました。

男たちは下給された冷酒を酌み交し、互いに顔をのぞき合って、ぼそぼそと話していました。

最後の夜なのです。私は、地面にうずくまっている私の分隊員たちに酒をついでやりながら、明日は死ぬにちがいない男たちの顔を、暗がりで見つめました。私は、薄暮前に偵察に出されましたので、知っていました、明日この山間陣地に生きている日本人は一人もいなくなるだろうということを。

指揮班の伍長が見まわりに来て、景気づけのつもりでしょう、声高にこう言いました。

「虎頭の友軍はウスリーを越えてイマンに攻め入ったそうだぞ」

私は黙っていました。信じられないことでした。この部隊に転属になるまで、私は虎頭の最前線にいたことがあるのです。虎頭の陣地は防禦《ぼうぎょ》戦闘には強靭性《きょうじんせい》を発揮し得るかもしれないとしても、ウスリー河を越えてイマンへ進撃する用意があったとは信じられないことでした。

「中隊長のところで聞いたんだ」

伍長は、小銃分隊長の私の反応がないので、不満そうでした。

「大隊から来た連絡将校の話だから間違いない」

伍長が初年兵たちに気合をかけて立ち去ると、年嵩《としかさ》の初年兵がききました。

「ほんとでしょうか。虎頭の正面では友軍が進出して、綏芬河《すいふんか》の正面ではこんなところまで押《お》されているんでしょうか」

「他の正面がどうあろうと、俺たちが直面している状況に変りはないよ」

私は答えました。

「この正面に敵が早く進出して来たのは、たぶん、牡丹江が狙いだろう。綏芬河要塞の翼側を抜いて真《ま》っ直《す》ぐに来たんだろう。要塞は動かないからな、包囲して、ゆっくり時間をかけて料理するつもりだろう」

「……どうなりますか、ここは」

それこそ、私が知りたいことでした。けれども、私は何か答えなければならない立場にありました。

私は二年兵の上等兵であるに過ぎませんから、本来なら分隊を預ることはなかったのです。この山間陣地の中隊では、しかし、下士官が足りませんでしたし、私より上級の兵長や、年次の古い上等兵は、小隊編成のときに機関銃分隊や擲弾筒《てきだんとう》分隊に割り込んで、小銃分隊の指揮は私に割り振られたのでした。分隊員の数も長以下十三名が正規ですが、このときには肉攻班に取られた残りがまわされて、私の分隊は長以下二十一名という変則編成でした。みんな私が手塩にかけた初年兵たちです。

ですから、私は答えないわけに参りません。

「さあな。敵がどこまでやるかだ」

私は敵が来るであろう方向を見ました。暗いだけの、雨が音もなく降る夜がそこにありました。

「明日はほとんど各個戦闘だろう。俺の声が聞えんかもしれん。とにかく、ヤケを起こしたり絶望したりして、無駄に死なんことだ」

私はそばにいる初年兵に酒をついでやりました。

その男が、こう言いました。突然です。

「最後ですから、お尋ねしてもよろしいですか」

「いいよ」

「……上等兵殿は、明日死ぬことが怖ろしくはありませんか」

私はその男に婚約者がいることを知っていました。婚約者からの便りがあるたびに、同僚たちからひやかされて、嬉しそうにその男は顔を赤らめていました。手紙は検閲されますから、二人の愛の交信はありふれた味気ない字句の裏に隠しておかなければなりません。それでも愛する者からの便りほど、兵隊にとって、特に、地獄のような毎日を送る初年兵にとって嬉しいものはありません。その男は、召集解除になるまで、老母の世話を婚約者がしてくれているのだと言っていました。彼は、そのころの一般国民がそうであったように、日本が敗戦するとは思っていなかったようでした。したがって、彼の召集解除も早いか晩《おそ》いかの問題だけだと考えているようでした。

そうは行かなかったのです。あの年、昭和二十年八月九日零時、ソ連軍はソ満国境全線にわたって怒濤《どとう》の侵入を開始したのでした。

私たちは国境の陣地から百キロほど後退して、山間部に陣地構築をしていました。大本営や関東軍総司令部では、ソ連軍の進攻はその年の秋ごろと判断して、そのときの抵抗線を準備するのが、私たちの作業の目的でした。

この判断は甘かったのです。国境線は一挙に突破されました。私たちの正面に敵が来たのは八月十二日。霧のような雨降る夜の私たちの山間陣地の正面には、展開一キロメートルについて戦車及び自走砲四十台、大砲と迫撃砲の射撃密度は突破一キロメートル平均で二百六十発という火力を持った敵が、明朝からの攻撃を用意していました。

私たちは、軽機関銃若干、擲弾筒若干、小銃手は各人九九式短小銃一挺《ちょう》、実包（実弾のことです）僅《わず》かに三十発、手榴弾二発をもってこの敵を迎えようというのです。軍隊のことや戦争を御存知なくとも、これでは私たちに生き残る可能性のないことがおわかりでしょう。

そうです。明日は死ぬのです。

婚約者が待っているその男は、もっと早くに結婚しておくか、婚約などせずにおくかするべきでした。

私は答えました。

「俺だって怖ろしいよ。だからって、怖れてどうなる。危険は、直面するまでは怖れろ。直面したら、怖れるな。俺たちは直面したんだ」

相手は、おそらく納得はしなかったでしょう。死の恐怖は理屈ではないのですから。無理にでもそう信じ込むように、長い時間をかけて、何百ぺんでも自分に言い聞かせる以外に死の恐怖を覚悟に転化する方法はありません。初年兵にはそんな自己訓練の時間はなかったでしょう。

私には、内心に怖ろしいような願望がありました。誰かが、私に、「明日、何故戦わなければならんのですか」ときいてくれることでした。きかれたら、私は、おそらく、息を呑んで、あたりを見廻して、早鐘のような自分の心臓の音を聞きながら、軍隊に来て、やっと、はじめて、ほんとうのことを語るときが来た、と思ったことでしょう。私が初年兵たちを教育した期間を通じて、語り合いたくてどうしてもできなかったことが、それでした。いまは最後の夜です。今夜をおいては、真実を語る時間が私たちにはないのです。けれども、なんということでしょう、この期《ご》に及んでも、私は勇敢にも正直にもなれませんでした。私は、単に、よく訓練された兵隊であるに過ぎませんでした。

　私はみんなに言いました。

「明日は俺の声が聞えないかもしれない。そばに行って手を貸してやることもできないだろうと思う。だから、いま言っておく」

　私は、なんと、みんなに説教をはじめたのです。私が一番言いたかったこと、俺たちを死地に叩き込んだ奴は誰か、知っているか、そう言う代りに。

「操典には戦闘惨烈の極所という言葉がある。明日はそうなると思う。何事が起きても臆病になるな。勇敢に戦えとは言わん。臆病にだけはなるな。今夜はいくら臆病でもいい。明日はいかん。臆病になると、できる判断もできなくなる。動く体が動かなくなる。動いてはならんときに動いたりする。それだけ死ぬ率が高くなる。もう一つ、何が起きても絶望するな。絶望して自殺したりするな。生きていれば、どうにでもなる。射撃は、お前たちの腕では、敵の歩兵が百メートル以内に入るまで射ってはいかん。百メートル以内だぞ。それより早く射つと、敵が目の前に来たとき、弾がなくなる。戦車には手出しをするな。タコ壺に潜っていろ。戦わんでいい。俺たちの武器では、打つ手がない」

「戦車が来たら、タコ壺潰れませんか」

もっともな心配でした。私だって経験のないことです。

「明日になればわかるさ」

初年兵たちは各自のタコ壺に散りました。

霧雨は降りつづいていました。まっ暗でした。地表の異常を捉《とら》えるには、動物に還元した眼が必要でした。

私は銃身を拭きながら言いました。

「夜襲はない。みんな寝ろ。俺が起きている」

そうです、夜襲はありません。敵にその必要は全くありません。夜襲は、火力に劣る軍隊が、その劣勢を、夜陰に乗じて襲う白兵戦によって補おうとする戦法です。夥《おびただ》しい戦車をこの正面に持って来ている敵は、安心して明日まで眠るでしょう。

小糠雨は依然として降っていました。陣地は闇の底に眠っていました。暗くて何も見えません。何も聞えません。明日この山が修羅場になるなどとは、とても思えないほどの静けさでした。

私は手入れの終った銃でタコ壺のなかから一挙動据銃《いっきょどうきょじゅう》を何回かやりました。一挙動据銃というのは、肩つけ、頬つけ、片目を閉じる、息をつめる、引鉄《ひきがね》の第一段を圧する、照準線を概《おおむ》ね目標の中央下際に指向する、この六つの動作を同時に行なうことです。つまり、より早く、より正確に射撃出来るようにするための訓練要領です。

私は初年兵のときに狙撃手訓練を終了していました。私が受けた訓練では、狙撃手としての最低条件は、伏的《ふくてき》（人間の頭と両肩をかたどった標的）に対して、距離三百（メートル）で五発射って、全弾命中は勿論《もちろん》のこと、そのうち三発は握り拳大《にぎりこぶしだい》の面積に集中していなければなりませんでした。それから限秒射撃に進みます。狙撃時間を四秒、二秒と限定するのです。その段階が終るころには、銃は自分の体の一部になったような感じがします。私は面白いことの一つもない軍隊で、射撃だけが好きでした。銃には、人間が持っているような理不尽さがありません。答えを正確に出します。銃の個癖を知った上で、狙って射って中《あた》らなければ、射ち方が悪いのです。銃は、人間が持っているすべての悪徳と無関係です。不思議なことです、人間を殺す武器である銃だけが、人間のいやらしさから自由であるということは。

私の必中限界は、限秒二秒で、二百でした。必中限界というのは、どんな場合でも射ち損じのない距離のことです。限秒四秒なら、三百でもほぼ確実でした。

したがって、明日、私が一挙動据銃をして照準線上に捉えた敵影は、必ず倒れることになるはずです。そうでない場合はただ一つ、その瞬間に私の方が死んでいることです。明日は、しかし、敵の戦車群が殺到して来ますから、狙撃は何の役にも立たないでしょう。

私は銃に実包を装塡《そうてん》して、安全子をかけました。もう何もすることがありません。否応なく死を考えるだけでした。

ようやく人生をはじめたばかりでした。それなのに、もう終点に立っていました。やればでも出来そうな気がしました。まだ何一つやり遂げたことはありませんでした。勿体《もったい》ない気がしました。何のために捨てる命かと思いました。私に限らず、ここで死ぬ男たちは死に値するものを知りませんでした。

国家のためなどということは何の説得力もありません。戦場の消耗品でしかない男たちにとって、国家とは何でしょう。天皇とは、その名において死地に投じられた男たちにとって、何でしょう。その名の下に死ぬ理由を、男たちは誰も納得してはいませんでした。誰も、国家と称する制度とその権力を握っている人間たちの意思を拒否する勇気がなかったから、明日は墓穴となるタコ壺で、いま濡れそぼちながら最後の夜を眠っているに過ぎませんでした。

私個人のことをいえば、私は自分が属する国や民族の運命を予見する能力は幾らかありましたが、その予見に従って必要な行動をする勇気と能力は少しもありませんでした。権力が企図していることを予感して、それに抵抗するのではなく、びくびくしながら生きていました。そして最後の夜を迎えたのです。

いまは、もう、一人の平凡な男の煩悩が意識を食い荒らすばかりでした。

もうどうすることもできません。ここにいる男たちの生命は、朝が来るまで、時間単位でしか残っていません。後悔してもはじまりません。悶《もだ》えても、誰も助けてはくれません。あとは待つだけでした。死が来るのを待つだけでした。それが来たとき、何を考えるか、誰も知りません。

人生がすばらしく豊富なものに思えました。男がいて、女がいて、愛があって、悦《よろこ》びと哀しみがあって、怒りと憎しみもあって、人びとは働き、楽しみ、生きていました。変化無限の、充実した風景でした。それは、しかし、遠い昔のことのようでした。いつか見たことのある、途方もなく遠い世界のことのようでした。

もうそこへは戻れない。逢いたい人にも逢えないでしょう。いいえ、絶望しさえしなければ、生きることを諦めさえしなければ、逢いたい人には逢えるのだ、そう信じようとしました。

私は闇のなかにある人の俤《おもかげ》を見つめました。その人は私より十一年上の、何不自由なく暮らしておられる人妻でした。私は貧しい苦学生でした。三度の食事にも事欠く有様でした。そのくせ人から同情を示されると、頑《かたく》なに拒否の態度を示すような生意気な青年でした。私の下宿先の近くに短い坂があって、そこを登るのに息が切れて、立《た》ち停《どま》らなければならないことが再々ありました。戦後二十年も経って、そこへ行ってみましたが、あのころより二十も齢《とし》をとった私が楽に登れる、坂というほどのものではないのです。ひどい生活だったのだと、そのときしみじみ思いました。そういう生活のなかで、人のお情けは受けないと気負っていた私が、その人の好意だけは素直に頂戴《ちょうだい》していました。私の学生としての最後の一年間は、その人の温かい思いやりに包まれていました。私にはお返しできることが何もありませんでした。私はただ自分の心に誓うだけでした。その人の黒い瞳に映して恥かしいような人間にだけはなるまい、と。

その人と別れたのは、昭和十五年の三月でした。銀座のスエヒロでビフテキを御馳走していただいたあと、四丁目の地下鉄へ下りて行かれたその人の後姿を見送ったのが最後でした。

私は卒業して満洲へ帰り、勤め人になりました。ある日、東京の友人から手紙が来ました。その人が病気になったことと、私の胸が絞られるようなことが書いてありました。

「あの人は君のことばかり心配している。君はあの人に何を言ったのか」

私は何も申しませんでした。言える立場ではなかったのです。その人は精神的に満されないものがあったとしても、日常生活には何一つ不如意《ふにょい》なことはない人でした。私は学校を出たら軍隊に取られる、軍隊に行けば戦場に出される、戦場に出れば死ぬことを覚悟していなければならない青年でした。そう考えることは算術的には正しくありませんけれども、あのころの青年の一般的な宿命でした。ですから、私の心に何が芽生えていたとしても、それを口に出すべきではありませんでした。

私は東京へその人の見舞に行きたくて、上司に一週間の休暇を願い出ました。汽車と関釜連絡船で走りづめに走って往復五日はかかる計算でした。ちょうど私は年度生産計画の基礎データを作成中で、上司は三日だけなら目をつぶってやると言いました。三日ではどうにもなりません。残る手段は飛行機だけです。航空便はあるにはありましたが、そのころは軍人優先で、頼みに行きましたがニべもなく断わられました。

私は悔《く》いを残しました。

月日が経ち、私は国境部隊に取られ、生き地獄のような異常な体験を重ねました。病気から恢復《かいふく》されたその人の手紙を頂戴しました。手紙は検閲されていました。私からは何も書けませんでした。私は苦痛に耐えるたびに、ただただその人の瞳を意識するばかりでした。私は耐え抜いて、いつの日にかその人の瞳の前に立ちたいと念じていました。そのときには、帰って参りました、長い間私を見守ってくださすってありがとうございました、と申上げたいと希《ねが》っていました。

最後の夜、私はその人の俤《おもかげ》を闇に見つめていると、殺伐とした心がやさしく、けれども悲しく潤ってくるのを覚えました。

もうお別れです。残念ですけれども、仕方がないのです。私が弱かったのです。抵抗すべきときに、勇気がなかったのですから。せめて明日は、死ぬ瞬間まで冷静でいたいと思います。私は戦う名分を持ちませんけれども、明日は冷静に頑強に戦うだろうと思います。私が死ぬ前に、憎くもない人を私は沢山殺すでしょう。理由は、相手が殺しに来るからということ以外には、何もありません。お目にかかっていたころの青年は、私のなかから消えてしまいました。私は各個戦闘技術に熟練した兵隊になってしまいました。この山にいる何百という男たちの最後の仕事は、明日、戦って死ぬというだけのことになりました。人間が国家などというものを持ちさえしなければ、こんなことにはならないでしょうに。お別れの時が刻々近づいて来ます。お世話になりました。とうとう御恩返しができませんでした。人間の心のなかの美しいものを、人から人へ伝えることができなくなったのが、この最後の夜、何よりも残念に存じます。

二

夜が明けました。八月十三日です。雨は上っていました。

私は林間の幕舎へ戻って、肌着を着替えました。みずから死を承認したしるしです。陣地に戻ると、緊張がみなぎっていました。遥か前方の稜線上には、視野いっぱいの広さに夥《おびただ》しい黒点が等間隔に展開して現われていました。戦車群です。

さあ、いよいよさようならを言うときです。あなたは、よく「さよなら」とおっしゃいますが、人生にはさよならを言うときは、そう幾度もあるものではありません。このときは、まさに最後のそれでした。

私は分隊員の顔を順々に眺めました。みんな陽《ひ》に灼《や》けて、蒼《あお》ざめた顔はありませんでした。浅黒く、緊張しきっていました。

「小銃分隊、位置につけ」

私は号令しました。

声には出さずに、心のなかでみんなに言いました。

お前たち、自分が生きるだけのために戦え。国家も天皇も俺たちに関係ない。関係ないものために死ぬ必要はない。せめて、お前たちの女房子供、親姉妹、いとしい者が退避する時間を稼ぐために戦え。

初年兵たちはタコ壺に散りました。ろくに実包射撃をやったことのない男たちが、これから戦車を主力とする敵と戦うのです。

稜線上の黒点は攻撃前進を開始し、徐々に、徐々に、向う斜面を下りはじめていました。

砲撃がはじまりました。私の予想をはるかに上廻る凄《すさま》じさでした。

戦車群は斜面を下りきって、停止して砲身を揃えました。日本軍に火砲がないことを知っているからです。

私の分隊と山間の道をはさむ位置に隣の中隊がいて、これは岩山の突角陣地に機関銃を据えていました。はじめは、なかなか旺盛に射っていましたが、これがまず潰されました。戦車群が火蓋《ひぶた》を切って、轟音と土煙が暫《しばら》くつづいたあと、砲撃が熄《や》むと、その陣地からはもう一発の銃声もしなくなりました。

「全滅でしょうか」

私の近くのタコ壺から声がしました。

「らしいな。今度はこっちの番だ。あれがはじまったら、潜る一手だ」

戦車群が一斉に砲塔をまわしました。私たちの陣地の直撃を狙っています。

零距離で一斉砲撃がはじまりました。この打撃は強烈をきわめました。山が叫喚《きょうかん》しました。タコ壺に潜っていて、地震のように山が揺れるのです。発射音、炸裂音が驚くべき速さで連続しました。岩石が飛散します。土砂が煙のように舞い上って立ちこめます。手の施しようがありません。敵が前進して来るのが気になるので、ときどき顔を出しました。戦況はよくわかりません。中隊正面に戦車群が二十輌はいたと思います。展開密度が高かったのは、こちらに対戦車火器がなかったのと、山間を通っているただ一本の道路に隣接して中隊が布陣していて、敵戦車群はこの道路を進撃路として指向していたからでしょう。

何度目かに顔を出したとき、私はしたたかに土砂を浴びました。至近弾です。不思議に私は無傷でした。私は変な自信がつきました。私に弾丸はあたらないという、何の根拠もない、狂信者流の信念です。いや、信念などという高いものではなくて、そう思い込むことで自分を支えたかったのかもしれません。

顔を出して見ていました。実は、よくは見えませんでした。土砂が舞い上って視界を遮《さえぎ》るのと、近くで砲弾が炸裂すれば、やはり、反射的に首を引っ込めるからです。

どのくらいつづいたでしょうか。随分長かったように思いますが、時間は大して経っていなかったかもしれません。私は時計を持っていませんでした。最初に入隊したとき事務室に預けたまま、一期の検閲を終り、衛兵勤務の連続上番でシゴかれているうちに、急性肺炎を起こし、入院している間に原隊が沖縄へ動員され、私の時計はそのままになってしまったのです。

砲撃が熄みました。戦争とはこうやってするものだというお手本を示すように、戦車が前進し、その後ろから歩兵が続々と来ました。

戦車が私たちの斜面陣地を、岩を嚙みながら登って来ます。一輛の戦車に歩兵が十五、六人ずつついて来ます。

こちらからは誰も射ちません。私は、私が生きているように、まだみんな生きていると思っていました。私が注意したにもかかわらず、早くから無駄弾を射って、敵が接近しつつあるいま、弾がなくなってしまったか、砲撃のあまりの凄じさに、観念してタコ壺に潜っているのか、どちらかだろうと思っていました。

「小銃分隊、戦車はやり過ごせ。歩兵だけ射て」

私は怒鳴りましたが、戦車の機銃音や歩兵のマンドリン（自動小銃）の発射音に掻《か》き崩《くず》されたようでした。

私は一挙動据銃をして、標的を捉えました。少しも憎悪感はありません。ただ、真っ直ぐに私の方へ登って来られては困るだけなのです。

標的になった異国の男は、戦車と戦車の間、やや後方をのそのそと登って来ていました。勝敗既に明瞭ですから、匍匐《ほふく》さえもしない、屈進さえもしないのです。私は少し腹が立ちました。敵に対してそういう接近のしかたはないからです。その男たちの正面には、私がいるのです。狙撃訓練をいやというほど仕込まれた兵隊が、まだ生きているのです。

その異国の兵隊は、日本人と大して体格がちがわないように見えました。齢は、遠くて、わかりません。まだ若いようでした。独ソ戦で若い男が沢山死んだはずなのに、という疑念が掠《かす》めました。赤毛のようでした。歩いて来ます。並んで登って来る戦友と話を交しているように見えました。

私はその男に恋人がいるだろうと想像しました。あるいは、若い妻がいて、マシュマロのような頬《ほ》っぺたをした可愛い赤んぼがいて。もしそうなら、その男はそんなに不用意に歩いて来てはいけないのです。私が射つ。その男が死ぬ。恋人か若い妻かが自分の豊かな胸をかき抱くようにして号泣するのが見えるようでした。だから、その男は私の方へ真っ直ぐに登って来てはいけないのです。

恋人か若い妻は、月日が経ったら悲しみを忘れて、また別の男を愛するようになるかもしれません。そうやって、生きている者は生きつづけるのです。その男は、しかし、今日で人生とは永別です。私も同じでした。その男や仲間たちが真っ直ぐに登って来たら、ある瞬間に自動小銃が火を吹いて、私の体は蜂の巣のようになるでしょう。

あるいは、私が手を上げたら？　この答えは、いまもって出せません。交戦最中にたった一人の男が手を上げたら、相手が発砲しないという保障はありませんでした。

仮に射たれないとしても、捕虜になるのが厭《いや》でした。私が厭だったのは、捕虜になるのが不名誉だから、あるいは恥辱だから、ではありませんでした。単純に、それが徹底した不自由を意味したからでした。自国の軍隊にいたって、自由などは少しもありませんでした。不自由という点では、捕虜はそれ以下だと想像されたのです。事実、そうでした。

私の標的は、そのとき、突然、自動小銃を射ちだしました。日本兵の陣地に近づいたから、警戒したのかもしれません。気持よさそうに、腰だめで射ちました。

私は既に引鉄の第一段を圧《お》していました。照準線上に目標を正確に捉えていました。相手が薙《な》ぎつけてくる弾で、私の顔の横の草がピシッと音を立てて折れました。

その瞬間に、私は射っていました。標的はもんどりうって倒れました。並んでいた連中は横へ跳んで戦車の後ろに隠れようとしました。戦車までは十メートルほどあったように思います。彼らは、何をおいても伏せるべきだったのです。

私は狙撃訓練のときのように遊底操作をして、残り四発を正面幅員十五メートルほどの間に見える歩兵に向って射ちました。一人ずつ次々に。据銃と同時に目標を照準線に捉えます。引鉄は既に圧していています。銃は微動もしません。射撃教範にある通り「射撃姿勢ハヨク兵ノ体格ニ適合シ堅確ニシテ凝《コ》ルコトナク」です。射ちます。そのときには、もう、遊底をひらいて、射殼薬莢《やつきよう》をはじき出し、遊底を閉じています。眼は次の標的の変化を見ています。単純で、機械的で、正確な動作の迅速な繰り返しです。この動作が迅速で正確であればあるほど、人間の生と死にかかわる思考と意識を排除します。射ちはじめたら、射つだけなのです。目標が伏的であろうと、人間であろうと。私が射っているのではなく、銃が勝手に私を動かしているような感じでした。倒れたかどうかを確認する時間はありませんでしたし、必要もありませんでした。標的はとっくに私の必中限界に入っていました。

私はタコ壺に沈み、次の五発を装塡して、顔を出しました。敵の歩兵たちは、左右に分れて走っていました。戦車群だけはゆっくりと直進して来ます。私は横走する歩兵を射ちました。より早く、より正確に。それだけでした。

戦車の一輛が不埒《ふらち》な日本兵の存在に気づいたようでした。機関銃を連射して、速度を上げました。私は銃眼を狙って射ちました。当然入ったはずですが、何の異状も起きません。直進して来ます。怖ろしい巨《おお》きさです。私はタコ壺に潜って、手榴弾二発を結束しました。申しおくれましたが、小銃分隊で私だけは実包百二十発、手榴弾四発を与えられていました。

戦車がのしかかってきました。タコ壺のなかが暗くなりました。熱気が私を押しつけました。キャタピラのきしむ音が私を圧延機にかけようとするかのようでした。タコ壺がゆがみました。

明るくなりました。熱気も去りました。私は手榴弾を鉄帽に打ちつけ、発火させて、私を圧し潰そうとした戦車の後尾へ投げ込みました。爆発の瞬間を私は見ていません。自殺になるからです。爆発音と同時に顔を出しました。戦車は何事もなかったように、ゆっくりと前進していました。私は戦うのは、もう諦めようと思いました。牛に小豆ほどの小石をぶっつけても、皮をふるわすぐらいのことはするものです。戦車は全然痛痒《つうよう》を感じないもののようでした。

敵の歩兵は続々と登って来ていました。それからの私は、私の正面だけを射ちました。情けない思いでした。何のために虚《むな》しい抵抗をするのか、納得のゆく名分がありません。

正面を射てば、正面の敵は左右に大きく分れて、依然として登りつづけます。私は自分の正面に敵を来させないだけのために戦っているのでした。

敵は、勝敗が既に定まったのだから、少しぐらいの抵抗は無視して、避けてもよかったのです。私がいくら射っても、大勢に影響はないのです。無駄なのです。敵は、戦とはこうしてやるものだ、と再び教えてくれたようなものでした。

敵は私たちの斜面陣地を蹂躙《じゅうりん》して、台上へ登ってしまいました。全滅でした。私が全滅を実感したのは、しかし、もう少しあとのことです。

砲声は熄みました。銃声もしません。戦闘は終りました。はじまってからどのくらいの時間が経ったか、わかりません。陽はいくらか西へ傾いていましたが、日暮れまでにはまだ随分時間がありました。虫の声がしはじめました。蟬《せみ》の暑苦しい声も遠くでしていました。

私はタコ壺から這《は》い出して、分隊の担当区域を這いまわりました。

前夜、死ぬのが怖くないかと私に尋ねた男は、許婚者のもとへはとうとう帰れませんでした。体が二つに千切れて折れ曲っていました。直撃弾が飛び込んだのなら、痕《あと》をほとんど残さないはずですが、どういう状況でそうなったのか、理解できません。

その隣のタコ壺では、砲撃の破片によるものでしょう、顔を削がれていました。この男は楽天的で面白い奴でした。入隊後間もなく、内務検査（所持品検査）のときに、彼が写真は持っていてもいいかときくのです。

「どんな写真だ」

「女であります」

「女じゃわからん。おふくろだって女だぞ」

「若いんであります。水着を着ているんであります」

「お前の何だ」

「何でもありません」

「何でもない女の写真が大切なのか」

「そうであります。いろいろ空想できるから大切なんであります」

つまり、アメリカの兵隊たちが壁やロッカーに貼りつける、ピン・アップ・ガールと同じことでしょう。日本の軍隊では、初年兵にはとてもそんなことは許されません。

「没収されたくなかったら、褌《ふんどし》のなかにでもしまっておくんだな」

私はとっさにそう言ったのでした。よほど思想的に疑われでもしない限り、身体検査までされることのないのが普通でしたから。

その男の答えがふるっていました。

「近くていいや」

私は吹き出しました。その男の顔を改めて見直しました。私が初年兵だったら、とてもこうはやれないことでした。

その男は、桃色の空想を現実に移す暇もなく死にました。彼はよく猥褻《わいせつ》なことを言っては同年兵を笑わせていました。猥褻は軍隊では醜悪ではなくて、一種の救いなのです。女に生命の希望をつながない兵隊は一人もいません。けれども、その生命の希望が実現しないのがほとんどでした。

次のタコ壺では、這い出しかけたところをやられていました。その男は私の方へ這い出ようとしていたらしく見えました。私は分隊員の位置を扇形に展開して、扇の要《かなめ》の位置に私がいましたから、私の方へ来るということは、敵に背を向けることになります。彼の背には傷がありませんでした。私は死体を裏返しました。胸が血糊《ちのり》と土でべっとり汚れていました。手には安全栓を抜いていない手榴弾を握っていました。手榴弾の実物投擲《とうてき》演習は、彼らはまだ行なったことがないのです。

その若い死者は、前身が職工でした。性格から推して、勤勉だったにちがいありません。彼は、戦争が終ったら、小さくてもいいから町工場を作ることを目標にして働きたい、と言っていました。

「作るって、奉天でか」

私はきき返しました。奉天というのは、いまの瀋陽《しんよう》のことで、当時満洲では最大の都市でした。

「そうです」

彼も日本が敗けるなどとは考えていなかったようです。

私は申しました。

「時代が変るかもしれんよ」

私は勤め人をしていたころの職掌柄、日米の生産力に関するデータを一年おくれで持っていました。石油とか鉄とかの重要物資十数品目の生産高の単純算術平均値の比較は、米国の七四・二に対して日本の一でした。ですから、時代が変ると私が申しましたのは、日本は勝てない、という意味でした。

彼は、しかし、そうはとらなかったのです。

「時代は変っても、大工場の下請けの町工場は必要です」

そう言うのです。

彼の未来の設計は、労働者的発想ではなかったでしょう。明らかに小所有者をめざしていました。それでも、私は、彼の誠実な性格を愛しもし、評価もしました。ですから、私は、彼の夢に冷たい水をかぶせるようなことは言えませんでした。時代が変って、彼は自然に会得するだろうと思っていました。

彼もまた帰らぬ人となりました。胸に致命傷を負って、向きを変えて私の方へ来ようとしたのは何故だったでしょう。分隊長の指示を必要と考えたのか、彼が手榴弾を握っていたことから臆測すると、私にその手榴弾を使わせる方が有効と考えたのかもしれません。擬製弾による投擲訓練のとき、立投で彼は三十メートルそこそこしか飛ばず、私のが七十メートルを越えるのを見て、目をまるくしていたことがありました。私はそれを思い出したのです。もしそうだとすれば、致命傷を負いながら私の方へ這って来ようとした彼の心根がいじらしくてなりません。

私はタコ壺からタコ壺へ這いまわりました。みんな死んでいました。死体の数が足りないような気がしました。這い出して、まるで別の場所で死んでいるのもいましたし、地形がすっかり変ってしまって、タコ壺のあるべき場所がわからなくなっているところもありました。

私はやはり気が立っていたのでしょうか、無残な死体をばら撒《ま》いたような凄惨《せいさん》な戦場風景が、這いまわっているときには、無残とも凄惨とも感じませんでした。実は、それどころではなかったのです。私が動くと、草むらが揺れます。台上からそれをめがけて、自動小銃が射ってくるからです。

私は自分の分隊区域を見てまわって、自分のタコ壺へ戻ろうとしました。なんということでしょう。戦闘は終ったのです。私は生き残ったのです。私の戻って行くところは、自分のタコ壺しかないようでした。タコ壺へ戻って、これからどうするかを考えようと思いました。

ふと見ると、指揮班のタコ壺から伍長が手招きしていました。前夜、友軍がウスリーを越えてイマンへ攻め入ったという虚報をもたらした下士官です。

彼の顔は今日一日で小さくなって、眼ばかりになったように見えました。私の位置から五十メートルぐらいはあったでしょう。

そこまで、途中に草むらの深いところがあって、匍匐などしていたら台上から銃弾で縫いつけられそうでした。私は呼吸をととのえて、全力疾走しました。掃射が来て、私の脚を追い越し、草むらを薙ぎつけました。

伍長のタコ壺のそばに私が体を投げるだけの時間がやっとありました。草の深いところでした。動いて場所を知らせさえしなければ、まず安全でした。

草むらに伏せてから気づいたことですが、私の足の方に指揮班に入った五年兵の兵長がタコ壺のなかで生きていました。

状況について伍長と私が言葉を交したあとで、伍長が言いました。

「最後は突撃だからね」

私は軍隊に入って以来、はじめて、上級者に対して「文句」を言いました。

「突撃するって、どこへですか。前後左右みんな敵だ。出たら、とたんにやられるにきまってる。犬死にですよ。それでもやりますか」

「……じゃ、どうする」

伍長は私の顔を見ないようにして呟《つぶや》きました。

「このままじゃ、捕虜か、殺されるかだ」

「暗くなるまで待つんです」

私が答えました。

「脱出しましょう。暗くなったら生存者を集めてきます」

伍長の顔は土色でした。

「……どこへ」

「わかりません。状況次第です」

「どこへ行っても敵ばかりだぞ。脱出できるかね」

「できます」

私は、一年十カ月前私が出て来た生活の場へ、現在地点から宙に直線をひいていました。そこには、重畳とした山脈がつらなっていました。涯《はて》もない曠野《こうや》がありました。戦場で使い捨てられて生き残った男にとっては、無明の闇を手さぐりで歩くに似た心地でした。でも、国家権力から紙片一枚でひっぱり出されたのです、私たちは。今度は自分の意志で戻って行く。できないということはありません。

台上から、何故か、断続的な射撃を加えられました。私の頭の上で草が千切れて飛びました。

私の足の方にいた兵長が言いました。

「危い。早く入れ」

あとの経過から考えて、これは私の身を案じてくれたわけではなかったでしょう。兵長は仲間がほしかったに過ぎないでしょう。

私は、伍長のタコ壺か、兵長の方か、選択に迷いました。伍長のタコ壺は伝令一名を余分に入れるだけの広さがありましたが、私は兵長の方を選びました。伍長が下士官の権威をもって再び最後の突撃を強制する怖れがないとは限らないからです。

「戦闘はまだ終らんか」

兵長が、私が入ったので窮屈そうに身動きしながら言いました。

「敗けたんか」

「全滅だよ。戦闘なんてもんじゃなかった」

「……援軍が来てくれんかな」

「そんなものは来ないよ。俺たちは捨駒《すてごま》なんだ。いまごろ援軍が来たって、死んだ奴が生き返るか」

私の神経は、そのころになって、戦慄的《せんりつてき》な戦場風景を再生しはじめていました。

そのうちに、生き残った私たちの魂を凍らせるような恐怖の時がはじまりました。台上から、敵兵が幾組にも分れて、自動小銃を点射しながら、斜面を下りて来はじめたのです。これは、敵が、負傷した仲間を救い出し、戦友の死体を収容するための戦場整理だったにちがいないのですが、生き残った私たちにとっては、私たちを探しに来たとしか思えませんでした。あちこちで自動小銃を射っているのは、ひそんでいる日本兵を射殺するためとしか思えなかったのです。

あのとき大声をあげて両手を高く上げて出たら、どうだったでしょう。私は、いまは、そうすべきだったと思います。そうすれば、その後の数十日を、無用の殺傷と、追いつめられた野獣のような緊張に明け暮れすることはなかったでしょう。少くとも、その日にはじまった殺人を、その場限りでやめることができたはずでした。

そのとき、そこにいて、まだ生きていた僅かばかりの日本兵は、そうしなかったのです。

敵兵は下りて来ました。話し声が聞えました。足音がしました。点射が間近に聞えます。足音が近づきます。私は全神経を耳に集中しました。足音がとまりました。みつかったような気がしました。

私は小声で兵長に言いました。

「手榴弾は」

「ない……」

私は一発を兵長に渡し、自分は安全栓を抜いて、鉄帽にあてがいました。みつかったら、撃針を鉄帽に打ちつけて発火させるのです。発火したら、爆発まで四秒。それで終りです。私は彼我《ひが》もろともに爆死することを考えていました。私だけが射たれて死ぬのは厭でした。降伏して捕虜になることも、前に申しました通り、一切の不自由を意味するから厭でした。みつからずに、敵が去ってから、戦場を離脱し得たとして、そのあとにどんな自由があるかといえば、何もありません。最も堅固であったはずの東部国境地帯を、敵がこんなに簡単に蹂躙したのだから、おそらく、関東軍は壊滅したにちがいありません。したがって、何処《どこ》へ行っても日本兵に自由はないでしょう。それでも、捕虜にならずに自主的に行動したい、と思っていました。

だから、敵よ、来ないでくれ。私をみつけないでくれ。みつけたら、高いものにつくぞ。私はそう念じていました。

突然、タコ壺の底にまるくなっていた兵長が、

「神様、助けてくれよ」

と呟きました。

あとから考え合せれば、彼は発狂寸前だったのでした。

私自身、冷たい汗がすーっと糸を曳《ひ》くような恐怖に締めつけられていました。戦闘間には覚えなかったことです。生き残ったら、俄《にわ》かに怖ろしくなりました。ふるえこそしませんでしたが、その圧縮された恐怖の時間は、一生忘れられないものとなりました。

俺に銃口を向けるな。私は手榴弾を握りしめて、息をとめていました。私が銃口を敵に向けて、正確に照準線上に敵影を捉えたように、いまは敵が私を捉えているのかもしれませんでした。私のそばに来ているソ連兵は、私が射った何人かの男たちの戦友であるのかもしれませんでした。

偶然というものはあるものです。話がわき道へそれますが、そのときから二十六年後の夏、私はソビエト作家同盟の大会に招かれて、モスクワへ参りました。大会三日目に、私のスピーチの順がまわってきました。

私は次のようにはじめました。

「私は、こうしてみなさんの前に立つには、かなりの勇気を必要としました。それというのも、私は二十六年前、みなさんのお国の軍隊と殺し合いをした人間であるからです」

同時通訳が終ると、満員の会場がシンとなりました。私は二十分ばかりの私のスピーチをあなたにお聞かせしようとは思いません。偶然は、私のスピーチがきっかけで、姿を現わしました。

　二人のロシア人のジャーナリストが私をホテルに訪ねて来ました。彼らは、私がスピーチをはじめる直前に、会場を出ようとしかけたのだそうです。何か気になって、立ち停ったそうです。そして私の話を聞いたというのです。彼らは、私と同じ戦線で、敵味方となって戦った人たちでした。異常な熱心さで、彼らは八月十三日の私たちの戦闘状況を聞きました。あのときはああだったとか、このときはこうだったとか、しきりに合の手が入ります。彼らと私と、両方の話がぴったり合うのです。彼らが私の正面を登って来た人たちではなかったとしても、限られた空間で殺し合いをしたことは、間違いのないことでした。

　頑強に射ってくる日本兵がいたそうです。

「ひょっとすると、あんたかもしれなかったね」

と、彼らは笑って、皿のように大きな手で何度も私に握手を求めました。

「いや、あなたがたを射たないでよかった」

　私はそう言いました。ほんとうにそう思いました。

　個人的には少しも憎み合っていない者同士が、もし生きのびたら互いによき友となるかもしれない者同士が、射ち合い、殺し合いをしたのでした。

　話を戦場に戻しましょう。

　戦場は、もう、終末段階です。

私と兵長は狭いタコ壺のなかで体を縮めていました。

彼我もろともに爆死する覚悟をしていた私は、近づいて来る敵に無言で訴えていました。

俺は天皇の兵隊ではない。俺は兵役を拒否できなかった意気地なしだ。俺は戦争の行く末を見透していながら、何もしなかった臆病者だ。だが、俺を裁くのはお前ではない。俺自身なのだ。

草を踏みしだく音がしました。息づかいさえ聞えるようでした。私は握った手榴弾を鉄帽から少し離して、撃針を打ちつける準備動作に入りました。もう一秒——

突然、上の方で鋭い口笛が鳴り、甲高《かんだか》い声がしました。それに答えて、私たちの直ぐそばから、何やら大声で喚《わめ》き返《かえ》しました。つづいて、入り乱れた足音が去って行きました。三人はいたようです。

私は長い吐息をしました。息は出て行ったきりで、なかなか戻って来ませんでした。べっとりと脂汗をかいていました。濃縮された恐怖の時間が、信じ難いほどゆっくりと過ぎて行きました。

「行ったか。もう行ってしまったか」

兵長がタコ壺の底で顔も上げずにぼそぼそと言いました。

「行ったが、まだ安全とは言えない」

私は答えながら、手榴弾に安全栓をさし直しました。これが不思議なのです。私は助かるつもりでいたらしいのです。普通は、安全栓を抜いたら、そのピンは何処かに捨ててしまうものです。あとは手榴弾を発火させて投げるだけなのですから。私はそのピンをタコ壺のふちに置いていたのです。つまり、使用しない場合に手榴弾を元の状態に戻すために。勿論、無意識のことでした。

兵長にとって不運なことは、そして私にとっても逆の立場で不運としか言いようのないことは、そのあとに起こりました。

指揮班の伍長が、せっかく引揚げて行った台上の敵兵に対して発砲したのです。悲鳴が聞えました。声の元気のよさから判断すると、擦過傷ぐらいだったでしょう。台上からは、返礼が早速来ました。自動小銃の掃射と数発の手榴弾です。

伍長はまだ射とうとしていました。さっきしたたかに味わわされた断末魔の恐怖に対する、報復のつもりだったのでしょうか。

彼が射ちつづければ、敵はまた下りて来るでしょう。戦闘は終ったのです。無用の挑発でした。

私は兵長のタコ壺から這い出して、伍長のタコ壺へ辷《すべ》り込みました。

「やめるんだ」

私のこの言い方は、兵隊が下士官に言う言葉ではありませんでした。私の意識のなかでは、軍隊組織はこの瞬間にほとんど崩壊していました。

「せっかく助かったのに死にたいんなら、一人で上へ向って突撃しなさい」

伍長は口を少しひらきかげんにして、呆然《ぼうぜん》と私を見ていました。

「暗くなったら生存者を集めて脱出する。最寄りの部隊に合流するまで、行動の指揮は私がとる。いいね」

伍長の指揮に従ったら、とても命をながらえることはできそうもない、と私は判断したのでした。

この指揮権の交替には、今日の惨敗の経験から、関東軍は至るところで総崩れになったにちがいないという判断が、前提としてありました。それがなければ、上等兵が伍長を指揮するなどということは、いくら関東軍が弱体化してカカシの兵団になっていたといっても、あり得ないことでした。

関特演以来の伍長は、全軍の崩壊を想像させるに足りるその日の潰滅《かいめつ》で、すっかり意気《いき》沮喪《そそう》していました。

関特演というのは、昭和十六年七月二日の御前会議で、ソ連に対して武力を発動する準備を決定し、それに基づいて行なわれた大動員のことで、関東軍特別演習という名称の略称です。関東軍は、この年、七十万の大軍に膨れ上り、関東軍史上最強の軍団となりました。

関特演の伍長が意気消沈しているのに反して、私は軍隊の重圧からの解放感を抱きはじめていました。

思いがけない出来事は、私と伍長とのやりとりがあった直後に起きました。

私は憶えています。曇った空に太陽がかなり西へ低く傾いていました。長い一日がようやく終ろうとしているときでした。私は東京で別れた人のことを偲《しの》んでいました。無論八方に気を配りながらです。

まだ生きています。これからは自分の意志で行動しようと思っています。けれども、この先、どうなるか、何が起こるか、全くわかりません。敵のなかを何百キロも歩かなければならないことになるでしょう。見守っていてくださいますか。生きてさえいれば、逢いたい人に逢えるのだと、これから毎日考えることにします。

時間にすれば、何秒とは経っていなかったでしょう。

突然、間近で、嘔吐《おうと》する声が聞えました。私が出て来た兵長のタコ壺からです。私と伍長は顔を見合せました。何が起こったのか。敵が忍び寄って来て、兵長の首を締めたか、刺しでもしたか。

そうではありませんでした。嘔吐の声がやむと、兵長がタコ壺から出て来ました。仁王立ちです。まだ明るいのに、なんという馬鹿なことを。帯剣を片手に握って、ブツブツ言っていました。

「やい、露助、来てみろてんだ。叩き斬ってやる」

神様助けてくれよ、と祈っていた男が、そう言っているのです。

発狂したのです。彼は、私が伍長の発砲をとめるために兵長のタコ壺を這い出してからの、孤独の恐怖に耐えられなくなったにちがいありません。私がはじめから彼のタコ壺に入ったりしなければ、あるいはこうはならなかったかもしれないのです。

私は、しかし、この関特演の五年兵が、自分たちに較べて、戦争最後の年の初年兵が素質的に劣っているという理由でビンタをくらわすような古兵の一人であったことを、死屍累々とした戦場でさえも忘れてはいませんでした。彼らのビンタでシゴかれた初年兵たちを、私は手とり足とりして教えていたのでした。

兵長は、吊り上ってしまった眼で伍長と私を発見して、敵兵と思い込んだようでした。

「野郎！」

と呻《うめ》いて、帯剣を振りかざしながら、ちょうど酔っぱらいが躍りかかるような恰好《かっこう》で襲って来ました。

「どうする」

伍長が困惑して言ったとき、私は答える暇はありませんでした。兵長がタコ壺の上から振り下ろした帯剣を下から銃身で受けて、床尾《しょうび》で相手を突き倒していました。

「奴を押えてくれよ。あんたの同年兵だろ」

「できんよ、俺は」

何故できないのか、火急の場合に一向に要領を得ない伍長の返事でした。私は、誰に対してともなく、どす黒い怒りがいちどきに胸にひろがるのを覚えました。

台上から、タコ壺の周囲の草を払うような射撃が来ました。手榴弾が二発ゆるい抛物線《ほうぶつせん》を描いて落ちて来るのが見えました。爆発の瞬間を、当然、私も伍長も見てはいません。

顔を上げたとき、私は血が逆流するようでした。片膝ついて立ち上りかけている兵長が、手榴弾を鉄帽に打ちつけようとしていたのです。いまの手榴弾の爆発を、私たちの仕業《しわざ》と思ったのかもしれません。彼が握っている手榴弾は、さっき、タコ壺のなかで私が彼に与えたのです。

私は跳び出して、兵長の手から手榴弾を叩き落しました。まだ発火はしていませんでした。私は彼を地面に押えつけようとしました。狂っていても「関特演」の肉体は確かに強壮でした。頑強に抵抗するのです。手加減すると、あべこべに私がやられそうでした。台上からの射撃音がつづきました。早く片づけることが必要でした。兵長の腕を背なかに捻《ね》じ上げて俯伏《うつぶ》せに組み敷こうとしましたが、格闘は相手のあることです、そう思い通りにはなりませんでした。私は上になりましたが、彼が私の胸倉を摑んだ腕を突っぱって放しません。びっくりするような力でした。

私は彼の顔を張って、喉輪《のどわ》に手をかけました。そのまま全体重を預けました。時間が停止しているような感じがありました。兵長が急に動かなくなりました。殺してしまった。その意識が、遠くから、ゆっくりと来るようでした。罪の意識は少しもありませんでした。自己弁護の気持も少しもありませんでした。殺意があったのか、なかったのか、私は兵長に馬乗りになったままで、ぼんやりと考えました。なかったとは言いきれません。でも、あったとも思えないのです。片づけるには、気絶させるだけで足りることでした。殺す必要はなかったのです。夢中で手に力が入り過ぎたなどというのは、遁辞《とんじ》に過ぎません。私はさめていたはずでした。射撃音も聞きましたし、さすがに「関特演」は強いと思いながら争ったのも事実でした。喉輪を締め上げながら、戦場離脱にこの発狂した男を連れては歩けない、と考えていたことも事実です。しかし、それなら、気絶させて捨てて行けば済むことでした。殺す必要はなかったのです。

私は一人の男を殺しました。銃で狙撃したのではなく、格闘してこの手で殺したという意味で、はじめての殺人でした。

もう、何人殺しても同じことだ、と思いました。これから、何人、何十人を助けても、この事実は消えないのだ、とも思いました。過去は決して消えません。変えることもできません。これが、このあと百日間の敗残兵の行動のはじまりでした。

怖ろしいことでした。酸鼻をきわめた戦死者の群れにも、みずからの手を汚した殺人行為にも、なんの感傷も湧かないとは。

三十二年経っています。事実は事実として残っています。私は、この話は、まだあなたにもしてありませんでした。あなたが今後私をごらんになる眼が変るかもしれないと想像するのは、耐え難いことです。事実は、しかし、事実です。黙って隠していても、消えません。自分が生き残るために殺したのだと思われても、仕方のないことです。

そうです、そのようにして私は生き残ったのでした。生き残るための論理が、その後百日間、私を貫いていたのでした。

三

暗くなりかけました。私はタコ壺を出て、中隊陣地の跡を生存者を求めて歩きました。上からは下は見えない暗さです。立って歩いても危険はありませんが、私は銃を構えて歩きました。

私の行動以前に戦場を離脱した者があったかどうかは、わかりません。もしなかったとすれば、私が探し出した生存者は、擲弾筒班の初年兵二名でした。うち一名は前額部骨膜に達する銃創を負って半ば昏睡《こんすい》状態にありました。これに伍長と私を加えて計四名です。いいえ、ついいましがたまで五名だったはずでした。一名は私が殺したのです。

その朝、陣地配備についた中隊は百五十八名でした。

私が教えた初年兵はみんな死にました。私が狙撃した異国の人たちも、おそらく死んだでしょう。私自身は殺人者となって残りました。私が狙撃をしなかったとしたら、敵は私の正面から登って来て、私を殺したかどうか。私は、射っても、敵は登って来ると思っていました。あのように敵が左右に分れて、私が取り残されることになろうとは、思ってもみませんでした。敵が分れるのを見てからは、その間隔をできるだけひろげさせるために、私は意識的に射ちました。一人の人間が生きるために人を殺す。沢山殺す。それを正当化する理論を私は知りません。どこまでが必要な行為で、どこからが必要の限界を超えた行為であったかも、私は分析できません。戦闘のなかにあって、戦闘の勝敗とは別個に、生きようと決意している人間がいることを、相手に知らせる方法はありませんでした。

砲声は熄《や》み、硝煙の臭いも消え、暗くなり、陣地斜面には死体が散乱していました。私は陣地の跡を歩いては佇《たたず》み、また歩いては佇みました。今日の長い一日がバラバラの印象となって、連続しませんでした。今朝まで多勢いた男たちが、みんな死体になっていました。何が、どの瞬間に、どうなったのか、一人一人の人生の歴史の終末を、誰も知りません。犬や猫の死体でもこれだけ沢山散乱していれば、人は慄然とするでしょうに、男たちはただ無意味に、死体となって散乱していました。

戦闘の勝敗を決める必要があったとしても、こんなに沢山死ぬ必要はなかったのです。はじめから勝敗の帰趨《きすう》はわかっていました。上等兵の私にさえわかっていたことが、高等司令部の将軍や参謀にわからないはずはなかったのです。男たちが死んだのは、敵が殺したのではありませんでした。無駄な戦闘を無駄と考えなかったか、あるいは無駄と知りつつやらせたかした戦争指導が殺したのです。

誰も、何のために戦うのか、その意味も効果も知らずに死んだでしょう。後方で生きる者のための時間の稼ぎにさえもなりませんでした。敵は圧倒的な戦力を揃えて押し寄せて、瞬時に私たちを蹂躙して通過したのです。

誰も、天皇のためになど戦いはしませんでした。そんな魅力は天皇の軍隊にはありはしませんでした。

国家は国民の生命など問題にしてはいませんでした。国民は消耗品でしかなかったのです。いいえ、兵隊はどんな物資よりも安価で、ぞんざいに扱われていました。

権力を構成する人びとは、国体護持という名目の下に、天皇を頂点として、彼ら自身と、彼らを利益代表とする受益階層を含めた体制の護持だけが重要だったのです。そのために、いま、多数の男たちが死体となって散乱していました。

私は伍長のタコ壺の方へ戻りました。何処かで、ギ、ギ、と名も知らぬ鳥が啼《な》きました。戦闘の終った山へ鳥が自分の塒《ねぐら》を求めに戻ったのでしょうか。不気味な声でした。

生き残った初年兵の一人が心細そうにききました。

「これからどうなるんでありますか」

私は心が乾燥しきっていたようです。

「お前ちょっと新京まで行って、山田《やまだ》乙三《おとぞう》にきいてくるか」

新京というのは「満洲国」の首都、山田乙三は関東軍総司令官、実質的に「満洲国」の支配者です。

もうこれだけやれば沢山だ。私は肚《はら》のなかで思っていました。これからは、俺が俺自身の主人になる。天皇も国家も知ったことか。軍人勅諭も戦陣訓も返納する。自由を俺たちに支払ってもらおうじゃないか。

「当分の間、夜しか歩けない。敵が行ったばかりのあとを行くのは危険だろう。今夜一晩、敵が来た方へ歩いて、後続を確かめてから反転しよう」

私はみんなにそう言いました。心の中での目標は、私が出て来た南満でした。

「敵はもう牡丹江に入っているだろう。ソ満国境全線でここと同じようなことになっているだろうと思う。俺たちは敵の後ろで生き残った。必要なのは戦闘間兵一般の心得ではなくて、あれには書いてなかった敗残兵の心得だ」

「戦闘間兵一般の心得」では、原隊を失った兵隊は最寄りの部隊に合流することになっていました。私はそれを否認したのです。最寄りの部隊に合流する意志はないことを、目的地は私たち自身で決めることを、私は間接に伍長に聞かせたかったのでした。

私はつづけました。

「どうやって生きのびるかだ。一つ、決して諦めない。一つ、細心の注意。不注意は絶対に許されない。一人の不注意は直《ただ》ちに四人の死を意味する。一つ、危機は極力回避する。回避できなければ断固として突破する。一つ、和を保つ。俺の指揮に不満なら、直ちに去ってくれ。不満のままの共同動作は絶対にいけない。いいな」

私は負傷していない方の初年兵を連れて、陣地をもう一度まわりました。食糧を集めるためです。収穫は乏しいものでした。乾麺包《かんめんぽう》三袋、糖衣落花生若干、戦闘間に自決した小隊長の図嚢《ずのう》から抜き取った羊羹《ようかん》一本、これで全部です。四人の一日分にも足りません。星屑《ほしくず》もない黒い夜が山々を蔽《おお》っていました。死者たちの呟きが聞えそうでした。

「脱出できるでしょうか」

初年兵がききました。

「できなきゃ、死ぬまでだ」

私が答えました。

「死んで元々だろ。死んでたはずだ、今日、俺たちは。だが、生きている」

遠い人のことが、ふいに、私の乾いた心を掠《かす》めました。私は人の死に絶えた山のなかの暗闇で、その人に生き残ったことを報告したいと思いましたが、その人の顔をまともには見られないような気がしました。昨日までの私と今日の私とでは、まるで違ってしまったのです。これから敵中を突破することになれば、もっと変るにちがいなかったのです。私はその人の眼を怖れました。私の所業をお話ししたいま、私があなたの眸《ひとみ》を怖れているように。

私は、しかし、感傷に耽《ふけ》ってはいられませんでした。これから、私は先頭に立って、何処に待ち受けているかも測り難い危険を引き受けなければなりません。頼るところは、私に備わった五官と意志と銃だけでした。

私は銃を腰に構えて歩きだしました。

こうして、四人は鬼が哭《な》いているかと思われる戦場から離脱しはじめました。

陣地斜面を途中まで下りたとき、遠くからの哀れな声を聞きました。

「助けてくれ」

暗闇の何処かに横たわっている負傷者でした。

「動けないんだ」

「どこをやられた」

私は叫びました。

縋《すが》りつくような声が返ってきました。

「腹だよゥ」

私は伍長と顔を見合せました。暗くて、見えません。伍長の眼だけが白く光って見えましたから、私の眼も白く光っていたのでしょう。

「……腹じゃ、駄目だ」

伍長が呟きました。

私たち兵隊が最も怖れていたのは、腹部の負傷でした。体のうちで一番柔かくて、臓器が集まっている腹部をやられては、よほど早期に高度の処置が施されない限り、助からないとされていました。それでいて、なかなか死ぬにも死ねないらしいのです。

私は、このとき、真っ二つに裂けている自分を意識しました。一つは、なんとかして助けようとしている私でした。私たちが軍衣の内側に携帯していた昇汞《しょうこう》ガーゼは、前額部を抉《えぐ》られた初年兵の傷の手当に使ってしまっていました。別の負傷者に処置を施す材料が何もありません。結局、そばまで行って、彼が死ぬまでついていてやることしかできません。やがて朝が来ます。明るくなれば、私たちの姿が暴露します。これは避けなければなりません。

もう一つの私は、これ以上の無理は自滅の因だから、捨てて行こうと考えている私でした。こちらにも負傷して意識朦朧《もうろう》としている初年兵がいるのです。まだ二十歳にもならぬ子供でした。私は彼だけはどうあっても助けようと決心していました。彼は私が手塩にかけた兵隊ではありませんでした。けれども、私が教育して死なせてしまった多勢の初年兵の身代りのように思えたのです。腹をやられている負傷者には、担架を作って担送してやることも考えましたが、誰が運ぶかです。私には、負傷兵を庇《かば》いながら、警戒し、方向を選択し、針路を拓《ひら》かねばならぬ仕事がありました。すると、残りは伍長ともう一人の初年兵だけです。伍長の方はともかくとして、二国上り（第二国民兵役出身）の初年兵の体力では、担送は一晩とはもちません。患者はその間にも死ぬかもしれません。

「……どうする」

伍長が言いました。

「助かりゃせんぞ」

私は伍長に答える代りに、闇へ叫びました。

「タマと手榴弾は持っているか」

私は、彼が私だったら、そして山のなかに見捨てられ、助からないと知ったら、手榴弾で自爆する途《みち》を選ぶだろうと思いました。

間をおいて、弱った声が返って来ました。

「助けてください。お願いします。動けません」

私は闇のなかの、見えない三つの顔に言いました。まるで、これから見捨てて行こうとしている負傷者に言い訳をするように。

「これから先、何があるかわからん。俺がやられて動けなくなったら、まごまごするんじゃない。俺を捨てて先を急げ。いいな」

私は、山のなかの闇の何処かに横たわっているはずの負傷者を見捨てました。

「……行こう」

私たちは、自分の足もとさえ見えない山を下りました。

昭和二十年八月十三日のことでした。

人里離れたあの山に散乱した死体は、ほどなく白骨となったでしょう。年経て、あの山を歩いた人は、枯れた骨を発見して、これはかつて満洲を侵略した日本の兵隊の骨なのだと言ったでしょう。

枯骨は何も語りません。それは風化して、歴史の彼方へ消え去るばかりです。

私は結局、何をあなたにお話ししたかったのでしょう。語っても詮《せん》ないことばかりでした。変えることのできない過去、返らぬ日々、帰らぬ人びと、それらは今日のために少しは役に立ったのでしょうか。私は、ときおり、怒りがこみ上げて来て、困ることがあります。何百万という壮丁《そうてい》が私と同じような経験をして、何千万という老若男女が国家に翻弄されて、しかも日本人の精神風土はあまり変りはしなかったのです。

死んだ男たちは、遂《つい》に、死に値するものを与えられませんでした。

あれから、何十年と経ちました。年老いて想い出す青春は、溢れる涙のなかに甦《よみがえ》ります。

私は帰国して、昭和二十三年の初夏のころ、生きて帰って来たことをお報《し》らせしたいと念じていた人へ、東京駅の八重洲口から公衆電話をかけました。

信号音が鳴っている間じゅう、私の胸は少年のように弾んでいました。

電話線の彼方で受話器を取り上げる音がしました。聞えた声はその人の声ではありませんでした。私はその人が御在宅かどうかを尋ねました。

声が返って来ました。たったひとこと。

「亡くなりました」

私は耳が鳴るようでした。騒がしい街の音が消えました。狭い電話ボックスのなかが息づまるほど暑くなりました。

私はその人が不帰の人になられたなどとは、考えてもみませんでした。いつの日にか、私はその瞳に向ってあの山野をひたすらに歩きつづけたのでした。逢ってどうしようなどという心算《つもり》は少しもありませんでした。ただそうすることが、危険のなかを生きていく導きの糸なのでした。私が先頭に立っていた餓狼の集団は、盗みました、奪いました、殺し合いもしました。何のためだったのでしょう。

電話の声は、私の長い夢を微塵《みじん》に打ち砕いてしまいました。とうとう私はその人にお礼の言葉一つさえお返しできませんでした。

私はその人の墓の所在は知っていましたが、なかなか墓詣りは果せませんでした。無言の墓碑に額《ぬか》ずくことがあまりに哀しく思えたからでした。

ずっと後になって、東京オリンピックの年の夏のころ、私はようやくその人の球形の墓碑の前に立ちました。ちょうどそのころ私は、何年かかるかわからない長い仕事に取りかかろうとしているときでした。

墓碑に刻まれた字を見て、私は愕然《がくぜん》としました。その人は、私がソ満国境の警備に配属されていたころ、亡くなったのでした。それとも知らず、私はなんと遠い心の旅をしたことでしょう。

私は何か人生に途方もなく贅沢な希《ねが》いをしたのでしょうか。

迷夢昏々《めいむこんこん》とは、二・二六事件で刑死した香田大尉の言葉です。彼と私とでは思想も立場もまるで逆ですが、私の青春も、まさしく迷夢昏々としていました。

返らぬ日々と帰らぬ人びとに、私は別れを告げたいと思います。私に罪があれば、許しを乞《こ》いたいと思います。許しを乞うて許されることではありませんけれども。私に残された時間は、そう沢山はありますまい。あなたの眸を怖れなくて済むようになるだけの時間が、あるかどうかもわかりません。

私は、しかし、生きている限り、死者たちの恨みをその行き着くべきところに、行き着かせたいと思います。

蝙蝠

阿川弘之

一

「市田、スリッパを取ってくれ」

西日の射している寝台の上で、仰向いて古雑誌を読んでいた三宅中尉は、附添の市田兵長がハーモニカをポケットにつっ込んで部屋へ入って来たのを見るなり、そう言いつけ、むっくり白衣の裾を乱して起き上った。

「お前はしょっちゅう何処《どこ》をうろついてるんだ？　附添なら附添らしく、もう少し此《こ》の部屋にいるようにしろ。ちょっと何か頼もうと思ってもいやせん、困るじゃないか」

十八の市田兵長は、寝台の下へスリッパを揃えながら、素早く盗むように三宅中尉を見上げたが、すぐ眼を伏せ、

「はあ」

そう言ったきりだった。

「お前は病人の世話をしに来たのと違うのか、ええ？　此所《ここ》に来とれば石炭運びにも出なくて済むんで毎日遊んでいるのか。敗けたからもう勤務も何も滅茶苦茶でいいと思うかも知らんが、復員するまではちゃんと……」

市田は又ちらッと中尉の顔を見上げた。隣の寝台の吉沢大尉は、黒く伸びたあごの無精《ぶ》鬚《しょうひげ》を撫でながら黙って見ていた。そして従兵の、ほんのちょっとしたああいう眼付も此の頃は変って来たと思った。

三宅中尉は暫《しばら》くしつこい叱言を言い続けていたが、スリッパをつっかけると扉をあけ放しにして出て行った。廊下の斜め向いの便所から小用を足す長々とした音と一緒に、

「ああ、ああ、あ」

と、あくびとも嘆声ともつかぬ中尉の声が、物憂げに聞えた。中尉は用を足し終ると、ばたんと扉を閉めて帰って来、だるそうに又ごろりと寝台の上に横になった。

「不味《まず》い飯は済んだし、又長い夜か。する事もないし――毎晩鮫《さめ》ばかり食わせやがる」

吉沢大尉はそれには答えず、代って寝台の上に起き上った。そうして暫く考えていたが、足でさぐってスリッパをつっかけ、白衣の前を合わせて部屋を出て行った。扉のわきの木椅子に掛けて、市田は不興顔で編物をしている。海軍毛布をほぐした毛糸でジャケツを編んでいるのだ。敗戦後これが流行《はや》っている。出来上ると町へ出て酒や菓子に替えて来るのだ。

士官病棟は六階であった。廊下に出ると、白くくっきりかぎられたコートが真下に見える。夕食後のテニスを楽しんでいる軍医たちの姿が小さく、其《そ》の白いシャツが夕陽に輝い

て走り、トオン、トオンと硬球を打つ張りのある音は六階の窓へ響いて来た。

広いガラス窓から遠く眺める山河は、既に深い秋の色である。点々と光るクリークの幾条は夕暮の色に冴え、澄み切った空は湖北の平坦な山並の上へ、まるく落ちている。敗れて既に二ヶ月であった。

その夏、漢口はデング熱が猖獗《しょうけつ》を極めた。総領事館も日本人居留民も、海軍も陸軍も、中国人市民も九十パーセント以上が倒れた。吉沢大尉と三宅中尉も前後してやられたが、終戦処理のどさくさの折で充分な療養が出来ず、熱のある身体で無理をした為《ため》、それが後へ祟《たた》って十月の半ば過ぎに未だ病院生活を続けていた。しかし、立つと腰が少し定まらないくらいで、もう二人ながら退院の期は近づいていた。

吉沢大尉は独り廊下の窓ぎわに立ち、考えるともなくぼんやり遠いクリークの色が暮れて行くのを眺めていた。

——実際附添の市田には困る事もある、と大尉は思う。病人の頼み事を聞き流しては、風のように病室から消えてしまう。大尉たちの属していた漢口の海軍陸戦隊（陸上警備科と称《よ》ばれていたが）の忠実な兵士だった頃の赤い十八歳の市田が、二人の士官の病気の附添に来て、敗戦後の日かずが経つにつれ、次第に横着になり、病室を空け放しにして、看護婦とたわむれていたり、医務室の同年兵の所でハーモニカを吹いたりして暮していた。時々御機嫌をとるつもりか、南京豆を一つかみ持って帰って来る。しかし今更何を言う事があろう、日本はみじめな敗北をし、本国ではもう軍隊が解散になってしまった今、崩れて行く海軍の秩序を守る何の要があろう。出来るだけ無事に、早く、日本へ帰れるように、大尉にはそれ以外に希《ねが》う事は無いように思えた。

烏《からす》の黒いおびただしい群が、ギャアギャア鳴きながら、滝のように屋上を流れて過ぎて行く。窓辺を離れると、少し足ならしのつもりで、大尉は六階の廻り廊下をぐるぐる散歩し始めた。人気《ひとけ》の無い部屋々々の戸に革のスリッパの音が冷めたく反響した。

「出来るだけ早く、無事に」

お題目のように大尉は考える。故郷の町はすっかり焼けたらしい。父母や弟も死んだかも知れぬ。しかし潮の色は澄んで、あの紺碧《こんぺき》の明るい海底には、餌をあさるちぬの腹がきらりきらりと飜《ひるがえ》って、——島の段々畠《だんだんばたけ》に麦が熟れる頃までに帰国出来るかな、来年の春、豆の花が咲き、玉葱のふとる頃、そうだ、——大尉は独りでにやっと笑ってみた。それからもう一度廊下を廻り終えて病室へ帰って来た。三宅中尉は薄暗い日の光をたよりに雑誌を読んでいる。市田の姿は又無かった。

大尉が寝台に横になると、三宅中尉は雑誌をばさりと閉じて話し掛けた。

「いつになったら帰れるかわからんですかねえ？　せめて通信の連絡だけでもつくようにならないかなあ。女房はずいぶん心配してると思うんです。それを考えると憂鬱になるですよ」

「うん」

大尉はうなずいた。しかし此の男は一日に何度同じ愚痴を言うのかと思う。二十三かそこらで結婚して、間も無く外地へ来てしまった中尉。多分十人なみに美しい、よく笑う少し子供っぽい奥さんだろう。敗けるまでは、吉沢大尉には真似も出来ないくらい張り切って、自尊心が強く、何かにつけて上官を排してでも自分の意志で隊務を切り廻していた三宅中尉が、二た月の間に、あわれに、すっかり愚痴っぽくなった。こんな調子で日に幾度となく帰国の事に就いて愚痴を言われるのが大尉はいやであった。自分にも同じ気持がある。出来れば他人を押しのけてでも早く、――逢いたい人、踏みたい土、其の弱みにさわられるようでいやだった。中尉が愚痴を言うと大尉はわざとその話を外《そ》らしていた。

「大体司令部の馬鹿参謀が駄目なんですよ。中国側とだってもっと交渉のやりようがある筈《はず》です、ねえ？　只《ただ》へいこらするばっかりで、実際馬鹿ですよ。それで手前達は毎日酒を飲んでるそうじゃないですか。ああ、酒も何もいらん、私ら早く帰してくれりゃあそれでいいんです。揚子江の水量がどうとか、あんな事ばかり言ってたら十年経っても帰れるもんじゃないですよ」

三宅中尉は情なそうなしかめ面《つら》をして頻《しき》りに続けた。

「馬鹿参謀は賛成だが……」

と吉沢大尉はちょっと笑った。長江はこれから日に日に水量を減じて行く。大型船の溯《そ》江《こう》が次第に困難になり、来春の増水期を待たなくてはならなくなるのだ。

「ああ」と中尉は又《ま》ため息をついた。

「それにしても先ず退院させて貰う事ですね。明治節には司令部の飯が食いたい。此処《ここ》ではどうにも食事が悪くてしようがないですねえ」

三宅中尉は言いながらルビイクインに一本火をつけて、仰向いたまま吸い始めた。部屋の中で煙草の火が、もうはっきり赤く見えた。西の窓には黄色い夕映えが映っている。気がつくと、其の黄に映えるガラス窓を、時々コトリと叩いてひらひら飛んでいるものがあった。透かすようにして見ると、それは四、五匹の蝙蝠《こうもり》で、入り違い入り違い、遠のいては又帰り、ひらひらひらひら低く高く飛び交って時々コトリと窓に音を立てに来る。吉沢大尉は中尉のおしゃべりを聞きながら、それを見ていたが、黄色い夕映えはやがて白っぽい色に変りそれからくすんだ草の色に移って見る見る褪《あ》せ、間もなく病室の中には暗闇が充《み》ち始めた。

市田が入って来た。蚊帳《かや》を下ろし、ランプに灯をつけた。ランプの焔《ほのお》はゆるやかに揺れながら次第に大きくなって、物の形をぼんやり照らし出した。

「吉沢大尉は割に帰りたがられんですねえ。やはり独身の人はちがうのかなあ」

蚊帳越しに中尉が言った。

大尉は黙っていた。ランプがヂヂと音を立てて燃える。遠く下の石畳道から、馬車の振る鈴の音が聞え、カッカッカッカッという規則正しい響きが近づいて来て、やがて又次第に遠ざかって行く。

(何だかこれとそっくり同じような事がいつかあった。ランプがヂヂと燃えて、馬車の鈴が遠くから聞えて来る、隣の寝台で病人が寝ている、おかしいな)

大尉はそんな事を考えていたが、

「独身だって帰りたいのは同じさ」

と言い、それからふと如何《いか》にもなつかしそうに故郷の話を始めた。大尉はそれまであまりそんな話をした事はなかった。

「今は焼けてしまったと思うが、私の家は川のほとりで、家の裏門からは御影石《みかげいし》の砂で出来た綺麗な川原が続いているんです。子供の頃は春、四月の終りから五月の初め頃の潮まんのいい日曜日を選んで、舟を一艘《そう》仕立てて、潮干狩に出るのが年中行事だった。友達を大勢招《よ》んで、大きい和船を屋形舟に仕立てて、家の裏から一里ばかり、引き潮に乗って川を下って行くんですよ。橋の下を幾つも抜けて人絹工場の横を通って海へ出ると、頃合の所に錨《いかり》を投げて、潮の干を待ちながら、持って来た弁当を食べる。小皿に小さい握り飯や玉子焼だの肉の生姜煮だの大根膾《なます》だの少しずつ取って貰って、友達と一緒に行儀よく食べるんです。大人たちはちびりちびり酒を舐《な》めたりしている。そのうちどうやら入れるくらいに潮が引いて来るでしょう。そうするともう私たちは待ち切れないで、弁当どころじゃなくなって次ぎ次ぎに飛び込んでね、早い引き潮の流れにシャツの袖やパンツを濡らしながら、何しろ未《ま》だかなり深いんだから、それでも構わず、砂の中をさぐり始めるんです。手の先からも足の踵《かかと》からも砂がスルスル逃げて、水の中は煙を吐いたように見える。浅蜊《あさり》を掴むと少々ざらつくけど、蛤《はまぐり》にあたるとつるりとしたいい感触があってとても嬉しい。初めて取った中くらいの蛤をちょっと舐めてみると塩水の味がする。そのうち船頭の赤ら顔のおやじが入って来て、坊ちゃん坊ちゃんと言って蛤のいるすじを教えてくれます。そういうすじは決って深いんですが、それでもこわごわ船頭について行って大きい奴を探す。時々四年仔、五年仔というような大きなのがいます。戦争からこっちは工場の汚水で貝が急に減ったし、私たちも大きくなっていつかそういう楽しみもやめになってしまったけど、干潟というのは何か豊富でいいですね。小蟹が鋏《はさみ》をふり立てふり立て逃げて行く。はぜの仔がぴちぴち跳ねる。引き潮に乗りそこなった海鼠《なまこ》や海月《くらげ》が昼寝をしている。一度、私の親父の未だ元気な頃で足の下ににゅるにゅる動くものがいたというんです。急いで手をやると一尺くらいの大きな鰈《かれい》でね、鰈を手づかみにしたと言って喜んだ事もあった。潮の満ちまでそうやって夢中で遊んでいると、子供でも貝の二升三升と採るのはわけないんですよ。夕方が近くなって、海が段々深くなって来ても、舟の上から母親に叱られ叱られもう二つもう三つと採っている。そのうちとうとうあきらめて舟に乗ると、船頭のおやじが七《しち》厘《りん》に火をおこしてくれていて、それで掘りたての蛤を焼いて食べるんですが、強い炭火で殻が焦げて、潮で味のついた蛤はとてもうまいんです。舟はいつか川口を指して漕ぎ出している。上げ潮になると決って波が荒くなるので、やがて女中だの、女たちが舟に酔って青い顔をし出すもんだから、その連中を陸へ上げて電車で帰す為、川口の岸へつけるんですが、その辺、海と川との境の所に今度は蜆《しじみ》がたくさんいて、又暫くそれを掘ったりしているうちに、ずいぶん出ていた潮干狩の舟も段々それぞれの川筋へ散って別れて行く。会社なんかの舟で社員たちが飲んで、いい機嫌になって、舟ばたを叩いてよいよいなんてやってるのが、次第々々に夕靄《ゆうもや》の中へ遠ざかって行くのを、此の間の事のように思い出しますが」

「いいなあいいなあ」

三宅中尉は大げさに毛布の上で手をばたばた叩いて、

「帰りたいなあ」と言った。

二

その時扉があいた。扉があくと風が吹き込んで来て、ランプの灯がちらちらした。市田兵長が入って来た。ランプに照らし出されていた薬瓶や書物の大きな影が壁の上で揺れた。

「今、一階の士官バス（風呂）が空いとりますが、入られますか？」

と訊《き》く。

三宅中尉は風呂好きだった。

「そうか、よし。入って来よう。一緒に行かれませんか？」

立ち上るとそう言って吉沢大尉の蚊帳を見返った。

「私はよします。入りたくもないが、億劫《おっくう》だ」

大尉は返事をした。大尉は何となく不愉快であった。

市田は三宅中尉の洗面器に石鹸とタオルを揃えている。

「来なくていい」

中尉は市田に声を掛けた。流しに来なくていいと言うのだが、ふと突っぱねたように聞えた。暗い廊下へ中尉は一人で出て行き、階段を手さぐりで降りる、ぴたぴたというスリッパの音が、ためらいがちに遠ざかって行く。

「さてそれでは俺は寝るか」

吉沢大尉はそう言って毛布を深くかぶった。

市田は黙って、中尉の足音が下へ下へ消えて行くのに耳をすましていたが、

「ちょっと烹炊所《ほうすいじょ》まで行って来ます」

と大尉に声を掛けた。大尉はおや、と思ったが、

「はい」

と返事をした。いつもそんな事は断らずにすいすい消えてしまう市田だ。何か魂胆があるのかなと大尉は思った。

果して、五分ばかりすると市田は急な階段を息せき切って帰って来た。手に瀬戸びきの海軍食器を持っている。

「食べて下さい。烹炊所で夕方作ったんです」

食器の中におはぎが五つ入っていた。

「ほう」大尉は蚊帳から首を出して笑顔を見せた。「御馳走だな。お前も食え」

「私はいいです。夕方烹炊所で食いました」

「一つ食えばいいじゃないか。俺と三宅中尉とで二つずつ貰う」

市田は急に一足寝台に近づき、せき込んで言った。

「いや、皆食べて下さい。それだけしか無いから、分隊長に食わそうと思って持って来たんです。皆食べて下さい」

大尉は箸をつけかけていた手を休めて、市田の顔を蚊帳越しに見た。なんだ、と思った。此の少年は、自分に対する好意も好意だが、こんな事でひそかに三宅中尉に復讐しようと思っている。夕方くどく叱られた事、それに——中尉と市田は始終こじれていた。以前ならすぐなぐられたところだろうが、敗けてからは三宅中尉もなぐりはしなかった。それだけに却《かえ》って気持のこじれは内攻的になっていた。

ふん、食べてやろうかな、中尉の事を考えながら吉沢大尉はそう思った。そしていやな顔をした。敗戦後甘いものは貴重品になっている。中尉のいない間に市田と馴れ合いで珍しい食い物をこそこそ食うのはやっぱりいやだと思った。食っているところに中尉が帰って来たら余計いやだ。大尉は急に黙って忙しそうにおはぎを二つ頬張り、ぐっと飲み込んでしまうと、あとを市田の方へ差し出して、

「とにかく三宅中尉に二つ残しとけ」

と意地の悪い調子で言った。そして横になってしまった。市田は困った様子で食器を受け取った。今更自分にと言われた一つの分へも手が出せず、もじもじしていた。

そのうち三宅中尉が手拭《てぬぐい》をさげ、鼻唄まじりで帰って来た。そうして薬台の上の食い物

を見つけると相好《そうごう》を崩した。

「市田が作ったのか？　吉沢大尉はもう食べたんですか？」

そう言って残ったおはぎを食い始めた。

「うん、中々うまい。手際がいいぞ。これから時々頼むよ」

市田も吉沢大尉も黙っていたが、中尉は構わず一つ一つ平らげて行った。

三

その翌《あく》る日の夕刻、吉沢大尉と三宅中尉とは、陸軍の統集団司令部の西少佐という人の訪問を受けた。電話に出た市田が、それを告げに来た。

「西少佐？　何かな」

早い夕食をとっているところだったが、大尉は食器を片づけさせ、病室へ通って貰うように言った。統集団司令部というのは華中の日本陸軍の総司令部で、吉沢大尉は終戦のごたごたの頃打ち合わせの為西少佐に二、三回逢った事があった。若手の参謀の一人で、その後中国側との連絡をやっていると聞いていた。

扉が開《ひら》くと少佐が入って来た。腰の軍刀が無いだけで戦争中と同じ姿だった。黄色の参謀懸章を吊り、よく磨いた長靴を穿《は》いて、顔の濃い鬚を綺麗に剃っている。

「如何《いかが》ですか、お具合は？」

「はあ、もうそろそろ退院出来る筈です。失礼します」

大尉は寝台の上に起き上り、白衣の襟《えり》を合わせた。三宅中尉も起き上った。

「終戦の時奮闘されたので、こたえられたでしょう」

西少佐はそう言い、それから暫く黙っていたが、

「実は」と口を切った。「例のアメリカ俘虜《ふりよ》の行進の件で少し伺いたい事があって参りました」

三宅中尉は、はっと顔を堅くし、少し色が青ざめたように見えた。大尉も顔を堅くし、じっと西少佐の顔を見た。そして傍に市田が立っているのに気づくと、

「市田、お前はちょっと外に出ていてくれ」

と命じた。西少佐は市田を目で見送ってから訊いた。

「あの時、あなたの方の科長は上海へ出張中だったそうですな」

「そうです。爆撃の前から出張しておりました」

「そうすると留守中の隊の、責任者はどなたですか？」

「私です」

大尉は答えた。初めから解っている事を訊いて来る、西少佐の訊問口調を吉沢大尉はちょっと不愉快に思い、警戒するようにじっと首をすくめて少佐の方を見た。

「あの時、海軍側からも警備兵を二名出して頂きましたですね」

「……」

「その命令はどなたから出ましたか？」

「それはですね、それは」

三宅中尉が急に勢い込んで言いかけた。大尉はそれを手で制し、

「私から御返事しよう」

と言った。これは迂闊《うかつ》な事は言えないぞと、息を吸い込んで口を一旦つむいだ。

「命令と言われましても、それはあの日の朝、根拠地隊の司令部から私の隊の方へ電話があって、当直将校の三宅中尉がそれを受けて、警戒兵を出したので、司令部の先任参謀の命令という事になると思いますが――そうだろう？　電話は先任参謀から掛って来たんだろう？」

「そうです」三宅中尉が答えた。

「どうも厄介な問題で困るのですが」と西少佐は強《し》いて微笑した。「戦犯問題が起っておりまして、責任の所在を明らかにしておく必要があるので」

その前の年の暮、十二月十八日の昼頃、成都周辺基地のB29群が、約八十機で漢口を空襲した。高度約七千で、薄い透明な雲に見まがう編隊が、七機、九機、十三機と波状に来襲して日本租界を全滅させた。フランス租界と日本租界との境の道路を一本区切りにして、見事に日本租界だけを丸焼けにして行った。味方の高角砲が頻《しき》りと火を吹いたが一機も落ちなかった。敵ながら鮮かな攻撃だった。その時に吉沢大尉たちの陸上警備隊も丸焼けになり、焼け残った屋根の上には中国人の腕が一本はね上っていた。

しかし避難が素早く行われた為、日本人居留民の生命には殆《ほとん》ど被害が無く、家財を焼いた他は数人の怪我人を出したくらいだった。あくる朝、焼け焦げた匂《におい》の漂う道路に、硬直してごろごろ抛《ほう》り出されていたのは皆中国人の死体であった。防空の責にある陸軍側では民衆に顔向け出来ない立場になった。

数日を経て、後に有名になったアメリカ俘虜の死の行進というのが行われた。俘虜の米陸軍の飛行士を数名、眼かくしをし、憲兵が連れて、「美鬼」「民衆之敵」というような煽動的な文字をつらねた旗を立て、鳴物入りで市中を練り歩いた。十八日に撃墜したB29の搭乗員というふれ込みで、興奮した民衆に自由に、なぐらせ、蹴らせ、唾を吐きかけさせた。行進の終りにはアメリカの俘虜たちは、顔中血だらけにして、憲兵に両方から支えられて、辛うじてよろめきながら歩いて行った。そうしてその後何所《どこ》かで処刑されたという事だった。

俘虜たちは以前から南京に収容されていた者で、陸軍側の仕組んだ芝居の為に、急に漢口へ飛行機で輸送されて来たのだ。計画は概《おおむ》ね陸軍側と総領事館側とで樹《た》てられ、海軍からは拳銃武装した警戒兵を二名出しただけだった。戦後当然戦犯問題が起って来た。

「うちの科長にお会いになりましたか?」

大尉が訊くと、西少佐は軽蔑するような苦笑を浮かべた。

「ええ、昨日お会いしました。酒を飲んでおられましたが、わしは知らん、わしは上海へ出張中で、隊務は一切若い者に委《まか》せて行った。何も報告を受けとらんと、大変どうも……。

海軍さんの方は大した問題は無いと思うのですが」

大尉は禿げ上った、小じわの多い科長の顔を思い浮かべた。特務士官上りの老いた少佐だった。兵隊用の淫売に夢中になって酒ばかり飲んでいた。

「先任参謀には？」

「先任参謀殿にもお目にかかりました。責任は取ると仰有《おつしや》ってましたが、警戒兵を出せと、はっきり命じた憶《おぼ》えは無いというお話です。陸軍から希望があったからそちらでよく計って決めるようにとあなたの方へ電話したと言われるのですが……。その電話をお聞きになったのが三宅中尉ですか？」

吉沢大尉はぐっと唾を飲んだ。何か言おうと思った。しかし三宅中尉が先を越した。

「それはずるい、丸で嘘です」

中尉は飛び上りそうな声を上げた。

「先任参謀は、出せとはっきり言ったんです。それは責任のなすりつけですよ。だから私は分隊長に報告して、木田兵曹と中村兵曹に行くように命じた。その時も私は海軍側としては俘虜に手荒な事をするような事の決してないようにと、はっきり言ったんです。先任参謀は、それはまるでずるい」

中尉は嘘を言ってる——吉沢大尉はカッとなったが危くこらえた。

独断で事を運ぶ癖の強い三宅中尉が、その朝分隊長の吉沢大尉にその事を報告したなどというのは真赤な嘘だ。隊が焼けて移転した後のごたごたの最中でもあったが、大尉が警戒兵の出ている事を知ったのは午後になってからだった。

「それでは我々若い士官がひどい迷惑をします。全然ずるいです、まるでひどい」

三宅中尉の尚《なお》も何か言い続けそうな調子に、

「黙れ」

大尉はとうとうどなった。

「貴様は黙ってろ」

大尉は唇の辺を小さく震わせながら、もう一度そう言った。科長や先任参謀に対する怒りよりも三宅中尉に対して、憎しみと侮蔑と怒りとが、心の中で音を立てて湧いて来た。どなられたので、悲しそうな顔つきを、急に驚きで氷らせたような中尉の表情を見ると唾が吐きたくなった。

西少佐は煙草に火をつけて吸っている。

三宅中尉は青ざめていた。三人は三人ともそれぞれの思いで黙った。大尉は小きざみに顎《あご》を前へしゃくるような妙な仕草をした。そして、興奮から軽々に何か言い出しそうな自分に或る危うさを感じていた。暫くためらった。しかしとうとう口を切った。

「要するに海軍側の、警戒兵を出した当の責任をとる者がはっきりすればいい訳ですね?」

「そうです」西少佐は答えた。

「それは私がなります。先任参謀には更《あらた》めて逢ってみます。とにかく一応そういう事にして下さい。それでよいと思います」

一種のヒロイックな気持から大尉は頬をほんのり紅潮させた。西少佐の口元に微《かす》かに笑いの影が射して、消えた。

「しかしそれで、木田と中村と、うちの二人の下士官はどうなりましょう?」

「そうですね」少佐は煙草をゆっくり吸いながら考えた。「先任参謀殿にしろ、あなたにしろ、其の二人の下士官の人にしろ、恐らく戦犯という事にはなりますまい。只、都合で参考人として上海へ送られる可能性はあります。その点お含みおき願います。どうもしかし厄介な事で、参考人と申しても、何しろ一切が向うまかせの話ですから、それから先の見通しはわかりません。お気の毒でも帰国などは遅れるような事があるかも知れません」

「……」

「現在情報の入っているところでは、アメリカ側の空気というものはそう無茶な事はやらないというのが一般の見方ですが」

「総領事が一昨日の飛行機で参考人として上海へ発《た》たれました」

「ほう」

大尉は顔を上げた。大尉は総領事をよく知っていた。野球が好きでよく肥《ふと》って、話が面白くないと直《す》ぐ居睡《いねむ》りをする人だった。海軍側のある少佐に紹介されて親しくなったのだが、海軍部内で一度も耳にした事のない、和平論などを聞いたのは総領事の所での酒の席でであった。飲みに行くと、

「君たちは海軍と日本と、どっちが大事なのか?」

などと言われて議論になった。

「元気で行かれましたか?」

「どうも大変な元気で。アメリカの収容所に入るのはいいが、毎日ビフテキばかり食わされると困るぞ、などと言って出て行かれましたよ」

大尉は聞いて明るい気持がした。興奮が少し鎮まるようだった。

間も無く西少佐は、

「御療養中を邪魔しました。何かあったら又連絡します。とにかく、大して心配される事は無いと思います」

と言い残して帰って行った。その後《あと》大尉は何か少し筋ちがいの責任を無理に引き受けてしまったような気がして、割り切れぬいやな思いが滓のように残るのを感じた。

大して心配される事は無いと思います——西少佐の言葉を心の中で繰り返しながら、大尉は学校を卒業して、その足で軍隊に入った四年前の事を思い出していた。

大学の正門の前で別れる時、友人の一人が、

「おい、生きて帰れよ。俺は必ず生きて帰って来る。決死隊志願する者一歩前へ、と言われたら、俺は一歩後へ、をしても生きて帰って来るよ」

と言った。その友人は陸軍に入り、ニューギニヤで戦死したが、戦争の形勢の日に日に不利になる頃、大尉はよく其の言葉を思い出した。

水上特攻隊か、空挺隊かを若い士官の中から不意に募られる事があったら、自分はどう

するだろうと思うのだ。整列して固唾《かたず》を飲んでいる青年士官たちの前で、参謀が戦局の不利を詳しく説いて、諸子こそ祖国を救う者ではないかと言う、志《こころざし》有る者は進んで特攻隊を志願してもらいたいと言う、そうしてじろじろ自分たちの顔を見廻す。皆緊張から青ざめている。尻こそばゆい変な気持で、むずむず落ちつかなくなって来る、其の時誰か一人パッと手を挙げる者がある、続いて二人、三人、とたんに自分もパッと手を挙げてしまいそうな気がするのだ。

戦争中結局そういう事は無かったが、今になって変な事になってしまった。参考人として上海へ、それから——それから先の予想はつかない。連合国の戦争犯罪に対する態度は殆ど何も解っていなかった。どんな報復的なひどい仕打をされるかも知れないという恐怖を誰もが懐《いだ》き、僅《わず》かでもそういう事件への係り合いを避けたく思っていた。

昨日と同じ夕映えが窓を染める時刻が来た。蝙蝠が飛んでいる。はたはたはたはた飛び交っては時折コトリと夕映えの窓に音を立てた。其の灰色の飛ぶ影を見ていると、大尉の心は次第に不吉な予感で重かった。

四

その後、吉沢大尉と三宅中尉とは寝台を並べながら、殆ど口をきかなくなった。三宅中尉は時々何か言い掛けそうにしたが、大尉は頑固に受けつけなかった。附添の市田兵長は、二人の変な空気を感じているのかいないのか、相変わらずハーモニカを吹いて遊び歩いている。大尉は一日中考え込んでいた。

もっと、はっきりさすべき事をはっきりさせてよかったのだという気がする。責任の取りようが、どう思っても不自然で不愉快だった。しかし自分の性格に、咄嗟《とつさ》にああいう自然でない事を言い切ってしまう癖があるような気もした。

一度大尉は、

「君はあの朝当直将校で、あの事をすぐ私に報告したと、本当にそう記憶しているのか?」

と問いかけた事があった。三宅中尉は、

「私はすぐ電話で吉沢大尉の私室へ報告したように思うのですが、――いや確かにした筈です。あなたは違うと思われるんですか? いやしかし大分前の事だから記憶ちがいという事もあるかも知れないが、どうもすみませんが、確かに……」

それ以上言い争う気が、大尉はしなかった。先任参謀の方へは、軍医長を介して、一度此の件で病院までお出で頂ければと伝えた事があったが、直接の返事は無く、

「大佐が大尉の見舞に行けるか」

と言って笑っているという話だった。大尉はそれを聞くと口惜しくその日は不機嫌で、夕食を食わなかった。

それからは、大尉は自分で自分のした事を正当化しようと、頻《しき》りに理窟を考え始めた。

陸軍の連絡参謀の前で、あれほど海軍の醜態を見せればたくさんだ、せめてもの亡《ほろ》んだ

海軍の体面を俺が繕《つくろ》ってやったのだ、とも考えた。俺が責任を取れば、三宅中尉は好きな女房の所へ早く帰る事が出来るだろう。今まで本当に自分を捨てて何かしてみたという事は俺には無い、どうせ俺は独りだ、黙って、いっそ暫くアメリカの牛肉でも食ってやれ、生命に係る問題じゃない、そうも思った。それに何より、自分は少し取越苦労をし過ぎている。何も上海行きに決った訳じゃない、何事も無く終って無事な帰国が出来るのではないか、そういう経験は前に幾度かあったような気がする、とも思った。

三宅中尉は口癖の「帰りたい帰りたい」を口にしなくなった。そして平気な顔をして寝ていた。大尉はそれまで幼稚な奴だと思っていた中尉に比べて、自分の方が遥かに幼稚な人間のような気もした。

しかし、もうこれ以上言い争いはすまいと思い、気持を内に向けるにつれて、大尉の心には、三宅中尉と先任参謀とに対する憎しみが、シミのように黒く残った。

五

西少佐が訪ねて来てから四日目の朝であった。よく晴れた日で、低く飛ぶ米軍のダグラスの音が聞え、窓からは揚子江を越えて武昌の町と山々とが鮮かに見えていた。

軍医長が看護婦を一人連れ、吉沢大尉たちの部屋へ廻診に入って来た。二人の体温表に眼を通し、簡単な打診を済ませると笑顔を見せ、

「よし。もう大丈夫だ。二人とも明日退院してよろしい」

そう言ってぽんと三宅中尉の肩を叩いた。

「吉沢君は此《こ》の度《たび》は御苦労だな」

軍医長は続けてそう言った。

「は？」大尉ははっとし、急に自分の顔が硬張《こわば》って来るのを覚えた。

「未だ通知が無いかね？　上海へ行く事に決ったそうじゃないか」

「……」

「さっき司令部から君の病状を訊いて来て、上海行きだと言っていた。君の方へはもう誰か知らせに来たかと思っていたが」

「はあ、そうでしたか」

「その意味でもあれだ、急ぐなら都合で君だけは今日退院してもいいぞ。病舎の自動車で送ってあげよう」

「そうですか」大尉はもう一度そう答えた。

「副官は三日の飛行機だと言っていたよ。ちょうど明治節だな」

朝の光の中で軍医長の白衣がまぶしい程白いのを大尉の眼は見つめていた。

「そうですか。どうも長い間ありがとうございました」

大尉が礼を言って頭を下げると、軍医長は、

「身体の方はもう大丈夫。まあ心配せずに……」

そう言って一歩扉の方へ退きかけたが、その時、随《したが》っていた看護婦が、

「あの、軍医長……」

と言って、背の高い軍医長を見上げ、何か促した。

「そうそう。それから、中村と木田か、今度参考人で一緒に上海へ行く下士官が二人、君に会いたいと言って下へ来て待っている」

「ああ、それは。それでは私、やはり今日退院します。いくらか支度もあるでしょう」大尉は言った。

「それから軍医長。先任参謀の方はどういう事になっていますか？　退院したら一度会うつもりですが」

「先任参謀も決った。やはり上海行きだ。それはそうだよ、君。陸軍では割に公平に視てるよ。君よりは少し遅れるらしい。とにかく陸警隊は陸警隊で、司令部の責任は司令部だ」

大尉は笑顔を見せた。そして、

「二人の下士官に病室へ来るように言ってくれ給《たま》え」

と看護婦に頼んだ。

「それでは車庫の方へ言っておくから」

軍医長がそう言って、看護婦と一緒に出て行くと、暫くして二人の下士官のノックが聞えた。ずんぐり背の低い若い中村兵曹と、のっぽの潮焼けした年輩の木田兵曹とは、寝台から遠く立ち、並んできちんとかしこまった。そうして、

「分隊長、如何《いかが》でありますか？　三宅中尉如何ですか？」と見舞らしい事を言った。帽子を右手に正しく持って、不動の姿勢で立っている。今にも大尉の、「突っ込めえ」という号令が下るのを待っているかのようだった。大尉は、とにかく此奴らと一緒だと強く思った。そして、

「おい覚悟はいいか？」と言った。木田兵曹が、永年の駆逐艦生活で潮焼けした頰をほころばせて、

「大丈夫であります」と言った。

「馬鹿。上海へ行くと毎日アメリカのビフテキとパンばかり食わされるぞ。覚悟はいいかと言ってるんだ」

「有難いです。大丈夫であります」

「まあ楽にしろ。其処《そこ》の箱に飴が入ってる」

大尉は市田に手伝わせ、身の廻りの物をまとめ始めた。二人の下士官は煙草を吸いながら待っていた。荷物をまとめるのは十分も掛らなかった。あらまし片づくと、大尉は、

「よし、覚悟がよければこれを持って下へ降りて、自動車を待たせておけ。すぐ行く」そう言い、黒い手提鞄《てさげかばん》を中村兵曹に渡した。二人の下士官は一礼して病室を出て行った。

「吉沢大尉」三宅中尉が声を掛けた。大尉は、

「何ですか？」と言って振り返った。

「一足お先に内地へ帰ったら、必ず御宅へ連絡に行きます。所番地と略図を書いておいて

下さい」

大尉はぐっとつかえ、返事をしなかった。何か急に言おうとしても言葉が出なかった。やや暫くしてから、

「まあいいでしょう。親父もおふくろも多分死んでるんじゃないかと思うから」と言った。

靴下をはき、久々に靴を穿《は》くと足が妙な感じだった。それに服装があらたまると腰が定らず、少しふらふらするような気がした。

市田が残りの荷物をさげて先に立つ。ポケットからハーモニカがのぞいていた。大尉はちょっとためらったのち、中尉に向って、

「じゃあ」

と声を掛けた。そうして大尉が去りかけたその時三宅中尉が、

「分隊長」と叫んで、寝台からずり降りて来た。白衣を乱し、一寸《ちよつと》よろめき、追うように一、二歩前へ出た。

吉沢大尉は扉を出かかって振り向いた。中尉の妙にキラキラと輝く眼は、半開きの扉の所に黙って立っている大尉の、面のように冷めたい顔を見た。

解説

日中戦争——この堪え難き禍

浅田次郎

歴史的に定義される「日中戦争」とは、昭和十二年七月の盧溝橋事件に端を発し、昭和二十年八月の終戦に至るまでの八年間を指す。

ただし広義には、昭和六年の柳条湖事件まで溯《さかのぼ》って捉えるべきであろう。それ以降日本は大兵力を進駐させ、大陸のあちこちで中国軍と衝突し続けていた。すなわち「日中十五年戦争」と呼ばれるゆえんである。

本巻に収録された作品は、その十五年間という長い歳月の、広い中国大陸のどこかの戦場が舞台となっている。まったく捉えどころもないくらい長くて広い戦争における、人間の点描である。

ところで、私が子供の時分に大人たちから聞かされた懐旧譚の中には、「日中戦争」という呼称は存在しなかった。一般的には「支那事変」と呼ばれ、別称は「日支事変」もしくは「日華事変」であったように思う。

戦時国際法は戦争の開始に際して、最後通牒の提示と宣戦の布告を定めていたが、日中間の一連の武力衝突はそれら国際法上の義務を欠いていたから、「戦争」ではなく「事変」とされたのである。

字面から察すると、「戦争とまでは言えぬ揉《も》めごと」のようであるが、けっしてそうではない。日本はこの「事変」に三十個師団と延べ二百万にのぼる大兵力を動員し、四十万人以上の戦死者を出した。全面戦争に突入する以前の陸軍常備兵力が十七個師団であったことを考えれば、まさか「揉めごと」などではない。つまり、国際法上の手続きを踏まずに始まった戦争は「戦争」と定義されず、「事変」と称されたのであった。

戦時国際法なるものが今日でも有効なのかどうかは知らぬが、少くとも昔の世界は、国家間の戦争が国際法上の手続きを経て開始される、という程度の倫理観を備えていたらしい。

また、当時は一般的であった「支那」という呼称も、大戦後は次第に姿を消して、昭和四十七年の日中国交回復以降はとりわけ禁忌となった。

私が子供のころしばしば耳にした「支那事変」は、以上のような戦争の定義の変遷と日中関係の友好回復に不可欠な配慮によって、「日中戦争」という名称に改められた。


大正末年の生まれであった私の父は、昭和二十年の現役兵であったから、ほんの数ヵ月間の兵営生活をしただけで戦地に出ることもなかった。軍隊の思い出話といえば、陰惨な私的制裁の恨みごとばかりであった。

また、明治三十年生まれの祖父は、幸運な時代の巡り合わせから、軍隊経験を持たなかった。

一族中唯一の日中戦争体験者は、大正初年生まれの母方の伯父である。

母の実家は東京の奥多摩にある旧官幣大社の宮司を代々務めており、この伯父もまた謹厳な神官であった。夏休みなどに母の里を訪ねて、伯父の口から戦争の思い出話を聞くたびに、どうして神主が兵隊だったのだろうという素朴な疑問を抱いたものであった。

かつての日本人が徴兵制度に基く兵役の義務を負っていたことぐらいは知っていたが、周囲の大人たちがみな戦争に行った様子はなく、ましてや神主という特別の職業にある人が兵隊に取られたというのは、なかなか理解できなかったのである。

その種明かしは簡単で、要するに時代の巡り合わせであった。世の中が平和であれば兵隊の数は必要ないのである。したがって日中戦争から世界大戦の終焉《しゅうえん》に至るおよそ十五年間の大動員の時代には、特別の事由がない限りほとんどの壮丁《そうてい》が軍隊に召集された。これに該当するのは、明治の末から昭和の初めにかけて生まれた男子である。とりわけ、十五年しかなかった大正時代の生まれは、そっくりこの範囲に含まれていた。

つまり本巻の収録作品に登場する人々、名もなき兵隊の群像のあらかたは、この不幸な世代と考えていいのだろう。私の敬愛した伯父もその例に洩れず、奥多摩の山上の神官でありながら召集され、華北の戦場に向かったのだった。日中戦争に動員された、二百万人の兵士のひとりであった。

当時の日本は、徴兵制度に基くきわめて精密な動員システムを備えていた。全国各地に「師管区」「聯隊区《れんたいく》」と称する徴兵区域が定まっており、徴兵検査も召集も聯隊区司令官の名のもとに行われた。そのようにして集められた兵士は、原則として同じ部隊に配属されるので、あらましは同郷人ばかりで編成される郷土部隊となる。すなわち本巻に収録された小説の登場人物は、一部の将校を例外としてほとんどは同じ区域から召集された下士官兵なのである。戦場という過酷な舞台に身を置きながら、またすこぶる厳格な規律の中にありながら、彼らが親密な人間関係を失わないのは、この「郷土部隊」という日本軍の編成に負うところが大きいと思われる。後世の私たちが戦争文学を読むうえでの、知られざる要点ではあるまいか。

たとえば、私の伯父は当時の東京府西多摩郡が本籍であるから、徴兵区は麻布聯隊区（後に赤坂聯隊区）であった。人口の多い東京と埼玉は一くくりにして東西に分けられ、西半分が麻布、東半分が本郷聯隊区とされた。原則としては、今日「東京ミッドタウン」が聳《そび》え立《た》つ歩兵第一聯隊や、今も米軍施設の残る歩兵第三聯隊に入営するのである。ただし伯父は兵科が輸送を主任務とする「輜重兵《しちょうへい》」であったから、入営地は別であったかもしれない。ともかく東京の西半分に生まれ育った兵隊たちは、昭和十二年の開戦と同時に華北戦線に出動した。

その後、伯父は幸いにして除隊し帰郷するのだが、歩兵第一聯隊は昭和十九年八月にフィリピンのレイテ島に転用され、ほぼ全滅した。伯父が子供らにぽつぽつと戦場の思い出話をすることができたのは、過酷ではあっても勝ち戦だったからであろう。

私はかつてフィリピン戦線にあった歩兵第一聯隊の方からもお話を伺おうとしたことがあ

るが、かろうじて戦後の収容所における生活を語って下さっただけだった。聯隊史によれば、上陸時の二千五百名のうち終戦を迎えることができた総員は、わずかに三十九名であった。語り継がれずに消えてゆく記憶を保存するという使命を、戦争文学は担っているのである。

しかし、戦時中に書かれた作品の多くは当時の世相を反映して、戦争そのものを客観的に描いてはいない。検閲も厳しかったのであろうが、それ以上に社会の気運が表現を制約したのであろう。

思想と表現の自由が保障されていなければ、すぐれた文学作品は生まれない。したがって作品数があんがい多いわりには、文学的価値の高い、なおかつ後世の読者の鑑賞に堪えるものが少いというのも、この時代の特徴であった。

日比野士朗「呉淞《ウースン》クリーク」は、そうした状況下の白眉である。戦闘そのものの実相を、これだけていねいに、しかも冷静に描写した作品は珍しい。

中央公論誌上に発表された昭和十四年二月といえば、日本軍は中国の主要都市を占領したものの、政治的な解決策を見出せず国際世論の批難にも晒《さら》されて、文字通り進退きわまっていた時期である。五月にはノモンハン事件が起こる。当然さまざまの制約はあっただろうが、それを感じさせぬところがプロの技であろう。少くともこの作品は軍の期待に応えてはおらず、かといって反戦的な内容でもない。いや、その双方の要求を実は等分に満たしている、とでもいうべきであろうか。

この作品の背景を調べてみた。

明治三十六年に東京で生まれた日比野士朗は、名古屋の旧制八高を経て兵庫県の教員となり、昭和九年に河北新報社に転職した。

昭和十二年の召集時には、すでに三十四歳であった計算になる。陸軍伍長という下士官の階級が災いしたにしろ、いかに大動員であったかがわかる。

召集令状は本籍地に届けられる。日本国民である限りどこで何をしていようと、すべてを擲《なげう》って一週間以内に郷土の「原隊」に駆けつけねばならなかった。日本男児にとっての「軍籍」は、おのおのの家族や人生とは無縁の、もうひとつの「戸籍」であった。

「呉淞クリーク」は作中の日付と地名から、上海事変における第二次総攻撃の一局面であると考えられる。複雑な経緯は省略するとして、十二年八月にまず出動したのは、名古屋の第三師団と善通寺の第十一師団であった。しかし中国軍の反撃に苦戦を強いられ、九月にはさらに金沢の第九師団、仙台の第十三師団、そして東京の第一師管区で新たに編成された第百一師団に動員が下令された。東京出身の日比野は、おそらくこの第百一師団に所属していたのであろう。なるほど作中には、「麻布六本木の本屋の店員」である若い下士官や、「芝中学の生徒課につとめている」無口な准尉が登場する。作者自身もはたから見れば、「高等学校を出て新聞社に勤めているインテリ伍長」だったのだろう。

さきに述べたように、陸軍の平時編制は十七個師団であるが、有事の際には同じ師管区から次々と戦力が生み出される仕組みになっていた。東京と埼玉の場合は、常備師団である第一師団の主力が華北と満洲に出たあと、昭和十二年九月にこの第百一師団が編成された。

一個師団の平時編制は一万名が定数だが、戦時編制では二万五千に膨れ上がる。その中には六本木の書店員や中学の事務員や、新聞記者や神主が含まれていた。

私たちはともするると、戦争を批判するに際して、「加害者たる軍人と被害者たる民間人」という構造を思い描いてしまう。しかし「呉淞クリーク」のさりげない記述は、そうした単純な判断の誤りを読者に告げている。

かつての日本社会では、軍人と民間人は分かちがたかった。「兵役の義務」の正体はこれである。

本稿を書くにあたって、書庫の奥深くから昭和十二年九月十一日付の「上海派遣軍戦闘序列」なる資料を掘り出した。

軍司令官はのちに極東軍事裁判でA級戦犯として裁かれた、松井石根《いわね》大将である。その麾下《きか》に、さきに述べた五個師団が並び、以下おびただしい数の諸部隊が記されている。「戦闘序列」とは、戦争に臨んで天皇が発令する公式の編成完結表であるから、軍司令官以外の姓名は記されない。しかしそこに記載されている師団や諸部隊は、まぎれもなく日本国民の数知れぬ集合体なのである。

つまり「呉淞クリーク」は、そうした戦争の実相を、言論の不自由な時代にありながら小説として読者に送り届けたという意味で、まさに「プロの技」と言える。むろん、戦争についてすでに無知である今日の国民に伝えるべき作品であり、戦争文学の全体を読み解くうえでも不可欠の資料と考えて本巻に収録した。個々の作品について解説を加えるよりも、限られた紙数の中ではこの一作の持つテキストとしての価値を知っていただくほうがよかろう。

四十もなかばになってから、初めて中国を訪れた。

かの国を舞台にした小説をいくつも書き、しかもそれらは私の代表作とみなされているようなので、読者の多くは意外に思うかもしれないが、私は「蒼穹の昴」を上梓したのちに、初めて中国の大地を踏んだのである。

国交回復はとうになされていたものの、今日のように経済的な結びつきが強かったわけではなく、観光旅行にもさまざまの制限があったうえ、他国に較べて費用が割高であったから、中国はいかにも「近くて遠い国」であった。

そもそも私は、中学校の教室で習った漢詩によって文学に目覚めた。幼いころからの読書習慣は物語の追求に過ぎなかったのだが、漢詩の中に初めて「美」を発見したのである。まず日本語の読み下しのうるわしさに陶然とし、漢字を介して文学世界を完全に共有できる中国に親しみを感じた。

欧米の翻訳小説には不信感を抱いていた。ストーリーは十分に伝えられるとしても、文章は翻訳者の恣意によるのではないかという疑問を拭《ぬぐ》い去《さ》れなかったのである。漢字という共通言語の存在は、そうした疑問のつけ入る隙がないような気がした。

今日ではどうか知らないが、私の世代では「桃の夭夭《ようよう》たる」に始まって少くとも「長恨歌」まで、あるいは「論語」に始まって「史記」の一部までを中学と高校で教えられた。楽しみにしていた授業は、週に一時間か二時間の漢文だけだった。

だが、すでにそのころ漢文は学問や教養としての意味を失いかけていた。社会は高度経済成長のまっただ中で、生産性をまるで伴わぬ美学や精神主義や道徳観は、不要なものとみなされていたからである。さしずめそれらの権化である漢文や古典文学は、入試問題のごく一部に出題されるというすこぶる不純な理由から、誰もがしぶしぶと学んでいるにすぎなかった。

こうなると、その反動的な遺物にたまさか心奪われてしまった学生は悲劇である。漢詩をより理解しようと思えば、遥か紀元前からの中国の歴史を学ばねばならない。日本の古典文学の作者は必ずしも歴史に関与しないが、漢詩の作者はことごとく政治家であり官僚だからである。

隋代に始まった科挙試験は、詩作を重要な課題に置いた。詩が詠めなければ社会的な出世は叶《かな》わず、清代に至るまで政治家や官僚がみな相応の詩人であったことは事実なのである。中国のそうした詩文の伝統が、あるいはそうした固有の文化のうえに成り立つ中国が、近代資本主義に遭遇したときどうなるのか、というテーマをいつか小説の形で書いてみたいと思っていた。

そのためにはまず、かの国を訪れなければならない。しかし国交は回復されたものの、中国は相変わらず近くて遠い国であった。文化大革命や天安門事件の報道に接するたび、私の追い求める中国はすでに地球上に存在しないのだと考えるようになった。

　懸案の小説を書き上げたあと、修学旅行のような気分で中国を訪ねた。北京の街角に初めて立ったときの感動は忘れがたい。中国はすでに地球上に存在しないどころか、小説の世界そのままに私を迎えてくれたのだった。

　十五年前のそのころは、のちの急成長の兆しすらなかった。練炭の臭いのする胡同《フートン》をあてもなくさまよっていると、老人が親しげに声をかけてきた。

「日本人《リィベンレン》？」

　裏路地を散策する日本人観光客など、まだ珍しかったのであろう。老人はかたことの日本語を混えて、過ぎにし記憶を語った。そのうちに、近所のお年寄りまでもが集まってきた。

　私が危惧していた恨みごとなどは、ひとこともなかった。むろん悪い記憶がないはずはあるまいが、それを口にすることは少くとも中国的ではないのだろう。しまいにはひとりの老女が、日本の童謡を唄い始めた。

「スズキさんを知らんかね」

　と、老人が訊ねた。彼はかつて鈴木という軍人の家で働いていたらしい。

「日本人の鈴木は、中国人の李さんや王さんと同じですよ」

　私が答えると、老人たちは声を揃えて笑った。

　しかし私は一緒に笑いながら、ひやりとして口をつぐんだ。長く華北の戦線にあった神主の伯父は、鈴木という姓だった。

たしかに「鈴木」は、「李」や「王」と同じくらい当たり前の苗字《みようじ》である。ましてや伯父は輜重兵の軍曹で、北京に邸《やしき》を構えていたはずはなかった。だが、そのほんの一瞬の会話は、私の中に欠落している歴史を思い起こさせた。

わずか五十年前に、延べ二百万にのぼる日本の軍隊が中国に渡り、十五年間も戦争をしていた。戦死者は四十万とされ、中国人の軍民の犠牲は一千万とも一千五百万ともいわれている。

私が改めて戦争文学を読み直したのは、この最初の中国の旅がきっかけであった。歴史の中の文学は余りに無力ではあるが、歴史の中の人間を誠実に描き伝える手段は、文学のほかにありえない。


私の手元に一面の扇子がある。

知る人がかつて火野葦平と酒席を共にし、白無地の扇に一筆を願ったところ、即興の詩を淀《よど》みなくしたためたそうだ。何でもそのころの火野は、戦争に加担するような文学をなしたことについてひどく悔やんでおり、その嘆きようはおいそれと慰めることもできぬほどであったという。

昭和三十五年に自裁するまで、火野は戦争文学の作者としての荷を背負い続けていたのであろうか。そう考えると、本巻に収めた作品の重みもひとしおに感じられる。

こうして「コレクション 戦争と文学」全二〇巻を編む私の手元に、火野の即興詩があるというのも奇しき因縁であろうから、扇面に書かれた詩をそのままに記しておく。
感想は読む人によって異なるであろうけれど、たとえ多くの名作を残したにせよ、日中戦争は彼にとってやはり堪え難き禍《わざわい》であったのだろう。

山吹の賦

巷の垣にさりげなく
咲く山吹の美しき
かわたれどきに白雨来て
たたけど散らぬ花びらを
いづくのもののしぐさぞや
一ひら二ひら三ひらほど
土によごれてけさありぬ
散りて咲くてふもののふの
心ににたる黄のいろに
たわむる蝶のありつれど
なげきをきかんすべもなし

けふの思ひを忘れずば
いつか巷の山吹を
昔の色にかへしてむ
昔の色にかへしてむ

あしへい

（あさだ・じろう　作家）
〔初出　二〇一一年一二月〕

付録　インタビュー

使命感を持って戦争を書く

伊藤桂一

伊藤桂一さんは、一五歳の頃から校友会誌に詩や小品を発表し、その後も「文藝首都」などの同人誌に作品を投稿しながら文学修業に励んでいた。一九三七（昭和一二）年に徴兵検査を受け甲種合格。翌年一月、習志野騎兵第一五聯隊《れんたい》に現役の初年兵として入営。三九（昭和一四）年九月には中国山西省に出動した。四一（昭和一六）年、除隊となるが、四三（昭和一八）年再度召集を受け、中国安《あん》徽省《きしょう》に向かう。終戦を迎えたのは上海郊外、二八歳になっていた。自らの体験をもとに、「静かなノモンハン」をはじめとする数多くの戦争文学の傑作を残し、「若き世代に語る日中戦争」など、戦争体験を次世代へ伝える作業も積極的に行っている。

インタビュアーは、浅田次郎氏。

軍隊、戦場の現実

――私は、戦争を知らない世代ではありますが、元自衛隊員という小説家としては特異な経歴ですので、小説家になってからずうっと、自分は戦争にかかわる小説を書かなければならないという使命感みたいなものを持っていました。ですから、伊藤さんの作品は若い頃から愛読しております。

年譜によりますと、昭和一二（一九三七）年に徴兵検査で翌年の一月入営ということは、現役兵ですね。昭和一三（三八）年に入営される以前から、将来は小説を書こうとお考えになっていらっしゃったんですか。

小説といいますか、文学をやっていこうとは考えていました。若い頃から、詩や小説を書いていましたからね。

――私の自衛隊時代がそうでしたが、軍隊に入るとまったく文学ができないですね。

できない。軍隊に入ると、文学的なものがまっさきに壊されるんです。私は入隊して二年近く経ったときに中国の戦場へ移るのですが、その頃になるとかなり余裕が出てくる。戦場とはいっても、朝から晩まで始終戦争をしているわけではありませんから休憩時間もあって、そのときに短歌を書いていたんです。短歌なら戦場でも走り書きができますから、思ったことをちょっちょっとメモしておく。いわば戦場を移動しながらの吟行という感じで、そうやって戦争中に三、四百首ぐらいの短歌をつくりました。

――それだけ多くの歌を詠まれたなら、内地に戻ってきてからその歌を見ると、そのときの心境などが思い出せるのではないですか。

ええ、連鎖するようなかたちで記憶が蘇《よみがえ》り、戦場で弾がどっちから飛んできたとか、人がどう動いたかといったことが思い出せる。

——日記みたいなものではだめですか。

要領がいい人は、近況のようなものを軍事郵便に託して出していました。ただ軍事郵便というのは葉書ですから、絵に添えて短いメモのようなものは書けても文章は書けない。文章は検閲を受けますから。また、戦地の記録みたいなものを書くと、メモでも内地に持ち帰ることは許されていなかった。

——短歌は持ち帰ることができたのですか。

ポケットに隠して持ち帰ったんです。小さい万年筆を裏返しにして書くと、字を細く書けますね。ノートから短歌だけを小さな紙片に細かい字で抜き書きして、折り畳んでポケットに入れておいたんです。なぜそんな用心をしたかというと、私物検査はされないまでも、見つかった場合にはほかの人に迷惑をかけますから。

——それでも、読むこと、書くことに対して渇望なさったのではないですか。私が自衛隊に入って思ったのは、こんなにも自分の時間がないのかということでした。

初年兵のときには、たしかに時間はありませんでしたが、一年過ぎると少し時間ができてくる。ことに初年兵と二年兵とでは生活意識がまったく違って、心情的にも余裕が出てくるわけです。まあ、二年目、三年目と楽になってくるというのは、軍隊に限らず一般社会でもそうですよね。下の兵隊が入ってくるので、その分、だいぶ楽になる。

それでも実際の戦場生活になると、楽も何もなくて、運がいい人だけが生きているという状態ですから、だれが死に、だれが生きるかはまったくわからない。死は常に身近です。だからといって、死ぬことばかり考えていてもしようがない。後は運任せだと、割り切ってしまわないとだめなんですね。

――その辺の意識というのは、戦争が始まる前と戦地に行ってからではやはり違うのでしょうか。

行く前は、死を覚悟するといっても、あくまで抽象的な覚悟でしかない。しかし実際の戦場では、敵に見つかると同時に向こうが撃ってくる。山の中に入っていかなくてはならないようなときには、必ず二、三人の犠牲者が出る。そうなると、いつ自分に順番が回ってくるかを考えざるをえない。

そこで初めて実感的に覚悟を決めるわけです。死ぬのは運命なんだから考えてもしようがない、と。だから、そのことはあまり考えずに、生きている限りは短歌を書いて楽しんで、それで終わればいいじゃないかと頭を切り換えたんです。いつまでも死んだ仲間のことを考えていると、そちらに引きずり込まれてしまいますから。

――歌を詠んだり手紙を書いたりすることによって、死ではなくて生を確認する。

歌を詠んでいれば、生のほうに重心が置けるんです。不思議なもので、死んだらどうしようと悩んだり、親のことを心配したりしていると、逆に弾が当たる。私の場合は、自分に生きている運命があるなら、それを大事にしてやっていけばいいじゃないかという考え方でなんとかしのげました。

――しかし、若いうちならまだ覚悟できるのでしょうけれど、年を重ねていくとなかなかそう簡単に割り切れないのではないでしょうか。

私はまだ二二歳でしたからね。もっと年がいっていて、たとえば妊娠した奥さんを残してきた人などは、かなり苦しんだと思います。最初に配属されたのは現役部隊でしたから二〇代初めの人が多く、年配の兵隊はあまりいませんでしたけど、二度目の召集のときには妻子持ちの兵隊もけっこういました。

――そうすると、同じ軍隊でも空気が違うのではないですか。

空気は違いますが、団体生活というのは大体底辺の人というか、若い初年兵に合わせていくので、あまり大きな違いはなかったと思います。ただ、所帯持ちの兵隊には、待っている家族がいるから、あの人を死なさんようにしたほうがいいと気を遣いました。でもいくら気を遣ったところで、その人だけに弾が来ないというわけにはいかない。ですから、戦場にいると徹底的に運命論者にならざるをえないんです。

戦争を描き続ける理由

――短歌を詠まれていたにせよ、やはり戦争中は文学的に大きな空白があったと思うのですが、戦後はすぐに文学の世界へお戻りになることはできたのですか。

私は、戦争が始まってから終わるまでのほとんどの時期を軍隊で過ごしたわけです。だから日本に帰ってきても、私には小説や詩のほかに生活する手がかりが何もない。とにかく文章を書いていくことで生きていくしかない。それで、せっせと同人雑誌に小説や詩を発表し続けていたんです。

当然生活は苦しいわけですが、そうせざるをえなかった。というのも、自分はせっかく生き残れたのだから、少しでも優れた文章を書かなければ、死んだ兵隊に申し訳ないという気持ちがあったからです。終戦後しばらくは、一所懸命文学を勉強し直して、少しでも恥ずかしくない文章を、という気持ちで必死に書いていました。

大衆文学誌から純文学誌まで、勉強だと思って手当たり次第に書けるものに書きました。そうこうするうちに、それまで騎兵の話を書いた人はいないというので、私は騎兵聯隊での経験を書いたんです。昭和二七（五二）年でしたか。その「雲と植物の世界」（「新表現」六号）という作品が上期の芥川賞候補になりました。たまたまそのときは受賞作がなかったので、同じ三重出身の丹羽文雄さんが口添えしてくれて、「文藝春秋」に再録されたんです。あれは本当に運が良かったですね。

でも、それで急に原稿の注文が来るようになったわけではなく、その後十年ぐらいは相変わらず同人雑誌に書いたり懸賞小説に応募したりで、筆一本でなんとか生活できるようになったのは、「螢の河」で直木賞を受賞して以降、戦争が終わって二十年近く経ってからです。

――軍隊経験のある作家でも、軍隊そのものを真っ正面から書くことはあまりなかったと思うのですが、伊藤さんはずっと書き続けていらっしゃいます。何か使命感のようなものがあったのでしょうか。

使命感はありました。ひとつには、私が四歳のときに父親が交通事故で死んだのですが、父は若い頃にものを書いていて、自分はその志を継がないといけないという思いがありました。もうひとつ、生き残って日本に帰ってきても、なかなか戦争のことを身内の人たちに話せないんです。

――家族に語らないケースが多いようですね。

お前たちは戦争に負けたじゃないかとばかにされることも多かった。それに戦争末期のニューギニアやビルマなどでの悲惨な体験は、みな話したくないんです。でも話さないとわからない。ですから、せめて私だけでも書いていこうと。もちろん、死んだ人たちに対する鎮魂の思いもあります。そうしたさまざまな使命感がある。どうも、私はほとんど使命感で生きているような感じですね（笑）。

――今回、伊藤さんの作品を読み返してしみじみ思ったのですが、私たちが抱いているイメージとは違う戦争の実態が書かれている。教科書などに書かれているのとは別の戦争の姿があったことを理解するためにも大変貴重な文学であり、また貴重な歴史上の著作であると思います。

私は因縁だという気がします。私は、意図して戦争の話を書いてやろうと思って書いているわけではないのです。戦友会の仲間と話したり、座談会などで話しているうちに、ふと手がかりみたいなものが出てくる。そういうものが自然と回ってくるんですね。

――小説のほうから寄ってくるわけですか。

自分から何かいい話はないかと訊《き》いたことは一度もなかった。不思議と、どこからかやってくるんです。ただその受け皿として、それを書くに値するような文章の技術を具《そな》えておかなければいけないということは、常に肝《きも》に銘じていました。

いかに戦争文学を書くか

――私が若いときに読んで衝撃だったのが「静かなノモンハン」でした。どこまでが取材した事実で、どこからがフィクションなのかわからなかったんです。当時、すでに小説家になろうと思っていたので、こういう小説の書き方があることに驚きました。

もし、あの作品がほかと違うとすれば、文体だと思います。書く上でもっとも苦労したのも文体でした。あのノモンハンのことを書こうとすると、普通のリアリズムの文体では、あまりの厳しさ、残酷さに読む人が耐えられないだろう、と。では、どう書けばいいのか。そこで考えたのが、詩的な書き方です。私は若い頃から現代詩の勉強をしていましたから、それが役立ったんです。詩的な文体であれば、事実そのままを書きながらも、その描写を詩的に昇華していくことができる。とはいえ、いざそれを実際に書いていくのは非常に難しく、結局、取材を始めて完成するまでに十年かかりました。

私にノモンハンでのつらい体験を話してくれた人たちがいますから、もちろん嘘は書けない。あくまでもリアリズムを基本に置いて、それを詩的に昇華するためには、そこで語られた体験を自分の中に溶かし込んでいかなくてはいけない。三年、五年、七年、八年と時間をかけて、ようやく自分の中に溶かし込むことができ、この文体でいけると思った。そうやって書いたのが「静かなノモンハン」です。ともかく骨が折れました。書き終えて、こんな小説はもう二度と御免だと思いましたね。

それでも、戦記、戦争文学というのは、基本的にロマンチシズムだと私は思っています。人間の生き死にそのものがロマンチシズムですから。事実から離れずに、いかにロマンを込めて物語を書くのか。それが私にとっての戦争文学だと思っています。

（いとう・けいいち　作家、詩人）

聞き手＝浅田次郎

「コレクション　戦争と文学」第7巻（二〇一一年一二月刊）月報より

著者紹介

海外の地名表記は、原則として当時の一般的な呼称に従った

胡桃沢耕史（くるみざわ・こうし）
一九二五（大一四）～九四（平六）　東京生。大学在学中に特務機関員として中国に渡り敗戦、捕虜としてモンゴルに抑留される。五五年、本名清水正二郎で応募した「壮士再び帰らず」がオール読物新人杯受賞。八二年「天山を越えて」（日本推理作家協会賞）、八三年「黒パン俘虜記」（直木賞）を発表。「ぼくの小さな祖国」「黄塵を駆ける」など。

和辻哲郎（わつじ・てつろう）
一八八九（明二二）～一九六〇（昭三五）　兵庫生。一九一〇年創刊の第二次「新思潮」に参加。「古寺巡礼」「風土」「鎖国」（読売文学賞）「日本倫理思想史」（毎日出版文化賞）など。

小林秀雄（こばやし・ひでお）
一九〇二（明三五）～八三（昭五八）　東京生。二九年「様々なる意匠」が「改造」懸賞評論二席に入選。三八年、文藝春秋特派員として中国杭州に赴き火野葦平に芥川賞を渡す。「無常という事」「ゴッホの手紙」（読売文学賞）「近代絵画」（野間文芸賞）「本居宣長」（日本文学大賞）など。

日比野士朗（ひびの・しろう）
一九〇三（明三六）～七五（昭五〇）　東京生。三七年応召、中国に渡り呉淞《ウースン》クリーク渡河作戦に従軍、負傷。この経験をもとに描いた「呉淞クリーク」で池谷信三郎賞受賞。四二年、大政翼賛会文化部副部長に就任。「生産文学」「戦う文化」「芭蕉再発見」など。

石川達三（いしかわ・たつぞう）
一九〇五（明三八）～八五（昭六〇）　秋田生。三五年「蒼氓《そうぼう》」で芥川賞受賞。三七年末から翌年にか

けて、中央公論特派員として中国中部に派遣される。三八年、この経験をもとに「生きている兵隊」を発表するが発禁。その年九月、同特派員として武漢作戦に従軍。四五年、文学報国会実践部長に就任。同年一二月「生きている兵隊」を刊行。「人間の壁」「金環蝕」「流れゆく日々」など。

武田麟太郎（たけだ・りんたろう）

一九〇四（明三七）～四六（昭二一）　大阪生。三二年「日本三文オペラ」を発表。四二年、陸軍報道班員としてジャワ島に出征。「釜ケ崎」「一の酉」「簪」など。

火野葦平（ひの・あしへい）

一九〇七（明四〇）～六〇（昭三五）　福岡生。日中戦争出征中の三七年一〇月に発表した「糞尿譚」が芥川賞受賞。三八年、徐州会戦に従軍。四二年、報道班員としてフィリピンのバターン作戦に、四四年、ビルマのインパール作戦に従軍。「革命前後」を脱稿後自死。「麦と兵隊」「土と兵隊」「花と兵隊」「青春と泥濘」など。

田中英光（たなか・ひでみつ）

一九一三（大二）～四九（昭二四）　東京生。四〇年「オリンポスの果実」（池谷信三郎賞）を発表。三七年七月応召、一二月除隊。翌年七月再応召、四〇年一月除隊。太宰治の墓前にて自死。「酔いどれ船」「野狐」など。

伊藤桂一（いとう・けいいち）

一九一七（大六）～二〇一六（平二八）　三重生。三八年応召、四一年除隊。四三年、再応召され四五年、上海で敗戦を迎える。五二年「夏の鶯」が「サンデー毎日」大衆文芸に入選、千葉亀雄賞受賞。六一年「螢の河」を発表、直木賞受賞。「静かなノモンハン」（芸術選奨・吉川文学賞）「遥かなインパール」詩集「ある年の年頭の所感」（三好達治賞）など。

藤枝静男（ふじえだ・しずお）

一九〇七（明四〇）～九三（平五）　静岡生。四二年、海軍火薬廠付属病院眼科部長となる。四五年、予備海軍軍医少尉に任ぜられ敗戦。四七年「路」を発表。七八年、中日文化賞受賞。「空気頭」（芸術選奨）「欣求浄土」「愛国者たち」（平林たい子賞）「田紳有楽」（谷崎賞）「悲しいだけ」（野間文芸賞）など。

檀一雄（だん・かずお）
一九一二（明四五）～七六（昭五一）　山梨生。三七年応召、四〇年末召集解除。四四年発表の「天明」が野間文芸奨励賞受賞。七月、陸軍報道班員として中国へ。五一年「長恨歌」「真説石川五右衛門」で直木賞受賞。七五年「火宅の人」（読売文学賞・日本文学大賞）を刊行。「小説　太宰治」「リツ子・その愛」「リツ子・その死」「小説　坂口安吾」など。

駒田信二（こまだ・しんじ）
一九一四（大三）～九四（平六）　大阪生。四二年応召して中国に出征、四四年国民党軍捕虜となる。四八年「脱出」で人間新人小説に当選。七九年、菊池寛賞受賞。「鬼哭」「谿の思想」など。

田村泰次郎（たむら・たいじろう）
一九一一（明四四）～八三（昭五八）　三重生。四〇年応召、中国北部を転戦。四六年「肉体の悪魔」を、四七年「肉体の門」を発表。「日月潭工事」「檻」「黄土の人」「地雷原」など。

田中小実昌（たなか・こみまさ）
一九二五（大一四）～二〇〇〇（平一二）　東京生。四四年応召、中国各地を転戦。野戦病院で敗戦を迎える。六六年「どうでもいいこと」を発表。七九年「ミミのこと」「浪曲師朝日丸の話」で直木賞受賞。「上野娼妓隊」「ポロポロ」（谷崎賞）「アメン父」など。

富士正晴（ふじ・まさはる）
一九一三（大二）～八七（昭六二）　徳島生。四四年応召、中国大陸に出征、江西省南昌で敗戦。四七年、島尾敏雄、林富士馬らと同人誌「ＶＩＫＩＮＧ」を創刊。七一年、大阪芸術賞受賞。「帝国軍隊に於ける学習・序」「桂春団治」（毎日出版文化賞）「富士正晴詩集」など。

棟田博（むねた・ひろし）
一九〇八（明四一）～八八（昭六三）　岡山生。三

七年、日中戦争勃発とともに応召。翌年五月、徐州作戦に従軍し負傷。「分隊長の手記」（正・続）を三九年、四〇年に刊行し、ベストセラーとなる。四二年刊行の続編「台児荘」で野間文芸奨励賞受賞。「サイパンから来た列車」「拝啓天皇陛下様」など。

五味川純平（ごみかわ・じゅんぺい）
一九一六（大五）～九五（平七）　大連生。四三年応召、ソ満国境警備に就く。四五年八月、侵攻してきたソ連軍に大敗、転々と逃げ回るが捕虜となる。五六年から五八年にかけて書き下ろし刊行した「人間の条件」がベストセラーとなる。七八年、菊池寛賞受賞。「自由との契約」「戦争と人間」など。

阿川弘之（あがわ・ひろゆき）
一九二〇（大九）～二〇一五（平二七）　広島生。海軍予備学生を志願、四二年、佐世保海兵団に入隊。その後中国に渡る。四六年「年年歳歳」を発表。五二年「春の城」（読売文学賞）、五四年「魔の遺産」、五六年「雲の墓標」を刊行。二〇〇七年、菊池寛賞受賞。「山本五十六」（新潮社文学賞）「井上成美」（日本文学大賞）「志賀直哉」（野間文芸賞・毎日出版文化賞）「食味風々録」（読売文学賞）など。

初出・出典一覧

東干《トンガン》（胡桃沢耕史）
初出　「近代説話」第七集　一九六一年四月（清水正二郎名義）
出典　「壮士、荒野を駆ける」一九八七年四月　ケイブンシャ文庫　勁文社

文化的創造に携わる者の立場（和辻哲郎）
初出　「思想」一九三七年九月号
出典　「和辻哲郎全集　一七」一九九〇年九月　岩波書店

戦争について（小林秀雄）
初出　「改造」一九三七年一一月号
出典　「小林秀雄全作品　一〇」二〇〇三年七月　新潮社

呉淞《ウースン》クリーク（日比野士朗）
初出　「中央公論」一九三九年二月号
出典　「呉淞クリーク／野戦病院」二〇〇〇年八月　中公文庫

五人の補充将校（石川達三）
初出　「文学者」一九三九年七月号
出典　「石川達三作品集　二三」一九七三年六月　新潮社

手記（武田麟太郎）
初出　「文学界」一九三三年一二月号
出典　「武田麟太郎全集　四」（復刻版）二〇〇三年一月　日本図書センター

煙草と兵隊（火野葦平）
初出　「文藝春秋」一九三九年一月号

出典「火野葦平選集 二」一九五八年一一月 東京創元社

鈴の音（田中英光）

出典「田中英光全集 三」一九六五年七月 芳賀書店

黄土の記憶（伊藤桂一）

初出「近代説話」第七集 一九六一年四月

出典「螢の河」一九六二年三月 文藝春秋新社

犬の血（藤枝静男）

初出「近代文学」一九五六年一二月号

出典「藤枝静男著作集 四」一九七七年一月 講談社

照る陽の庭（檀一雄）

初出「文藝」一九四九年一月号

出典「檀一雄全集 四」一九七七年七月 新潮社

脱出（駒田信二）

初出「人間」一九四八年七月号

出典「現代の文学 三八」一九七四年一一月 講談社

蝗（田村泰次郎）

初出「文藝」一九六四年九月号

出典「筑摩現代文学大系 六二」一九七八年七月 筑摩書房

岩塩の袋（田中小実昌）

初出「海」一九七八年六月号

出典「ポロポロ」一九七九年五月 中央公論社

崔長英（富士正晴）

初出「VIKING」第九〇号 一九五八年一月

出典「富士正晴作品集 二」一九八八年七月 岩波書店

軍犬一等兵（棟田博）

初出「面白倶楽部」一九五四年六月号

出典　「棟田博兵隊小説文庫　六」　一九七四年一月
　光人社

不帰の暦（五味川純平）
初出　「別冊文藝春秋」第一四〇号　一九七七年六月
出典　「戦記小説集」　一九九〇年一一月　文藝春秋

蝙蝠（阿川弘之）
初出　「新小説」　一九四八年一一月号
出典　「阿川弘之全集　二」　二〇〇五年八月　新潮社

凡例

本セレクションは、日本語で書かれた中・短編作品を中心に収録し、原則として各作品の出典の表記を尊重した。

一、漢字の字体は、原則として、常用漢字表および戸籍法施行規則別表第二（人名用漢字別表）にある漢字についてはその字体を採用し、それ以外の漢字は正字体とされている字体を使用した。

一、仮名遣いは、小説・随筆については、出典が歴史的仮名遣いで書かれている場合は、振り仮名も含め、原則として現代仮名遣いに改めた。詩・短歌・俳句・川柳の仮名遣いは、振り仮名も含め、原則として出典を尊重した。

一、送り仮名は、原則として出典を尊重した。

一、振り仮名は、出典にあるものを尊重したが、読みやすさを考慮し、追加等を適宜行った。

一、明らかな誤字・脱字・衍字と認められるものは、諸刊本・諸資料に照らし改めた。

「セレクション　戦争と文学」において、民族、出自、職業、性別、心身のハンディキャップ等々、今日では不適切と思われる差別的な語句や表現が使われている作品が複数あります。また、疾病に関する記述など、科学的に誤った当時の認識のもとに描かれた作品も含まれています。

しかし作品のテーマや時代性に鑑みて、当該の語句、表現が差別をいたずらに助長するものとは思われません。私たちは文学者の描いた戦争の姿を、現代そして後世の読者に正確に伝えることが必要だと考え、あえて全作品をそのまま収録することにしました。作品の成立した時代背景を知ることにより、作品もまた正確に理解されると信ずるからです。読者のみなさまのご理解をお願い申し上げます。

集英社「セレクション　戦争と文学」編集室

本書は二〇一一年一二月、集英社より『コレクション　戦争と文学　7
日中戦争』として刊行されました。

JASRAC　出1910768―901

本文デザイン　緒方修一

セレクション **戦争と文学** 全8巻

① **ヒロシマ・ナガサキ**
原民喜「夏の花」、林京子「祭りの場」他。解説＝成田龍一
発売中

② **アジア太平洋戦争**
三島由紀夫「英霊の声」、蓮見圭一「夜光虫」他。解説＝浅田次郎
発売中

③ **9・11 変容する戦争**
小田実「武器よ、さらば」、重松清「ナイフ」他。解説＝高橋敏夫
発売中

④ **女性たちの戦争**
河野多恵子「鉄の魚」、石牟礼道子「木霊」他。解説＝成田龍一・川村湊
発売中

集英社文庫ヘリテージシリーズ

「コレクション 戦争と文学」全20巻より
精選した8巻を文庫化

⑤ 日中戦争
伊藤桂一「黄土の記憶」、火野葦平「煙草と兵隊」他。解説＝浅田次郎
発売中

⑥ イマジネーションの戦争
小松左京「春の軍隊」、田中慎弥「犬と鴉」他。解説＝奥泉光
2019年12月発売

⑦ 戦時下の青春
井上光晴「ガダルカナル戦詩集」、古井由吉「赤牛」他。解説＝浅田次郎
2020年1月発売

⑧ オキナワ 終わらぬ戦争
知念正真「人類館」、灰谷健次郎「手」他。解説＝高橋敏夫
2020年2月発売

集英社文庫ヘリテージシリーズ

集英社文庫 ヘリテージシリーズ

セレクション戦争《せんそう》と文学《ぶんがく》5 日中戦争《にっちゅうせんそう》

2019年11月25日 第1刷 定価はカバーに表示してあります。

著 者 胡桃沢耕史《くるみざわこうし》 他
編 集 株式会社 集英社クリエイティブ
東京都千代田区神田神保町2-23-1 〒101-0051
電話 03-3239-3811
発行者 徳永 真
発行所 株式会社 集英社
東京都千代田区一ツ橋2-5-10 〒101-8050
電話 【編集部】03-3230-6094
【読者係】03-3230-6080
【販売部】03-3230-6393(書店専用)
印 刷 凸版印刷株式会社
製 本 加藤製本株式会社

フォーマットデザイン アリヤマデザインストア マークデザイン 居山浩二

Printed in Japan
ISBN978-4-08-761051-2 C0193